Naomi Novik

Das dunkle Herz des Waldes

© Beth Gwinn

Naomi Novik wurde 1973 in New York geboren und ist mit polnischen Märchen, den Geschichten um die Baba Jaga und den Büchern von J.R.R. Tolkien aufgewachsen. Sie hat englische Literatur studiert, im Bereich IT-Wissenschaften gearbeitet und war außerdem an der Entwicklung von äußerst erfolgreichen Computerspielen beteiligt. Doch dann erkannte Naomi Novik, dass sie viel lieber schreibt als programmiert. So machte sie sich an ihren Debütroman, mit dem sie die Herzen von Kritikern und Lesern gleichermaßen eroberte: *Drachenbrut*, den ersten Band um die Feuerreiter Seiner Majestät. Inzwischen hat sie zahlreiche Bestseller geschrieben und wurde vielfach ausgezeichnet, unter anderem mit dem Nebula Award für *Das dunkle Herz des Waldes*. Naomi Novik lebt mit ihrem Mann und sechs Computern in New York.

Von Naomi Novik sind bei cbj erschienen:

Das dunkle Herz des Waldes (31244)
Das kalte Reich des Silbers (31390)

NAOMI NOVIK

DAS DUNKLE HERZ DES WALDES

Aus dem amerikanischen Englisch
von Marianne Schmidt

cbt

Bei diesem Buch wurden die durch das verwendete Material und die Produktion entstandenen CO_2-Emissionen ausgeglichen, indem der cbj-Verlag ein Projekt zur Aufforstung in Brasilien unterstützt. Weitere Informationen zu dem Projekt unter: www.ClimatePartner.com/14044-1912-1001

MIX
Papier aus verantwortungsvollen Quellen
FSC® C014496
FSC
www.fsc.org

Penguin Random House Verlagsgruppe
FSC® N001967

Wir produzieren
Klimaneutral
ClimatePartner.com/14044-1912-1001
Druckprodukt

2. Auflage
Erstmals als cbt Taschenbuch Dezember 2018

Die amerikanische Originalausgabe erschien 2016 unter dem Titel »Uprooted« bei Del Rey, einem Imprint von Random House in der Verlagsgruppe Random House LLC, New York.
This translation was published by arrangement with Del Rey, an imprint of Random House, a division of Random House LLC, New York.
Del Rey and the House colophon are registered trademarks of Random House LLC.
Aus dem amerikanischen Englisch von Marianne Schmidt
Umschlaggestaltung: Carolin Liepins, München
unter Verwendung mehrerer Motive von Shutterstock
(Honza Krej, Diamond Shutter, Viktoriya Pavlyuk, Dudarev Mikhail, Galyna Andrushko, Khomenko Maryna)
kk · Herstellung: LW
Satz: KompetenzCenter, Mönchengladbach
Druck: GGP Media GmbH, Pößneck
ISBN 978-3-570-31244-5

www.cbj-verlag.de
Dieses Buch ist auch als E-Book erhältlich.

Kapitel 1

Es stimmt nicht, dass der Drache die Mädchen, die er sich holt, verspeist. Ganz gleich, was für Geschichten man außerhalb unseres Tales erzählen mag. Manchmal hören wir diese Gerüchte von Reisenden, die in unser Dorf kommen. Bei ihnen klingt es, als würden wir ihm Menschenopfer darbringen – und als ob er tatsächlich ein Drache wäre. Natürlich stimmt das nicht. Er mag ein Magier und unsterblich sein, aber er ist und bleibt ein Mann. Abgesehen davon würden sich unsere Väter zusammentun und ihn töten, wenn er alle zehn Jahre eine von uns verschlingen würde. Er verteidigt uns gegen den Dunklen Wald und wir sind ihm dankbar dafür – aber so dankbar nun auch wieder nicht.

Er verschlingt seinen Tribut nicht wortwörtlich. Es kommt einem lediglich so vor, weil er das ausgewählte Mädchen in seinen Turm bringt, und dann, zehn Jahre später, wieder freilässt. Doch bis dahin ist es längst ein anderes geworden, trägt viel zu kostbare Kleider und spricht wie eine Edelfrau. Nachdem sie zehn Jahre lang mit einem Mann zusammengelebt hat, ist ihr Ruf natürlich für alle Zeit ruiniert, obwohl alle weggeholten Mädchen beschwören, er sei nie zudringlich geworden. Was sollen sie auch sonst sagen? Aber das ist noch nicht einmal das Schlimmste – immerhin stattet der Drache sie mit einer Börse voller Silbermünzen als Brautgabe aus, wenn er sie gehen lässt. Schon allein deshalb würde sie jeder mit Kusshand nehmen und ungeachtet ihres Rufes heiraten. Doch sie weigern sich, einen der Unsrigen zum Ehemann zu nehmen. Sie wollen nicht mehr bei uns bleiben.

»Sie verlernen es, sich hier zu Hause zu fühlen«, sagte mein Vater einmal völlig unerwartet zu mir. Ich saß neben ihm auf dem Kutschbock unseres großen, leeren Wagens, als wir heimfuhren, nachdem wir das Feuerholz für die Woche ausgeliefert hatten. Wir lebten in Dvernik, das weder das größte noch das kleinste Dorf im Tal war und sich auch nicht am nächsten am Rande des Dunklen Waldes befand; rund sieben Meilen trennten unser Dorf von ihm. Die Straße führte uns allerdings über einen mächtigen Hügel und an einem klaren Tag konnte man den ganzen Weg des Flusses vom Gipfel aus verfolgen. Er schlängelte sich bis zu dem hellgrauen Streifen verbrannter Erde unmittelbar vor der Grenze zum Dunklen Wald, der wie eine dichte dunkle Wand von Bäumen dahinter aufragte. Der Drachenturm lag weit entfernt in der entgegengesetzten Richtung: ein weißer Kreideklotz am Fuße des westlichen Gebirges.

Ich war damals noch sehr jung – nicht älter als fünf, glaube ich. Doch ich wusste bereits, dass über den Drachen nicht gesprochen wurde und auch nicht über die Mädchen, die er sich holte. Vielleicht brannte es sich mir deshalb so fest ins Gedächtnis, als mein Vater diese Regel brach.

»Aber sie wissen, wie man sich fürchtet«, fuhr mein Vater fort. Das war alles. Dann machte er ein schnalzendes Geräusch, und die Pferde zogen wieder an, den Hügel hinunter, bis wir zwischen Bäumen verschwanden.

Zu jener Zeit ergaben seine Worte nicht viel Sinn für mich. Wir alle fürchteten uns vor dem Dunklen Wald. Aber das Tal war unser Zuhause. Wie konnte man das verlassen wollen? Und doch kamen jene Mädchen niemals zurück, um wieder daheim zu leben. Wenn der Drache sie aus dem Turm gelassen hatte, kehrten sie für kurze Zeit zu ihren Familien zurück – für eine Woche, manchmal auch für einen Monat, aber niemals für viel länger. Dann nahmen sie das Drachensilber und gingen fort. Die meisten von ihnen zogen nach Kralia und besuchten dort die Universität. Fast immer heirateten sie irgendeinen Mann aus der Stadt. Wenn nicht, dann wurden sie Gelehrte oder betrieben ein Ladengeschäft. Aber man erzählte sich auch hinter vorgehaltener Hand von Jadwiga Bach, die vor sechzig Jahren vom Drachen geholt worden war und danach die Kurtisane und Geliebte eines Barons und eines Herzogs wurde. Zu der Zeit, als ich geboren wurde, war sie nur noch eine reiche alte Dame, die ihren Großnichten und -neffen herrliche Geschenke zukommen ließ, aber niemals zu Besuch kam.

Nun ist es zwar keineswegs so, dass man dem Drachen seine Tochter übergibt, damit er sie verspeisen kann, aber es ist trotzdem alles andere als eine erfreuliche Sache. Es gibt nicht so viele Dörfer in unserem Tal, dass die Chancen, von ihm auserwählt zu werden, besonders gering wären. Wenn zehn Jahre verstrichen sind, nimmt er sich immer ein Mädchen von siebzehn Jahren, das zwischen dem betreffenden Oktober des einen und dem des nächsten Jahres geboren wurde. In meinem Jahrgang gab es elf Mädchen, die zur Auswahl standen, und die Gefahr, dass es eine Bestimmte treffen würde, war größer, als würde man zwei Würfel werfen.

Alle sagen, dass man ein Mädchen, das für den Drachen infrage kommt, anders liebt, wenn es älter wird. Dagegen könne man gar nichts tun, denn schließlich wisse man immer, wie leicht man es verlieren könnte. Aber bei mir und meinen Eltern war es nicht so. Als ich alt genug war, um zu begreifen, dass ich geholt werden könnte, wussten wir alle längst, dass er sich Kasia holen würde. Nur durchziehende Reisende, die ahnungslos waren, lobten Kasias Eltern gegenüber, wie wunderschön ihre Tochter sei oder wie klug oder wie freundlich. Dabei beanspruchte der Drache gar nicht immer das hübscheste Mädchen. Aber er suchte sich stets eine junge Frau aus, die in irgendeiner Hinsicht aus der Menge hervorstach. Wenn es ein Mädchen gab, das weit und breit das schönste war oder das klügste oder die beste Tänzerin oder am liebreizendsten, dann entschied er sich für sie, obwohl er kaum je ein Wort mit ihnen wechselte, ehe er seine Wahl traf.

Kasia war all das in einer Person. Sie hatte dichtes Haar in der Farbe goldenen Weizens, das sie zu einem Zopf flocht, der ihr bis auf die

Hüfte hing. Ihre Augen waren von einem warmen Braun und ihr Lachen klang wie ein Lied, bei dem man einstimmen wollte. Ihr fielen immer die besten Spiele ein und sie ersann immerzu Geschichten und neue Tänze. Sie konnte für ein ganzes Festgelage kochen, und wenn sie die Wolle der Schafe ihres Vaters spann, kam der Faden glatt und gleichmäßig vom Rad ohne einen einzigen Knoten.

Ich weiß, wenn ich von ihr spreche, hört es sich so an, als wäre sie aus einer Geschichte entsprungen, aber es war andersherum. Wenn mir meine Mutter die Märchen von der spinnenden Prinzessin oder dem mutigen Gänsemädchen oder den Flussjungfrauen erzählte, stellte ich mir diese Mädchen allesamt ein bisschen so wie Kasia vor. Da ich noch nicht alt genug war, um weise zu sein, liebte ich sie umso mehr, und nicht etwa weniger, weil ich wusste, dass sie mir schon bald genommen werden würde.

Kasia selbst sagte, es kümmere sie nicht. Sie war nämlich auch furchtlos. Dafür sorgte ihre Mutter Wensa. Ich erinnere mich daran, wie ich sie einmal zu meiner Mutter sagen hörte: »Sie wird tapfer sein müssen«, während sie Kasia drängte, noch weiter an einem Baum hinaufzuklettern, an dem sie kopfüber baumelte. Meiner Mutter stiegen bei dieser Bemerkung die Tränen in die Augen, und sie umarmte Wensa.

Wir lebten nur drei Häuser voneinander entfernt. Ich selbst hatte keine eigene Schwester, nur drei Brüder, die viel älter waren als ich. Kasia war meine beste Freundin. Von der Wiege an spielten wir miteinander. Zunächst krabbelten wir unseren Müttern zwischen den Beinen herum, später dann vertrieben wir uns auf der Straße vor unseren Elternhäusern die Zeit, bis wir alt genug waren, allein im Wald herumzutollen. Ich wollte nie drinnen herumsitzen, wenn wir stattdessen auch Hand in Hand unter Ästen hindurchrennen konnten. Ich stellte mir immer vor, dass die Bäume ihre Arme zu uns hinunterbogen, um uns Schutz zu geben. Ich wusste nicht, wie ich es ertragen sollte, wenn der Drache meine Freundin holen würde.

Meine Eltern hätten sich auch dann keine allzu großen Sorgen um mich gemacht, wenn es Kasia nicht gegeben hätte. Mit siebzehn war ich immer noch ein viel zu dürrer Wildfang mit großen Füßen und zerzaustem, schmutzig braunem Haar. Meine einzige Gabe, wenn man es denn so nennen konnte, bestand darin, dass ich innerhalb eines einzigen Tages alles, was ich anzog, zerriss, verlor oder schmutzig machte. Als ich zwölf Jahre alt war, war meine Mutter so verzweifelt, dass sie aufgab und mich in der abgelegten Kleidung meiner Brüder herumlaufen ließ. Die einzige Ausnahme bildeten die Festtage, an denen ich mich erst zwanzig Minuten, bevor wir aufbrachen, umziehen durfte. An diesen Tagen musste ich dann auf der Bank vor unserem Haus sitzen, bis wir zur Kirche gingen. Trotzdem gab es keine Garantie, dass ich auf dem Weg zum Festplatz nicht doch an einer Ranke hängen blieb oder mich mit Schlamm vollspritzte.

»Du musst einen Schneider heiraten, meine kleine Agnieszka«, pflegte mein Vater lachend zu sagen, wenn er abends aus dem Wald zurückkam und ich mit schmuddeligem Gesicht auf ihn zustürmte. Immer hatte ich mindestens ein Loch in irgendeinem Kleidungsstück und dafür nie ein Taschentuch. Natürlich hob er mich trotzdem hoch in die Luft und küsste mich; meine Mutter seufzte, aber nur ein bisschen: Welche Eltern würden sich schon ernsthaft darüber beklagen, wenn sie bei ihrer möglicherweise für den Drachen bestimmten Tochter ein paar Unzulänglichkeiten feststellten?

Unser letzter Sommer, bevor der Drache kam, war lang und warm und tränenreich. Es war nicht Kasia, die weinte, sondern ich. Bis spät in die Nacht hinein blieben wir im Wald und versuchten, jeden einzelnen goldenen Tag so lange wie möglich auszukosten. Ich kam spät nach Hause, müde und hungrig, und verkroch mich sofort in die Dunkelheit meines Bettes. Meine Mutter kam immer noch einmal zu mir, streichelte meinen Kopf und sang leise, während ich mich in den Schlaf weinte. Sie stellte mir auch einen Teller mit Essen neben das Bett für den Fall, dass mich der Hunger mitten in der Nacht aufwecken würde.

Abgesehen davon unternahm sie keinen Versuch, mich zu trösten: Was hätte sie auch sagen sollen? So viel wussten wir beide: Ganz gleich, wie sehr sie Kasia und deren Mutter Wensa auch liebte, da war dennoch dieser kleine Knoten der Erleichterung in ihrem Bauch – nicht *meine* Tochter, nicht *mein* einziges Mädchen! Und natürlich hätte ich nicht ernsthaft gewollt, dass sie etwas anderes empfindet.

Beinahe den ganzen Sommer über gab es nur Kasia und mich. So war es schon lange vorher gewesen. Als wir noch jünger waren, hatten wir uns den anderen Dorfkindern angeschlossen, aber als wir heranwuchsen und Kasia immer schöner wurde, hatte ihre Mutter zu ihr gesagt: »Es wäre besser, wenn du dich von den Jungen fernhalten würdest. Für dich und auch für sie.« Ich aber klammerte mich an sie, und meine Mutter liebte Kasia und Wensa genug, um nicht zu versuchen, mich von meiner Freundin zu trennen. Auch wenn sie wusste, dass es mir am Ende nur umso mehr wehtun würde.

Am letzten Tag streiften wir durch den Wald, dort, wo die goldenen und flammend roten Blätter noch immer raschelnd an den Bäumen über uns hingen. Überall am Boden lagen reife Kastanien. Aus Zweigen und trockenem Laub machten wir ein kleines Feuer und rösteten ein paar davon. Der nächste Tag war der erste Oktober und morgen würde das große Fest zu Ehren unseres Beschützers und Herrn stattfinden. Am nächsten Tag würde der Drache kommen.

»Ich wünschte, ich wäre ein Troubadour«, sagte Kasia, die mit geschlossenen Augen auf dem Rücken lag. Sie summte ein bisschen vor sich hin. Ein fahrender Sänger war bereits für das Fest angereist und hatte an diesem Morgen auf dem Festplatz seine Lieder geprobt. Schon die ganze Woche über waren Wagen mit Tributgütern eingetroffen.

»Durch ganz Polnya würde ich ziehen und für den König singen.« Sie sprach bedächtig und nicht wie ein Kind, das Luftschlösser baut. Bei ihr klang es so, als würde sie ernsthaft darüber nachdenken, das Dorf zu verlassen und für immer wegzugehen.

Ich streckte meine Hand aus und griff nach der ihren. »Und jeden Mittwinter würdest du heimkommen«, sagte ich, »und all die Lieder für uns singen, die du unterwegs gelernt hast.« Wir hielten uns umklammert, und ich ließ den Gedanken nicht zu, dass keines der Mädchen, die vom Drachen geholt worden waren, jemals wieder nach Hause zurückkehren wollte.

Natürlich verabscheute ich den Drachen zu diesem Zeitpunkt aus tiefstem Herzen. Aber er war kein schlechter Herr. Auf der anderen Seite der nördlichen Berge gab es den Baron der Gelben Marschen, der eine Armee von fünftausend Mann unterhielt, die für ihn in den Kriegen Polnyas zu kämpfen hatten. Er besaß eine Burg mit vier Türmen und eine Ehefrau, die Juwelen in der Farbe von Blutstropfen trug und einen Mantel aus weißem Fuchsfell. Dabei war das Gebiet des Barons nicht wohlhabender als unser Tal. Alle Männer mussten einen Tag pro Woche auf den Äckern ihres Herrn arbeiten, dem die fruchtbarsten Böden gehörten, und die besten ihrer Söhne wurden für sein Heer eingezogen. Außerdem gab es da noch seine Soldaten, die dafür sorgten, dass die Mädchen im Haus bleiben mussten und nur noch in Begleitung hinausdurften, sobald sie zu Frauen heranreiften. Und nicht einmal *er* war ein schlechter Herr.

Der Drache hatte nur den einen Turm und nicht einen einzigen Mann unter Waffen, ja nicht einmal einen Bediensteten, abgesehen von dem Mädchen, das er sich holte. Er brauchte auch keine Armee: Den Dienst, den er seinem König schuldete, verrichtete er aus eigener Kraft, und zwar mithilfe seiner Magie. Manchmal musste er zum königlichen Hof reisen, um seinen Treueeid zu erneuern, und ich nehme an, dass der König ihn zur Beteiligung an einem Krieg heranziehen konnte. Aber der Großteil seiner Verpflichtung bestand darin hierzubleiben, um den Dunklen Wald zu beobachten und das Königreich vor dessen Schrecken zu beschützen.

Die einzige Extravaganz, die er sich leistete, waren Bücher. Für Dorfbewohner waren wir allesamt sehr belesen, was daran lag, dass er bereit war, bares Gold für einen dicken Wälzer zu bezahlen. Deshalb nahmen die fahrenden Buchhändler den langen Weg zu uns auf sich, obwohl wir am äußersten Rand von Polnya lebten. Und da es immer ein weiter Weg für sie war, füllten sie die Satteltaschen ihrer Maultiere mit zerfledderten und billigen Büchern, die sie uns für wenige Münzen verkauften. Ein Haus, das nicht mindestens zwei oder drei Bücher besaß, die stolz auf einem Wandregal zur Schau gestellt wurden, galt als armselig.

Das mag nach kleinen, unwichtigen Dingen klingen, wenn man nicht nah genug am Rande des Dunklen Waldes lebt, um das alles zu verstehen. Nach Dingen, die nicht Grund genug sein können, eine Tochter aufzugeben. Ich aber habe den Grünen Sommer miterlebt, in dem ein heißer Wind Pollen aus dem Dunklen Wald im Westen bis in unser Dorf, auf unsere Felder und hinein in unsere Gärten trug. Das Getreide schoss üppig auf, war aber seltsam und missgebildet. Jeder, der davon aß, wurde krank und von einer Wut gepackt, die ihn dazu brachte, auf seine Familie loszugehen. Am Ende rannten diese Unglücklichen in den Wald und verschwanden, wenn man sie nicht bereits vorher eingesperrt hatte.

Damals war ich erst sechs Jahre alt. Meine Eltern versuchten, mich so gut es ging vor all dem abzuschirmen, aber trotzdem erinnere ich mich lebhaft an das kalte, klamme Gefühl von Entsetzen überall. Ich erinnere mich daran, dass sich alle fürchteten, und an den ständig beißenden Hunger in meinem Bauch. Wir hatten bereits unsere gesamten Vorräte des vergangenen Jahres aufgebraucht und warteten sehnsüchtig auf den Frühling. Einer unserer Nachbarn schlang ein paar grüne Bohnen hinunter, denn der Hunger hatte ihn unvorsichtig gemacht. Ich erinnere mich an die Schreie, die in dieser Nacht aus seinem Haus gellten, und daran, dass ich aus dem Fenster lugte und sah, wie mein Vater sich die Mistgabel griff, die immer an unserer Scheune lehnte, und der Familie zu Hilfe eilte.

Irgendwann in diesem Sommer, in dem ich noch zu jung war, um das ganze Ausmaß der Gefahr zu begreifen, entwischte ich meiner müden, abgehärmten Mutter und rannte in den Wald. Ich fand ein halb verdorrtes Dornengebüsch in einem vom Wind verschonten Winkel. Schnell schob ich mich durch die toten Zweige bis in das geschützte Herz des Gebüsches und entdeckte dort Brombeeren, rund und saftig und vollkommen, ohne jede Missbildung. Jede einzelne davon löste ein kleines Glücksgefühl in mir aus, als ich sie mir in den Mund schob. Zwei Hände voll aß ich, dann pflückte ich so viel, wie ich in meinem aufgeschürzten Rock tragen konnte. Damit rannte ich nach Hause. Die Beeren hinterließen lilafarbene Flecken auf meinem Kleid, und meine Mutter weinte vor Entsetzen, als sie mein verschmiertes Gesicht sah. Ich wurde aber nicht krank: Irgendwie war der Busch dem Fluch entgangen und die Brombeeren hatten keinen Schaden genommen. Doch die Tränen meiner Mutter verängstigten mich zutiefst. Noch Jahre später machte ich einen Bogen um Brombeeren.

In diesem Jahr war der Drache an den Königshof gerufen worden. Er kam schnell wieder zurück und ritt geradewegs zu den Feldern, wo er ein magisches Feuer heraufbeschwor, um die vergiftete Ernte Halm für Halm zu vernichten. Das war seine Pflicht. Danach jedoch ging er zu jedem einzelnen Haus, in dem jemand krank geworden war, und gab den Befallenen einen Schluck eines magischen Tranks, der ihren Geist wieder klärte. Als Nächstes erging der Befehl von ihm, dass die Dörfer, die von der Plage verschont geblieben waren, ihre Ernte mit uns teilen mussten. Er überließ uns sogar die gesamten Tributzahlungen, die er erhalten hatte, sodass niemand von uns verhungern musste. Im nächsten Frühjahr, unmittelbar vor der Aussaat, schritt er noch einmal die Felder ab, um die letzten Überreste des Übels auszurotten, welches die Pflanzen befallen hatte, ehe sie wuchern und sich ausbreiten konnten.

Doch obwohl er uns gerettet hatte, liebten wir ihn nicht. Niemals kam er aus seinem Turm, um in der Erntezeit das Glas auf die Männer zu erheben, wie es der Baron der Gelben Marschen tat, oder um etwas auf dem Markt zu kaufen, wie es die Ehefrau des Barons und ihre Töchter zu tun pflegten. Manchmal wurden Theaterstücke von fahrenden Kompanien aufgeführt oder Sänger fanden von Rosya aus den Weg über den Gebirgspass zu uns. Der Drache kam nie, um ihnen zu lauschen. Wenn die Fuhrmänner ihm ihre Tribute brachten, öffneten sich die Tore von selbst. Burschen schleppten ihre Güter in den Keller, ohne den Drachen zu Gesicht zu bekommen. Niemals wechselte er mehr als ein paar Worte mit unseren Dorfältesten, nicht einmal mit dem Vorsteher von Olshanka, dem größten Dorf im Tal, das ganz nah bei seinem Turm lag. Der Drache gab sich keinerlei Mühe, uns für sich einzunehmen; keiner von uns kannte ihn wirklich.

Und natürlich war er auch ein Meister der dunklen Magie. In einer klaren Nacht konnte man Blitze um seinen Turm herum zucken sehen, sogar im Winter: Es waren fahle Lichtbündel, die von seinen Fenstern aus losschossen, durch die Straßen und den Fluss hinab bis zum Dunklen Wald, den er auf diese Weise bewachte. Manchmal, wenn der Dunkle Wald jemanden geholt hatte – eine junge Schäferin, die ihrer Herde gefolgt war und sich zu nah an den Waldrand gewagt hatte, oder einen Jäger, der aus der falschen Quelle getrunken hatte, oder einen unglückseligen Reisenden, der über den Gebirgspass kam und eine kleine Melodie summte, die sich im Kopf festzusetzen begann –, dann, ja dann verließ der Drache seinen Turm auch für sie. Und wenn er jemanden weggebracht hatte, wurde er niemals mehr gesehen.

Er war nicht böse, aber er war unnahbar und Furcht einflößend. Und er würde Kasia für sich beanspruchen, weshalb ich ihn hasste, und zwar schon seit vielen, vielen Jahren.

Auch in dieser letzten Nacht veränderten sich meine Gefühle nicht. Kasia und ich genossen unsere Kastanien. Die Sonne war bereits untergegangen und unser Feuer heruntergebrannt, aber wir blieben auf dieser Lichtung, solange die Glut noch nicht erloschen war. Wir würden am nächsten Morgen nicht weit laufen müssen. Gewöhnlich fand das

Erntedankfest in Olshanka statt, aber in einem Jahr der Auswahl wurde es immer in einem Dorf abgehalten, in dem mindestens eines der infrage kommenden Mädchen lebte. Auf diese Weise wollte man die Sache für die betroffene Familie etwas leichter machen. Und unser Dorf hatte Kasia.

Am nächsten Morgen, als ich mein neues grünes Überkleid anzog, hasste ich den Drachen sogar noch mehr. Die Hände meiner Mutter zitterten, als sie mir die geflochtenen Haare hochsteckte. Wir wussten, dass es Kasia treffen würde, aber das bedeutete nicht, dass wir anderen uns nicht fürchteten. Trotzdem raffte ich meinen Rock und hob ihn zur Sicherheit vom Boden hoch, dann kletterte ich so vorsichtig wie möglich auf den Wagen. Zweimal suchte ich den Sitz nach Splittern ab und ich ließ mir von meinem Vater helfen, so entschlossen war ich, mir Mühe zu geben. Ich wusste, dass es nichts nutzen würde, aber ich wollte Kasia zeigen, dass ich sie genug liebte, um ihr eine faire Chance zu geben. Ich wollte auf keinen Fall schlampig erscheinen oder schielen oder hinken, wie es andere Mädchen taten.

Wir stellten uns auf dem Gemeindeanger in einer Reihe auf; alle elf Mädchen, eines neben dem anderen. Die Festtafeln waren zum Quadrat zusammengeschoben worden und bogen sich unter ihrer Last. Sie waren nicht groß genug, um den Tributen des ganzen Tales Platz zu bieten. Die Leute hatten sich dahinter versammelt. Säcke mit Weizen und Hafer waren an den Ecken des Platzes auf dem Gras zu Pyramiden aufgestapelt worden. Wir Mädchen, die zur Auswahl standen, waren die Einzigen, die zusammen mit unseren Familien ebenfalls auf dem Grün warteten. Nur die Dorfälteste, Danka, war noch bei uns und lief nervös auf und ab, während sich ihr Mund bewegte, ohne dass ein Laut herausgekommen wäre; sie probte ihre Begrüßungsworte.

Die anderen Mädchen kannte ich nicht besonders gut. Sie stammten nicht aus Dvernik. Wir alle waren schweigsam und steif in unserer Festtagskleidung und mit unseren geflochtenen Haaren, während wir die Blicke nicht von der Straße abwenden konnten. Noch gab es kein Anzeichen für die nahende Ankunft des Drachen. Mein Kopf schwirrte von den wildesten Fantasien. Ich malte mir aus, wie ich mich vor Kasia stellen würde, sobald der Drache da wäre, und ihn anflehen würde, mich an ihrer Stelle zu nehmen. Oder wie ich sagen würde, dass Kasia nicht mit ihm gehen wolle. Aber in Wahrheit wusste ich natürlich, dass ich nichts dergleichen tun würde, weil mir der Mut fehlte.

Und als er dann kam, geschah es auf Furcht einflößende Weise. Er erschien nämlich keineswegs auf der Straße, sondern trat einfach aus dem Nichts auf uns zu. Ich sah gerade in seine Richtung, als er eintraf: Zuerst erschienen seine Finger mitten in der Luft, dann ein Arm und ein Bein, schließlich ein halber Mann. Das alles schien so unmöglich und unecht, dass ich den Blick nicht abwenden konnte, obwohl sich mir beinahe der Magen umdrehte. Die anderen hatten mehr Glück: Sie bemerkten ihn nicht einmal, bis er den ersten Schritt auf uns zu machte. Alle um mich herum versuchten, nicht vor Überraschung zusammenzuzucken.

Der Drache war anders als alle Männer in unserem Dorf. Er sollte eigentlich alt und gebeugt und grauhaarig sein, denn er lebte schon seit bestimmt hundert Jahren in seinem Turm. Doch er war groß gewachsen und hielt sich aufrecht; er hatte keinen Bart und seine Haut war fest und glatt. Wenn ich ihn nur flüchtig auf der Straße gesehen hätte, hätte ich ihn für einen jungen Burschen gehalten, nur ein wenig älter als ich: für jemanden, dem ich über die Festtagstafeln hinweg zulächeln würde und der mich vielleicht um einen Tanz bitten könnte. Aber irgendetwas an seinem Gesicht war unnatürlich. Seine Augen waren von einem Krähennest von Falten umgeben, als ob ihm zwar die Jahre nichts hatten anhaben können, wohl aber die ständige Belastung. Es war zwar trotzdem kein hässliches Gesicht, doch die Kälte darin machte es unangenehm. Alles an ihm sprach eine deutliche Sprache: *Ich bin keiner von euch und ich will es auch nicht sein.*

Natürlich war seine Kleidung kostbar. Der Brokatstoff seines Kontusz hätte auch ohne seine goldenen Knöpfe ein ganzes Jahr lang eine Familie ernährt. Aber der Drache war so hager wie ein Mann, dessen Ernte in drei von vier Jahren ungenießbar gewesen war. Er hielt sich sehr aufrecht und gerade mit der nervösen Energie eines Jagdhundes, als ob er nichts lieber wollte, als möglichst schnell wieder zu verschwinden. Es war der schlimmste Tag in unser aller Leben, aber er hatte keine Geduld mit uns. Als unsere Dorfälteste Danka sich vor ihm verbeugte und ansetzte: »Mein Herr, darf ich Euch diese …«, unterbrach er sie und sagte: »Ja, lasst es uns schnell hinter uns bringen.«

Die Hand meines Vaters legte sich liebevoll auf meine Schulter, als er neben mich trat und sich verbeugte. Meine Mutter, die an meiner anderen Seite stand, hielt meine Hand fest umklammert. Dann traten die beiden gemeinsam zögerlich einen Schritt zurück; genau wie die anderen Eltern. Instinktiv drängten wir elf Mädchen uns enger aneinander. Kasia und ich standen beinahe am Ende der Reihe. Ich wagte es nicht, nach ihrer Hand zu greifen, aber ich war nahe genug neben ihr, dass sich unsere Arme berührten, während ich den Drachen beobachtete und ihn verabscheute. Mein Hass wuchs noch, als er unsere Reihe abschritt und jedes Mädchen am Kinn packte, damit es den Kopf hob und er es mustern konnte.

Er sprach nicht mit jeder von uns. Zu der jungen Frau neben mir, die aus Olshanka stammte, sagte er kein Wort, obwohl ihr Vater Borys der beste Pferdezüchter im Tal war, sie ein Kleid aus leuchtend rot gefärbter Wolle trug und ihr schwarzes Haar in zwei wunderschön geflochtenen, mit roten Schleifen geschmückten Zöpfen herabhing. Als ich an der Reihe war, bedachte er mich mit einem stirnrunzelnden Blick. Seine schwarzen Augen waren kalt und seine bleichen Lippen zusammengekniffen, bis er fragte: »Dein Name, Mädchen?«

»Agnieszka«, versuchte ich zu antworten, doch ich musste feststellen, dass mein Mund wie ausgetrocknet war. Ich schluckte. »Agnieszka«, versuchte ich es noch einmal, und meine Stimme war nur ein Flüstern, »mein Herr«.

Mein Gesicht glühte. Ich schlug die Augen nieder. Da fiel mir auf, dass sich trotz all der Mühe, die ich mir gegeben hatte, am Saum meines Rockes drei große Schmutzflecken ausgebreitet hatten.

Der Drache setzte seinen Weg fort. Und dann machte er halt und heftete seinen Blick auf Kasia. Bei keiner anderen hatte er sich so viel Zeit gelassen. Er blieb vor ihr stehen, legte seine Hand unter ihr Kinn und ein dünnes, erfreutes Lächeln krümmte seinen harten Mund. Kasia hielt seinem Blick tapfer stand und zuckte nicht zusammen. Sie versuchte nicht, ihre Stimme rau oder zu hoch klingen zu lassen oder sie sonst irgendwie zu verstellen. Sie war fest und melodisch, als sie auf seine Frage hin antwortete: »Kasia, mein Herr.«

Wieder lächelte er sie an, nicht angenehm, sondern mit dem Ausdruck einer zufriedenen Katze. Danach lief er nur noch der Form halber bis ans Ende der Reihe und würdigte die beiden Mädchen, die neben Kasia standen, kaum eines Blickes. Ich hörte, wie Wensa hinter uns scharf den Atem einsog, und es klang beinahe wie ein Schluchzen, als der Drache kehrtmachte und Kasia erneut fixierte, noch immer den befriedigten Ausdruck im Gesicht. Dann jedoch legte er wieder seine Stirn in Falten, drehte seinen Kopf zur Seite und sah mich unverwandt an.

Ohne es zu merken, hatte ich Kasias Hand genommen und drückte sie verzweifelt, und Kasia drückte zurück. Dann löste sie sich rasch aus dem Griff und ich faltete meine Hände vor meinem Bauch. Ich war verängstigt und meine Wangen hatten sich glühend rot verfärbt. Der Drache kniff seine Augen noch mehr zusammen und starrte mich wortlos an.

Plötzlich hob er seine Hand. Auf seiner Handfläche formte sich ein kleiner Feuerball aus blauweißen Flammen. »Sie wollte nichts Böses tun«, sagte die mutige, mutige, mutige Kasia und tat für mich, was ich für sie nicht hätte tun können. Ihre Stimme zitterte, war aber gut zu hören, während ich wie ein verängstigtes Kaninchen auf den Feuerball starrte. »Bitte, mein Herr …«

»Schweig, Mädchen«, fauchte der Drache und streckte mir seine Hand entgegen. »Nimm das!«

»Ich … Wie bitte?«, fragte ich verblüffter, als wenn er mir die Kugel ins Gesicht geschleudert hätte.

»Steh nicht herum wie ein Tölpel«, sagte er schneidend. *»Nimm sie.«*

Als ich meine Hand hob, zitterte sie so stark, dass ich es nicht verhindern konnte, seine Finger zu streifen, während ich versuchte, ihm den Feuerball aus der Hand zu nehmen. Ganz gleich, wie verhasst mir diese Berührung war. Seine Haut fühlte sich fiebrig heiß an. Die Flammenkugel jedoch war kühl wie eine Glasmurmel, und ich verspürte keinerlei Schmerzen, als ich sie anfasste. Überrascht und erleichtert hielt ich sie zwischen meinen Fingern und starrte sie an. Der Drache musterte mich mit verärgerter Miene.

»Nun«, sagte er barsch, »dann bist du es wohl.« Er nahm mir die Feuerkugel aus der Hand und umschloss sie einen kurzen Moment lang mit der Faust, woraufhin sie ebenso schnell verschwand, wie sie erschienen war. Der Drache drehte sich um und sagte zu Danka: »Schick die Tribute so bald wie möglich zum Turm.«

Ich begriff noch immer nicht. Ich glaube, niemand verstand es sofort, nicht einmal meine Eltern. Alles geschah viel zu schnell, und ich war schockiert, weil ich überhaupt seine Aufmerksamkeit auf mich gezogen hatte. Mir blieb nicht einmal die Gelegenheit, zurückzuschauen und ein letztes Abschiedswort zu sagen, ehe der Drache sich zum Gehen anschickte. Seine Finger hatten sich fest um mein Handgelenk geschlossen. Nur Kasia bewegte sich. Mein Blick schoss zu ihr, und ich bemerkte, dass sie protestierend nach mir greifen wollte. Doch der Drache zerrte mich ungeduldig und unsanft fort. Ich stolperte ihm hinterher, als er mich mit sich hoch in die Luft riss.

Ich würgte und presste meine freie Hand auf meinen Mund, als wir wieder aus der Luft heraustraten. Der Drache ließ mein Handgelenk los, und ich sank auf die Knie und erbrach mich, ohne auch nur zu sehen, wo wir uns befanden. Mit einem unterdrückten Aufschrei brachte der Drache seinen Ekel zum Ausdruck, denn ich hatte die längliche Spitze seines Lederstiefels besudelt.

»Wie unnütz«, sagte er barsch. »Hör auf zu spucken, Mädchen, und mach diesen Dreck weg.«

Dann ließ er mich zurück, und seine Absätze klapperten laut über den Boden, bis er schließlich verschwunden war.

Zitternd blieb ich hocken, bis ich mir sicher sein konnte, dass nichts mehr kommen würde. Dann wischte ich mir mit dem Handrücken über den Mund und hob den Kopf, um mich ungläubig umzusehen. Ich kauerte auf einem steinernen Fußboden, und ich sah, dass es sich nicht um irgendwelchen Stein handelte, sondern um reinen weißen Marmor, der von leuchtend grünen Adern durchzogen war. Der Raum war klein und rund. Ich entdeckte schmale Schlitzfenster, die zu hoch in die Wand eingelassen waren, als dass ich hätte hinaussehen können. Hoch über meinem Kopf lief die Decke spitz zusammen. Ich befand mich also ganz oben in einem Turm.

Es gab keinerlei Möbel in diesem Zimmer und nichts, was ich hätte benutzen können, um den Boden aufzuwischen. Schließlich verwendete ich den Rockteil meines Kleides dafür, der ohnehin schmutzig geworden war. Dann, nachdem ich eine Weile herumgesessen und von Minute zu Minute, in der nichts geschah, immer ängstlicher geworden war, stand ich auf und schlich eingeschüchtert den Flur hinunter. Ich hätte jeden Weg aus dem Zimmer hinaus genommen, außer den, den *er* gewählt hatte, wenn es denn einen anderen Ausgang gegeben hätte. Aber das war nicht der Fall.

Der Drache war jedoch bereits verschwunden und der kurze Flur war leer. Auch hier bestand der Boden aus dem gleichen kalten, harten Marmor, der von den Hängelampen in ein gespenstisches Weiß getaucht wurde. Es waren keine wirklichen Lampen, sondern lediglich große Blöcke aus glatt poliertem Stein, die von innen heraus leuchteten. Nur eine einzige Tür konnte ich entdecken und ganz am Ende des Flurs einen Bogendurchgang, der zu einer Treppe führte.

Ich stieß die Tür auf und schaute nervös in das dahinterliegende

Zimmer. Dies erschien mir besser, als einfach nur vorbeizuhuschen und nicht zu wissen, was sich hinter der Tür verbarg. Aber es war nur ein kleiner, kahler Raum mit einem schmalen Bett, einem winzigen Tisch und einer Waschschüssel. Auf der gegenüberliegenden Seite befand sich ein großes Fenster und ich konnte den Himmel sehen. Rasch rannte ich dorthin und beugte mich über den Sims hinaus.

Der Turm des Drachen erhob sich inmitten der Bergausläufer an der westlichen Grenze seines Landes. Unser gesamtes lang gestrecktes Tal mit seinen Dörfern und Höfen breitete sich nach Osten hin aus. Dort am Fenster stehend, konnte ich den silberblauen Lauf des Flusses Spindel nachverfolgen, der das Tal durchschnitt, und auch die staubig braune Straße direkt daneben. Die Straße und der Fluss verliefen den ganzen Weg bis zum Ende der Ländereien des Drachen nebeneinander. Zwischendurch verschwanden sie in kleinen Wäldchen und kamen beim nächsten Dorf wieder zum Vorschein, ehe der Weg kurz vor dem schwarzen Dickicht des Dunklen Waldes im Nichts auslief. Der Fluss verschwand allein in den Tiefen des Dunklen Waldes, ohne jemals wieder irgendwo aufzutauchen.

Dort befand sich auch Olshanka, die Stadt, die dem Turm am nächsten lag und wo an Sonntagen der Große Markt abgehalten wurde. Zweimal hatte mein Vater mich dorthin mitgenommen. Dahinter schmiegten sich die Dörfer Poniets und Radomsko an die Ufer ihres kleinen Sees und da war auch mein Dvernik mit seinem großen grünen Dorfanger. Ich konnte sogar die langen weißen Tafeln erkennen, die für das Fest geschmückt worden waren, an dem der Drache nicht hatte teilnehmen wollen. Und da sank ich auf die Knie, legte meine Stirn auf den Sims und weinte wie ein kleines Kind.

Aber meine Mutter kam nicht, um mir tröstend die Hand auf den Kopf zu legen; mein Vater zog mich nicht auf die Beine und brachte mich nicht zum Lachen, bis meine Tränen vergessen waren. Ich schluchzte, bis mein Kopf zu sehr schmerzte, um noch weiterzuweinen. Danach war ich durchgefroren, weil ich auf dem harten Fußboden gekauert hatte. Meine Nase lief, und ich hatte nichts, um sie abzuwischen. Also benutzte ich auch dafür meinen Rock, ließ mich aufs Bett sinken und versuchte, mir zu überlegen, was ich nun tun sollte. Der Raum war leer, aber gut gelüftet und sauber, als ob er gerade eben erst von jemandem verlassen worden wäre. Wahrscheinlich war genau das der Fall. Ein anderes Mädchen hatte hier zehn Jahre lang ganz allein gelebt und in das Tal hinabgeschaut. Nun war die junge Frau nach Hause gegangen, um ihrer Familie Lebewohl zu sagen, und der Raum gehörte mir.

Ein einziges Gemälde in einem großen goldenen Rahmen hing an der Wand gegenüber von meinem Bett. Es passte nicht hierher und war viel zu pompös für den kleinen Raum. Eigentlich war es auch überhaupt kein richtiges Bild, nur ein breiter, blasser hellgrüner Fleck, der an den Seiten graubraun auslief, in der Mitte von einer glänzenden blausilbernen, sanft geschwungenen Linie durchschnitten. Schmalere Silberstreifen liefen vom Bildrand aus darauf zu, bis sie sich trafen. Ich starrte darauf und fragte mich, ob auch das Magie war. Noch nie hatte ich etwas Derartiges gesehen. Doch dann fiel mir auf, dass entlang der Silberlinie in unterschiedlichen Abständen Kreise gemalt waren, die mir vertraut vorkamen. Einen Augenblick später begriff ich, dass das Bild das Tal zeigte, so flach und eben, wie ein Vogel es von weit oben wahrnehmen würde. Der Silberstreifen war der Fluss Spindel, der von den Bergen in den Dunklen Wald floss, und die Kreise waren die Dörfer. Die Farben leuchteten und glänzten und an einigen Stellen war das Malmaterial zu winzigen Erhöhungen aufgeworfen. Ich konnte beinahe die Wellen auf dem Fluss und das Glitzern des Sonnenlichtes auf dem Wasser sehen. Es zog meine Blicke auf sich und ich wollte es immer weiter betrachten. Und gleichzeitig gefiel mir nicht, was ich da sah. Das Tal, sonst so voller Leben, wirkte auf dem Gemälde wie vom Rahmen eingepfercht, und je länger ich es betrachtete, desto mehr fühlte ich mich selber eingeschlossen.

Schließlich riss ich mich los. Ich konnte nicht ewig in diesem Zimmer bleiben. Zum Frühstück hatte ich keinen Bissen hinunterbekommen, genauso wenig wie beim Abendessen tags zuvor; alles hatte wie Asche in meinem Mund gelegen. Jetzt, wo mir etwas Schrecklicheres zugestoßen war, als ich es mir je hätte vorstellen können, sollte ich eigentlich noch weniger Appetit haben. Stattdessen jedoch quälte mich der Hunger, und da es keine Dienstboten im Turm gab, würde mir auch niemand mein Abendbrot bringen. In diesem Moment kam mir ein weitaus schlimmerer Gedanke: Was, wenn der Drache von mir erwartete, ihm seine Mahlzeit zu bringen? Und dann drängte sich mir eine noch entsetzlichere Vorstellung auf: Was würde *nach* dem Essen geschehen? Kasia hatte immer gesagt, dass sie den zurückgekehrten Frauen glaubte, die beschworen, der Drache hätte sie niemals angerührt. »Er holt sich jetzt schon seit hundert Jahren Mädchen«, hatte sie im Brustton der Überzeugung gesagt. »Wenigstens *eine* von ihnen hätte es zugegeben, wenn es anders gewesen wäre. Und ein solches Eingeständnis hätte sich wie ein Lauffeuer verbreitet.«

Doch vor ein paar Wochen hatte sie meine Mutter unter vier Augen gebeten, ihr zu verraten, was geschah, wenn ein Mädchen heiratete – das preiszugeben, was meine Großmutter ihr am Abend vor ihrer eigenen Eheschließung gesagt habe. Als ich aus dem Wald zurückkam, hörte ich sie durchs Fenster miteinander flüstern. Während ich lauschte, liefen mir heiße Tränen die Wangen hinunter, denn ich war zornig wegen Kasias Schicksal, so zornig.

Und nun würde *ich* es sein. Und ich war nicht tapfer. Ich glaubte nicht, dass ich ruhig ein- und ausatmen und verhindern könnte, dass ich mich verkrampfte, so wie meine Mutter es Kasia geraten hatte, damit sie keine Schmerzen erdulden musste. Unwillkürlich stellte ich mir einen entsetzlichen Moment lang das Gesicht des Drachen so nahe vor meinem vor. Sogar noch näher als in dem Augenblick, in dem er auf dem Fest seine Wahl getroffen hatte. Ich sah seine schwarzen Augen vor mir, kalt und glänzend wie Steine, diese eisenharten Finger, so seltsam warm, die mir mein Kleid von der Haut schieben würden, während er mit seinem glatten, zufriedenen Lächeln zu mir hinunterblicken würde. Was, wenn er überall so fieberheiß war, sodass ich ihn wie Glut auf meinem Körper spüren würde, sobald er sich auf mich legte und …

Schaudernd schüttelte ich den Gedanken ab und stand auf. Ich warf einen Blick auf das Bett und sah mich in dem kleinen, engen Raum um, in dem ich mich nirgends würde verstecken können. Dann hastete ich wieder hinaus und durchquerte den Flur.

Am Ende gab es eine schmale Wendeltreppe, die mich nicht sehen ließ, was hinter der nächsten Biegung auf mich wartete. Es klingt lächerlich, wenn man sich davor fürchtet, eine Treppe hinunterzusteigen, aber ich war verängstigt. Beinahe wäre ich wieder umgekehrt und in mein Zimmer zurückgegangen. Doch schließlich legte ich eine Hand auf die glatte Steinwand und stieg langsam hinab. Auf jeder Stufe blieb ich zunächst mit beiden Füßen stehen, hielt inne und lauschte einen Augenblick lang, ehe ich mich ein Stückchen weitertraute.

Nachdem ich auf diese Weise eine ganze Umdrehung zurückgelegt hatte, ohne dass mich etwas angesprungen wäre, begann ich, mich wie eine Närrin zu fühlen, und beschleunigte meine Schritte. Doch nach einer weiteren Umdrehung hatte ich noch immer keinen Absatz erreicht und auch nach der nächsten nicht. Schon wieder überfiel mich diese Furcht. Diesmal hatte ich Angst davor, dass diese Treppe magisch wäre und endlos immer weiter hinabführen würde und … nun ja. Ich wurde schneller und schneller. Irgendwann sprang ich drei Stufen auf einmal hinunter und prallte geradewegs mit dem Drachen zusammen.

Ich war dürr, aber mein Vater war hochgewachsen und der größte Mann im Dorf. Ihm reichte ich bis zur Schulter und der Drache war nicht besonders groß. Beinahe wären wir gemeinsam die nächsten Stufen hinuntergefallen. Der Drache griff rasch mit einer Hand nach dem Geländer, mit der anderen nach meinem Arm, und irgendwie gelang es ihm, uns vor einem Sturz zu bewahren. Ich stützte mich schwer auf ihn, umklammerte seinen Mantel und starrte in sein verblüfftes Gesicht. Einen Moment lang war er zu überrascht, um einen klaren Gedanken zu fassen, und sah wie ein ganz gewöhnlicher Mann aus, der einen Schreck bekommen hatte, als er plötzlich unvermutet angesprungen wurde. Ein bisschen albern wirkte er und weich. Sein Mund stand offen. Seine Augen waren weit aufgerissen.

Ich selbst war so überrascht, dass ich mich nicht bewegte. Ich blieb einfach reglos stehen und starrte ihn hilflos an. Er fing sich schnell wieder. Zorn flackerte über sein Gesicht, und er schob mich von sich weg, bis ich wieder richtig auf den Beinen stand. Da dämmerte mir, was ich gerade getan hatte, und in meiner Panik platzte ich heraus, bevor er etwas sagen konnte: »Ich suche die Küche.«

»Ach, tatsächlich?«, fragte er mit seidenweicher Stimme. Sein Gesicht hingegen sah überhaupt nicht mehr weich aus, sondern hart und wütend. Meinen Arm hatte er noch immer nicht losgelassen. Sein Griff war schmerzhaft wie ein Schraubstock und ich konnte die davon ausgehende Hitze durch den Ärmel meines Kleides spüren. Er riss mich zu sich heran und beugte sich näher zu mir – ich glaube, er hätte sich gerne über mir aufgebaut, und weil ihm das körperlich nicht möglich war, wurde er nur noch ärgerlicher. Wenn ich einen Moment Zeit gehabt hätte, um darüber nachzudenken, hätte ich mich zurückgelehnt und versucht, mich kleiner zu machen; aber ich war zu müde und zu verängstigt. Stattdessen befand sich also sein Gesicht unmittelbar vor meinem, so nahe, dass ich seinen Atem auf meinen Lippen fühlen und sein kaltes, bösartiges Flüstern ebenso sehr spüren wie hören konnte: »Vielleicht sollte ich dir den Weg dorthin besser zeigen.«

»Ich kann … ich kann …«, setzte ich vergebens an. Ich bebte und versuchte, ein wenig Abstand zwischen ihm und mir zu schaffen. Er drehte sich jedoch weg und zerrte mich hinter sich die Treppe hinunter, immer im Kreis, weiter und weiter hinab. Nach fünf Umrundungen erreichten wir den nächsten Absatz, dann folgten noch einmal drei weitere. Das Licht wurde immer schummriger, bis er mich schließlich aus dem Treppenschacht hinaus auf die unterste Ebene des Turmes zog. Ich befand mich in einem großen, verliesartigen Raum aus behauenem Gestein mit kahlen Wänden und einer riesigen Feuerstelle in der Form eines nach unten geöffneten Mauls, in dem die Flammen wie in einem Höllenfeuer tanzten.

Er riss mich hinter sich her und darauf zu. In einem kurzen Moment blinden Entsetzens war ich überzeugt davon, dass er mich hineinstoßen würde. Er war so stark, viel stärker, als er seiner Größe nach hätte sein dürfen, und er hatte mich mühelos hinter sich die Treppe hinunterstolpern lassen. Aber ich würde mich nicht von ihm ins Feuer drängen lassen. Ich war kein sanftes, damenhaftes Mädchen; mein ganzes Leben lang war ich in den Wäldern herumgetollt, war auf Bäume gestiegen und auch vor Dornenbüschen nicht zurückgeschreckt, und das Gefühl der Panik, das sich in mir ausgebreitet hatte, verlieh mir Kraft. Ich schrie, als er mich näher an die Flammen zog. Dann wand ich mich, krallte mich an ihn und schlug ihn, sodass ich ihn dieses Mal wirklich zu Boden zwang.

Ich fiel mit ihm zusammen. Gemeinsam stießen wir uns auf den Steinfliesen die Köpfe und blieben einen Moment lang benommen und mit ineinander verkeilten Gliedmaßen liegen. Neben uns loderte und knisterte das Feuer, und da meine Panik langsam abflaute, bemerkte ich in der Mauer neben der Feuerstelle kleine eiserne Ofentüren; davor hing ein Rostspieß und darüber ein breites Regal mit Kochtöpfen. Dieser Raum war nichts weiter als eine Küche.

Nach einem Augenblick fragte er beinahe nachdenklich: »Bist du wahnsinnig?«

»Ich dachte, Ihr würdet mich in den Ofen stoßen«, antwortete ich noch immer wie benebelt. Dann begann ich zu lachen.

Es war kein richtiges Gelächter – ich war in diesem Moment halb hysterisch, auf tausend verschiedene Arten erschöpft und hungrig. Meine Knöchel und Knie waren von dem gewaltsamen Treppenabstieg angeschlagen, und mein Kopf schmerzte, als ob ich mir den Schädel gebrochen hätte. All das sind Gründe, warum ich das in mir aufsteigende Kichern einfach nicht unterdrücken konnte.

Aber *er* wusste natürlich nichts von meinem Zustand. Alles, was er wusste, war, dass das dumme Dorfmädchen, welches er ausgesucht hatte, über ihn lachte: über ihn, den größten Magier des Reiches, meinen Herrn und Meister. Ich glaube kaum, dass er in den letzten hundert Jahren von irgendjemandem ausgelacht worden war. Bis zu diesem Moment. Er rappelte sich auf, befreite unsanft seine Beine von meinem Gewicht, erhob sich und starrte wie ein empörter Kater auf mich hinunter. Ich lachte nur noch mehr, woraufhin er sich abrupt umdrehte und mich dort lachend auf dem Boden sitzen ließ. Scheinbar fiel ihm nichts anderes mehr ein, was er noch mit mir hätte tun können.

Nachdem er gegangen war, beruhigte ich mich langsam wieder und fühlte mich irgendwie ein bisschen weniger ausgehöhlt und verängstigt. Schließlich hatte er mich nicht in den Ofen geworfen und mich nicht einmal geschlagen. Ich stand ebenfalls auf und sah mich im Raum um. Viel konnte ich nicht erkennen, denn die Feuerstelle leuchtete sehr hell, und es gab keine anderen Lichtquellen. Doch als ich den Flammen den Rücken kehrte, konnte ich langsam Umrisse in dem riesigen Raum ausmachen, der in Alkoven unterteilt war. Die Wände waren niedrig und standen voller glänzender Flaschen – Weinflaschen, wie ich feststellte. Mein Onkel hatte mal zum Mittwinterfest eine solche Flasche in das Haus meiner Großmutter mitgebracht.

Überall lagerten Vorräte: Fässer mit in Stroh verpackten Äpfeln, säckeweise Kartoffeln, Karotten und Pastinaken und lange Zwiebelzöpfe. Auf einem Tisch mitten im Raum lag ein Buch mit einer Kerze daneben, die nicht brannte, und einem Tintenfass samt Federkiel. Als ich das Buch aufschlug, fand ich dort in kräftiger Handschrift alle Vorräte verzeichnet. Ganz unten auf der ersten Seite gab es eine ganz klein geschriebene Notiz. Ich zündete die Kerze an, beugte mich mit zusammengekniffenen Augen vor und entzifferte mühsam:

Frühstück um acht, Mittagessen um eins, Abendbrot um sieben. Bring das Essen fünf Minuten früher in die Bibliothek und du musst ihn den ganzen Tag über nicht sehen. Nur Mut!

Es war unnötig dazuzuschreiben, wem ich auf diese Weise aus dem Weg gehen konnte.

Ein unbezahlbarer Ratschlag, und die Bemerkung »Nur Mut!« war wie die Berührung von der Hand einer Freundin. Ich presste das Buch an mich und fühlte mich weniger allein als den ganzen Tag zuvor. Es schien später Nachmittag zu sein. Der Drache hatte in unserem Dorf nichts gegessen, und so machte ich mich daran, etwas zu essen auf den Tisch zu bringen. Ich war keine große Köchin, aber meine Mutter hatte nicht lockergelassen, bis ich wusste, wie man eine Mahlzeit zubereitete, und ich hatte für die Speisen auf allen Familienzusammenkünften gesorgt. Also wusste ich, wie man frische Dinge von verdorbenen unterscheidet und wann ein Stück Obst reif und süß ist. Noch nie hatte ich so viele Vorräte gehabt, aus denen ich mich bedienen konnte; es gab sogar Schubladen voller Gewürze, die wie ein Mittwinterkuchen dufteten, und ein ganzes Fass mit frischem, weichem grauem Salz.

Am Ende des Raumes gab es eine merkwürdig kalte Stelle. Dort war Fleisch aufgehängt worden: ein ganzer Hirsch und zwei große Hasen. Ich stieß auch auf eine mit Stroh ausgelegte Kiste, in der Eier aufbewahrt wurden. Auf dem Ofen lag ein frisch gebackener Laib Brot, eingewickelt in ein Webtuch, und daneben entdeckte ich einen ganzen Topf mit Kaninchenfleisch, Buchweizen und kleinen Erbsen. Ich kostete davon: Es schmeckte wie für einen Festtag gemacht, so salzig und auch ein kleines bisschen süß, das Fleisch so zart, dass es auf der Zunge zerging. Ein weiteres Geschenk von der unbekannten Hand, die in das Buch geschrieben hatte.

Ich hatte keine Ahnung, wie man ein solches Essen zubereitete, und ich verzagte bei dem Gedanken daran, der Drache könnte das vielleicht von mir erwarten. So war ich von einem Gefühl verzweifelter Dankbarkeit erfüllt, dass dieser Eintopf bereits fertig vor mir stand. Ich stellte ihn zurück auf den Sims über dem Feuer, um ihn aufzuwärmen, und verschüttete bei dieser Gelegenheit einige Tropfen auf meinem Kleid. Dann schlug ich zwei Eier auf, schüttete sie auf einen Teller, den ich in den Ofen schob, und suchte ein Tablett, eine Schale, einen weiteren Teller und einen Löffel. Als der Kanincheneintopf fertig war, stellte ich ihn auf das Tablett und gab das Brot dazu. Ich musste es aufschneiden, denn ich hatte bereits den Kanten des Brotlaibes abgerissen und aufgegessen, während ich darauf wartete, dass die Suppe heiß wurde. Ich strich Butter auf die Scheiben und schmorte sogar einen Apfel, den ich mit Gewürzen bestreute. So hatte meine Mutter es mir beigebracht und so wurde es bei mir zu Hause im Winter bei einem Sonntagsessen serviert. Da es so viele Kochstellen in dieser Küche gab, konnte ich das tun, während gleichzeitig die anderen Gerichte garten. Ich war ein bisschen stolz auf mich, als alles zusammen auf dem Tablett stand: Es sah aus wie für ein Fest angerichtet – allerdings für ein sehr merkwürdiges, da es nur für einen einzigen Mann reichen würde.

Vorsichtig trug ich das Tablett die Treppe hoch, und erst da merkte ich mit einiger Verspätung, dass ich überhaupt nicht wusste, wo sich die Bibliothek befand. Wenn ich nur ein bisschen darüber nachgedacht hätte, wäre mir vielleicht eingefallen, dass sie wohl kaum in der untersten Etage sein dürfte. Dort war sie tatsächlich nicht, doch um das herauszufinden, musste ich erst mit dem Tablett in den Händen eine riesige runde Halle durchqueren. Die Fenster waren mit Vorhängen geschmückt und ganz am Ende stand ein schwerer, thronähnlicher Stuhl. Dort gab es auch noch eine andere Tür, aber als ich sie öffnete, fand ich dahinter nur die Eingangshalle des Turmes mit den enormen Türen. Sie waren dreimal so hoch wie ich und mit einem dicken Holzriegel und eisernen Verschlüssen versehen.

Ich drehte mich um und ging wieder durch die Halle zurück zur Treppe, stieg hinauf bis zum nächsten Absatz, wo ich feststellte, dass der Marmorfußboden hier mit einem weichen pelzigen Stoff überzogen war. Noch nie zuvor hatte ich einen Teppich gesehen. Dies war der Grund dafür, warum ich die Schritte des Drachen nicht hatte hören können. Voller Angst schlich ich durch den abgehenden Flur und spähte durch die erste Tür. Schnell zog ich den Kopf wieder zurück:

Der Raum dahinter war voller langer Tische mit seltsamen Flaschen darauf. Überall blubberten Flüssigkeiten und züngelten Flammen in unnatürlichen Farben, die nicht von einer Feuerstelle herrührten. Keinen einzigen Augenblick länger wollte ich in diesem Zimmer verbringen. Allerdings verfing ich mich bei der Flucht mit meinem Kleid in der Tür, sodass es einen langen Riss bekam.

Die nächste Tür auf der anderen Seite des Gangs öffnete sich schließlich zu einem Raum voller Bücher: Die hölzernen Regale vom Boden bis zur Decke waren förmlich vollgestopft. Hier roch es nach Staub, und es gab nur ein paar wenige schmale Fenster, durch die Licht hereinfiel. Ich war so erleichtert, die Bibliothek gefunden zu haben, dass mir zuerst gar nicht auffiel, dass der Drache dort war. Er saß in einem schweren Sessel mit einem Buch vor sich auf einem kleinen Pult, das auf seinen Oberschenkeln ruhte. So groß war das Buch, dass jede Seite die Länge meines Vorderarms hatte. Ein großes goldenes Schloss hing baumelnd am Buchdeckel.

Ich blieb wie angewurzelt stehen, starrte ihn an und fühlte mich von dem Ratschlag im Haushaltsbuch unten in der Küche hinters Licht geführt. Irgendwie war ich davon ausgegangen, dass sich der Drache zurückziehen würde, bis ich die Gelegenheit gehabt hätte, das Tablett mit seinem Essen abzustellen. Er hob nicht den Kopf, um mich anzuschauen. Doch anstatt einfach schweigend mit dem Tablett zum Tisch in der Mitte des Raumes zu gehen, dort zu decken und dann eilig wieder zu verschwinden, drückte ich mich im Eingang herum und stotterte: »Ich … ich habe Euch Euer Abendbrot gebracht.« Ich wollte nicht eintreten, für den Fall, dass er wieder nach mir greifen würde.

»Ach, wirklich?«, erwiderte der Drache mit schneidender Stimme. »Ganz ohne dabei ins Feuer zu fallen? Das überrascht mich.« Erst in diesem Moment blickte er auf und sah mich stirnrunzelnd an. »Oder täusche ich mich und du bist vielleicht doch hineingefallen?«

Ich ließ den Blick an mir hinunterwandern. Auf meinem Rock zeichnete sich deutlich ein enorm großer hässlicher Fleck von meinem Erbrochenen ab – ich hatte ihn in der Küche, so gut es ging, herauszuwaschen versucht, jedoch ohne nennenswerten Erfolg –, und ein weiterer Schmutzfleck prangte dort, wo ich mich hineingeschnäuzt hatte. Es gab drei oder vier Flecken von verschüttetem Eintopf und weitere von der Waschschüssel, in der ich die Töpfe sauber gemacht hatte. Mein Rocksaum war noch von heute Morgen dreckig, und ich hatte mir noch ein paar weitere Löcher in den Stoff gerissen, ohne es auch nur zu bemerken. Meine Mutter hatte am Morgen mein Haar geflochten und eingedreht und es schließlich hochgesteckt, aber ein Großteil der Locken hatte sich wieder befreit. Mittlerweile hing nur noch ein großer filziger Haarknoten in meinem Nacken.

Mir war das gar nicht aufgefallen; für mich war das schließlich nicht ungewöhnlich, abgesehen von der Tatsache, dass ich zu dieser unglücklichen Frisur mein schönstes Kleid trug. »Ich habe … Ich habe gekocht und geputzt …«, versuchte ich zu erklären.

»Es gibt in diesem Turm nichts, das schmutziger ist als *du*«, bemerkte der Drache, was zwar zweifellos richtig, aber auch sehr unhöflich war. Ich errötete und trat mit gesenktem Kopf zum Tisch. Dort stellte ich alles ab und warf einen Blick darauf. In diesem Moment wurde mir schmerzhaft bewusst, dass alles kalt geworden war, während ich suchend durch den Turm gelaufen war. Außer natürlich der Butter, die auf ihrem Teller zu einer weichen Masse zerlaufen war. Selbst mein köstlicher geschmorter Apfel war völlig verdorben.

Unglücklich starrte ich auf das Essen und versuchte, mir zu überlegen, was ich nun tun konnte: Sollte ich alles wieder nach unten tragen? Oder war ihm die Temperatur seiner Speisen vielleicht gleichgültig? Als ich mich zu ihm umdrehte, hätte ich beinahe aufgeschrien: Er stand unmittelbar hinter mir und schaute über meine Schulter auf die Mahlzeit. »Ich beginne zu verstehen, warum du fürchtetest, ich könnte dich ins Feuer werfen«, bemerkte er spitz. Er beugte sich vor, nahm einen Löffel, brach damit durch das kalt und hart gewordene Fett auf dem Eintopf, schöpfte etwas von der Suppe heraus und ließ sie dann wieder zurückfließen. »Etwas Besseres als das solltest du schon zustande bringen.«

»Ich bin vielleicht keine herausragende Köchin, aber …«, setzte ich an und wollte ihm erklären, dass ich so schlecht nun auch wieder nicht sei und ich mich einfach nur auf dem Weg hierher verlaufen hätte, aber er unterbrach mich mit einem Schnauben.

»Gibt es denn überhaupt etwas, das du kannst?«, fragte er spöttisch.

Wenn ich doch nur besser ausgebildet worden wäre, jemandem zu dienen; wenn ich doch nur je ernsthaft in Betracht gezogen hätte, dass ich ausgewählt werden könnte und besser auf all das hier vorbereitet gewesen wäre; wenn ich mich doch nur ein bisschen weniger müde und elend gefühlt hätte. Und wenn ich in der Küche doch bloß keinen Anflug von Stolz auf mich selber verspürt hätte; wenn er mich nicht damit aufgezogen hätte, dass ich wie eine Lumpensammlerin aussah, so wie es all jene taten, die mich liebten. Doch in seiner Stimme schwang Boshaftigkeit statt liebevoller Zuneigung mit, als er das sagte. Wenn, ja wenn … Und wenn ich nicht auf der Treppe mit ihm zusammengestoßen wäre und rechtzeitig herausgefunden hätte, dass er nicht vorhatte, mich ins Feuer zu stoßen, dann wäre ich vermutlich nur rot geworden und davongelaufen.

Stattdessen knallte ich nun hitzig das Tablett auf den Tisch und schrie: »Warum habt Ihr mich ausgewählt? Warum habt Ihr nicht Kasia genommen?«

Kaum waren mir die Worte über die Lippen gekommen, schloss ich erschrocken den Mund und schämte mich. Eilig wollte ich das, was ich gesagt hatte, zurücknehmen und ihm versichern, dass es mir leidtäte und ich es nicht so gemeint hätte; dass ich nicht ernstlich glaubte, er hätte lieber Kasia nehmen sollen; dass ich sofort ein neues Tablett für ihn fertig machen würde …

Da fragte er ungeduldig: »Wen?«

Ich starrte ihn mit offenem Mund an, dann wiederholte ich: »Kasia!« Er schaute mich nur an, als hätte ich ihm ein weiteres Beispiel dafür geliefert, wie beschränkt ich war. In meiner Verwirrung vergaß ich meine guten Vorsätze. »Ihr hättet sie nehmen sollen. Sie ist klug und mutig und eine hervorragende Köchin, und …«

Er sah von Sekunde zu Sekunde erboster aus. »Ja«, stieß er hervor und schnitt mir damit das Wort ab. »Ich erinnere mich an sie. Sie war weder pferdegesichtig noch ein liederliches, schlampiges Mädchen. Ich schätze, sie würde mich in diesem Augenblick nicht mit ihrem Gejammer langweilen. Genug! Ihr Dorfmädchen seid am Anfang alle ermüdend, manche von euch mehr, andere weniger. Du aber erweist dich wirklich als ein Paradebeispiel von Unfähigkeit.«

»Na, dann müsst Ihr mich ja nicht hierbehalten!«, fuhr ich auf. Ich war zornig und verletzt – *pferdegesichtig* hatte mich hart getroffen.

»Da irrst du dich, sehr zu meinem Bedauern«, sagte er.

Er packte mich am Handgelenk und riss mich zu sich herum: Er stand ganz eng hinter mir und hielt meinen ausgestreckten Arm über die Speisen auf dem Tisch. *»Lirintalem«*, sagte er; ein merkwürdiges Wort, das ihm flüssig über die Lippen kam und in meinen Ohren einen scharfen Widerhall fand. »Sag es mit mir im Chor.«

»Was?«, fragte ich, denn ich hatte das Wort noch nie zuvor gehört. Er aber drückte sich noch fester an meinen Rücken und mit dem Mund ganz nah an meinem Ohr flüsterte er drohend: *»Sag es!«*

Ich zitterte, und da ich nichts anderes wollte, als dass er mich losließe, sagte ich *»Lirintalem!«*, während er noch immer meine Hand über das Essen hielt.

Die Luft über seiner Mahlzeit verschwamm, was ein entsetzlicher Anblick war, als wäre die ganze Welt ein Teich, in den der Drache Steine werfen konnte. Als sich die Turbulenzen wieder gelegt hatten, waren die Speisen verändert. Wo die gebackenen Eier gelegen hatten, befand sich nun ein Brathuhn; statt der Schale mit Kanincheneintopf lag dort ein Haufen frischer Frühlingsbohnen, obwohl die Saison dafür bereits seit sieben Monaten vorbei war; statt des geschmorten Apfels lag vor mir ein honigglasiertes Törtchen mit papierdünnen Apfelscheiben und fetten Rosinen.

Er ließ mich los. Jetzt, wo er mich nicht mehr hielt, geriet ich ins Schwanken und klammerte mich an der Tischkante fest. Alle Luft war aus meinen Lungen gewichen, als hätte sich jemand auf meine Brust gesetzt. Ich fühlte mich, als hätte man mich wie eine Zitrone ausgepresst. An den Rändern meines Sichtfeldes tanzten Sterne und ich beugte mich halb ohnmächtig vor. Benommen sah ich, wie der Drache auf das Tablett hinunterschaute und eine seltsam grimmige Miene aufsetzte, als wäre er gleichzeitig wütend und erstaunt.

»Was habt Ihr mit mir getan?«, flüsterte ich, als ich wieder atmen konnte.

»Hör auf zu heulen«, winkte er ab. »Das ist nicht mehr als ein einfacher Zauber.« Alle Verblüffung, die er verspürt haben mochte, war verschwunden. Stattdessen wedelte er mit der Hand in Richtung Tür, als er am Tisch vor seinem Essen Platz nahm. »Schon gut, verschwinde. Wie ich sehe, wirst du mir viel zu viel meiner kostbaren Zeit rauben, aber für heute reicht es mir.«

Ich war so froh, dass ich endlich einmal gehorchen konnte. Ich unternahm keinen Versuch, das Tablett hochzunehmen, sondern schlich nur langsam aus der Bibliothek, die Hand, die er gehalten hatte, an meinen Körper gepresst. Ich war noch immer so schwach, dass meine Knie bei jedem Schritt wackelten. Es kostete mich beinahe eine halbe Stunde, mich die Treppe bis ganz hinauf in den obersten Stock zu schleppen. Dort schlüpfte ich in den kleinen Raum, schloss die Tür, schob den Schrank davor und ließ mich aufs Bett fallen.

Falls der Drache an die Tür kam, während ich schlief, hatte ich nichts davon mitbekommen.

Kapitel 2

Die nächsten vier Tage lang bekam ich den Drachen nicht zu Gesicht. Ich verbrachte die Zeit von morgens bis abends in der Küche, denn ich hatte dort ein paar weitere Kochbücher entdeckt. Fieberhaft arbeitete ich mich durch jedes Gericht, das ich darin finden konnte, in dem Versuch, die beste Köchin zu werden, von der man je gehört hatte. Es gab so viele Vorräte in der Speisekammer, dass ich mich nicht darum scherte, ob ich irgendetwas verschwendete. Wenn mir ein Gericht misslang, aß ich es selber auf. Ich befolgte den Rat aus dem Kochbuch und brachte die für den Drachen zubereiteten Mahlzeiten exakt fünf Minuten vor der jeweils festgesetzten Stunde in die Bibliothek. Dort deckte ich die Teller ab und sah zu, dass ich wieder hinauskam. Niemals war er da, wenn ich den Raum betrat, und so war ich zufrieden und hörte auch keine Beschwerden von ihm.

In einer Kiste in meinem Zimmer fand ich einfache Kleidung vor, die mir leidlich passte – meine Waden blieben bis zum Knie nackt, die Arme ab den Ellbogen, und ich musste mir den Stoff in der Taille enger binden. Aber wenigstens sah ich wieder sauber und ordentlich aus.

Ich war eigentlich nicht daran interessiert, dem Drachen zu gefallen, doch ich wollte verhindern, dass er mir jemals wieder so etwas antun würde – was auch immer das für ein Zauberspruch gewesen sein mochte. Viermal war ich in der Nacht aufgewacht, hatte das Wort *Lirintalem* auf meinen Lippen gespürt und es in meinem Mund geschmeckt, als ob es dorthin gehörte. Die Hand des Drachen brannte noch immer heiß auf meinem Arm.

Mir fehlte Gesellschaft. Furcht und Arbeit waren nicht das Schlimmste. Die Einsamkeit war härter und jene tiefer sitzenden Ängste, von denen ich wusste, dass sie längst Wirklichkeit geworden waren: dass ich meine Mutter und meinen Vater die nächsten zehn Jahre lang nicht mehr sehen würde; dass ich niemals mehr in unserem Heim leben oder frei und unbeschwert im Wald herumtollen würde; dass die seltsame Zaubermacht, die auf die Drachenmädchen einwirkte, bald auch nach mir greifen und mich in jemanden verwandeln würde, den ich am Ende nicht mehr wiedererkennen würde. Wenigstens musste ich über all das nicht nachgrübeln, solange ich Gemüse klein schnitt und vor den Öfen schwitzte.

Nach einigen Tagen, als mir klar geworden war, dass der Drache nicht bei jeder Mahlzeit auf mich warten und seinen Zauberspruch auf mich anwenden würde, ließ mein Übereifer beim Kochen nach. Doch ich fand nichts, womit ich mich sonst hätte zerstreuen können, selbst als ich mich nach einer Tätigkeit umsah. So groß, wie der Turm auch war – es war nicht nötig, hier zu putzen. Weder in den Ecken noch auf den Fensterbrettern hatte sich Staub gesammelt, nicht einmal in den winzigen Zierranken auf dem goldenen Bilderrahmen.

Die gemäldeartige Landkarte in meinem Zimmer gefiel mir noch immer nicht. Jede Nacht bildete ich mir ein, ein schwaches Gurgeln daraus aufsteigen zu hören wie Wasser in einem Abfluss. Und jeden einzelnen Tag hing dieses Bild in übertriebenem Prunk dort an der Wand und versuchte mich zu zwingen, es genauer anzuschauen. Stets warf ich ihm nur einen finsteren Blick zu und dann ging ich schließlich nach unten. Ich leerte einen Sack Rüben im Keller aus, riss die Nähte auf und benutzte den Stoff, um das Bild zu verhängen. Als das Gold und die Pracht verborgen waren, fühlte ich mich in meinem Zimmer sofort wohler.

Den Rest dieses Morgens verbachte ich wieder damit, aus dem Fenster hinaus über das Tal zu blicken, einsam und krank vor Sehnsucht. Es war ein gewöhnlicher Arbeitstag, und so sah ich Männer auf den Feldern, die die Ernte einbrachten, und Frauen am Fluss, die ihre Wäsche wuschen. Selbst der Dunkle Wald sah für mich beinahe tröstlich aus in seiner großen, wilden, undurchdringlichen Schwärze: eine unveränderliche Konstante. Die beachtliche Schafherde von Radomsko graste auf den niedrigeren Berghängen am nördlichen Ende des Tals. Sie sah aus wie eine wandernde weiße Wolke. Eine kleine Weile sah ich den Tieren beim Weiden zu und vergoss ein paar Tränen, aber selbst die Trauer hat ihre Grenzen. Als die Zeit für das Abendessen gekommen war, langweilte ich mich bereits entsetzlich.

Meine Familie war weder reich noch arm. Wir hatten sieben Bücher in unserem Haus. Ich hatte aber nur vier davon gelesen, denn beinahe mein ganzes Leben lang hatte ich mehr Zeit draußen als im Haus verbracht, sogar im Winter und bei Regen. Nun aber blieben mir nicht mehr viele andere Optionen, und als ich an diesem Nachmittag das Tablett mit dem Abendessen in die Bibliothek brachte, stöberte ich ein bisschen in den Regalen. Sicherlich konnte es nicht schaden, wenn ich mir ein Buch ausborgte. Auch die anderen Mädchen mussten das getan haben, denn jeder bemerkte, wie belesen sie waren, wenn sie wieder aus den Diensten des Drachen entlassen wurden.

Beherzt ging ich zu einem der Regale und zog ein Buch hervor, das beinahe danach rief, in die Hand genommen zu werden. Es hatte einen wunderschönen Ledereinband in der Farbe von Weizenähren im Kerzenschein: außergewöhnlich und einladend. Als ich es herausgezogen hatte, zögerte ich. Es war größer und schwerer als jedes der Bücher im Besitz meiner Familie und außerdem waren auf dem Deckel prächtige Muster in Gold eingeprägt. Aber es war nicht mit einem Schloss versehen und so trug ich es in mein Zimmer. Ich verspürte einen Anflug von schlechtem Gewissen, doch ich versuchte mir einzureden, dass solche Gefühle töricht wären.

Als ich das Buch jedoch aufschlug, fühlte ich mich erst richtig dumm, denn ich verstand überhaupt nichts. Es war allerdings nicht so, dass ich die Wörter nicht gekannt hätte oder nicht gewusst hätte, was sie bedeuten. Sie waren mir alle vertraut, und ich begriff alles, was ich auf den ersten drei Seiten las. Dann machte ich eine Pause und fragte mich, wovon dieses Buch eigentlich handelte. Ich konnte es nicht sagen; ich hatte nicht die geringste Ahnung, was ich gerade gelesen hatte.

Also blätterte ich zurück und versuchte es noch einmal, und auch dieses Mal war ich mir sicher, dass ich folgen konnte und dass alles einen schlüssigen Sinn ergab – ja, mehr als schlüssig sogar. Ich hatte das Gefühl, auf die Wahrheit zu stoßen, auf etwas, das ich schon immer gewusst hatte und nur noch nie in Worte hatte fassen können. Oder dass mir etwas auf einfache, klar verständliche Weise erläutert wurde, was sich mir zuvor immer verschlossen hatte. Zufrieden nickte ich und las weiter. Dieses Mal gelangte ich bis zur fünften Seite, ehe ich erneut feststellte, dass ich niemandem hätte erzählen können, worum es auf den ersten Seiten oder auch nur auf der vorangegangen Seite ging.

Missmutig starrte ich auf das Buch; dann blätterte ich zum Anfang zurück und begann damit, Wort für Wort laut vorzulesen. Es klang, als sängen Vögel: wunderschön und süß wie überzuckerte Früchte. Trotzdem konnte ich den Textfluss auch jetzt nicht in meinem Kopf behalten, aber ich las träumerisch weiter, bis die Tür gewaltsam aufgestoßen wurde.

Zu diesem Zeitpunkt hatte ich bereits damit aufgehört, meine Tür mit Möbelstücken zu verbarrikadieren. Ich saß auf meinem Bett, das ich unter das Fenster geschoben hatte, um mehr Licht zu bekommen. Der Drache stand mir unmittelbar gegenüber im Türrahmen auf der anderen Seite des Zimmers. Ich erstarrte vor Überraschung und brach mit offenem Mund ab. Der Drache war außer sich vor Wut. Er streckte eine Hand aus und stieß hervor: »*Tualidetal.*«

Das Buch wollte aus meinen Händen gleiten und durch den Raum zu ihm fliegen. Aus einem unglücklichen Instinkt heraus griff ich blindlings danach, um es daran zu hindern. Es kämpfte gegen mich an in dem Versuch, sich doch noch von mir zu lösen, aber in dummer Hartnäckigkeit zog ich mit einem Ruck daran. So gelang es mir, es fest in meine Arme zu schließen. Ungläubig starrte der Drache mich an und sein Zorn wurde noch maßloser. Mit wenigen Sätzen hatte er meine kleine Kammer durchquert, während ich viel zu spät aufsprang und zurückzuweichen begann. Aber ich konnte ihm nicht ausweichen und schon war er bei mir und drückte mich flach in die Kissen.

»Also gut«, sagte er mit seidenweicher Stimme, während er seine Hand auf mein Schlüsselbein legte und mich mühelos auf das Bett gepresst festhielt. Es fühlte sich an, als ob mein Herz zwischen meinen Rippen und meinem Rücken hin und her hüpfte. Jeder Schlag schüttelte mich durch. Der Drache nahm mir mit der freien Hand das Buch weg – immerhin war ich nicht *so* dumm, auch jetzt noch daran festzuhalten – und warf es mit einer geschickten Bewegung auf den kleinen Tisch. »Agnieszka, nicht wahr? Agnieszka aus Dvernik.« Er schien auf eine Antwort zu warten.

»Ja«, hauchte ich.

»Agnieszka«, flüsterte er und beugte sich tief über mich, sodass ich glaubte, er wollte mich küssen. Einerseits machte mir das Angst, andererseits jedoch wollte ich, dass er es tat, damit ich es endlich hinter mir hatte und mich nicht mehr so sehr davor fürchten musste. Doch er dachte gar nicht daran. Als er so nah über mir war, dass ich in seinen Augen das Spiegelbild meiner eigenen sehen konnte, fuhr er leise fort: »Sag mir, kleine Agnieszka, wo kommst du wirklich her? Hat dich der Falke geschickt? Oder vielleicht der König selbst?«

Ich hatte schreckerfüllt auf seine Lippen gestarrt, riss jetzt aber meinen Blick los und sah ihm in die Augen: »Ich … Wie bitte?«

»Ich werde es herausfinden«, flüsterte er. »Egal wie geschickt der Zauberspruch deines Herrn auch sein mag, er muss eine Schwachstelle haben. Deine … *Familie* …«, er schnaubte verächtlich, als er das letzte Wort aussprach, »mag glauben, dass sie sich an dich erinnert, aber was ist mit den vielen kleinen Dingen, die sich während eines Kinderlebens ansammeln? Ein paar Fäustlinge oder eine abgetragene Mütze, eine ganze Sammlung zerbrochenen Spielzeugs … So etwas werde ich wohl kaum in eurem Haus aufstöbern. Habe ich recht?«

»Mein ganzes Spielzeug ist kaputtgegangen?«, stammelte ich hilflos und griff den einzigen Teil seiner Rede auf, den ich begriffen hatte. »Meine Sachen sind … Ja, Ihr habt recht. Alle meine Kleidungsstücke waren abgetragen. Unser Lumpensack war immer randvoll mit meinen Sachen …«

Er presste mich hart aufs Bett und beugte sich wieder tief über mich. »Wage es nicht, mich anzulügen!«, zischte er. »Ich werde dir die Wahrheit aus der Kehle reißen …«

Seine Finger ruhten auf meinem Hals; sein Bein stützte sich zwischen meinen Knien aufs Bett. Ich schnappte vor Angst nach Luft, dann legte ich meine Hände auf seine Brust, presste meinen ganzen Körper gegen die Matratze und schob uns beide hoch. Wir fielen schwer auf den Boden, er unter mir, und flink wie ein Kaninchen kletterte ich von ihm herunter, rannte zur Tür und floh in Richtung Treppe. Ich habe keine Ahnung, was ich glaubte, wohin ich verschwinden könnte: Durch die Vordertür gab es kein Entkommen und auch sonst blieb kein Ausweg. Trotzdem stürmte ich die Stufen hinab und stolperte zwei Absätze weiter nach unten. Als ich hörte, wie sich die Schritte des Drachen näherten, der mich verfolgte, rettete ich mich in das schwach beleuchtete Laboratorium mit all den zischenden Dämpfen und dem Qualm. Verzweifelt krabbelte ich unter den Tischen in eine dunkle Ecke hinter einem hohen Wandschrank und zog meine Beine eng an mich.

Ich hatte die Tür hinter mir ins Schloss fallen lassen, aber der Drache schien trotzdem genau zu wissen, wo ich Schutz gesucht hatte. Er öffnete die Tür und streckte den Kopf herein. Ich konnte ihn über die Tischkante hinweg sehen, eines seiner kalten und zornigen Augen zwischen zwei Bechergläsern, das Gesicht durch die Flammen in verschiedene Grüntöne getaucht. Mit gleichmäßigen, ruhigen Schritten kam er um den Tisch herum; als er auf meiner Seite angekommen war, schoss ich auf allen vieren in die entgegengesetzte Richtung in dem Versuch, die Tür zu erreichen. Ich hegte die kühne Vorstellung, ihn hier im Raum einzusperren. Aber ich stieß auf meinem Weg an ein schmales Regal, das an der Wand stand. Einer der verschlossenen Krüge fiel um, traf mich auf dem Rücken und rollte dann weiter auf den Boden, wo er zu meinen Füßen in tausend Scherben zersprang.

Grauer Rauch waberte hoch, hüllte mich ein, stieg mir in die Nase und den Mund, raubte mir die Luft zum Atmen und hinderte mich an jeder Bewegung. Er stach in meinen Augen, aber ich konnte nicht mehr blinzeln; ich konnte auch den Arm nicht heben, um über meine brennenden Lider zu wischen. Meine Arme versagten mir schlichtweg den Dienst. Der aufsteigende Husten blieb mir in der Kehle stecken; mein ganzer Körper versteifte sich nach und nach, und so blieb ich reglos auf Händen und Knien auf dem Boden hocken. Nun fürchtete ich mich nicht mehr und einige Momente darauf fühlte ich mich nicht einmal mehr körperlich unwohl. Auf irgendeine Weise war ich unendlich schwer und gewichtslos und abwesend zugleich. Ganz schwach und wie aus weiter Ferne hörte ich die Schritte des Drachen; er kam näher und ragte dann über mir auf. Mir war gleichgültig, was er tun würde.

Er stand da und schaute mit kalter Ungeduld zu mir hinunter. Ich versuchte nicht, mir auszumalen, was geschehen würde. Ich konnte nicht mehr denken oder mich wundern. Die Welt war sehr grau und sehr still.

»Nein«, sagte er nach einem kurzen Augenblick. »Nein, du kannst auf keinen Fall eine Spionin sein.« Er drehte sich um und ließ mich für einige Zeit allein. Ich hätte nicht sagen können, für wie lange – es hätte eine Stunde oder eine Woche oder ein Jahr sein können. Später jedoch erfuhr ich, dass es nur ein halber Tag gewesen war. Dann endlich kehrte er doch noch zurück, mit einem unzufriedenen Zug um den Mund. Er hielt ein kleines, zerrupftes Ding hoch, das einmal ein Schweinchen gewesen war, aus Wolle gestrickt und mit Stroh ausgestopft, bis ich es die ersten sieben Jahre meines Lebens hinter mir her durch den Wald geschleift hatte. »Nun gut«, sagte er. »Keine Spionin also. Nur ein Bauerntrampel.«

Er streckte seine Hand aus, legte sie auf meinen Kopf und sagte: »*Tezavon tahozh, tezavon tahozh kivi, kanzon lihush.*«

Es klang weniger, als rezitiere er die Worte, vielmehr sang er sie, als wären sie ein Lied. Und während er das tat, kehrten Farbe und Zeit und Atem zurück in meine Welt. Mein Kopf wurde wieder frei und ich duckte mich unter seiner Hand weg. Langsam wich die Versteinerung aus meinem Blut und meinem Körper. Meine Arme ließen sich wieder bewegen und ruderten wild herum, um irgendetwas mit den Händen zu fassen zu bekommen, während meine Beine noch immer steif und unbeweglich waren und mich an Ort und Stelle festhielten. Der Drache packte mich an meinen Handgelenken, sodass sein Griff mich am Fliehen hindern konnte, als mein Körper endlich voll und ganz befreit war.

Ich versuchte auch gar nicht erst davonzulaufen. Meine plötzlich wieder in Gang geratenen Gedanken stoben in alle Richtungen auseinander, als versuchten sie, die verlorene Zeit wieder aufzuholen. Zudem hatte ich das Gefühl, dass der Drache mich in meinem versteinerten Zustand hätte halten können, wenn er vorgehabt hätte, mir etwas anzutun. Und abgesehen davon hatte er aufgehört, mich für eine Art Spionin zu halten. Ich begriff allerdings nicht, warum er glaubte, irgendjemand könnte ihn ausspionieren wollen, ganz zu schweigen davon, warum dies der Plan des Königs sein sollte. Er war doch der Magier des Königs, nicht wahr?

»Und jetzt verrate mir: Was hast du getan?«, herrschte er mich an. Seine Augen funkelten immer noch kalt und misstrauisch.

»Ich wollte mir nur ein Buch zum Lesen holen«, sagte ich. »Ich dachte nicht … ich dachte nicht, dass das einen Schaden anrichten könnte …«

»Und dann greifst du dir für deine kleine Schmökerstunde ausgerechnet *Luthes Beschwörung* aus dem Regal«, höhnte er mit beißendem Unterton in der Stimme. »Und das auch noch ganz zufällig …« Vielleicht war es der erschrockene und verständnislose Ausdruck in meinen Augen, der ihn von meiner Version der Geschichte überzeugte, denn er stockte und musterte mich mit unverhohlenem Ärger. »Was für ein beispielloses Talent für Katastrophen du doch hast.«

Dann sah er mit finsterer Miene auf den Boden und ich folgte seinem Blick zu den Scherben und Splittern des Glaskruges zu unseren Füßen. Zischend stieß der Drache die Luft durch die Zähne aus und befahl barsch: »Schaff das hier fort und dann komm in die Bibliothek. Und fass ansonsten bloß nichts an.«

Er machte kehrt und marschierte davon, während ich mich in der Küche auf die Suche nach Schaufel und Besen machte, um die Scherben zu beseitigen. Ich wischte auch den Boden, obwohl da keine Spur mehr von der verschütteten Flüssigkeit war, als ob die Magie verdampft wäre. Immer wieder hielt ich inne und hob meine Hand, um sie hin und her zu drehen und mich zu vergewissern, dass nicht wieder eine Versteinerung von meinen Fingerspitzen aus hochwanderte. Unwillkürlich fragte ich mich, warum der Drache wohl einen solchen Krug auf dem Regal aufbewahrte und ob er den Inhalt jemals bei einem anderen Menschen angewandt hatte – bei jemandem, der zur Statue geworden war und irgendwo mit unbeweglichen Augen herumstand, während ringsum die Zeit weiterlief. Ich schauderte. Und ich achtete peinlich genau darauf, nichts in diesem Raum zu berühren.

Das Buch stand wieder im Regal, als ich endlich meinen Mut zusammengenommen hatte und in die Bibliothek ging. Der Drache lief auf und ab. Sein eigenes Buch lag unbeachtet auf dem kleinen Beistelltisch, und als ich eintrat, strafte mein Herr mich mit einem gewohnt finsteren Blick. Ich sah an mir hinunter: Mein Rock war voller feuchter Spuren vom Wischen. Ohnehin war er viel zu kurz geworden und bedeckte kaum noch meine Knie. Schlimmer noch sahen die Ärmel meines Überkleids aus: Erst an diesem Morgen hatte ich sie versehentlich mit Ei beschmiert, als ich das Frühstück für den Drachen zubereitet hatte. Außerdem hatte ich mir eine angekokelte Stelle am Ellbogen zugezogen, als ich versucht hatte, das Röstbrot rechtzeitig aus dem Ofen zu holen.

»Dann fangen wir doch *mit Folgendem* an«, sagte der Drache. »Ich möchte mich nicht jedes Mal, wenn mein Blick auf dich fällt, beleidigt fühlen.«

Ich wollte zu einer Entschuldigung ansetzen, schloss jedoch sofort wieder den Mund. Wenn ich einmal damit anfinge, mich für meine Unordentlichkeit zu entschuldigen, würde ich das für den Rest meines Lebens tun müssen. Nach nur einigen wenigen Tagen im Turm wusste ich, dass der Drache schöne Dinge liebte. Selbst bei seinen Unmengen von Büchern schien keines genau wie das andere auszusehen: Ihre ledernen Einbände unterschieden sich in der Färbung voneinander, ebenso wie die goldenen Verschlüsse und Bindungen immer anders aussahen und manchmal sogar mit winzigen Edelsteinsplittern besetzt waren. Alles, was das Auge anzuziehen vermochte – ob das kleine mundgeblasene Glas auf dem Fensterbrett hier in der Bibliothek oder das Gemälde in meinem Zimmer –, war wunderschön und stand oder hing wohlplatziert, sodass nichts von seiner Strahlkraft ablenkte. Ich war ein unübersehbarer Schandfleck in dieser makellosen Welt. Allerdings kümmerte mich das nicht: Ich hatte nicht das Gefühl, dem Drachen Schönheit zu schulden.

Ungeduldig winkte er mich näher und ich machte einen vorsichtigen Schritt auf ihn zu; schon nahm er meine Hände und verschränkte sie über meiner eigenen Brust, sodass meine Fingerspitzen jeweils auf der anderen Schulter zu liegen kamen. Dann sagte er: »Und nun: *Vanastalem.*«

Ich starrte ihn in schweigendem Aufbegehren an. Kaum hatte er das Wort ausgesprochen, hallte es schon genau wie der andere Spruch in meinen Ohren. Ich spürte, wie es in meinen Mund kommen und mir meine Kräfte rauben wollte.

Der Drache griff nach meiner Schulter. Seine Finger bohrten sich unangenehm in mein Fleisch. Ich fühlte, wie die Hitze jeder einzelnen Fingerkuppe durch den Stoff meines Kleides drang. »Mit deiner Unfähigkeit werde ich mich arrangieren müssen, aber Feigheit werde ich nicht dulden«, sagte er. »Sprich mir nach.«

Ich erinnerte mich daran, wie es gewesen war, ein Stein zu sein. Was könnte er mir wohl sonst noch antun? Ich zitterte und sagte sehr leise, als ob ein Flüstern verhindern könnte, dass der Zauber bei mir Wirkung zeigte: »*Vanastalem.*«

Kraft stieg in meinem Körper auf und sprudelte aus meinem Mund, und als alles aus mir herausgeflossen war, begann die Luft zu flirren und in einer Abwärtsspirale rings um meinen Körper zu brausen. Keuchend sank ich zu Boden und fand mich in einem seltsam ausladenden Rock aus raschelnder Seide in Grün und Rotbraun wieder, der von meiner Taille aus schier endlos hinunterhing und meine Beine umwogte. Mein Kinn sackte nach vorne auf die Brust unter dem Gewicht eines bogenförmigen Kopfputzes, an dem ein Schleier befestigt war, welcher über meinen Rücken floss und auf dessen Spitze mit Goldfäden Blumen gestickt waren. Ich starrte mit leerem Blick auf die prächtig gearbeiteten Lederstiefel des Drachen, auf denen Weinranken eingeprägt waren.

»Nun sieh dich an. Und wieder nur mithilfe eines winzigen Zaubers«, hörte ich seine Stimme über mir. Er klang atemlos erfreut über sein eigenes Werk. »Jetzt hat sich wenigstens deine äußere Erscheinung verbessert. Achte darauf, dass deine Kleidung von jetzt an in angemessenem Zustand bleibt. Morgen werde ich noch etwas ausprobieren.«

Die Stiefel machten kehrt und entfernten sich. Ich glaubte, der Drache setzte sich in seinen Sessel, um weiterzulesen, aber ich wusste es nicht genau. Nach einer Weile kroch ich auf Händen und Knien in dem wunderschönen Kleid aus der Bibliothek, ohne noch einmal hochgeschaut zu haben.

Die nächsten Wochen verschwammen ineinander. Jeden Morgen erwachte ich kurz vor Sonnenaufgang, blieb in meinem Bett liegen und sah zu, wie es draußen vor meinem Fenster langsam hell wurde, während ich darüber nachgrübelte, wie ich von hier fliehen könnte. Jeden Morgen musste ich mir eingestehen, dass mir nichts einfiel, und so trug ich das Frühstückstablett für den Drachen in die Bibliothek, wo er weitere Zaubersprüche auf mich anwandte. Wenn ich es nicht geschafft hatte, sauber und adrett genug zu bleiben – was zumeist der Fall war –, entschied er sich zunächst für den *Vanastalem*-Zauber und dann noch für einen weiteren Spruch. Meine groben, schlichten Kleider verschwanden Stück für Stück. Schon bald türmten sich prachtvolle Roben in meinem Zimmer zu kleinen Bergen auf, denn sie waren aus so schwerem Brokatstoff und mit reicher Stickerei versehen, dass sie auch dann halb stehen blieben, wenn ich mich nicht mehr darin befand. War es Zeit zum Schlafen, schaffte ich es kaum aus meinem Gewand heraus, und die schrecklichen Korsettteile darunter schnürten mir immer die Luft ab.

Der schmerzende Nebel, der mich nach den Zaubersprüchen umhüllte, lüftete sich überhaupt nicht mehr. Jeden Morgen schlich ich völlig zerschlagen zurück in mein Zimmer. Ich nehme an, dass sich der Drache selbst um sein Mittagessen kümmerte, denn *ich* tat es gewiss nicht. Stattdessen lag ich bis zum Abendessen auf meinem Bett. Für gewöhnlich war ich erst dann wieder in der Lage, mich nach unten zu schleppen und ein einfaches Mahl zuzubereiten, wobei mich eher mein eigener Hunger antrieb als die Sorge um die Bedürfnisse meines Herrn.

Am schlimmsten war die Tatsache, dass ich es nicht begreifen konnte: Warum benutzte er mich auf diese Weise? Nachts, ehe ich in den Schlaf hinüberglitt, stellte ich mir die schlimmsten Dinge aus den Geschichten und Märchen vor, die mir einfielen. Ich dachte an Vampire, die Mädchen das Blut aussaugen, sowie Incubi und schwor mir in meiner entsetzlichen Angst, dass ich am nächsten Morgen einen Weg nach draußen finden würde. Natürlich geschah das nie. Mein einziger Trost war, dass ich nicht die Erste war: Ich sagte mir immer wieder, dass er das alles auch schon jedem einzelnen Mädchen vor mir angetan hatte und dass sie alle es überstanden hatten. Es beruhigte mich allerdings nicht übermäßig. Zehn Jahre erschienen mir wie eine Ewigkeit. Und so griff ich nach jedem Gedanken, der mein Elend ein wenig mildern konnte, wie nach einem Strohhalm.

Er selbst tat nichts, um mich zu beruhigen. Er war jedes Mal, wenn ich die Bibliothek betrat, missgelaunt, sogar an den wenigen Tagen, an denen es mir gelungen war, ordentlich und sauber zu bleiben. Es war, als würde ich nur zu ihm kommen, um ihn zu stören und ihn zu verärgern. Dabei war er es, der mich quälte und mich benutzte. Wenn er damit fertig war, durch mich seine Magie zu wirken, und ich zusammengekauert auf dem Fußboden lag, strafte er mich mit finsteren Blicken und beschimpfte mich als nutzlos.

Eines Tages versuchte ich gar nicht erst, zu ihm zu gehen. Ich glaubte, wenn ich ihm seine Mahlzeit früh genug bringen würde, würde er mich vielleicht einen Tag lang vergessen. Und so stellte ich ihm bei Tagesanbruch sein Morgenessen bereit, eilte dann wieder davon und verkroch mich im hinteren Teil der Küche. Aber um Punkt sieben Uhr schob sich eine Schwade wie jene, die ich manchmal den Fluss Spindel entlang in Richtung des Dunklen Waldes hatte schweben sehen, die Treppe hinunter. Von Nahem betrachtet glich sie einer verunglückten Seifenblase, die sich kräuselte und veränderte und beinahe unsichtbar blieb, wenn nicht gerade Licht auf die schillernde Oberfläche fiel. Eine solche Schwade wabbelte nun in jede Ecke und wieder weiter, bis sie schließlich bei mir ankam und hartnäckig über meinen Knien hängen blieb. Aus meiner hockenden Position heraus starrte ich hoch und blickte in mein eigenes Gesicht, das mir in gespenstischer Unschärfe entgegensah. Langsam stand ich auf und folgte der Schwade in die Bibliothek, wo der Drache sein Buch beiseitelegte und mich mit wütendem Blick empfing.

»So gerne ich mir das zweifelhafte Vergnügen ersparen würde, dir dabei zuzusehen, wie du nach den einfachsten Zaubersprüchen zusammensinkst wie ein erschöpfter Aal«, schleuderte er mir entgegen, »so haben wir doch bereits zur Genüge gesehen, was dabei herauskommt, wenn man dich deiner eigenen Wege gehen lässt. Wie schlampig bist du denn heute?«

Ich hatte verzweifelt versucht, ordentlich und ansehnlich zu bleiben, um wenigstens dem ersten Zauberspruch zu entgehen. Diesmal hatte ich mir beim Frühstückmachen nur ein paar wenige Flecken eingehandelt und einen Spritzer Öl abbekommen, über den ich sorgsam eine Falte meines Kleides drapiert hatte. Der Drache jedoch sah mich trotzdem mit Widerwillen an. Als ich seinem Blick folgte, stellte ich erschrocken fest, dass ich offensichtlich beim Versuch, mich zu verstecken, im hintersten Teil der Küche ein Spinnennetz aufgelesen hatte – das einzige im ganzen Turm, wie ich vermutete –, das nun wie ein zerrissener Schleier hinten an meinem Rock klebte.

»*Vanastalem*«, sprach ich dem Drachen in trüber Resignation nach und sah zu, wie eine Flut von leuchtend orangefarbener und gelber Seide vom Boden aus aufwehte und mich umfing wie Blätter, die an einem Herbsttag vom Wind über einen Pfad geweht werden. Ich schwankte und atmete schwer, als der Drache sich wieder in seinen Sessel sinken ließ.

»Nun dann«, sagte er. Er hatte einen Stapel Bücher bereitgelegt. Diesem gab er einen Schubs und die einzelnen Bände kamen in einem ungeordneten Durcheinander auf der Tischplatte zu liegen. »Um sie wieder zu ordnen: *Darendetal.*«

Er wedelte mit der Hand in Richtung Tisch. »*Darendetal*«, murmelte ich im Chor mit ihm, und als sich der Spruch aus meiner Kehle löste, fühlte es sich an, als müsste ich daran ersticken. Ein Zittern lief durch die Bücher auf dem Tisch und eines nach dem anderen erhoben sie sich mit ihren roten, gelben, blauen und braunen Einbänden wie künstliche, mit Juwelen besetzte Vögel.

Dieses Mal sackte ich nicht auf dem Boden zusammen: Ich umklammerte nur die Tischkante mit beiden Händen und stützte mich schwer darauf ab. Der Drache sah mit gerunzelter Stirn auf die Bücher. »Was für ein Unsinn ist das?«, verlangte er zu wissen. »Das ist doch nicht sortiert – sieh hin.«

Ich betrachtete die Bücher. Sie lagen auf einem einzigen recht ordentlichen Stapel übereinander, jeweils ähnliche Farben dicht beisammen …

»Farben?« Seine Stimme schwoll an. »Du hast sie nach *Farben* sortiert?« Er war so erbost über mich, als hätte ich diesen Fehler zu verantworten. War vielleicht irgendetwas mit seiner Magie geschehen, als er meine Kraft anzapfte, um seinem Zauber Nahrung zu geben? »Ach, geh mir aus den Augen«, fauchte er, und ich hastete davon, erschrocken über mein heimliches Entzücken: Oh, wie glücklich ich wäre, wenn ich seine Magie tatsächlich irgendwie verdorben hätte.

Auf halbem Weg die Treppe hinauf musste ich haltmachen, um in meinem Korsett wieder zu Atem zu kommen. Als ich das tat, stellte ich mit einem Mal fest, dass ich heute nicht auf allen vieren kroch. Ich war müde, aber der Nebel hatte sich nicht wie sonst über mich gesenkt. Ich schaffte es sogar, die restliche Treppe ohne weitere Pause hochzusteigen, und auch wenn ich mich auf mein Bett fallen ließ und den halben Tag vor mich hindämmerte, fühlte ich mich wenigstens nicht wie eine geistlose Hülle.

Im Laufe der nächsten Wochen gewann ich immer mehr Kontrolle über den Nebel, als ob mich die Übung stärker machte und mich besser ertragen ließ, was auch immer der Drache mit mir tat. Unsere Zusammentreffen wurden zwar nicht angenehmer, aber ganz langsam nicht mehr so beängstigend. Sie waren bald nichts weiter als eine lästige Pflicht wie das Schrubben der Töpfe im kalten Wasser. Ich konnte nachts nun wieder schlafen und mein Geist begann sich ebenfalls zu erholen. Tag für Tag fühlte ich mich ein wenig besser und jeden Tag ein bisschen wütender.

Es gelang mir allerdings nicht, ohne Hilfe in eines der albernen Kleider zu schlüpfen, ganz gleich, was ich auch versuchte. Ich kam an die Knöpfe und die Schnürung am Rücken einfach nicht heran, und meistens musste ich Nähte aufreißen und den Rock zerknautschen, um mich abends auszuziehen. Also schob ich das jeweilige Kleid vor dem Zubettgehen in einem achtlosen Haufen beiseite, streifte jeden Morgen ein anderes grob gewebtes Leinenkleid über und versuchte, es so pfleglich wie möglich zu behandeln. Doch alle paar Tage verlor der

Drache die Geduld mit meiner Unansehnlichkeit und wandelte auch dieses Kleidungsstück um. Irgendwann stand mir nur noch ein einziges meiner einfachen Kleider zur Verfügung.

Ich hielt dieses letzte Stück aus schlichtem ungefärbtem Tuch in den Händen, und es fühlte sich wie ein Seil an, an dem ich mich festklammerte. In einem Anfall von Trotz legte ich es aufs Bett zurück und zwängte mich in das Kleid in Grün und Rostbraun. Die Knöpfe am Rücken konnte ich nicht schließen, also entfernte ich den langen Schleier vom Kopfschmuck, wickelte ihn zweimal um meine Taille und machte einen Knoten, der mehr schlecht als recht dafür sorgte, dass das Kleid nicht herunterrutschte. So machte ich mich auf den Weg in die Küche hinunter. Dieses Mal versuchte ich gar nicht erst, mich rein zu halten: Trotzig trug ich das Tablett in die Bibliothek, das Kleid beschmiert mit Eigelb und Flecken von Speck und vom Tee. Mein Haar war verfilzt, und ich sah aus wie eine irre Adlige, die von einem Ball direkt in den Wald geflohen war.

Natürlich hielt dieser Zustand nicht lange an. Sobald ich widerwillig mit dem Drachen im Chor *Vanastalem* gesagt hatte, ergriff seine Magie von mir Besitz und schüttelte die Flecken ab. Sie presste mich wieder in ein Korsett, türmte die Haare auf meinem Kopf auf und ließ mich erneut wie eine Puppe aussehen, die als Spielzeug für eine Prinzessin gedacht war.

Aber an diesem Morgen war ich froheren Mutes als die ganzen Wochen zuvor. Von nun an wurde mein Aufzug meine ganz eigene Form des Widerstands. Ich *wollte,* dass der Drache jeden Tag bitterlich verärgert war, sobald er mich ansah, und tatsächlich belohnte er mich Mal für Mal mit einem missmutigen Stirnrunzeln. »Wie schaffst du das nur?«, fragte er mich beinahe ungläubig, als ich eines Tages mit einem Klumpen Reispudding auf dem Kopf zu ihm hereinspaziert kam. Ich war aus Versehen mit dem Ellbogen auf einen Löffel geraten, sodass ich etwas Pudding in die Luft katapultiert hatte. Außerdem verunzierte ein großer Spritzer roter Marmelade das gesamte Vorderteil meines schönen cremefarbenen Kleides.

Das letzte Kleid aus einfachem Webstoff bewahrte ich in meiner Kommode auf. Jeden Tag, nachdem der Drache mit mir fertig war, ging ich nach oben in mein Zimmer. Ich strampelte mich aus meinem Ballkleid, befreite mein Haar von Netzen und Kopfschmuck, verteilte edelsteinbesetzte Haarnadeln auf dem Boden und nahm das abgetragene Unterkleid und den gewebten Kittel heraus, den ich mit der Hand wusch und säuberte. Erst dann ging ich hinunter in die Küche, um mein eigenes Brot zu backen. Während es im Ofen war, ruhte ich mich am warmen Feuer aus und kümmerte mich nicht darum, ob auf meinem Rock ein paar Flecken von Asche oder Mehlstaub zu sehen waren.

Langsam hatte ich wieder genug Energie, um mich zu langweilen. Ich wagte jedoch nicht einmal, daran zu denken, mir ein zweites Mal ein Buch aus der Bibliothek zu holen. Stattdessen machte ich mich auf die Suche nach einer Nadel, sosehr ich Näharbeiten auch für gewöhnlich verabscheute. Solange ich jeden Morgen bis aufs Mark ausgesogen wurde, um Kleider zu erschaffen, konnte ich sie auch ebenso gut zerreißen und etwas weniger Nutzloses aus ihnen machen: Bettzeug vielleicht oder Taschentücher.

Das Nähkästchen hatte unberührt in der Wäschetruhe in meinem Zimmer gestanden: Es gab nichts im Turm, das hätte ausgebessert werden müssen, außer meiner eigenen Kleidung, die ich bislang mit trotziger Genugtuung unangetastet gelassen hatte. Als ich nun jedoch den Korb öffnete, fand ich ein einzelnes Stückchen Papier darin versteckt, auf das jemand mit Kohle eine Botschaft geschrieben hatte. Ich erkannte die Handschrift meiner Freundin aus der Küche.

Du fürchtest dich sicher: Hör auf damit. Er wird dich nicht anrühren. Er will nur, dass du dich hübsch zurechtmachst. Er wird nicht auf die Idee kommen, dir irgendetwas zu geben, aber du kannst dir ein schönes Kleid aus einem der Gästezimmer holen und es so umarbeiten, dass es dir passt. Wenn er dich zu sich ruft, sing für ihn oder erzähle ihm eine Geschichte. Er will

Gesellschaft, aber nicht allzu viel davon. Bring ihm seine Mahlzeiten und geh ihm aus dem Weg, wenn du kannst. Mehr wird er nicht verlangen.

Von welch unschätzbarem Wert diese Worte für mich gewesen wären, wenn ich das Nähkästchen in meiner ersten Nacht geöffnet und diesen Brief vorgefunden hätte. Jetzt stand ich mit der Nachricht in den Händen dort und zitterte bei der Erinnerung an seine Stimme, die mein eigenes stockendes Flüstern übertönt und mir Zaubersprüche und Kraft entzogen hatte, um mich in Samt und Seide zu kleiden. Ich hatte mich geirrt. Nichts von alledem hatte er den anderen Mädchen angetan.

Kapitel 3

Die ganze Nacht über lag ich zusammengerollt in meinem Bett und konnte keinen Schlaf finden. Wieder stieg Verzweiflung in mir auf. Aber natürlich wurde es nicht leichter, aus dem Turm zu fliehen, nur weil ich mich noch mehr danach sehnte. Am nächsten Morgen ging ich zu den großen Eingangstüren und versuchte zum ersten Mal, den gewaltigen Riegel anzuheben, mit dem sie verschlossen waren. Dass es ein lächerliches Unterfangen war, scherte mich nicht, aber wie es zu erwarten war, konnte ich den Riegel keinen Zentimeter bewegen. Unten in der Speisekammer nutzte ich einen langen Topfstiel als Hebel, stemmte die eiserne Abdeckung, die auf dem Abfallloch lag, in die Höhe und spähte hinein. Weit unten in der Tiefe loderte ein Feuer; auf diesem Wege gab es für mich also auch kein Entkommen. Es kostete mich einige Anstrengung, den Eisendeckel wieder zurückzuschieben. Dann tastete ich mit beiden Handflächen die Wände entlang. In jede dunkle Ecke wagte ich mich auf meiner Suche nach einer Öffnung oder einem Spalt, doch falls es einen gab, entdeckte ich ihn nicht. Und dann ergoss sich auch schon der erste Schein der Morgensonne über die Treppe; ein unwillkommenes goldenes Licht. Ich musste das Frühstück zubereiten und das Tablett zu meinem verhängnisvollen Schicksal tragen.

Während ich das Essen anrichtete und dafür Eier, Röstbrot und eingelegtes Gemüse auf die Teller legte, wanderte mein Blick umher. Schließlich blieb er an dem langen Küchenmesser aus glänzendem

Stahl hängen, das mir seinen Griff aus dem Messerblock entgegenreckte. Ich hatte es benutzt, um damit Fleisch zu schneiden; ich wusste also, wie leichtgängig es war. Meine Eltern hatten jedes Jahr ein Schwein großgezogen. Wenn die Zeit zum Schlachten gekommen war, hatte ich immer den Eimer für das Schweineblut gehalten. Aber der Gedanke daran, ein Messer in einen Mann zu stechen, war etwas ganz anderes und unvorstellbar – ja, ich versuchte gar nicht erst, es mir auszumalen. Ich legte das Messer einfach auf das Tablett und trug es nach oben.

Als ich die Bibliothek betrat, stand der Drache mit dem Rücken zu mir am Fenster. Seine Schultern waren ganz steif. Mechanisch stellte ich einen Teller nach dem anderen ab, bis nichts mehr übrig war als das Tablett mit dem Messer. Mein Kleid war voller Mehl und Eiflecken. Gleich würde er mir befehlen …

»Wenn du hier fertig bist, geh nach oben«, sagte er.

»Wie bitte?«, wiederholte ich verständnislos. Das Messer lag noch immer unter der Serviette und fesselte all meine Gedanken. Es dauerte einen Moment, bis ich begriff, dass ich heute verschont bleiben würde.

»Bist du plötzlich taub geworden?«, fauchte der Drache mich an. »Hör auf, mit diesen Tellern herumzuhantieren, und verschwinde. Bleib in deinem Zimmer, bis ich dich wieder rufe.«

Mein Kleid war schmutzig und zerknautscht. An allen möglichen Stellen hingen verknotete Bänder herunter, aber er hatte sich nicht einmal zu mir umgedreht, um wie sonst einen abfälligen Blick auf mich zu werfen. Ich ließ es mir nicht zweimal sagen, griff eilig nach dem Tablett und sah zu, dass ich aus dem Zimmer kam. Ich stürmte die Treppenstufen hinauf und fühlte mich beinahe, als ob ich fliegen würde, da mich nicht die übliche entsetzliche Erschöpfung im Griff hatte. Ich ging geradewegs in mein Zimmer, schloss die Tür hinter mir, schlüpfte aus dem seidenen Festtagsgewand und zog mir mein Webkleid über. Dann ließ ich mich aufs Bett fallen und schlang die Arme um mich, erleichtert wie ein kleines Kind, das einer Tracht Prügel entkommen war.

Irgendwann fiel mein Blick auf das Tablett, das ich achtlos auf dem Boden abgestellt hatte. Das Messer lag nun gut sichtbar und glänzend da. Oh. Oh, was für eine Närrin ich war, dass ich auch nur daran gedacht hatte. Er war doch mein Herr: Wenn ich aus einer entsetzlichen Gelegenheit heraus die Chance ergriffen und ihn tatsächlich umgebracht hätte, wäre ich ganz bestimmt zum Tode verurteilt worden und mit hoher Wahrscheinlichkeit meine Eltern gleich mit dazu. Mord war kein Ausweg; da wäre es schon besser, wenn ich mich einfach aus dem Fenster stürzen würde.

Ich war schon im Begriff, mich in meiner elenden Stimmung zum Fenster zu drehen, als ich entdeckte, was der Drache mit solchem Widerwillen betrachtet hatte. Da war eine Staubwolke auf der Straße, die sich in Richtung Turm bewegte. Sie stammte nicht von einem Karren, sondern von einer großen überdachten Kutsche, die beinahe wie ein Haus auf Rädern aussah. Sie wurde von zwei schweißnassen Pferden gezogen. Zwei Männer in grauen und leuchtend grünen Mänteln ritten voraus, vier weitere in ähnlicher Montur folgten der Kutsche.

Vor den großen Eingangstüren des Turmes machte die Kutsche halt. Ich konnte ihr grünes Wappen erkennen: ein Ungeheuer mit vielen Köpfen. Die Vorhut und die Wachen saßen von ihren Pferden ab und machten sich geschäftig an die Arbeit. Alle zuckten kurz zusammen, als die Tore des Turmes federnd aufschwangen – jene Türen, die ich selbst keinen Zentimeter hatte bewegen können. Ich reckte den Kopf, um nach unten sehen zu können, und entdeckte den Drachen, der bis auf die Eingangsschwelle vortrat.

Ein Mann schob sich geduckt aus dem Inneren der Kutsche. Er war groß, blond und breitschultrig, mit einem langen Mantel im gleichen leuchtenden Grün wie das der anderen Reiter. Den Tritt, der für ihn an die Kutsche gelehnt worden war, sprang er mühelos hinunter. Dann nahm mit einer Hand das Schwert entgegen, das ihm einer seiner Diener auf den offenen Handflächen reichte. Nun marschierte er, ohne zu zögern, durch die Reihen seiner Männer bis zur Tür, während er noch damit beschäftigt war, seinen Schwertgurt zu schließen.

»Ich verabscheue eine Kutsche mehr als eine Chimäre«, sagte er zu dem Drachen. Seine Stimme war so klar, dass sie bis zu mir an meinem Fenster hoch oben im Turm drang, trotz des Schnaubens der stampfenden Pferde. »Eine Woche in diesem Ding eingepfercht: Warum kommt Ihr nicht einfach an meinen Hof?«

»Euer Hoheit wird mir vergeben müssen«, erwiderte der Drache mit kalter Stimme, »meine Pflichten hier nehmen mich zu sehr in Anspruch.«

In diesem Moment hatte ich mich bereits weit genug aus dem Fenster gelehnt, sodass ich leicht hätte hinausfallen können; meine Angst und mein Elend hatte ich nicht vergessen. Der König von Polnya hatte zwei Söhne. Der Kronprinz Sigmund war ein durch und durch vernünftiger junger Mann. Er hatte eine gute Ausbildung genossen und die Tochter eines Grafen im Norden geheiratet, was uns einen Alliierten und einen Hafen eingebracht hatte. Auch für den Fortbestand des Hauses hatten sie bereits mit einem Jungen und für alle Fälle auch noch mit einem Mädchen gesorgt. Vermutlich war Sigmund ein ausgezeichneter Verwalter und würde auch einen vorzüglichen König abgeben. Aber niemand interessierte sich auch nur im Geringsten für ihn.

Prinz Marek hingegen war in dieser Hinsicht ungleich viel interessanter. Ich hatte mindestens ein Dutzend Geschichten und Lieder darüber gehört, wie er die Vandalus-Hydra getötet hatte. Keine der Überlieferungen glich der anderen, aber sie alle, da war ich mir sicher, waren auf ihre eigene Weise wahr. Außerdem hatte er im Krieg gegen Rosya mindestens drei oder vier oder auch neun Riesen erschlagen. Einmal war er sogar ausgezogen, um einen leibhaftigen Drachen zu töten. Es hatte sich dann aber herausgestellt, dass einige Bauern nur vorgetäuscht hatten, dass sie von einem Drachen angegriffen worden wären. In Wahrheit hielten sie die Schafe, die das Biest angeblich verschlungen hatte, nur versteckt, um weniger Abgaben leisten zu müssen. Er hat die Bauern nicht etwa dafür hingerichtet, sondern ihren Herrn dafür angeprangert, dass er zu hohe Steuern eintriebe.

Heute betrat er gemeinsam mit dem Drachen den Turm und die Türen schlossen sich hinter ihnen. Die Männer des Prinzen begannen damit, auf der ebenen Fläche vor dem Turm ihr Lager aufzuschlagen. Ich drehte mich wieder um und lief in meinem kleinen Zimmer immerzu im Kreis herum. Schließlich schlich ich mich durch den Treppenschacht hinunter und versuchte zu lauschen. Immer noch eine Stufe und noch eine stieg ich hinab, bis ich endlich die Stimmen aus der Bibliothek hörte. Zwar verstand ich kaum mehr als jedes fünfte Wort, aber ich begriff auch so, dass sich die Unterhaltung um die Kriege mit Rosya und den Dunklen Wald drehte. Ich strengte mich gar nicht allzu sehr an, alles mitzubekommen; eigentlich war es mir auch gar nicht so wichtig, worüber sie sprachen. Viel entscheidender war für mich die schwache Hoffnung auf Rettung, die mich bewegte. Was auch immer es genau war, was der Drache mit mir machte: Dieses entsetzliche Aussaugen meiner Lebensenergie musste einfach gegen das Gesetz des Königs verstoßen. Er hatte mir gesagt, ich solle mich fernhalten und mich nicht blicken lassen. Was wäre, wenn der Grund dafür nicht einzig und allein in meinem furchtbar schlampigen Erscheinungsbild lag. Immerhin konnte er diesen Zustand mit nur einem einzigen Wort beenden. Was wäre, wenn er nicht wollte, dass der Prinz erfuhr, was er trieb? Was wäre, wenn ich mich diesem auf Gedeih und Verderb auslieferte und er mich mitnehmen würde …

»Genug«, sagte Prinz Marek, und seine Stimme drang durch meine Gedanken. Seine Worte waren immer klarer zu verstehen, als würde er sich der Tür nähern. Er klang verärgert. »Ihr und mein Vater und Sigmund, ihr alle blökt wie die Schafe. Nein, genug. Ich habe nicht vor, diese Angelegenheit ruhen zu lassen.«

Eilig rannte ich auf bloßen Füßen so geräuschlos wie möglich die Treppe hoch. Die Gästezimmer befanden sich im dritten Stock, der zwischen meinem und der Bibliothek lag. Ich ließ mich auf die oberste Stufe sinken und lauschte auf die Schritte der Stiefel weiter unten, bis alles still war. Ich war mir nicht sicher, ob ich es über mich bringen würde, die Anweisungen des Drachen offen zu missachten: Wenn er mich dabei erwischen würde, wie ich versuchte, nach unten zu gehen, um an die Tür des Prinzen zu klopfen, würde er mir sicherlich etwas Schreckliches antun. Aber auch jetzt schon war es furchtbar, was er mit mir machte. Kasia hätte die Gelegenheit beim Schopfe gepackt, da war ich mir sicher. Wäre sie jetzt hier, würde sie losmarschieren, die Tür aufmachen und vor dem Prinzen niederknien, um ihn zu bitten, sie zu retten. Auf keinen Fall würde sie sich benehmen wie ein verängstigtes, heulendes Kind, sondern wie eine der Heldinnen aus den Geschichten.

Ich ging zurück in mein Zimmer und spielte die Szene durch. Während die Sonne unterging, murmelte ich leise die Worte vor mich hin, die ich mir zurechtgelegt hatte. Als es endlich dunkel und spät genug war, schlüpfte ich aus meiner Kammer und schlich mit klopfendem Herzen die Treppe hinab. Noch immer fürchtete ich mich. Zuerst stieg ich bis ganz nach unten und vergewisserte mich, dass die Lichter in der Bibliothek und im Laboratorium gelöscht worden waren. Der Drache war nicht mehr auf. Im dritten Stock fiel unter der Tür des ersten Gästezimmers der schwache Schein eines Feuers hervor. Die Tür zum Schlafzimmer des Drachen konnte ich nicht erkennen. Sie lag ganz im Schatten verborgen am Ende des Flures. Trotzdem zögerte ich auf dem Absatz – und dann ging ich stattdessen in die Küche.

Ich versuchte, mir einzureden, dass ich hungrig sei, und aß ein paar Happen Brot und Käse, um mich zu stärken, während ich zitternd vor dem Feuer stand. Erst dann ging ich wieder nach oben, und zwar bis ganz nach oben zurück zu meinem Zimmer.

Ich schaffte es einfach nicht, mir vorzustellen, wie ich an die Tür des Prinzen klopfen, mich ihm zu Füßen werfen und dann meine würdevoll vorgetragene Rede halten würde. Ich war nicht Kasia und niemand Besonderes. Ich würde einfach nur in Tränen ausbrechen und wie eine Wahnsinnige aussehen, sodass er mich vermutlich schleunigst aus seinem Zimmer werfen würde. Oder, was noch schlimmer wäre, er würde den Drachen rufen, damit dieser mich gründlich bestrafen konnte.

Warum sollte er mir glauben? Ein Bauernmädchen in einem einfachen Webkleid, eine niedere Dienstbotin im Haus des Drachen, die ihn mitten in der Nacht mit einer wilden Geschichte aus dem Bett riss, dass sie vom großen Zauberer gequält würde?

Mutlos wollte ich mein Zimmer betreten, machte aber auf der Schwelle wie angewurzelt halt. Prinz Marek stand mitten im Raum und betrachtete das Gemälde. Er hatte das Tuch, das ich darüber ausgebreitet hatte, entfernt. Jetzt drehte er sich zu mir um und musterte mich mit zweifelnder Miene. »Königliche Hoheit«, sagte ich. Allerdings kamen die Worte nur als Flüstern aus meinem Mund, sodass der Prinz sie vermutlich nur als unartikulierten Laut hören konnte – wenn überhaupt …

Ihn schien das nicht zu kümmern. »Nun«, stellte er fest, »du bist nicht eine von seinen üblichen Schönheiten.« Er kam auf mich zu und brauchte dafür kaum zwei große Schritte. Seine bloße Anwesenheit ließ den Raum kleiner wirken. Er legte seine Hand unter mein Kinn und drehte mein Gesicht zu beiden Seiten, um es genauer in Augenschein nehmen zu können. Ich starrte wie betäubt zu ihm hoch. Es war seltsam, ihm so nahe zu sein, ja geradezu überwältigend: Er war viel größer als ich und breitschultrig, und er hatte das Gewicht eines Mannes, der praktisch in seiner Rüstung lebte. Er war so schön wie auf einem Gemälde, sauber rasiert und frisch gebadet. Sein golden schimmerndes Haar war unten im Nacken dunkler und feuchter, sodass es sich zu Locken ringelte. »Aber vielleicht hast du eine besondere Gabe, meine Süße, die ihn dafür entschädigt? Das ist doch gewöhnlich der Grund für seine Wahl, nicht wahr?«

Er klang nicht grausam, sondern eher, als ob er mich aufziehen wollte, und sein Lächeln war das eines Verbündeten. Ich fühlte mich überhaupt nicht verletzt, nur wie benommen angesichts der vielen Aufmerksamkeit. Und dann lachte er, küsste mich und streckte mit geübtem Griff die Hand nach meinem Rock aus.

Ich erschrak und versuchte, mich wie ein Fisch aus dem Netz zu winden. Mit aller Kraft setzte ich mich gegen den Prinzen zur Wehr, aber es war so aussichtslos wie der Kampf gegen die Turmtüren. Er bemerkte kaum, was ich tat. Wieder lachte er und küsste meine Kehle. »Keine Sorge, er kann keine Einwände erheben«, sagte er, als wäre das der einzige Grund für meinen Prostest. »Er ist noch immer ein Vasall meines Vaters, auch wenn er es vorzieht, hier in der Einöde zu leben, wo er dich ganz für sich hat.«

Es wirkte nicht so, als ob er Vergnügen daran hätte, sich über meinen Willen hinwegzusetzen. Noch immer schwieg ich, und mein Widerstand beschränkte sich darauf, ziellos nach ihm zu schlagen. Dabei dachte ich: *Das kann er doch wohl nicht tun, nicht er, Prinz Marek, der Held. Ganz sicher begehrt er mich in Wahrheit gar nicht.* Ich schrie nicht, ich bettelte nicht. Aber vermutlich hätte er es ohnehin nicht für möglich gehalten, dass ich mich ihm verweigern würde. Ich schätze, in einem gewöhnlichen Adelshaus wäre längst eine mehr als bereitwillige Küchenmagd in sein Zimmer geschlichen und hätte ihm den Ärger erspart, sich selber umsehen zu müssen. Was das anbetraf: Ich hätte mich ihm wahrscheinlich ebenfalls hingegeben, wenn er mich geradeheraus darum gebeten hätte und mir genügend Zeit gelassen hätte, meine Überraschung zu überwinden und mich auf ihn einzulassen. Ich wehrte mich eher aus Reflex, als um ihn ernsthaft abzuweisen.

Stattdessen aber ließ er mich seine körperliche Kraft spüren. Da bekam ich es wirklich mit der Angst zu tun und versuchte nur noch wegzukommen. Ich schob seine Hände beiseite und stammelte stotternd: »Prinz Marek … bitte … wartet.« Und auch wenn er vielleicht nicht mit Widerstand gerechnet hatte – als er auf welchen stieß, scherte er sich nicht darum. Er wurde nur ungeduldig.

»Schon gut, schon gut«, sagte er, als wäre ich ein Pferd, das man zügeln und beruhigen musste, während er meine Hände rechts und links vom Körper festhielt. Mein schlichtes Webkleid wurde nur von einem einfachen Band zusammengehalten; er hatte es bereits aufgemacht und war nun dabei, meinen Rock hochzuziehen.

Ich versuchte, den Stoff wieder zurückzuschieben und den Prinzen wegzustoßen oder mich selbst loszureißen. Es nützte alles nichts. Er hielt mich fest und es bereitete ihm noch nicht einmal Mühe. Aber als er dann an seiner eigenen Hose herumnestelte, sagte ich laut, verzweifelt und ohne nachzudenken: »*Vanastalem.*«

Macht durchfloss mich. Perlenbesatz und Fischbein trennten meinen Körper nun wie eine Rüstung von seinen Händen. Er ließ mich mit einem Ruck los und trat einen Schritt zurück, während sich ein üppiger Samtrock raschelnd zwischen uns zu Boden senkte. Ich zitterte und musste mich an der Wand abstützen. Prinz Marek starrte mich an, und ich versuchte, wieder zu Atem zu kommen.

Und dann sagte er in einem ganz anderen Ton, einem Ton, den ich nicht recht zu deuten wusste: »Du bist eine Hexe.«

Ich wich vor ihm zurück wie ein scheues Tier und mir schwirrte der Kopf. Es gelang mir einfach nicht, ruhig Luft zu holen. Das Kleid hatte mich vielleicht gerettet, aber das Korsett war erstickend eng, und der Rock hing schwer zu Boden, als ob er sich absichtlich dagegen wappnen wollte, wieder ausgezogen zu werden. Der Prinz kam diesmal deutlich langsamer auf mich zu, streckte mir eine Hand entgegen und sagte: »Hör mir zu …« Ich hatte jedoch keineswegs vor, ihm Gehör zu schenken. Stattdessen schnappte ich mir das Frühstückstablett, das noch immer auf dem Fußboden lag, und versetzte ihm damit mit einem mächtigen Schwung einen Hieb auf den Kopf. Die Kante traf mit einem lauten Knall seinen Schädel, woraufhin er zur Seite taumelte. Ich griff mit beiden Händen fester zu, hob das Tablett hoch und schlug in blinder Verzweiflung immer und immer wieder zu.

Ich war noch dabei, auf ihn einzuprügeln, als die Tür aufgerissen wurde und der Drache im Eingang stand. Er hatte sich einen prächtigen Morgenrock über sein Nachtzeug geworfen und seine Augen blickten grimmig. Er trat einen Schritt in den Raum hinein, stutzte und starrte dann ungläubig auf die Szene, die sich ihm bot. Auch ich hielt mitten im Schwung schnaufend inne. Der Prinz war vor mir auf die Knie gesunken. Blut lief ihm in Rinnsalen über das Gesicht und auf seiner Stirn waren blutige Prellungen zu sehen. Seine Augen hielt er geschlossen. Mit einem dumpfen Aufprall sackte er ohnmächtig vor meinen Füßen zusammen.

Der Drache ließ die Situation einen Moment lang auf sich wirken, dann wanderte sein Blick zu mir und er stöhnte: »Du Närrin. Was hast du denn dieses Mal angerichtet?«

Gemeinsam hievten wir den Prinzen auf mein schmales Bett. Auf seinem Gesicht zeichneten sich inzwischen überall beinahe schwarze Blutergüsse ab. Das Tablett auf dem Fußboden war an den Stellen, an denen es den Kopf des Prinzen getroffen hatte, stark eingebeult. »Na wunderbar«, stieß der Drache durch die Zähne hindurch aus, während er seinen Gast begutachtete. Als er die Lider des Prinzen lupfte, war zu erkennen, dass seine Augen ganz starr, abwesend und trübe aussahen. Als er seine Arme hob und wieder losließ, fielen sie schlaff zurück auf die Matratze und baumelten an der Seite hinunter.

Ich stand da und sah zu, während ich versuchte, in dem beengenden Korsett zu atmen. Mein verzweifelter Zorn war verflogen und hatte blankem Entsetzen Platz gemacht. So seltsam es auch klingen mag, aber ich hatte nicht nur Angst vor dem, was nun mit mir geschehen würde. Ich wollte auch nicht, dass der Prinz starb. In meinem Kopf war noch ein Rest des strahlenden Helden aus den Legenden übrig, auch wenn sich dieses Bild mit dem des Raubtiers mischte, das gerade Jagd auf mich gemacht hatte.

»Er ist nicht … Er wird doch wohl nicht …«

»Wenn du nicht willst, dass ein Mann stirbt, solltest du vielleicht nicht immer wieder auf seinen Kopf eindreschen«, fauchte der Drache. »Geh nach unten ins Laboratorium und hol mir das gelbe Elixier in der durchsichtigen Flasche hinten im Raum. *Nicht* die rote und auch nicht die violette. Und wenn möglich, lass sie auf dem Weg nach oben nicht fallen. Sonst kannst du versuchen, den König davon zu überzeugen, dass deine Unschuld mehr wert war als das Leben seines Sohnes.«

Er legte dem Prinzen seine Hände auf den Kopf und begann, in einem leisen Singsang zu sprechen. Bei den Worten, die ich hörte, lief es mir kalt den Rücken hinunter. Ich rannte zur Treppe, den Rock mit beiden Händen gerafft. Nur Augenblicke später kehrte ich mit dem Elixier zurück und keuchte, so sehr hatte ich mich beeilt; außerdem schnürte mir das Korsett die Luft ab. Der Drache war noch immer bei der Arbeit. Er unterbrach seine Rezitation nicht, sondern streckte mir nur ungeduldig eine Hand entgegen und winkte mich näher. Ich legte ihm die Flasche auf die Handfläche. Mit den Fingern der anderen Hand löste er den Korken und schüttete dem Prinzen einen Schluck der Flüssigkeit in den Mund.

Der Geruch war entsetzlich. Es stank nach verrottetem Fisch. Übelkeit schnürte mir die Kehle zu, obwohl ich nur danebenstand. Der Drache hielt mir die Flasche und den Stopfen hin, ohne mich eines Blickes zu würdigen, und ich musste die Luft anhalten, um das Gefäß wieder zu verkorken. Mit beiden Händen umfasste mein Herr den Kiefer des Prinzen. Obwohl dieser ohnmächtig und verletzt war, zuckte er und versuchte auszuspucken. Auf irgendeine Weise strahlte das Elixier aus dem Mund des Prinzen heraus, und zwar so gleißend hell, dass ich seinen Kiefer und die Zähne wie bei einem Totenschädel erkennen konnte.

Es gelang mir, die Flasche zu verschließen, ohne mich zu übergeben, und sie wegzustellen, und dann war ich mit einem Satz wieder beim Drachen, um ihm zur Hand zu gehen. Ich hielt dem Prinzen die Nase zu und einen Moment später schluckte er endlich. Das strahlende Leuchten wanderte seine Kehle hinunter bis in seinen Bauch. Ich konnte sehen, wie es sich von dort aus weiter durch seinen ganzen Körper ausbreitete: ein Licht unter seiner Kleidung, das abnahm, als es sich auch auf die Arme und Beine verteilte, bis es schließlich so schwach geworden war, dass es überhaupt nicht mehr zu erkennen war.

Der Drache ließ den Kopf des Prinzen los und beendete seinen Singsang. Mit geschlossenen Augen sackte er gegen die Wand. Er sah so ausgelaugt aus, wie ich ihn noch nie zuvor gesehen hatte. Ich stand auf und blickte nun von oben ängstlich auf die beiden Männer hinunter. Schließlich platzte ich heraus: »Wird er …«

»Nicht deinetwegen jedenfalls«, schnitt mir der Drache das Wort ab. Die knappe Auskunft genügte mir. Ich ließ mich auf den Boden sinken, umgeben von einer Wolke aus cremefarbenem Samt, und vergrub meinen Kopf auf dem Bett in meinen Armen, die mit goldener Spitzenstickerei bedeckt waren.

»Und jetzt fängst du vermutlich an zu heulen«, sagte der Drache hinter mir. »Was hast du dir dabei gedacht? Warum hast du dir dieses üppige Gewand ausgesucht, wenn du ihn nicht verführen wolltest?«

»Das hier war besser. Das andere hätte er mir vom Leib gerissen«, erwiderte ich aufgebracht und hob den Kopf. Ich weinte keineswegs. Zu diesem Zeitpunkt hatte ich all meine Tränen längst aufgebraucht, und alles, was jetzt noch übrig war, war blanker Zorn. »Ich stecke nicht freiwillig in diesem …«

Ich brach ab, eine Falte des schweren Kleiderstoffs in den Händen, und starrte darauf. Der Drache war nicht in der Nähe gewesen. Er hatte keine Magie angewandt, keinen Spruch gewirkt. »Was habt Ihr mit mir getan?«, flüsterte ich. »Er sagte … Er nannte mich eine Hexe. Ihr habt mich zu einer Hexe gemacht.«

Der Drache schnaubte. »Wenn ich Hexen machen könnte, würde ich mir wohl kaum ein Bauernmädchen als Werkstoff aussuchen, das noch dazu nur halb bei Verstand ist. Ich habe dir gar nichts angetan, außer zu versuchen, dir ein paar armselige Zaubertricks in deinen dummen Schädel zu hämmern.« Als er sich mühsam vom Bett hochhievte, stieß er erschöpft die Luft zwischen den Zähnen durch. Er taumelte beinahe so wie ich den ersten Wochen, während er mich …

Während er mich in die Magie eingeweiht hatte. Noch immer auf den Knien, starrte ich ihn verblüfft an und begann zu begreifen, wenn auch widerwillig. »Aber dann … Warum bringt Ihr mir denn dann etwas bei?«

»Ich hätte dich mit Freuden in deinem winzigen Dorf verrotten lassen, aber meine Optionen waren schmerzhaft begrenzt.« Als er meinen verständnislosen Blick auffing, legte er die Stirn in Falten. »Diejenigen, die die Gabe haben, müssen unterwiesen werden: Das Gesetz des

Königs verlangt es so. Auf jeden Fall wäre es eine große Torheit gewesen, wenn ich dich dort wie eine reife Pflaume hätte hängen lassen. Irgendwann wäre etwas aus dem Dunklen Wald gekommen, um dich zu verschlingen und sich in etwas wahrhaft Schreckliches zu verwandeln.«

Ich zuckte bei dieser Vorstellung entsetzt zusammen. Er drehte sich von mir weg und musterte nun mit finsterer Miene den Prinzen, der gerade aufgestöhnt und sich in seiner Ohnmacht bewegt hatte. Er begann, zu sich zu kommen, und hob eine schlaffe Hand, um sich damit über das Gesicht zu wischen. Ich rappelte mich auf und wich besorgt vom Bett weg näher an den Drachen heran.

»Hier«, sagte der Drache. »*Kalikual.* Das ist besser, als einen Liebhaber bewusstlos zu schlagen.«

Er schaute mich erwartungsvoll an. Ich starrte zurück, dann wanderte mein Blick zu dem Prinzen, der sich langsam aufsetzte, und wieder zurück. »Wenn ich keine Hexe wäre«, begann ich, »wenn ich keine Hexe wäre, würdet Ihr mich dann gehen lassen – dürfte ich dann nach Hause zurück? Könnt Ihr mich nicht einfach von der Gabe befreien?«

Er schwieg. Mittlerweile hatte ich mich an die Widersprüchlichkeit seines Gesichts gewöhnt, das jung und alt zugleich aussah. Trotz seines fortgeschrittenen Alters hatte er nur ein paar Falten in den Augenwinkeln und eine einzige tiefe Furche zwischen den Brauen. Außerdem waren einige scharfe Linien rings um den Mund zu sehen, sonst nichts. Er bewegte sich wie ein junger Mann. Wenn die Menschen mit den Jahren gewöhnlich milder und freundlicher wurden, konnte bei ihm nicht die Rede davon sein. Aber nun sahen seine Augen für einen kurzen Moment uralt und sehr seltsam aus. »Nein«, antwortete er und ich glaubte ihm.

Dann schüttelte er alles von sich ab und streckte den Finger aus. Als ich mich umdrehte, sah ich, wie sich der Prinz auf die Ellbogen aufstützte und uns beide blinzelnd ansah: Er war noch immer benommen und orientierungslos, doch zusehends kamen Erinnerungsfetzen zurück und zeichneten sich auf seinem Gesicht ab. Er erinnerte sich an mich. Ich flüsterte: »*Kalikual.*«

Die Macht strömte aus mir heraus. Prinz Marek fiel zurück in die Kissen, und seine Augen schlossen sich wieder, als er erneut in Schlaf versank. Ich stolperte zur Wand, lehnte mich dagegen und rutschte bis auf den Boden. Das Fleischermesser lag immer noch dort, wo es hinuntergefallen war. Ich hob es auf und benutzte es endlich: um durch mein Kleid hindurch die Streben meines Korsetts aufzuschneiden. Nun klaffte der Stoff zwar an der Seite auf, aber wenigstens konnte ich wieder atmen.

Mit geschlossenen Augen lehnte ich mich einen Moment lang gegen die Wand. Dann sah ich zum Drachen hoch, der sich angesichts meiner Erschöpfung ungeduldig abgewandt hatte. Mit einem ärgerlichen Ausdruck auf dem Gesicht musterte er den Prinzen.

»Werden denn seine Männer morgen früh nicht nach ihm fragen?«, erkundigte ich mich.

»Glaubst du denn wirklich, dass wir Prinz Marek für alle Ewigkeit tief schlafend in meinem Turm eingesperrt lassen?«, gab der Drache über seine Schulter hinweg zurück.

»Aber dann … wenn er aufwacht …«, begann ich, brach ab und fragte schließlich: »Könnt Ihr … könnt Ihr ihm seine Erinnerung nehmen?«

»Oh, gewiss doch«, antwortete der Drache. »Er wird sich nichts dabei denken, wenn er mit stechenden Kopfschmerzen und einer riesigen Lücke im Gedächtnis aufwacht.«

»Wie wäre es …« Ich rappelte mich auf, das Messer immer noch in meiner Hand. »Wie wäre es, wenn er sich an etwas *anderes* erinnern würde? Daran, dass er in seinem eigenen Zimmer zu Bett gegangen ist und …«

»Versuch, nicht so dumm zu sein«, schnaubte der Drache. »Du hast gesagt, du hättest ihm keine schönen Augen gemacht, also ist er aus freien Stücken zu dir hinaufgekommen. Wann hat er diesen Entschluss gefasst? Erst heute Nacht, als er schon in seinem Bett lag? Oder hat er sich das schon auf dem Weg hierher ausgemalt – ein warmes Bett, Arme, die ihn willkommen heißen und umschlingen … Ja, ich habe verstanden, dass das bei dir nicht der Fall war. Du hast das Gegenteil ausreichend bewiesen«, fauchte er, als ich zum Protest ansetzen wollte. »Nach allem, was wir wissen, hatte er diese Nacht schon vor seinem Aufbruch hierher geplant, und es war ein wohldurchdachter Affront.«

Ich erinnerte mich daran, dass der Prinz von dem üblichen Schema des Drachen gesprochen hatte, als ob er sich im Vorfeld bereits alles gut durch den Kopf hatte gehen lassen. »Um Euch zu beleidigen?«, fragte ich.

»Er geht davon aus, dass ich mir Frauen hole, um sie mit Gewalt dazu zu bringen, mir zu Willen zu sein«, sagte der Drache. »Die meisten dieser Höflinge glauben das. Sie würden es selbst tun, wenn sie die Gelegenheit dazu hätten. Ich schätze also, er war der Meinung, er würde mir damit Hörner aufsetzen. Er wollte nichts lieber, als bei Hofe damit anzugeben, da bin ich mir sicher. Die Mächtigen verschwenden ihre Zeit mit genau solchen Dingen.« Er spuckte die letzten Worte abfällig aus, aber mit Sicherheit war er schon wütend genug gewesen, als er in den Raum gestürmt gekommen war.

»Warum sollte er Euch beleidigen wollen?«, fragte ich schüchtern. »Ist er denn nicht gekommen, um Euch um magische Hilfe zu bitten?«

»Nein, er ist gekommen, um die Aussicht auf den Dunklen Wald zu genießen«, höhnte der Drache. »Natürlich ist er der Magie wegen gekommen. Und ich habe ihm geraten, bei seinen eigenen Angelegenheiten zu bleiben, die darin bestehen, feindliche Ritter abzuschlachten, und sich nicht in Dinge einzumischen, die er kaum begreift.« Er schnaubte. »Er hat angefangen, seinen eigenen Troubadouren zu glauben: Er wollte den Versuch unternehmen, die Königin zurückzuholen.«

»Aber die Königin ist tot«, wandte ich verwirrt ein. Das war der Beginn der Kriege gewesen. Kronprinz Vasily von Rosya war vor beinahe zwanzig Jahren zu einem Staatsbesuch in Polnya gewesen. Er hatte sich in Königin Hanna verliebt und sie waren gemeinsam davongelaufen. Als ihnen die Soldaten des Königs immer enger auf die Fersen rückten, waren sie in den Dunklen Wald geflohen.

Das war das Ende der Geschichte. Niemand verschwand im Dunklen Wald und kam wieder zurück, jedenfalls nicht unversehrt und so wie vorher. Manchmal kamen die Verschwundenen blind und schreiend zurück, manchmal so verunstaltet, dass sie nicht mehr zu erkennen waren. Am schlimmsten war es jedoch, wenn sie äußerlich unverändert heimkehrten, in ihrem Innern jedoch das Böse lauerte. Irgendetwas Schreckliches war mit ihnen passiert.

Die Königin und Prinz Vasily waren nicht mehr zurückgekommen. Der König von Polnya beschuldigte den Erben Rosyas, die Königin entführt zu haben. Der König von Rosya machte Polnya für den Tod seines eigenen Erben verantwortlich. Seitdem hatte es einen Krieg nach dem anderen gegeben, nur durch gelegentliche Waffenruhen und ein paar wenige kurzlebige Abkommen unterbrochen.

Hier im Tal schüttelten wir über diese Geschichte nur die Köpfe. Alle waren sich einig, dass der Dunkle Wald von Anfang an sein Unwesen getrieben hatte. Warum sollte die Königin, Mutter von zwei kleinen Kindern, sonst davonlaufen? Um einen Krieg gegen ihren eigenen Gatten zu führen? Ihre Liebe war legendär gewesen; es hatte ein Dutzend Lieder über ihre Hochzeit gegeben. Meine Mutter hatte mir eines davon vorgesungen, jedenfalls die Teile davon, an die sie sich erinnerte. Natürlich hatte es inzwischen keiner der fahrenden Sänger mehr in seinem Repertoire.

Der Dunkle Wald musste dahintergesteckt haben. Vielleicht hatte jemand genau an der Stelle Wasser aus dem Fluss geschöpft, wo er im Wald verschwindet, und die beiden damit vergiftet. Oder irgendein Höfling, der über den Gebirgspass nach Rosya unterwegs gewesen war, hatte versehentlich die Nacht unter den dunklen Bäumen am Waldesrand verbracht. Und dann, als er zum Hof zurückkehrte, muss er etwas Übles in sich getragen haben. Wir wussten, dass der Dunkle Wald schuld war, aber das spielte keine Rolle. Königin Hanna blieb verschwunden – mit dem Prinzen von Rosya auf und davon gerannt – und daher befanden wir uns in einem immerwährenden Krieg. Der Dunkle Wald kroch währenddessen Jahr für Jahr ein wenig tiefer in beide Reiche und nährte sich seither von den vielen Toten.

»Nein«, sagte der Drache. »Die Königin ist nicht tot. Sie befindet sich noch immer im Dunklen Wald.«

Ich starrte ihn an. Er klang nüchtern, sachlich und voller Gewissheit, obwohl ich noch nie etwas Derartiges gehört hatte. Aber die Vorstellung war so entsetzlich, dass ich sofort daran glaubte: Schon seit zwanzig Jahren im Wald festzusitzen, auf irgendeine Weise endlos eingekerkert – das passte zum Dunklen Wald.

Der Drache zuckte mit den Achseln und macht einen Wink in Richtung des Prinzen. »Man kann sie nicht wieder herausholen, und er wird nur etwas weitaus Schlimmeres freisetzen, wenn er in den Dunklen Wald hineinreitet. Aber er will nicht hören.« Er schnaubte. »Er denkt, nur weil er eine Hydra getötet hat, die gerade erst einen Tag alt war, ist er zum Helden geworden.«

In keinem der Lieder war die Rede davon gewesen, dass die Vandalus-Hydra gerade erst geboren worden war, und es nahm der Geschichte mehr als nur ein bisschen von ihrem Glanz.

»Auf jeden Fall«, sagte der Drache, »nehme ich an, dass er sich angestachelt fühlt. Herren und Prinzen verabscheuen die Magie ohnehin und umso mehr, wenn sie besonders dringend ihre Hilfe benötigen. Und um auf deine Frage zurückzukommen, ja: Ein Versuch, auf diese Weise billige Rache zu nehmen, ist am wahrscheinlichsten.«

Ich glaubte das sofort und hatte verstanden, worauf der Drache hinauswollte. Der Prinz wäre wohl kaum einfach so zu Bett gegangen, wenn er wirklich mit dem festen Vorsatz gekommen war, die Gefährtin des Drachen zu verführen, wer auch immer das Mädchen sein mochte. Eine solche Erinnerung würde sich nicht nahtlos einfügen, sondern wie ein falsches Puzzleteil im Geist des Prinzen vagabundieren. Ich verspürte einen Stich der Empörung beim Gedanken daran, was geschehen wäre, wenn Kasia an meiner Stelle gewesen wäre, die ohne Magie hätte auskommen müssen.

»Allerdings«, fügte der Drache in einem Ton milder Herablassung hinzu, als wäre ich ein Hündchen, das endlich mal nicht auf einem Schuh herumgekaut hatte, »ist es keine vollkommen nutzlose Idee. Ich sollte in der Lage sein, sein Gedächtnis in die andere Richtung hin zu verändern.«

Er hob eine Hand und ich fragte verwirrt: »In die andere Richtung?«

»Ich werde ihm die Erinnerung daran einpflanzen, dass er deine Gunst genossen hat«, sagte der Drache. »Und zwar eine erfüllte Erinnerung an eine angemessene Begeisterung deinerseits und die Befriedigung seinerseits, mich zum Narren gehalten zu haben. Ich bin mir sicher, dass er keine Schwierigkeiten damit haben wird, das zu schlucken.«

»Wie bitte?«, fragte ich. »Ihr wollt ihn … Nein! Er wird … er wird …«

»Willst du mir etwa sagen, dass es dir wichtig ist, was er von dir denkt?«, fragte der Drache und hob eine Augenbraue.

»Wenn er glaubt, wir hätten das Bett geteilt, was soll ihn dann davon abhalten, es ein zweites Mal zu wollen?«, fragte ich.

Der Drache wedelte abwehrend mit der Hand. »Dann werde ich die Erinnerung daran eben unangenehm machen – mit Ellbogeneinsatz, schrillem Mädchengekicher und sehr geringer Dauer. Oder hast du vielleicht einen besseren Vorschlag?«, fügte er giftig hinzu. »Wäre es dir vielleicht lieber, wenn er aufwachen und sich daran erinnern würde, dass du dein Bestes getan hast, ihn zu ermorden?«

Und so hatte ich am nächsten Morgen das mehr als bittere Vergnügen, Prinz Marek draußen vor den Türen des Turmes stehen zu sehen, wie er zu meinem Fenster aufschaute und mir einen fröhlichen und indiskreten Kuss zuwarf. Ich hatte nur hinausgesehen, um ganz sicher zu sein, dass er auch wirklich fortzog. Es hatte mich all meine Kraft gekostet, mich zu zügeln und ihm nichts auf den Kopf zu werfen – und ich spreche nicht von einem Liebespfand, das ihn an mich erinnern sollte.

Aber der Drache hatte gut daran getan, vorsichtig zu sein. Selbst mit so einer angenehmen Erinnerung im Hinterkopf zögerte der Prinz auf dem Tritt, der zur Kutsche hinaufführte, und schaute mit einem leichten Stirnrunzeln zu mir hoch, als ob ihn irgendetwas störte. Doch endlich duckte er sich, tauchte ins Innere des Gefährts ein und ließ sich von den Pferden fortziehen. Ich blieb am Fenster stehen und sah dem Staub hinterher, den seine Wagenräder auf der Straße aufwirbelten, bis die Kutsche schließlich hinter den Hügeln verschwand. Erst da trat ich einen Schritt zurück und hatte das Gefühl, wieder in Sicherheit zu sein. Ein absurdes Gefühl angesichts der Tatsache, dass ich mich in einem verzauberten Turm befand, in Gesellschaft eines dunklen Zauberers und Strömen von Magie ausgesetzt, die jetzt unter meiner eigenen Haut lauerten.

Ich zog das Kleid in Rostbraun und Grün an und stieg langsam die Treppe zur Bibliothek hinunter. Der Drache saß bereits wieder in seinem Sessel, das geöffnete Buch auf seinem Schoß, und drehte sich zu mir um. »Also schön«, sagte er, säuerlich im Ton wie immer, »heute werden wir versuchen …«

»Wartet«, unterbrach ich ihn und er hielt inne. »Könnt Ihr mir verraten, wie ich hieraus etwas wirklich Tragbares machen kann?«

»Wenn du bis jetzt noch nicht begriffen hast, wie *Vanastalem* funktioniert, dann gibt es nichts, was ich für dich tun kann«, fuhr er mich an. »Tatsächlich bin ich geneigt zu glauben, dass du einfach ein bisschen beschränkt bist.«

»Nein! Ich will … diesen Spruch nicht«, sagte ich und bemühte mich erfolgreich, das Wort nicht zu nennen. »Ich kann mich in diesen Kleidern nicht bewegen und sie auch nicht zuschnüren, und wenn ich sie trage, kann ich nicht putzen …«

»Warum benutzt du denn nicht einen dieser simplen Zaubersprüche fürs Putzen?«, fragte er. »Ich habe dir mindestens fünf beigebracht.«

Und ich hatte mir große Mühe gegeben, sie sofort wieder zu vergessen. »Es ermüdet mich weniger, wenn ich alles selber scheuere!«, stieß ich aus.

»Ja, ich kann sehen, dass dir in dieser Hinsicht wirklich niemand das Wasser reichen kann«, sagte er gereizt. Aber diese Bemerkung hatte nicht die Kraft, mich zu verletzen. Jede Form von Magie war schlimm für mich, und ich hatte nicht den geringsten Wunsch, eine große und mächtige Hexe zu werden. »Was für eine seltsame Kreatur du doch bist: Träumen denn nicht alle Bauernmädchen von Prinzen und Ballkleidern? Versuch einfach, den Spruch abzuschwächen.«

»Wie bitte?«, fragte ich.

»Verschluck einen Teil des Wortes«, sagte er. »Verschleife es, murmel es, irgendetwas in dieser Richtung.«

»Einfach … irgendeinen Teil?«, fragte ich ungläubig, aber ich probierte es sofort aus: *»Vanalem?«*

Das kürzere Wort fühlte sich besser in meinem Mund an: irgendwie kleiner und freundlicher, aber vielleicht war das auch einfach nur Einbildung. Das Kleid zitterte, und der Rock, der mich umwogte, wurde schmaler, bis er nur noch ein hübsches Unterkleid aus ungebleichtem Leinen war, das mir bis zur Mitte der Wade ging. Darüber trug ich nun ein einfaches braunes Kleid mit einer grünen Schärpe, um es festzuziehen. Ich holte tief und dankbar Luft. Ich trug jetzt kein Gewicht mehr von den Schultern bis zu den Fersen mit mir herum, kein einschnürendes Korsett, keine endlose Schleppe: Ich war in ein schlichtes, gemütliches, praktisches Kleid gehüllt. Selbst die Magie hatte mich nicht so entsetzlich erschöpft. Eigentlich fühlte ich mich überhaupt nicht müde.

»Wenn du jetzt zu deiner Zufriedenheit gekleidet bist …«, sagte der Drache und seine Stimme triefte vor Sarkasmus. Er streckte eine Hand aus und brachte damit ein Buch dazu, vom Regalbrett aus zu ihm zu fliegen, »dann werden wir jetzt mit der Silbenkomposition beginnen.«

Kapitel 4

So wenig es mir auch gefiel, über Magie zu verfügen, war ich doch froh, mich nicht mehr dauernd dermaßen zu fürchten. Aber als Schülerin war ich für den Drachen alles andere als ein Geschenk: Wenn ich die Wörter aus den Zaubersprüchen, die er mich lehrte, nicht einfach vergaß, dann kamen sie falsch aus meinem Mund. Ich verschliff sie, murmelte sie vor mich hin und brachte alles durcheinander, wie zum Beispiel einen Spruch, der dazu gedacht war, ein Dutzend Zutaten für eine Pastete ordentlich bereitzulegen. »Ich werde mich ganz bestimmt nicht mit dir an Zaubertränke wagen«, hatte der Drache in bissigem Tonfall gesagt. Am Ende hatte ich alle Ingredienzen versehentlich zu einer festen Masse vermengt, die ich nicht einmal mehr für mein eigenes Abendessen aufheben konnte. Bei einer anderen Gelegenheit sollte ich mit einem Zauberspruch das Feuer in der Bibliothek, in der wir arbeiteten, schüren und dann in Schach halten. Zunächst schien der Spruch gar keine Wirkung zu haben, bis wir mit einem Mal ein fernes, unheimliches Knistern hörten. Wir stürmten die Treppe nach oben und wurden dort von grünlich flackernden Flammen erwartet, die aus dem Kamin in einem der Gästezimmer unmittelbar über der Bibliothek loderten und bereits an den bestickten Bettvorhängen hochzüngelten.

Nachdem der Drache das hartnäckige Feuer gelöscht hatte, schrie er mich zehn Minuten lang an und beschimpfte mich als einen geistlosen, schafsköpfigen Sprössling eines Schweinezüchters.

»Mein Vater ist Holzfäller«, gab ich zu bedenken.

»Also dann, du Sprössling eines axtschwingenden Dummkopfs«, ereiferte er sich weiter.

Doch trotzdem fürchtete ich mich nicht mehr. Ich ließ ihn wüten und toben, bis er erschöpft war und mich wegschickte. Nun, wo ich wusste, dass er mich nicht beißen und zerreißen konnte, machte mir sein Brüllen überhaupt nichts mehr aus.

Beinahe tat es mir leid, dass ich mich nicht geschickter anstellte, denn mittlerweile war mir klar geworden, dass seine Frustration die eines Mannes war, der Schönheit und Perfektion liebte. Er hatte keine Schülerin haben wollen; aber nun, wo ich ihm aufgebürdet worden war, trachtete er danach, eine große, fähige Hexe aus mir zu machen und mich in seine Lehren einzuweisen. Er führte mir Beispiele seiner höheren Künste vor, bei denen Gesten und Worte in einem komplizierten Muster miteinander verflochten wurden und sich zu einem Lied vereinten. Da merkte ich, dass er seine Tätigkeit liebte. Seine Augen funkelten und blitzten beim Rezitieren der Sprüche und sein Gesicht wirkte auf eine beinahe entrückte Weise schön. Er liebte seine Magie und er wollte diese Liebe mit mir teilen.

Ich hingegen war vollkommen zufrieden damit, mich durch ein paar niedere Sprüche zu murmeln, die unvermeidlichen Vorhaltungen des Drachen über mich ergehen zu lassen und dann frohgemut nach unten in die Küche zu spazieren und die Zwiebeln für das Abendessen schließlich doch mit der Hand zu schneiden. Es brachte ihn an den Rand der Verzweiflung, und das nicht ohne Grund. Ich weiß, dass ich mich dumm anstellte, aber ich war einfach nicht daran gewöhnt, mich in irgendeiner Form für wichtig zu halten. Ich war immer diejenige gewesen, die mehr Nüsse, Zwiebeln und Pilze als irgendwer sonst entdeckte, selbst wenn das Stückchen Wald bereits ein halbes Dutzend Mal abgesucht worden war. Im Herbst konnte ich spät blühende Kräuter finden und die ersten Pflaumen im Sommer – was, wie meine Mutter nicht müde wurde anzumerken, grundsätzlich dazu führte, dass ich mich so schmutzig wie nur möglich machte. Auch wenn ich in der Erde wühlen, mich durch Dornenhecken schieben oder auf einen

Baum klettern musste, um an diese Schätze zu gelangen, kam ich mit einem gut gefüllten Korb zurück. Damit gelang es mir dann doch, meiner Mutter ein verständnisvolles Seufzen abzuringen, anstatt entsetzt über den Zustand meiner Kleidung zu schimpfen.

Aber dort endeten meine Fähigkeiten auch bereits, wie ich stets gedacht hatte, und nichts davon war für irgendjemanden außerhalb meiner eigenen Familie wichtig. Selbst jetzt ahnte ich noch nicht, was Magie alles bewirken konnte, außer lächerliche Kleider hervorzubringen oder mir die kleinen Haushaltspflichten abzunehmen, die ich ebenso rasch mit der Hand erledigen konnte. Meine nur schleppenden Fortschritte waren mir egal und auch die Frage, wie sehr ich den Drachen damit verärgerte. Ich war fast zufrieden so, wie es war, während die Zeit verstrich, und es plötzlich Mittwinter geworden war.

Ich schaute aus meinem Fenster und sah auf den Marktplätzen eines jeden Dörfchens die kerzenerleuchteten Bäume stehen, die das dunkle Tal wie mit kleinen Leuchtfeuern sprenkelten, den ganzen Weg bis zum Rand des Dunklen Waldes. Zu Hause bestrich meine Mutter sicher gerade den großen Schinken mit Schmalz und wendete die Kartoffeln in der Tropfenpfanne darunter. Mein Vater und meine Brüder waren bestimmt damit beschäftigt, riesige Wagenladungen mit Feuerholz für die Festtage zu jedem Haus zu schaffen, mit frisch geschnittenen Kiefernzweigen obendrauf. Sie pflegten auch immer den Baum für unser Dorf zu fällen, der mit Kerzen herausgeputzt werden sollte, und zweifellos hatten sie dafür einen großen, gerade gewachsenen mit üppigen, ausladenden Zweigen ausgesucht.

Vielleicht kochte Wensa nebenan gerade Kastanien und getrocknete Pflaumen zusammen mit Karotten und einem Stück zarten Fleisches, das sie mit uns teilen würde, und Kasia – ja, Kasia war immer noch zu Hause. Vermutlich drehte sie ihren wunderbaren, feinen Baumkuchen an der Spindel vor dem Feuer und fügte nach jeder Runde eine neue Teigschicht hinzu, sodass die Stücke nach dem Anschnitt wie die Jahresringe eines Tannenbaums aussehen würden. Kasia hatte diese Kunst gelernt, als wir beide zwölf waren. Wensa hatte den Schleier, den sie bei ihrer Hochzeit getragen hatte und der zweimal so lang war wie sie selbst, einer Frau in Smolnik überlassen, die im Gegenzug dafür Kasia das Rezept verriet und sie in der Kunst der Zubereitung unterwies. Und das alles nur, um Kasia darauf vorzubereiten, für einen großen Herrn zu kochen und zu backen.

Ich versuchte, mich für sie zu freuen. Aber in Wahrheit bemitleidete ich mich nur selbst. Es war schwer, ganz allein zu sein und in meinem Zimmer hoch oben im Turm, weggesperrt von allen anderen, zu frieren. Der Drache machte keinerlei Anstalten, den Festtag zu begehen. Soweit ich das sagen konnte, wusste er nicht einmal, was für einen Tag wir hatten. Wie immer ging ich zur Bibliothek und ließ einen neuen Zauberspruch über mich ergehen. Der Drache schimpfte eine Weile, und dann befahl er mir, wieder zu verschwinden.

Um das quälende Gefühl der Einsamkeit ein bisschen zu lindern, schlich ich mich hinunter in die Küche und bereitete mir ein kleines Festmahl zu: Schinken, Buchweizenbrei und Apfelmus. Aber als ich alles auf dem Teller anrichtete, kam es mir noch immer so schlicht und wenig vor, dass ich zum ersten Mal *Lirintalem* für mich selbst benutzte. Ich sehnte mich so danach, etwas zu haben, was mir ein feierliches Gefühl verschaffen würde. Die Luft flimmerte und plötzlich lag eine wunderbare Scheibe gebratenen Fleisches vor mir, heiß und rosafarben und saftig. Da war auch eine Schale meines Lieblingsbreis aus Weizengrütze mit einer ganzen Kelle geschmolzener Butter gekocht und mit angerösteten Brotkrumen in der Mitte, dazu ein kleiner Berg junger Erbsen, die in meinem Dorf vor dem Frühling niemand zu essen bekommen würde, und Stücke von einem Honigstollen, wie ich ihn erst ein einziges Mal am Tisch der Dorfältesten hatte kosten dürfen. In jenem Jahr war meine Familie an der Reihe gewesen, zur Erntezeit ihr Gast zu sein. Die kandierten Früchte hatten die Farben von Edelsteinen, der Teig war von einem makellosen Goldbraun, die Haselnüsse waren klein und hell, und alles glänzte und schimmerte vom Honigsirup.

Aber das alles machte noch kein Mittwintermahl aus. Da war kein bohrender Hunger in meinem Bauch vom langen Tag, den ich mit pausenlosem Kochen und Putzen zugebracht hatte; da war kein fröhlicher Lärm von viel zu vielen Leuten, die sich um den Tisch drängten, lachten und nach den Tellern griffen. Als ich auf mein kleines Festmahl schaute, fühlte ich mich nur noch einsamer. Ich dachte an meine Mutter, die ganz allein ohne die zweifelhafte Hilfe meiner ungeschickten Hände kochen musste, und meine Augen füllten sich mit Tränen, während ich den Kopf in mein Kissen bohrte. Das Tablett blieb unangetastet auf meinem Tisch stehen.

Auch zwei Tage später noch waren meine Lider schwer und müde vom Weinen und ich benahm mich noch linkischer als sonst. Das war der Tag, an dem der Reiter kam. Ein eiliges Hufgetrappel, dann wurde an die Türen gehämmert. Der Drache ließ das Buch sinken, mit dessen Hilfe er mich zu unterrichten versuchte, und ich folgte dem Geräusch die Treppe hinunter. Die Türen schwangen von allein vor ihm auf und der Bote wäre beinahe hereingestolpert. Er trug den tiefgelben Umhang der Gelben Marschen und sein Gesicht war schweißüberströmt. Er kniete nieder, blass und heftig schluckend, aber er wartete nicht, bis ihm der Drache die Erlaubnis zum Sprechen erteilte. »Mein Herr, der Baron, bittet Euch, sofort zu ihm zu kommen«, keuchte er. »Uns sucht eine Chimäre heim, die vom Gebirgspass aus kam …«

»Was?«, unterbrach ihn der Drache mit schneidender Stimme. »Das ist noch nicht die Zeit dafür. Was für eine Art von Biest ist es genau? Hat vielleicht irgendein Idiot eine Wyvern als Chimäre bezeichnet und die anderen haben es ihm nachgeplappert?«

Der Bote schaukelte seinen Kopf hin und her wie ein Pendel. »Schlangenschwanz, Fledermausflügel, Ziegenkopf – ich habe es mit meinen eigenen Augen gesehen, Drache, und das ist der Grund, warum mein Herr mich zu Euch geschickt hat …«

Der Drache machte seinem Ärger zischend Luft: Wie konnte es eine Chimäre wagen, ihm völlig außer der Zeit zur Last zu fallen? Ich für meinen Teil konnte viel weniger verstehen, warum sich eine

Chimäre überhaupt an irgendeine Zeit halten sollte. Sicherlich war das doch eine magische Kreatur, die tun und lassen konnte, wonach ihr der Sinn stand.

»Versuch doch einmal, dich nicht wie ein völliger Dummkopf anzustellen«, herrschte mich der Drache an, als ich ihm auf dem Fuße ins Laboratorium folgte. Er öffnete dort ein Kästchen und befahl mir, ihm diese und jene Phiole zu reichen. Unglücklich und sehr vorsichtig tat ich, was er mir auftrug.

»Eine Chimäre ist durch verdorbene Magie hervorgebracht worden, aber das bedeutet nicht, dass es kein lebendiges Wesen mit ganz eigener Natur ist. Sie stammen von Schlangen ab und schlüpfen aus Eiern. Ihr Blut ist kalt. Sie verbringen die Winter damit, sich nicht zu rühren und so oft wie möglich in der Sonne zu liegen. Erst im Sommer fliegen sie.«

»Und warum ist diese jetzt gekommen?«, fragte ich in dem Versuch, ihm zu folgen.

»Ist sie wahrscheinlich gar nicht. Dieser keuchende Bauerntölpel da unten hat sich wohl eher vor seinem eigenen Schatten gefürchtet«, sagte der Drache. Doch der keuchende Bauerntölpel hatte in meinen Augen keineswegs wie ein Einfaltspinsel ausgesehen und auch nicht wie ein Feigling. Außerdem wurde ich das Gefühl nicht los, dass der Drache seinen eigenen Worten selbst nicht so recht glauben wollte. »Nein, nicht das rote Fläschchen, du dummes Ding, das ist Feuerherz. Eine Chimäre würde eine ganze Gallone davon ausschlürfen, wenn sie die Gelegenheit witterte, und dann würde sie sich in einen beinahe echten Drachen verwandeln. Gib mir das rotviolette Fläschchen, zwei weiter rechts.« Für mich sah der Inhalt beider Gefäße gleichermaßen rotviolett aus, aber ich tauschte hastig die beiden Flaschen aus und reichte dem Drachen den gewünschten Trank. »In Ordnung«, sagte er abschließend. »Lies in keinem der Bücher, berühre nichts in diesem Raum, fass besser überhaupt nichts in irgendeinem Zimmer an, solange es sich vermeiden lässt, und versuche, diesen Turm nicht in Schutt und Asche zu legen, bis ich wieder da bin.«

Erst in diesem Moment begriff ich, dass er mich hier zurücklassen wollte. Ich starrte ihn niedergeschlagen an. »Was soll ich denn hier ganz allein tun?«, fragte ich beklommen. »Kann ich nicht … Kann ich Euch nicht begleiten? Wie lange wollt Ihr fortbleiben?«

»Eine Woche, einen Monat oder für alle Ewigkeit, wenn ich abgelenkt werde oder mich besonders ungeschickt anstelle und mich von der Chimäre in Stücke reißen lasse«, antwortete er bissig. »Und das heißt so viel wie: Nein, du kannst nicht mitkommen. Du wirst, solange es geht, gar nichts tun.«

Mit diesen Worten rauschte er von dannen.

Ich rannte in die Bibliothek und schaute aus dem Fenster nach unten. Nachdem der Drache die Treppe hinuntergegangen und hinausgetreten war, fielen die Türen hinter ihm ins Schloss. Der Bote sprang vom Boden auf. »Ich werde Euer Pferd nehmen«, hörte ich den Drachen sagen. »Lauft mir nach Olshanka. Ich werde das Pferd dort zurücklassen und mir ein frisches Reittier suchen.« Und schon schwang er sich in den Sattel, machte eine herrische Geste und murmelte etwas. Ein kleines Feuer flammte vor ihm auf der schneebedeckten Straße auf, rollte wie ein Ball davon und hinterließ einen geschmolzenen Pfad in der Mitte des Weges für den Drachen und sein Pferd. Sofort setzten sich die beiden in Bewegung, obwohl das Pferd vor Unbehagen die Ohren angelegt hatte. Ich reimte mir zusammen, dass der Zauberspruch, der den Drachen seinerzeit von hier bis nach Dvernik und zurück gebracht hatte, keine so große Reichweite hatte, wie sie jetzt erforderlich war. Oder vielleicht konnte er den Zauber auch nur innerhalb seiner eigenen Ländereien anwenden.

Ich stand in der Bibliothek und sah ihm nach, bis er verschwunden war. Es war ja keineswegs so, als ob er jemals etwas getan hätte, um seine Gesellschaft angenehm für mich zu machen, aber ohne ihn erschien mir der Turm leer und voller Echos. Ich versuchte, seine Abwesenheit als Geschenk zu sehen und mich genüsslich auszuruhen, aber ich war nicht müde genug. Zuerst wollte ich mich ein bisschen damit ablenken, dass ich an meiner Steppdecke nähte, dann saß ich einfach nur an meinem Fenster und ließ den Blick über das Tal schweifen, über die Felder, die Dörfer und die Wälder, die ich so sehr liebte. Ich beobachtete die Viehherden auf dem Weg zum Wasser, Holzschlitten, hin und wieder einen einsamen Reiter, der auf der Straße unterwegs war, die vereinzelten Schneewehen, und schließlich schlief ich an den Fensterrahmen gelehnt ein.

Es war schon spät, als ich mit einem Ruck in der Dunkelheit hochschreckte, und dann sah ich in der Ferne, beinahe über das gesamte Tal verteilt, Signalfeuer leuchten. Mein verwirrter, verschlafener Blick ruhte darauf. Einen Moment lang glaubte ich, dass die Kerzen an den Bäumen noch einmal angezündet worden wären. Ich hatte erst dreimal in meinem ganzen Leben gesehen, dass die Signalfeuer brannten: wegen des Grünen Sommers, der Schneestuten, die aus dem Wald gekommen waren, als ich neun Jahre alt war, und einmal wegen monströs ausufernder Ranken, die in dem Sommer, in dem ich vierzehn wurde, über Nacht vier Häuser am Rande des Dorfes verschlungen hatten. Jedes einzelne Mal war der Drache gekommen und hatte die Angriffe des Dunklen Waldes zurückgeschlagen, ehe er sich wieder zurückzog.

Panik stieg in mir auf, und ich zählte die Signalfeuer zurück, um herauszufinden, an welcher Stelle sie ihren Ausgang genommen hatten. Mir stockte der Atem. Es gab neun von ihnen in gerader Linie entlang des Flusses Spindel. Das neunte Feuer brannte in Dvernik. Der Hilferuf war also von meinem Dorf ausgegangen. Während ich dastand und auf die Feuer starrte, fiel mir siedend heiß etwas ein: Der Drache war fort. Inzwischen dürfte er bereits den Gebirgspass erreicht haben und auf dem Weg zu den Gelben Marschen sein. Von dort aus würde er die Signalfeuer nicht sehen, und selbst wenn ihm jemand davon berichtete, würde er sich zunächst um die Chimäre kümmern müssen. Eine Woche würde das in Anspruch nehmen, hatte er gesagt, und es gab sonst niemanden …

In diesem Moment begriff ich, wie dumm ich gewesen war. Ich

hatte nie daran gedacht, dass Magie – *meine* Magie – für irgendetwas gut sein könnte. Bis zu diesem Augenblick, wo ich am Fenster stand und wusste, dass es niemanden außer *mir* gab, der vielleicht helfen konnte. Dass das, was in mir war – gleichgültig, wie armselig, plump und unausgebildet es auch sein mochte –, mehr Magie war, als irgendjemandem sonst in meinem Dorf zur Verfügung stand. Dass sie zu Hause Hilfe brauchten und ich als Einzige übrig war, um sie ihnen zukommen zu lassen.

Einen Augenblick lang stand ich wie angewurzelt da, dann drehte ich mich um und hastete die Treppe hinunter ins Laboratorium. Ich drängte meine Angst zurück, betrat den Raum und holte den grauen Trank, der mich in Stein verwandelt hatte. Ich griff auch nach dem Feuerherz-Trank, nach dem Elixier, das der Drache benutzt hatte, um das Leben des Prinzen zu retten, und nach einem grünen Gebräu, von dem der Drache gesagt hatte, es diene dazu, Pflanzen zum Wachsen zu bringen. Was sie mir jeweils nützen würden, konnte ich nicht abschätzen, aber immerhin kannte ich ihre Wirkung. Von den anderen wusste ich nicht einmal die Namen und traute mich nicht, sie anzurühren.

Ich raffte sie zusammen, brachte sie hoch in mein Zimmer und begann in atemloser Eile, meine aufgehäuften Festtagskleider in Streifen zu reißen. Diese Seidenbahnen knotete ich aneinander, um ein Seil herzustellen. Kaum war es lang genug – jedenfalls hoffte ich das –, warf ich ein Ende davon aus dem Fenster und sah hinterher. Es war eine dunkle Nacht. Unten gab es kein Licht, das mir verraten hätte, ob mein Seil bis zum Boden reichte. Aber mir blieb keine andere Wahl, als es auszuprobieren und auf diese Weise die Antwort selbst herauszufinden.

Bei meinen kleinen Nähversuchen hatte ich auch einige Seidentaschen aus dem Stoff meiner Kleider angefertigt, und in einer davon verstaute ich jetzt die Glasflaschen, gut eingewickelt in überschüssige Stofffetzen. Dann hängte ich mir die Tasche über die Schulter. Ich versuchte, nicht über das nachzudenken, was ich gerade tat. In meiner Kehle schwoll ein Knoten der Angst an und machte mir das Atmen schwer. Mit beiden Händen griff ich nach dem seidenen Seil und kletterte über den Fenstersims.

Ich hatte schon unzählige alte Bäume erklommen. Ich liebte große Eichen und konnte mit nur einem kleinen Stück abgewetztem Seil, das ich über einen Ast warf, an ihnen hinaufklettern. Aber das hier war etwas ganz anderes. Die Steine des Turmes waren unnatürlich glatt. Jeder Spalt dazwischen war ohnehin schon schmal und noch dazu fein säuberlich mit Mörtel ausgefüllt, der weder gesprungen noch durch den Zahn der Zeit brüchig geworden war. Ich streifte meine Schuhe ab und ließ sie hinunterfallen, aber auch meine nackten Zehen fanden keinen Halt. Mein ganzes Gewicht hing an dem seidenen Seil; meine Hände waren schweißnass und meine Schultern schmerzten. Ich rutschte und hangelte mich in Richtung Boden und hin und wieder hing ich auch einfach nur so da. Die Tasche auf meinem Rücken war ein schwankendes, unberechenbares Gewicht, und die Flaschen schlugen gegeneinander. Ich quälte mich weiter den Turm hinab. Etwas anderes blieb mir nicht übrig. Wieder hinaufzuklettern, wäre nur noch schwerer gewesen. Fantasien davon, wie ich einfach losließ, kamen mir in den Sinn und verrieten mir, dass ich am Ende meiner Kräfte angekommen war. Ich war kurz davor, mir einzureden, dass der Sturz gar nicht so schlimm werden würde, als mein Fuß unerwartet und schmerzhaft durch fünfzehn Zentimeter aufgehäuften Pulverschnee am Rand des Turmes stieß und ich mit einem Mal festen Boden unter mir spürte. Ich grub meine Schuhe aus dem Schnee aus und rannte auf dem Weg, den der Drache frei geräumt hatte, bis nach Olshanka.

Als ich ankam, wussten die Leute dort zunächst überhaupt nicht, was sie mit mir anfangen sollten. Verschwitzt und durchgefroren zugleich taumelte ich in ein Gasthaus. Die Haare klebten mir am Kopf und mein Atem hatte für dünne Eiskrusten an den losen Strähnen rings um mein Gesicht gesorgt. Ich entdeckte zunächst niemanden, der mir bekannt vorkam. Zwar erkannte ich den Bürgermeister, aber ich hatte noch nie ein Wort mit ihm gewechselt. Vermutlich hätten sie mich einfach für eine junge Frau gehalten, die den Verstand verloren hatte, doch zum Glück war Borys da, der Vater von Marta. Sie war eines der anderen Mädchen, die im selben Jahr wie ich geboren worden waren. Er war dabei gewesen, als der Drache seine Entscheidung gefällt hatte. Jetzt sagte er: »Das ist das Mädchen des Drachen. Andreys Tochter.«

Keines der in vergangenen Jahren ausgewählten Mädchen hatte jemals den Turm verlassen, ehe seine zehn Jahre verstrichen waren. Auch wenn das Signalfeuer ein Ausdruck von Verzweiflung war, glaubte ich zuerst doch, dass sie glücklicher gewesen wären, hätten sie allein mit dem zurechtkommen müssen, was der Dunkle Wald ihnen geschickt hatte. Alles wäre besser gewesen als mein Auftauchen – ich platzte einfach so herein, stellte mit unumstößlicher Sicherheit ein Problem dar und schien keine vielversprechende Hilfe zu sein.

Ich berichtete, dass der Drache in die Gelben Marschen aufgebrochen war und dass ich jemanden bräuchte, der mich nach Dvernik bringen könnte. Mit unglücklichen Mienen glaubten sie mir zwar Ersteres, aber sehr schnell dämmerte mir, dass sie nicht im Traum daran dachten, mir bei Zweiterem behilflich zu sein; ganz gleich, was ich ihnen von meinen Unterweisungen in der Kunst der Magie erzählte. »Du wirst mit mir kommen und die Nacht in der Obhut meiner Frau in meinem Haus verbringen«, sagte der Bürgermeister und drehte sich von mir weg. »Danushek, reite nach Dvernik. Sie müssen erfahren, dass sie irgendwie durchhalten müssen, was auch immer dort geschehen ist. Wir müssen herausfinden, welche Hilfe sie benötigen und wir werden einen Mann in die Berge schicken …«

»Ich werde die Nacht nicht unter Eurem Dach verbringen!«, rief ich. »Und wenn Ihr mich nicht dorthin bringt, werde ich eben zu Fuß gehen. Trotzdem werde ich früher als jede andere Hilfe dort ankommen.«

»Genug«, fuhr mich der Bürgermeister an. »Hör mal zu, du dummes Kind …«

Natürlich hatten sie Angst. Sie glaubten, ich sei davongelaufen und versuchte nun mit aller Macht, nach Hause zu kommen. Sie wollten nicht hören, wie ich sie um Hilfe anflehte, vor allem weil sie sich schämten, dem Drachen überhaupt ein Mädchen überlassen zu haben. Sie wussten sehr wohl, dass das nicht recht war, und doch hatten sie es getan, weil sie keine Wahl hatten. Und es war nicht schrecklich genug gewesen, um sie zum Widerstand anzustacheln.

Ich holte tief Luft und benutzte wieder einmal meine Waffe *Vanastalem.* Ich denke, der Drache wäre beinahe zufrieden mit mir gewesen, denn jede Silbe klang so scharf wie eine frisch geschliffene Klinge. Die Leute in der Taverne wichen vor mir zurück, als die Magie um mich herum aufwirbelte und so gleißend leuchtete, dass das brennende Feuer im Kamin dagegen trübe aussah. Als sich alles beruhigte, schien ich einige Zentimeter größer geworden zu sein, denn ich trug zierliche Stiefelchen, wie sie bei Hofe üblich waren. Gekleidet war ich wie eine trauernde Königin: ein Unterkleid aus schwarzem Samt, mit schwarzer Spitze gesäumt und mit kleinen schwarzen Perlen bestickt, das sich von meiner blassen Haut abhob, die seit einem halben Jahr keine Sonne mehr gesehen hatte. Die üppigen Ärmel waren mit goldenen Bändern an meinen Armen befestigt. Darüber trug ich einen noch extravaganteren glänzenden Mantel aus goldener und roter Seide, der mit schwarzem Fell rings um meinen Hals besetzt war und an der Taille von einem goldenen Gürtel zusammengehalten wurde. Mein Haar steckte in einem goldenen Netz, das mit kleinen Edelsteinen verziert war. »Ich bin weder dumm noch eine Lügnerin«, sagte ich hochmütig, »und auch wenn ich nicht viel ausrichten kann – irgendetwas wird es schon helfen. Und jetzt holt mir sofort einen Wagen.«

Kapitel 5

Natürlich half es mir, dass sonst niemand wusste, wie klein und unbedeutend mein Zauberspruch gewesen war. Keiner von ihnen hatte bislang viel Magie zu sehen bekommen, und ich hütete mich davor, sie aufzuklären. Sie spannten vier Pferde vor den leichtesten Schlitten, den sie hatten, und wir fuhren, so schnell es ging, auf der dick verschneiten Straße am Fluss entlang. In meinem albernen, aber wunderbar warmen Kleid ließ ich die rasende, ungemütliche Fahrt über mich ergehen, die uns in atemberaubender Eile auf dem vereisten Weg dahinfliegen ließ. Sie war jedoch nicht unbehaglich genug, um mich von dem Gedanken daran abzubringen, wie hoch meine Chancen standen zu sterben, ohne auch nur den geringsten Nutzen gebracht zu haben.

Borys hatte angeboten, mich zu fahren. Schuldgefühle lasteten auf ihm, für die es keiner Worte bedurfte. *Ich* war es, die geholt worden war, nicht *sein* Mädchen, nicht *seine* Tochter. Diese saß in ihrem sicheren Zuhause und hatte vielleicht schon eine Liebelei oder sogar ein festes Verhältnis. Ich hingegen war vor noch nicht einmal vier Monaten ausgewählt worden und schon jetzt war ich nicht mehr wiederzuerkennen.

»Weißt du, was in Dvernik los ist?«, fragte ich ihn, hinten im Wagen unter einem Haufen Decken eingekuschelt.

»Nein, ich habe noch nichts gehört«, antwortete er über seine Schulter hinweg. »Die Signalfeuer sind gerade erst entzündet worden. Man hat sicher schon einen Reiter losgeschickt, falls …« Er brach ab. *Falls denn noch ein Reiter übrig war, den man losschicken konnte,* hatte er sagen wollen. »Wir werden ihm unterwegs begegnen, nehme ich an«, beendete er den Satz stattdessen.

Mit den schweren Pferden meines Vaters und seinem großen Wagen dauerte es im Sommer einen ganzen Tag, um von Dvernik nach Olshanka zu kommen. In der Mitte des Tages stand immer eine ausgiebige Pause an. Aber jetzt, um die Mittwinterzeit herum, war die Straße beinahe dreißig Zentimeter hoch mit Schnee bedeckt, der bretthart gefroren und mit einer dünnen Schicht aus Pulverschnee überzogen war. Das Wetter war klar und die Hufe der Pferde waren mit harten Eisen gegen Schnee und Eis beschlagen worden. Wir schienen durch die Nacht zu fliegen, und einige Stunden vor der Dämmerung wechselten wir die Pferde im Dorf Vyosna, ohne eine richtige Rast einzulegen. Ich stieg nicht einmal aus dem Schlitten. Niemand stellte irgendwelche Fragen. Borys sagte lediglich: »Wir sind auf dem Weg nach Dvernik«, und man starrte mich mit Interesse und Neugier an, aber ohne Misstrauen und ohne mich zu erkennen. Als die neuen Pferde eingespannt wurden, kam die Frau des Stallmeisters mit einer frisch gebackenen Fleischpastete und einem Becher heißen Weins zu mir nach draußen. Sie selbst war in einen dicken Pelzmantel gehüllt. »Wollt Ihr Euch vielleicht die Hände wärmen, meine Dame?«, fragte sie.

»Danke schön«, erwiderte ich verlegen. Ich fühlte mich halb wie eine Hochstaplerin, halb wie eine Diebin. Das hielt mich jedoch nicht davon ab, die Pastete mit wenigen Bissen zu verschlingen. Danach trank ich auch den Wein, vor allem weil mir nichts einfiel, was ich stattdessen damit hätte tun sollen, ohne die Frau vor den Kopf zu stoßen.

Danach war ich ein wenig beschwipst und benommen und die Welt um mich herum erschien mir weich, warm und behaglich. Außerdem machte ich mir nun viel weniger Sorgen, was bedeutete, dass ich eindeutig zu viel getrunken hatte. Trotzdem war ich dankbar. Borys fuhr jetzt noch schneller dank der ausgeruhten Pferde. Nach einer weiteren

Stunde, als die aufgehende Sonne langsam den Himmel vor uns aufhellte, sahen wir in der Ferne einen Mann, der sich zu Fuß die Straße entlangschleppte. Als wir jedoch näher herankamen, stellten wir fest, dass es sich bei der Gestalt gar nicht um einen Mann handelte. Es war Kasia, die Jungenkleidung und schwere Stiefel trug. Sie kam geradewegs auf uns zu: Wir waren die Einzigen auf dem Weg nach Dvernik.

Kasia klammerte sich an den Rand des Schlittens, keuchte, machte einen Knicks und sagte, ohne abzuwarten: »Es hat das Vieh befallen – es hat alles Vieh geholt und auch einen Mann. Wir haben die Tiere und den Mann eingesperrt und bewachen sie, aber dafür haben wir alle anderen verfügbaren Männer gebraucht …« Bei diesen Worten hatte ich mich endlich aus meinem Deckenberg herausgewühlt und streckte jetzt die Hand nach ihr aus.

»Kasia«, sagte ich mit zugeschnürter Kehle und sie verstummte. Wir beide starrten uns lange Zeit schweigend an, ehe ich weitersprach: »Schnell, beeil dich und steig ein. Ich werde dir unterwegs alles erzählen.«

Sie kletterte in den Schlitten und schlüpfte neben mich unter die aufgetürmten Decken. Wir bildeten ein lächerlich ungleiches Paar: Sie in der schmutzigen, grob gewebten Kleidung eines Schweinehirten mitsamt einer dicken Jacke aus Schaffell, das lange Haar unter eine Mütze gestopft. Daneben ich in meinem prächtigen Kleid. Gemeinsam sahen wir aus wie die gute Fee, die zu Aschenputtel kommt, als es gerade die Asche aus der Feuerstelle fegt. Aber wir hielten uns wie früher fest an den Händen, was sich wahrhaftiger als alles sonst zwischen uns anfühlte. Während der Schlitten dahinschoss, platzte ich mit unzusammenhängenden Bruchstücken der gesamten Geschichte heraus. Ich erzählte von den elenden ersten Tagen, den langen Wochen, in denen ich mich ständig schwach fühlte, weil der Drache angefangen hatte, mich zur Ausübung von Magie zu zwingen, und von dem Unterricht, der mir seitdem erteilt worden war.

Kasia hielt die ganze Zeit über meine Hand umklammert, und als ich ihr ganz am Ende stockend gestand, dass ich zaubern konnte, antwortete sie zu meinem fassungslosen Erstaunen: »Ich hätte es wissen müssen.« Ich starrte sie mit offenem Mund an. »Dir sind schon immer seltsame Dinge zugestoßen. Du bist in den Wald gegangen und mit Beeren zurückgekehrt, die zu dieser Zeit eigentlich gar nicht wuchsen, oder mit Blumen, die niemand je zuvor gesehen hatte. Als wir noch klein waren, hast du mir immer Geschichten erzählt, die du von den Tannen gehört hast, bis dich eines Tages dein Bruder verspottet hat und dir unterstellte, dass du dir das alles nur ausdenkst. Dann hast du damit aufgehört. Und auch, dass deine Kleidung immer so schrecklich mitgenommen aussah: Sogar wenn du es darauf angelegt hättest, wäre es nicht möglich gewesen, selbst für eine derartige Katastrophe zu sorgen. Und ich weiß genau, dass du es nie darauf angelegt hast. Ich habe mit eigenen Augen gesehen, wie sich ein Zweig nach dir ausgestreckt und an deinem Rock gezogen hat. Er hatte es wirklich auf dich abgesehen …«

Protestierend zuckte ich zusammen, woraufhin sie abbrach. Das alles wollte ich nicht hören. Sie sollte mir nicht sagen, dass die Magie schon von jeher in mir geschlummert hatte und mein Schicksal damit unausweichlich gewesen war. »Dann ist diese Magie also zu nicht viel mehr nütze, als mich schlampig und unordentlich aussehen zu lassen. Falls sie denn wirklich daran schuld ist …«, sagte ich und bemühte mich, dabei unbekümmert zu klingen. »Ich bin nur deshalb hergekommen, weil *er* gerade fort ist. Aber erzähl mir ganz genau, was passiert ist.«

Und Kasia berichtete: Das Vieh war praktisch über Nacht krank geworden. Bei den ersten Fällen hatte man Bissspuren gesehen, als ob seltsame riesige Wölfe die Tiere angefallen hätten, obwohl man den ganzen Winter über keinen einzigen in der Gegend gesichtet hatte. »Es waren Jerzys Tiere. Und er hat sie nicht gleich alle getötet«, fügte Kasia mit sachlicher Stimme hinzu. Ich nickte.

Jerzy hätte es besser wissen müssen. Er hätte die kranken Kühe sofort aus der Herde aussondern und ihnen die Kehle durchschneiden müssen, als er sah, dass sie anscheinend von Wölfen gebissen, aber zwischen den anderen Tieren zurückgelassen worden waren. Das konnte nicht das Werk eines gewöhnlichen Wolfes sein. Aber Jerzy war arm. Er hatte keine Felder, kein Geschäft, nichts außer seinen Kühen. Seine Frau war mehr als einmal zu uns gekommen und hatte uns leise um etwas Mehl angefleht, und immer wenn ich aus dem Wald genug Essbares zum Teilen mitgebracht hatte, schickte mich meine Mutter mit einem Korb zu ihrem Haus. Jerzy hatte sich jahrelang angestrengt und gespart, um eine dritte Kuh kaufen zu können. Dies hätte einen Ausweg aus der Armut bedeutet und erst vor zwei Jahren war es endlich so weit gewesen. Seine Frau Krystyna hatte bei der Ernte ein neues rotes, in Spitze gefasstes Kopftuch getragen und er eine rote Weste und beide waren stolz darauf gewesen. Sie hatten vier Kinder verloren, noch ehe sie getauft worden waren, und als ich vom Drachen geholt wurde, war sie gerade wieder guter Hoffnung. Und deshalb hatte er die Tiere nicht rechtzeitig genug geschlachtet.

»Sie haben ihn gebissen und sich unter die anderen Tiere gemischt. Jetzt sind sie alle böse geworden, und es ist zu gefährlich, auch nur in ihre Nähe zu kommen, Nieshka. Was hast du denn jetzt vor?«

Der Drache hätte vielleicht gewusst, wie man die Tiere von der Krankheit heilen konnte. Ich jedoch nicht. »Wir werden sie verbrennen müssen«, sagte ich. »Ich hoffe, dass der Drache später alles richten wird, aber für den Augenblick fällt mir nichts Besseres ein.« Um die Wahrheit zu sagen: Trotz des schrecklichen Vorfalls und der drohenden Verschwendung war ich heilfroh, dass keine Feuer spuckenden Ungeheuer und keine tödliche Plage auf mich warteten, und auch, dass mir immerhin irgendetwas eingefallen war. Ich holte den Feuerherztrank aus der Tasche und zeigte ihn Kasia.

Niemand stellte meinen Plan infrage, als wir Dvernik erreicht hatten. Unsere Dorfälteste Danka war ebenso überrascht wie Kasia und die Männer in Olshanka, als ich vom Schlitten kletterte. Aber sie hatte dringlichere Probleme, mit denen sie sich befassen musste.

Jeder gesunde Mann und die kräftigeren Frauen hielten abwechselnd die armen eingepferchten, gequälten Tiere mithilfe von Mistgabeln und Fackeln in Schach. Sie rutschten bei der Arbeit auf dem Schnee aus, ihre Hände wurden von der Kälte taub, und der Rest des Dorfes versuchte, sie vorm Erfrieren oder Verhungern zu bewahren. Es war ein Wettstreit, wessen Kräfte zuerst nachlassen würden, und mein Dorf drohte zu verlieren. Sie hatten bereits versucht, allein einen Scheiterhaufen zu entzünden, aber es war zu kalt. Das Holz hatte nicht rasch genug Feuer gefangen, ehe die Tiere die aufgetürmten Scheite zerstampft hatten. Kaum hatte ich Danka berichtet, was für einen Trank ich mitgebracht hatte, nickte sie auch schon und schickte jeden los, der nicht bereits mit der Arbeit rings um den Pferch beschäftigt war, um Eispickel und Schaufeln zu holen und einen Feuerschutz zu errichten.

Dann wandte sie sich an mich. »Wir werden deinen Vater und deine Brüder brauchen, damit sie mehr Feuerholz heranschaffen«, sagte sie ohne Umschweife. »Sie sind zu Hause, denn sie haben die ganze Nacht hier geschuftet. Ich würde dich gerne bitten, sie zu holen, aber vielleicht schmerzt es dich und sie nur noch mehr, wenn du hinterher wieder in den Turm zurückmusst. Willst du trotzdem gehen?«

Ich schluckte. Sie hatte natürlich recht mit ihrer Befürchtung, aber ich konnte nicht anders, als zuzustimmen. Kasia hielt meine Hand, als wir gemeinsam durch das Dorf zu meinem Elternhaus rannten, und ich bat sie: »Kannst du zuerst hineingehen und sie vorwarnen?«

Und so kam es, dass meine Mutter bereits weinte, als ich durch die Tür trat. Sie bemerkte mein Kleid überhaupt nicht, sondern sah nur mich. Und so standen wir da und umarmten uns, während sich eine Unmenge von Samt auf dem Boden ausbreitete, als mein Vater und meine Brüder schlaftrunken aus den hinteren Zimmern kamen. Nun weinten wir alle, obwohl wir uns immer wieder gegenseitig sagten, dass wir zum Weinen eigentlich gar keine Zeit hatten. Unter Tränen berichtete ich meinem Vater, was zu tun war. Er und meine Brüder rannten hinaus, um unsere Pferde anzuspannen. Glücklicherweise waren sie in ihrem eigenen, massiv gebauten Stall unmittelbar an unserem Haus in Sicherheit gewesen. Ich nutzte diese wenigen letzten Augenblicke und saß zusammen mit meiner Mutter am Küchentisch. Sie streichelte mir immer wieder mit den Händen über die Wangen und ihre Tränen hörten nicht auf zu fließen. »Er hat mich nicht angerührt, Mamusha«, versuchte ich sie zu trösten und verlor kein Wort über Prinz Marek. »Er behandelt mich nicht schlecht.« Sie antwortete nicht, sondern strich nun immer wieder über meine Haare.

Mein Vater steckte den Kopf durch die Tür und rief: »Wir sind so weit«, und schon musste ich aufbrechen.

Meine Mutter sagte: »Warte noch einen Moment«, und verschwand im Schlafzimmer. Sie kam mit einem geschnürten Bündel zurück, in dem sich meine eigene Kleidung und andere persönliche Dinge befanden. »Ich hatte gehofft, dass jemand aus Olshanka es dir geben könnte«, sagte sie, »im Frühling, wenn sie *ihm* Gaben vom Fest bringen.« Sie küsste mich wieder und hielt mich noch ein bisschen länger in den Armen, ehe sie mich schließlich doch loslassen musste. Es schmerzte tatsächlich noch mehr.

Mein Vater fuhr zu jedem Haus des Dorfes, und meine Brüder sprangen hinunter und holten aus jedem einzelnen Schuppen all das Brennholz, das sie erst vor kurzer Zeit so mühsam ausgeliefert und eingelagert hatten. Armvoll für Armvoll hievten sie es auf den Schlitten mit seinen hohen Eckpfosten. Als er bis obenhin beladen war, machten sie sich auf den Weg zum Pferch, und da erblickte ich schließlich das arme Vieh.

Die Tiere sahen überhaupt nicht mehr aus wie Kühe. Ihre Körper waren geschwollen und missgestaltet; ihre Hörner waren gewachsen und wirkten nun riesig, schwer und verdreht. Bei einigen waren hier und da Pfeile und sogar ein paar Speere zu sehen, die sich tief in ihre Körper gegraben hatten und wie entsetzliche Stacheln aus ihrem Fleisch herausragten. Was aus dem Dunklen Wald kam, war oft nicht totzukriegen, es sei denn, man schlug ihm den Kopf ab oder bekämpfte es mit Feuer. Verwundungen machten die Kreaturen häufig nur noch wilder. Bei vielen der Kühe, die ich vor mir sah, waren die Brust und die Vorderbeine geschwärzt, denn sie hatten die früheren Feuer einfach ausgetreten. Jetzt warfen sie sich gegen den kräftigen Holzzaun des Pferchs, schwangen ihre schweren, unnatürlichen Hörner hin und her und muhten tief und kehlig, was so gewohnt klang, dass es einem erst recht angst und bange wurde. Ein Pulk von Männern und Frauen stand dicht beisammen, um sie in Schach zu halten; ein zuckender Wall von Mistgabeln, Speeren und angespitzten Pfählen, der das Vieh immer wieder zurückdrängte.

Einige der Frauen waren bereits damit beschäftigt, den Boden aufzuhacken, der hier in der Nähe des Pferchs weitestgehend schneefrei war, und sie harkten die abgestorbenen Grasbüschel weg. Danka hatte alles im Blick. Sie winkte meinen Vater zu sich, und unsere Pferde schnaubten unruhig, als sie näher an das Vieh herankamen und das Böse in der Luft wittern konnten.

»Gut«, sagte Danka. »Bis Mittag sind wir fertig. Wir werden Holz und Heu vermischen, dann Fackeln entzünden, die vorher in den Trank getaucht wurden, und das Ganze dann in den Pferch werfen. Versuch, so viel wie möglich aufzusparen, falls wir noch einen zweiten Versuch brauchen«, fügte sie, an mich gewandt, hinzu. Ich nickte.

Immer mehr Helfer kamen, denn die Menschen waren früh aus dem Schlaf gerissen worden, um bei der letzten großen Anstrengung dabei zu sein. Allen war klar, dass die Kühe versuchen würden auszubrechen, sobald das Feuer auf sie übergriff. Jeder, der auch nur in der Lage war, einen Stock zu halten, suchte sich einen Platz in den Reihen, um die Tiere zurückzudrängen. Andere begannen damit, die Heuballen über den Zaun des Pferchs zu heben. Die Haltegurte hatten sie vorher angeschnitten, sodass sie beim Aufprall aufplatzten und sich die trockenen Halme überall verstreuten. Meine Brüder warfen Bündel mit Feuerholz über den Zaun. Ich stand ängstlich neben Danka, hielt das Fläschchen mit dem Zaubertrank in der Hand und spürte die Magie darin herumwirbeln und unter meinen Fingern heiß werden. Die Flüssigkeit pulsierte, als wüsste sie, dass sie schon bald freigesetzt werden würde, um ihre Arbeit zu verrichten. Endlich war Danka mit den Vorbereitungen zufrieden und streckte mir das erste Bündel entgegen, damit ich es mithilfe eines sehr langen, trockenen Holzscheits anstecken konnte. Dieser Pflock war von der Mitte bis zur Spitze gespreizt, sodass Zweige und Heu in den Spalt gesteckt und festgebunden werden konnten.

Das Feuerherz brodelte und versuchte aufzusteigen und aus der Flasche zu quellen, sobald ich das Siegel gebrochen hatte. Ich merkte sofort, dass ich mit der Hand auf den Verschluss drücken musste. Träge sackte die Flüssigkeit zurück, und erst dann zog ich den Stopfen heraus und schüttete einen klitzekleinen Tropfen auf das äußerste Ende des präparierten Holzscheits. Dieses brannte so schnell lichterloh, dass Danka kaum Zeit blieb, es hastig über den Zaun zu schleudern und danach herumzuwirbeln und ihre Hand mit qualvoll verzerrtem Gesicht in eine Schneewehe zu stecken. Ihre Finger wurden bereits krebsrot und es bildeten sich Blasen. Ich war vollauf damit beschäftigt, das Fläschchen wieder zu verschließen, und als ich endlich hochschaute, stand der halbe Pferch in Flammen. Das Vieh muhte panisch.

Wir alle waren verblüfft von der ungezügelten Kraft der Magie, obwohl wir natürlich Geschichten über Feuerherz gehört hatten. Es tauchte in endlosen Balladen von Krieg und Belagerung auf, und es gab auch zahllose Geschichten darüber, wie Feuerherz hergestellt wurde. Man benötigte ein Tausendgewicht Gold, um eine einzige Flasche zu gewinnen, und der Trank musste in Kesseln aus reinem Stein von einem Zauberer mit außergewöhnlichen Fähigkeiten hergestellt werden. Ich hatte sorgsam vermieden, irgendjemandem gegenüber zu erwähnen, dass ich keine *Erlaubnis* dazu hatte, die magischen Tränke aus dem Turm zu entfernen. Falls der Drache zornig werden würde, sollte sich seine Wut allein gegen mich richten.

Aber die Geschichten über Feuerherz zu hören, war nicht dasselbe, wie die Wirkung des Tranks mit eigenen Augen zu sehen. Wir waren überhaupt nicht darauf vorbereitet und das befallene Vieh war bereits vorher in Aufruhr gewesen. Zehn Kühe rasten dicht aneinandergedrängt auf die hintere Begrenzung zu, ungeachtet der spitzen Stöcke und Pfähle, die sie bremsen sollten. Wir alle hatten entsetzliche Angst davor, uns Verletzungen zuzuziehen oder gebissen zu werden, ja sogar davor, die Tiere auch nur zu berühren. Die Schrecken des Dunklen Waldes konnten sich so leicht verbreiten. Die Verteidiger wichen zurück, und Danka schrie aus Leibeskräften, als der Zaun nachzugeben drohte.

Der Drache hatte mir mit grenzenloser Mühe und grimmiger Entschlossenheit verschiedene kleinere Zaubersprüche beigebracht, mit denen man flicken, wieder befestigen und reparieren konnte, doch keinen davon beherrschte ich sonderlich sicher. Aber die Verzweiflung brachte mich dazu, es trotzdem zu versuchen. Ich kletterte auf den leeren Schlitten meines Vaters, zeigte mit dem Finger auf den Zaun und rief entschlossen: *»Paran kivitash farantem, paran paran kivitam!«* Ich wusste sofort, dass ich irgendeine Silbe vergessen hatte, aber ich muss nah dran gewesen sein. Das größte der gesplitterten Zaunbretter rutschte völlig unversehrt zurück an Ort und Stelle. Zweige mit frischen Blättern daran sprossen plötzlich aus dem Holz und die alten eisernen Kreuzverstrebungen glätteten sich wieder.

Allein die alte Hanka hielt die Stellung. »Ich war viel zu wütend, um zu sterben«, sagte sie später, als sie jedes Lob für ihre Tapferkeit beiseitewischte. Dabei hatte sie nur noch den Stiel einer Harke in der Hand gehalten, dessen Unterteil längst abgebrochen und einem der Ochsen zwischen die Hörner gerammt worden war. Dieser stumpfe Schaft wurde von meinem Zauberspruch in einen langen, spitzen Pfahl aus glänzendem Stahl verwandelt, den sie, ohne zu zögern, einer Kuh ins klagend geöffnete Maul rammte, als diese sich gegen den Zaun drängte. Der Speer durchbohrte den gesamten Kopf und kam an der Rückseite des Kuhschädels wieder heraus. Das große Tier sackte schwer gegen die Begrenzung des Pferchs und blieb dort tot liegen, wo es auf diese Weise verhinderte, dass das übrige Vieh näher kommen konnte.

Es stellte sich heraus, dass das der schwierigste Moment des Kampfes gewesen war. Wir hielten die Tiere auch überall sonst noch ein paar Minuten länger im Zaum und dann wurde die Aufgabe leichter. Von da an standen sie alle in Flammen, und ein entsetzlicher Gestank verpestete die Luft, der einem den Magen umdrehte. Das Vieh legte sein wildes Gebaren ab, und nun sahen wir wieder nichts als Tiere, die sich vergebens gegen die Begrenzungen warfen und aneinanderdrängten, bis sie endlich im Feuer zugrunde gingen. Noch zweimal setzte ich den Reparaturzauber ein, und am Ende musste ich mich auf Kasia stützen, die aus dem Schlitten geklettert war, um mich aufrecht zu halten. Überall rannten ältere Kinder mit Eimern herum, die zur Hälfte mit geschmolzenem Schnee gefüllt waren, um alle Funken zu löschen, die auf den Boden außerhalb des Pferchs übergesprungen waren. Alle Männer und Frauen arbeiteten bis zur Erschöpfung mit ihren behelfsmäßigen Waffen. Ihre Gesichter waren rot und schweißüberströmt von der Hitze, die Rücken der eisigen Kälte ausgesetzt; aber mit vereinten Kräften gelang es uns, die Tiere zusammenzuhalten, sodass weder das Feuer noch die Krankheit übersprangen.

Endlich verendete auch die letzte Kuh. Pfeifender Rauch und zischendes Fett stiegen im Feuer auf. Wir alle saßen ausgelaugt in einem losen Kreis rings um den Pferch, versuchten, den Rauch zu meiden, und sahen zu, wie das Feuerherz sich legte und langsam herunterbrannte, wobei es alles zu Asche werden ließ. Viele der Männer und Frauen husteten. Niemand sprach ein Wort oder jubelte. Es gab auch gar keinen Grund zum Feiern. Wir waren zwar alle froh zu sehen, dass wir die schlimmste Gefahr hatten abwenden können, aber der Preis dafür war immens. Jerzy war nicht der Einzige, der durch das Feuer mit einem Schlag alles verloren hatte.

»Ist Jerzy noch am Leben?«, fragte ich Kasia leise.

Sie zögerte, dann nickte sie. »Ich habe aber gehört, dass es ihn schlimm erwischt hat.«

Die Wald-Krankheit war nicht immer unheilbar. Der Drache hatte schon Leute davon kuriert, wie ich wusste. Vor zwei Jahren hat ein Wind aus dem Osten unsere Freundin Trina getroffen, während sie am Ufer des Flusses Wäsche gewaschen hatte. Als sie zurückkam, war sie wackelig auf den Beinen und krank. Die Kleidung in ihrem Korb war von silbergrauen Pollen überzogen. Ihre Mutter ließ sie nicht ins Haus. Sie warf die Kleidung ins Feuer, führte Trina wieder hinunter zum Fluss und tauchte sie dort ein ums andere Mal unter, während Danka, ohne Zeit zu vergeuden, einen schnellen Reiter nach Olshanka schickte.

In dieser Nacht war der Drache gekommen. Ich erinnerte mich daran, dass ich Kasia besucht hatte, und gemeinsam hatten wir vom Hof hinter dem Haus aus alles beobachtet. Den Drachen hatten wir nicht zu Gesicht bekommen, nur ein kaltes blaues Licht, das in einem Fenster im oberen Stockwerk von Trinas Elternhaus aufblitzte. Am nächsten Morgen erzählte mir Trinas Tante am Brunnen, dass unsere Freundin sich erholen würde. Und schon zwei Tage später war Trina wieder ganz die Alte, nur ein wenig müde wie jemand, der eine schlimme Erkältung hinter sich hat. Besonders freute sie sich darüber, dass ihr Vater nun einen Brunnen neben ihrem Haus ausheben wollte, damit sie nie mehr den Weg zum Fluss nehmen musste, um dort die Wäsche zu waschen.

Aber damals war es nur eine einzige bösartige Windbö gewesen, nur ein einziger Pollenstoß. Dieses Mal war es eine der schlimmsten Heimsuchungen, an die ich mich erinnern konnte. So viele Tiere waren erkrankt, auf so entsetzliche Weise, und sie hatten das Übel so rasend schnell verbreitet: Das war ein sicheres Zeichen dafür, dass es diesmal wirklich ernst war.

Danka hatte uns über Jerzy sprechen hören. Sie kam zum Schlitten und sah mir ins Gesicht. »Gibt es noch irgendetwas, das du für ihn tun kannst?«, fragte sie ohne Vorrede.

Ich wusste, was sie in Wahrheit von mir wissen wollte. Es war ein langsamer, furchtbarer Tod, wenn man die Krankheit nicht austreiben konnte. Der Dunkle Wald verzehrte seine Opfer von innen, so wie ein umgestürzter Baum verrottet; er höhlte sie aus, bis nur noch eine monströse Hülle voller Gift übrig blieb, die nichts anderes im Sinn hatte, als dieses Gift weiterzutragen. Wenn ich sagen würde, dass ich nichts mehr tun konnte, wenn ich zugeben würde, dass mir nichts mehr einfiele, wenn ich gestehen würde, dass ich all mein Pulver verschossen hatte, dann würde Danka angesichts der Tatsache, dass Jerzy so heftig befallen war und der Drache noch mindestens eine Woche lang nicht kommen konnte, ein Machtwort sprechen. Sie würde ein paar Männer zu Jerzys Haus führen und Krystyna auf die andere Seite des Dorfes bringen lassen. Die Männer würden ins Haus eindringen und mit einem schweren, eingewickelten Leichnam wieder herauskommen, den sie hierherschaffen würden. Zusammen mit dem Vieh würden sie ihn auf den brennenden Scheiterhaufen werfen.

»Es gibt Dinge, die ich versuchen kann«, sagte ich.

Danka nickte.

Langsam und mit schwerfälligen Bewegungen kletterte ich vom Wagen. »Ich begleite dich«, sagte Kasia und hakte sich bei mir ein, um mich zu stützen. Ohne dass ein Wort zwischen uns gefallen war, wusste sie, dass ich ihre Hilfe brauchen würde.

Gemeinsam gingen wir langsam zu Jerzys Haus. Es lag sehr ungünstig, ganz am Rande des Dorfes, am weitesten entfernt von den Weiden, und der Dunkle Wald reichte bis nah an seinen kleinen Garten heran. Auf der Straße war es unnatürlich ruhig um diese Zeit am Nachmittag, weil alle noch bei den Tieren waren. Der Schnee, der über Nacht gefallen war, knirschte unter unseren Schuhen. Mit meinem Kleid kam ich nur mühsam durch die Schneewehen an den Wegrändern, aber ich wollte die Kraft, die mich eine magische Veränderung gekostet hätte, für etwas Sinnvolleres aufsparen. Als wir weiter auf das Haus zugingen, hörten wir ihn. Es war ein schnarrendes, gurgelndes Stöhnen ohne Unterlass, das immer lauter wurde, je näher wir herankamen.

Es war nur ein kleines Haus, aber wir mussten lange warten, bis

Krystyna endlich die Tür einen Spalt weit aufmachte und den Kopf hindurchstreckte. Sie starrte mich an, erkannte mich aber nicht. Auch sie selbst hatte sich verändert: Unter ihren Augen zeichneten sich dunkle Schatten ab und ihr schwangerer Bauch wölbte sich gewaltig. Ihr Blick wanderte zu Kasia, die erklärte: »Agnieszka ist aus dem Turm gekommen, um uns zu helfen.« Dann schaute sie wieder zu mir.

Die Sekunden zogen sich endlos, ehe Krystyna heiser antwortete: »Kommt herein.«

Sie hatte in einem Schaukelstuhl am Feuer gesessen, genau neben der Tür. Ich wusste sofort, dass sie gewartet hatte: darauf, dass sie kamen, um Jerzy zu holen. Es gab nur noch einen anderen Raum, der durch einen Vorhang im Durchgang abgetrennt war. Krystyna ging zurück zum Schaukelstuhl und setzte sich wieder. Sie strickte oder nähte nicht, sie bot uns keine Tasse Tee an, sie starrte nur ins Feuer und wiegte sich vor und zurück. Ich drückte Kasias Hand noch fester und wir gingen zusammen zu dem Vorhang. Kasia griff beherzt danach und zog ihn zur Seite.

Jerzy lag im Ehebett. Es war ein schweres Gestell, das aus ungeschickt zusammengenagelten Holzbalken bestand, doch in diesem Fall war das nur gut. Krystynas Mann war an den Händen und Füßen an die Bettpfosten gebunden, und quer über seinen Leib spannten sich Seile, die unter dem ganzen Bettgestell hindurchliefen. Die Spitzen seiner Zehen waren schwarz und die Nägel lösten sich bereits. Überall an seinem Körper, wo die Seile gescheuert hatten, gab es blutige Stellen. Er riss an seinen Fesseln und stieß das Geräusch aus, das wir draußen schon gehört hatten. Seine Zunge war dunkel und geschwollen und füllte beinahe seinen ganzen Mund aus. Als wir eintraten, verstummte er. Er hob den Kopf und starrte mich unverwandt an; dann lächelte er. Seine Zähne waren blutverschmiert und in seinen Augen sah ich gelbe Flecken. Er begann zu lachen. »Schau dich an«, keckerte er, »kleine Hexe, schau dich an. Schau dich an«, und sein Tonfall war ein schrecklicher Singsang, mal ganz hoch, mal tief. Er warf sich mit seinem ganzen Körper in die Seile, sodass das gesamte Bett einige Zentimeter auf mich zurutschte, während er nicht aufhörte, mich anzugrinsen. »Komm näher, komm, komm, komm«, sang er, »kleine Agnieszka, komm, komm, komm«, wie ein Kinderlied, und es klang Furcht einflößend. Das Bett hüpfte ruckweise in meine Richtung, während ich mit zitternden Fingern meine Tasche mit den Tränken aufschnürte und versuchte, ihn nicht anzuschauen. Ich war noch nie in so großer Nähe zu jemandem gewesen, den der Dunkle Wald geholt hatte. Kasia legte mir ihre Hände auf die Schultern. Sie stand kerzengerade und ruhig hinter mir. Ich glaube, ich wäre davongerannt, wenn sie nicht gewesen wäre.

Ich erinnerte mich nicht an den Spruch, den der Drache für den Prinzen benutzt hatte, aber er hatte mir einen Zauber beigebracht, mit dem ich kleine Schnitte und Verbrennungen heilen konnte, die ich mir beim Kochen oder Putzen zugezogen hatte. Ich glaubte, damit würde ich sicherlich keinen Schaden anrichten. Zu Beginn sang ich leise vor mich hin, während ich einen Schluck des Elixiers auf einen großen Löffel goss und die Nase rümpfte, als der Gestank von verrottendem Fisch aufstieg. Dann gingen Kasia und ich vorsichtig und wachsam auf Jerzy zu. Er schnappte mit den Zähnen nach mir und riss sich die Handgelenke an den Seilen blutig in dem Versuch, mich zu kratzen. Ich zögerte, denn ich konnte nicht das Risiko eingehen, von ihm gebissen zu werden.

Kasia sagte: »Warte.« Dann verschwand sie im anderen Zimmer und kam mit dem Schüreisen und einem schweren Lederhandschuh zurück, mit dessen Hilfe die Glut im Kamin angefacht wurde. Krystyna sah ihr mit einem trüben, gleichmütigen Ausdruck auf dem Gesicht beim Kommen und Gehen zu.

Wir legten das Schüreisen quer über Jerzys Kehle und pressten ihn von beiden Seiten des Bettes aus flach auf den Rücken. Dann streifte sich meine furchtlose Kasia den Handschuh über, streckte die Hand aus und hielt Jerzy von oben die Nase zu. Sie ließ auch dann nicht locker, als er mit aller Kraft versuchte, seinen Kopf hin und her zu schwenken, bis er endlich seinen Mund aufmachen musste, um Atem zu holen. Ich schüttete ihm das Elixier zwischen die Lippen und machte gerade noch rechtzeitig einen Satz zurück. Er hob sein Kinn, und es gelang ihm, seine Zähne in den Spitzenbesatz an meinem Samtärmel zu schlagen. Aber ich konnte mich losreißen und noch weiter zurückweichen, ohne meinen mit zittriger Stimme vorgetragenen Zauber zu unterbrechen. Kasia ließ das Eisen los und hastete an meine Seite.

Das gleißende Licht, an das ich mich erinnerte, gab es in Wirklichkeit nicht, aber immerhin verstummte Jerzys entsetzlicher Gesang. Ich sah den Schein des Elixiers, als es seine Kehle hinabrann. Jerzy ließ sich ins Kissen sinken und warf sich dort hin und her, dann stieß er ein tiefes, protestierendes Stöhnen aus. Ich sang einfach immer weiter. Tränen flossen mir aus den Augen: Ich war so erschöpft. Es war ebenso schlimm wie in jenen frühen Tagen im Drachenturm, schlimmer sogar, aber ich wirkte weiter meinen Zauber. Ich konnte den Gedanken nicht ertragen, damit aufzuhören, solange ich glaubte, dass mein Gesang vielleicht etwas an dem Entsetzlichen vor mir ändern konnte.

Als Krystyna das Singen hörte, stand sie im Nebenraum langsam auf und kam zum Durchgang. Auf ihrem Gesicht lag ein schwer auszuhaltender Hoffnungsschimmer. Das glühende Elixier in Jerzys Bauch sah wie ein heißes Kohlestück aus und leuchtete nach außen. Auf seiner Brust und an seinen Handgelenken schlossen sich die blutigen Striemen. Doch noch während ich sang, zogen grüne Schwaden über das Licht wie Wolken, die den Vollmond verdunkeln. Es kamen immer mehr, und sie wurden dichter, bis das Glühen schließlich nicht mehr zu sehen war. Nach und nach hörte Jerzy auf, sich herumzuwerfen, und sein Körper auf dem Bett entspannte sich. Ich wurde beim Singen leiser und verstummte schließlich. Dann rückte ich etwas näher an Jerzy heran, noch immer hatte ich die Hoffnung nicht aufgegeben. Da riss er auch schon seinen Kopf hoch, die Augen gelb und irr, und lachte aus vollem Halse. »Versuch's noch einmal, kleine Agnieszka«, schnarrte er und schnappte wie ein Hund in die Luft. »Komm her und versuch's noch mal, komm her, komm her!«

Krystyna stöhnte laut auf und rutschte am Türrahmen hinunter, bis sie auf dem Boden zusammensackte. Tränen brannten in meinen Augen. Mir war schlecht und mein Misserfolg hinterließ ein hohles, ausgebranntes Gefühl in meinem Bauch. Jerzy lachte furchterregend und bewegte mit seinem wilden Zappeln das Bett wieder vorwärts. Erneut ertönte das dumpfe *Rums-rums* der schweren Bettfüße auf dem Holzboden. Nichts hatte sich verändert. Der Dunkle Wald hatte gewonnen. Das Übel war zu stark und zu weit fortgeschritten.

»Nieshka«, sagte Kasia leise und unglücklich. Es klang mehr wie eine Frage. Ich fuhr mir mit dem Handrücken über die Nase, dann griff ich mit entschlossener Miene noch einmal in meinen Beutel.

»Schaff Krystyna aus dem Haus«, sagte ich und wartete ab, bis Kasia der leise vor sich hin jammernden Krystyna aufgeholfen und sie nach draußen geführt hatte. Kasia warf mir einen letzten angsterfüllten Blick zu, und ich versuchte, sie mit einem kleinen Lächeln zu beruhigen, aber mein Mund wollte mir nicht recht gehorchen.

Ehe ich wieder näher ans Bett herantrat, zog ich den schweren samtenen Überrock meines Kleides aus und wickelte ihn mir gegen den Qualm drei- oder viermal um den Kopf, sodass mein Mund und meine Nase bedeckt waren. Ich holte, so gut es ging, tief Luft und hielt sie an, während ich das Siegel der Flasche mit der grauen, wallenden Flüssigkeit aufbrach und einige Tropfen des Versteinerungstranks auf Jerzys grinsendes, schnaubendes Gesicht träufelte.

Dann verstopfte ich die Flasche wieder und sprang zurück, so schnell ich konnte. Er hatte bereits einen Atemzug gemacht: Der Rauch geriet ihm in die Nasenlöcher und in seinen Mund. Ein erstaunter Ausdruck breitete sich auf seinem Gesicht aus und dann wurde seine Haut grau und hart. Er verstummte, als sein Mund und seine Augen starr und sein Körper reglos wurden. Seine Hände verharrten in der Bewegung. Der verdorbene Gestank legte sich. In einer Wellenbewegung versteinerte seine Haut und dann war es schließlich geschafft. Ich zitterte gleichzeitig vor Erleichterung und vor Entsetzen: Eine Statue lag gefesselt im Bett, das Gesicht in unmenschlichem Zorn verzerrt.

Ich vergewisserte mich, dass ich die Flasche fest verschlossen hatte, und verstaute sie wieder in meinem Bündel, ehe ich aufstand, um die Tür zu öffnen. Kasia und Krystyna standen draußen im Vorgarten, bis zu den Knöcheln im Schnee versunken. Krystynas Gesicht war nass und ohne Hoffnung. Ich ließ sie wieder ins Haus kommen: Krystyna ging sofort zum schmalen Durchgang und blickte stumm auf die Statue in ihrem Bett, aus der alles Lebendige gewichen zu sein schien.

»Er hat jetzt keine Schmerzen mehr«, sagte ich. »Er merkt auch nicht, wie die Zeit vergeht, das verspreche ich dir. Auf diese Weise können wir abwarten, ob der Drache irgendeinen Weg kennt, ihn vom Übel des Dunklen Waldes zu befreien …« Ich sprach nicht weiter. Krystyna hatte sich in ihren Schaukelstuhl sinken lassen, als ob sie ihr Gewicht nicht mehr länger tragen konnte, und hielt den Kopf gesenkt. Ich war mir nicht sicher, ob ich ihr einen wahren Freundschaftsdienst erwiesen hatte oder ob ich mir nur Schmerz hatte ersparen wollen. Ich hatte noch nie davon gehört, dass irgendjemand, den es so schlimm wie Jerzy getroffen hatte, wieder geheilt worden wäre.

»Ich weiß nicht, was ich tun muss, um ihn zu retten«, sagte ich leise. »Aber … vielleicht hat der Drache eine Idee, wenn er zurückkehrt. Ich dachte, der Versuch würde sich lohnen.«

Immerhin war es jetzt still im Haus ohne das Heulen und der Gestank des Übels, der Verderbtheit, die Jerzy befallen hatte, klang ab. Der schrecklich abwesende Ausdruck, als wage Krystyna nicht, über irgendetwas nachzudenken, verschwand von ihrem Gesicht. Einen Moment später legte sie die Hand auf ihren Bauch und sah hinunter. Ihrer Niederkunft stand so unmittelbar bevor, dass selbst ich die Bewegungen des Babys durch die Kleidung hindurch erahnen konnte. Krystyna hob den Blick zu mir und fragte: »Und die Kühe?«

»Verbrannt«, sagte ich. »Allesamt.« Da ließ sie den Kopf wieder hängen: kein Ehemann, kein Vieh und ein Kind unterwegs. Danka würde natürlich versuchen, ihr zu helfen, aber es würde für jeden im Dorf ein schweres Jahr werden. Ohne Überleitung fragte ich: »Hast du vielleicht ein Kleid, das du mir im Austausch für dieses hier überlassen würdest?« Sie blickte hoch. »Ich ertrage es nicht, noch einen Schritt darin zu machen.«

Sehr zögerlich stand sie auf und kramte ein altes, geflicktes Kleid aus grobem Stoff und einen kratzigen Wollumhang für mich heraus. Glücklich schlüpfte ich aus meinem Festtagskleid und hinterließ einen riesigen Haufen aus Samt, Seide und Spitze neben dem Tisch. Dieses Kleid war mindestens den Preis einer Kuh wert und deren Milch würde im Dorf noch eine ganze Weile begehrt und kostbar sein.

Es wurde schon dunkel, als Kasia und ich schließlich aufbrachen. Die Feuer bei den Pferchen brannten noch und tauchten die andere Seite des Dorfes in ein orangefarbenes Glühen. Die Häuser waren immer noch verlassen. Die kalte Luft schnitt durch meine jetzt deutlich dünnere Kleidung. Ich war völlig ausgelaugt. So trottete ich wie ein Hündchen hinter Kasia her, die einen Weg für mich durch den Schnee bahnte und sich hin und wieder umdrehte, um die Hand auszustrecken und mir weiterzuhelfen. Ein einziger froher Gedanke wärmte mich: Ich konnte jetzt nicht mehr zum Turm zurück. Stattdessen würde ich zu meiner Mutter nach Hause gehen und dort bleiben, bis mich der Drache wieder holen kam. Was für einen besseren Ort für meine Zuflucht konnte es geben?

»Er wird noch mindestens eine Woche fort sein«, sagte ich zu Kasia, »und vielleicht ist er meiner dann überdrüssig und lässt mich hier.« Das hätte ich noch nicht einmal denken sollen. »Sag es keinem«, fügte ich hastig hinzu.

Kasia blieb stehen, drehte sich um, nahm mich in die Arme und drückte mich fest an sich. »Ich war darauf vorbereitet, wegziehen zu müssen«, sagte sie. »All diese Jahre lang. Ich hatte mich darauf eingestellt, tapfer zu sein und fortzugehen. Aber ich konnte es kaum ertragen, als er dich holte. Es fühlte sich an, als sei alles vergebens gewesen. Alles ging einfach weiter seinen gewohnten Gang, als ob du nie hier gewesen wärst …« Sie brach ab. Wir standen eng beieinander, hielten uns an den Händen, weinten und lächelten uns gleichzeitig an.

Doch dann änderte sich ihre Miene mit einem Schlag. Sie ergriff meinen Arm und riss mich ein Stück zurück.

Ich drehte mich um.

Sie kamen langsam aus dem Wald. Ihre Schritte waren gleichmäßig, und ihre breiten Pfoten hoben und senkten sich, ohne die Eiskruste des Schnees zu durchbrechen. In unseren Wäldern gab es Wölfe, die schnell, wendig und grau waren. Sie rissen hin und wieder ein krankes oder verletztes Schaf, nahmen aber vor unseren Jägern Reißaus. Was ich nun jedoch vor mir sah, waren nicht unsere Wölfe. Ihre mächtigen weiß bepelzten Rücken reichten mir bis zur Taille und rosafarbene Zungen hingen aus ihren Mäulern. In ihren gewaltigen Kiefern drängten sich spitze Zähne. Sie blickten uns – nein, mich – aus ihren blassgelben Augen an. Ich erinnerte mich daran, dass Kasia mir erzählt hatte, das erste Tier im Dorf sei nach einem Wolfsbiss krank geworden.

Der Leitwolf war ein bisschen kleiner als der Rest. Er hob die Nase und nahm die Witterung auf, dann legte er seinen Kopf schief, ohne auch nur einen Moment lang den Blick von mir abzuwenden. Zwei weitere Wölfe schlichen zwischen den Bäumen hervor. Das Rudel verteilte sich, als hätte es einen Befehl erhalten, und die Tiere nahmen rechts und links von mir Aufstellung, als wollten sie so meine Flucht verhindern. Sie machten Jagd – Jagd auf *mich.*

»Kasia«, flüsterte ich. »Kasia, los, lauf weg.« Das Herz schlug mir bis zum Hals. Ich löste meinen Arm aus ihrer Umklammerung und nestelte an meiner Tasche herum. »Kasia, geh!«, schrie ich, zog im gleichen Augenblick den Stopfen aus der Flasche in meiner Hand und spritzte einen Teil des Versteinerungstranks in die Richtung des Leitwolfes, als dieser zum Sprung ansetzte.

Grauer Nebel stieg um ihn herum auf und die große Steinstatue eines Wolfes fiel wie ein Felsbrocken vor meine Füße. Die knurrenden Kiefer schienen selbst im starren Zustand noch nach meinen Knöcheln schnappen zu wollen. Ein anderer Wolf geriet in den sich verbreitenden Nebel, und eine Welle der Versteinerung schob sich über seinen

Körper, wenn auch langsamer als beim ersten Tier. Es versuchte noch einen Moment lang die Vorderpfoten in den Schnee zu graben, um zu entkommen.

Kasia rannte nicht davon. Sie griff nach meinem Arm, zog mich hoch und rückwärts auf das nächste Haus zu. Eva wohnte hier. Die Wölfe stimmten ein entsetzliches Protestgeheul an und beschnüffelten misstrauisch die beiden Statuen. Dann heulte eines der Tiere auf und die anderen stimmten ein. Sie drehten sich um und nahmen unsere Verfolgung auf.

Kasia zog uns durch das Tor von Evas Vorgarten und knallte es hinter uns zu. Die Wölfe am Zaun schnellten so mühelos hoch in die Luft wie Springböcke. Ich traute mich nicht, Feuerherz in ihre Richtung zu schütten, nicht wenn ich die Ausbreitung nicht kontrollieren konnte. Nicht nach dem, was ich heute gesehen hatte. Es würde das ganze Haus niederbrennen, vielleicht sogar das gesamte Dorf, und auf jeden Fall würde es Kasia und mich vernichten. Stattdessen holte ich die kleine grüne Phiole hervor und hoffte, damit für genügend Ablenkung zu sorgen, sodass wir es ins Haus hineinschaffen konnten. »Es lässt das Gras wachsen«, hatte der Drache mit einer geringschätzigen Handbewegung gesagt, als ich ihn gefragt hatte. Der warme, gesunde Farbton der Flüssigkeit war mir sympathisch gewesen und hatte sich von den anderen Zaubertränken in seinem Labor in ihren seltsam kalten Farben abgehoben. »Und eine unüberschaubare Menge an Unkraut wächst dann auch. Es ist nur dann nützlich, wenn man ein Feld abbrennen musste.« Ich hatte daran gedacht, es nach dem Feuerherz zu benutzen, um unsere Weiden zu erneuern. Mit zitternden Händen löste ich den Verschluss und schon rann mir die Flüssigkeit über die Finger. Sie roch wunderbar, ganz sauber und frisch, und sie war angenehm klebrig wie zertretenes Gras und Blätter, die im Frühling voll im Saft stehen. Mit meinen zu Schalen gebogenen Handflächen verteilte ich die Flüssigkeit hastig über die verschneite Gartenfläche.

Die Wölfe hatten es über den Zaun geschafft und stürmten schon auf uns zu, als aus heiterem Himmel leuchtend grüne Efeuranken wie

Schlangen aus den verödet daliegenden Gemüsebeeten schossen. Sie peitschten in Richtung der Wölfe und wanden sich in dicken Schlingen um ihre Beine, sodass sie nur wenige Zentimeter von uns entfernt zu Boden gerissen wurden. Alles Grün um uns herum begann plötzlich zu sprießen, als wäre ein Jahr zu einer Minute zusammengeschmolzen: Bohnen, Hopfen und Kürbisse schoben sich aus dem Boden und wuchsen zu absurder Größe. Sie versperrten den Weg zu uns, während sich die Wölfe wanden und kämpften, nach ihnen schnappten und an ihnen rissen. Die Ranken wurden immer größer und brachten Dornen in der Größe von Messern hervor. Einer der Wölfe wurde von einer herumschnellenden Ranke, die so dick wie ein Baumstamm war, zerquetscht. Ein anderer wurde von einem riesigen, schweren Kürbis getroffen, der den Wolf auf den Boden presste, als der Kürbis auf seinem Rücken aufplatzte.

Ich stand nur da und glotzte, doch Kasia packte mich, und ich drehte mich um und folgte ihr stolpernd. Die Vordertür des Hauses wollte sich nicht öffnen lassen, sosehr Kasia auch an ihr zerrte. Also rannten wir stattdessen zu dem kleinen leeren Stall, der eigentlich nur ein Verschlag für Schweine war, und drängten uns hinein. Dort gab es keine Mistgabeln mehr. Man hatte sie zum Pferch mitgenommen. Das Einzige, was noch da war und als Waffe dienen konnte, war eine kleine Axt zum Holzhacken. Verzweifelt griff ich danach, während Kasia die Tür verriegelte. Die anderen Wölfe hatten sich inzwischen durch den wuchernden Garten gekämpft und unsere Verfolgung aufgenommen. Jetzt stellten sie sich an der Tür auf die Hinterläufe, kratzten am Holz und schlugen ihre Zähne hinein. Dann jedoch war mit einem Schlag Ruhe. Wir hörten, wie sie sich bewegten, und dann heulte plötzlich einer von ihnen auf der anderen Seite des Stalles unmittelbar vor dem schmalen hohen Fenster. Aufgeschreckt wirbelten wir herum, gerade als sich drei von ihnen hindurchschoben. Einer nach dem anderen sprangen sie mit einem Satz herein. Die Übrigen stimmten jenseits der Tür in ihr Heulen ein.

Ich fühlte mich wie ausgebrannt. Verzweifelt versuchte ich, mich an irgendeinen Spruch zu erinnern, an irgendeinen Zauber, den mir der Drache beigebracht hatte. An irgendetwas, das uns gegen diese Bestien helfen konnte. Vielleicht hatte der Zaubertrank meine Kräfte ebenso neu erblühen lassen wie den Garten oder aber die Panik hatte ein Übriges getan. Ich war nicht mehr so schwach auf den Beinen, als würde ich gleich ohnmächtig werden. Ich konnte mir durchaus wieder vorstellen, einen Spruch zu wirken, wenn mir doch nur irgendeiner eingefallen wäre. Hektisch überlegte ich, ob *Vanastalem* vielleicht eine Rüstung heraufbeschwören könnte, und dann sagte ich auch schon laut: »*Rautalem?*« Stotternd vermischte ich ihn mit einem Spruch, um Küchenmesser zu schärfen, während ich nach einer alten Wasserschüssel aus verbeultem Zinn griff. Ich hatte keine Ahnung, was der Spruch bewirken würde, aber ich hatte eine vage Hoffnung. Vielleicht versuchte die Magie, mich und sich selbst zu retten, denn die Schüssel wurde flach und zu einem riesigen Schild aus massivem Stahl. Kasia und ich verkrochen uns in einer Ecke dahinter, während die Wölfe uns weiterhin angriffen.

Kasia nahm mir die Axt aus der Hand und hackte damit nach den Pfoten und Schnauzen, die sich um die Metallkanten schoben und versuchten, unseren Schild niederzureißen oder aus dem Weg zu stoßen. Wir beide klammerten uns verzweifelt an die Griffe des Schildes, um unser Leben zu retten. Doch da marschierte zu meinem ungläubigen Entsetzen einer der Wölfe – ein Wolf! – ohne Hast zu der verschlossenen Tür des Stalles, und mit seiner Schnauze hob er den Riegel und öffnete die Tür für die anderen.

Der Rest des Rudels umzingelte uns. Es gab keinen Ort mehr, an den wir flüchten konnten, keinen versteckten Trank mehr in meinem Bündel. Kasia und ich klammerten uns aneinander und hielten mit aller Kraft die Griffe des Schildes fest, als mit einem Mal die gesamte Rückwand des Schuppens hinter uns wegbrach. Wir fielen rückwärts in den Schnee und landeten zu Füßen – des Drachen. Alle Wölfe sprangen wie auf ein Kommando auf ihn zu, doch er hob eine Hand und stieß einen schier unmöglich langen Spruch aus, ohne zwischendurch Luft zu holen. Die Wölfe wurden mitten im Sprung gestoppt und es gab ein entsetzliches Geräusch wie von brechenden Zweigen. Mausetot landeten sie im Schnee.

Kasia und ich hielten uns noch immer aneinander fest, als die Kadaver der Wölfe einer nach dem anderen neben uns aufschlugen. Wir starrten den Drachen an, und er funkelte steif und wutentbrannt zu uns hinunter, dann schnaubte er. »Von all den hirnrissigen Dingen, die du hättest tun können, du schwachsinnige Missgeburt von einem Mädchen …«

»Passt auf!«, gellte Kasia, doch zu spät. Ein letzter hinkender Wolf, dessen Fell von einem Kürbis orange gefärbt war, sprang über den Gartenzaun. Obgleich der Drache einen Spruch wirkte, während er noch herumwirbelte, erwischte das Biest seinen Arm im Fall mit den Krallen einer Pfote. Als der Wolf tot auf dem Boden aufschlug, waren drei leuchtend rote Blutstropfen im Schnee neben den Füßen des Drachen zu sehen.

Er ließ sich auf die Knie sinken und umklammerte seinen Arm am Ellbogen. Die schwarze Wolle seines Wamses war zerrissen und Löcher klafften auf. Das Fleisch rings um den Kratzer wurde bereits grün vom Gift. Die krank wirkende Farbe machte dort halt, wo seine Finger den Arm umklammerten. Ein schwaches Glühen umspielte seine Finger, aber die Adern an seinem Unterarm schwollen trotzdem an. Ich angelte in meinem Bündel nach dem Elixier. »Gieß es darüber«, stieß der Drache zwischen zusammengebissenen Zähnen hervor, als ich ihm das Fläschchen geben wollte, damit er einen Schluck daraus nahm. Ich goss ihm die Flüssigkeit über den Arm, und wir alle hielten den Atem an. Aber die Verfärbung ging nicht zurück, sie breitete sich nur nicht mehr so schnell aus.

»Der Turm«, presste er hervor. Schweiß sammelte sich auf seiner Stirn. Sein Kiefer war so verkrampft, dass er kaum mehr sprechen konnte. »Hör zu: *Zokinen valisu, akenezh hinisu, kozhonen valisu.*«

Ich starrte ihn an. Er konnte mir doch unmöglich zutrauen, uns beide mit einem Zauberspruch zum Turm zurückzubringen. Aber er sagte nichts mehr weiter. Ganz offensichtlich benötigte er seine ganze Energie dafür, die Vergiftung aufzuhalten. Erst jetzt fiel mir wieder ein, was er mir erzählt hatte, was nämlich geschehen würde, wenn der Dunkle Wald mich – die unausgebildete und nutzlose Hexe, die ich war – holen würde. Er würde mich in etwas wahrlich Entsetzliches verwandeln. Doch was würde er erst aus *ihm* machen, dem mächtigsten Magier des ganzen Reiches?

Ich drehte mich zu Kasia um, holte die Flasche mit dem Feuerherz heraus und drückte sie ihr in die Hand. »Sag Danka, sie muss jemanden zum Turm schicken«, sagte ich mit tonloser, bedrückter Stimme. »Wenn wir nicht beide herauskommen und sagen, dass alles in Ordnung ist, wenn es nur irgendeinen Zweifel daran gibt, dann soll sie den Turm niederbrennen.«

In Kasias Augen lag tiefe Sorge um mich, aber sie nickte bloß. Ich drehte mich zum Drachen um und kniete mich neben ihn in den Schnee. »Gut«, sagte er kurz und knapp zu mir, und seine Blicke huschten zu Kasia. Da wusste ich, dass meine schlimmsten Befürchtungen nicht so ganz verkehrt waren. Ich packte ihn am Arm, schloss meine Augen und dachte an mein Zimmer im Turm. Dann sprach ich die Worte des Zaubers.

Kapitel 6

Ich stützte den taumelnden Drachen, während wir das kurze Stückchen durch den Flur zu meiner kleinen Schlafkammer schwankten. Das Seil aus aneinandergeknoteten Seidenstreifen hing noch immer aus dem Fenster. Es bestand keinerlei Hoffnung darauf, den Drachen in sein eigenes Gemach hinunterzuschaffen; er war schon schwer genug, als ich ihn auf das Bett sinken ließ. Noch immer umklammerte er seinen Arm, um die Vergiftung daran zu hindern, sich noch weiter auszubreiten, aber das Glühen um seine Hand herum wurde immer schwächer. Ich hielt ihn und bettete seinen Kopf auf das Kissen. Dann stand ich einen Moment lang ängstlich und unschlüssig neben ihm und wartete darauf, dass er irgendetwas sagte, mir irgendetwas zu tun befahl, doch er schwieg beharrlich. Seine Augen waren zur Decke gerichtet, blickten aber ins Leere. Der kleine Kratzer an seinem Arm war angeschwollen wie ein ganz besonders schlimmer Spinnenbiss. Der Drache atmete flach und schnell. Sein gesamter Unterarm war unterhalb seines Griffes von einem schrecklichen, krank aussehenden Grün – der gleichen Farbe, die auch Jerzys Haut gehabt hatte. Die Fingernägel liefen bereits schwarz an.

Ich stürmte hinunter in die Bibliothek und rutschte dabei auf den Stufen ab, sodass ich mir das Schienbein blutig schlug. Aber ich spürte den Schmerz gar nicht. Die Bücher standen ordentlich in Reih und Glied wie immer und sahen friedlich aus und völlig unbeeindruckt von meinem Elend. Einige von ihnen waren mir inzwischen ganz vertraut: alte Feinde sozusagen, voller Sprüche und Beschwörungen, die stets allesamt falsch aus meinem Mund gekommen waren und deren Pergament unter meiner Berührung immer unangenehm knisterte. Trotzdem stieg ich die Leiter hoch und nahm ein paar Bücher aus dem Regal. Dann schlug ich eines nach dem anderen auf und suchte in den Inhaltsverzeichnissen. Doch alles umsonst. Die Destillation von Myrte-Essenz mochte sich zwar für alle möglichen Arbeiten als äußerst nützlich erweisen, war aber im Augenblick nicht von Belang für mich. Allein der Gedanke, meine Zeit mit sechs verschiedenen Herstellungsverfahren für ein ordentliches Siegel an einer Zaubertrankflasche zu vergeuden, kam mir völlig absurd vor, obwohl ich jetzt nur einen kurzen Blick in das Buch warf.

Aber meine fruchtlosen Anstrengungen zogen sich immerhin so in die Länge, dass ich nach und nach wieder klare Gedanken fassen konnte. Mir schwante, dass ich die Antwort auf etwas so Entsetzliches wie das, was oben in meinem Zimmer vor sich ging, nicht in einem der Bücher finden würde, die der Drache für meinen Unterricht benutzt hatte. Immer wieder hatte er mich darauf hingewiesen, dass sich darin nur unbedeutende und banale Sprüche befänden – Dinge eben, die jeder Zauberlehrling praktisch aus dem Stand beherrschen sollte. Unschlüssig suchte ich auf den unteren Regalbrettern, wo er die Bände aufbewahrte, die er selber las und vor denen er mich streng und eindringlich gewarnt hatte. Einige waren in neues Leder gebunden, das noch keine Gebrauchsspuren am Rücken aufwies, und ihr Schnitt war vergoldet. Ein paar davon waren alt und zerfielen beinahe; einige waren fast so groß wie mein ganzer Arm lang, andere klein genug, um in meiner Handfläche Platz zu finden. Ich ließ die Finger darübergleiten. Einem Impuls folgend, zog ich eines der kleineren Exemplare hervor, das überquoll von zusätzlich eingelegten Blättern. Die Vorderseite war abgeschabt und weich und die Buchstaben des Titels waren gut lesbar eingeprägt.

Es handelte sich um eine Sprüchesammlung, die in einer winzigen, verschnörkelten Handschrift geführt worden war, die ich zunächst beinahe überhaupt nicht entziffern konnte. Außerdem häuften sich die Abkürzungen. Die Extrablätter waren mit Notizen in der Handschrift des Drachen bedeckt. Beinahe jedes Mal, wenn ich umblätterte, fand ich eine oder sogar mehrere Seiten vor, auf denen er die verschiedenen Möglichkeiten festgehalten hatte, den Spruch zu wirken. Es gab auch Erklärungen zu dem, was er gerade tat: Das immerhin erschien mir vielversprechend und so, als ob seine Stimme aus dem Papier zu mir sprechen würde.

Es gab bestimmt ein Dutzend Heilzauber und Sprüche, mit denen Wunden gereinigt werden konnten. Allerdings ging es dabei um Krankheiten und Wundbrand, nicht um durch Magie hervorgerufene Vergiftungen. Trotzdem war es wenigstens einen Versuch wert. Ich las mehrmals einen Spruch, der dazu riet, die verunreinigte Wunde zu öffnen und sie mit Rosmarin und Zitronenschale zu säubern, um dann etwas zu tun, das der Autor »mit Atem überziehen« nannte. Der Drache hatte diesem Thema vier eng beschriebene Seiten hinzugefügt und in einer Tabelle beinahe fünf Dutzend Varianten aufgeführt: soundso viel Rosmarin, getrocknet oder frisch; so viel Zitrone, mit Mark oder ohne; ein Stahlmesser oder eines aus Eisen zum Aufschneiden der Wunde, mal diesen Spruch und mal jenen.

Allerdings hatte er nicht festgehalten, welcher dieser Versuche besser und welcher schlechter funktioniert hatte; aber wenn er sich schon solche Mühe gemacht hatte, sollte es auch für irgendetwas gut sein. Alles, was ich jetzt auf der Stelle tun musste, war, irgendeinen Weg zu finden, mit dem ich ihm Linderung verschaffen konnte. Ich musste ihn wieder in die Lage versetzen, wenigstens ein paar Worte zu sprechen und mir in irgendeiner Form Anweisungen zu geben. Ich rannte hinunter in die Küche, wo ich ein großes Bündel zum Trocknen aufgehängten Rosmarins und eine Zitrone fand. Außerdem nahm ich ein sauberes Schälmesser, packte ein paar frische Handtücher zusammen und füllte einen Topf mit heißem Wasser.

Dann zögerte ich. Mein Blick war auf eines der Hackbeile auf dem Schneidebrett gefallen. Wenn mir sonst nichts weiter übrig blieb, wenn ich dem Drachen nicht so viel Kraft zurückgeben konnte, dass er zu sprechen vermochte, dann …

Ich wusste allerdings nicht, ob ich in der Lage sein würde, ihm den Arm abzutrennen. Aber in diesem Moment sah ich vor meinem geistigen Auge Jerzy auf seinem Bett liegen, wie er gackerte und fratzenhaft lachte – so ganz anders als der ruhige, traurige Mann, der mir auf der Straße immer zugenickt hatte. Und ich sah auch Krystynas eingefallenes, ausgezehrtes Gesicht. Also schluckte ich und griff nach dem Beil.

Ich schärfte die Schneiden der beiden Messer und zwang mich, an nichts zu denken, dann trug ich meine Ausbeute nach oben. Das Fenster und die Tür standen offen, aber trotzdem begann sich der unerträgliche Gestank des Übels schon in meiner kleinen Kammer auszubreiten. Mir drehte sich sowohl aus körperlicher Übelkeit als auch aus Furcht der Magen um. Ich glaubte, es nicht ertragen zu können, den Drachen von dem Übel befallen zu sehen, all seiner Ecken und Kanten beraubt, und zu hören, dass seine sonst so bissigen Worte einem Heulen und Knurren wichen. Sein Atem ging jetzt noch schneller und seine Augen waren halb geschlossen. Sein Gesicht war entsetzlich bleich. Ich schob die Tücher unter seinen Arm und band sie mit einer Schnur ab. Dann zerschnitt ich die Zitronen in breite Streifen, riss einige Rosmarinblätter von den Zweigen, zerdrückte alles und warf es ins heiße Wasser, woraufhin starker, süßlicher Geruch aufstieg und den Gestank verdrängte. Schließlich biss ich mir auf die Lippe, wappnete mich innerlich und schnitt die geschwollene Wunde mit dem Messer auf. Eine zähe grüne Flüssigkeit strömte heraus. Schale für Schale goss ich das heiße Wasser über die Wunde, bis sie sauber war. Dann fischte ich die eingeweichten Kräuter und die Zitrone aus dem Topf und packte sie dicht an dicht auf die Wunde. Die Aufzeichnungen des Drachen verrieten nichts darüber, was es bedeutete, die Wunde *mit Atem zu überziehen,* und so beugte ich mich hilflos vor und flüsterte den Zauberspruch unmittelbar über der Wundöffnung. Ich probierte mit zitternder Stimme einen nach dem anderen aus. Sie alle fühlten sich falsch in meinem Mund an, sperrig und plump, und nichts geschah. Niedergeschlagen las ich noch einmal die winzige Originalhandschrift.

Dort gab es eine Zeile, in der stand: *Kai und Tihas, so gesungen, wie es gut klingt, haben besonders positive Wirkung.* Die Sprüche des Drachen hatten alle möglichen Variationen dieser Silben enthalten, die jedoch mit anderen verwoben waren. Daraus waren komplizierte Wortreihen entstanden, die sich fremd auf meiner Zunge anfühlten. Stattdessen beugte ich mich vor und sang *Tihas, tihas, kai tihas, kai tihas,* immer und immer wieder, und ich merkte, wie ich in die Melodie des Geburtstagsliedes verfiel, das einem ein hundertjähriges Leben wünschte.

Es mag absurd klingen, aber dieser Rhythmus war einfach, mir vertraut und wohltuend. Ich musste nicht mehr länger über die Worte nachdenken: Sie füllten meinen Mund aus und liefen über wie Wasser aus einem Becher. Ich vergaß, an Jerzys wahnsinniges Gelächter zu denken und an den bösartigen grünen Nebel, der das Licht in ihm zum Erlöschen gebracht hatte. Es gab nur noch den unkomplizierten Rhythmus des Liedes und die Erinnerung an lachende Gesichter, die sich um einen Tisch versammelt hatten. Und da endlich begann die Magie zu fließen, aber ganz anders als in den Unterrichtsstunden beim Drachen, in denen sie gewaltsam aus mir herausgerissen wurde. Stattdessen schien es mir, als ob der Klang des Liedes zu einem Bach wurde, auf dem die Magie trieb, während ich mit einem Henkelkrug, der niemals leer wurde, am Ufer stand und einen dünnen Silberstreifen in das gurgelnde Wasser goss.

Unter meinen Händen stieg der süße Duft von Rosmarin und Zitrone auf, und er war so kräftig, dass er den Gestank des Verderbens überlagerte. Immer mehr Flüssigkeit quoll aus der Wunde, sodass ich mir Sorgen gemacht hätte, wenn der Arm des Drachen nicht begonnen hätte, besser auszusehen. Die schreckliche grünliche Verfärbung verblasste, und die dunklen und geschwollenen Adern schrumpften wieder zusammen.

Langsam ging mir der Atem aus. Aber davon abgesehen, hatte ich das Gefühl, dass ich am Ende angekommen und dass meine Arbeit erledigt war. So schloss ich mein Lied auf simple Art und Weise, indem ich einen Ton rauf- und dann wieder runterging. Ich hatte ohnehin gegen Ende des Liedes nur noch gesummt. Das Glühen an der Stelle, an der der Drache mit der Hand kurz unter dem Ellbogen seinen Arm zusammendrückte, wurde jetzt wieder kräftiger und leuchtender. Mit einem Mal zogen sich dünne Linien von der umklammerten Stelle aus über seine Haut, liefen durch seine Adern und verbreiteten sich wie Zweige. Das Übel ging zurück und das Fleisch begann wieder gesund auszusehen. Seine Haut heilte und nahm die übliche kränkliche Blässe des Drachen an, der stets zu wenig Sonne abbekam. Er sah wieder wie er selber aus.

Mit angehaltenem Atem schaute ich dabei zu und wagte es kaum zu hoffen, doch dann bewegte sich sein ganzer Körper. Er atmete einmal lang und tief und sah blinzelnd zur Decke hinauf aus Augen, die wieder etwas wahrnahmen. Seine Finger lösten sich einer nach dem anderen aus dem eisernen Griff unterhalb des Ellbogens. Ich hätte vor Erleichterung beinahe laut aufgeschluchzt. Ungläubig und nun doch voller Hoffnung schaute ich in sein Gesicht. Ein Lächeln stahl sich auf meine Lippen, als ich bemerkte, dass er mich mit einem Ausdruck erstaunter Empörung anstarrte.

Er hob mühsam den Kopf vom Kissen, wischte sich Rosmarin und Zitrone vom Arm und starrte fassungslos auf die Überreste des Suds. Dann beugte er sich vor und griff nach dem kleinen Büchlein, das auf der Decke über seinen Beinen lag. Ich hatte es dort abgelegt, sodass ich bei meiner Arbeit immer wieder einen Blick darauf werfen konnte. Er stierte auf den dort verzeichneten Spruch, wendete das Buch, um zu lesen, was auf dem Rücken stand, und sah aus, als traue er seinen eigenen Augen nicht. Dann fuhr er mich an: »Du unerträgliches, elendiges Ding, was um alles in der Welt hast du denn dieses Mal wieder angestellt?«

Ich lehnte mich zurück auf meine Fersen und war ziemlich empört: *Diese* Reaktion hatte ich nicht erwartet, wo ich doch gerade erst sein Leben gerettet hatte Mehr noch: Ich hatte das gesamte Königreich vor dem bewahrt, was der Dunkle Wald aus ihm hätte machen können.

»Was hätte ich denn sonst tun sollen?«, fragte ich. »Und wie hätte ich wissen sollen, was zu tun ist? Außerdem hat es ja wohl funktioniert, nicht wahr?«

Aus irgendeinem Grund fachte das seinen Zorn nur noch weiter an, und er richtete sich auf meinem Bett auf, schleuderte das kleine Buch quer durch den Raum, sodass alle Zettel darin wild durcheinander zu Boden flatterten. Dann stand er auf und marschierte ohne ein weiteres Wort durch den Flur davon.

»Ihr könntet euch ruhig bei mir *bedanken*!«, schrie ich ihm hinterher, denn nun war ich selber wütend. Seine Schritte waren bereits verklungen, als mir einfiel, dass er nur deshalb verletzt worden war, weil er versucht hatte, mein Leben zu retten, und dass er sich sicherlich ganz erheblich verausgabt hatte, um überhaupt zu meiner Rettung herbeizueilen.

Natürlich fühlte ich mich bei diesem Gedanken nur noch miserabler. Hinzu kam die unerfreuliche Aufgabe, mein mitgenommenes kleines Zimmer zu putzen und mein Bett frisch zu beziehen. Die Flecken von der verschütteten Flüssigkeit waren hartnäckig, und alles roch noch immer faulig, wenn auch nicht mehr ganz so schlimm wie anfangs. Am Ende entschloss ich mich, der Sache mit Magie zu Leibe zu rücken und wollte einen der Sprüche benutzen, die mir der Drache beigebracht hatte. Dann aber ging ich stattdessen in die Ecke, in der die kleine Sprüchesammlung gelandet war, und hob sie auf. Ich war dem Büchlein und dem alten Zauberer oder der Hexe, die die Sprüche notiert hatten, dankbar – auch wenn der Drache das mir gegenüber ganz und gar nicht war. Außerdem war ich froh, als ich ziemlich am Anfang einen Spruch entdeckte, der einen Raum wieder in Schuss bringen sollte: *Tishta, im Auf- und Abgesang, beim Arbeiten, um zu zeigen, wo Hilfe nottut.* Ich trällerte es halb laut, halb nur in meinem Kopf, während ich das feuchte, fleckige Bettzeug abzog. Rings um mich herum wurde die Luft kalt und scharf, aber in keinster Weise unangenehm oder beißend; und als ich fertig war, waren meine Bettbezüge wieder sauber und strahlend weiß, als wären sie frisch gewaschen. Die Decke selbst duftete, als hätte ich sie auf einer Sommerwiese zum Lüften aufgehängt. Ich richtete mein Bett wieder ordentlich her, dann ließ ich mich schwer auf mein Lager sinken, beinahe überrascht davon, dass alle Verzweiflung von mir abgefallen war, aber zugleich auch meine ganze Kraft. Ich streckte mich aus und schaffte es kaum noch, die Decke über mich zu ziehen, ehe ich einschlief.

Ich erwachte langsam; ein Gefühl von Frieden und Heiterkeit erfüllte mich, und das Sonnenlicht schien durch das Fenster über mir. Es dauerte eine Weile, bis mir auffiel, dass der Drache in meinem Zimmer war.

Er saß auf dem schmucklosen Stuhl am Fenster und starrte mich an. Ich richtete mich auf, rieb mir die Augen und erwiderte seinen Blick. In der Hand hielt er das kleine Buch, das ich benutzt hatte. »Warum hast du ausgerechnet dieses Buch ausgesucht?«, wollte er wissen.

»Es war voller Notizen«, entgegnete ich. »Ich dachte, dann muss es wohl wichtig sein.«

»Es ist *nicht* wichtig«, sagte er, doch da er so aufgebracht wirkte, glaubte ich ihm das nicht. »Es ist vollkommen nutzlos – und das ist es schon immer gewesen, die ganzen fünfhundert Jahre, seitdem es geschrieben wurde. Ein Jahrhundert intensiver Studien hat es auch nicht nützlicher gemacht.«

»Nun, *heute* war es alles andere als nutzlos«, sagte ich und verschränkte meine Arme vor der Brust.

»Woher wusstest du, wie viel Rosmarin du benutzen musstest?«, fragte der Drache. »Und wie viel Zitrone?«

»In der Tabelle habt Ihr alle möglichen Mengen aufgeführt«, antwortete ich. »Ich bin davon ausgegangen, dass es keine große Rolle spielt, wie viel man nun verwendet.«

»In dieser Tabelle sind die *Fehlschläge* notiert, du Inbegriff eines Schwachkopfs!«, schrie er. »Nichts davon hatte je irgendeinen Effekt – nicht in Teilen, nicht mit Zusätzen jedweder Art und auch nicht mit irgendeinem Zauberspruch – was also hast du *getan*?«

Ich starrte ihn an. »Ich habe genug verwendet, damit es angenehm riecht, und die Zutaten untergetaucht, damit der Sud stärker wird. Und ich habe den Text gesungen, der auf der Seite steht.«

»Dort gibt es gar keinen Text«, fauchte er, »sondern nur zwei banale Silben ohne jede Wirkung …«

»Als ich sie lange genug gesungen hatte, begann die Magie zu fließen«, erklärte ich. »Ich habe dafür die Melodie von *Viele Jahre* benutzt«, fügte ich hinzu.

Die Röte im Gesicht des Drachen vertiefte sich sogar noch und sein Zorn wuchs.

Die nächste Stunde verbrachte er damit, mich über alle Einzelheiten auszufragen, wie genau ich den Spruch gewirkt hatte. Ich konnte kaum etwas beantworten und er wurde immer ungehaltener. Er wollte die genauen Silben und die Anzahl der Wiederholungen erfahren, er versuchte, herauszubekommen, wie nah ich an seinem Arm gewesen war, wie viele Zweige Rosmarin ich benutzt hatte und wie viele Streifen Zitronenschale. Ich tat mein Bestes, um ihm Rede und Antwort zu stehen, aber obwohl ich mich bemühte, erschien mir alles falsch. Und schließlich, während er zornig Seite um Seite vollkritzelte, platzte es aus mir heraus: »Nichts davon spielt irgendeine Rolle.« Er hob den Kopf und schaute mich gequält an, aber ich ließ mich nicht beirren und fuhr etwas unzusammenhängend, doch voller Überzeugung fort: »Es … ist nur eine Möglichkeit, wie es funktioniert. Es gibt aber nicht nur den einen Weg.« Ich deutete auf seine Aufzeichnungen. »Ihr versucht, einen Pfad zu entdecken, wo es keinen gibt. Es ist … wie durch den Wald zu stromern«, sagte ich einer plötzlichen Eingebung folgend. »Ihr müsst Euch Euren Weg durch das Unterholz und zwischen den Bäumen hindurch suchen und es ist jedes Mal ein anderer.«

Triumphierend brach ich ab, sehr zufrieden damit, eine Erklärung gefunden zu haben, die mir so befriedigend klar erschien. Der Drache jedoch warf seinen Stift weg und sackte mit böser Miene auf seinem Stuhl zusammen. »Das ist Unsinn«, entgegnete er beinahe bekümmert, und dann schaute er mit einem frustrierten Ausdruck auf dem Gesicht auf seinen Arm, als ob er wünschte, lieber das Übel des Dunklen Waldes zurückzubekommen, als in Betracht zu ziehen, dass er sich geirrt haben könnte.

Als ich ihm genau das vorhielt, starrte er mich an. Inzwischen war ich selbst kurz davor, die Geduld zu verlieren, denn ich hatte Durst, war vollkommen ausgehungert und trug noch immer Krystynas verschlissenes Kleid, das mir zu lose auf den Schultern lag und mich nicht genug wärmte. Und dann reichte es mir wirklich; ich stand einfach auf, ignorierte seinen Gesichtsausdruck und verkündete: »Ich gehe jetzt runter in die Küche.«

»Na schön«, fauchte er und stürmte in Richtung Bibliothek davon. Aber er konnte eine unbeantwortete Frage nicht ertragen. Noch ehe meine Hühnersuppe köchelte, tauchte er wieder am Küchentisch auf und hatte ein anderes Buch dabei, das groß und prächtig, in hellblaues Leder gebunden und am Schnitt silbern eingefärbt worden war. Er knallte es neben dem Schneideblock auf den Tisch und sagte mit fester Stimme: »Also gut. Du hast einen natürlichen Hang zu Heilzaubern, was dazu geführt hat, dass du intuitiv den richtigen Spruch ausgewählt hast, auch wenn du dich jetzt nicht mehr an die wichtigen Einzelheiten erinnern kannst. Das erklärt auch deine generelle Unfähigkeit: Die Heilkunde ist ein besonders individueller Zweig der Magie. Ich gehe davon aus, dass du weitaus bessere Fortschritte machen wirst, wenn wir unsere Aufmerksamkeit ganz der Heilkunst zuwenden. Wir werden mit Groshnos kleineren Zaubersprüchen anfangen.« Er legte eine Hand auf den dicken Wälzer.

»Nicht, bevor ich gegessen habe«, sagte ich, ohne meine Arbeit zu unterbrechen. Ich war gerade damit beschäftigt, Möhren zu schneiden.

Leise murmelte er etwas, das wie *aufmüpfige Göre* klang. Ich schenkte ihm keinerlei Beachtung. Aber er war zufrieden damit, sich an den Tisch setzen zu können und seine Suppe zu löffeln, als ich eine Schale für ihn hinstellte. Er griff auch nach einer dicken Scheibe Bauernbrot, das ich gebacken hatte – vorgestern, wie ich rasch überschlug. Ich hatte den Turm nur für einen Tag und eine Nacht verlassen. Es kam mir vor, als wären tausend Jahre vergangen.

»Was ist aus der Chimäre geworden?«, fragte ich mit dem Löffel im Mund, während wir aßen.

»Glücklicherweise ist Vladimir kein Dummkopf«, sagte der Drache und wischte sich den Mund an einer Serviette ab, die er unbemerkt herbeigezaubert hatte. Ich brauchte einen Moment, bis ich begriff, dass er vom Baron sprach. »Nachdem er seinen Boten losgeschickt hatte, lockte er das Ding ganz nah an die Grenze, indem er Kälber dorthin trieb und dafür sorgte, dass seine Soldaten mit ihren Waffen das Biest von allen restlichen Seiten aus einkreisten. Zehn von ihnen hat er verloren, aber er erreichte auf diese Weise, dass mich die Chimäre nicht einmal einen Stundenritt vom Gebirgspass aus erwartete. So konnte ich sie rasch töten. Es war auch nur ein kleines Exemplar, kaum größer als ein Pony.« Er wirkte seltsam erbost darüber.

»Das klingt doch sehr gut?«, sagte ich mit fragendem Unterton.

Der Drache blickte verärgert hoch: »Das war natürlich eine *Falle*«, stieß er hervor, als ob das für jeden vernünftigen Menschen offensichtlich sein müsste. »Ich sollte ferngehalten werden, bis das Übel über ganz Dvernik hinweggefegt wäre und allem ein Ende bereitet hätte, ehe ich es wieder zurückgeschafft hätte.« Er sah auf seinen Arm und öffnete und schloss seine Faust. Sein Hemd hatte er gewechselt und er trug nun eines aus grüner Wolle mit Goldbesatz am Handgelenk. Es bedeckte seinen ganzen Arm, und ich fragte mich, ob er darunter die Narbe verstecken wollte.

»Dann«, wagte ich zu bemerken, »war es also gut, dass ich aufgebrochen bin?«

Sein Gesichtsausdruck erinnerte an Milch, die jemand mitten im Sommer draußen vergessen hatte und die gegoren war. »Ob man das wohl noch sagen kann, nachdem du an einem einzigen Tag so viel meiner wertvollsten Tränke verschüttet hast, wie ich in fünfzig Jahren Arbeit hergestellt habe? Ist dir nie in den Sinn gekommen, dass ich schon längst jedem Dorfältesten ein halbes Dutzend Flaschen dagelassen hätte, wenn ich es mir leisten könnte, so verschwenderisch damit umzugehen? Das würde mir den Ärger ersparen, jemals auch nur einen Fuß in das Tal zu setzen.«

»Sie können nicht wertvoller sein als ein Menschenleben«, fauchte ich zurück.

»Ein Leben jetzt hier, genau zu deiner Zeit, wiegt nicht das Leben von Hunderten in den nächsten drei Monaten an irgendeinem anderen Ort auf«, entgegnete er. »Hör zu, du Einfaltspinsel. Bei mir reift noch *eine* Flasche Feuerherz heran. Ich habe vor sechs Jahren mit der Herstellung begonnen, als der König es sich leisten konnte, mir das Gold dafür zu überlassen, und es wird weitere vier Jahre dauern, bis das Gebräu fertig ist. Wenn wir all meine Vorräte vor dieser Zeit aufbrauchen, glaubst du vielleicht, dass Rosya großzügigerweise davon absehen wird, unsere Felder zu beschießen? Sie wüssten doch, dass wir am Verhungern wären und um Frieden flehen würden, ehe wir uns revanchieren könnten. Die Kosten für all die anderen Flaschen, die du aufgebraucht hast, waren ähnlich hoch. Und Rosya hat drei Meistermagier, die solche Tränke brauen können, wohingegen wir nur über zwei verfügen.«

»Aber wir befinden uns nicht im Krieg«, protestierte ich.

»Das wird sich bereits im Frühling ändern«, antwortete er, »wenn sie ein Lied über Feuerherz, Versteinerungszauber und Verschwendung hören und glauben, dass der Vorteil nun auf ihrer Seite liegt.« Er hielt inne, dann fügte er mit einiger Überwindung hinzu: »Oder wenn sie ein Lied über eine Heilerin hören, welche mächtig genug ist, das Übel auszutreiben. Das wird sie zu dem Schluss führen, dass sich das Gleichgewicht der Kräfte schon bald in unsere Richtung verschieben könnte, sobald du erst richtig ausgebildet bist.«

Ich schluckte und starrte in meine Suppenschale. Es klang unwirklich, wenn er davon sprach, dass Rosya *meinetwegen* den Krieg erklären könnte; wegen irgendwelcher Dinge, die ich getan hatte oder die sie mir in ihrer Vorstellung zutrauten. Aber dann erinnerte ich mich wieder an das Entsetzen, das mich überfallen hatte, als die Leuchtfeuer gebrannt hatten und er nicht da war. Wie wenig ich doch hatte tun können, um diejenigen zu retten, die ich liebte. Ich bereute es noch immer kein bisschen, dass ich all die Zaubertränke eingesetzt hatte. Allerdings konnte ich nicht mehr länger so tun, als würde es keine Rolle spielen, ob ich jemals auch nur einen einzigen Zauberspruch beherrschen würde.

»Glaubt Ihr, ich könnte Jerzy helfen, wenn ich erst mal ausgebildet bin?«, fragte ich den Drachen.

»Einem Mann helfen, der vollständig von dem Übel durchsetzt ist?« Der Drache sah mich finster an. Aber dann räumte er zwischen zusammengebissenen Zähnen hindurch ein: »Allerdings hätte es eigentlich auch nicht möglich sein dürfen, dass es dir gelingt, mich zu retten.«

Ich nahm meine Schüssel in die Hand und schlürfte den letzten Rest der Suppe aus. Dann stellte ich sie zur Seite und schaute den Drachen quer über den aufgesprungenen, zerschrammten Küchentisch hinweg an: »In Ordnung. Dann lasst uns anfangen.«

Unglücklicherweise bedeutet die Bereitschaft, Magie zu erlernen, nicht gleichzeitig, dass man auch gut darin ist. Groshnos kleinere Zauber machten mir gründlich zu schaffen, und die Beschwörungen von Metrodora weigerten sich standhaft, sich heraufbeschwören zu lassen. Drei weitere Tage vergingen, in denen der Drache mich auf Heilzauber ansetzte, die sich allesamt so merkwürdig und falsch anfühlten wie eh und je. Am nächsten Morgen marschierte ich in die Bibliothek, das kleine, abgewetzte Spruchbuch in meiner Hand, und knallte es vor ihm auf den Tisch. Seine finsteren Blicke ignorierte ich. »Warum bringt Ihr mir nicht etwas hieraus bei?«, fragte ich.

»Weil es sich nicht zum Unterrichten eignet«, antwortete er mit ätzender Stimme. »Ich habe es ja kaum geschafft, die einfachsten Zaubersprüche darin in eine brauchbare Form zu bringen. Bei keinem der anspruchsvolleren Zauber ist es mir gelungen. Egal wie berühmt die Autorin auch sein mag, in der Praxis taugen die Zauber nichts.«

»Was meint ihr mit berühmt?«, fragte ich und schaute suchend auf den Buchdeckel. »Wer hat das Buch denn geschrieben?«

Er sah mich finster an. »Die Jaga«, antwortete er und einen Augenblick lang stand ich reglos da. Ein eisiger Schauer lief mir über den Rücken. Die alte Jaga war schon vor langer Zeit gestorben und es gab nicht viele Lieder über sie. Die wenigen, die bekannt waren, sangen die Troubadoure mit großer Vorsicht und nur im Sommer, ausschließlich am helllichten Tag. Sie war nun schon seit fünfhundert Jahren tot und begraben, aber das hatte sie nicht davon abgehalten, vor gerade mal vierzig Jahren in Rosya aufzutauchen, und zwar bei der Taufe des neugeborenen Prinzen. Sie hatte sechs Wachen, die sie aufhalten wollten, in Kröten verwandelt und zwei andere Zauberer in Tiefschlaf fallen lassen. Dann war sie zu dem Säugling hinübergegangen und hatte stirnrunzelnd zu ihm hinuntergeschaut. Als sie sich wieder aufgerichtet hatte, verkündete sie gereizt: »Ich bin wohl aus der Zeit gefallen«, ehe sie in einer großen Rauchwolke verschwand. Die Tatsache, dass sie tot war, würde sie also keineswegs davon abhalten, plötzlich zurückzukehren, um das Buch mit ihren Zaubersprüchen zurückzuverlangen. Der Drache wurde allerdings nur noch aufgebrachter, als er meine Miene sah. »Hör auf, wie eine altkluge Sechsjährige aus der Wäsche zu gucken. Im Gegensatz zur landläufigen Meinung ist sie wirklich *tot.* Egal was für Wanderungen durch die Zeit sie bislang unternommen haben mag, ich kann dir versichern, dass sie ein größeres Ziel verfolgt, als nur Klatsch und Tratsch über ihre eigene Person zu belauschen. Und was dieses Buch angeht: Ich habe eine Unsumme dafür ausgegeben und keine Zeit und Mühe gescheut, um es in die Finger zu bekommen. Ich habe mich selbst zu diesem Kauf beglückwünscht, bis mir dämmerte, wie empörend unvollständig es ist. Jaga hat es offensichtlich nur als Gedächtnisstütze benutzt. Es sind keinerlei Details über das eigentliche Wirken der Sprüche darin enthalten.«

»Bei meinen vier Versuchen haben alle Sprüche wunderbar funktioniert«, gab ich zu bedenken und der Drache starrte mich an.

Er glaubte mir nicht, bis er mich dazu gebracht hatte, ein halbes Dutzend Sprüche der Jaga auszuprobieren. Sie funktionierten alle nach dem gleichen Prinzip: ein paar Worte, ein paar Gesten, einige wenige Kräuter und andere Dinge. Nichts davon spielte eine übergeordnete Rolle; es gab keine strenge Reihenfolge beim Gesang. Mir war klar, warum der Drache die Sprüche als ungeeignet für die Lehre empfand, denn ich konnte mich nicht einmal daran erinnern, was ich getan hatte, als ich sie wirkte. Noch weniger konnte ich erklären, warum ich den einen oder den anderen Schritt gemacht hatte. Aber für mich boten diese Zauber eine grenzenlose Erleichterung gegenüber den steifen, überkomplizierten Sprüchen, die mir der Drache vorher immer aufgezwungen hatte. Meine erste Beschreibung erwies sich als genau richtig: Ich hatte das Gefühl, als würde ich mir meinen Weg durch ein kleines Waldstück suchen, das ich noch nie zuvor betreten hatte. Jagas Worte waren wie die eines erfahrenen Waldläufers irgendwo vor mir, der mir zuzurufen schien: *Es gibt Blaubeeren auf dem nördlichen Hang* oder *Gute Pilze hier drüben bei den Birken* oder *Da links kommt man leicht durch die Dornenbüsche hindurch.* Ihr war es egal, wie ich zu den Blaubeeren gelangte: Sie wies mir nur den Weg und ließ mich selbst mit den Füßen über den Boden tasten, um dorthin zu kommen.

Der Drache hasste diese Tatsache so sehr, dass er mir beinahe leidtat. Am Ende ging er dazu über, mich zu beobachten, als ich den letzten Spruch wirkte, und bis ins letzte Detail aufzuschreiben, was ich tat. Sogar mein Niesen, als ich zu tief einatmete und Zimtstaub in die Nase bekam, dokumentierte er. Und als ich fertig war, versuchte er noch einmal selbst sein Glück. Es war sehr merkwürdig, ihm dabei zuzusehen, als würde ich ein etwas verspätetes, schmeichelhaftes Spiegelbild beobachten. Er machte alles ganz genau wie ich, nur geschickter und präziser. Er betonte jede einzelne Silbe, die ich verschliffen hatte, aber er war noch nicht einmal am Ende angelangt, als mir bereits klar war, dass es nicht funktionieren würde. Ich setzte an, ihn zu unterbrechen. Doch er warf mir einen solch stechenden Blick zu, dass ich es aufgab und zuließ, dass er sich sozusagen im Gestrüpp verirrte. Als er fertig war, ohne dass etwas passierte, sagte ich: »Ihr hättet an dieser Stelle nicht *miko* sagen dürfen.«

»Du hast das aber getan!«, fauchte er mich an.

Hilflos zuckte ich mit den Schultern. Ich hatte keinen Zweifel daran, dass das stimmte, aber um ganz ehrlich zu sein, konnte ich mich überhaupt nicht daran erinnern. Und es war auch gar nicht wichtig genug, um es sich zu merken. »Bei mir war es richtig«, erklärte ich, »doch als Ihr es versucht habt, klang es falsch. So, als ob Ihr einer richtigen Spur gefolgt seid. Als euch aber zwischenzeitlich ein umgestürzter Baum oder eine hochgeschossene Hecke den Weg versperrte, seid Ihr nicht darum herumgegangen, sondern seid beharrlich dem ursprünglichen Weg gefolgt …«

»Hier sind keine Hecken!«, sagte er aufbrausend.

»Ich schätze«, murmelte ich nachdenklich vor mich hin, »das kommt davon, wenn man zu viel Zeit allein im Turm verbringt und vergisst, dass lebende Dinge nicht immer dort bleiben, wo Ihr sie hinverfrachtet habt.«

In unnachgiebigem Zorn schickte er mich aus dem Zimmer.

Das immerhin muss ich ihm zugutehalten: Nachdem er den Rest der Woche über geschmollt hatte, suchte er in seinen Regalen eine kleine Auswahl an anderen Sprüchebüchern zusammen. Sie waren alle staubig und sahen unbenutzt aus, doch sie enthielten Zaubersprüche, die denen in Jagas Buch ähnelten. Sie alle eilten in meine Arme wie gute Freunde. Der Drache sah sie durch und schlug Dutzende Einzelheiten in seinen anderen Büchern nach. Mit diesem Wissen stellte er einen Lehr- und Übungsplan für mich auf. Er warnte mich vor den Gefahren der komplizierteren Sprüche, die mittendrin außer Kontrolle geraten und in alle Richtungen wirken konnten. Davor, dass man sich in der Magie verlieren und darin umherwandern konnte wie in einem Traum, während der eigene Körper verdurstet. Davor, einen Zauberspruch auszuwählen, der das eigene Können übersteigt und einem Kraft entziehen würde, die man gar nicht hat. Obwohl er immer noch nicht verstehen konnte, wie die Sprüche funktionierten, die mir zusagten, hielt ihn das keineswegs davon ab, beißende Kritik an meinen Versuchen zu üben. Er verlangte von mir, ihm genau zu sagen, welche Wirkung der Spruch haben sollte. Wenn ich das Ergebnis nicht haarklein beschreiben konnte, ließ er mich den gleichen Zauber immer und immer wieder ausprobieren, bis ich ihn beherrschte.

Um es kurz zu machen: Er unterrichtete mich, so gut er konnte, und half mir dabei, einen Weg durch meinen Wald zu suchen, obwohl es unbekanntes Terrain für ihn war. Meine Erfolge waren ihm nach wie vor nicht geheuer; nicht aus Eifersucht, sondern aus Prinzip: Wenn sich mein intuitives Vorgehen tatsächlich als richtig erweisen sollte, würde das gegen sein Gefühl verstoßen, dass alle Dinge einer festen Ordnung folgen sollten. Und so kam es, dass er genauso brummelte, wenn ich etwas gut gemacht hatte, wie wenn mir ein offensichtlicher Fehler unterlaufen war.

Nachdem meine neue Ausbildung einen Monat lang fortgeschritten war, starrte er mich durchdringend an, während ich versuchte, die Illusion einer Blume heraufzubeschwören. »Das verstehe ich nicht«, bemerkte ich – nein, ehrlich gesagt jammerte ich, denn es war ganz absurd schwierig. Meine ersten drei Versuche hatten ausgesehen wie aus Baumwollresten zusammengebastelt. Dann war es mir immerhin gelungen, eine einigermaßen überzeugende Wildrose hervorzubringen, an der man allerdings nicht riechen durfte. »Es ist so viel leichter, einfach eine Pflanze *wachsen* zu lassen. Warum also sollte sich irgendjemand solche Mühe machen?«

»Es ist eine Frage der Größe«, erwiderte er. »Ich kann dir versichern, dass es bedeutend leichter ist, die Illusion einer Armee heraufzubeschwören, als tatsächlich eine Streitmacht auszuheben. Aber wie *funktioniert* das nur?«, platzte er heraus, wie es ihm manchmal passierte, wenn meine Art der Magie, die ihm offenkundig Angst einjagte, das Maß dessen überstieg, was er noch ertragen konnte. »Du hältst den Spruch mit nichts aufrecht – mit keinem Gesang, keinen Gesten …«

»Und doch füttere ich ihn mit Magie. Und zwar mit *jeder Menge* Magie«, erklärte ich unglücklich.

Die ersten Sprüche, welche die Magie nicht aus mir herausrissen, als ob mir Zähne gezogen würden, waren eine riesige Erleichterung. Ich war schon halb davon überzeugt, dass ich das Schlimmste überstanden hätte. Schließlich hatte ich nun begriffen, wie Magie wirken *sollte,* ganz egal, was der Drache davon hielt. Irgendwie erwartete ich, dass nun alles ganz leicht werden würde, aber ich wurde sehr schnell eines Besseren belehrt. Meine ersten Ansätze waren von Verzweiflung und Angst begleitet gewesen. Meine nächsten paar Versuche ließen sich mit den leichten Zaubern vergleichen, die mir der Drache am Anfang hatte beibringen wollen und von denen er erwartet hatte, dass ich sie mühelos in den Griff bekommen würde. Und als das dann tatsächlich geschehen war, hatte er mich gnadenlos an die wirklichen Sprüche gescheucht, sodass alles wieder … nun ja, vielleicht nicht auf die gleiche Weise unerträglich, aber dennoch außerordentlich schwierig war.

»Und *wie* fütterst du ihn mit Magie?«, stieß er zwischen zusammengepressten Zähnen hervor.

»Ich habe den Pfad dann bereits entdeckt!«, sagte ich. »Ich bleibe einfach darauf. Könnt Ihr das denn nicht … spüren?«, fragte ich, einer Eingebung folgend, und streckte ihm meine gewölbte Hand entgegen, in deren Mitte sich die Pflanze befand. Er runzelte die Stirn und legte seine beiden Hände darum, als wolle er sie beschützen. Dann sagte er: »*Vadiya rusha ilikad tuhi*«, und eine zweite Illusion schob sich über die meine. Zwei Rosen am selben Ort. Seine hatte, wie vorauszusehen war, drei Schichten perfekter Blütenblätter und einen zarten Duft.

»Versuch, sie zusammenzubringen«, sagte er abwesend, während sich seine Finger vorsichtig bewegten. Langsam und mühsam machten wir uns daran, unsere Illusionen miteinander verschmelzen zu lassen. Am Ende war es beinahe unmöglich, sie noch auseinanderzuhalten. Dann sagte er plötzlich »Ah«, gerade als ich *seinen* Spruch zu erahnen begann. Er kam mir beinahe wie jenes seltsame Uhrwerk mitten auf seinem Schreibtisch vor, das aus einer Vielzahl von glänzenden, sich bewegenden Rädchen bestand. Ich gehorchte einem Impuls und versuchte, unsere Arbeiten miteinander zu verbinden. Vor meinem geistigen Auge stellte ich mir sein Werk wie das Wasserrad einer Mühle vor, und meins wie den rauschenden Bach, der das Mühlenrad antrieb.

»Was machst du …«, setzte er an, und dann hatten wir mit einem Schlag eine einzige Rose, die langsam zu wachsen begann.

Es blieb nicht bei dieser einen Rose: Efeuranken kletterten in alle Richtungen an den Regalen hoch, schlangen sich um die uralten Wälzer und reckten sich aus dem Fenster. Die hohen, schmalen Säulen, die an der Eingangstür oben zu einem Bogen zusammenliefen, verschwanden hinter jungen Birken, die ihre dünnen Zweige wie Finger ausstreckten. Moos und Veilchen sprossen aus dem Fußboden, zarte Farne öffneten sich. Überall erblühten Blumen, die ich noch nie gesehen hatte, mit seltsamen Hängeblüten und andere mit spitzen Enden in leuchtenden Farben. Der ganze Raum war von schwerem Duft erfüllt und der Geruch von zerdrückten Blättern und würzigen Kräutern gesellte sich dazu. Ich sah mich tief verwundert um; meine Magie waberte noch immer mühelos durch den Raum.

»Habt Ihr das gemeint?«, fragte ich den Drachen. Es war eigentlich nicht schwieriger gewesen, als eine einzelne Blume hervorzubringen. Er jedoch starrte nicht minder erstaunt als ich auf den Wildwuchs rings um uns herum. Dann wanderte sein verblüffter Blick zu mir, und zum ersten Mal sah ich ihn verunsichert, als ob er unvorbereitet in etwas hineingestolpert wäre. Seine langen, schmalen Hände legten sich um meine und gemeinsam hielten wir die Rose geborgen. Magie sang in mir und durchdrang mich. Ich spürte das Murmeln der Macht des Drachen wie einen Gegengesang desselben Liedes. Mit einem Mal war mir zu heiß und ich wurde verlegen. Dann riss ich meine Hände los.

Kapitel 7

Ich war so dumm, ihm den ganzen nächsten Tag aus dem Weg zu gehen. Ich brauchte eine Weile, bis mir klar wurde, dass mir dies nur gelang, weil auch er mich mied. Noch nie zuvor hatte er zugelassen, dass ich auch nur eine einzige Unterrichtsstunde versäumte. Ich machte mir nicht die Mühe, darüber nachzugrübeln, was sein wahrer Beweggrund war. Stattdessen versuchte ich, mir selbst vorzumachen, dass wir beide einfach nur eine Pause von meiner anstrengenden Ausbildungszeit brauchten. Aber ich verbrachte eine ruhelose Nacht und stieg am nächsten Morgen nervös und mit brennenden Augen hinunter in die Bibliothek. Als ich eintrat, hob der Drache nicht einmal den Blick, sondern sagte nur kurz angebunden: »Wir beginnen mit *Fulmkea* auf Seite dreiundvierzig«, was ein ganz und gar neuer Zauber war. Er starrte stur in sein eigenes Buch und ich stürzte mich erleichtert auf die Aufgabe.

Beinahe vier Tage verbrachten wir fast vollständig schweigend und es hätte auch einen ganzen Monat lang so weitergehen können. Wir wechselten kaum mehr als ein paar Worte und vergruben uns in unsere eigenen Aufgaben. Doch am Morgen des vierten Tages fuhr ein Schlitten vor. Als ich aus dem Fenster schaute, sah ich, dass es Borys war, und er hatte Kasias Mutter Wensa dabei. Sie saß eingemummelt im Schlitten, und nur ihr blasses, rundes Gesicht blickte unter ihrem Schultertuch hervor, das sie über den Kopf gezogen hatte. Seit der Nacht der Leuchtfeuer hatte ich niemanden aus Dvernik mehr gesehen.

Danka hatte das Feuerherz zurück nach Olshanka gebracht, zusammen mit einer finster dreinblickenden Eskorte aus jedem Dorf, durch das sie mit der schlimmen Nachricht gereist war. So war eine wehrhafte Truppe zusammengekommen, die vier Tage, nachdem ich den Drachen und mich selbst zurückgezaubert hatte, den Turm erreichte. Es war mutig von den Männern, die nur einfache Bauern und Handwerker waren, sich einem größeren Schrecken zu stellen, als ihn sich irgendeiner von uns auch nur vorstellen konnte. Sie hatten es nicht zu hoffen gewagt, dass der Drache geheilt wäre.

Der Bürgermeister von Olshanka hatte sogar den Mut aufgebracht zu fordern, dass der Drache sein Wundmal dem Arzt der Stadt zeigen solle, und der Drache hatte zähneknirschend eingewilligt. Er hatte seinen Ärmel hochgekrempelt und eine flache weiße Narbe vorgewiesen; das war alles, was von der Wunde noch übrig war. Dann hatte er den Arzt zusätzlich noch aufgefordert, etwas Blut aus seiner Fingerspitze zu entnehmen: Es war leuchtend rot. Trotzdem hatten sie sicherheitshalber auch noch den alten Priester in seiner violetten Robe kommen lassen, um einen Segen über dem Drachen zu sprechen. Doch dies stachelte ihn erst so richtig an. »Warum um alles in der Welt gebt Ihr Euch für diesen Unsinn her?«, hatte er den Priester angeherrscht, den er offenbar entfernt kannte. »Ich habe Euch ein Dutzend verderbter Seelen überlassen. Ist aus irgendeiner von ihnen plötzlich eine Rose entsprungen oder konnte auch nur eine davon gerettet und gereinigt werden? Was glaubt Ihr denn bloß, was ein Segensspruch Gutes bei mir bewirken könnte, wenn ich tatsächlich dem Übel anheimgefallen wäre?«

»Mit Euch ist unverkennbar alles in Ordnung«, hatte der Priester trocken erwidert und endlich ließen sich alle davon überzeugen. Zutiefst erleichtert hatte der Bürgermeister das Feuerherz zurückgegeben.

Natürlich hatte man meinem Vater und meinen Brüdern nicht erlaubt mitzukommen. Niemand aus meinem Dorf war dabei, denn für sie alle wäre es unerträglich gewesen, wenn sie hätten mit ansehen müssen, wie man mich verbrennt. Die Männer aber, die den Weg gewagt hatten, hatten mich angeglotzt, wie ich einfach nur neben dem

Drachen stand. Mir fehlen die Worte, um zu beschreiben, was ich in ihren Gesichtern las. Ich trug wieder ein schlichtes, bequemes Kleid, doch trotzdem konnten sie nicht die Augen von mir abwenden, als sie weggingen. Es lag keine Feindseligkeit darin, aber es war auch nicht die Art und Weise, wie irgendeiner von ihnen die Tochter eines Holzfällers aus Dvernik angeschaut hätte. Die Blicke glichen eher jenen, mit denen ich anfänglich Prinz Marek bedacht hatte. Die Männer sahen mich an wie eine Gestalt aus einer Geschichte, die zwar an ihnen vorbeireiten und die man angaffen konnte, die aber nicht das Geringste mit ihrem eigentlichen Leben zu tun hatte. Mich erschreckten diese Blicke, und ich war froh, als ich mich wieder in den Turm zurückziehen konnte. Das war der Tag gewesen, an dem ich das Buch der Jaga mit in die Bibliothek hinuntergenommen hatte. Jener Tag, an dem ich dem Drachen gesagt hatte, er solle aufhören, so zu tun, als würde sich mein Talent auf Heilsprüche beschränken. Inständig bat ich ihn, mich endlich die Art von Magie zu lehren, die ich beherrschen konnte.

Ich hatte nicht versucht, einen Brief nach Hause zu schreiben, obwohl ich annehme, dass der Drache es zugelassen hätte, dass ich ihn absende. Aber was hätte ich schreiben sollen? Ich war zwar nach Hause zurückgekehrt und hatte sogar mein Heim gerettet, doch ich gehörte dort nicht mehr hin. Ich konnte nicht mehr mit meinen Freundinnen zum Tanz auf den Marktplatz gehen, so, wie ich vor einem knappen halben Jahr nicht in die Bibliothek des Drachen spazieren und mich an seinen Tisch hätte setzen können.

Als ich nun jedoch Wensas Gesicht sah, auch wenn es nur vom Fenster der Bibliothek aus war, waren alle anderen Gedanken wie weggewischt. Ich ließ meinen Zauberspruch unvollendet, obwohl mir der Drache genau das schon häufig verboten hatte, und stürmte die Treppe hinunter. Er rief mir noch etwas hinterher, aber die Worte erreichten mich nicht mehr. Wensa wäre nicht hier, wenn Kasia hätte kommen können. Ich übersprang die letzten Stufen, landete in der großen Halle und blieb nur einen kurzen Moment lang vor den Türen stehen. »*Irronar, irronar*«, rief ich. Es war eigentlich ein Spruch, um Knoten in

Fäden zu lösen, und noch dazu hatte ich die Worte undeutlich ausgesprochen. Aber ich ließ so viel mächtige Magie hineinfließen, als wäre ich entschlossen, mir meinen Weg mit einer Axt durch ein Dickicht zu bahnen, anstatt mir die Zeit zu nehmen und nach einem Umweg zu suchen. Die Türen sprangen für mich auf, als hätte ich ihnen einen Schrecken eingejagt.

Ich stolperte hinaus. Meine Knie waren plötzlich weich geworden. Der Drache hatte mich immer wieder zynisch daran erinnert, dass es einen guten Grund dafür gäbe, dass die mächtigeren Sprüche auch die komplizierteren wären. Aber ich fing mich rasch wieder und griff nach Wensas Hand, die sie gerade heben wollte, um an die Tür zu klopfen. Aus der Nähe betrachtet, konnte ich sehen, dass ihr Gesicht vom vielen Weinen gezeichnet war. Ihre Haare hingen ihr den Rücken hinab und dicke Strähnen hatten sich aus ihrem geflochtenen Zopf gelöst. Ihre Kleidung war zerrissen und voller Schmutz. Sie trug ihr Nachtzeug und hatte sich nur einen Mantel übergeworfen. »Nieshka«, sagte sie, umklammerte dabei meine Hände mit viel zu viel Kraft, sodass alles Gefühl daraus wich, und grub ihre Nägel in meine Haut. »Nieshka, ich musste kommen.«

»Sag mir, was los ist«, erwiderte ich.

»Sie haben sie heute Morgen verschleppt, als sie Wasser holen ging«, sagte Wensa. »Sie waren zu dritt. Drei *Wanderer.*« Ihre Stimme brach. Es wäre schon dann eine verderbte Quelle gewesen, wenn nur ein einziger sogenannter Wanderer aus dem Dunklen Wald sie aufgesucht hätte, um Leute einzusammeln, als würde er Früchte pflücken – aber drei Wanderer? Was für ein schrecklich böser Ort musste das sein … Ich hatte erst ein einziges Mal einen von ihnen zu Gesicht bekommen, von sehr weit weg, durch die Bäume hindurch. Er sah aus wie ein riesiges, zweigartiges Insekt, was es beinahe unmöglich machte, ihn im Unterholz aufzuspüren. Er wirkte irgendwie falsch zusammengesetzt und Angst einflößend. Als das Ding, das ich damals erspäht hatte, sich zu bewegen begann, war mir übel geworden, und ich hatte, so schnell es ging, Reißaus genommen. Diese Wanderer hatten Arme und Beine wie Äste mit langen, spindeldürren Fingern. Sie schlichen durch den Wald und suchten sich Stellen nahe der Fußwege, Gewässer oder Lichtungen und harrten dort reglos aus. Wenn irgendjemand auf Armeslänge herankam, gab es für ihn keine Rettung mehr, es sei denn, es befand sich zufällig eine große Anzahl von Männern mit Äxten und Fackeln in der Nähe. Als ich zwölf Jahre alt war, hatte man eine Meile hinter Zatochek einen solchen Wanderer eingefangen, in einem winzigen Dorf ganz hinten im Tal, dem letzten vor dem Dunklen Wald. Der Wanderer hatte sich ein Kind geholt, einen kleinen Jungen, der seiner Mutter einen Kübel Wasser für die Wäsche geholt hatte. Sie hatte beobachtete, wie der Wanderer nach ihm griff, und angefangen zu schreien. Es waren genug andere Frauen in der Nähe, um Alarm zu schlagen und seine Flucht zu verzögern.

Sie waren ihm schließlich mit Feuer zu Leibe gerückt, aber es hatte trotzdem einen ganzen Tag harter Arbeit gekostet, ihn in Stücke zu hacken. Der Wanderer hatte dem Kind die Arme und Beine gebrochen, dort, wo er es umklammert gehalten hatte. Er hatte nicht losgelassen, bis man seinen Körper endlich durchgesägt und seine Gliedmaßen abgetrennt hatte. Selbst dann waren noch drei starke Männer vonnöten gewesen, um die Zweigfinger vom Körper des Jungen zu lösen. Dieser trug Narben an den Armen und Beinen davon, die wie die Rinde einer Eiche aussahen.

Diejenigen, die von den Wanderern in den Dunklen Wald verschleppt wurden, hatten weniger Glück. Wir wussten nicht, was mit ihnen geschah, aber manchmal kehrten sie zurück und waren auf die schlimmste Art und Weise verändert: Sie lächelten, waren fröhlich und wirkten vollkommen unversehrt. Für alle, die sie nicht so gut kannten, schienen sie ganz sie selbst zu sein. So konnte es geschehen, dass man einen halben Tag plaudernd mit einem von ihnen verbrachte und nicht einmal auf die Idee kam, dass irgendetwas nicht stimmte – bis man plötzlich ein Messer zur Hand nahm und sich die eigene Hand abtrennte, sich die Augen ausstach oder sich die Zunge herausschnitt, während sie einfach weiterschwatzten und die ganze Zeit über widerwärtig grinsten. Und dann nahmen sie einem das Messer ab und gingen ins Haus zu den Kindern, während man selbst blind und keuchend und hilflos draußen lag und nicht einmal mehr schreien konnte. Wenn irgendjemand, den wir liebten, von den Wanderern geholt wurde, war alles, was wir ihm oder ihr noch wünschen konnten, ein schneller Tod. Das war die einzige Hoffnung, die uns dann noch blieb. Aber niemals konnten wir sicher sein, denn es war immer noch möglich, dass einer von ihnen aus dem Wald zurückkehrte. Wenn sich herausstellte, dass er keineswegs tot war, blieb uns nichts anderes übrig, als ihn selbst umzubringen.

»Nicht Kasia!«, schrie ich. »Nicht Kasia.«

Wensa hielt den Kopf gesenkt. Sie schluchzte in meine Hände hinein, die sie noch immer mit eisernem Griff umklammert hielt. »Bitte, Nieshka. Bitte.« Sie klang heiser und verzweifelt. Sie wäre niemals zum Drachen gekommen, um ihn um Hilfe anzuflehen. Das war mir klar. Sie hätte die Antwort schon vorher gekannt. Aber sie war zu *mir* gekommen.

Sie konnte nicht aufhören zu weinen. Ich brachte sie in die Eingangshalle. Der Drache kam ungeduldig hereinmarschiert und streckte ihr einen Becher hin. Sie schreckte vor ihm zurück und verbarg ihr Gesicht, bis ich ihr das Getränk reichte. Beinahe unmittelbar, nachdem sie einen Schluck genommen hatte, entspannte sie sich, und ihre Gesichtszüge wurden wieder weicher. Sie ließ zu, dass ich sie nach oben in mein eigenes kleines Zimmer brachte, und legte sich ohne Eile aufs Bett, konnte jedoch die Augen nicht schließen.

Der Drache stand in der Tür und beobachtete uns.

Ich hielt ein Medaillon hoch, das Wensa immer um den Hals trug. »Sie bewahrt eine Locke von Kasias Haar auf.« Ich wusste, dass sie sie in der Nacht vor der Auswahl abgeschnitten hatte. Damals glaubte sie, dass ihr nichts anderes bleiben würde, um sich an ihre Tochter zu erinnern.

»Wenn ich *Loytalal* benutzen würde …«

Er schüttelte den Kopf. »Was glaubst du wohl, was du anderes vorfinden würdest als einen lächelnden wandelnden Leichnam? Das Mädchen ist verloren.« Er deutete mit dem Kinn in Wensas Richtung; ihre Lider waren nun doch zugefallen. »Wenn sie geschlafen hat, wird sie ruhiger sein. Sag dem Fahrer, er soll morgen wiederkommen und sie nach Hause schaffen.«

Er drehte sich um und verschwand. Am schlimmsten war sein sachlicher, scheinbar ungerührter Tonfall gewesen. Er hatte mich nicht angefaucht oder mich einen Dummkopf genannt; er hatte nicht gesagt, dass das Leben eines Dorfmädchens die Gefahr nicht wert war, selbst vom Wald geschnappt und zur Geisel gemacht zu werden. Er hatte mir nicht gesagt, dass ich eine Idiotin war, der ein wenig Erfolg beim Verschütten von Zaubertränken zu Kopf gestiegen war. Die glaubte, nur weil sie Blumen aus der Luft erschaffen konnte, könne sie plötzlich auch jemanden retten, den der Dunkle Wald erbeutet hatte.

Das Mädchen ist verloren. Und doch. Auf seine ganz eigene barsche Art hatte er so geklungen, als täte es ihm leid.

Wie betäubt und durchgefroren saß ich an Wensas Seite und hielt ihre harte rote, schwielige Hand auf meinem Schoß. Draußen wurde es langsam dunkel. Wenn Kasia noch am Leben war, dann war sie jetzt im Wald und sah ebenfalls zu, wie die Sonne unterging und das Licht jenseits der Baumkronen verblasste. Wie lange es wohl dauerte, jemanden von innen heraus auszuhöhlen? Ich stellte mir Kasia im Griff der Wanderer vor, die ihre langen Finger um ihre Arme und Beine geschlungen hatten. Die ganze Zeit über wusste sie, was mit ihr geschah und noch geschehen würde.

Ich ließ Wensa schlafen und lief hinunter in die Bibliothek. Der Drache war dort und blätterte suchend in einem der riesigen Wälzer, den er mit eigenen Aufzeichnungen versehen hatte. Ich blieb im Eingang stehen und starrte auf seinen Rücken. »Ich weiß, dass sie dir am Herzen liegt«, sagte er über seine Schulter hinweg. »Aber man tut niemandem einen Gefallen, wenn man falsche Hoffnungen weckt.«

Darauf antwortete ich nichts. Das Buch der Jaga – klein und abgegriffen – lag aufgeschlagen auf dem Tisch. Diese Woche hatte ich nur mit Erdzaubern gearbeitet: *Fulmkea, Fulmedesh, Fulmishta.* Alles war fest und bodenständig und so weit von der Luft und dem Feuer der Illusionen entfernt, wie das bei Magie nur möglich war. Hinter dem Rücken des Drachen nahm ich das Buch und ließ es in meine Tasche gleiten. Dann drehte ich mich um und huschte leise die Treppe hinunter.

Borys stand wartend vor der Tür. Sein Gesicht sah übernächtigt und sorgenvoll aus. Er hob den Blick von seinen mit Decken geschützten Pferden, als ich aus dem Turm trat. »Kannst du mich zum Wald bringen?«, fragte ich ihn.

Er nickte. Ich kletterte auf seinen Schlitten und schlüpfte unter die Decken, während er die Pferde bereit machte. Dann stieg auch er auf, rief den Gäulen etwas zu, schnalzte mit den Zügeln, und der Schlitten schoss über den Schnee davon.

Der Mond stand in dieser Nacht hoch am Himmel und war voll und wunderschön. Sein Schein tauchte den Schnee ringsum in bläuliches Licht. Ich schlug das Buch der Jaga auf, während wir dahineilten, und fand einen Spruch, der die Füße schneller machen sollte. Leise sang ich ihn den Pferden vor und sie drehten ihre Ohren zu mir. Der Fahrtwind klang plötzlich gedämpft; er riss an meinen Wangen und ließ meine Sicht verschwimmen. Der Fluss Spindel war zugefroren und wirkte wie eine hellsilberne Straße, die neben uns verlief. Im Osten vor uns wuchs ein Schatten und wurde immer größer, bis die Pferde vor Unbehagen langsamer wurden und schließlich anhielten, ohne dass Borys ein Wort gesprochen oder an den Zügeln geruckelt hätte. Die Welt hörte auf, sich zu bewegen.

Wir waren unter einer kleinen Gruppe von struppigen Tannen stehen geblieben. Vor uns, jenseits einer offenen Fläche mit makellosem Schnee, erhob sich der Dunkle Wald.

Einmal im Jahr, wenn es getaut hatte, brachte der Drache alle unverheirateten Männer, die älter als fünfzehn Jahre waren, an die Grenzen des Dunklen Waldes. Er verbrannte den Boden entlang des Waldsaums, bis er kahl und schwarz war. Die Männer folgten seinem Feuer und besprengten die Erde mit Salzwasser, sodass nichts wachsen oder Wurzeln schlagen konnte. In all unseren Dörfern sahen wir die Rauchwolken aufsteigen. Auch auf der anderen Seite des Waldes, weit weg in Rosya, stieg Qualm in die Luft, und wir wussten dann, dass sie dort das Gleiche taten. Aber immer verloschen die Feuer, sobald sie den Schatten unter den dunklen Bäumen erreicht hatten.

Ich stieg vom Schlitten. Borys beobachtete mich. Sein Gesicht war angespannt und ängstlich. Trotzdem sagte er: »Ich werde hier warten.« Ich aber wusste, dass das nicht möglich sein würde. Wie lange sollte er warten? Worauf? Hier warten, im Schatten des Dunklen Waldes?

Ich stellte mir meinen eigenen Vater vor, wie er hier auf Borys' Tochter Marta warten würde, wenn wir die Plätze getauscht hätten. Dann schüttelte ich den Kopf. Wenn es mir gelingen sollte, Kasia herauszuholen, dann wollte ich versuchen, sie zum Turm zu bringen. Ich hoffte, dass wir trotz des Schutzzaubers des Drachen hineingelangen würden. »Fahr heim«, sagte ich, und dann fragte ich ihn, denn ich wollte es plötzlich unbedingt wissen: »Geht es Marta gut?«

Er nickte knapp. »Sie ist verheiratet«, sagte er und fügte zögernd hinzu: »Sie erwartet ein Kind.«

Ich erinnerte mich daran, dass ich sie vor fünf Monaten bei der Auswahl gesehen hatte und dachte an ihr rotes Kleid, ihre prächtigen schwarzen Zöpfe, ihr schmales blasses, ängstliches Gesicht. Es erschien mir unvorstellbar, dass wir je nebeneinandergestanden hatten, alle gleich: sie und ich und Kasia in einer Reihe. Ich holte rasch und schmerzhaft Luft, als ich mir ausmalte, wie sie jetzt an ihrem eigenen Herd saß, bereits eine junge Ehefrau, die sich auf die Geburt ihres ersten Kindes vorbereitete.

»Das freut mich für sie«, presste ich hervor, denn ich wollte nicht zulassen, dass der Neid meine Lippen versiegelte. Es war nicht so, dass ich mir einen Ehemann und ein Baby ersehnt hätte. Das wollte ich nicht, oder besser gesagt, ich wollte es auf die gleiche Art, wie ich auch hundert Jahre alt werden wollte. Es sollte etwas sein, das irgendwann in ferner Zukunft geschehen würde, ohne dass ich mir jetzt schon Gedanken über die Einzelheiten machen musste. Aber eine Familie bedeutete *zu leben.* Marta lebte und ich nicht. Selbst wenn ich irgendwie wieder lebend aus dem Dunklen Wald herauskommen würde, würde ich doch niemals das haben, was sie hatte. Und Kasia – Kasia war inzwischen vielleicht sogar schon tot.

Aber ich würde nicht mit missgünstigen Gefühlen in den Dunklen Wald hineingehen. Also holte ich noch einmal Luft und zwang mich zu sagen: »Ich wünsche ihr eine leichte Geburt und ein gesundes Kind.« Ich schaffte es sogar, es ernst zu meinen. Ein Kind zur Welt zu bringen, war beängstigend genug, auch wenn es eine vertrautere Art von Angst bedeutete. »Danke fürs Bringen«, fügte ich noch hinzu und drehte mich dann um, um über den verbrannten Boden zu der Wand aus großen dunklen Baumstämmen zu stapfen. Ich hörte das Klirren des Geschirrs hinter mir, als Borys die Pferde wendete und davontrabte, aber der Klang war schnell erstickt und schon bald nicht mehr zu hören. Ich schaute nicht zurück, sondern machte einen Schritt nach dem anderen, bis ich unmittelbar unter den ersten ausgestreckten Ästen angekommen war.

Leichter Schnee rieselte sanft und leise zu Boden. Das Medaillon, das ich von Wensa bekommen hatte, lag kalt in meiner Hand, als ich es öffnete. Jaga hatte ein halbes Dutzend unterschiedlicher Findezauber notiert, alle kurz und leicht. Es hatte den Anschein, als ob sie öfter mal Dinge verlegt hätte. *»Loytalal«*, flüsterte ich über Kasias geflochtener Haarsträhne. *Gut, um das Ganze eines Teiles zu finden*, war als gekritzelte Anmerkung neben dem Spruch notiert. Mein Atem wurde zu einer kleinen weißen Wolke und trieb von mir weg, als zeige diese mir den Weg in den Wald. Ich trat zwischen zwei Baumstämmen hindurch und folgte der Wolke ins Dunkle hinein.

Ich hatte es mir schrecklicher vorgestellt, als es war. Anfangs erschien mir alles im Umkreis nur wie ein uralter Wald. Die Bäume waren große Säulen in einer endlosen Halle; sie standen weit genug voneinander entfernt. Ihre verdrehten knorrigen Wurzeln waren mit dunkelgrünem Moos bedeckt. Kleine Federfarne hatten sich bereits für die Nacht zusammengerollt. Große kalkweiße Pilze wuchsen in kleinen Gruppen wie marschierende Spielzeugsoldaten. Der Schnee hatte den Boden unter den Bäumen noch nicht berührt, nicht einmal jetzt, mitten im tiefsten Winter. Eine dünne Frostschicht überzog die Blätter und feinen Zweige. Irgendwo in der Ferne hörte ich eine Eule rufen, während ich mir vorsichtig einen Weg zwischen den Bäumen hindurch suchte.

Der Mond stand noch immer hoch über mir und sein klares weißes Licht fiel durch die kahlen Zweige. Ich folgte meinem eigenen schwachen Atem, und in meiner Vorstellung war ich eine kleine Maus, die sich vor den Eulen zu verbergen sucht: eine kleine Maus auf der Jagd nach einem Getreidekorn oder einer versteckten Nuss. Wenn ich früher durch den Wald gestreift war, um nach Beeren und Pilzen zu suchen, hatte ich oft vor mich hingeträumt. Ich hatte mich in dem kühlen, schattigen Grün verloren, in den Liedern der Vögel und dem Quaken der Frösche, im Gurgeln eines Baches, der über Steine springt. Ich versuchte, auch jetzt so schlafwandlerisch voranzukommen und mit dem Wald zu verschmelzen, um keinerlei Aufmerksamkeit auf mich zu ziehen.

Aber irgendetwas beobachtete mich. Bei jedem Schritt, der mich tiefer in den Dunklen Wald hineinführte, spürte ich es deutlicher: ein Gewicht, das wie ein eisernes Joch auf meinen Schultern lastete. Ich war in der Erwartung gekommen, an jedem Ast Leichen baumeln zu sehen, und hatte mich darauf gefasst gemacht, dass mich Wölfe aus den Schatten heraus anspringen würden. Schon bald wünschte ich mir, es wären nur Wölfe. Doch hier lauerte etwas viel Schlimmeres. Das Wesen, das mich aus Jerzys Augen hervor angeblickt hatte, hauste hier, etwas *Lebendiges,* und ich war mit ihm in einen luftleeren Raum eingesperrt und in eine kleine Ecke gedrängt worden. Es gab auch in diesem

Wald ein Lied, aber es war ein grausames Lied, das von Wahnsinn und vom Zerreißen und von Zorn erzählte. Ich schlich mit gebeugten Schultern weiter und versuchte, mich möglichst klein zu machen.

Dann stieß ich beim Voranstolpern auf ein kleines Flüsschen, eigentlich kaum ein richtiger Bach. An beiden Uferhängen klebte eine dicke Frostschicht und dazwischen plätscherte schwarzes Wasser; das Mondlicht fiel nur an wenigen Stellen durch die Baumkronen. Und dort auf der anderen Seite entdeckte ich einen Wanderer. Sein seltsam schmaler Stockkopf war nach vorne gebeugt, um Wasser zu trinken. Sein Mund war wie ein offener Spalt in seinem Gesicht. Das Wesen hob sein tropfendes Haupt und sah mich geradewegs an. Seine Augen waren Knoten im Holz – runde, dunkel ausgehöhlte Löcher, in denen kleine Tiere hätten wohnen können. Ein Fetzen grünen Wollstoffs baumelte an einem seiner Beine, wo er sich wahrscheinlich an einem hervorstehenden Splitter am Gelenk verfangen hatte.

Wir starrten einander quer über das schmale Rinnsal hinweg an. »*Fulmedesh*«, sagte ich und meine Stimme zitterte. Eine Furche öffnete sich im Boden unter dem Wanderer und schluckte seine Beine. Das Wesen am anderen Ufer schlug lautlos mit seinen langen, stockartigen Gliedmaßen um sich und wirbelte Wasserfontänen auf, aber da die Erde es beinahe bis zur Mitte seines Körpers umschlossen hielt, konnte es sich nicht mehr selbst befreien.

Dann sackte ich jedoch selber vor Schmerz zusammen und unterdrückte mühsam einen klagenden Schrei. Es fühlte sich an, als hätte mir jemand mit einem Stock einen Hieb quer über die Schulter verpasst. Der Wald hatte meinen Zauber bemerkt. Dessen war ich mir ganz sicher. Und jetzt wollte er mich holen. Er suchte nach mir und schon bald würde er mich gefunden haben. Ich musste mich dazu zwingen, mich wieder in Bewegung zu setzen, sprang über das Bachbett und nahm erneut die Verfolgung meines schwachen Wolkenzaubers auf, der noch immer vor mir herschwebte. Der Wanderer versuchte, mich zu fassen zu bekommen. Als ich in einem Bogen an ihm vorbeirennen wollte, griff er mit seinen langen Fingern nach mir, die aussahen wie abgebrochene Äste. Aber er erwischte mich nicht. Ich erreichte einen Ring von dickeren Stämmen und fand mich plötzlich auf einer Lichtung wieder, in deren Mitte ein kleinerer Baum stand. Hier war der Boden mit dichtem Schnee bedeckt.

Ein umgestürzter Baum lag quer über der freien Fläche. Er hatte riesige Ausmaße und war im Durchmesser breiter als ich selber hoch. Sein Sturz war es gewesen, der diese Schneise geschlagen hatte, und in der Mitte der Lichtung war der neue Baum emporgeschossen und hatte den Platz des alten eingenommen. Aber es war nicht die gleiche Sorte Baum. All die anderen Gewächse in diesem Wald waren vertraute Arten gewesen, trotz der gedunkelten Rinde und trotz der verdrehten, unnatürlichen Winkel ihrer Äste: Eichen und Schwarzbirken und hohe Tannen. Aber diese Sorte Baum hatte ich noch nie gesehen.

Er war jetzt schon so dick, dass ich ihn nicht mit beiden Armen umfassen konnte, obwohl es noch nicht sehr lange her sein konnte, dass der Riesenbaum zu Boden gefallen war. Seine graue Borke war glatt und umhüllte einen seltsam knotigen Stamm mit langen Ästen, die sich in einem gleichmäßigen Kreis nach allen Seiten hin ausstreckten und erst hoch oben ansetzten wie bei einer Lärche. Die Zweige waren nicht winterlich kahl, sondern trugen büschelweise vertrocknete silbrige Blätter, die im Wind raschelten – ein Geräusch, das von irgendwo anders herzukommen schien, als stammte es in Wahrheit von Menschen, die gerade außer Sichtweite waren und sich leise miteinander unterhielten.

Meine magische Wolke löste sich in Luft auf. Als ich in den tiefen Schnee hinuntersah, konnte ich die Abdrücke erkennen, die die Beine der Wanderer hinterlassen hatten, und auch die Spuren, die ihre Bäuche gezogen hatten. Sie alle führten zum Baum in der Mitte. Ich machte einen vorsichtigen Schritt darauf zu, dann noch einen, dann blieb ich stehen.

Kasia war an den Baum gefesselt. Ihr Rücken berührte den Stamm und ihre Arme waren nach hinten gebogen und festgebunden. Zuerst hatte ich sie gar nicht entdeckt, weil die Rinde bereits angefangen hatte, über sie hinwegzuwuchern.

Ihr Gesicht war ein wenig nach oben gereckt, und unter der Rinde konnte ich sehen, dass ihr Mund zum Schrei geöffnet gewesen war, während sich die Borke über ihm verschloss. Ich stieß einen erstickten, hilflosen Laut aus, ging auf unsicheren Beinen auf sie zu und streckte meine Hände aus, um sie zu berühren. Die Rinde unter meinen Händen war bereits hart geworden, die grüne Haut glatt und fest, als wäre Kasia ganz und gar vom Stamm verschluckt worden – als wäre sie ein Teil des Baumes, ein Teil des Waldes geworden. Ich bekam die Rinde nicht richtig zu fassen, obwohl ich wie wahnsinnig versuchte, meine Finger hineinzugraben und sie wegzuziehen. Irgendwann gelang es mir immerhin, ein kleines Stückchen oberhalb von Kasias Wange abzureißen. Darunter fühlte ich ihre weiche Haut, noch immer warm, noch immer lebendig. Aber noch während ich mit meinen Fingerspitzen darüberstreichelte, kroch die Rinde schnell wieder zurück, und ich musste meine Hand wegziehen, um nicht selber gefangen zu werden. Ich schlug die Hände vor den Mund, jetzt noch verzweifelter als vorher. Kein Zauberspruch wollte mir einfallen, nichts, was Kasia befreien würde, nichts, das mir auch nur eine Axt oder ein Messer in die Hand bringen würde, falls denn überhaupt genug Zeit bliebe, sie herauszuschlagen oder zu -schälen.

Der Wald wusste, dass ich da war. Jetzt, in diesem Augenblick, bewegten sich seine Kreaturen auf mich zu. Entschlossen vorwärtsmarschierende Füße durchquerten den Dunklen Wald, Wanderer und Wölfe und noch viel Schlimmeres. Plötzlich war ich mir sicher, dass es Dinge gab, die den Wald noch nie verlassen hatten. Dinge, die so entsetzlich waren, dass niemand sie je zu Gesicht bekommen hatte. Und sie kamen.

Mit nackten Füßen auf dem Boden, Fulmia *zehnmal mit Überzeugung gerufen, wird das Erdreich bis hinunter zu den Wurzeln erschüttern, wenn du die Kraft dafür hast,* hatte mir Jagas Buch verraten, und der Drache hatte immerhin genug daran geglaubt, um mich den Spruch nicht in der Nähe seines Turmes ausprobieren zu lassen. Ich für meinen Teil war skeptisch gewesen, besonders was den Punkt *Überzeugung* anging: Ich hatte geglaubt, es gäbe nichts, was in mir den Wunsch wecken könnte, die Erde bis zu den Wurzeln zum Beben zu bringen. Jetzt aber ließ ich mich auf die Knie fallen und schaufelte mit Händen und Armen den Schnee und hinuntergefallene und zum Teil verrottete Blätter und Moos beiseite, bis ich auf die festgefrorene Erde stieß. Ich suchte einen größeren Stein und begann, damit so lange unablässig auf den Boden einzuschlagen, bis er aufplatzte. Ich hauchte meinen Atem darüber, um das Erdreich weicher zu machen. Immer wieder schlug ich auf den Schnee ein, der rings um meine Hände herum zu schmelzen begann und unter den heißen Tränen, die mir während der Arbeit aus den Augen tropften. Wenn ich den Blick hob, sah ich Kasia über mir, den Kopf nach oben gewendet, den Mund zu einem lautlosen Schrei geöffnet wie eine Statue in einer Kirche.

»Fulmia«, sagte ich, die Finger tief in der Erde vergraben, wo ich dicke Klumpen zwischen den Fingern zerdrückte. *»Fulmia, Fulmia.«* Ich sang es immer wieder aufs Neue. Meine Fingernägel brachen ab, die Kuppen darunter bluteten, und ich spürte, wie der Boden unter mir beunruhigt auf meine Worte lauschte. Selbst das Erdreich war hier vom Übel befallen und vergiftet, aber ich spuckte auf die Erde und kreischte *Fulmia*. Dabei stellte ich mir vor, wie meine Magie bis ins Grundwasser sickerte, sich Spalten und Schwachstellen suchte und sich von meinen Händen aus und unter meinen kalten, nassen Knien hinweg ausbreitete. Die Erde schauderte und geriet in Bewegung. Ein tiefes Zittern begann dort, wo ich meine Hände in den Boden geschoben hatte. Es folgte mir, als ich mich daranmachte, an den Wurzeln des Baumes zu rütteln. Das gefrorene Erdreich ringsum begann zu zerbröckeln und das Beben breitete sich wie ringförmige Wellen immer weiter aus.

Die Äste über mir begannen, wild zu schaukeln, als wären sie in Aufruhr; das Flüstern der Blätter wurde zu einem unterdrückten Brüllen. Ich lag noch immer auf den Knien, richtete mich jetzt jedoch kerzengerade auf. »Gib sie frei!«, schrie ich den Baum an. Mit meinen verdreckten Fäusten trommelte ich auf den Stamm ein. »Gib sie frei, oder ich bringe dich zum Umfallen! *Fulmia!*«, gellte ich voller Zorn, und ich warf mich auf den Boden. Wo meine Fäuste hinschlugen, hob sich die Erde in Wellen wie ein Fluss im Regen. Die Magie strömte ungezügelt aus mir heraus. Alle Worte der Warnung, die der Drache mir mitgegeben hatte, waren vergessen oder ich missachtete sie. Ich hätte jeden Tropfen meines Blutes vergossen und wäre hier gestorben, nur um diesen entsetzlichen Baum zu Fall zu bringen. Ich konnte mir keine Welt vorstellen, in der ich am Leben geblieben wäre und all dem hier den Rücken gekehrt hätte, während Kasias Leben, ihr Herz, dieses verderbte, monströse Ding vor mir nähren würde. Lieber würde ich sterben und von meinem eigenen Erdbeben erschlagen werden, wenn ich nur diesen Baum mitnehmen könnte. Ich begann wieder damit, wie von Sinnen zu graben, bereit, einen Abgrund zu öffnen, der uns alle verschlingen würde.

Und dann, mit einem Geräusch wie Eis, das im Frühjahr aufbricht, platzte die Rinde entlang Kasias Körper von oben nach unten auf. Sofort war ich auf den Beinen, schob meine Finger in den Riss und zerrte die Borke nach rechts und nach links auseinander. Schnell griff ich nach Kasia und bekam ihr Handgelenk zu fassen. Ihre Arme waren leblos und schwer. Ich zog und zerrte an ihr. Sie löste sich aus diesem schrecklichen dunklen Spalt, indem sich ihr Oberkörper von der Taille aus nach vorne neigte wie eine ausgestopfte Stoffpuppe. Ich wich zurück, umklammerte ihr Handgelenk mit beiden Händen und zog ihren leichenschweren Körper ganz hinaus in den Schnee. Ihre Haut war bleich wie die eines Fisches und sah kränklich aus, als wäre alles Sonnenlicht aus ihr herausgesogen worden. Pflanzensaft rann wie Quellwasser in dünnen grünen Rinnsalen über ihren Körper. Sie bewegte sich nicht.

Ich fiel neben ihr auf die Knie. »Kasia«, rief ich schluchzend. »Kasia.« Die Rinde hatte sich schon längst wieder über dem Loch im Baumstamm geschlossen, wo meine Freundin eben noch gestanden hatte.

Ich nahm Kasias Hände in meine eigenen nassen, schmutzigen Fäuste und presste sie mir an die Wangen und an die Lippen. Ihre Finger waren kalt, aber nicht so kalt wie meine: Es war noch eine Spur von Leben in ihnen. Ich beugte mich vor und lud mir Kasia auf die Schultern.

Kapitel 8

Im Morgengrauen kam ich aus dem Wald gestolpert. Kasia lag wie ein Bündel Feuerholz über meinen Schultern. Der Dunkle Wald hatte sich von mir zurückgezogen, als ob er sich davor fürchtete, dass ich meinen Zauberspruch sonst wiederholen könnte. *Fulmia* hallte in meinen Ohren wie eine tiefe Glocke, die bei jedem schweren Schritt, den ich machte, geschlagen wurde. Kasias Gewicht kam zu meinem eigenen noch dazu. An meinen Händen, die einen bleichen Arm und ein Bein meiner Freundin hielten, klebte Erde.

Irgendwann schließlich schwankte ich unter den Bäumen hervor in den tiefen Schnee und fiel hin. Ich krabbelte unter Kasia weg und drehte sie um. Ihre Augen waren noch immer geschlossen. Ihr Haar hatte seinen Glanz verloren und klebte, vom Pflanzensaft durchweicht, an ihrem Gesicht. Behutsam hob ich ihren Kopf und bettete ihn an meine Schulter, dann schloss ich die Augen und sprach den Spruch, der uns zum Turm bringen sollte.

Der Drache wartete im obersten Zimmer des Turmes auf uns. Als er nach meinem Kinn griff und mich zwang, zu ihm hochzusehen, war sein Gesicht so hart und grimmig, wie ich es noch nie gesehen hatte. Ich schaute ihn an, erschöpft und abwesend, während er mich musterte und immer wieder meinen Blick suchte. In einer Hand hielt er eine Flasche mit einem Stärkungstrank. Als er mich lange genug angestarrt hatte, öffnete er den Verschluss und drängte mir die Flasche auf. »Trink«, sagte er. »Und zwar alles.«

Dann ging er zu Kasia hinüber, die reglos auf dem Boden ausgestreckt lag. Er hielt seine Hände über sie, und als ich protestieren wollte, brachte er mich mit einem einzigen finsteren Blick zum Schweigen. »Schluck sofort den Saft hinunter«, fügte er barsch hinzu, »es sei denn, du willst mich dazu zwingen, sie jetzt und hier zu verbrennen, damit ich mich danach um dich kümmern kann.« Er wartete, bis ich zu trinken begann, dann murmelte er einen raschen Spruch und ließ ein wenig getrocknete Erde über Kasias Körper rieseln: Ein glänzendes bernsteinfarbenes Netz breitete sich über ihr aus wie ein Vogelkäfig. Danach drehte er sich zu mir um, um mich beim Trinken zu beobachten.

Der erste Schluck schmeckte unaussprechlich gut, so wie heißer Zitronensaft mit Honig, wenn man Halsweh hat. Aber als ich weitertrank, begann sich mein Magen gegen die viele Süße zu wehren. Ich musste die Flasche mitten im Zug absetzen. »Ich kann nicht mehr«, sagte ich hustend.

»Alles«, erwiderte er unnachgiebig. »Und dann noch eine zweite davon, falls es nötig sein sollte. Trink!« Und ich nahm mühsam noch einen Schluck und noch einen und noch einen, bis nichts mehr übrig war. Dann packte der Drache mich an den Handgelenken und sagte: *»Ulozishtus sovjenta, megiot kozhor, ulozishtus megiot.«*

Ich schrie auf. Es fühlte sich an, als hätte er in meinem Innern ein Feuer entzündet. Ich konnte Licht durch meine eigene Haut hindurchscheinen sehen, das meinen Körper zu einer leuchtenden Laterne machte. Als ich meine Hände hochhielt, sah ich zu meinem Entsetzen blasse Schatten, die sich unter der Oberfläche bewegten. Meine fiebrigen Schmerzen waren vergessen und ich griff nach meinem Kleid und zerrte es mir über den Kopf. Der Drache kniete sich neben mir auf den Boden. Ich war wie eine strahlende Sonne, und die schwachen Schatten zuckten durch mich hindurch wie Fische, die sich im Winter unter dem Eis tummeln.

»Holt es heraus«, flüsterte ich. Nun, da ich sie sah, spürte ich mit einem Mal auch, wie sie zähe, schleimige Spuren in mir hinterließen.

Ich hatte fälschlicherweise gedacht, dass ich in Sicherheit wäre, nur weil ich nicht gekratzt oder gebissen worden war oder mich geschnitten hatte. Ich hatte gedacht, dem Drachen würde es nur um Vorsichtsmaßnahmen gehen. Nun jedoch begriff ich: Ich hatte das Übel mit der Luft eingeatmet, dort unter den Ästen im Wald, und ich hatte es nicht bemerkt, weil es heimlich seinen Weg in mich hineingefunden hatte. »Holt es heraus …«

»Ja, das versuche ich ja gerade«, fauchte er und packte mich an den Handgelenken. Dann schloss er die Augen und begann wieder zu murmeln – eine schier endlose langsam gesprochene Formel, die er unablässig wiederholte, um das Feuer am Lodern zu halten. Ich heftete meinen Blick auf das Fenster und auf das hereinfallende Sonnenlicht und versuchte weiterzuatmen, obwohl ich innerlich brannte. Tränen strömten über mein Gesicht und glühten heiß auf meinen Wangen. Der Griff des Drachen auf meinen Armen fühlte sich endlich einmal vergleichsweise kühl an.

Die Schatten unter meiner Haut wurden kleiner, ihre Ränder verschwammen im Licht wie Sand, der vom Wasser weggewaschen wird. Sie schossen hin und her und suchten nach Orten, um sich zu verstecken, aber der Drache ließ nicht zu, dass das Licht irgendwo schwächer wurde. Ich konnte meine Knochen und meine Organe wie leuchtende Figuren tief in mir drin sehen. Eines davon war mein Herz, das in meiner Brust pochte. Es wurde langsamer und jeder einzelne Schlag mühsamer. Da begriff ich mit einem Mal, dass es in Wahrheit um die Frage ging, ob ein Körper es überstehen würde, wenn der Drache das Übel aus mir herausbrannte. Ich schwankte unter seinem Griff. Unvermutet schüttelte er mich heftig, und als ich erschrocken die Augen aufriss, sah ich, dass er mich anstarrte. Er unterbrach den Ablauf seines Spruches keinen Augenblick, aber auch ohne ein Wort verstand ich, was er mir sagte. *Wage es nicht, meine Zeit zu verschwenden, du unerhörte Idiotin,* war in seinen Augen zu lesen. Ich biss mir auf die Lippen und harrte noch ein wenig länger aus.

Die letzten Schattenfische waren zu tanzenden Fäden und schließlich so dünn geworden, dass sie kaum mehr zu sehen waren, dann verschwanden sie vollends. Der Drache sprach jetzt langsamer und hielt irgendwann kurz inne. Das Feuer ließ ein wenig nach, was eine unaussprechliche Erleichterung war. Mit finsterer Stimme fragte mich der Drache: »Genug?«

Ich öffnete den Mund, um Ja zu sagen, und Bitte. »Nein«, flüsterte ich stattdessen, denn ich hatte nun plötzlich furchtbare Angst. Ich konnte die schwachen quecksilberartigen Spuren der Schatten noch immer in meinem Innern spüren. Wenn wir jetzt aufhörten, dann würden sie sich in mir einnisten und sich tief in meinen Adern und meinem Leib verstecken. Dort würden sie Wurzeln schlagen und wachsen und wachsen und wachsen, bis sie irgendwann alles andere erstickt hätten.

Er nickte einmal knapp, streckte seine Hand aus, murmelte etwas, und eine weitere Flasche erschien in seiner Hand. Ich schauderte. Er musste mir dabei helfen, einen Schluck von der Flüssigkeit in meinen geöffneten Mund zu schütten. Ich würgte ihn hinunter und der Drache begann erneut mit seiner Beschwörung. Und wieder entfaltete sich das Feuer in mir, endlos, alles andere auslöschend, brennend.

Nach drei weiteren Schlucken, von denen jeder das Feuer immer wieder zu voller Größe anfachte, war ich mir beinahe sicher. Ich zwang mich zu einem letzten Schluck, nur um restlos überzeugt zu sein, und dann, endlich, stieß ich beinahe schluchzend aus: »Genug. Es reicht.« Er aber überraschte mich und zwang mich, noch etwas mehr von dem Trank herunterzuwürgen. Als ich die Flüssigkeit wieder ausspucken wollte, legte er mir die Hand über Mund und Nase und stimmte einen anderen Spruch an, einen, der nichts wegbrannte, aber meine Lungen verschloss. Fünf entsetzliche Herzschläge lang konnte ich überhaupt nicht atmen; ich schlug nach dem Drachen und glaubte zu ertrinken, obwohl ich an der Luft war. Das war schlimmer als alles andere. Ich starrte den Drachen an, sah seine dunklen Augen auf mir ruhen, unerbittlich und forschend. Sie begannen, meine ganze Welt zu verschlucken. Mein Sichtfeld wurde immer eingeschränkter und meine

Hände wurden schlaff. Dann endlich ließ er mich los, und meine Lungen schwollen hektisch an wie Blasebälge, die Luft in einem Schwall einsaugten. Schließlich stieß ich einen wütenden wortlosen Schrei aus und schubste den Drachen so heftig von mir weg, dass er rücklings auf den Boden fiel.

Beim Aufstehen drehte er sich wieder um und vermied dabei, auch nur einen Tropfen aus der Flasche zu verschütten. Dann funkelten wir uns gegenseitig an, beide gleichermaßen aufgebracht. »Von all den unglaublichen Dummheiten, die ich dich bislang habe tun sehen …«, fuhr er mich an.

»Ihr hättet mich warnen müssen«, brüllte ich und schlang die Arme um meinen Körper, der noch immer wie Espenlaub zitterte. »Ich habe alles andere ertragen, da hätte ich auch das noch durchgestanden …«

»Nicht, wenn du bereits verdorben gewesen wärst«, unterbrach er mich sachlich. »Wenn es sich bereits tief in dir eingenistet hätte, hättest du versucht, dem Spruch auszuweichen, wenn ich dir vorher verraten hätte, was passiert.«

»Dann hättet Ihr doch auch eine Antwort gehabt«, erwiderte ich. Der Drache presste seinen Mund zu einer harten, dünnen Linie zusammen und wandte sich seltsam steif von mir ab.

»Ja«, sagte er. »Dann hätte ich eine Antwort gehabt.«

Und dann … hätte er mich töten müssen. Er hätte mich abschlachten müssen, während ich ihn vielleicht anflehte und vorgab, dem Übel entgangen zu sein. Vielleicht wäre ich tatsächlich davon überzeugt gewesen, wie es ja eben auch der Fall gewesen war. Ich wurde still und konzentrierte mich auf langsame, tiefe, bedächtige Atemzüge. »Und bin ich jetzt – bin ich jetzt wieder *rein*?«, fragte ich schließlich und fürchtete mich vor der Antwort.

»Ja«, sagte er, »kein Rest des Übels hätte sich vor diesem letzten Spruch verstecken können. Aber wenn ich ihn früher eingesetzt hätte, hätte er dich getötet. Die Schatten hätten dir den Sauerstoff aus deinem Blut rauben müssen, um zu überleben.«

Ich sackte schlaff zusammen und bedeckte mein Gesicht. Der

Drache erhob sich und verschloss die Flasche wieder. Dann murmelte er *Vanastalem,* bewegte dabei seine Hände und kam danach zu mir. Er streckte mir einen sorgfältig zusammengelegten Umhang entgegen aus schwerem, mit Seide besetztem Samt, dunkelgrün und mit Gold bestickt. Ich schaute verwirrt darauf und sah dann zu ihm hoch. Erst als er sich mit einem seltsamen Ausdruck auf dem Gesicht von mir abwandte, merkte ich, dass das letzte Glühen unter meiner Haut versiegt und dass ich noch immer nackt war.

Mit einem Satz war ich auf den Beinen, und der Umhang, den ich mir vor meinen Körper presste, war vergessen. »Kasia«, sagte ich drängend, und wandte mich zu der Stelle, an der meine Freundin in dem Zauberkäfig lag.

Der Drache antwortete nicht. Verzweifelt sah ich ihn an. »Geh und zieh dir etwas an«, sagte er schließlich. »Es gibt keinen Grund für Eile.«

Er hatte mich im selben Augenblick, in dem ich den Turm betreten hatte, gepackt und keine Sekunde verstreichen lassen. »Es muss einen Weg geben«, sagte ich. »Es muss einfach etwas geben, was wir tun können. Sie hatten sie doch gerade erst geholt. Sie kann noch nicht lange in diesem Baum gewesen sein.«

»Wie bitte?«, unterbrach er mich mit scharfer Stimme, und als aus mir heraussprudelte, wie entsetzlich die Lichtung und der Baum gewesen waren, hörte er mit zusammengezogenen Augenbrauen zu. Ich versuchte, ihm zu schildern, wie furchtbar bedrückend der Dunkle Wald gewesen war, der mich beobachtet hatte, und dass ich immerzu das Gefühl gehabt hatte, gejagt zu werden. Aber ich geriet ins Stammeln, denn Worte schienen mir dafür nicht auszureichen. Die Miene des Drachen wurde immer finsterer, bis ich endlich an dem Punkt ankam, wie ich am Ende hinaus in den frischen, sauberen Schnee getaumelt war.

»Du hast unfassbares Glück gehabt«, sagte er. »Und du warst unaussprechlich dumm, obwohl das bei dir ein und dasselbe zu sein scheint. Niemand ist je so tief in den Dunklen Wald hineingegangen wie du und unversehrt wieder herausgekommen. Nicht, seit ...« Er stockte, und aus irgendeinem Grund wusste ich, dass er Jaga meinte, ohne dass er ihren Namen ausgesprochen hätte. Es war Jaga gewesen, die sich in den Dunklen Wald gewagt und ihn auch wieder verlassen hatte. Der Drache sah mir an, dass ich ihn auch ohne Worte verstanden hatte, und starrte mich unverwandt an. »Sie war damals schon über hundert Jahre alt«, fuhr er mit eisiger Stimme fort, »und sie war so bewandert in der Magie, dass schwarze Giftpilze sprossen, wo immer sie langging. Doch nicht einmal sie war so töricht, mitten im Dunklen Wald einen derart großen Zauberspruch zu wirken. Allerdings muss ich zugeben, dass es in diesem Fall das Einzige war, was dich noch hat retten können.« Er schüttelte den Kopf. »Ich schätze, ich hätte dich sofort an die Wand ketten sollen, als diese Bauersfrau hier auftauchte, um sich an deiner Schulter auszuweinen.«

»Wensa«, sagte ich, denn mein benommener, erschöpfter Geist konnte den Gedanken an Kasia nicht loslassen. »Ich muss es Wensa sagen.« Ich schaute in Richtung der Halle, aber noch ehe ich mich in Gang setzen konnte, hielt der Drache mich zurück.

»*Was* willst du ihr sagen?«, fragte er.

»Dass Kasia am Leben ist«, sagte ich. »Und dass sie den Wald verlassen hat ...«

»Und dass sie ganz sicher sterben wird«, ergänzte er erbarmungslos.

Instinktiv drehte ich Kasia den Rücken zu und schob mich mit erhobenen Händen zwischen ihren Körper und den Drachen. Wenn er Ernst gemacht hätte, wäre diese Geste vollkommen wirkungslos geblieben, aber er schüttelte nur seinen Kopf. »Hör auf, dich wie ein kampfbereiter Hahn aufzuführen« sagte er, aber er klang eher müde als aufgebracht. Als ich seinen Ton hörte, verkrampfte sich etwas in meiner Brust. »Das Letzte, was ich jetzt brauche, ist eine weitere Demonstration, zu welchen Dummheiten du ihretwillen noch bereit bist. Du kannst sie am Leben halten, solange wir sie eingesperrt lassen. Aber am Ende wirst du es selber für einen Akt der Gnade halten, wenn wir sie töten.«

Ich erzählte es Wensa doch, als sie etwas später an diesem Morgen wieder aufwachte. Sie umklammerte meine Hände und hatte einen gehetzten Blick. »Lass sie mich sehen«, verlangte sie, aber das war etwas, was der Drache rundheraus verboten hatte.

»Nein«, hatte er gesagt. »Du kannst dich selber quälen, wenn du das möchtest, das werde ich noch zulassen. Aber mach dieser Frau keine falschen Hoffnungen und lass sie niemals in ihre Nähe kommen. Wenn du auf meinen Rat hörst, dann wirst du der Frau sagen, dass ihre Tochter tot ist, und sie ziehen lassen, damit sie ihr Leben weiterlebt.«

Ich aber nahm all meine Kraft zusammen und sagte Wensa doch die Wahrheit. Es war besser zu wissen, dass Kasia nicht mehr im Wald war und dass ihr dortiges Leiden ein Ende hatte, selbst wenn es jetzt keine Rettung mehr für sie gab. Ich geriet jedoch rasch ins Zweifeln, ob meine Entscheidung richtig gewesen war. Wensa weinte und jammerte und flehte mich an. Wenn ich es gekonnt hätte, hätte ich dem Drachen nicht gehorcht, sondern sie zu ihrer Tochter gebracht. Aber der Drache vertraute mir nicht mehr, wenn es um Kasia ging: Er hatte sie bereits fortgeschafft und irgendwo tief unterhalb des Turmes in einem Kerker versteckt. Er hatte mir gesagt, er würde mir den Weg zu ihr nicht zeigen, ehe ich nicht einen Schutzzauber erlernt hatte, mit dem ich mich gegen das Übel des Dunklen Waldes wappnen konnte.

Und so musste ich Wensa sagen, dass ich sie nicht zu Kasia bringen konnte. Ich musste es immer wieder bei meinem Leben schwören, weil sie es mir nicht glauben wollte. »Ich weiß nicht, wohin er sie gebracht hat«, schrie ich irgendwann. »Ich weiß es *wirklich* nicht.«

Da hörte sie auf zu betteln und musterte mich schwer atmend. Ihre Hände umklammerten meine Arme, als sie sagte: »Bösartig und eifersüchtig bist du. Du hast sie schon immer gehasst. Du wolltest, dass *sie* ausgewählt wird! Du und Galinda, ihr wusstest, dass er *sie* holen würde, und ihr wart froh darüber. Und nun hasst du sie, weil er dich an ihrer Stelle genommen hat …«

Sie schüttelte mich heftig und einen Augenblick lang konnte ich sie nicht stoppen. Es war einfach zu furchtbar zu hören, wie sie mich auf diese Weise beschimpfte. Es war, als würde Gift über mich ausgeschüttet, obwohl ich auf klares Wasser gehofft hatte. Ich war so unbeschreiblich müde und krank von der Reinigung, all meine Kraft hatte ich darauf verwendet, Kasia aus dem Wald zu holen. Endlich schaffte ich es doch, Wensa abzuschütteln, und rannte aus dem Zimmer, denn ich konnte ihre Worte nicht länger ertragen. Draußen auf dem Flur blieb ich stehen, lehnte mich gegen die Wand und brach unkontrolliert in Tränen aus; ich war sogar zu erschöpft, um mir mein Gesicht abzuwischen. Kurz darauf kam mir Wensa hinterher und auch sie weinte. »Verzeih mir«, sagte sie. »Oh, Nieshka, vergib mir. Ich habe es nicht so gemeint. Ich habe es wirklich nicht so gemeint.«

Ich wusste, dass ihr das ernst war, aber es stimmte ebenfalls, dass ein Körnchen Wahrheit in ihren Anschuldigungen gelegen hatte, wenn auch auf eine verdrehte Art und Weise. Es rührte an meine eigene geheime Schuld und an meinen Schrei: *Warum habt Ihr nicht Kasia genommen?* Wir waren *tatsächlich* all die Jahre lang froh gewesen, meine Mutter und ich, weil wir zu wissen glaubten, dass nicht ich geholt werden würde. Und *tatsächlich* hatte ich mich nach der Auswahl elend gefühlt, auch wenn ich Kasia niemals deswegen gehasst hatte.

Ich bedauerte es nicht, als der Drache Wensa heimschickte. Ich diskutierte nicht einmal lange, als er sich weigerte, noch am selben Tag den Versuch zu starten, mir einen Schutzzauber beizubringen. »Bitte probiere, dich nicht noch dümmer zu stellen, als du bist«, fauchte er mich an. »Du musst dich ausruhen, und selbst wenn du anderer Meinung bist: *Ich* brauche auf jeden Fall eine Erholungspause, ehe ich mich dem sicherlich qualvollen Prozess stellen kann, dir die nötigen Schutzzauber einzutrichtern. Es gibt keinen Grund zur Eile. Nichts wird sich in der Zwischenzeit ändern.«

»Aber wenn Kasia wie ich vergiftet wurde«, setzte ich an, brach aber wieder ab, denn er schüttelte den Kopf.

»Ein paar Schatten sind zwischen deinen Zähnen hindurchgerutscht; der sofortige Reinigungszauber hat dafür gesorgt, dass sie sich nicht festsetzen konnten«, sagte er. »Aber bei deiner Freundin ist es etwas ganz anderes. Es unterscheidet sich auch von der Ansteckung aus dritter Hand wie bei diesem unglücklichen Kuhhirten, den du ohne guten Grund versteinert hast. Verstehst du denn nicht, dass der Baum, den du gesehen hast, einer der Herzbäume des Dunklen Waldes ist? Wo er Wurzeln schlägt, breitet sich der Dunkle Wald aus. Die Wanderer ernähren sich von den Früchten der Herzbäume. Deine Freundin ist so tief in die Fänge des Dunklen Waldes geraten, wie es überhaupt nur möglich ist. Geh schlafen. Ein paar Stunden machen für sie keinen Unterschied, aber dich können sie vielleicht davon abhalten, eine neue Dummheit zu begehen.«

Ich war wirklich übermüdet, das musste ich mir widerstrebend eingestehen, obwohl ich in meinem Bauch den Drang verspürte weiterzudiskutieren. Aber das verschob ich auf später. Allerdings: Wenn ich von Anfang an auf den Drachen und seine Warnungen gehört hätte, dann wäre Kasia jetzt immer noch im Innern des Herzbaums und würde von ihm vertilgt werden und verrotten. Wenn ich alles hingenommen hätte, was er mir über Magie erzählt hatte, dann würde ich mich immer noch bis zur Erschöpfung mit den einfachsten Sprüchen herumplagen. Er selbst hatte mir geschildert, dass niemand jemals aus einem Herzbaum befreit worden war und dass es keinen gab, der jemals heil aus dem Dunklen Wald zurückgekehrt war – außer Jaga und nun mir. Auch der Drache konnte sich also irren, und er irrte sich, was Kasia betraf. Er musste sich einfach irren!

Ich stand vor dem Morgengrauen auf. In Jagas Buch fand ich einen Spruch, um Verrottung zu vertreiben; den simplen Spruch *Aish aish aishimad*, den ich in der Küche ausprobierte. Ich suchte mir ein Fass, das an der Rückseite angefangen hatte zu faulen, und eine Stelle, an der der Mörtel in der Wand von Schimmel befallen war, angestoßene Äpfel und einen verdorbenen Kohlkopf, der unter ein Regal mit Weinflaschen gekullert war. Als das erste Sonnenlicht auf die Treppe fiel, stieg ich hinauf in die Bibliothek und begann damit, Bücher mit lautem Knall aus den Regalen auf den Boden fallen zu lassen, bis der

Drache mit müden, übellaunigen Augen erschien. Er tadelte mich nicht, sondern ließ nur mit gerunzelter Stirn den Blick schweifen und drehte sich dann um, ohne ein Wort zu sagen. Mir wäre es lieber gewesen, wenn er mich angeschrien hätte.

Stattdessen nahm er einen kleinen goldenen Schlüssel und öffnete einen verschlossenen Wandschrank auf der anderen Seite des Raumes. Ich spähte hinein: Er war voller dünner, flacher Glasscheiben, die übereinandergestapelt waren. Dazwischen wurden Pergamentseiten platt gepresst. Eine davon holte er hervor. »Ich habe sie vor allem als Kuriosität behalten«, erklärte er, »aber für dich scheinen sie genau das Richtige zu sein.«

Er legte die Seite zwischen den schützenden Glasscheiben auf den Tisch. Sie war mit wildem Gekritzel bedeckt. Viele der Buchstaben hatten eine merkwürdige Form, und ich entdeckte Skizzen von einem brennenden Tannenzweig, dessen Rauch in die Nase eines gezeichneten Gesichtes stieg. Es waren ein Dutzend verschiedene Variationen aufgelistet: *Suoltal Videl, Suoljata Akorata, Videlaren, Akordel, Estepum* und noch weitere. »Was davon soll ich benutzen?«, erkundigte ich mich beim Drachen.

»Wie bitte«, fragte er und wurde wütend, als ich ihm sagte, dass es sich dabei um verschiedene Sprüche handelte, nicht etwa um einen einzigen langen. Seine Reaktion zeigte mir, dass ihm diese Idee vorher noch nie gekommen war. »Ich habe nicht die geringste Idee«, fügte er barsch hinzu. »Entscheide dich für einen und probiere ihn aus.«

Insgeheim konnte ich nicht anders, als aus tiefstem Herzen froh zu sein – war dies doch ein weiterer Beweis dafür, dass auch sein Wissen Grenzen hatte. Ich ging ins Laboratorium, um von dort Tannennadeln zu holen, und entzündete mit ihrer Hilfe ein kleines, stark rußendes Feuer in einer Glasschüssel auf dem Tisch in der Bibliothek. Sofort beugte ich eifrig meinen Kopf über das Pergament und versuchte mein Glück. »*Suoltal*«, sagte ich und spürte dem Wort in meinem Mund nach. Irgendetwas fühlte sich falsch an, als würde es nach rechts oder links wegrutschen.

»*Valloditazh aloito, kes vallofozh*«, sagte der Drache, und es war ein harter, schmerzlicher Klang, der sich wie Angelhaken in mich hineinbohrte. Dann machte er eine schnelle, schnippende Bewegung mit Daumen und Mittelfinger und meine Hände hoben sich vom Tisch und klatschten dreimal. Es war nicht so, als hätte ich keinerlei Kontrolle mehr, sondern eher wie die unwillkürliche Bewegung, wenn man aus einem Traum hochschreckt, in dem man aus großer Höhe zu Boden fällt. Ich konnte aber spüren, dass mich jemand lenkte; die Marionettenstrippen schnitten in meine Haut. Irgendjemand anders als ich selbst hatte meine Arme bewegt. Ich war kurz davor, einen Spruch gegen den Drachen zu wirken, da krümmte er noch einmal seinen Finger. Die Angelhaken lösten sich, und die Schnur, an der ich gehangen hatte, gab nach.

Ich war aufgestanden und schwer atmend bereits auf halbem Weg quer durch den Raum zum Drachen, ehe ich stoppen konnte. Ich funkelte ihn erbost an, aber er dachte nicht einmal daran, sich zu entschuldigen. »Wenn der Dunkle Wald das tut«, sagte er, »wirst du die Haken nicht spüren. Und jetzt versuche es noch mal.«

Es kostete mich eine Stunde, bis ich einen passenden Zauberspruch fand. Keiner der anderen klang so richtig, wie er da auf dem Papier stand. Ich musste jeden einzelnen von ihnen auf meiner Zunge hin und her rollen lassen, ehe ich schließlich begriff, dass ein paar der Buchstaben nicht so klingen sollten, wie ich angenommen hatte. Also probierte ich unzählige Varianten aus, bis ich schließlich über eine Silbe stolperte, die sich richtig in meinem Mund anfühlte. Es folgte noch eine und eine weitere, bis ich sie schließlich alle beisammenhatte. Der Drache ließ sie mich stundenlang weiterüben. Ich atmete den Rauch der Tannennadeln ein und hauchte die Wörter, während der Drache mit einem unangenehmen Zauber nach dem anderen an meinem Geist riss.

Endlich, gegen Mittag, ließ er mich eine Pause machen. Ich sackte erschöpft auf einem Stuhl zusammen und fühlte mich, als hätte ich versucht, einen Igel einzufangen. Zwar hatten meine Schutzschranken gehalten, aber es kam mir vor, als wäre ich überall mit scharfen Stöcken angepikt worden. Ich schaute auf das alte Pergament, das so sorgfältig aufbewahrt worden war, und studierte die Buchstaben mit ihren seltsamen Formen. Unwillkürlich fragte ich mich, wie alt es wohl war.

»Sehr alt«, erklärte der Drache, als ich mich beiläufig bei ihm erkundigte. »Älter als Polnya. Vielleicht sogar älter als der Dunkle Wald.«

Ich starrte ihn mit offenem Mund an. Bislang war mir noch nie der Gedanke gekommen, dass es eine Zeit gegeben haben könnte, in der der Dunkle Wald noch nicht da oder nicht das gewesen war, was er jetzt war.

Der Drache zuckte mit den Achseln. »Nach allem, was wir wissen, war er tatsächlich schon vorher da. Er ist auf jeden Fall älter als Polnya und Rosya, und er war schon hier, ehe irgendeiner von uns sich in diesem Tal ansiedelte.« Er klopfte auf das Glas, unter dem sich das Pergament befand. »Es stammt von den ersten Menschen, die in diesem Teil der Welt lebten. Soweit wir wissen liegt das bereits ein paar Tausend Jahre zurück. Ihre Zauberkönige brachten die Sprache der Magie mit in Richtung Westen, als sie aus den öden Ländern auf der anderen Seite von Rosya in das Tal kamen, um sich hier niederzulassen. Und dann rollte der Dunkle Wald über sie hinweg, riss ihre Festungen nieder und verwüstete ihre Felder. Jetzt gibt es nur noch sehr wenige Zeugnisse von ihnen.«

»Aber wenn der Dunkle Wald noch nicht hier war, als sich die ersten Siedler im Tal einfanden«, sagte ich, »woher kam er denn dann?«

Der Drache zuckte mit den Schultern. »Wenn du in die Hauptstadt reist, wirst du jede Menge Troubadoure finden, die dir mit Freuden vom Aufstieg des Dunklen Waldes singen werden. Es ist ein beliebtes Thema, jedenfalls dann, wenn sie ein Publikum haben, das noch weniger als sie darüber weiß. Das eröffnet ihnen ein riesiges Feld für ihre eigene Kreativität. Ich schätze, es besteht sogar die Möglichkeit, dass einer von ihnen auf die wahre Geschichte gestoßen ist. Lass uns das Feuer entzünden und noch einmal anfangen.«

Es dauerte bis zum nächsten Abend, als das Licht langsam schwächer wurde. Erst da war er mit meiner Arbeit zufrieden. Er versuchte, mich ins Bett zu schicken, aber ich dachte nicht einmal daran. In meinem Hinterkopf nagten Wensas Worte noch immer an mir, und ich schaffte es einfach nicht, sie zu verdrängen. Mir kam der Gedanke, dass der Drache gewollt hatte, dass ich erschöpft war, damit er mich noch einen weiteren Tag lang vertrösten konnte. Ich wollte Kasia endlich mit eigenen Augen sehen. Ich wollte wissen, womit ich es zu tun haben würde, und ich wollte die Verderbtheit sehen, gegen die ich den Kampf würde aufnehmen müssen. »Nein«, sagte ich. »Nein. Ihr habt gesagt, ich könnte sie sehen, sobald ich mich selbst schützen kann.«

Er hob zwar abwehrend die Hände, sagte dann aber resignierend: »In Ordnung. Dann komm mit.«

Er führte mich die Treppe hinunter und in die Kellerräume unter der Küche. Ich erinnerte mich daran, wie ich voller Verzweiflung all diese Wände abgesucht hatte, als ich noch glaubte, der Drache würde mir das Leben aussaugen. Ich hatte mit den Händen sämtliche Wände abgetastet, meine Finger in jeden Spalt gebohrt und an allen bröcklig gewordenen Backsteinen gerüttelt, um irgendeinen Weg nach draußen zu finden. Der Drache führte mich nun zu einem glatt polierten Stück Wand, einer Platte aus reinweißem Gestein, das nicht von Mörtelspuren durchzogen war. Er berührte sie leicht mit den Fingern der rechten Hand, die er wie die Beine einer Spinne aufstellte. Ich spürte einen schwachen Schauer, als seine Magie zu wirken begann. Die gesamte Platte glitt nach hinten in die Wand hinein und gab den Blick frei auf eine Treppe aus demselben hellen, schwach schimmernden Stein. Diese führte in steilem Winkel nach unten.

Ich folgte dem Drachen die Stiege hinab. Sie unterschied sich vom Rest des Turmes, denn sie war älter und merkwürdiger. Die Stufen hatten zu beiden Seiten hin scharfe Kanten, waren in der Mitte jedoch glatt und abgenutzt. Rechts und links unten an den Wänden waren in einer langen Linie Buchstaben eingeritzt; eine Schrift, die weder aus unserer Sprache stammte noch aus der Rosyas. Sie ähnelten den Buchstaben auf dem Pergament mit dem Schutzzauber. Wir schienen endlos lange hinunterzusteigen und das Gewicht der Steine rings um uns herum und die Stille bedrückten mich immer mehr. Es fühlte sich wie eine Grabkammer an.

»Es *ist* ein Grab«, sagte der Drache. Wir hatten das Ende der Treppe erreicht und befanden uns nun in einem kleinen, runden Raum. Die Luft schien hier dicker zu sein. Die Schrift ging von einer Wand des Treppenschachtes aus, verlief ohne Unterbrechung einmal bis zur entgegengesetzten Wand, zog sich dann weit in die Höhe und beschrieb einen Bogen, ehe sie auf der anderen Seite der Treppe entlang der Stufen wieder nach oben verschwand. Im Innern dieses Bogens war ein kleines Stück hellerer Stein zu erkennen, recht weit unten am Boden – als wäre zunächst der Rest der Wand gebaut worden und schließlich an diesem Ort verschlossen worden. Der steinerne Einsatz mochte gerade groß genug sein, dass ein Mann hindurchkriechen konnte.

»Liegt … Liegt hier noch jemand?«, fragte ich ängstlich. Meine Stimme klang gedämpft.

»Ja«, antwortete der Drache. »Aber selbst Könige haben nichts gegen das Teilen, sobald sie tot sind. Hör mir zu«, fuhr er fort und drehte sich zu mir. »Ich werde dir den Spruch, mit dem man durch die Wand gehen kann, nicht beibringen. Wenn du bei ihr sein willst, werde ich dich selbst durchs Gestein führen. Wenn du versuchst, sie anzufassen, oder wenn du zulässt, dass sie auf Armeslänge an dich herankommt, werde ich dich sofort von dort wegschaffen. Und nun umgib dich mit deinen Schutzzaubern, wenn du darauf bestehst, sie zu sehen.«

Ich schüttete die wenigen Tannennadeln, die ich in der Hand hatte, auf den Boden, zündete sie an und begann mit dem Spruch, dann hielt ich mein Gesicht in den aufsteigenden Qualm, legte meine Hände in die des Drachen und ließ mich von ihm durch die Wand ziehen.

Der Drache hatte mich das Schlimmste befürchten lassen: Kasia, genauso gequält wie Jerzy mit Schaum vor dem Mund, an ihrem eigenen Fleisch reißend; Kasia voller verderbter Schatten, die unter ihrer Haut herumschwammen und meine Freundin von innen heraus auffraßen. Ich war auf alles vorbereitet und wappnete mich. Aber als der Drache mich durch die Wand zog, erwartete Kasia uns klein und zusammengekauert auf einem schmalen Bett, die Arme um die Knie geschlungen. Neben ihr auf dem Boden stand ein Teller mit Essen und etwas Wasser. Sie hatte ein wenig davon zu sich genommen und getrunken. Auch ihr Gesicht war gewaschen und ihre Haare sorgfältig geflochten. Sie sah müde und verängstigt aus, aber immer noch ganz wie sie selbst. Mühsam stand sie auf und kam mit ausgestreckten Händen auf mich zu. »Nieshka«, sagte sie. »Nieshka, du hast mich gefunden.«

»Nicht näher«, sagte der Drache dumpf und fügte hinzu: *»Valur polzhys.«* Mit einem Mal loderten Flammen in einer langen Linie zwischen uns auf dem Fußboden auf. Ich hatte mich ebenfalls auf Kasia zubewegt, ohne etwas dagegen tun zu können.

Nun ließ ich die Hände sinken und ballte sie zu Fäusten. Kasia trat einen Schritt zurück und blieb auf der anderen Seite des Feuers. Sie nickte gehorsam in Richtung des Drachen. Ich stand da und starrte sie hilflos an, erfüllt von unfreiwilliger Hoffnung.

»Ich weiß nicht«, sagte Kasia und ihre Stimme zitterte, »ich weiß nicht … Ich erinnere mich an nichts. Jedenfalls nicht an das, was geschehen ist, nachdem sie mich in den Wald gebracht hatten. Sie brachten mich in den Wald und sie … sie …« Sie brach ab und ihre Lippen blieben ein Stück geöffnet. In ihren Augen lag ein entsetzter Ausdruck; dasselbe Entsetzen, das ich verspürt hatte, als ich sie im Baum entdeckt hatte, verborgen unter der Rinde.

Ich musste mich zwingen, nicht die Hände nach ihr auszustrecken. Ich wähnte mich wieder im Wald, und ich glaubte, ihr blindes, erstickendes Gesicht und ihre flehenden Hände vor mir zu sehen. »Sprich nicht davon«, sagte ich mit belegter, niedergeschlagener Stimme. In mir stieg Zorn auf den Drachen auf, der mich so lange zurückgehalten hatte. Ich hatte mir im Kopf bereits Pläne zurechtgelegt: Ich würde den Spruch der Jaga benutzen, um herauszufinden, wo sich das Übel in Kasia eingenistete hatte. Dann würde ich den Drachen bitten, mir die Reinigungszauber zu zeigen, die er bei mir angewendet hatte. Ich würde das Buch der Jaga durchsuchen und andere, ähnliche ausfindig machen, um damit Kasia von dem Übel zu befreien. »Denk noch nicht daran, sag mir einfach nur, wie es dir geht. Fühlst du dich krank oder ist dir kalt?«

Erst jetzt sah ich mich im Raum um. Die Wände bestanden aus demselben polierten knochenweißen Marmor und in einer tiefen Nische ganz hinten stand eine schwere steinerne Kiste. Sie war länger als manneshoch und auf dem Deckel waren dieselben Buchstaben eingemeißelt wie an den Wänden. Auf den Seiten war anderer Schmuck zu sehen: hohe, blühende Bäume und ineinander verschlungene Weinranken. Obendrauf brannte eine einzelne blaue Flamme. Luft strömte durch einen dünnen Schlitz in der Wand herein. Es war ein wunderschöner Raum, nur entsetzlich kalt. Dies war kein Raum für ein lebendiges Wesen. »Wir können sie nicht hierlassen«, sagte ich aufgebracht zu dem Drachen und ließ mich auch von seinem Kopfschütteln nicht aufhalten. »Sie braucht Sonne und frische Luft – wir können sie doch stattdessen in meinem Zimmer …«

»Besser hier als im Dunklen Wald!«, sagte Kasia. »Nieshka, bitte sag mir, ob es meiner Mutter gut geht. Sie hat versucht, den Wanderern zu folgen. Ich hatte Angst, dass sie auch sie holen.«

»Ja«, antwortete ich, wischte mir über das Gesicht und holte tief Luft. »Es geht ihr gut. Sie macht sich Sorgen um dich. Große Sorgen. Ich werde ihr sagen, dass mit dir alles in Ordnung ist.«

»Kann ich ihr einen Brief schreiben?«, fragte Kasia.

»Nein«, sagte der Drache unwirsch und ich wirbelte zu ihm herum.

»Wir könnten ihr doch wohl einen Bleistiftstummel und etwas Papier geben«, sagte ich wütend. »Das ist doch wahrhaft nicht zu viel verlangt.«

Sein Gesicht war ausdruckslos. »So dumm kannst du doch nicht wirklich sein«, sagte er zu mir. »Glaubst du ernsthaft, sie sei eine Nacht und einen Tag lang in einem Baum verborgen gewesen und dann zurückgekommen, um ganz normal mit dir zu plaudern?«

Ich schwieg ängstlich. Jagas Spruch, mit dem man Verrottungen aufspüren konnte, lag mir schon auf den Lippen. Ich öffnete den Mund, um ihn zu wirken – aber es ging um Kasia. Es war meine liebe Kasia, die ich besser als irgendjemanden sonst auf der Welt kannte. Ich schaute sie an, und sie erwiderte meinen Blick unglücklich und ebenfalls voller Angst, aber nicht bereit, zu weinen oder Schwäche zu zeigen. Es war meine Kasia, die da vor mir stand. »Sie haben sie in einen Baum gesteckt«, sagte ich. »Sie haben sie für diesen Zweck verschont, und ich habe sie da rausgeholt, ehe das Böse Besitz von ihr ergreifen konnte …«

»Nein«, unterbrach er mich brüsk und ich starrte ihn wütend an. Dann drehte ich mich wieder zu ihr zurück.

Sie lächelte mich trotzdem an. Ein mühsames, tapferes Lächeln.

»Es ist alles in Ordnung, Nieshka«, sagte sie. »Solange es Mama nur gut geht. Was …« Sie schluckte. »Was ist mit mir geschehen?«

Ich wusste nicht, was ich ihr antworten sollte. »Ich werde einen Weg finden, dich wieder zu reinigen«, sagte ich, obwohl ich halb verzweifelt war. Den Drachen würdigte ich keines Blickes. »Ich werde einen Spruch finden, der dafür sorgt, dass es dir wieder gut geht …« Aber das waren nur leere Worte. Ich wusste nicht, wie ich es dem Drachen jemals beweisen sollte, dass Kasia unversehrt war. Ganz offenkundig wollte er nicht überzeugt werden. Und wenn ich es nicht schaffte, ihn irgendwie dazu zu bringen, seine Meinung zu ändern, würde er Kasia notfalls für den Rest ihres Lebens hier unten gefangen halten; in einer Grabkammer mit diesem alten König und ohne eine Spur von Sonnenlicht. Niemals würde sie irgendjemanden zu Gesicht bekommen, den sie liebte, und niemals würde sie wirklich *leben.* Er war eine ebenso große Gefahr für Kasia wie der Dunkle Wald – er hatte ja nicht einmal gewollt, dass ich sie überhaupt rettete.

Und selbst davor, sagte ich mir mit einem Anflug von Bitterkeit, hatte er sie wegholen und für sich selbst beanspruchen wollen. Genau wie der Dunkle Wald hatte er sie zu sich nehmen und auf seine ganz eigene Art verschlingen wollen. Er hätte sich ebenfalls nicht darum gekümmert, ob er sie aus ihrem bisherigen Leben reißt. Er hätte sie zu einer Gefangenen in seinem Turm gemacht, nur damit sie ihm zu Diensten ist – warum sollte es ihn jetzt kümmern, wie es ihr erging? Warum sollte er es riskieren, sie jemals wieder herauszulassen?

Er stand ein paar Schritte hinter mir, weiter entfernt vom Feuer und von Kasia. Sein Gesicht war verschlossen und undurchdringlich, sein dünner Mund zu einer harten Linie zusammengepresst. Ich wandte den Blick ab und versuchte, mein Gesicht unbeteiligt wirken zu lassen und meine Gedanken zu verbergen. Wenn ich einen Spruch finden würde, mit dem ich auch allein durch die Wand käme, dann würde ich nur noch einen unbeobachteten Augenblick abpassen müssen. Ich könnte versuchen, den Drachen mit einem Schlafzauber zu belegen, oder ich könnte ihm beim Abendessen etwas in sein Getränk rühren: *Wermut, gemischt mit Eibenbeeren; den Sud einkochen, bis er fest wird; drei Tropfen Blut hinzufügen und einen Spruch sprechen. So wird daraus ein schnell wirkendes Gift ohne Geschmack …*

Der plötzliche stechende Geruch von brennenden Tannennadeln stieg mir erneut in die Nase. Der Gedanke, den ich gerade gehabt hatte, fühlte sich an den Rändern seltsam bitter an, sodass es offensichtlich wurde, wie falsch er gewesen war. Ich schreckte davor zurück und machte zitternd einen Schritt vom Feuer weg. Auf der anderen Seite wartete Kasia darauf, dass ich etwas sagte. Ihre Miene war gefasst, ihre Augen leuchteten klar und voller Vertrauen, Liebe und Dankbarkeit. Es lag auch eine Spur von Angst und Sorge darin, aber nichts anderes als ganz gewöhnliche menschliche Regungen. Ich betrachtete sie und sie erwiderte meinen Blick voller Besorgnis. Sie sah ganz und gar wie sie selbst aus. Ich konnte nicht sprechen. Der Geruch der Tannennadeln war noch immer in meiner Nase und meine Augen brannten vom Qualm.

»Nieshka?«, fragte Kasia. Ihre Stimme bebte von der anwachsenden Furcht. Ich sprach noch immer nicht. Sie starrte mich über die Feuerlinie hinweg an. Über ihr Gesicht, das ich durch den Rauchschleier sehen konnte, schien zunächst ein Lächeln zu huschen, dann wirkte es unglücklich. Ihre Lippen bebten und verzogen sich erst auf eine, dann auf eine andere Art, als versuchte sie, unterschiedliche Mienen aufzusetzen. Ich machte noch einen weiteren Schritt zurück und es wurde noch schlimmer. Sie legte den Kopf schief; ihre Augen waren starr auf mein Gesicht geheftet und weiteten sich schließlich ein wenig. Sie verlagerte ihr Gewicht und nahm eine andere Haltung ein. »Nieshka«, sagte sie, und jetzt klang sie gar nicht mehr ängstlich, sondern Vertrauen heischend und warm. »Es ist alles in Ordnung. Ich weiß, dass du mir helfen wirst.«

Der Drache neben mir schwieg. Ich holte tief Luft, antwortete aber noch immer nicht. Meine Kehle war wie zugeschnürt. Ich brachte nur ein Flüstern hervor: *»Aishimad.«*

Ein stechender, bitterer Geruch hing plötzlich in der Luft zwischen uns. »Bitte«, flehte mich Kasia an. Ihre Stimme brach und wurde mit einem Mal zu einem Schluchzen wie bei einer Schauspielerin in einem Theaterstück, die von einer Szene zur nächsten wechselt. Sie hob ihre Hände in meine Richtung, rückte ein bisschen näher an das Feuer heran und beugte den Körper vor. Der Geruch wurde stärker: wie brennendes grünes Holz voller Pflanzensaft. »Nieshka …«

»Sei still!«, schrie ich. »Sei still.«

Sie brach ab. Einen Moment lang stand Kasia reglos da, dann ließ sie ihre Arme zur Seite sinken, und ihr Gesicht wurde ganz leer. Eine Welle von Gestank nach verrottendem Holz waberte durch den Raum auf uns zu.

Der Drache hob eine Hand. *»Kulkias vizhkias haishimad«*, sagte er, und ein Licht ging leuchtend von seiner Hand aus und fiel auf ihre Haut. Wo der Strahl auftraf, sah ich dicke grüne Schatten, die sich wie Schichten von Blättern, die andere Blätter überwucherten, zusammenballten. Irgendetwas sah mich aus Kasias Augen an. Das Gesicht war reglos, seltsam und unmenschlich.

Und da wusste ich es.

Was mich ansah, war dasselbe Wesen, das ich auch im Wald erahnt hatte, als es mich aufzuspüren versuchte. Es war nichts mehr von Kasia übrig.

Kapitel 9

Der Drache stützte mich ein wenig, als er mich wieder durch die Wand hinaus in den Vorraum der Gruft zog. Dort angelangt, sackte ich neben meinem kleinen Haufen verbrannter Tannennadeln auf dem Boden zusammen und starrte mit leerem Blick in die Asche. Beinahe hasste ich diese Überreste dafür, dass sie mir die Illusion genommen hatten. Ich konnte nicht einmal weinen. Es war schlimmer, als wenn Kasia tot wäre. Der Drache stand über mich gebeugt.

»Aber es gibt einen Weg, oder?«, flüsterte ich und schaute zu ihm hoch. »Es gibt doch ganz sicher einen Weg, um das Übel aus ihr herauszuholen.« Es klang wie das flehentliche Betteln eines Kindes.

Er antwortete nichts darauf.

»Dieser Spruch, den Ihr bei mir angewandt habt …«

»Nein«, sagte er. »Nicht in diesem Fall. Der Reinigungszauber hat schon bei dir nur mühsam gewirkt. Ich habe dich gewarnt. Hat das Ding versucht, dich dazu zu bringen, dir etwas anzutun?«

Wieder begann ich, am ganzen Leib zu zittern, als mir die Erinnerung an den Aschegeschmack dieses entsetzlichen Gedankens durch den Kopf zuckte: *Wermut und Eibenbeeren, ein rasch wirkendes Gift.* »Nein. Aber Euch«, sagte ich.

Er nickte. »Das hätte ihm bestimmt gefallen: Dich davon zu überzeugen, mich zu töten, und dann einen Weg zu finden, dich wieder zurück in den Dunklen Wald zu locken.«

»Was *ist* das nur?«, fragte ich heiser. »Was ist das … für ein *Ding* in ihr? Wir sprechen immer vom Dunklen Wald, aber diese Bäume …«, plötzlich war ich mir ganz sicher, »… diese Bäume sind ebenso von dem Übel befallen wie Kasia. Sie selber sind gar nicht böse, doch dieses Ding *lebt* in ihnen.«

»Wir wissen es nicht«, antwortete der Drache. »Es war schon hier, bevor wir kamen. Vielleicht auch schon vor ihnen«, fügte er hinzu und machte eine Geste in Richtung der Mauern mit ihren seltsamen, fremden Inschriften. »Sie haben den Dunklen Wald erweckt oder ihn sogar erschaffen, und sie haben eine Weile gegen ihn angekämpft, bis er sie vernichtet hat. Diese Gruft ist alles, was noch übrig ist. Es gab hier einen noch älteren Turm. Wenig davon hat überdauert. Außer ein paar über den Erdboden verstreuten Backsteinen ist nichts aus jener Zeit geblieben, als Polnya dieses Tal für sich beansprucht und den Dunklen Wald erneut aufgeweckt hat.«

Er brach ab. Ich hockte noch immer auf dem Boden, die Arme um meine Knie geschlungen, und ich konnte nicht aufhören zu zittern. Dann fügte der Drache mit belegter Stimme hinzu: »Bist du bereit, mich die Sache beenden zu lassen? Höchstwahrscheinlich ist nichts von deiner Freundin übrig, was wir retten könnten.«

Ich wollte mit Ja antworten. Ich wollte, dass dieses Ding verschwand und vernichtet wurde – das Ding, das Kasias Gesicht trug und nicht nur ihre Hände benutzte, sondern auch ihr Herz und ihren Geist, um jene zu zerstören, die sie liebte. Beinahe war es mir egal, ob Kasia noch in dieser Hülle steckte. Falls es so war, konnte ich mir kaum etwas Schlimmeres vorstellen, als dass sie in ihrem eigenen Körper gefangen war und von diesem Ding wie eine gespenstische Marionette bewegt wurde. Und ich schaffte es auch nicht mehr, am Drachen zu zweifeln, als er sagte, dass Kasia fort sei, an einem Ort, den er mit seiner Magie nicht mehr erreichen konnte.

Aber ich hatte auch *ihn* gerettet, als er geglaubt hatte, es gäbe für ihn keinerlei Hilfe mehr. Und ich wusste noch immer so wenig und stolperte von einer aussichtslosen Situation in die nächste. Ich malte mir die Höllenqualen aus, wenn ich in einem Monat oder in einem Jahr in irgendeinem Buch einen Spruch entdecken würde, der hätte wirken können. »Noch nicht«, flüsterte ich. »Noch nicht.«

Wenn ich bislang eine eher gleichgültige Schülerin gewesen war, so wurde ich nun auf eine ganz andere Art ein schlimmer Schützling. Ich war beim Durcharbeiten der Bücher abgelenkt und nahm mir jene, die er mir noch nicht geben wollte, heimlich aus den Regalen, sobald er nicht hinsah. Ich durchforstete alles, was ich in die Finger bekam. Ich probierte Sprüche kurz aus, brach auf halber Strecke ab und verwarf sie, nur um schnell zum nächsten Zauber übergehen zu können. Ich stürzte mich in die Arbeit, ohne sicher zu sein, ob ich überhaupt über die nötigen Kräfte verfügte. Ich rannte ziellos durch den Wald der Magie und schob die Dornenranken beiseite, ohne mich darum zu kümmern, ob ich dabei dreckig wurde oder mir Kratzer zuzog. Ich achtete nicht im Geringsten auf meinen Weg.

Alle paar Tage fand ich etwas, das in mir genügend schwache Hoffnung weckte, um mich selbst dazu zu überreden, dass sich ein Versuch lohnen würde. Der Drache brachte mich dann zu Kasia nach unten, wann immer ich ihn darum bat. Dies war weitaus häufiger der Fall, als ich tatsächlich etwas fand, was die Mühe wert war. Er ließ zu, dass ich seine Bibliothek ins Chaos stürzte, und er verlor kein Wort darüber, wenn ich Öl auf seinem Tisch vergoss oder Pulver verschüttete. Er drängte mich nicht, Kasia gehen zu lassen. Ich hasste ihn und sein Schweigen aus tiefstem Herzen, denn ich wusste: Er ließ mir Zeit zu erkennen, dass es nichts mehr gab, was ich für Kasia hätte tun können.

Sie selbst – das Ding in ihr – versuchte nicht länger, sich zu verstellen. Sie beobachtete mich mit vogelscharfen Augen und lächelte hin und wieder, wenn meine Anstrengungen zu nichts führten. Es war ein furchterregendes Lächeln. »Nieshka, Agnieszka«, wiederholte sie manchmal in endlosem Singsang, während ich mich an einem Zauberspruch versuchte, durch den ich mich kämpfte, während ich ihr zuhören musste. Nach solchen Vorfällen fühlte ich mich ausgelaugt und bis ins Mark erschüttert. Wenn ich danach langsam die Treppe zu meinem Zimmer hochstieg, liefen mir Tränen über die Wangen.

Inzwischen hielt der Frühling Einzug ins Tal. Wenn ich aus meinem Fenster blickte, was ich jetzt nur noch selten tat, konnte ich den Fluss Spindel wild dahinschießen sehen, weiß vom geschmolzenen Eis, das er mit sich führte. Ein grünes Band breitete sich im Tal aus und das Gras trieb den Schnee auf beiden Seiten des Flusses hoch in die Berge. Regen zog in glitzernden Schwaden durch das Tal. Ich jedoch saß im Turm fest und fühlte mich wie verödetes Land. Jede einzelne Seite von Jagas Buch hatte ich mir angeschaut und auch andere dicke Wälzer durchgearbeitet, die zu meiner Art der Magie passten. Jedes Buch, das der Drache mir vorschlug, nahm ich zur Hand. Dort fand ich Heilzauber, Reinigungszauber, Erneuerungs- und Lebenszauber. Ich hatte alles ausprobiert, was auch nur ansatzweise Erfolg versprach.

Im Tal feierten sie das Frühlingsfest, ehe sie mit der Aussaat begannen. In Olshanka gab es ein riesiges Feuer. Sie entzündeten dafür einen mannshoch aufgetürmten Stapel abgelagerten Holzes, und die Flammen schlugen so hoch, dass ich sie mit bloßem Auge vom Turmfenster aus sehen konnte. Ich war allein in der Bibliothek, als schwache Musik vom Wind hereingetragen wurde, und ich ging zum Fenster, um mir die Feierlichkeiten anzusehen. Es kam mir vor, als sei das gesamte Tal zum Leben erwacht. Auf den Feldern waren schon überall die ersten grünen Spitzen zu sehen und die Wälder rings um jedes Dorf hatten zarte helle Blätter bekommen. Und hier, ganz unten am Fuß der kalten Steintreppe, saß Kasia in ihrer Gruft. Ich wandte mich ab, verschränkte die Arme auf dem Tisch, legte meinen Kopf darauf und begann zu schluchzen.

Als ich wieder aufsah, mit fleckigem, tränenverschmiertem Gesicht, war der Drache da. Er saß neben mir und schaute mit trübem Blick aus dem Fenster. Seine Hände hatte er auf dem Schoß gefaltet, und seine Finger waren ineinander verschränkt, als müsse er sich davon abhalten, mich zu berühren. Vor mir auf dem Tisch lag ein Taschentuch, das er dort deponiert hatte. Ich nahm es, wischte mir das Gesicht ab und putzte mir die Nase.

»Einmal habe ich es selbst versucht«, begann er unvermittelt. »Damals war ich noch ein junger Mann und lebte in der Hauptstadt. Da gab es eine Frau …« Sein Mund verzog sich ein wenig, als lächelte er über sich selbst. »Natürlich war sie die Allerschönste am ganzen Hof. Ich schätze, es kann jetzt keinen Schaden mehr anrichten, wenn ich ihren Namen nenne, denn sie liegt schon seit vierzig Jahren im Grab: Gräfin Ludmila.«

Ich musste mich beherrschen, ihn nicht mit offenem Mund anzuglotzen. Ich war mir nicht sicher, was mich an seinen Worten am meisten verblüffte. Er war der Drache: Er wohnte schon seit jeher im Turm und würde es auch immer weiter tun; er gehörte hierher wie die Berge im Westen. Der Gedanke, dass er jemals woanders gelebt hatte oder dass er mal ein junger Mann gewesen war, erschien mir völlig unvorstellbar. Gleichzeitig konnte ich mir beim besten Willen nicht vorstellen, dass er einmal eine Frau geliebt hatte, die mittlerweile schon seit vierzig Jahren tot war. Sein Gesicht war mir inzwischen zwar vertraut, aber nun betrachtete ich es noch einmal mit anderen Augen. Als ich genauer hinsah, entdeckte ich diese Fältchen in seinen Augenwinkeln und rings um seinen Mund herum, aber das war auch schon alles, was sein Alter verriet. In jeder anderen Hinsicht war er ein junger Mann: Die Konturen seines Gesichts waren noch immer scharf geschnitten, in seinem dunklen Haar fehlte jede Spur von Grau, seine bleichen Wangen waren fest und glatt, seine langen Hände schmal und elegant. Ich versuchte, ihn mir vor meinem geistigen Auge als jungen Zauberer am Hof vorzustellen. Er, in seiner erlesenen Kleidung, wie er eine wunderschöne Edelfrau umwarb – beinahe erschien mir das eine passende Rolle für ihn. Doch dann versagte meine Einbildungskraft. Der Drache gehörte doch zu seinen Büchern und Destillierapparaten, in seine Bibliothek und in sein Laboratorium.

»Sie … fiel dem Übel anheim?«, fragte ich hilflos.

»Oh, nein«, erwiderte er. »Nicht sie, sondern ihr Ehemann.« Er hielt inne, und ich fragte mich, ob er noch weitersprechen würde. Er hatte mir gegenüber noch nie irgendetwas Persönliches preisgegeben, und er hatte noch nie ein Wort über den Hof verloren, das nicht verächtlich geklungen hatte. Kurz darauf fuhr er jedoch mit seiner Geschichte fort und ich lauschte ihm wie gebannt.

»Der Graf war nach Rosya gereist, um einen Vertrag auszuhandeln, und hatte dabei die Route über den Gebirgspass genommen. Als er zurückkehrte, brachte er unannehmbare Bedingungen und den Samen des Übels mit. Ludmila hatte eine weise Frau in ihren Diensten, ihre Kinderfrau, und die wusste genug, um sie zu warnen. Deshalb sperrte man den Grafen in den Keller, streute Salz vor seine Tür und erzählte jedem, dass er krank sei. In der Hauptstadt scherte sich niemand darum, wenn sich eine hübsche Frau skandalös benahm, während ihr älterer Ehemann von der Bildfläche verschwunden war – ich selbst als Allerletzter, denn immerhin war ich ja das Objekt ihrer Begierde. Damals war ich noch jung und dumm genug zu glauben, dass ich und meine Magie Bewunderung anstelle von Vorsicht erregen könnten, und die Gräfin war klug und entschlossen genug, meine Eitelkeit auszunutzen. Also hatte sie mich bereits fest am Haken, ehe sie mich bat, ihren Gatten zu retten. Sie hatte die menschliche Natur durchschaut«, fügte er trocken hinzu. »Sie erklärte mir, dass sie ihn nicht verlassen könne, solange er sich in diesem Zustand befinde. Sie gab vor, bereit zu sein, auf ihren Platz bei Hofe, ihren Titel und ihre Reputation zu verzichten. Doch solange ihr Mann von dem Übel befallen sei, gebiete es der Anstand, dass sie an seiner Seite bliebe. Nur indem ich ihn rettete, würde ich sie von diesen Fesseln befreien. Dann, so versprach sie mir, könne sie mit mir davonlaufen. Damit hatte sie mich bei meiner Eigenliebe und meinem Stolz zugleich gepackt. Ich kann dir versichern, dass ich mir als edler Held vorkam, als ich gelobte, den Ehemann meiner Geliebten zu retten. Erst daraufhin … ließ sie zu, dass ich ihn sah.«

Er schwieg. Ich wagte kaum zu atmen und saß wie eine Maus unter einem Baum mit einem Eulennest, nur damit er weitersprach. Sein Blick war nach innen gerichtet und er sah trübsinnig aus. Ich konnte es ihm nachfühlen, denn meine Gedanken wanderten zu Jerzy, der mich von seinem Krankenbett aus auf furchtbare Weise verlacht hatte, und zu Kasia unten im Turm mit dem entsetzlichen Glanz in ihren Augen. Ich wusste, dass mein Gesichtsausdruck der gleiche wie der des Drachen war.

»Ich habe es ein halbes Jahr lang versucht«, fuhr er schließlich fort. »Ich war damals schon der mächtigste Zauberer in Polnya. Ich war überzeugt, dass es nichts gäbe, was ich nicht zu tun imstande wäre. Ich durchforstete die Bibliothek des Königs und die der Universität und ich braute eine Unmenge an Tränken als Gegenmittel.« Er deutete mit der Hand in Richtung Tisch, wo das zugeklappte Buch der Jaga lag. »Damals kaufte ich auch dieses Buch und unternahm andere, weniger kluge Anstrengungen. Aber nichts davon nützte etwas.«

Wieder verzog sich sein Mund. »Und dann kam ich hierher.« Er beschrieb mit seinem Zeigefinger einen Kreis, um den Turm anzudeuten. »Hier gab es eine andere Magierin, die damals den Wald bewachte: die Krähe. Ich glaubte, dass sie vielleicht eine Antwort für mich hätte. Sie wurde langsam alt und die meisten Zauberer am Hof gingen ihr tunlichst aus dem Weg. Keiner von ihnen wollte nach ihrem Tod hierhergeschickt werden, um sie zu ersetzen. Ich jedoch befürchtete das nicht: Ich war viel zu mächtig, um vom Hof entfernt zu werden.«

»Aber …«, setzte ich an. Dann aber erschrak ich darüber, dass ich ihn unterbrach, und biss mir schnell auf die Lippe. Der Drache schaute mich zum ersten Mal wieder richtig an und eine seiner Augenbrauen schnellte in die Höhe. »Aber am Ende wurdet Ihr *doch* hierhergeschickt?«, fragte ich unsicher.

»Nein«, erwiderte er. »Ich habe mich aus eigenem Antrieb entschieden zu bleiben. Der König war damals wenig erfreut über meinen Entschluss: Er hätte mich lieber im Auge behalten und seine Nachfolger haben mich oft gedrängt zurückzukommen. Doch die Gräfin … überzeugte mich.« Er wandte seinen Blick wieder von mir ab und sah aus dem Fenster über das Tal in Richtung Wald. »Hast du je von einer Stadt namens Porosna gehört?«

Es kam mir nur ganz entfernt bekannt vor. »Die Bäckerin in Dvernik«, sagte ich. »Ihre Großmutter kam aus Porosna. Sie machte eine besondere Art von Brötchen …«

»Ja, ja«, unterbrach er mich ungeduldig. »Und hast du irgendeine Ahnung, wo diese Stadt liegt?«

Ich kramte in meinem Gedächtnis, aber ich kannte eigentlich kaum mehr als den Namen. »Liegt sie in den Gelben Marschen?«, fragte ich.

»Nein«, sagte er. »Sie liegt fünf Meilen hinter Zatochek, die Straße hinunter.« Zatochek befand sich keine zwei Meilen vom kahlen Geländestreifen entfernt, der den Dunklen Wald umgab. Es war die letzte Stadt im Tal, die letzte Bastion vor dem Dunklen Wald. So war es schon mein ganzes Leben lang gewesen. »Der Dunkle Wald … hat sie geholt?«, flüsterte ich.

»Ja«, antwortete der Drache. Er stand auf und ging zu dem dicken Buch, in das ich ihn hatte schreiben sehen. Damals, an dem Tag, als Wensa kam, um uns zu sagen, dass ihre Tochter verschleppt worden war. Er brachte es zum Tisch und schlug es auf. Jede der großen Seiten war durch säuberliche Linien in Spalten und Zeilen aufgeteilt, in denen sich sorgfältige Aufzeichnungen fanden wie in einem Haushaltsbuch. Hier jedoch standen in jeder Reihe der Name einer Stadt, Namen von Personen und Zahlen: soundso viele Menschen dem Übel anheimgefallen, soundso viele geholt, geheilt, getötet. Die Blätter waren dicht beschrieben. Ich streckte die Hand aus und blätterte zurück. Das Pergament war noch nicht vergilbt, die Tinte immer noch dunkel. Ein schwacher Bewahrungszauber lag über den Seiten. Da gab es weniger Einträge in den einzelnen Jahren, und die Zahlen waren kleiner, je weiter ich nach vorne kam. In jüngster Zeit hatte es mehr und größere Vorfälle gegeben.

»Der Wald hat Porosna in der Nacht verschlungen, in der die Krähe starb«, berichtete der Drache. Er schlug das Buch an einer anderen Stelle auf. Hier war weit weniger akkurat Buch geführt worden, offensichtlich von jemand anderem: Jeder Vorfall war eher wie eine Geschichte erzählt, die Schrift wirkte größer, und die Linien waren nicht mehr schnurgerade.

Heute kam ein Reiter aus Porosna: Dort ist ein Fieber ausgebrochen mit sieben Toten. Er machte in keiner der Städte halt, denn er war selber krank. Ein Geißblatttee linderte sein Fieber, und Agatas Siebente Beschwörung *erwies sich als hilfreich, um die Wurzel der Krankheit auszumerzen. Bei der Beschwörung wurde ein Siebenergewicht Silber für Safran verbraucht, ein Fünfzehnergewicht für Geißblatt.*

Es war der letzte Eintrag in dieser Schrift.

»Ich war damals gerade auf dem Rückweg zum Hof«, sagte der Drache. »Die Krähe hatte mir erzählt, dass der Dunkle Wald sich ausbreiten würde. Sie hatte mich gebeten zu bleiben. Ich hatte jedoch empört abgelehnt. Es erschien mir unter meiner Würde. Sie hatte mir gesagt, dass es nichts mehr für den Grafen zu tun gäbe, aber davon wollte ich nichts hören. Würdevoll hatte ich ihr mitgeteilt, dass ich sehr wohl einen Weg finden würde. Was auch immer der Dunkle Wald an Magie aufgeboten habe – ich würde sie rückgängig machen. Ich redete mir ein, dass die Krähe nur eine dumme alte Närrin wäre und dass der Dunkle Wald einzig aufgrund ihrer Schwäche auf dem Vormarsch war.«

Ich hatte die Arme um meinen Oberkörper geschlungen, während ich dem Drachen lauschte, und starrte auf das unbarmherzige Buch: Die Seite unter diesem Eintrag war leer. Ich wünschte mir, dass der Drache an diesem Punkt aufhören würde mit seinem Bericht. Ich wollte nichts mehr hören. Er versuchte, mir einen Gefallen zu tun, indem er mir sein eigenes Versagen offenbarte, aber alles, was ich denken konnte, war *Kasia, Kasia.* Es war wie ein Schrei in meinem Innern.

»Nach dem zu urteilen, was ich hinterher habe herausfinden können – ein panikerfüllter Bote holte mich auf der Straße ein –, war sie mit all ihren Vorräten an magischen Zutaten nach Porosna gegangen und hatte sich bei dem Versuch übernommen, die Kranken zu heilen. Und natürlich war dies der Augenblick gewesen, in dem der Dunkle Wald zugeschlagen hatte. Der Krähe war es noch gelungen, eine Handvoll Kinder in die nächste Stadt schaffen zu lassen. Ich vermute, dass die Großmutter deiner Bäckerin unter ihnen gewesen war. Man erzählt sich die Geschichte von sieben Wanderern, die ausrückten und den Schössling eines Herzbaums mitbrachten. Mir gelang es, einen Weg durch den Dunklen Wald zu finden, als ich einen halben Tag später nach der Krähe suchte. Man hatte den Herzbaum mitten in ihren Körper gepflanzt. Sie war noch am Leben, wenn man es denn so nennen konnte. Ich schaffte es, ihr einen anständigen Tod zu schenken, aber das war auch alles, was ich tun konnte, ehe ich fliehen musste. Das Dorf war verschwunden und der Dunkle Wald hatte seine Grenzen ausgeweitet. Das war die letzte große feindliche Aktion«, schloss er. »Indem ich den Platz der Krähe einnahm, konnte ich die Ausbreitung seitdem aufhalten, mehr oder weniger zumindest. Aber der Dunkle Wald versucht es weiterhin.«

»Und wenn Ihr nicht gekommen wärt?«

»Ich bin der einzige Zauberer in Polnya, der stark genug ist, den Dunklen Wald zu stoppen«, erklärte der Drache ohne eine Spur von Überheblichkeit. Es war eine schlichte Tatsache. »Alle paar Jahre stellt er meine Stärke auf die Probe, und ungefähr alle zehn Jahre unternimmt er einen ernsthaften Versuch, wie diesen letzten Schlag gegen dein Heimatdorf. Dvernik ist nur ein Dorf vom Waldrand entfernt. Wenn es gelungen wäre, mich dort zu töten oder mit dem Übel zu infizieren, um dann einen Herzbaum zu pflanzen … Bis ein anderer Zauberer gekommen wäre, hätte der Dunkle Wald längst sowohl dein Dorf als auch Zatochek verschlungen und wäre bis zur Schwelle des östlichen Passes zu den Gelben Marschen vorgerückt. Und von da aus hätte er sich weiter ausgebreitet, wenn er nur die Gelegenheit bekommen hätte. Hätte ich zugelassen, dass man nach dem Tod der Krähe einen schwächeren Zauberer schickt, hätte er mittlerweile das gesamte Dorf vereinnahmt. Und genau das ist es, was auf der anderen Seite in

Rosya geschieht. Sie haben in den letzten zehn Jahren vier Dörfer verloren und zwei weitere in der Zeit davor. Als Nächstes wird der Dunkle Wald den südlichen Pass zur Provinz Kyeva erreichen und dann …« Er zuckte mit den Achseln. »Wir werden feststellen, dass er sich sogar über einen Gebirgspass hinweg ausbreiten kann, schätze ich.«

Wir saßen schweigend da. Seine Worte beschworen vor meinem geistigen Auge ein Bild vom Wald herauf, der sich langsam, aber unaufhaltsam über meine Heimat hinwegschob, dann über das gesamte Tal und schließlich über die ganze Welt. Ich stellte mir vor, wie ich vom Turmfenster aus den Blick über die endlosen Reihen dunkler, verderbter Bäume schweifen ließ; ein flüsternder, hasserfüllter Ozean, der sich in alle Richtungen erstreckte und sich im Wind wiegte. Nirgends wäre ein einziges Lebewesen zu entdecken. Der Wald hätte ihnen allen die Luft zum Atmen geraubt und sie unter sein Wurzelwerk gezwungen. So, wie es sich in Porosna zugetragen hatte. So, wie es mit Kasia geschehen war.

Mir rannen Tränen über das Gesicht. Es war ein langsames, kraftloses Fließen, kein wildes Schluchzen. Ich war viel zu verzweifelt, um noch richtig zu weinen.

Das Licht draußen wurde fahler; die magischen Laternen waren noch nicht entzündet. Das Gesicht des Drachen war geistesabwesend und ausdruckslos, und in der Dunkelheit war es mir unmöglich, in seinen Augen zu lesen. »Was ist mit ihr geschehen?«, fragte ich, um die Stille zu durchbrechen. Ich fühlte mich wie ausgehöhlt. »Wie ist es mit ihr ausgegangen?«

Er rührte sich. »Mit wem?«, fragte er, als er aus seinen Gedanken auftauchte. »Oh, mit Ludmila?« Er zögerte. »Als ich zum letzten Mal zum Hof zurückkehrte«, begann er schließlich, »teilte ich ihr mit, dass man nichts mehr für ihren Ehemann tun könnte. Ich brachte zwei andere Zauberer vom Hofe mit, die bestätigten, dass das Übel unheilbar war. Die beiden waren entsetzt, dass ich den Grafen überhaupt so lange hatte leben lassen. Ich ließ Ludmilas Ehemann schließlich von einem der beiden töten.« Er zuckte erneut mit den Schultern. »Sie versuchten, diese Angelegenheit zu ihrem Vorteil zu nutzen. Es gibt mehr als nur kleine Eifersüchteleien unter Magiern. Sie legten dem König nahe, dass man mich zur Strafe hierherschicken sollte, weil ich einen Ausbruch des Übels verschleiert hatte. Sie rechneten damit, dass der König diese Konsequenz scheuen und sich stattdessen etwas anderes einfallen lassen würde; vermutlich irgendetwas, um mir ordentlich auf die Finger zu klopfen. Ich habe ihnen allerdings den Wind aus den Segeln genommen, als ich verkündete, dass ich ohnehin hierhergehen würde, ganz gleich, was irgendjemand davon hielt. Und Ludmila? Nun, ich habe sie niemals wiedergesehen. Sie versuchte, mir die Augen auszukratzen, als ich ihr sagte, dass wir ihren Mann umbringen mussten. Ihre Äußerungen in diesem Moment verrieten mir unmissverständlich die wahre Natur ihrer Gefühle für mich«, fügte er wie beiläufig hinzu. »Sie erbte das Anwesen und heiratete ein paar Jahre später einen Herzog von niederem Stand, dem sie drei Söhne und eine Tochter schenkte. Bis zum Alter von siebenundsechzig Jahren lebte sie als tonangebende Dame am Hof. Ich gehe davon aus, dass die Troubadoure mich zum Bösewicht in dieser Geschichte machten. Sie dagegen blieb die edle, treue Gattin, die versucht hatte, ihren Ehemann um jeden Preis zu retten. Was vermutlich nicht einmal falsch ist.«

Das war der Moment, in dem mir dämmerte, dass ich die Geschichte bereits kannte. Ich hatte Lieder darüber gehört. Ludmila und der Magier. Nur dass die brave Gräfin sich in diesem Lied als alte Bauersfrau verkleidete. Sie kochte und putzte für den Zauberer, der das Herz ihres Ehemanns gestohlen hatte, bis sie es in seinem Haus in einer Kiste eingeschlossen fand. Da stahl sie es zurück und rettete ihn. In meinen Augen brannten heiße Tränen. In den Liedern war niemals jemand so schlimm vom Übel des Dunklen Waldes befallen, dass er nicht mehr gerettet werden konnte. Immer gab es einen Helden, der dafür sorgte, dass alles gut ausging. Von dem hässlichen Moment, in dem die Gräfin im dunklen Keller weinte und schreiend dagegen protestierte, dass die drei Zauberer dem Grafen, ihrem Mann, das Leben nahmen und hinterher damit Hofpolitik betrieben, war nicht die Rede.

»Bist du bereit, sie gehen zu lassen?«, fragte der Drache.

Das war ich und war es zugleich auch nicht. Ich war so müde und konnte es nicht länger ertragen, weiterhin die Stufen zu diesem Ding hinunterzuschleichen, das Kasias Gesicht trug. Ich hatte sie keineswegs gerettet. Sie war noch immer im Wald, noch immer verschlungen. Doch *Fulmia* gärte nach wie vor tief in meinem Bauch, abwartend. Wenn ich dem Drachen jetzt mit Ja antworten würde – wenn ich hierbleiben und meinen Kopf in meinen Armen vergraben würde, den Drachen weggehen und mit der Nachricht wiederkommen lassen würde, dass alles erledigt sei, – dann fürchtete ich, würde es wieder aus mir herausbrechen und den Turm rings um uns herum zum Einsturz bringen.

Verzweifelt suchte ich mit den Augen alle Regale ab: Reihen um Reihen von Büchern, deren Rücken und Deckel mir wie Festungsmauern erschienen. Was wäre, wenn eines von ihnen ein Geheimnis enthielte, den *einen* Spruch, der Kasia befreien würde? Ich stand auf, ging zur Wand und legte meine Hände auf einige der Bücher. Die goldgeprägten Buchstaben waren bedeutungslos unter meinen blinden Fingern. Nur *Luthes Beschwörung* fesselte wieder einmal meine Aufmerksamkeit. Es war das wunderschöne ledergebundene Werk, das ich mir vor so langer Zeit ausgeborgt und den Drachen damit derartig erzürnt hatte. Das war gewesen, ehe ich irgendetwas von Magie verstanden hatte. Ehe ich herausgefunden hatte, wie viel oder wie wenig ich zu tun vermochte. Ich legte meine Hände auf den Buchrücken und fragte mit einem Mal: »Was beschwört man damit? Einen Dämon?«

»Nein, mach dich nicht lächerlich«, sagte der Drache ungeduldig. »Geister herbeizurufen, ist nichts als Scharlatanerie. Es ist sehr leicht zu behaupten, man habe etwas heraufbeschworen, das unsichtbar und körperlos ist. Diese *Beschwörung* hier ist jedoch nicht so banal. Hier wird …« Er machte eine Pause, und ich war erstaunt zu sehen, dass er nach Worten suchte. »Hier wird die Wahrheit heraufbeschworen«, sagte er schließlich mit einem Schulterzucken, als ob seine Erklärung unzutreffend und falsch war, aber immerhin so nahe an einer Definition, wie es ihm möglich war. Ich begriff nicht, wie man die Wahrheit heraufbeschwören konnte, es sei denn, der Drache meinte damit, dass man etwas durchschauen könnte, was eine Lüge war.

»Aber warum wart Ihr denn dann so wütend, als ich anfing, darin zu lesen?«, fragte ich.

Er starrte mich an. »Kommt dir das wie ein leichter Zauber vor? Ich glaubte damals, du wärst von irgendeinem anderen Magier bei Hofe mit dieser unmöglichen Aufgabe betraut worden. Ich vermutete, dass sie das Ziel hatten, mir das Dach vom Turm zu pusten. Und das wäre geschehen, sobald du deine ganze Kraft aufgebraucht hättest und der Spruch in sich zusammengefallen wäre. Du hättest mich als unfähigen Dummkopf dastehen lassen, dem man nicht einmal einen Lehrling anvertrauen kann.«

»Aber das hätte mich getötet«, sagte ich. »Ihr habt tatsächlich geglaubt, irgendjemand am Hof würde …«

»… das Leben einer Bäuerin mit einer halben Unze Talent zur Magie opfern, um einen Sieg über mich zu erringen? Um vielleicht zu sehen, wie ich gedemütigt zurück an den königlichen Hof beordert werde?«, fragte der Drache. »Natürlich. Die meisten Höflinge halten Bauern für kaum wertvoller als Kühe und schätzen sie deutlich geringer als ihre Lieblingspferde. Mit Freuden opfern sie Tausende von euch in einem Geplänkel mit Rosya, nur um einen unbedeutenden Vorteil an der Grenze zu erringen. Dein Tod hätte sie nicht im Geringsten geschert.« Mit einer Handbewegung wischte er die Vorstellung einer solchen Verwerflichkeit beiseite. »Auf jeden Fall habe ich natürlich nicht erwartet, dass du erfolgreich sein würdest.«

Ich starrte auf den Buchrücken unter meinen Fingern im Regal, und ich erinnerte mich daran, wie es sich angefühlt hatte, in dem Band zu lesen. An das Gefühl der Gewissheit und der Zufriedenheit. Entschlossen riss ich ihn aus dem Regal, drehte mich zum Drachen um und presste das Buch an meinen Körper. Er musterte mich angespannt. »Kann es Kasia helfen?«, fragte ich.

Er öffnete den Mund, um es abzustreiten. So viel konnte ich sehen. Dann aber zögerte er. Er senkte den Blick und betrachtete schweigend und stirnrunzelnd das Buch. Endlich antwortete er: »Das bezweifle ich. Aber *Luthes Beschwörung* ist … ein seltsames Werk.«

»Es kann niemandem schaden«, sagte ich, was mir einen irritierten Blick einbrachte.

»Natürlich kann es jemanden verletzen«, sagte er. »Hast du mir nicht zugehört? Das ganze Buch muss in einer einzigen Sitzung gelesen werden, damit der Spruch seine Wirkung entfaltet. Wenn du nicht über die Stärke verfügst, das durchzustehen, und dich verausgabst, wird die bis dahin aufgebaute Magie mit schrecklichen Konsequenzen zusammenbrechen. Ich bin erst einmal Zeuge gewesen, wie drei Hexen gemeinsam diesen Spruch gewirkt haben. Jede von ihnen hatte die nächstjüngere Magierin ausgebildet. Sie reichten das Buch von einer zur anderen, damit sie es ohne Unterbrechung lesen konnten. Es hätte sie beinahe getötet und sie waren alles andere als schwach.«

Ich schaute mir das Buch an, das schwer und golden in meinen Händen lag. Ich zweifelte nicht am Drachen. Aber ich erinnerte mich daran, wie sehr die Passage des Buches, die ich gelesen hatte, meiner Zunge geschmeichelt hatte, und wie angenehm der Zauber an mir gezogen hatte. Ich holte tief Luft und sagte: »Werdet Ihr den Zauber gemeinsam mit mir wirken?«

Kapitel 10

Zuerst ketteten wir sie an. Der Drache trug schwere Handschellen nach unten und mithilfe eines Zaubers versenkten wir das Ende der daran befestigten dicken Kette tief im Gestein der Wand. Kasia – oder besser gesagt das *Ding* in Kasia – wich zunächst zurück und beobachtete uns dann, ohne zu blinzeln. Ich sorgte dafür, dass der Feuerkreis um sie herum nicht erlosch. Als der Drache so weit war, scheuchte ich Kasia zu ihm, damit er mit einem weiteren Spruch ihre Arme in die Schellen zwingen konnte. Sie wehrte sich, allerdings eher aus Vergnügen daran, uns Schwierigkeiten zu bereiten, als aus wirklicher Angst, wie ich glaubte. Ihr Gesicht blieb die ganze Zeit über unverändert ausdruckslos und ohne menschliche Regung. Nicht eine Sekunde lang wandte sie ihren Blick von meinem Gesicht ab. Sie war mittlerweile dünner geworden. Das *Ding* aß nur hin und wieder; gerade genug, um Kasia am Leben zu erhalten, aber so wenig, dass ich mitansehen musste, wie sie vor meinen Augen abmagerte. An ihrem Körper traten die Knochen deutlich hervor, und ihre Wangen waren eingefallen.

Der Drache ließ ein kleines Holzpult erscheinen und legte die *Beschwörung* darauf. Dann sah er mich an. »Bist du bereit?«, fragte er steif und förmlich. Er hatte sich in prächtige Kleidung aus Seide, Leder und Samt in schier endlos vielen Schichten gehüllt und er trug Handschuhe. Es schien, als wolle er sich gegen alles wappnen, was beim letzten Mal geschehen war, als wir zusammengearbeitet hatten. Es kam mir vor, als sei das schon hundert Jahre her und an einem Ort geschehen, der so weit entfernt wie der Mond war. Ich war nachlässig in grobes Leinen gekleidet und hatte meine Haare zu einem lockeren Knoten aufgetürmt, allerdings nur, damit sie mir nicht in die Augen fielen. Entschlossen streckte ich die Hand aus, schlug den Buchdeckel auf und begann, laut vorzulesen.

Beinahe sofort erfasste mich der Spruch, und inzwischen wusste ich genug über Magie, um zu spüren, wie sehr er an meiner Kraft zehrte. Aber die *Beschwörung* versuchte immerhin nicht, ganze Stücke aus mir herauszureißen. Ich bemühte mich, den Zauber zu nähren, wie ich es bei den meisten meiner Sprüche tat; nämlich mit einem gleichmäßigen Magiefluss, nicht mit einer reißenden Flut, und der Zauberspruch ließ es geschehen. Die Worte kamen mir gar nicht mehr so unzugänglich vor. Zwar konnte ich der Geschichte noch immer nicht folgen und mich nicht an den jeweils vorherigen Satz erinnern, aber ich bekam nach und nach das Gefühl, dass das auch gar nicht nötig war. Wenn ich mich erinnern würde, wäre mindestens die Hälfte der Wörter falsch. Fast als würde ich ein Märchen aus meiner Kindheit hören, mich nur zum Teil daran erinnern und es unbefriedigend finden, weil ich es so nicht im Gedächtnis hatte. Auf diese besondere Art machte sich die *Beschwörung* selbst vollkommen: Sie lebte an dem goldenen Ort unbestimmter, aber liebevoller Erinnerungen. Ich ließ sie durch mich hindurchfließen, und wenn ich am Ende einer Seite angekommen war, hielt ich inne und ließ den Drachen fortfahren. Er beharrte darauf, dass ich immer nur eine, er hingegen zwei Seiten las.

Seine Stimme ließ die Worte etwas anders klingen als meine, mit klaren Endungen und einem weniger fließenden Rhythmus, und zuerst kam mir das nicht richtig vor. Nach und nach baute sich der Spruch aber trotzdem ohne Mühe auf, soweit ich das beurteilen konnte, und am Ende der zwei Seiten, die der Drache vortrug, klang sein Vortrag auch in meinen Ohren gut. Es war, als würde ich einem begabten Geschichtenerzähler lauschen, wie er eine andere als meine Lieblingsversion eines Märchens zum Besten gab. Es fühlte sich an, als würde es ihm gelingen, meine instinktive Verärgerung darüber, einer anderen

Vortragsweise lauschen zu müssen, zu überwinden. Aber als ich dann selbst wieder an der Reihe war, fiel es mir schwer, den Faden aufzunehmen, und es kostete mich größere Anstrengung als bei der ersten Seite. Wir versuchten, die Geschichte gemeinsam zu erzählen, strebten jedoch in unterschiedliche Richtungen. Noch während ich las, begriff ich zu meinem Leidwesen, dass es nicht ausreichen würde, dass der Drache mein Lehrer war. Diese drei Hexen, die den Spruch gemeinsam gewirkt hatten, mussten einander im Hinblick auf die Magie ähnlicher gewesen sein als der Drache und ich.

Ich kämpfte mich weiter vorwärts und schaffte es bis ans Ende meiner Seite. Als ich schließlich dort ankam, floss der Text wieder weich und ruhig, allerdings nur deshalb, weil er erneut zu *meiner* Geschichte geworden war. Als der Drache dieses Mal übernahm, war der Bruch sogar noch spürbarer. Ich schluckte mühsam, denn mein Mund war völlig ausgetrocknet, und sah vom Pult hoch. Kasia beobachtete mich von der Wand aus, an der sie angekettet war. Sie grinste mich an. Auf ihrem Gesicht lag ein verborgener Ausdruck grausamen Entzückens. Sie bemerkte genauso wie ich, dass unsere Anstrengungen nicht gut genug waren und dass wir den Spruch nicht würden beenden können. Meine Blicke wanderten zum Drachen, der mit finsterer Entschlossenheit weiterlas, vollkommen vertieft in den Text, die Brauen zusammengezogen. Er hatte mich gewarnt, dass er unsere Arbeit abbrechen würde, ehe sie zu weit fortgeschritten war, wenn klar würde, dass wir nicht erfolgreich sein würden. Er wollte dann probieren, den Spruch kontrolliert in sich zusammenfallen zu lassen, um den dabei angerichteten Schaden in Grenzen halten zu können. Er hatte sich erst dann auf einen Versuch eingelassen, als ich zustimmte und ihm zusicherte, sein Urteil zu akzeptieren. Ich musste ihm versprechen, meinen Beitrag zum Zauber einzustellen und ihm aus dem Weg zu gehen, wenn er es für notwendig hielt.

Aber der Spruch war bereits stark und mächtig. Wir beide würden uns völlig verausgaben müssen, um weiterzumachen. Vielleicht gab es bereits keinen sicheren Weg mehr. Ich sah Kasia ins Gesicht und erinnerte mich an meine Ahnung, dass die dunkle Präsenz, die ich im Wald gespürt hatte – was auch immer das gewesen sein mochte – nun in ihr war; dass es sich um genau *dieselbe* Präsenz handelte. Das würde bedeuten, dass der Dunkle Wald hier war, in Kasia war, und dass er wusste, was wir taten. Folglich musste er auch wissen, dass der Drache verletzt worden war und einen großen Teil seiner Stärke eingebüßt hatte. In diesem Fall würde er erneut zuschlagen, und zwar ohne Zeit zu verlieren. Er würde wieder nach Dvernik kommen oder vielleicht auch nach Zatochek, wenn er sich mit weniger zufriedengeben würde. In meinem verzweifelten Versuch, Kasia zu retten, und durch das Mitleid des Zauberers mit mir hatten wir dem Dunklen Wald soeben ein Geschenk gemacht.

Fieberhaft versuchte ich, mir irgendetwas einfallen zu lassen. Dann überwand ich mein eigenes Zögern, streckte eine Hand aus und legte sie über die des Drachen, der damit die Buchseite flach drückte. Sein Blick schoss zu mir auf, als ich tief Luft holte und begann, in seinen Vortrag einzustimmen.

Er hörte nicht auf zu lesen, auch wenn in seinen Augen ein empörter Ausdruck lag – *Was um alles in der Welt denkst du dir eigentlich dabei?* Aber nach einem kurzen Moment hatte er begriffen, was ich zu tun versuchte. Zunächst klangen unsere Stimmen furchtbar, während wir uns bemühten, sie in Einklang zu bringen. Es klang schief, und sie rieben sich aneinander. Der Zauber geriet ins Wanken wie ein Turm aus Kieselsteinen, den ein spielendes Kind aufeinanderhäuft. Doch dann gab ich es auf, *wie* der Drache zu lesen, und las stattdessen einfach *mit* ihm zusammen, wobei ich mich von meinem Instinkt leiten ließ. So kam es, dass ich ihn die Worte, die auf der Seite standen, vorlesen ließ und sie dann mit meiner Stimme sozusagen in eine Art Lied verwandelte. Ich suchte mir ein einzelnes Wort oder eine Zeile aus und wiederholte sie zwei- oder dreimal, manchmal sprach ich auch nicht den Text, sondern summte nur mit, oder ich klopfte den Takt mit dem Fuß.

Zuerst wehrte sich der Drache gegen meine Einmischung und klammerte sich noch einen Moment lang an die gleichmäßige Klarheit seines eigenen Vortrags. Aber meine Magie lud die seine ein, und nach und nach begann der Drache, zwar nicht weniger scharf und präzise, aber in dem Rhythmus, den ich vorgab, zu lesen. Er ließ mir Spielraum für meine Improvisationen. Gemeinsam blätterten wir um und machten ohne Pause weiter. Als wir in der Mitte der Seite angelangt waren, kamen wir zu einer Zeile, die zwischen uns beiden wirklich und wahrhaftig zu Musik wurde. Die Stimme des Drachen trug klar und deutlich die Worte vor, während ich sie mitsang, mal hoch, mal tief, und mit einem Mal war es unheimlich einfach.

Obwohl, nein – es war nicht *einfach,* das trifft es nicht. Seine Hände hatten sich fest um meine geschlossen, und unsere Finger waren ineinander verschränkt, ganz genau wie unsere Magie. Der Zauberspruch strömte in gesungener Form so mühelos aus uns heraus wie Wasser, das einen Hügel hinunterrinnt. Es wäre schwerer gewesen, den Fortgang zu bremsen, als ihn am Laufen zu halten.

Und nun begriff ich auch, warum der Drache nicht in der Lage gewesen war, die richtigen Worte zu finden, und mir nicht hatte sagen können, ob der Spruch Kasia helfen würde oder nicht. Die *Beschwörung* rief kein Ungeheuer herbei, und sie brachte auch keine Energie wie Feuer oder Blitze hervor. Das Einzige, was sie bewirkte, war ein klares, kaltes Licht, das den Raum erfüllte, aber nicht einmal hell genug war, um zu blenden. In diesem Licht jedoch sah alles plötzlich anders aus – alles *war* plötzlich anders. Die Steine der Mauer wurden lichtdurchlässig, die hellen Adern darin bewegten sich wie kleine Flüsse, und als ich sie genauer betrachtete, erzählten sie mir eine Geschichte: eine seltsame, tiefe, endlose Geschichte, anders als jede von Menschen ersonnene. Sie war so viel bedächtiger und weiter entfernt, dass es sich beinahe anfühlte, als wäre ich selber wieder zu Stein geworden. Das blaue Feuer, das in diesem Steinring tanzte, war wie ein immerwährender Traum; ein Lied, das um sich selbst kreiste. Ich starrte in die flackernden Flammen und sah den Tempel, aus dem das Feuer stammte;

weit entfernt von hier war er und längst zur Ruine zerfallen. Gleichzeitig wusste ich mit einem Mal, wo sich dieser Tempel befand und wie ich ebendiesen Spruch zaubern und eine Flamme hervorbringen konnte, die auch nach meiner Zeit noch weiterleben würde. Die Wände der Grabkammer mit ihren eingemeißelten Zeichen erwachten zum Leben und die Schrift schimmerte. Wenn ich lange genug daraufstarrte, würde ich sie entziffern können, da war ich mir sicher.

Die Ketten rasselten und Kasia kämpfte jetzt wutentbrannt gegen sie an. Das Geräusch der schabenden Kettenglieder an der Wand wäre entsetzlich gewesen, wenn der Spruch dafür Raum gelassen hätte. Doch er dämpfte das Klirren, sodass es wie ein sanftes Reiben irgendwo in der Ferne klang und mich nicht von meinem Zauberspruch ablenkte. Ich wagte es nicht, Kasia anzuschauen … noch nicht. Sobald ich es täte, würde ich Bescheid wissen. Wenn Kasia fort war, wenn nichts mehr von ihr übrig war, würde ich die Wahrheit kennen. Und so hielt ich meinen Blick auf das Buch geheftet und fürchtete mich zu sehr, um aufzuschauen. Stattdessen sangen wir einfach weiter. Der Drache hob die Seite ein Stückchen an, ich nahm sie ihm aus der Hand und blätterte vorsichtig um. Die Anzahl der Seiten unter meiner Hand wuchs und wuchs und noch immer floss der Zauber aus uns heraus. Schließlich nahm ich den Kopf hoch, und in meinem Magen war ein harter Knoten, als ich es endlich wagte, Kasia anzuschauen.

Der Dunkle Wald starrte mich aus Kasias Gesicht heraus an: eine endlose Weite von rauschenden Blättern, die von Hass und Gier und Zorn kündeten. Und dann stockte der Drache. Meine Hand auf seiner hatte sich verkrampft. Auch Kasia war noch da. Kasia war da. Ich konnte sie sehen, wie sie verloren in diesem Dunklen Wald umherirrte, die Hände tastend vor sich ausgestreckt, die Augen starr und leer. Sie versuchte, sich unter Zweigen wegzuducken, die ihr ins Gesicht schlugen, und Dornenranken auszuweichen, die das Blut aus den tiefen Kratzern in ihren Armen aufsaugten. Sie wusste nicht einmal, dass ihr Körper sich nicht mehr im Wald befand. Sie war immer noch gefangen, während der Dunkle Wald an ihr riss und sich an ihrem Elend weidete.

Ich ließ den Drachen los und machte einen Schritt auf Kasia zu. Der Zauberspruch fiel nicht in sich zusammen; der Drache las weiter, und ich hörte auch nicht auf, meine Magie weiterhin in den Zauber fließen zu lassen. »Kasia«, rief ich und formte meine Hände vor ihrem Gesicht zu einer Schale. Das Licht des Zauberspruchs sammelte sich darin: ein leuchtendes, scharfes, schrecklich weißes Licht, das schwer zu ertragen war. Ich sah mein eigenes Gesicht in Kasias weit aufgerissenen, glasigen Augen. Ich erblickte aber auch meinen eigenen geheimen Neid darin. Wie gerne hätte ich all ihre Gaben und Fähigkeiten besessen, allerdings ohne den Preis dafür bezahlen zu müssen. Tränen stiegen mir in die Augen; es fühlte sich an, als würde mich Wensa erneut mit Vorwürfen überhäufen, nur dass es dieses Mal kein Entrinnen gab. Die ganze Zeit über hatte ich mich wie ein Niemand gefühlt – wie ein Mädchen, das unwichtig war und das kein Herr jemals für sich beanspruchen würde. All die Jahre über hatte ich mich neben Kasia wie ein schlaksiger, ungelenker, unordentlicher Schmutzfink gefühlt. Sie war immer wie etwas Besonderes behandelt worden. Immer hatte sie einen Ehrenplatz bekommen und war mit Aufmerksamkeit und Geschenken überschüttet worden. Jeder hatte die Chance genutzt, sie zu lieben, solange es noch möglich war. Es hatte Augenblicke gegeben, da hatte ich diejenige sein wollen, von der alle wussten, dass sie einmal ausgewählt werden würde. Diese Momente hatten nicht lange gedauert, aber nun schämte ich mich dafür. Ich hatte mir genussvoll ausgemalt, etwas Besonderes zu sein, und hatte im Geheimen den Samen des Neides auf Kasia gehegt und gepflegt. Dabei hatte ich den unschätzbaren Vorteil gehabt, meine Träumereien beiseiteschieben zu können, wann immer mir danach war.

Jetzt aber konnte ich nicht ausweichen. Das Licht erreichte Kasia und sie drehte sich um. Sie hatte sich im Wald verirrt, doch sie wandte sich mir zu. In ihrem Gesicht las ich ihren eigenen tief sitzenden Zorn; eine Wut, die schon seit Jahren schwelte. Sie hatte ihr ganzes Leben lang gewusst, dass sie geholt werden würde, ob es ihr gefiel oder nicht. Ich sah den Schrecken aus tausend langen Nächten, in denen sie im Dunkeln gelegen und sich gefragt hatte, was wohl mit ihr geschehen würde. In denen sie sich die Hände eines schrecklichen Zauberers auf ihrem Körper vorgestellt hatte und seinen Atem auf ihrer Wange. Hinter mir hörte ich, wie der Drache scharf die Luft einsog. Er stolperte über ein paar Wörter und stockte. Das Licht, das sich in meinen Händen gesammelt hatte, flackerte.

Ich warf ihm einen verzweifelten Blick zu, doch da nahm er den Spruch auch schon wieder auf. Seine Stimme klang fest und beherrscht, seine Augen fixierten die Seite. Das Licht schien ganz und gar durch ihn hindurch, als habe er sich selbst auf irgendeine Art und Weise durchsichtig wie Glas gemacht und all seine Gedanken und Gefühle beiseitegeschoben, um den Spruch weiter vorantreiben zu können. Oh, wie sehr wünschte ich mir, das auch zu können! Aber ich glaubte, nicht dazu in der Lage zu sein. Mir blieb nichts anderes übrig, als mich wieder Kasia zuzuwenden, mit all meinen ineinander verschlungenen Gedanken und geheimen Wünschen. Ich musste zulassen, dass Kasia sie sah, dass sie *mich* sah wie einen hilflosen, bleichen, sich krümmenden Wurm unter einem umgedrehten Holzklotz. Und ich musste auch sie sehen, wie sie nackt und bloß vor mir stand, und das schmerzte mich sogar noch mehr, denn auch sie hatte mich gehasst.

Sie hatte mich dafür gehasst, dass ich in Sicherheit war und geliebt wurde. *Meine* Mutter hatte mich nicht dazu gedrängt, auf viel zu hohe Bäume zu klettern. Sie sie hatte mich auch nicht dazu gezwungen, jeden Tag drei Stunden zur heißen, stickigen Bäckerei in der nächsten Stadt und wieder zurück zu laufen, um zu lernen, wie man für einen Herrn bäckt. *Meine* Mutter hatte mir nicht den Rücken zugedreht, wenn ich weinte, und mir gesagt, ich solle tapfer sein. Sie hatte mir abends nicht mein Haar mit dreihundert Strichen gebürstet und dafür gesorgt, dass ich schön aussah, als ob sie *wollte,* dass ich geholt werde. Als ob es ihr *gefallen würde,* eine Tochter zu haben, die in die Stadt zog und reich wurde. Eine Tochter, die Geld schickte für ihre Brüder und

Schwestern, für diejenigen, denen sie ihre ganze Liebe schenkte. Oh, ich hatte nichts geahnt von dieser geheimen Bitterkeit, sauer wie geronnene Milch.

Und dann – dann hatte sie mich gehasst, als die Wahl auf mich fiel. Es war doch nicht sie, die weggeholt wurde. Ich sah sie nach dem Fest abseits sitzen, während alle über sie tuschelten. Nie hatte sie sich vorgestellt, wie es wäre, im Dorf zurückzubleiben, in einem Haus, das nicht darauf vorbereitet war, sie wieder willkommen zu heißen. Sie hatte sich entschlossen, den Preis zu bezahlen und tapfer zu sein, aber nun war nichts mehr da, was diese Tapferkeit forderte. Keine glänzende Zukunft lag mehr vor ihr. Die älteren Dorfjungen lächelten sie seltsam zufrieden und voller Selbstvertrauen an. Ein halbes Dutzend von ihnen hatte während des Festes mit ihr gesprochen. Jungen, die nie zuvor ein Wort an sie gerichtet und sie nur von Weitem angeschaut hatten, als würden sie es niemals wagen, sie zu berühren, kamen nun und plauderten vertraulich mit ihr. Gerade als ob sie nichts weiter zu tun hätte, als herumzusitzen und darauf zu warten, dass sich jemand anders für sie entschied. Und dann schließlich war ich zurückgekommen, in Samt und Seide gekleidet, das Haar in einem Netz aus Edelsteinen, die Hände voller Magie, und ich hatte die Macht zu tun, was mir beliebte. Sie aber hatte gedacht: *Das hätte ich sein sollen, ich hätte es sein sollen,* als wäre ich eine Diebin, die ihr etwas weggenommen hatte, das ihr gehörte.

Es war fast unerträglich, und ich sah, wie auch Kasia davor zurückschreckte. Aber irgendwie mussten wir es ertragen. »Kasia!«, rief ich ihr mit erstickter Stimme zu und hielt das magische Licht so gleichmäßig, dass sie mich sehen konnte. Ich bemerkte, wie sie noch einen Moment zögerte, dann taumelte sie mit ausgestreckten Händen auf mich zu. Auf ihrem Weg griff der Dunkle Wald nach ihr. Dornenzweige und Ranken schlangen sich um ihre Beine und ich konnte nichts dagegen tun. Ich konnte nur dastehen und das Licht für sie halten, während sie stolperte und stürzte, mühsam wieder aufstand und erneut hinfiel. Das blanke Entsetzen auf ihrem Gesicht wurde immer deutlicher.

»Kasia«, rief ich. Sie kroch nun auf allen vieren, aber sie setzte trotzdem ihren Weg fort. Ihre Kiefer waren zusammengepresst vor verbissener Entschlossenheit. Sie hinterließ eine blutige Spur auf den zu Boden gefallenen Blättern und dem dunklen Moos. Immer wieder griff sie nach Wurzeln und zog sich daran vorwärts, obwohl Zweige sie zurückpeitschten. Aber sie war immer noch so weit entfernt!

Dann richtete ich den Blick wieder auf ihren Körper an der Wand und ihr Gesicht, das vom Dunklen Wald beherrscht wurde. Er grinste mich an. Sie konnte nicht entkommen. Der Dunkle Wald ließ es sie absichtlich versuchen und labte sich an ihrem Mut und meiner Hoffnung, aber er konnte sie jederzeit zurückholen. Er würde sie nahe genug herankommen lassen, um mich zu sehen und vielleicht sogar ihren eigenen Körper wieder zu spüren, die Luft auf ihrem Gesicht zu fühlen. Doch dann würden die Ranken hochschießen und sich um sie schlingen. Ein Wirbel von herabfallenden Blättern würde sie einhüllen und der Wald würde sich wieder um sie herum schließen. Stöhnend begehrte ich dagegen auf und beinahe hätte ich den Faden des Spruches verloren. Da sagte der Drache hinter mir mit sonderbarer Stimme, die klang, als käme sie aus weiter Ferne: »Agnieszka, die Reinigung. *Ulozishtus.* Versuch es. Ich kann das hier allein zu Ende bringen.«

Vorsichtig, ganz vorsichtig, löste ich meine Magie aus der Beschwörung, so wie man nach dem Einschenken eine Flasche wieder aufrichtet, ohne dass ein Tropfen den Hals hinabrinnt. Das Licht blieb und ich flüsterte: »*Ulozishtus.*« Es war einer der Sprüche des Drachen, also keiner von denen, die mir leichtfielen. Ich erinnerte mich nicht an den Rest des Textes, den er über mir gesprochen hatte. Aber ich ließ das eine Wort über meine Zunge rollen, ließ es sorgfältig Gestalt annehmen, und mir fiel wieder ein, welche Gefühle es hervorgerufen hatte. Ich dachte an das Feuer, das in meinen Adern gebrannt hatte, und die schreckliche Süße auf meiner Zunge. »*Ulozishtus*«, sagte ich wieder, schleppend und langezogen. »*Ulozishtus.*« Jede Silbe wurde zu einem kleinen Funken, der auf Zunder fällt; ein kleines bisschen herausfließender Magie. Und im Innern des Dunklen Waldes sah ich eine schmale Rauchsäule aus einem kleinen Teil des Unterholzes aufsteigen, das Kasia umgab. »*Ulozishtus*«, flüsterte ich in die Richtung des Qualms und eine weitere Säule erhob sich vor Kasia. Als ich mich ein drittes Mal wiederholte, flackerte eine winzige Flamme mühevoll neben Kasias nach vorne gerecktem Arm auf.

»*Ulozishtus*«, sagte ich noch einmal und verstärkte den Fluss der Magie ein wenig, als würde ich Reisig in ein beinahe erloschenes Feuer werfen, um ihm neue Nahrung zu geben. Die Flammen wurden stärker und unter ihrer sengenden Berührung wanden sich die Ranken und zogen sich zurück. »*Ulozishtus, ulozishtus*«, sang ich und stärkte das Feuer, sodass es höher stieg, und als es aufloderte, griff ich nach brennenden Zweigen und setzte damit auch den Rest des Waldes in Flammen.

Kasia erhob sich schwankend und riss sich die qualmenden Ranken von den Armen, deren Hitze leuchtend rote Male auf ihrer Haut hinterließen. Aber sie gelangte jetzt wieder schneller vorwärts und taumelte durch den nebligen Rauch auf mich zu. Sie stakste durch die knisternden Blätter und begann zu rennen, als die Bäume in Brand gerieten und sengende Zweige neben ihr hinabfielen. Ihr Haar stand ebenso in Flammen wie ihre zerrissenen Kleider, und Tränen strömten über ihr Gesicht, während sich ihre Haut immer stärker rötete und Blasen schlug. Kasias Körper vor mir zerrte wie rasend an den Handschellen und wand sich in wütendem Gebrüll. Ich selbst hatte angefangen zu weinen und rief noch einmal: »*Ulozishtus!*« Das Feuer wuchs und da wusste ich: Ebenso wie der Drache mich hätte töten können, als er mich von den Schatten reinigte, war es möglich, dass Kasia hier und jetzt unter meinen Händen verbrannte.

Ich war nun dankbar für die langen, schrecklichen Monate, die ich damit zugebracht hatte, nach irgendetwas zu suchen, was helfen könnte; ich war dankbar für all die Rückschläge und für jede Minute, die ich hier in dieser Grabkammer verbracht hatte, während mir der Dunkle Wald ins Gesicht lachte. Das alles gab mir die Kraft, den Zauberspruch weiterzuführen. Die Stimme des Drachen hinter mir war fest und gleichmäßig, und während der Drache die *Beschwörung* zu Ende las, war seine Stimme wie ein Anker für mich. Kasia kam näher und überall um sie herum stand der Dunkle Wald in Flammen. Ich konnte jetzt nur noch sehr wenig von den Bäumen erkennen. Kasia war nun nahe genug, um aus ihren eigenen Augen zu blicken. Flammen leckten an ihrer Haut, zischten und prasselten. Ihr Körper in den Fesseln bog sich gegen den Stein und sie schlug mit ihren Armen. Ihre Finger wurden steif und spreizten sich. Auf einmal wurden die Adern in ihren Armen leuchtend grün.

Tropfen von Pflanzensaft kullerten aus ihren Augen und ihrer Nase und rollten ihr wie Tränen über die Wangen. Ihr beißend frischer, süßlicher Geruch kam mir entsetzlich falsch vor. Ihr Mund war rund und weit zu einem stummen Schrei geöffnet. Und dann krochen winzige weiße Wurzeln unter ihren Nägeln hervor, als wäre sie eine Eiche, die über Nacht zu wachsen beginnt. Mit einer unheimlichen Geschwindigkeit schob sich das Wurzelwerk plötzlich über die Handschellen und wurde noch auf dem Weg zu hartem grauem Holz. Mit einem Geräusch wie berstendes Eis in der Sommerwärme sprengte es die Kettenglieder.

Ich reagierte nicht. Es blieb mir keine Zeit, irgendetwas zu tun: Alles geschah schneller, als ich es mit den Augen wahrnehmen konnte. In dem einen Moment war Kasia noch angekettet, im nächsten machte sie einen Satz auf mich zu. Sie war unglaublich stark und warf mich zu Boden. Mit einem Schrei fasste ich sie an den Schultern und stieß sie von mir weg. Pflanzensaft lief über ihr Gesicht und kleckerte auf ihr Kleid. Wo er auf mich tropfte, hinterließ er ein Muster wie Spritzer von Regenwasser. Er lief über meine Haut und perlte an meinem Schutzzauber ab. Kasia zog ihre Lippen schnaubend zurück. Ihre Hände schlossen sich um meinen Hals, heiß, brennend heiß, und die würgenden Wurzeln schoben sich über meinen Körper. Der Drache las nun schneller und hastete durch die letzten Worte, um so rasch wie möglich das Ende des Spruches zu erreichen.

Ich presste noch einmal »*Ulozishtus*« hervor und blickte in den Dunklen Wald und in Kasias Gesicht, das halb vor Zorn und halb vor Schmerz verzogen war, während ihre Hände den Griff verstärkten. Sie starrte zu mir hinunter. Das Licht der *Beschwörung* wurde immer heller und füllte jede Ecke des Raumes aus. Es war unmöglich, ihm zu entkommen. Wir schauten einander auf den Grund unserer Seelen. Jedes noch so armselige verborgene Gefühl von Neid und Hass lag offen vor uns. Tränen mischten sich mit Pflanzensaft auf ihrem Gesicht. Auch ich weinte, und die Tränen flossen aus meinen Augen, während Kasia mir die Luft abschnürte und sich langsam Dunkelheit vor meinen Augen ausbreitete.

Sie sagte seltsam erstickt »Nieshka«, und es war ihre eigene Stimme, die vor wilder Entschlossenheit bebte. Sie zwang einen Finger nach dem anderen, sich von meiner Kehle zu lösen und mich freizugeben. Mein Blick wurde wieder klarer, und als ich in ihr Gesicht schaute, sah ich, wie die Scham aus ihren Augen schwand. Stattdessen schaute sie mich mit glühender Liebe und voller Mut an.

Ich schluchzte laut auf. Der Pflanzensaft trocknete und das Feuer verzehrte ihn. Die kleinen Wurzeln waren vertrocknet und zu Asche zerfallen. Noch ein weiterer Reinigungsspruch würde Kasia töten können. Das wusste ich, ich konnte es sehen. Und Kasia lächelte mich an, weil sie nicht mehr sprechen konnte. Sie senkte ihren Kopf zu einem einzigen langsamen Nicken. Ich spürte, wie sich mein eigenes Gesicht verzerrte und hässlich und todtraurig aussah. Dann sagte ich zum letzten Mal: »*Ulozishtus.*«

Ich schaute in Kasias Gesicht, denn ich sehnte mich danach, einen letzten Blick auf sie werfen zu können, doch es war der Dunkle Wald, der mich aus ihren Augen heraus ansah: schwarzer Zorn, Rauch und Flammen, Wurzeln, die zu tief reichten, um herausgerissen zu werden. Kasia schaffte es trotzdem weiterhin, ihre Hände von meinem Hals fernzuhalten.

Und dann – war der Dunkle Wald fort.

Kasia sackte über mir zusammen. Ich schrie vor Freude auf und schlang meine Arme um sie. Sie umklammerte mich zitternd und schluchzend. Immer noch war sie fiebrig und ihr ganzer Körper bebte. Dann übergab sie sich auf den Fußboden, während ich sie hielt, und sie weinte. Ihre Hände taten mir weh; sie waren glühend heiß und hart. Sie hielten mich zu fest, sodass meine Rippen unter meiner Haut zu schmerzen begannen. Aber es war Kasia selbst. Der Drache klappte das Buch geräuschvoll zu. Der Raum war von einem gleißenden Licht erfüllt: Der Dunkle Wald konnte sich nirgends mehr verstecken. Es war Kasia und es war nur Kasia. Wir hatten gewonnen.

Kapitel 11

Danach benahm sich der Drache eigenartig und war schweigsam. Wir waren ziemlich erschöpft, als wir Kasia langsam die Treppe hinaufschleppten. Sie bekam kaum etwas davon mit, aber wenn sie doch aus ihrem Dämmerzustand hochschreckte, schlug sie mit den Armen in die Luft, ehe sie wieder das Bewusstsein verlor. Ihr kraftloser Körper war unnatürlich schwer – wie massives Eichenholz, als ob der Dunkle Wald sie umgewandelt und verändert zurückgelassen hätte.

»Ist er weg?«, fragte ich den Drachen verzweifelt. »Ist er weg?«

»Ja«, antwortete er kurz angebunden. Wir waren noch immer dabei, Kasia die lange Wendeltreppe hochzutragen. Selbst mit der besonderen Stärke des Drachen war jeder Schritt ein mühsames Ringen, als würden wir beide versuchen, einen umgefallenen Baumstamm mit unseren bloßen Händen zu schleppen. Wir waren beide ausgelaugt. »Die *Beschwörung* hätte es uns ansonsten gezeigt.« Danach sagte er nichts mehr, bis wir Kasia endlich ins Gästezimmer geschafft hatten. Dann stand er neben dem Bett und sah zu ihr hinunter. Seine Augenbrauen waren zusammengezogen und schließlich drehte er sich um und verließ schweigend den Raum.

Mir blieb wenig Zeit, über sein Verhalten nachzugrübeln. Kasia lag einen Monat lang krank und fiebernd im Bett. Zwischendurch schreckte sie hoch, erwachte aber nur halb und verlor sich dann wieder in ihren Albträumen, in denen sie noch immer im Wald gefangen war. Sie schaffte es sogar, den Drachen von sich wegzustoßen, und das mit einer solchen Wucht, dass er durch den halben Raum taumelte. Wir mussten sie an dem schweren Gestell des Himmelbetts festbinden, zunächst mit Stricken, am Ende sogar mit Eisenketten. Ich schlief zusammengerollt auf dem Bettvorleger und sprang auf, um ihr Wasser zu bringen, wann immer sie danach rief, und um ihr ein paar Bröckchen Essen in den Mund zu schieben. In der ersten Zeit konnte sie nicht mehr als ein oder zwei Bissen einfaches Brot bei sich behalten.

Meine Tage und Nächte glitten ineinander über, nur unterbrochen von Kasias wachen Augenblicken. Diese kamen zuerst alle Stunde, und es kostete mich immer zehn Minuten, um sie wieder zu beruhigen, sodass ich nie richtig zum Schlafen kam und wie benommen durch die Zeit taumelte. Erst nach einer Woche begann ich, daran zu glauben, dass sie wirklich überleben würde. Ich zwackte mir einige Minuten ab, um Wensa eine Nachricht zu schreiben, damit sie erfuhr, dass wir Kasia befreit hatten und sie sich wieder erholen würde.

»Wird sie es für sich behalten?«, fragte der Drache eindringlich, als ich ihn darum bat, die Botschaft losschicken zu dürfen. Ich war zu ausgelaugt, um mich zu erkundigen, warum das eine Rolle für ihn spielte. Stattdessen öffnete ich den Brief wieder und kritzelte eine Zeile dazu: *Erzähl noch niemandem davon,* und reichte ihm das Schreiben dann erneut.

Ich hätte ihn jedoch fragen sollen; er hätte mich stärker drängen sollen, vorsichtig zu sein. Aber wir waren beide so dünnhäutig wie fadenscheinig gewordener Stoff. Ich wusste nicht, woran er arbeitete, aber ich sah noch bis spät in die Nacht hinein Licht in der Bibliothek, wenn ich in die Küche hinunterwankte, um noch mehr Brühe zu holen, und die Treppe dann wieder hinaufstieg. Lose Blätter, voll mit Schrift und Diagrammen, stapelten sich auf seinem Tisch. Eines Nachmittags folgte ich dem Geruch von Rauch und fand den Drachen schlafend in seinem Laboratorium vor. Vor ihm wurde das untere Ende eines Destillierkolbens über einer Kerze schon schwarz, der Inhalt war längst eingetrocknet. Als ich den Drachen weckte, fuhr er erschrocken hoch und warf die gesamte Apparatur um, sodass Flammen hochschlugen. Diese Art von Ungeschicktheit war ganz und gar nicht typisch für ihn. Mit vereinten Kräften löschten wir den Brand. Seine Schultern waren ganz steif, denn er hasste das Gefühl, in seiner Würde gekränkt zu sein.

Drei Wochen später erwachte Kasia nach vollen vier Stunden Schlaf, drehte mir den Kopf zu und sagte: »Nieshka.« Sie klang erschöpft, aber ganz wie sie selbst. Ihre dunkelbraunen Augen waren klar und voller Wärme. Ich legte ihr meine beiden Hände auf die Wangen und lächelte sie durch einen Tränenschleier hindurch an. Ihr gelang es, ihre klauenhaften Hände auf meine zu legen und das Lächeln zu erwidern.

Danach begann sie, sich rasch zu erholen. Ihre seltsame neue Stärke machte sie zunächst schwerfällig, auch dann noch, als sie aufstehen konnte. Sie stieß gegen Möbel und fiel die Treppe hinunter, als sie zum ersten Mal versuchte, allein in die Küche zu gehen, während ich gerade unten war, um neue Suppe zu kochen. Ich stand am Feuer und wirbelte herum, stieß einen Schreckensschrei aus und war mit wenigen Schritten bei ihr, nur um festzustellen, dass sie vollkommen unverletzt am untersten Ende der Treppe lag. Sie hatte keinen Kratzer davongetragen und hatte nur ein wenig Mühe, wieder auf die Beine zu kommen.

Ich brachte sie in die große Halle, damit sie das Laufen neu lernen konnte. Zudem half ich ihr dabei, das Gleichgewicht zu halten, während wir langsam unsere Runden durch das Zimmer drehten. Allerdings endeten unsere Versuche zumeist damit, dass sie mich versehentlich mit zu Boden riss. Irgendwann kam der Drache die Treppe herunter, weil er etwas aus den Kellern brauchte. Er blieb eine Zeit lang in der Tür stehen und beobachtete unsere Anstrengungen mit einem harten, undurchdringlichen Ausdruck im Gesicht. Ich führte Kasia wieder nach oben und wartete, bis sie vorsichtig ins Bett gekrochen war, wo sie sofort einschlief. Dann ging ich nach unten in die Bibliothek, um mit dem Drachen zu reden. »Stimmt etwas nicht mit ihr?«, fragte ich.

»Soweit ich das beurteilen kann, ist sie das Übel vollständig losgeworden«, antwortete er tonlos. Es klang nicht sonderlich erfreut.

Ich konnte mir darauf keinen Reim machen und fragte mich im Stillen, ob es ihn vielleicht störte, wenn noch jemand im Turm wohnte. »Es geht ihr schon viel besser«, sagte ich. »Sie wird nicht mehr lange bleiben.«

Nun warf er mir einen eindeutig verärgerten Blick zu. »Nicht mehr lange?«, wiederholte er. »Und wie soll es dann deiner Meinung nach mit ihr weitergehen?«

Ich öffnete den Mund und schloss ihn wieder. Schließlich setzte ich an: »Sie wird …«

»Etwa nach Hause gehen?«, unterbrach er mich. »Einen Bauern heiraten, wenn sie denn einen finden kann, dem es nichts ausmacht, dass seine Frau aus Holz ist?«

»Sie ist immer noch aus Fleisch und Blut, nicht aus Holz«, protestierte ich, aber dann dämmerte es mir schneller, als mir lieb war, dass er vollkommen recht hatte: Es gab für Kasia ebenso wenig einen Platz in unserem Dorf wie für mich. Langsam ließ ich mich auf einen Stuhl sinken und legte meine verschränkten Hände auf die Tischplatte. »Sie wird … ihre Mitgift nehmen«, sagte ich und suchte nach Worten. »Sie wird weggehen müssen … in die Stadt, an die Universität, wie die anderen Frauen …«

Er hatte noch etwas sagen wollen, wartete jetzt aber einen Moment ab und fragte dann: »Wie bitte?«

»Die anderen Auserwählten. Die anderen, die Ihr geholt habt«, sagte ich, ohne darüber nachzudenken. Ich machte mir zu viele Sorgen um Kasia. Was konnte sie nur tun? Sie war keine Hexe – und darunter konnten sich die Leute wenigstens etwas vorstellen. Sie war einfach nur auf schreckliche Weise verändert, und es war nicht davon auszugehen, dass sie es würde verbergen können.

Der Drache unterbrach mich in meinen Grübeleien. »Sag mir«, fuhr er mich mit scharfer Stimme an, und ich erschrak und sah ihm in die Augen. »Geht ihr tatsächlich *alle* davon aus, dass ich mich an ihnen vergriffen hätte?«

Ich starrte ihn mit offenem Mund an, während er mich mit finsterer, unbewegter Miene musterte und verletzt aussah. »Ja«, sagte ich, nachdem ich mich von meinem Erstaunen erholt hatte. »Ja, natürlich. Was hätten wir denn sonst denken sollen? Warum würdet Ihr sonst nicht einfach einen Dienstboten anstellen, wenn es anders wäre?« Noch während ich sprach, begann ich, mich zu fragen, ob diese andere Frau, die mir den Brief hinterlassen hatte, nicht vielleicht recht gehabt hatte. Vielleicht sehnte sich der Drache tatsächlich einfach nur nach ein bisschen menschlicher Gesellschaft – aber nur in Maßen und auch nur zu seinen eigenen Bedingungen. Er wollte niemanden, der ihn nach Belieben wieder verlassen konnte.

»Angestellte Dienstbote würden mir nichts nützen«, sagte der Drache ärgerlich und ausweichend. Einen Grund dafür nannte er nicht. Er machte eine verärgerte Geste und mied meinen Blick. Wenn er mein Gesicht gesehen hätte, hätte er vielleicht nicht weitergesprochen. »Ich nehme keine weinerlichen Mädchen zu mir, die nur einen Liebhaber aus dem Dorf heiraten wollen, oder solche, die vor mir kriechen ...«

Ich sprang auf, und der Stuhl kippte klappernd hinter mir auf den Boden. Langsam, aber sicher war brodelnder, kaum noch zu zügelnder Zorn in mir aufgestiegen wie eine unaufhaltsame Flut. »Dann holt Ihr also nur solche wie Kasia«, platzte es aus mir heraus. »Nur diejenigen, die tapfer genug sind, das alles zu ertragen? Diejenigen, die ihren Familien nicht wehtun, indem sie weinen. Und Ihr glaubt, das rechtfertigt alles? Ihr tut diesen Mädchen keine Gewalt an, Ihr schließt sie nur zehn Jahre lang weg. Und dann beklagt Ihr Euch darüber, dass wir Euch für schlimmer halten, als Ihr eigentlich seid?«

Er starrte mich an und ich erwiderte seinen Blick schwer atmend. Ich hatte gar nicht gewusst, dass diese Worte in mir schwelten und nur darauf warteten, ausgesprochen zu werden. Und ich hatte auch nicht gewusst, dass dies überhaupt meine tiefsten Empfindungen waren. Niemals hätte ich mir träumen lassen, dass ich so zu meinem Herrn, dem Drachen, sprechen würde. Ich hatte ihn gehasst, aber ich hatte nicht daran gedacht, ihm Vorwürfe zu machen, ebenso wenig wie ich einen Blitz zurechtgewiesen hätte, wenn er in mein Elternhaus eingeschlagen hätte. Er war kein *Mensch*, er war ein Herr und ein Zauberer, eine seltsame Kreatur wie aus einer anderen Welt und unbegreifbar und skrupellos wie Stürme oder eine Seuche.

Aber er hatte diese andere Welt verlassen; er hatte mir wahre Freundlichkeit erwiesen. Er hatte seine Magie mit meiner vermischt, ein seltsamer Akt von atemberaubender Intimität. Und er hatte das alles getan, um mit mir zusammen meine Freundin Kasia zu retten. Es mag seltsam erscheinen, dass ich es ihm dankte, indem ich ihn anschrie, aber es bedeutete mehr als nur Dankbarkeit: Ich wollte, dass er menschlich wäre.

»Das ist nicht richtig«, sagte ich mit lauter Stimme. »Das ist *nicht* richtig.«

Er erhob sich nun ebenfalls und einen Moment lang sahen wir uns beide über den Tisch hinweg an. Beide wütend, und, wie ich glaubte, gleichermaßen schockiert. Dann wandte er sich ab und ging einige Schritte von mir weg. Seine Wangen leuchteten rot vor Wut, und seine Hände umklammerten das Fensterbrett, als er dort stand und aus dem Turm hinausstarrte. Ich rannte aus dem Zimmer und stürmte die Treppe hoch.

Den restlichen Tag über blieb ich an Kasias Seite. Ich hockte auf dem Rand ihres Bettes und hielt ihre Hand, während sie schlief. Sie war noch immer warm und am Leben, aber der Drache hatte recht gehabt. Ihre Haut war weich, doch das Fleisch darunter war fest: nicht wie Stein, sondern wie ein glatt poliertes Stück Bernstein, hart, aber doch nachgiebig und mit abgerundeten Kanten. Ihr Haar glänzte im Schein der Kerzen tiefgolden und kringelte sich zu Locken zusammen, die wie Knoten in den Ästen eines Baumes aussahen. Sie hätte auch eine geschnitzte Statue sein können. Ich hatte versucht, mir einzureden, dass sie nicht verändert wäre, aber ich wusste, dass das nicht stimmte. Meine Augen waren zu sehr mit Liebe und Zuneigung erfüllt. Ich hatte sie angeschaut und nichts als Kasia gesehen. Jemand anders, der sie nicht kannte, würde auf den ersten Blick sehen, dass mit ihr etwas nicht stimmte. Sie war immer schön gewesen, nun jedoch war sie überirdisch schön, glanzvoll und wie konserviert.

Sie wachte auf und sah mich an. »Was ist los?«

»Nichts«, antwortete ich. »Hast du Hunger?«

Ich wusste nicht, was ich für sie tun konnte. Ich fragte mich, ob der Drache sie hier wohnen lassen würde. Wir könnten uns mein Zimmer hier oben im Turm teilen. Vielleicht würde er sogar froh darüber sein, einen Dienstboten gefunden zu haben, der ihn niemals würde verlassen können, wo es ihm doch so sehr widerstrebte, einen neuen anzulernen. Es war ein bitterer Gedanke, aber mir fiel sonst nichts weiter ein. Wäre ein Fremder in unser Dorf gekommen, der so wie Kasia ausgesehen hätte, wir hätten ihn auf jeden Fall für verderbt gehalten. Für eine neue Abscheulichkeit, die uns der Dunkle Wald geschickt hatte.

Am nächsten Morgen entschloss ich mich nach langem Zögern, den Drachen zu fragen, ob er sie trotz allem bleiben lassen würde. Ich ging wieder in die Bibliothek. Er stand am Fenster und eine seiner Rauchschwaden-Kreaturen schwebte in seinen Händen. Ich zögerte einen Moment lang. Auf ihrer sanft gekräuselten Oberfläche zeichnete sich ein Spiegelbild ab wie auf einer kaum bewegten Wasseroberfläche. Als ich an die Seite des Drachen gehuscht war, konnte ich erkennen, dass nicht der Raum, in dem wir standen, reflektiert wurde. Eine endlose Reihe von tiefschwarzen, schwankenden Bäumen waren darin zu sehen. Die Szenerie änderte sich langsam vor unseren Augen. Ich vermutete, dass uns die Schwade zeigt, wo sie gewesen war. Plötzlich erschien ein Schatten auf der Bildfläche und ich hielt den Atem an: Es war ein Ding, das sich wie ein Wanderer bewegte, aber kleiner war. Statt der üblichen stockähnlichen Beine hatte es breite silbergraue Glieder mit Adern wie Blätter. Die Kreatur blieb stehen und wandte ihren seltsam gesichtslosen Kopf der Schwade zu. In den Armen hielt das Ding ein grob aufgeschichtetes Bündel von grünen, herausgerissenen Schösslingen und anderen Pflanzen, an denen noch die Wurzeln hingen – wie ein Gärtner, der Unkraut gejätet hatte. Es schaute suchend von links nach rechts, dann setzte es seinen Weg zwischen den Bäumen hindurch fort und war verschwunden.

»Nichts«, sagte der Drache. »Kein Zusammenziehen von Kräften, keine Vorbereitungen ...« Er schüttelte den Kopf. »Tritt zurück«, sagte er über seine Schulter hinweg zu mir. Er schubste die schwebende Schwade wieder aus dem Fenster und griff nach einem Stock, der an der Wand lehnte und den ich für einen Zauberstab hielt. Er zündete jedoch ein Ende des Stockes am Kaminfeuer an und stach damit in die Mitte der Schwade. Das schimmernde Ding ging mit einer blauen Explosion in Flammen auf, verglühte und war fort. Ein schwacher süßlicher Geruch wehte durch das Fenster herein: der Geruch des Übels des Dunklen Waldes.

»Die Waldkreaturen können sie nicht sehen?«, fragte ich fasziniert.

»Ganz selten kommt eine nicht zurück. Ich gehe dann davon aus, dass sie sie gefangen haben«, erklärte der Drache. »Aber wenn sie sie berühren, platzt der Wächter.« Er sprach gedankenverloren und mit gerunzelter Stirn.

»Das verstehe ich nicht«, sagte ich. »Was habt Ihr denn erwartet? Ist es denn nicht gut, dass der Dunkle Wald keinen Angriff vorbereitet?«

»Sag es mir ehrlich«, fragte er mich, »hast du damit gerechnet, dass Kasia überlebt?«

Natürlich hatte ich das nicht. Es war mir wie ein Wunder vorgekommen, aber da ich mich so sehr danach gesehnt hatte, hatte ich es nicht weiter hinterfragt. Ich hatte mir nicht gestattet, zu lange darüber nachzugrübeln.

»Der Dunkle Wald hat sie also gehen lassen?«, flüsterte ich.

»Nicht ganz«, sagte er. »Er konnte sie nicht mehr halten. Die *Beschwörung* und die Feuerreinigung haben ihn ausgetrieben. Aber ich bin mir sicher, er hätte so lange aushalten können, bis sie stirbt. Und der Dunkle Wald neigt in solchen Fällen nicht dazu, großzügig zu sein.« Er klopfte mit den Fingern in einem Rhythmus aufs Fensterbrett, der mir seltsamerweise bekannt vorkam. Ich erkannte in ihm den Takt unserer *Beschwörung* wieder. Offenbar fiel es auch ihm auf, denn abrupt brach er die Bewegung ab und fragte steif und förmlich: »Ist sie genesen?«

»Es geht ihr besser«, antwortete ich. »Heute Morgen ist sie die ganze Treppe hinabgestiegen. Ich habe sie in mein Zimmer geholt ...«

Er winkte abweisend mit der Hand. »Ich hatte geglaubt, ihre Gesundung könnte als Ablenkung gemeint sein«, sagte er. »Aber wenn sie sich bereits wieder gut fühlt ...« Er schüttelte den Kopf.

Einen Moment später richtete er sich auf und straffte seine Schultern. Er nahm die Hand vom Sims, drehte sich um und schaute mich an. »Was auch immer der Dunkle Wald vorhat, wir haben genug Zeit verloren«, sagte er mit finsterer Miene. »Hol deine Bücher. Wir müssen deinen Unterricht fortsetzen.«

Ich starrte ihn an.

»Hör auf, mich so anzuglotzen«, fauchte er. »Begreifst du überhaupt, was wir getan haben?« Er machte eine vage Geste in Richtung Fenster. »Das war keineswegs der einzige Wächter, den ich ausgeschickt habe. Ein anderer von ihnen hat den Herzbaum gefunden, der das Mädchen gefangen gehalten hat. Und das war sehr bemerkenswert«, fügte er trocken hinzu, »denn er war *tot.* Als du das Übel im Körper des Mädchens ausgebrannt hast, hast du zugleich auch den Baum verbrannt.«

Ich verstand seine finstere Miene immer noch nicht und noch weniger, als er fortfuhr: »Die Wanderer haben ihn bereits herausgerissen und einen neuen Schössling gesetzt, aber wenn es Winter statt Frühling wäre und wenn die Lichtung etwas näher am Rande des Dunklen Waldes gewesen wäre und wenn wir doch nur vorbereitet gewesen wären, dann hätten wir mit einer Gruppe von Männern mit Äxten losziehen und den Dunklen Wald bis zu dieser Lichtung zurückdrängen und niederbrennen können.«

»Können wir ...«, platzte ich erschrocken heraus und brachte es kaum fertig, die Idee in Worte zu fassen.

»Es noch einmal tun?«, fragte er. »Ja. Was bedeutet, dass der Dunkle Wald eine Antwort darauf finden muss, und zwar *schnell.*«

Endlich dämmerte mir, warum er so drängte. Ich verstand plötzlich, dass es wie bei seiner Sorge wegen Rosya war: Wir befanden uns ebenfalls im Krieg. Einem Krieg gegen den Dunklen Wald, und unser Feind wusste, dass wir eine neue Waffe hatten, die wir gegen ihn einsetzen würden. Der Drache hatte erwartet, dass der Dunkle Wald nicht nur angreifen würde, um Rache zu nehmen, sondern um sich selbst zu verteidigen.

»Es gibt eine Menge zu tun, ehe wir darauf hoffen können, diese Erfolge zu wiederholen«, fügte er hinzu und deutete auf den Tisch, der mit Papieren übersät war. Erst als ich sie mir gründlicher ansah, bemerkte ich, dass es sich dabei um Notizen über die Wirkungsweise der *Beschwörung* handelte – über unser Vorgehen. Dort war die Skizze eines Diagramms: Wir beide waren zu Strichmännchen an den weitestmöglich voneinander entfernten Ecken des Buches der *Beschwörung* zu sehen. Kasia uns gegenüber war als Kreis dargestellt und mit »Kanal« beschriftet. Von ihr aus führte eine Linie zu einem sauber gezeichneten Bild eines Herzbaumes. Der Drache klopfte auf diese Linie.

»Der Kanal wird die größte Schwierigkeit machen. Wir können nicht erwarten, jedes Mal praktischerweise auf ein Opfer zu stoßen, das geradewegs aus einem Herzbaum gerissen wurde. Aber auch ein gefangen genommener Wanderer könnte uns stattdessen dienlich sein, oder selbst ein Opfer, das weniger stark vom Übel infiziert ist …«

»Jerzy«, unterbrach ich ihn. »Können wir es nicht mit Jerzy versuchen?«

Der Drache zögerte einen Moment und presste verärgert die Lippen zusammen. »Wahrscheinlich«, sagte er dann und fügte hinzu: »Auf jeden Fall müssen wir zuerst die Grundprinzipien des Spruches herausarbeiten, und du musst jede einzelne Komponente einüben. Ich schätze, er fällt in die Kategorie eines Spruches der fünften Ordnung: Die *Beschwörung* stellt den Rahmen bereit, das Übel selbst wirkt als Kanal und der Reinigungszauber gibt den Impuls – erinnerst du dich denn an absolut überhaupt nichts von dem, was ich dir beigebracht habe?«, fragte er, als er sah, wie ich mir auf die Lippe biss.

Es stimmte: Ich hatte mich nicht sonderlich bemüht, mir viel von dem, was er mir in seinen Vorträgen über die Ordnung der Sprüche einzutrichtern versucht hatte, einzuprägen. Meist ging es dabei ohnehin nur darum zu erklären, warum bestimmte Sprüche schwieriger als andere waren. Soweit ich das beurteilen konnte, lief es auf eine banale Erkenntnis hinaus: Wenn man zwei Sprüche verband, um einen neuen Zauber zu wirken, war das schwieriger, als die beiden Sprüche unabhängig voneinander anzuwenden. Darüber hinaus fand ich die Regeln nicht sonderlich hilfreich. Wenn man drei Sprüche verknüpfte, sollte es ebenfalls schwieriger sein als bei jedem einzelnen allein. Aber als ich es ausprobierte, konnte ich nicht feststellen, dass es mir mehr Mühe bereitet hätte als bei einer Kombination von zweien. Alles hing davon ab, was man erreichen wollte und in welcher Reihenfolge man vorging. Außerdem hatten die Regeln des Drachen nichts mit dem zu tun, was dort unten in der Grabkammer geschehen war.

Ich wollte nicht darüber sprechen, und ich wusste, dass es ihm nicht anders ging. Aber ich dachte an Kasia, die auf mich zugetaumelt kam, während der Dunkle Wald an ihr riss; und an Zatochek am Rande des Waldes, nur einen Angriff davon entfernt, verschluckt zu werden. Und so sagte ich: »Nichts davon spielt eine Rolle und das wisst Ihr.«

Seine Hand auf den Unterlagen verkrampfte sich, sodass das Papier zerknitterte. Einen Moment lang glaubte ich, er würde mich anschreien. Aber stattdessen starrte er auf die Blätter und sagte kein einziges Wort. Einen Augenblick später griff ich nach meinem Sprüchebuch und suchte den Illusionszauber, den wir gemeinsam gewirkt hatten. Damals. Im Winter. Vor all diesen langen Monaten. Vor der Sache mit Kasia.

Ich schob die Papierstapel so weit beiseite, dass wir ein wenig Platz vor uns hatten, dann legte ich das Buch vor mich hin. Kurz darauf ging der Drache, ohne ein Wort zu sagen, weg und holte einen anderen Band aus dem Regal: ein dünnes schwarzes Buch, dessen Deckel dort, wo er ihn berührte, schwach schimmerte. Er schlug einen Spruch auf, der über zwei Seiten ging und der in einer gestochen scharfen Handschrift geschrieben war. Daneben war eine Pflanze skizziert und jeder

Teil von ihr war irgendwie mit einer Silbe des Spruches verbunden. »Nun gut«, sagte der Drache, »dann wollen wir beginnen.« Und er streckte mir über den Tisch hinweg die Hand hin.

Dieses Mal fiel es mir schwerer, sie zu ergreifen, denn nun war es eine bewusste Entscheidung, ohne die nützliche Ablenkung durch schiere Verzweiflung. Ich konnte nicht anders, als an die Stärke seines Griffs zu denken und an seine langen, schmalen Finger, die sich um meine Hand schlossen. Seine warmen, schwieligen Fingerspitzen strichen über mein Handgelenk, und ich konnte seinen Pulsschlag an meinen Fingern spüren. Seine Haut war heiß. Ich starrte hinunter in mein Buch und versuchte mit glühenden Wangen, einen Sinn hinter den Buchstaben zu entdecken. Der Drache begann währenddessen mit seinem eigenen Spruch. Seine Stimme war schneidend. Die Illusion, die er heraufbeschwor, nahm langsam Gestalt an: Wieder einmal war es eine makellose Blume, duftend und schön und vollkommen undurchsichtig, und ihr Stiel war voller Dornen.

Als ich anfing, war meine Stimme nur ein Flüstern. Ich versuchte verzweifelt, nicht nachzudenken, nicht seine Magie auf meiner Haut zu spüren. Es geschah überhaupt nichts. Der Drache richtete kein einziges Wort an mich. Seine Augen waren entschlossen auf einen Punkt oberhalb meines Kopfes gerichtet. Ich brach ab und schüttelte mich innerlich. Dann schloss ich die Augen und spürte dem Umriss seiner Magie nach: Sie war voller Dornen, genau wie seine heraufbeschworene Illusion, stechend und gut geschützt. Ich begann, meinen eigenen Spruch zu murmeln, aber ich bemerkte schnell, dass ich nicht an Rosen, sondern an Wasser und an durstigen Boden dachte. Ich wirkte meinen Spruch unterhalb seiner Magie, anstatt zu versuchen, sie zu überlagern. Ich hörte, wie er scharf den Atem einsog, und das abgeriegelte Gebäude seines Spruchs begann widerstrebend, meinen Spruch hineinzulassen. Die Rose zwischen uns bildete lange Wurzeln aus, die sich über den ganzen Tisch schoben, und neue Triebe begannen zu sprießen.

Es war nicht der Wildwuchs wie beim letzten Mal, als wir gemeinsam einen Spruch gezaubert hatten; der Drache hielt seine Magie zurück und ich ebenso. Wir ließen beide nur einen dünnen Machtstrom in den Spruch fließen, um ihn zu nähren. Und doch materialisierte sich der Rosenstrauch auf ganz andere Art und Weise. Ich konnte gar nicht mehr erkennen, dass es sich dabei noch um eine Illusion handelte. Die langen, seilartigen Wurzeln verknoteten sich, schoben sich in jeden Spalt in der Tischplatte und wanden sich um die Tischbeine. Die Blüten waren nicht mehr nur die Abbilder einer Rose, sondern sie waren echte Rosen in einem Garten. Die Hälfte hatte sich noch nicht geöffnet, die andere war schon am Verblühen. Blütenblätter fielen überall auf die Tischplatte und die Ränder der Blüten verfärbten sich bereits braun. Schwerer Duft erfüllte die Luft und er war fast schon zu süß. Wir hielten den Spruch aufrecht, und mit einem Mal kam eine Biene durch das Fenster hereingesummt, schlüpfte in eine der Blüten und krabbelte entschlossen darin herum. Als sie keinen Nektar fand, versuchte sie ihr Glück in einer anderen, dann in noch einer weiteren. Die kleinen Beine schoben die Blätter beiseite, die genau so weit unter ihnen nachgaben, als könnten sie das Gewicht des Tierchens tragen.

»Du wirst hier nichts finden«, sagte ich zu der herumschwirrenden Biene und pustete sie an, aber sie ließ sich nicht von ihren Versuchen abbringen, Nektar zu finden.

Der Drache starrte nun nicht mehr auf einen Punkt über meinem Kopf und seine linkische Art verflog angesichts seiner Leidenschaft für Magie. Er studierte unseren gemeinsamen Zauber mit demselben hellwachen Blick, der sonst seinen kompliziertesten Arbeiten vorbehalten war. Das Licht des Spruches lag glühend auf seinem Gesicht und spiegelte sich in seinen Augen. Er war begierig darauf zu verstehen. »Kannst du den Spruch allein halten?«, fragte er.

»Ich denke schon«, erwiderte ich, woraufhin er langsam seine Hand aus meiner löste und es mir überließ, den wild wuchernden Rosenbusch aufrechtzuerhalten. Ohne den starren Rahmen seines Zauberspruchs war das Gewächs kurz davor, wie ein Weinstock zusammenzufallen, dessen Spalier eingeknickt war. Doch dann bemerkte ich, dass ich die

Magie des Drachen übernehmen konnte. Ich bekam sie nur an einer Ecke zu fassen, aber das reichte aus. Ich ließ mehr von meiner eigenen Magie in den Spruch fließen, um die Schwächung aufzufangen. Der Drache streckte die Hand aus und blätterte in seinem Buch ein paar Seiten weiter, bis er zu einem anderen Spruch kam. Dieser war dazu gedacht, die Illusion eines Insekts heraufzubeschwören – ebenso schematisch gezeichnet wie die Blume zuvor. Er sprach schnell und der Spruch kam ihm immer wieder leicht und mühelos über die Lippen. Er erschuf auf diese Weise ein halbes Dutzend Bienen und schickte sie in den Rosenbusch, was unsere erste geflügelte Besucherin nur noch mehr verwirrte. Immer wenn er eine Honigsammlerin heraufbeschworen hatte, gab er sie mit einem kleinen Schubs an mich weiter. Mir gelang es, sie aufzufangen und in den Rosenbusch-Zauberspruch einzubinden. Schließlich sagte der Drache: »Ich habe jetzt vor, den Beobachtungszauber mit ihnen zu verbinden. Jenen, welchen die Wächter in sich tragen«, fügte er hinzu.

Ich nickte, während ich mich darauf konzentrierte, den Spruch aufrechtzuhalten: Was könnte im Dunklen Wald weniger Aufmerksamkeit erregen als eine einfache Biene? Der Drache schlug nun die hintersten Seiten in seinem Buch auf. Dort waren Sprüche in seiner eigenen Handschrift notiert. Als er jedoch mit der Arbeit begann, legte sich das Gewicht des Spruches schwer auf die Bienenillusionen und auf mich. Ich kämpfte darum, sie zu erhalten, und spürte doch, wie meine Magie zu schnell aus mir herausströmte, als dass ich sie wieder auffüllen könnte. Schließlich gelang es mir, mit einem wortlosen Laut, mein Unbehagen auszudrücken. Der Drache sah daraufhin von seinem Buch auf und streckte die Hand nach mir aus.

Ohne jede Vorsicht walten zu lassen, griff ich mit meiner Hand und mit meiner Magie nach ihm, während er von seiner Seite aus Magie in mich hineinpresste. Er stieß keuchend die Luft aus, unsere Zauber verwoben sich ineinander, und unsere Magie gab ihnen neue Nahrung. Der Rosenbusch begann, wieder zu sprießen. Wurzeln schoben sich über die Tischplatte und neue Ranken wucherten aus dem Fenster hinaus. Die Bienen wurden zu einem summenden Schwarm, der inmitten der Blüten umherkrabbelte, und jede einzelne von ihnen hatte seltsam schimmernde Augen. Wenn ich eine davon mit den Händen einfangen und sie mir genauer hätte ansehen können, dann hätte ich in diesen Augen die Spiegelbilder all jener Rosenblüten erblickt, die das Insekt berührt hatte. Aber in meinem Kopf war kein Platz für Bienen oder Rosen oder wachsame Beobachtungen; kein Raum für irgendetwas anderes als Magie. Sie war wie eine zügellose Strömung und die Hand des Drachen mein einziger Fels in der Brandung. Nur dass auch er neben mir ins Taumeln geriet.

Ich spürte seinen entsetzten Schrecken. Instinktiv riss ich ihn mit zu einer seichten Stelle, an der der Energiefluss schwächer war, als wären wir tatsächlich in einem anschwellenden Fluss und versuchten, ans rettende Ufer zu gelangen. Gemeinsam schafften wir es, uns selbst aus dem Wasser herauszuziehen. Der Rosenbusch wurde kleiner und schrumpfte auf eine einzige Blüte zusammen; noch bevor die Blumenköpfe sich schließen konnten, krabbelten die Bienen hinein oder lösten sich einfach in Luft auf. Die letzte Rose schloss sich und verschwand und der Drache und ich ließen uns schwer auf den Fußboden fallen. Unsere Hände waren noch immer ineinander verschränkt. Ich wusste nicht, was geschehen war. Er hatte mich oft genug vor der Gefahr gewarnt, nicht genug Magie für einen Spruch zur Verfügung zu haben. Aber er hatte noch nie von dem Risiko gesprochen, zu viel davon zu haben. Als ich mich auf der Suche nach Antworten an ihn wandte, bemerkte ich, dass er seinen Kopf zurückgelehnt und an die Regalbretter gestützt hatte. Auch in seinen Augen sah ich den Schreck, den ich selbst gespürt hatte, und ich ahnte, dass er ebenfalls nicht besser als ich wusste, was gerade geschehen war.

»Nun«, sagte er nach einem kurzen Moment eher beiläufig, »ich schätze, es hat funktioniert.« Er starrte mich an, und während sich langsam Zorn auf seinem Gesicht abzuzeichnen begann, brach ich in hilfloses, beinahe schnaubendes Gelächter aus. Mir war schwindlig von der Magie und dem Schrecken.

»Du unausstehliche Närrin«, fauchte der Drache mich an, und dann nahm er mein Gesicht in seine Hände und küsste mich.

Ich dachte nicht richtig darüber nach, was da gerade vor sich ging, als ich seinen Kuss erwiderte. Mein Lachen floss in seinen Mund und ließ meine Küsse zu einem Stottern werden. Noch immer war ich mit ihm verbunden; unsere Magie bildete dicke, ungleichmäßig geformte Knoten. Ich kannte nichts, womit ich diese Intimität vergleichen konnte. Glühende Verlegenheit überwältigte mich, und ich fühlte mich, als stünde ich nackt vor einem Fremden. Ich hatte diese Intimität nicht mit körperlichem Begehren in Verbindung gebracht – Fleischeslust war nichts anderes als eine poetische Anspielung in Liedern, oder es waren die praktischen Instruktionen meiner Mutter oder aber diese entsetzlichen Augenblicke im Turm mit Prinz Marek, in denen ich auch eine Puppe hätte sein können, so wenig, wie er sich um mich geschert hatte.

Dieses Mal jedoch riss ich den Drachen um, während ich mich an seinen Schultern festklammerte. Wir stürzten zu Boden. Sein Oberschenkel zerdrückte dabei meinen Rock und schob sich zwischen meine Schenkel. Von einem bebenden Moment auf den nächsten hatte ich ein erschreckend neues Verständnis davon entwickelt. Der Drache stöhnte und seine Stimme wurde tief. Seine Hände fuhren durch meine Haare und lösten den lockeren Knoten auf meinen Schultern. Ich hielt mich sowohl mit den Händen als auch mit meiner Magie an ihm fest, halb geschockt, halb erfreut. Sein hagerer, fester Körper und seine kunstvolle Kleidung aus Samt, Seide und Leder unter meinen Fingerspitzen bedeuteten plötzlich etwas vollkommen anderes für mich. Ich saß auf seinem Schoß, rittlings auf seinen Hüften, und sein Körper glühte förmlich unter meinem. Seine Hände umschlossen meine Oberschenkel beinahe schmerzhaft fest durch mein Kleid hindurch. Ich beugte mich über sein Gesicht und küsste ihn noch einmal. Nichts als unkomplizierte Leidenschaft und Sehnsucht erfüllte mich. Meine Magie und die seine waren vereinigt. Seine Hand schob sich unter meinem Rock an meinem Bein empor und sein geschickter Daumen streichelte mich kurz zwischen den Beinen. Ich stieß leise und überrascht die Luft aus, als wäre mir mitten im Winter ein warmer Schauer über den Rücken gelaufen. Unwillkürlich zuckte ein Glitzern über meine Hände und seinen Körper wie Sonnenlicht, das sich auf einem rasch fließenden Fluss bricht. Die endlose Reihe glatter Knöpfe, die seinen Mantel von oben bis unten verschlossen, öffnete sich, und die Schnürung seines Hemdes löste sich ebenfalls.

Bis zu dem Moment, in dem ich meine Hände auf seine nackte Brust legte, hatte ich noch gar nicht richtig begriffen, was ich da im Begriff war zu tun. Oder besser gesagt, bis dahin hatte ich nur so weit vorausgedacht wie nötig, um das zu bekommen, was ich begehrte. Und ich hatte mir verboten, ebendies in Worte zu fassen. Nun jedoch, wo ich ihn so schockierend nackt und bloß unter mir liegen sah, konnte ich mir nicht mehr länger etwas vormachen. Sogar die Schnüre an seiner Hose waren gelockert: Ich konnte sie an meinen Oberschenkeln spüren. Er konnte jetzt meinen Rock beiseiteschieben und dann …

Meine Wangen glühten und ich fühlte mich verzweifelt. Ich begehrte ihn, doch gleichzeitig wollte ich mich lösen und davonlaufen. Vor allem sehnte ich mich danach zu wissen, was davon ich lieber wollte. Ich fror in der Bewegung ein und starrte ihn mit weit aufgerissenen Augen an und er erwiderte meinen Blick. Noch nie zuvor hatte ich ihn derart wenig gefasst gesehen. Sein Gesicht war ebenfalls gerötet, sein Haar zerzaust, und seine Kleidung hing aufgeschnürt und gelockert an ihm herunter. Seine Miene war gleichermaßen erstaunt wie beinahe empört. Dann flüsterte er: »Was mache ich da bloß?« Er schob meine Handgelenke von sich weg und hievte uns beide auf die Beine.

Ich stolperte rückwärts und fand Halt am Tisch; ich war hin- und hergerissen zwischen Erleichterung und Bedauern. Der Drache drehte sich von mir weg und zog bereits wieder seine Bänder fest. Sein Rücken war steif und er hielt ihn kerzengerade. Die losen Enden meiner Magie zogen sich langsam wieder zurück und auch die Fäden des Drachen lösten sich von mir. Ich presste meine Hände auf meine brennenden

Wangen. »Ich wollte nicht …«, platzte ich heraus und brach ab. Ich wusste nicht, was ich nicht gewollt hatte.

»Ja, das konnte ich sehen«, fuhr der Drache mich über seine Schulter hinweg an. Er knöpfte die Jacke über seinem offenen Hemd zu. »Verschwinde.«

Und ich floh.

In meinem Zimmer saß Kasia aufrecht im Bett und lieferte sich einen erbitterten Kampf mit meinem Nähkorb. Drei zerbrochene Nadeln lagen auf dem Tisch. Nur unter enormen Schwierigkeiten gelang es meiner Freundin, lange, unsaubere Stiche auf einem Stofffetzen zu machen.

Als ich hereingestürmt kam, sah sie hoch: Meine Wangen waren immer noch gerötet und meine Kleider in Unordnung. Ich keuchte, als hätte ich ein Wettrennen hinter mir. »Nieshka!«, rief Kasia, ließ ihre Näharbeit fallen und stand auf. Sie machte einen Schritt auf mich zu und wollte nach meinen Händen greifen, doch dann zögerte sie. Sie hatte bereits gelernt, sich vor ihrer eigenen Stärke zu fürchten. »Bist du … Hat er …«

»Nein!«, stieß ich hervor und wusste nicht, ob ich froh darüber war oder ob ich es bedauerte. Die einzige Magie, die ich jetzt noch in mir spürte, war meine eigene. Unglücklich ließ ich mich aufs Bett sinken.

Kapitel 12

Viel Zeit blieb mir nicht, um über die Situation nachzugrübeln. In dieser Nacht, kurz nach Mitternacht, schreckte Kasia neben mir aus dem Schlaf hoch, sodass ich beinahe aus dem Bett gefallen wäre. Der Drache stand auf der Türschwelle, sein Gesichtsausdruck war undurchdringlich, und er hielt ein glühendes Licht in seiner Hand. Er trug sein Nachtzeug und einen Morgenmantel darüber. »Da sind Soldaten auf der Straße«, sagte er. »Zieht euch an.« Damit drehte er sich um und verschwand ohne ein weiteres Wort.

Kasia und ich sprangen aus dem Bett und schlüpften eilig in unsere Kleidung. Dann rannten wir Hals über Kopf die Treppe hinunter in die große Halle. Der Drache stand am Fenster; auch er war jetzt fertig angezogen.

In der Ferne konnte ich Reiter erkennen. Es war eine große Gruppe: An der Spitze des Zuges wurden zwei Laternen an langen Stäben mitgeführt, hinten eine weitere, und die Lichter blitzten auf den Geschirren und Rüstungen. Eine Eskorte, bestehend aus zwei Mann, führte eine Reihe von zusätzlichen Pferden hinterher. An der Spitze der Gruppe entdeckte ich zwei Banner mit jeweils einer kleinen Kugel weißer Magie davor. Auf den Fahnen zeichnete sich auf weißem Grund ein grünes, drachenähnliches Biest mit drei Köpfen ab – Prinz Mareks Wappen. Dahinter sah ich einen roten Falken mit ausgestreckten Klauen auf einem anderen Wappen.

»Warum kommen sie?«, flüsterte ich, obwohl sie viel zu weit entfernt waren, als dass sie mich hätten hören können.

Der Drache antwortete nicht sofort, dann jedoch sagte er: »Ihretwegen.«

Ich griff in der Dunkelheit nach Kasias Hand und hielt sie ganz fest. »Warum?«

»Weil ich vom Übel befallen war«, sagte Kasia. Der Drache nickte knapp. Sie kamen, um Kasia zu töten.

Zu spät erinnerte ich mich an meinen Brief. Ich hatte keine Antwort erhalten, und nach einer Weile hatte ich auch ganz vergessen, dass ich ihn überhaupt geschrieben hatte. Erst später sollte ich erfahren, dass Wensa, nachdem sie nach Hause zurückgekehrt war, in tiefe Apathie gefallen war. Eine andere Frau, die an ihrem Bett wachte, hatte den Brief geöffnet, vermutlich aus reiner Freundlichkeit, und sie hatte den Inhalt im ganzen Dorf herumgetratscht: die Nachricht, dass wir jemanden aus dem Dunklen Wald zurückgeholt hatten. Die Gerüchte verbreiteten sich bis in die Gelben Marschen und erreichten sogar die Hauptstadt, denn die Troubadoure brachten Lieder darüber in Umlauf, und so hatte sich wohl schließlich Prinz Marek auf den Weg zu uns gemacht.

»Werden sie Euch glauben, dass sie nicht mehr vom Übel befallen ist?«, fragte ich den Drachen. »Euch müssen sie doch glauben …«

»Wie du dich vielleicht erinnerst«, erwiderte er trocken, »habe ich in dieser Hinsicht äußerst verhängnisvollen Ruf.« Er ließ seinen Blick wieder aus dem Fenster schweifen. »Und ich bezweifle, dass der Falke den ganzen Weg hierhergekommen ist, nur um mit mir einer Meinung zu sein.«

Ich drehte mich um und schaute Kasia an, deren Gesicht ruhig und unnatürlich reglos war. Dann holte ich tief Luft und nahm ihre beiden Hände in meine. »Ich werde nicht zulassen, dass sie dir etwas antun«, versprach ich ihr. »Das werde ich nicht.«

Der Drache schnaubte ungeduldig. »Hast du vor, ihnen den Garaus zu machen, und den königlichen Soldaten gleich dazu? Und was soll danach geschehen – wollt ihr beide in die Berge rennen und als Geächtete und Vogelfreie leben?«

»Wenn es sein muss!«, gab ich zurück. Doch Kasias Finger drückten meine Hand, sodass ich mich zu ihr umwandte und sah, dass sie kurz und kaum merklich den Kopf schüttelte.

»Das geht nicht«, sagte sie. »Das geht nicht, Nieshka. Alle brauchen dich. Nicht nur ich.«

»Dann wirst du allein in die Berge ziehen«, sagte ich trotzig. Ich fühlte mich wie ein Tier, das man in die Enge getrieben hatte und das das Wetzen des Metzgermessers am Schleifstein schon hören konnte. »Oder ich werde dich hinbringen und dann zurückkommen …« Die Pferde waren inzwischen so nahe, dass das Trommeln ihrer Hufe meine eigene Stimme übertönte.

Die Zeit lief uns davon. Doch wir unternahmen nichts. Ich umklammerte Kasias Hand, während wir in dem kleinen Alkoven in der großen Halle des Drachen standen. Er selbst saß mit blitzenden Augen auf seinem Sessel, das Gesicht hart und undurchdringlich, und er wartete ab.

Schließlich hörten wir das Geräusch der Kutsche, die langsam zum Stehen kam; Pferde stampften und schnaubten; Männerstimmen wurden durch die massive Tür erstickt. Es gab eine kurze Pause, aber das Klopfen, das ich erwartete, kam nicht. Einen Moment später spürte ich, wie sich Magie langsam vortastete. Ein Spruch entfaltete auf der anderen Seite der Tür seine Wirkung und versuchte, in sie einzudringen und sie mit Gewalt zu öffnen. Die Magie dort draußen machte sich am Schutzzauber des Drachen zu schaffen und versuchte, ihn zu durchbrechen. Dann kam ein plötzlicher, schneller Hieb, ein Magiestoß, der das Bollwerk des Drachen überwinden sollte. Die Augen und der Mund des Drachen verhärteten sich kurz und ein schwaches und knisterndes blaues Licht lief über die Tür. Das war alles.

Dann kam doch noch das erwartete Klopfen, oder besser gesagt, das Donnern einer gepanzerten Faust, die gegen die Tür drosch. Der Drache krümmte einen Finger und die Türflügel schwangen nach innen auf. Prinz Marek stand auf der Schwelle. Neben ihm ein Mann, der zwar nur halb so breit wie der Prinz war, aber trotzdem die gleiche

Präsenz ausstrahlte. Er war in einen langen weißen Umhang gehüllt, dessen schwarzes Muster an die Zeichnung eines Vogelflügels erinnerte. Seine Haare hatten die Farbe von verwaschener Schafswolle mit Spuren von Schwarz am Ansatz, als habe er sie gebleicht. An einer Schulter war der Umhang gerafft, und man konnte sehen, dass seine Kleidung darunter silberfarben und schwarz war. Auf seinem Gesicht lag eine sorgsam gewählte Miene. Traurige Besorgnis stand darauf wie in einem Buch. Die beiden Männer gaben ein kunstvolles Bild ab: Sonne und Mond, eingerahmt vom Eingang, ihre Silhouetten vom Licht dahinter nachgezeichnet. Dann betrat Prinz Marek ungefragt den Turm und zog seine Panzerhandschuhe aus.

»Also gut«, sagte er. »Ihr wisst, weshalb wir hier sind. Lasst uns das Mädchen sehen.«

Der Drache erwiderte kein einziges Wort, sondern machte nur eine Geste in Kasias Richtung. Sie und ich waren nicht gleich zu entdecken gewesen. Marek drehte sich um, und sofort heftete er seinen Blick auf Kasia. Seine Augen wurden ganz schmal und nahmen einen abschätzenden Ausdruck an. Ich funkelte ihn wutentbrannt an, doch davon bekam er nicht das Geringste mit. Er würdigte mich keines Blickes.

»Sarkan, was hast du getan?«, fragte der Falke und näherte sich dem Drachen, der noch immer nicht aufgestanden war. Seine Stimme war ein klarer, hallender Tenor wie der eines gut ausgebildeten Schauspielers. Sie füllte den ganzen Raum mit bedauerndem Vorwurf. »Hast du denn völlig den Verstand verloren, während du dich hier in der Einöde verkrochen hast …?«

Der Drache blieb reglos sitzen, den Kopf auf seine Faust gestützt.

»Verrate mir eines, Solya«, antwortete er schließlich, »hast du dir ausgemalt, was du in meiner Halle vorfinden würdest, wenn hier tatsächlich eine Verderbte hausen würde?«

Der Falke zögerte mit einer Erwiderung und der Drache erhob sich nun doch bedächtig. Die Halle rings um ihn herum verdunkelte sich mit beängstigender Geschwindigkeit. Schatten schoben sich über die großen Kerzen und schluckten die leuchtenden magischen Lichter.

Der Drache trat vom Podest herunter. Jeder seiner Schritte, einer nach dem anderen, klang wie das tiefe, furchterregende Schlagen einer großen Glocke. Unwillkürlich wichen Prinz Marek und der Falke zurück. Der Prinz legte eine Hand auf seinen Schwertgriff.

»Wenn ich im Dunklen Wald gescheitert wäre«, sagte der Drache, »was glaubst du, was du dann hier in meinem Turm hättest ausrichten können?«

Der Falke hatte seine Hände aneinandergelegt, sodass seine Daumen und Zeigefinger ein Dreieck bildeten. Er murmelte kaum hörbar vor sich hin. Ich konnte das Summen der Magie spüren, die sich aufbaute. Dünne, leuchtende Linien durchzuckten die Fläche, die von seinen Händen gebildet wurde. Sie wurden immer schneller und schneller, bis schließlich das gesamte Dreieck ausgefüllt war. Als wäre ein zündender Funke übergesprungen, schoss ein weißer Feuerblitz heraus und umhüllte seinen ganzen Körper. Er löste die Hände voneinander, das Feuer zischte und knisterte über sie hinweg. Funken prasselten wie Regentropfen auf den Boden. Er schien sich darauf vorzubereiten, etwas zu schleudern. Sein Spruch fühlte sich ebenso hungrig an wie damals das Feuerherz in der Flasche, als wäre der Zauber begierig darauf, die Luft ringsum zu verschlingen.

»Triozna greszhni«, sagte der Drache mit schneidender Stimme und die Flammen erloschen wie flackernde Kerzen. Ein kalter, scharfer Wind fuhr durch die Halle, der meine Haut eiskalt werden ließ und sich dann wieder legte.

Die beiden Besucher starrten den Drachen an; dieser breitete die Arme aus und zuckte übertrieben mit den Schultern. »Glücklicherweise«, sagte er in seinem gewohnt sarkastischen Tonfall, »war ich nicht halb so dumm, wie ihr gedacht habt. Sehr zu eurem Glück, wie ich meinen möchte.« Er drehte sich um und ging zu seinem Sessel zurück. Die Schatten lösten sich von seinen Füßen und zogen sich zurück. Das Licht kehrte wieder. Nun konnte ich das Gesicht des Falken klar und deutlich sehen. Er schien nicht übermäßig dankbar zu sein. Seine Miene war undurchdringlich und eiskalt, sein Mund zu einer geraden

Linie zusammengepresst. Ich nehme an, er war es leid, lediglich als zweitbester Magier von Polnya zu gelten. Ich hatte sogar schon ein paarmal von ihm gehört. Er wurde immer wieder in den Liedern über den Krieg mit Rosya erwähnt, obwohl die Troubadoure in unserem Dorf natürlich nicht sonderlich oft über einen anderen Zauberer sangen. Wir waren begierig darauf, etwas über den Drachen zu hören, über unseren Zauberer. Stolz erfüllte uns, wenn uns die Lieder wieder einmal bestätigten, dass er der mächtigste Magier des ganzen Landes war. Aber früher hatte ich nie darüber nachgedacht, was das wirklich bedeutete. Und mittlerweile hatte ich aufgehört, ihn zu fürchten, weil wir so viel Zeit zu eng miteinander verbracht hatten. Zu sehen, wie mühelos er die Magie des Falken abwehrte, gemahnte mich auf beeindruckende Weise daran, wie groß seine Macht tatsächlich war; dass er selbst Könige und andere Zauberer das Fürchten lehren konnte.

Prinz Marek gefiel dieser Mahnruf genauso wenig wie dem Falken, das konnte ich deutlich sehen. Seine Hand ruhte auf seinem Schwertgriff und ein harter Ausdruck lag auf seinem Gesicht. Sein Blick war jedoch schon wieder zu Kasia gewandert. Ich zuckte zusammen und griff vergeblich nach ihrem Arm, während sie sich von mir löste, aus dem Alkoven heraustrat und quer durch den Raum auf unsere ungebetenen Gäste zuging. Ich verschluckte die Warnung, die ich – viel zu spät – ausstoßen wollte, und schon knickste sie vor dem Prinzen, ihren Kopf mit dem goldenen Haar gesenkt. Dann richtete sie sich wieder auf und blickte ihm unverwandt ins Gesicht; ganz genau so, wie ich es in meiner Einbildung vor all diesen Monaten getan hatte, und sie stotterte nicht. »Mein Herr«, sagte sie, »ich weiß, dass Ihr an mir zweifelt. Ich weiß, dass ich seltsam aussehe. Aber es ist wahr: Ich bin befreit worden.«

In meinem Hinterkopf kreisten Zaubersprüche; eine ganze verzweifelte Litanei. Wenn Marek jetzt sein Schwert gegen sie erheben würde … Wenn der Falke versuchen würde, sie niederzustrecken …

Prinz Marek musterte Kasia: Sein Gesicht war hart und zu ihr nach unten gewandt, die Augen stechend. »Du warst im Dunklen Wald?«, fragte er.

Sie nickte. »Die Wanderer hatten mich geholt.«

»Komm her und sieh sie dir an«, sagte er über die Schulter hinweg, an den Falken gerichtet.

»Eure Hoheit«, begann der Falke und trat an seine Seite. »Es ist für jeden offensichtlich …«

»Still!«, herrschte ihn der Prinz an und seine Stimme war so scharf wie ein Messer. »Ich schätze ihn ebenso wenig wie du, aber ich habe dich aus einem ganz bestimmten Grund hergebracht: Sieh sie dir an. Ist sie nun vom Übel befallen oder nicht?«

Der Falke zögerte und runzelte angewidert die Stirn. »Wenn jemand über Nacht im Dunklen Wald gefangen gehalten wurde, ist er unvermeidlich …«

»Ist sie verderbt?«, wiederholte der Prinz seine Frage an den Falken, und jedes Wort, das er ausspuckte, klang schneidend und hart. Langsam drehte sich der Falke herum und sah Kasia an – sah sie dieses Mal wirklich und wahrhaftig zum ersten Mal an und seine Augenbrauen zogen sich vor Verwirrung zusammen. Ich ließ meinen Blick zum Drachen wandern. Ich wagte kaum zu hoffen und hoffte doch. Wenn sie nur bereit wären zuzuhören …

Aber der Drache schaute weder zu mir noch zu Kasia. Er hatte seine Aufmerksamkeit auf den Prinzen gerichtet und sein Gesicht war hart und unbeweglich wie Stein.

Sofort begann der Falke, Kasia auf die Probe zu stellen. Er verlangte nach Zaubertränken aus den Vorräten des Drachen und Büchern aus seinen Regalen. Ohne einen einzigen Widerspruch ließ mich der Drache die gewünschten Dinge unverzüglich herbeischaffen. Dann befahl er mir, in der Küche zu warten. Zunächst glaubte ich, dass er es mir ersparen wollte, die Untersuchungen mit anzusehen. Vermutlich waren einige davon ebenso furchtbar wie die quälende Magie, die er bei mir angewandt hatte, nachdem ich aus dem Dunklen Wald zurückgekommen war. Und selbst in der Küche konnte ich über meinem Kopf hören, wie der Falke Sprüche rezitierte und seine Magie knisterte.

Es hallte in meinen Knochen wider wie eine große Trommel, die in weiter Ferne geschlagen wurde.

Am dritten Morgen fiel mein Blick auf mein eigenes Spiegelbild in einem der großen Kupferkessel, und ich stellte fest, dass ich schrecklich unordentlich aussah. Ich hatte nicht daran gedacht, saubere Kleidung für mich heraufzubeschwören. Nicht, solange ich den Radau über mir hörte, der meiner Sorge um Kasia immer neue Nahrung gab. Es wunderte mich nicht, dass inzwischen jede Menge Flecken und Tränenspuren zusammengekommen waren, und es machte mir nichts aus. Auch der Drache hatte nichts dazu gesagt. Er war mehr als einmal in die Küche hinuntergekommen und hatte mir aufgetragen, etwas für ihn zu holen oder herbeizuschaffen. Ich starrte auf mein Bild, und als der Drache das nächste Mal kam, platzte ich heraus: »Haltet Ihr mich absichtlich aus dem Weg?«

Er antwortete nicht sofort, denn er hatte noch nicht einmal die letzte Stufe genommen, dann sagte er: »Natürlich halte ich dich aus der Schusslinie, du Dummkopf.«

»Aber er erinnert sich an nichts«, entgegnete ich und meinte damit Prinz Marek. Allerdings klang meine Bemerkung eher wie eine Frage.

»Aber das wird er, wenn sich auch nur die geringste Chance ergibt«, sagte der Drache. »Es bedeutet ihm zu viel. Halt dich fern und benimm dich wie ein gewöhnliches Dienstmädchen. Und setze auf keinen Fall irgendwo deine Magie ein, wo Solya etwas davon mitbekommen könnte.«

»Ist mit Kasia alles in Ordnung?«

»Es geht ihr den Umständen entsprechend gut«, sagte er. »Das sollte jetzt aber deine geringste Sorge sein. Sie ist ein gutes Stück schwerer zu verletzen als jeder andere gewöhnliche Mensch und Solya ist nicht vollkommen dumm. Auf jeden Fall weiß er sehr genau, was der Prinz will, und wenn alles läuft wie geplant, dann wird er ihm genau das liefern. Und jetzt hol drei Flaschen Tannenmilch.«

Nun, ich wusste zwar nicht, was der Prinz begehrte, aber mir gefiel die Vorstellung nicht, dass er es bekam – was auch immer es war. Ich ging hoch ins Laboratorium, um die Tannenmilch zu holen. Dabei handelte es sich um einen Zaubertrank, den der Drache aus Tannennadeln gebraut hatte. Unter seinen Händen wurde aus ihnen auf magische Weise eine milchige, geruchlose Flüssigkeit. Beim einzigen Mal, als er versucht hatte, es mir beizubringen, hatte ich nur eine nasse, stinkende Masse aus Tannennadeln und Wasser zustande gebracht. Die Wirkungsweise dieser Milch bestand darin, Magie in einem Körper zu fixieren. Sie wurde jedem Heiltrank beigemischt und war auch Bestandteil des Versteinerungstrankes. Ich trug die Flaschen in die große Halle hinunter.

Kasia stand in der Mitte des Raumes in einem ausgeklügelten Doppelring, der aus einer Mischung aus Salz und Kräutern bestand und auf dem Fußboden ausgestreut worden war. Man hatte Kasia einen schweren Kragen um den Hals gelegt, der an das Joch für einen Ochsen erinnerte. Er bestand aus geschwärztem Eisen, in das mit leuchtenden silbernen Buchstaben ein Zauberspruch eingeritzt war. Ketten gingen davon aus, die zu den Schellen an ihren Handgelenken führten. Kasia selbst hatte keinen Stuhl, um sich hinzusetzen, und sie hätte unter der Last auf ihren Schultern zusammensacken müssen, aber sie stand mühelos und kerzengerade da. Als ich den Raum betrat, warf sie mir ein kurzes Lächeln zu, das mir sagen sollte: Mir geht es gut.

Der Falke sah erschöpfter aus als sie, und Prinz Marek rieb sich das Gesicht und gähnte ausgiebig, obwohl er nur in einem Sessel saß und zuschaute. »Dort drüben hin«, sagte der Falke, an mich gerichtet. Er wedelte in Richtung seines überladenen Arbeitstisches und schenkte mir keine weitere Aufmerksamkeit. Der Drache saß auf seinem erhöhten Platz und warf mir einen finsteren Blick zu, als ich zögerte. Ich stellte zwar die Flaschen auf dem Tisch ab, aber ich begann, aufmüpfig zu werden, und verließ den Raum nicht sofort. Ich zog mich lediglich zum Eingang zurück und beobachtete das Geschehen.

Der Falke gab drei verschiedene Reinigungstinkturen in die Flaschen. Er ging mit glasklarer Direktheit vor. Während der Drache seine Magie mit endlosen Verschnörkelungen versah, wählte der Falke die gerade Linie. Aber seine Magie wirkte auf die gleiche Art und Weise: Es kam mir vor, als ob er sozusagen eine andere von vielen möglichen Straßen wählte und nicht zwischen den Bäumen herumwanderte, wie ich es immer tat. Er reichte Kasia die Flaschen mit einer eisernen Zange über den Schutzring hinweg: Er schien im Laufe seiner Untersuchungen eher vorsichtiger als nachlässiger geworden zu sein. Kasia leerte eine Flasche nach der anderen und die Flüssigkeiten leuchteten durch ihre Haut hindurch. Das Glühen ließ nicht nach, sondern hielt sich. Als sie alle drei Flaschen ausgetrunken hatte, erhellte sie den ganzen Raum. Es gab keine Spur von einem Schatten in ihr. Nicht der kleinste Hauch des Übels war irgendwo zu erahnen.

Der Prinz hockte in seinem Sessel, einen großen Weinkelch neben seinem Ellbogen, und er wirkte gelöst. Ich bemerkte jedoch, dass er seinen Wein nicht angerührt und die Augen nicht von Kasias Gesicht abgewendet hatte. In meinen Händen kribbelte es, so sehr sehnte ich mich danach, Magie anzuwenden. Zu gerne hätte ich ihm ins Gesicht geschlagen, nur um ihn davon abzuhalten, sie anzugaffen.

Auch der Falke schaute sie lange an, dann holte er ein Tuch aus einer Tasche seines Wamses und band es sich über die Augen; es war aus schwarzem Samt, mit silbernen Buchstaben bestickt und so groß, dass es seine gesamte Stirn bedeckte. Während er sich das Tuch umlegte, murmelte er etwas; die Buchstaben begannen zu leuchten, und dann öffnete sich etwas oberhalb der Mitte seiner Stirn ein Guckloch in der Maske. Ein einzelnes Auge lugte hervor: groß und seltsam geformt. Es war eher rundlich, und der Ring um die riesige Pupille herum war dunkel genug, um es beinahe vollkommen schwarz erscheinen zu lassen. Kleine Silbereinsprengsel durchzogen die Iris. Der Falke trat ganz dicht an den Rand des Kreises heran und starrte Kasia mit diesem Auge an. Er musterte sie von oben nach unten und lief dreimal in einem Kreis um sie herum.

Schließlich machte er einen Schritt zurück. Das Auge schloss sich, dann verschwand auch der Sehschlitz. Der Falke hob seine zitternden Arme, um die Binde abzunehmen, aber er brauchte eine Weile, um den Knoten zu lösen. Schließlich nahm er das Tuch ab. Unwillkürlich suchte ich seine Stirn ab, aber da war kein Anzeichen für ein weiteres Auge zu erkennen. Seine normalen Augen jedoch waren blutunterlaufen. Schwer ließ er sich auf einen Stuhl sinken.

»Nun?«, fragte der Prinz in beißendem Tonfall.

Einen Moment lang antwortete der Falke nicht. »Ich kann keine Spuren des Übels finden«, sagte er schließlich missmutig. »Ich würde nicht beschwören, dass es keine gibt, aber …«

Der Prinz hörte schon nicht mehr zu. Er war aufgestanden und hatte einen schweren Schlüssel vom Tisch genommen. Nun ging er zu Kasia hinüber. Das schimmernde Licht in ihrem Körper verschwand langsam, war aber noch nicht ganz weg. Die Stiefel des Prinzen verwischten den Salzring; er trat ins Innere und öffnete das schwere Halsband und die Handschellen. Er nahm sie Kasia ab und legte sie auf den Boden, dann streckte er ihr so höflich die Hand entgegen, als wäre sie eine Edelfrau. Dabei verschlang er sie mit den Augen. Kasia zögerte. Ich wusste, dass sie fürchtete, ihm versehentlich die Hand zu brechen. Ich hingegen hoffte, sie würde genau das tun. Behutsam reichte sie ihm ihre Fingerspitzen.

Er packte diese fest und zog Kasia vorwärts bis zum Rand des Podestes, auf dem der Drache saß. »Und nun, Drache«, sagte er mit sanfter Stimme, »werdet Ihr uns verraten, wie Ihr das vollbracht habt.« Er gab Kasias Arm, den er sich untergehakt hatte, einen Ruck. »Und dann werden wir in den Dunklen Wald gehen, der Falke und ich, falls Ihr ein zu großer Feigling seid, um uns zu begleiten. *Und wir werden meine Mutter holen.*«

Kapitel 13

Ich werde nicht derjenige sein, der Euch ein Schwert reicht, in das Ihr Euch stürzen könnt«, sagte der Drache. »Wenn Ihr so erpicht darauf seid, Eurem Leben ein Ende zu setzen, dann benutzt die Klinge, die Ihr bei Euch tragt. Dann zieht Ihr wenigstens nicht noch andere mit hinein.«

Marek straffte die Schultern und die Muskeln an seinem Hals schwollen an und wurden hart. Er ließ Kasias Hand los und machte einen Schritt auf das Podest zu. Das Gesicht des Drachen blieb kühl und regungslos. Der Prinz hätte ihm vermutlich nur allzu gerne einen Schlag versetzt, aber der Falke sprang unverzüglich von seinem Stuhl auf. »Ich bitte um Verzeihung, Eure Hoheit, aber dafür besteht kein Anlass. Wenn Ihr Euch an den Zauber erinnert, den ich in Kyeva benutzt habe, als wir das Lager von General Nichkov einnahmen … Er wird uns auch dieses Mal gute Dienste leisten und mir enthüllen, auf welche Art und Weise der Zauberspruch hier gewirkt hat.« Er schenkte dem Drachen ein verkniffenes Lächeln, bei dem er nur die Lippen in die Länge zog. »Ich denke, Sarkan wird zugeben, dass nicht einmal er etwas vor *mir* verbergen kann.«

Der Drache stritt es nicht ab, sondern stieß zwischen den Zähnen hervor: »Ich gebe lediglich zu, dass du ein weitaus größerer Dummkopf bist, als ich bislang angenommen habe, wenn du dich tatsächlich für diese Torheit hergeben willst.«

»Ich würde es wohl kaum *eine Torheit* nennen, wenn man jeden denkbaren Versuch unternimmt, die Königin zu retten«, erwiderte der

Falke. »Vor dem heutigen Tage haben wir alle die Köpfe vor deiner Weisheit gesenkt, Sarkan. Es hätte bisher gewiss keinen Sinn ergeben, das Risiko einzugehen, die Königin aus dem Dunklen Wald zu holen, nur um sie dann töten zu müssen. Doch jetzt stehen wir hier«, er deutete auf Kasia, »und haben vor uns den fleischgewordenen Beweis, dass es noch eine andere Möglichkeit gibt. Warum hast du das so lange vor uns geheim gehalten?« Er klang anklagend, dabei war er doch ursprünglich in der festen Überzeugung hergekommen, dass es keinerlei andere Optionen als den Tod für Kasia geben konnte. Dem Drachen hatte er vorwerfen wollen, dass er sie stattdessen am Leben gelassen hatte. Beinahe wäre mir der Mund offen stehen geblieben, aber der Falke schien nicht die geringsten Skrupel zu haben, sein Fähnchen nach dem Wind zu hängen. »Wenn es irgendeine Hoffnung für die Königin gibt, dann würde ich es als Hochverrat bezeichnen, etwas unversucht zu lassen«, fügte der Falke hinzu. »Was einmal gelungen ist, kann auch wiederholt werden.«

Der Drache schnaubte höhnisch. »Etwa von dir?«

Nun, selbst mir war klar, dass das kaum die richtige Strategie war, den Falken zum Einlenken zu bewegen. Seine Augen verengten sich. Er drehte sich kühl zum Prinzen um und sagte: »Ich werde mich zurückziehen, Eure Hoheit. Ich muss mich regenerieren, bevor ich morgen früh den Zauberspruch anwende.«

Prinz Marek entließ ihn mit einer Handbewegung. Zu meinem Schrecken hatte ich beobachtet, dass er den verbalen Schlagabtausch zwar gespannt verfolgt, gleichzeitig jedoch mit Kasia getuschelt und ihre Finger mit beiden Händen umfasst hatte. Ihr Gesicht war noch immer unnatürlich reglos, aber ich hatte inzwischen gelernt, darin zu lesen, und so war es für mich offensichtlich, wie beunruhigt auch sie war.

Ich wollte gerade zu ihrer Rettung eilen, als Prinz Marek ihre Hand losließ und ebenfalls mit langen Schritten die Halle verließ. Die Absätze seiner Stiefel hallten auf den Stufen, als er die Treppe emporstieg. Kasia hastete zu mir, und nun griff ich nach ihrer Hand. Der Drache starrte mit finsterer Miene zur Treppe, während seine Finger verärgert auf der Armlehne seines Sessels trommelten.

»Kann er das wirklich tun?«, fragte ich ihn. »Kann er tatsächlich sehen, wie der Spruch gewirkt wurde?«

Klopf, klopf, klopf, machten seine Finger. »Nicht, solange ihm die Grabkammer verborgen bleibt«, antwortete der Drache schließlich. Kurz darauf fügte er zähneknirschend hinzu: »Ihre Lage könnte er herausfinden. Er hat ein Talent für die Seher-Magie. Aber selbst dann muss er einen Weg in die Kammer hinein finden. Ich könnte mir vorstellen, dass ihn das mindestens ein paar Wochen kosten wird – lange genug, dass ich dem König eine Nachricht zukommen lassen kann. Und ich hoffe, dass er diesem Unfug dann schnell ein Ende bereitet.«

Er schickte mich mit einem Wink fort, und ich war froh, gehen zu können. Kasia zog ich den ganzen Weg hinter mir her, immer ein wachsames Auge auf das nächste Stück Wendeltreppe vor mir gerichtet. Auf dem zweiten Absatz schob ich den Kopf vor und vergewisserte mich, dass sich weder der Prinz noch der Falke auf dem Flur befanden. Erst dann ließ ich zu, dass Kasia mir folgte. Als wir bei meinem Zimmer ankamen, sagte ich ihr, sie solle warten, bis ich die Tür geöffnet und hineingesehen hatte. Es war leer. Ich ließ Kasia eintreten, schloss die Tür und verriegelte sie hinter uns, dann schob ich einen Stuhl unter die Klinke. Nur zu gerne hätte ich sie mit Zauberkraft versiegelt, wenn der Drache mich nicht vor jeder magischen Hilfe gewarnt hätte. Ich war so schon nicht auf einen Besuch von Prinz Marek erpicht, aber noch weniger wollte ich, dass er sich daran erinnerte, was sich bei seinem letzten Aufenthalt im Turm wirklich abgespielt hatte. Ich wusste auch nicht, ob der Falke es eventuell bemerken würde, wenn ich einen winzigen Verschlusszauber hier in meinem Zimmer anwenden würde. Aber da ich seine Magie sogar von der Küche aus gespürt hatte, wollte ich lieber kein Risiko eingehen.

Ich drehte mich zu Kasia um. Sie saß erschöpft auf dem Bett. Ihr Rücken war ganz gerade, das war er jetzt immer, aber ihre Hände lagen aufeinandergepresst in ihrem Schoß, und sie hielt den Kopf gesenkt.

»Was hat er zu dir gesagt?«, fragte ich sie und Zorn begann in meinem Bauch zu brodeln.

Kasia schüttelte den Kopf. »Er hat mich gebeten, ihm zu helfen«, antwortete sie. »Er sagte, er würde morgen noch einmal mit mir darüber sprechen.« Sie hob den Kopf und sah mich an.

»Nieshka, du hast mich gerettet. Könntest du für Königin Hanna dasselbe tun?«

Für einen kurzen Moment war ich wieder im Dunklen Wald, tief unter seinen Ästen, und das Gewicht seines Hasses drückte mich nieder. Bei jedem Atemzug krochen Schatten in mich hinein. Angst verschloss mir die Kehle. Aber ich dachte auch an *Fulmia*, und es grollte wie Donner tief in meinem Bauch. Ich stellte mir Kasias Gesicht vor und einen weiteren hochgewachsenen Baum, unter dessen Rinde ein anderes Antlitz zu erkennen war. Durch zwanzig Jahre Wachstum war es gestaltlos und verzerrt, hatte seine Konturen verloren wie eine Statue, deren Züge durch ständig herabströmendes Wasser abgetragen worden waren.

Der Drache saß in seiner Bibliothek, brütete vor sich hin und schrieb etwas. Als ich zu ihm nach unten ging und ihm dieselbe Frage stellte, explodierte er vor Wut. »Versuch, nicht törichter zu sein, als du ohnehin schon bist«, sagte er. »Kannst du denn immer noch nicht sehen, dass es eine Falle ist? Dies ist das Werk des Dunklen Waldes.«

»Ihr denkt, der Dunkle Wald hat … Prinz Marek geholt?«, erkundigte ich mich und fragte mich, ob das nicht vielleicht eine Erklärung für alles sein könnte; ob das der Grund dafür war, dass er –

»Nein, bisher noch nicht«, sagte der Drache. »Aber Marek wird sich ihm selbst ausliefern und einen Magier gleich mit dazu. Ein fabelhafter Tausch für ein Bauernmädchen. Und noch viel besser, wenn du auch noch gleich mit von der Partie bist. Der Dunkle Wald wird einen Herzbaum in dich und Solya hineinpflanzen und das Tal in gerade einmal einer Woche verschlucken. *Das* ist der wahre Grund, warum er sie hat ziehen lassen.«

Aber ich erinnerte mich an den unerbittlichen Widerstand. »Der Dunkle Wald hat sie nicht gehen lassen«, sagte ich. »Er hat nicht *zugelassen,* dass ich sie mitnehme …«

»Ab einem gewissen Punkt schon«, erklärte der Drache. »Der Dunkle Wald hätte alles in seiner Macht Stehende getan, um einen Herzbaum zu schützen, ebenso wie ein General eine Stellung verteidigen würde. Aber nachdem der Baum verloren war – und er war bestimmt schon zu weit zerstört, ganz gleich, ob das Mädchen nun überlebte oder starb –, da versuchte er natürlich, einen Weg zu finden, diese Niederlage in einen Vorteil umzumünzen.«

Wir betrachteten es von allen Seiten. Es war nicht so, als wäre ich der Meinung, der Drache würde sich irren. Das, was er beschrieben hatte, schien mir in seiner Abartigkeit genau zum Dunklen Wald zu passen: Liebe in eine Waffe zu verwandeln. Das bedeutete meiner Meinung nach aber noch lange nicht, dass es sich nicht lohnte, ein Risiko einzugehen. Die Königin zu befreien, würde den Krieg mit Rosya beenden. Es könnte beide Nationen stärken, und wenn wir dabei noch einen weiteren Herzbaum zerstören würden, könnte uns das die Möglichkeit verschaffen, die Macht des Dunklen Waldes für lange Zeit zu brechen.

»Ja«, sagte der Drache höhnisch, »und wenn ein Dutzend Engel vom Himmel herabstiege und den gesamten Wald mit flammenden Schwertern zerstörte, würde das die Situation ebenfalls spürbar verbessern.«

Ich schnaubte wütend und holte mir das dicke Buch aus dem Regal. Ich ließ es zwischen uns auf die Tischplatte krachen und schlug es auf den letzten Seiten auf, die mit Einträgen in der sorgfältigen, gedrungenen Handschrift des Drachen beschrieben waren. Dann legte ich meine Hand darauf. »Wir haben doch wohl gewonnen, oder etwa nicht?« Sein kühles Schweigen war Antwort genug. »Wir können nicht mehr warten. Wir dürfen ein solches Geheimnis nicht hier im Turm für uns behalten und abwarten, bis wir glauben, endlich bereit zu sein. Wenn der Dunkle Wald versucht zuzuschlagen, müssen wir den Angriff erwidern, und zwar schnell.«

»Es gibt noch eine Menge zwischen dem Streben nach Perfektion und unangebrachter Eile«, antwortete der Drache. »Das eigentliche Problem besteht wohl darin, dass du offensichtlich zu viele Balladen über die traurige, verlorene Königin und den gramgeplagten Ehemann gehört hast. Nun denkst du, dass es dich unsterblich macht, wenn du zur Heldin in einer dieser Balladen wirst. Was glaubst du denn eigentlich, was von der Königin noch übrig sein wird, nachdem der Herzbaum zwanzig Jahre von ihr gezehrt hat?«

»Jedenfalls mehr als nach einundzwanzig Jahren«, giftete ich zurück.

»Vielleicht ist ja noch genug von ihr übrig, sodass sie mitbekommt, wie ihr Kind zu ihr in den Herzbaum gesperrt wird«, erwiderte er und die Entsetzlichkeit dieses Gedankens brachte mich zum Schweigen.

»Das ist meine Sorge und nicht die Eure«, mischte sich Prinz Marek ein. Wir fuhren beide am Tisch herum. Er stand im Eingang, schweigend, mit bloßen Füßen und in seinem Nachtzeug. Er ließ den Blick auf mir ruhen, und ich konnte sehen, wie der Erinnerungszauberspruch langsam seine Wirkung einbüßte. Marek erinnerte sich an mich, und mit einem Schlag fiel auch mir wieder ein, wie sich sein Gesicht verändert hatte, als ich vor seinen Augen Magie benutzt hatte. Und wie seine Stimme geklungen hatte, als er ungläubig feststellte: »Du bist eine Hexe!«

Und nun war er auf der Suche nach jemandem, der ihm helfen würde. »Du warst das, nicht wahr?«, fragte er mich, und seine Augen blitzten. »Ich hätte es wissen müssen, dass dieser vertrocknete alte Lindwurm niemals seinen Kopf hinausgestreckt hätte. Nicht einmal für ein so schönes Mädchen. *Du* hast sie befreit!«

»Wir …« stammelte ich und warf dem Drachen einen verzweifelten Blick zu. Marek aber schnaubte nur verächtlich.

Er betrat die Bibliothek und machte einen Schritt auf mich zu. Ich konnte die verblasste Narbe an seinem Haaransatz sehen, wo ich ihn mit dem schweren Tablett bewusstlos geschlagen hatte. Die Magie in meinem Bauch war wie ein Tiger, bereit, jederzeit brüllend hervorzuspringen. Aber in meiner Brust saß noch immer eine Angst, gegen die ich nicht ankam. Mein Atem wurde flacher und schneller, als sich der Prinz näherte. Wenn er noch einen Schritt weiter auf mich zu gemacht, mich berührt hätte, dann glaube ich, hätte ich geschrien – und zwar irgendeine Art von Fluch. Ein Dutzend von Jagas weniger erfreulichen Sprüchen flimmerte durch meine Gedanken wie ein Schwarm Glühwürmchen und wartete nur darauf, von meiner Zunge aufgeschnappt zu werden.

Aber Prinz Marek blieb auf Armeslänge von mir entfernt stehen und beugte sich lediglich vor. »Das Schicksal dieses anderen Mädchens ist besiegelt, musst du wissen«, sagte er und studierte mein Gesicht. »Dem König kommt es suspekt vor, wenn Zauberer behaupten, sie hätten irgendjemanden von dem Übel befreit. Bei zu vielen Zauberern stellt sich kurze Zeit später heraus, dass sie selbst verderbt sind. Das Gesetz sagt, dass deine Freundin sterben muss, und ganz sicher wird der Falke nicht zugunsten des Mädchens aussagen.«

Ich verriet mich selbst und wusste es, aber ich konnte nichts dagegen tun, dass ich bei seinen Worten zusammenzuckte.

»Hilf mir, die Königin zu retten«, fügte der Prinz sanft und einfühlsam hinzu, »und du wirst auf diese Weise auch das Mädchen retten. Wenn der König meine Mutter zurückhat, wird er sie beide verschonen.«

Ich verstand nur zu gut, dass das eine Drohung war: Er sagte mir, dass er Kasia umbringen würde, wenn ich mich weigerte, ihm zu helfen. Ich verabscheute ihn nur noch mehr und zugleich konnte ich ihn doch nicht aus ganzem Herzen hassen. Ich hatte drei Monate lang mit dem furchtbaren Gefühl gelebt, das mich von innen heraus zu zerfressen schien. Er jedoch hatte von Kindesbeinen an damit aufwachsen müssen. Die Mutter war ihm entrissen worden. Man hatte ihm gesagt, dass sie fort sei und ein schlimmeres Schicksal als den Tod erlitten habe; dass sie für immer unerreichbar für ihn sein würde. Ich empfand kein Mitleid mit ihm, aber ich konnte ihn verstehen.

»Und sobald sich die Welt andersherum dreht, muss die Sonne auch im Westen aufgehen, ja?«, fuhr ihn der Drache an. »Ihr werdet nichts anderes erreichen, als dass Ihr getötet werdet, und die Königin mit Euch.«

Der Prinz wirbelte zu ihm herum, fixierte ihn mit seinem Blick und hieb mit geballten Fäusten auf die Tischplatte. Die Kerzenleuchter und die Bücher sprangen regelrecht in die Luft bei seinem Schlag. »Ihr habt ein nutzloses Bauernmädchen gerettet, während Ihr gleichzeitig zulasst, dass die Königin von Polnya verrottet?«, zischte er und die Tischplatte unter seinen Händen knackte. Er hielt inne, holte tief Luft und zwang seine Lippen zu einem gespielten Lächeln, das auf seinen Lippen bebte. »Ihr geht zu weit, Drache. Selbst mein Bruder wird nach dieser Sache nicht mehr auf all die Ratschläge hören, die Ihr ihm einflüstert. Jahrelang haben wir geschluckt, was Ihr uns über den Dunklen Wald erzählt habt ...«

»Wenn Ihr an mir zweifelt, nehmt Eure Männer und geht hinein«, fauchte der Drache gereizt. »Seht doch selbst.«

»Das werde ich«, antwortete Prinz Marek. »Und ich werde auch Euer Hexenmädchen mitnehmen und Eure hübsche Bäuerin mit dazu.«

»Ihr werdet niemanden mitnehmen, der nicht aus freien Stücken gehen will«, sagte der Drache scharf. »Seit Eurer Kindheit seht Ihr Euch selbst als den Helden aus einer Legende ...«

»Immer noch besser, als ein ausgemachter Feigling zu sein«, sagte der Prinz und grinste ihn an, wobei er seine Zähne bleckte. Die Gewaltbereitschaft nahm wie ein Lebewesen im Raum zwischen ihnen Gestalt an. Aber ehe der Drache noch etwas sagen konnte, platzte ich heraus: »Wie wäre es, wenn wir den Dunklen Wald schwächen könnten, *bevor* wir hineingehen?« Die beiden Männer lösten die starren Blicke voneinander und wandten sich verdutzt der Stelle zu, an der ich stand.

Krystynas ausgemergeltes Gesicht erstarrte, als sie an mir vorbeisah und die versammelte Menge an Männern und Zauberern entdeckte, an glänzenden Rüstungen und stampfenden Pferden. Mit leiser Stimme sagte ich: »Wir sind wegen Jerzy hier.« Sie nickte einmal knapp, ohne mich anzuschauen. Dann trat sie einen Schritt zurück ins Haus, um mich hereinzulassen.

Ihr Strickzeug lag auf dem Schaukelstuhl und der Säugling schlief in einer Wiege am Feuer. Er war ein großes, gesundes, rotwangiges Baby, das eine angeknabberte Holzrassel in einer Faust umklammert hielt. Natürlich ging ich sofort zu dem Kind, um es mir genauer anzuschauen. Kasia war nach mir hereingekommen und warf aus einiger Entfernung einen Blick zur Wiege. Beinahe hätte ich sie zu mir gerufen, aber sie drehte sich weg und versuchte, ihr Gesicht so zu halten, dass der Schein des Feuers nicht darauffiel. Ich beschloss zu schweigen. Krystyna sollte sich nicht noch mehr fürchten. Sie zog sich in eine Ecke zurück und warf dem Drachen bei seinem Eintreten scheue Blicke über meine Schulter hinweg zu, während sie mir in kaum hörbarem Ton berichtete, dass der Name des Babys Anatol sei. Sie verstummte, als sich Prinz Marek unter dem Türsturz duckte und das Zimmer betrat, gefolgt vom Falken in seinem strahlend weißen Umhang, auf dem kein einziger Schmutzfleck zu entdecken war. Keiner von ihnen schenkte dem Kind oder Krystyna selbst auch nur die geringste Aufmerksamkeit. »Wo ist der Mann, den das Übel befallen hat?«, wollte der Prinz wissen.

Krystyna flüsterte mir zu: »Er ist in der Scheune. Wir haben ihn dorthin gebracht … Ich wollte das Zimmer nutzen, um … Wir wollten nicht … Ich hatte nichts Böses im Sinn …«

Sie brauchte mir nicht zu erklären, warum sie dieses gequälte Gesicht nicht jede Nacht in ihrem Haus sehen wollte. »Es ist schon gut«, sagte ich. »Krystyna, Jerzy könnte … Wenn wir es versuchen, könnte er vielleicht nicht … Es wird funktionieren. Aber er könnte dabei sterben.«

Ihre Hände umklammerten den Rand der Wiege, doch sie nickte nur knapp. Ich vermutete, in ihren Gedanken war er zu diesem Zeitpunkt längst entschwunden, so als sei er in eine Schlacht gezogen, die bereits verloren war. Als würde ihr nichts anderes übrig bleiben, als auf die endgültige Todesnachricht zu warten.

Wir gingen nach draußen. Sieben kleine Ferkel und ihre dickbäuchige Mutter hoben den Kopf und schnüffelten gelassen in Richtung unserer Pferde. Sie befanden sich in einem neu gebauten Pferch an der Seite des Hauses. Das Holz des Zaunes war noch immer hellbraun und kein bisschen verwittert. Wir ritten um das Gatter herum und dann im Gänsemarsch einen schmalen Pfad entlang, der zwischen den Bäumen hindurchführte und beinahe vollständig überwuchert war, bis wir eine kleine graue Scheune erreichten. Sie stand mitten im hohen Gras zwischen schnell wachsenden Schösslingen. Im Dach konnte ich einige unregelmäßige Löcher erkennen, wo Vögel daran gepickt hatten, um sich Nester zu bauen. Der Riegel quer über der Tür rostete in seinen Haken. Bereits jetzt wirkte dieser Schuppen wie ein vor langer Zeit aufgegebener Ort.

»Öffne die Tür, Michal«, befahl der Hauptmann der Wache, und einer seiner Soldaten saß ab und stapfte durch das Gras zur Scheune. Er war ein junger Mann und wie die meisten Soldaten trug er sein braunes, glattes Haar lang. Er hatte auch einen langen, herabhängenden Schnurrbart und einen geflochtenen Kinnbart. Er sah aus wie die Soldaten auf den Bildern in den Büchern der Bibliothek des Drachen über die Geschichte der alten Zeit, als Polnya gegründet wurde. Michal war stark wie eine junge Eiche, groß und breitschultrig, selbst im Vergleich zu den anderen Soldaten. Mit einer Hand schob er den Riegel zurück und öffnete die beiden Tore mit einem leichten Stoß, sodass die Nachmittagssonne ins Innere der Scheune fallen konnte.

Sofort fuhr er mit einem wortlosen, erstickten Laut zurück, der tief aus seiner Kehle aufstieg. Seine Hand glitt unwillkürlich an seinen Schwertgriff, und beinahe wäre er über seine eigenen Füße gestolpert, als er rückwärts zurückwich.

Jerzy war an der hinteren Wand angekettet worden und das Licht fiel nun gnadenlos auf sein wutverzerrtes Gesicht. Die Augen einer Statue starrten uns unverwandt an.

»Was für eine bösartige Grimasse«, entfuhr es Prinz Marek. »In Ordnung, Janos«, fügte er an den Hauptmann seiner Wache gerichtet hinzu, während er von seinem Pferd stieg. »Bring die Männer und die Pferde auf die Dorfweide und sieh zu, dass sie irgendein Dach über dem Kopf bekommen. Ich denke, den Tieren wird es nicht gefallen, wenn hier Magie am Werk und Geschrei zu hören sein wird.«

»Jawohl, Königliche Hoheit«, antwortete Janos und gab den Befehl an seinen ersten Mann weiter.

Die Soldaten waren genauso froh wie die Pferde, wieder verschwinden zu können. Unsere Reittiere wurden ebenfalls mitgenommen und auch sie waren alles andere als unwillig. Einige der Männer warfen neugierige Seitenblicke durch die Scheunentüren. Ich sah, dass Michal mehrere Male über seine hängenden Schultern schaute. Die rote Farbe war aus seinem Gesicht gewichen.

Keiner von ihnen verstand den Dunklen Wald wirklich. Sie stammten nicht aus dem Tal, ja sie kamen nicht einmal aus der Nähe – der Drache brauchte wie gesagt keine Truppen bereitzuhalten, um sie der Königlichen Armee bei Bedarf zur Verfügung zu stellen. Sie trugen Schilde bei sich, deren Wappen einen Ritter hoch zu Ross zeigten, was bedeutete, dass sie aus den nördlichen Provinzen rings um Tarakai stammten, wo auch Königin Hanna geboren worden war. Ihre Vorstellung von Magie war ein Blitzstrahl auf einem Schlachtfeld: sauber und tödlich. Sie hatten nicht geahnt, was am Ende ihres Rittes auf sie warten würde.

»Halt«, rief der Drache, ehe Janos sein eigenes Pferd wenden konnte, um dem Rest zu folgen. »Wenn ihr da seid, kauft zwei Säcke voll Salz und füllt es in kleine Beutel um, ein Säckchen für jeden Mann. Dann treibt Schultertücher auf, die sich jeder von euch über Mund und Nase binden kann. Und kauft jede Axt, die man euch überlässt.« Er schaute zum Prinzen. »Wir dürfen keine Zeit verlieren. Wenn wir überhaupt etwas bewirken, dann haben wir bestenfalls einen winzigen Vorsprung, vielleicht einen Tag, höchstens zwei, bis sich der Dunkle Wald von dem Schlag erholt hat.«

Prinz Marek nickte Janos zu, um die Anweisungen zu bestätigen. »Sorge außerdem dafür, dass jeder nach Möglichkeit ein wenig Ruhe bekommt«, sagte er. »Wir werden unverzüglich zum Dunklen Wald reiten, sobald wir hier fertig sind.«

»Und betet, dass sich die Königin nicht zu tief im Innern des Waldes befindet«, fügte der Drache mit tonloser Stimme hinzu. Janos' Blick huschte zu ihm, dann wieder zurück zum Prinzen, aber Marek versetzte Janos' Pferd einen Klaps auf die Flanke und drehte sich um. Janos war entlassen und folgte den anderen Männern den schmalen Weg hinunter, bis er schließlich außer Sichtweite war.

Wir fünf blieben allein in der Scheune zurück. Staub schwebte im Sonnenlicht, und der warme, süße Duft von Heu hüllte uns ein. Darunter jedoch mischte sich schwach der erstickende Geruch von verrottenden Blättern. An einer Wand konnte ich ein Loch mit zackigen Rändern im geborstenen Holz sehen: Dort waren die Wölfe eingedrungen, aber nicht, um Vieh zu reißen, sondern um das Übel zu verbreiten. Ich schlang die Arme fest um meinen Körper. Es wurde bereits spät: Schon vor Morgengrauen waren wir aufgebrochen und geradewegs durch das Tal bis nach Dvernik geritten. Wir hatten nur so lange Rast gemacht, bis sich die Pferde ein bisschen ausgeruht hatten. Der Wind fegte jetzt durch die Tür, ein eisiger Hauch in meinem Nacken. Die Sonne warf ihren orangefarbenen Schein auf Jerzys Gesicht und seine weit geöffneten versteinerten Augen. Ich erinnerte mich an das Gefühl, kalt, bewegungsunfähig und versteinert zu sein und fragte mich, ob Jerzy durch seine starren Augen irgendetwas erkennen konnte oder ob der Dunkle Wald ihn in Dunkelheit eingeschlossen hielt.

Der Drache warf dem Falken einen Blick zu und machte eine übertrieben ausladende Geste in Jerzys Richtung. »Vielleicht hättest du die Güte, dich nützlich zu machen?«

Der Falke verbeugte sich knapp und lächelte verkniffen. Dann baute er sich mit erhobenen Händen vor der Statue auf. Die Worte, mit denen er den Versteinerungszauber aufhob, lösten sich wohlklingend und wunderbar geformt von seiner Zunge. Kaum dass er fertig war, bogen sich Jerzys Fingerspitzen zuckend, denn die Versteinerung hatte sie als Erstes freigegeben. Die steifen Klauen, zu denen seine Hände geworden waren, hielt er noch immer zu beiden Seiten ausgestreckt, weil man die rostenden Ketten, die seine Handgelenke umschlossen, an die Wand genagelt hatte. Die Metallglieder schabten übereinander, als Jerzy sich zu bewegen begann. Der Falke wich ein Stückchen zurück, noch immer lächelnd, während die Versteinerung sich langsam von Jerzys Kopfspitze aus abwärts zurückzuziehen begann. Krystynas Mann begann mit den Augen zu rollen und wilde Blicke nach rechts und links zu werfen. Ein schrilles Gelächter platzte aus ihm heraus, sobald die Versteinerung seinen Mund freigab. Dann wurden auch seine Lungen vom Stein erlöst, und das Lächeln auf dem Gesicht des Falken war wie weggewischt, als Jerzys Stimme immer weiter anschwoll, bis sie zu einem ohrenbetäubenden Kreischen geworden war.

Kasia trat niedergeschlagen und bedrückt an meine Seite. Ich griff nach ihrer Hand. Sie stand nun selbst wie eine Statue da, steif und von Erinnerungen überwältigt. Jerzy heulte und lachte und kreischte unablässig, als versuche er, all das Geifern herauszulassen, das so lange in seiner versteinerten Brust eingeschlossen gewesen war. Er krakeelte, bis er außer Atem war, dann hob er wieder den Kopf und grinste uns mit seinen schwarzen, verfaulten Zähnen an. Seine Haut hatte noch immer einen grünlichen Stich. Prinz Marek starrte ihn an und seine rechte Hand hielt den Griff seines Schwertes umklammert. Der Falke war zurückgewichen und stand nun neben ihm.

»Hallo Prinzling«, schnarrte Jerzy in seine Richtung. »Vermisst du deine Mutter? Willst du auch sie rufen hören? *Marek!*« Jerzy schrie plötzlich gellend mit der Stimme einer Frau, hoch und voller Verzweiflung. »*Marechek,* rette mich!«

Marek zuckte am ganzen Körper zusammen, als ob ihm jemand

einen Schlag in den Magen versetzt hätte. Er zog sein Schwert zehn Zentimeter aus der Scheide, ehe er sich wieder im Griff hatte. »Bereitet dem ein Ende!«, fauchte er. »Bringt ihn zum Schweigen!«

Der Falke hob eine Hand und sagte: *»Elrekaduht!«*, noch immer wie gebannt und angewidert. Die keckernden Laute, die aus Jerzys weit aufgerissenem Mund drangen, klangen nun erstickter, als ob sie aus einem geschlossenen Raum mit dicken Wänden kämen. Jetzt war nur noch ein flehentliches Wimmern wie aus weiter Ferne zu hören: *»Marechek, Marechek.«*

Der Falke wirbelte zu uns herum. »Du kannst doch unmöglich vorhaben, *dieses* Ding vom Übel zu reinigen?«

»Ah, *jetzt* bist du also ein bisschen verunsichert, ja?«, fragte der Drache mit kühler, schneidender Stimme.

»Sieh ihn dir an«, sagte der Falke. Er drehte sich wieder zurück, sagte: *»Lehleyast palezh«* und fuhr mit der geöffneten Hand durch die Luft, als wolle er eine beschlagene Scheibe säubern. Ich zuckte zusammen und Kasias Hand umklammerte schmerzhaft die meine. Mit ungläubigem Entsetzen starrten wir Jerzy an. Seine Haut war durchsichtig geworden wie eine dünne grünliche Zwiebelhaut, und darunter war nichts als eine schwarze, sich windende Masse zu sehen, die brodelte und schäumte. Es erinnerte mich an die Schatten, die ich unter meiner eigenen Haut gesehen hatte, doch diese hier waren so angeschwollen, dass sie alles andere, was in Jerzy gewesen war, verschlungen hatten. Sie waberten sogar in seinem Gesicht; seine gelbstichigen Augen konnten beinahe nicht durch die Masse hindurchschauen.

»Eben warst du doch noch bereit, hocherfreut und guten Mutes in den Dunklen Wald hineinzureiten«, spottete der Drache. Er drehte sich um. Prinz Marek starrte Jerzy an. Sein Gesicht war ganz grau geworden, sein Mund nur noch eine schmale, blutleere Linie. Der Drache sagte zu ihm: »Hört mir zu. *Dies* hier«, er deutete auf Jerzy, »dies hier ist noch gar nichts. Das Übel in ihm ist erst dreifach verstärkt. Dank des Versteinerungszaubers hatte es nicht einmal drei Tage Zeit voranzuschreiten. Doch selbst wenn es vierfach verstärkt wäre, könnte ich den Mann mit den üblichen Reinigungszaubern befreien. Die Königin aber ist seit *zwanzig Jahren* in einem Herzbaum gefangen. Wenn wir sie finden und wenn wir sie tatsächlich herausholen und sie dann auch noch reinigen können – und nichts davon ist gewiss –, dann bleibt die Tatsache, dass sie zwanzig Jahre lang die schlimmsten Qualen erduldet hat, mit denen der Dunkle Wald aufwartet. Sie wird Euch nicht in die Arme schließen. Sie wird Euch nicht einmal mehr erkennen. Hier«, fügte er hinzu, »haben wir eine echte Chance gegen den Dunklen Wald. Wenn wir diesen Mann erfolgreich reinigen und wenn wir dabei einen weiteren Herzbaum vernichten, dann sollten wir die Chance nicht vertun, indem wir Hals über Kopf bis in die tiefsten Tiefen des Dunklen Waldes vorstoßen und dabei alles aufs Spiel setzen. Wir sollten ganz am Rand beginnen und eine Schneise in den Dunklen Wald hineinschlagen, so weit, wie wir von Sonnenaufgang bis Sonnenuntergang kommen. Dann sollten wir das Feuerherz hinter uns freilassen, ehe wir uns zurückziehen. Auf diese Weise können wir zwanzig Meilen dieses Tals zurückerobern und den Dunklen Wald für drei Generationen schwächen.«

»Und wenn meine Mutter dabei ebenfalls verbrennt?«, fuhr ihn Prinz Marek an.

Der Drache nickte in Jerzys Richtung. »Würdet *Ihr* lieber so weiterleben?«

»Aber angenommen, sie verbrennt *nicht*!«, gab Marek zu bedenken. »*Nein.*« Er holte so mühsam Luft, als wären ihm eiserne Ketten um die Brust geschlungen. »Nein.«

Der Drache presste die Lippen aufeinander. »Wenn wir es schaffen könnten, den Dunklen Wald empfindlich zu schwächen, dann wären unsere Chancen, die Königin zu finden …«

»Nein«, sagte Marek und schnitt ihm mit einer entschiedenen Handbewegung das Wort ab. »Wir werden meine Mutter herausholen und auf unserem Weg werden wir so viel vom Dunklen Wald wie möglich zerstören. Und *danach,* Drache, wenn Ihr sie gereinigt und den Herzbaum, der sie bindet, niedergebrannt habt, dann schwöre ich Euch, dass ich Euch jeden Mann und jede Axt, die mein Vater entbehren kann, zur Verfügung stellen werde. Und wir werden dann nicht nur zwanzig Meilen des Dunklen Waldes verbrennen. Wir werden den ganzen Weg bis nach Rosya abfackeln und ihn damit ein für alle Mal ausrotten.«

Während seiner Worte hatte er die Schultern gestrafft, sich kerzengerade aufgerichtet und sich breitbeinig hingestellt. Ich biss mir auf die Lippe, denn ich traute Prinz Marek nicht mehr zu, als auf sein eigenes Vergnügen aus zu sein. Und doch kam ich nicht gegen den Gedanken an, dass er vielleicht recht hatte. Wenn wir dem Dunklen Wald auch nur zwanzig Meilen abtrotzen würden, wäre das ein großer Sieg. Aber nur auf kurze Sicht. Ich hingegen wollte auch alles in Flammen stehen sehen.

Natürlich hatte ich den Dunklen Wald schon immer gehasst, aber eher auf eine abstrakte Weise. Er war wie ein Hagelsturm kurz vor der Ernte, ein Heuschreckenschwarm in den Feldern – furchtbarer als diese Dinge, mehr noch: ein Albtraum, der aber trotzdem seiner eigenen Natur gehorchte. Nun erschien er mir wie etwas gänzlich anderes – wie ein Lebewesen, das vorsätzlich und mit aller Gewalt seine ganze Bösartigkeit auf mich losließ, um mir zu schaden und jeden zu verletzen, den ich liebte. Er bedrohte mein gesamtes Dorf und war allzeit bereit, es zu verschlucken, genau wie er es mit Porosna getan hatte. Ich sah mich in meinen Träumen nicht als die große Heldin, wie es mir der Drache vorgeworfen hatte. Aber ich wollte mit Axt und Feuer in den Dunklen Wald reiten. Ich wollte die Königin aus seinem Griff befreien, auf beiden Seiten Armeen zusammenziehen und ihn dem Erdboden gleichmachen.

Nach einem kurzen Moment schüttelte der Drache den Kopf, schwieg aber und setzte die Diskussion nicht fort. Stattdessen war es der Falke, der jetzt zum Protest anhob. Er sah nicht annähernd so entschlossen aus wie Prinz Marek. Seine Augen ruhten noch immer auf Jerzy, und er hatte eine Ecke seines weißen Umhangs über Nase und Mund gepresst, als würde er mehr sehen als wir und sich davor fürchten, Übelkeit und Verderbtheit einzuatmen. »Ich hoffe, du wirst mir meine Bedenken verzeihen: Vielleicht bin ich einfach bedauernswert unerfahren in diesen Dingen«, begann er und der angestrengte zynische Unterton in seiner Stimme war selbst durch den Umhang hindurch bestens zu verstehen. »Aber ich würde so weit gehen, dies hier als einen wirklich bemerkenswerten Fall von Ansteckung mit dem Übel zu bezeichnen. Man könnte den Mann nicht einmal dann retten, wenn man ihn vor dem Verbrennen köpfte. Vielleicht sollten wir erst sicherstellen, dass du ihn tatsächlich reinigen kannst, bevor ihr beide euch zwischen zwei fabelhaften Plänen entscheidet, von denen sich letztendlich keiner in die Tat umsetzen lassen wird.«

»Wir hatten eine Übereinkunft!« Prinz Marek wirbelte zu ihm herum und sprach in beschwörendem Tonfall.

»Ich hatte zugestimmt, dass es sich lohnt, das Risiko einzugehen, *falls* Sarkan wirklich einen Weg gefunden hat, das Übel auszutreiben«, antwortete der Falke. »Aber *das* hier …?« Wieder wanderte sein Blick zu Jerzy. »Ich unternehme nichts, ehe ich nicht mit eigenen Augen gesehen habe, dass der Drache hier erfolgreich ist. Und auch dann werde ich mich lieber zweimal vergewissern. Vielleicht war das Mädchen hier überhaupt nicht von dem Übel befallen und der Drache hat das Gerücht nur gestreut, um seinem Ruf etwas mehr Glanz zu verleihen.«

Der Drache schnaubte verächtlich und machte sich nicht die Mühe einer Erwiderung. Er drehte sich um, zog eine Handvoll Halme aus einem alten, auseinandergefallenen Strohballen und begann, einen Zauber über ihnen zu wirken, während seine Finger sie schnell und geschickt miteinander verflochten. Prinz Marek packte den Falken am Arm, zerrte ihn zur Seite und flüsterte zornig auf ihn ein.

Jerzy sang noch immer vor sich hin, was hinter dem Dämpfungszauber nur erstickt zu vernehmen war. Aber er hatte angefangen, sich in den Ketten hin und her zu wiegen und sich nach vorne fallen zu lassen, bis seine Arme hinter ihm ausgestreckt waren, so weit es ging. Gehalten wurde er nur noch von den Ketten und von den Hand- und Fußschellen. Immer wieder warf er sich dagegen und ließ seinen Kopf nach vorne schnellen, um nach irgendetwas zu schnappen und in die Luft zu beißen. Außerdem ließ er seine Zunge heraushängen – ein absurd angeschwollenes schwarzes Ding, das aussah, als sei ihm eine riesige Nacktschnecke in den Mund gekrochen. Damit wackelte er in unsere Richtung und rollte mit den Augen.

Der Drache ignorierte ihn. In seinen Händen verdickten sich die Strohhalme und wuchsen zu einem kleinen Tisch mit knubbeligen Beinen, der kaum dreißig Zentimeter breit war. Dann nahm der Drache einen Lederbeutel, den er mitgebracht hatte, und öffnete ihn. Vorsichtig zog er die *Beschwörung* hervor. Das Licht der untergehenden Sonne ließ die golden aufgeprägten Buchstaben aufblitzen, als er das Buch auf den kleinen Tisch legte.

»In Ordnung«, sagte er an mich gewandt. »Lass uns anfangen.«

Bis zu diesem Zeitpunkt hatte ich überhaupt nicht daran gedacht, dass ich hier, vor den Augen des Prinzen und des Falken, die sich nun zu uns umdrehten, die Hand des Drachen nehmen müsste, um meine Magie mit der seinen zu verbinden. Mein Magen schrumpfte wie eine getrocknete Pflaume zusammen. Ich warf dem Drachen einen Blick zu, aber sein Gesicht sah betont unbeeindruckt aus, als empfände er nur mildes Interesse für all das, was wir taten.

Zögernd ging ich zu ihm und stellte mich neben ihn. Die Augen des Falken ruhten auf mir, und ich war mir sicher, dass da Magie in seinem raubtierhaften, durchdringenden Blick lag. Ich hasste die Vorstellung, mich so vor ihm und vor Marek zu entblößen. Beinahe noch mehr hasste ich es jedoch, Kasia hierzuhaben, die mich so gut kannte. Ich hatte ihr nicht viel über jene Nacht berichtet, über das letzte Mal, als der Drache und ich gemeinsam versucht hatten, einen Zauber zu wirken. Ich war nicht in der Lage gewesen, es in Worte zu fassen, und ich hatte auch nicht so viel darüber nachdenken wollen. Aber ich konnte mich nicht weigern – nicht mit Jerzy vor uns, der in seinen Ketten baumelte wie ein Spielzeug, das mein Vater mir vor langer Zeit geschnitzt hatte: ein lustiges Männchen aus Holz, das zwischen zwei Stäben hüpfte und Überschläge machte.

Ich schluckte und legte meine Hand auf den Einband der *Beschwörung.* Dann schlug ich das Buch auf und begann, gemeinsam mit dem Drachen zu lesen.

Wie wir so nebeneinanderstanden, wirkten wir steif und linkisch, aber unsere Zaubersprüche vereinigten sich, als ob sie inzwischen ein Eigenleben führten. Meine Schultern lockerten sich wieder. Ich hob den Kopf und sog dankbar und tief die Luft in meine Lungen. Mir blieb nichts anderes übrig. Ich konnte mich nicht darum scheren, ob mir die ganze Welt zusah. Die Beschwörung umspülte uns mühelos wie ein Fluss. Die Stimme des Drachen war ein perlender Singsang, den ich mit Wasserfällen und springenden Fischen ergänzte. Licht umfing uns strahlend hell wie ein früher Sonnenaufgang. Aus Jerzys Gesicht heraus aber blickte uns der Dunkle Wald an und verhöhnte uns mit wortlosem Hass.

»Funktioniert es?«, fragte Prinz Marek hinter uns den Falken. Ich hörte seine Antwort nicht. Jerzy war im Dunklen Wald verloren, ebenso wie Kasia seinerzeit, aber er hatte bereits aufgegeben. Zusammengesunken lehnte er an einem Baumstumpf, seine blutenden Füße vor sich ausgestreckt, die Muskeln seines Kiefers schlaff, und er starrte ausdruckslos auf die Hände in seinem Schoß. Als ich ihn rief, rührte er sich nicht. »Jerzy!«, schrie ich.

Trübe schaute er hoch, sah teilnahmslos in meine Richtung und ließ den Kopf entmutigt wieder sinken.

»Ich sehe … Da gibt es tatsächlich einen Kanal«, sagte der Falke. Als ich ihm einen Blick zuwarf, entdeckte ich, dass er seine maskenhafte Augenbinde wieder angelegt hatte. Das seltsame Falkenauge spähte aus seiner Stirn heraus und die schwarze Pupille wirkte riesig.

»Das ist der Weg, auf dem das Übel aus dem Dunklen Wald herauskommt. Sarkan, wenn ich jetzt das Reinigungsfeuer auf diesen Pfad schicke …«

»Nein!«, protestierte ich rasch. »Dann wird Jerzy sterben.« Der Falke warf mir einen unzufriedenen Blick zu. Natürlich interessierte es ihn nicht im Geringsten, ob Jerzy tot oder lebendig war. Kasia aber drehte sich um und stürmte aus der Scheune, den schmalen Weg hinunter. Nach einer Weile kam sie zurück und brachte die verängstigte Krystyna mit, die das Baby in ihren Armen wiegte. Krystyna schreckte vor der Magie und vor Jerzys Zappeln zurück, aber Kasia flüsterte ihr mit beschwörender Stimme etwas zu. Krystyna drückte ihr Kind noch fester an sich und kam langsam einen Schritt näher, dann noch einen, bis sie schließlich Jerzy ins Gesicht schauen konnte. Ihre eigene Miene veränderte sich.

»Jerzy«, rief sie, »Jerzy!«, und sie streckte ihm die Hand entgegen. Kasia verhinderte, dass sie sein Gesicht berührte, aber ich sah, wie er tief im Dunklen Wald wieder seinen Kopf hob und dann langsam, ganz langsam aufstand.

Das Licht der *Beschwörung* war auch ihm nicht gnädiger als Kasia und mir. Ich spürte es diesmal in der Ferne und wurde nicht unmittelbar davon berührt wie beim letzten Mal. Er aber war vor uns entblößt und voller Zorn: die kleinen Gräber all ihrer Kinder und Krystynas schweigendes, leidendes Gesicht, der beißende Hunger in seinem Bauch und seine bittere Abscheu gegenüber den kleinen Körben mit mitleidigen Gaben. Er tat so, als sähe er sie nicht in den Ecken seines Hauses, doch sie verrieten ihm, dass seine Frau betteln gegangen war. Die rohe Verzweiflung, als er sah, wie seine Kühe dem Übel zum Opfer fielen und wie sein letzter Versuch, einen Weg aus der Armut zu finden, gescheitert war. Halb hatte er es gewollt, dass die Bestien ihn töteten.

In Krystynas Gesicht konnte man ihre eigene niederschmetternde Verzweiflung und ihre hilflosen dunklen Gedanken lesen: Ihre Mutter hatte ihr gesagt, sie solle keinen armen Mann heiraten; ihre Schwester in Radomsko hatte vier Kinder und einen Ehemann, der als Weber gutes Geld verdiente. Die Kinder ihrer Schwester hatten alle überlebt und sie hatten niemals frieren und hungern müssen.

Jerzy verzog seinen Mund vor Scham. Seine Zähne biss er fest aufeinander, er zitterte. Krystyna aber schluchzte einmal auf und streckte erneut die Hand nach ihm aus. Da erwachte das Baby und schrie: ein schrecklicher Laut, aber auf irgendeine Weise auch wunderbar einfach und beruhigend alltäglich. Jerzy machte einen Schritt vorwärts.

Und dann war alles plötzlich viel einfacher. Der Drache hatte recht: Das Übel war schwächer ausgeprägt als bei Kasia, obwohl alles so grauenhaft ausgesehen hatte. Jerzy war nicht so tief im Innern des Dunklen Waldes, wie es Kasia gewesen war. Nachdem er sich erst einmal in Bewegung gesetzt hatte, stolperte er schneller und immer schneller auf uns zu. Auch die peitschenden Äste, die sich ihm in den Weg warfen, waren nur dünn. Jerzy hielt sich die Arme vors Gesicht und begann, sich rennend durch das Zweigwerk zu kämpfen.

»Übernimm du den Spruch«, sagte der Drache, als wir ganz am Ende angekommen waren. Ich biss die Zähne zusammen und hielt die *Beschwörung* mit aller Macht aufrecht, während er seine Magie aus meiner löste. »Jetzt«, sagte er zu dem Falken, »sobald er es nach draußen geschafft hat.« Und als Jerzys eigene Züge in seinem Gesicht auftauchten, hoben die beiden Zauberer Seite an Seite die Hände und sprachen zeitgleich: *»Ulozishtus sovjenta!«*

Jerzy schrie, als er sich durch das reinigende Feuer schob, aber er schaffte es: Einige wenige stinkende Tropfen quollen wie Teer aus seinen Augenwinkeln, rollten aus seinen Nasenlöchern und trafen dampfend auf den Boden. Sein ganzer Körper wurde schlaff und sackte in den Ketten zusammen.

Kasia schob mit den Füßen Erde über die Tropfen. Der Drache machte einen Schritt nach vorne, um Jerzy am Kinn zu packen und seinen Kopf zu heben, als ich endlich die *Beschwörung* zu Ende gelesen hatte. »Sieh her!«, sagte er zum Falken.

Dieser legte beide Hände auf Jerzys Wangen und ließ einen Zauberspruch wie einen Pfeil los. Im letzten furchterregenden Lichtschein der *Beschwörung* schnellte er davon. An der Wand zwischen den Ketten über Jerzys Kopf öffnete der Spruch des Falken ein Fenster. Einen

Moment lang sahen wir alle einen hohen, alten Herzbaum, zweimal so groß wie der, in dem Kasia gefangen gewesen war. Die Äste schlugen im prasselnden Feuersturm wild in alle Richtungen.

Kapitel 14

Die Soldaten lachten und machten fröhlich ihre Scherze miteinander, als wir am nächsten Tag in den stillen Stunden vor dem Morgengrauen Dvernik verließen. Sie trugen ihre Waffen und sahen alle prächtig aus in ihren glänzenden Rüstungen, ihren Helmen mit den wippenden Federbüschen und ihren langen grünen Umhängen. Ihre in leuchtenden Farben bemalten Schilde hingen an den Sätteln ihrer Pferde. Den Soldaten war ihre Wirkung bewusst und sie trieben ihre Rösser stolz im Schritttempo durch die dunklen Gassen. Selbst die Reittiere hielten ihre Köpfe höher erhoben als sonst.

Natürlich war es nicht leicht gewesen, in einem derart kleinen Dorf dreißig Schultertücher aufzutreiben, und so hatten die meisten Männer auf einfache Schals aus dicker, kratziger Wolle zurückgreifen müssen, die eigentlich für den Winter gedacht waren. Wie der Drache es ihnen aufgetragen hatte, hatten sie sie sorgfältig um ihre Hälse und Gesichter gewickelt. Immer wieder fielen die Soldaten ungewollt aus ihrer so sorgsam zur Schau gestellten Pose, um sich ausgiebig unter den Stofflagen zu kratzen.

Als Kind war ich auf den großen schwerfälligen Zugpferden meines Vaters geritten, die sich selbst dann nur mit milder Überraschung zu mir umgedreht hätten, wenn ich auf ihrem Rücken plötzlich einen Kopfstand gemacht hätte. Sie ließen sich zu keiner schnelleren Gangart als Schritt bewegen, Galopp war vollkommen undenkbar gewesen. Prinz Marek aber hatte uns auf die überzähligen Pferde gesetzt, die seine Männer mitgebracht hatten, und bei ihnen schien es sich um einen vollkommen anderen Typ von Pferden zu handeln. Als ich ungeschickt an den Zügeln zerrte, stieg mein Pferd auf die Hinterbeine und keilte mit den Vorderhufen. Eine Weile tänzelte es wie eine Krähe vorwärts, während ich mich voller Angst an seiner Mähne festklammerte. Irgendwann stellte es sich wieder auf alle viere – der Grund dafür war für mich nicht nachzuvollziehen. Danach stolzierte es sehr zufrieden mit sich selbst weiter. Jedenfalls bis wir Zatochek passierten.

Es ließ sich nicht genau sagen, wo die Dorfstraße endete. Vermutlich hatte sie früher bis nach Porosna und vielleicht bis zu einigen anderen namenlosen, schon vor langer Zeit verschwundenen Dörfern dahinter gereicht. Doch noch ehe wir den Bach des Müllerhauses an der Brücke von Zatochek hinter uns gelassen hatten, begannen bereits das Unkraut und das Gras über den Weg zu wuchern. Nach einer weiteren Meile war kaum noch etwas vom früheren Pfad zu erkennen. Die Soldaten lachten und sangen ungerührt weiter, die Pferde aber waren vielleicht weiser als wir. Ihre Schritte wurden langsamer, ohne dass sie dafür ein Zeichen ihrer Reiter gebraucht hätten. Sie schnaubten nervös und warfen ihre Köpfe hin und her, stellten ihre Ohren nach vorne und wieder zurück. Nervöse Schauer liefen ihnen über das Fell, als ob sie von Fliegen geplagt würden. Aber da waren keine Fliegen. Vor uns wartete eine Mauer aus dunklen Bäumen.

»Nach dort drüben«, sagte der Drache zu den Männern, und als ob die Pferde ihn verstanden hätten und froh über die Anweisung wären, blieben sie allesamt auf der Stelle stehen. »Trinkt ein bisschen Wasser und esst etwas, wenn ihr wollt. Sobald wir unter den Bäumen hindurchreiten, darf nichts mehr über eure Lippen kommen.« Er saß von seinem Pferd ab.

Auch ich stieg ganz vorsichtig zu Boden. »Ich werde sie halten«, bot mir einer der Soldaten an, ein blonder Junge mit einem freundlichen runden Gesicht, dessen einziger Makel eine offenkundig zweimal gebrochene Nase war. Fröhlich und geschickt kümmerte er sich um meine Stute. Alle Männer ließen Brotlaibe und Flaschen herumgehen.

Der Drache winkte mich zu sich. »Du musst dich mit deinem Schutzzauber umgeben und er muss so stark wie möglich sein«, sagte er. »Und dann versuch, ihn auch über die Soldaten zu legen, wenn es geht. Ich werde dich außerdem mit einem meiner eigenen Schutzzauber ausstatten.«

»Wird das die Schatten aus uns heraushalten?«, fragte ich zweifelnd. »Sogar im Innern des Dunklen Waldes?«

»Nein, aber es wird sie langsamer machen«, erwiderte er. »Es gibt da eine Scheune unmittelbar hinter Zatochek, dort bewahre ich Vorräte an Reinigungstränken auf, die gegen den Drang wirken, einfach in den Dunklen Wald hineinzugehen. Sobald wir wieder draußen sind, werden wir dorthin reiten und eine zehnfache Dosis davon zu uns nehmen, ganz gleich, wie sicher wir uns fühlen, frei von allen Schatten zu sein.«

Ich sah kurz zu der Gruppe von jungen Soldaten hinüber, die plauderten und miteinander lachten, während sie ihr Brot aßen. »Habt Ihr denn genug für alle?«

Er ließ seinen kühlen, wissenden Blick über die Männer wandern wie einen Zug mit einer Sense. »Genug für diejenigen, die dann noch am Leben sein werden – wie viele es auch sein mögen«, sagte er.

Mir lief ein Schauer über den Rücken. »Ihr haltet das für keine gute Idee. Auch nicht nach der Sache mit Jerzy.« Eine dünne Rauchsäule stieg noch immer aus dem Dunklen Wald auf, an der Stelle, an der der Herzbaum gebrannt hatte. Gestern hatten wir ihn gesehen.

»Es ist eine furchtbare Idee«, sagte der Drache. »Aber zuzulassen, dass Marek dich und Solya ohne mich mit hineinnimmt, ist noch schlimmer. Wenigstens habe ich eine Vorstellung davon, was uns dort erwartet. Komm: Uns bleibt nicht viel Zeit.«

Kasia half mir schweigend dabei, die Tannennadeln, die ich für meinen Zauberspruch mitgebracht hatte, zu ein paar kleinen Häufchen aufzuschichten. Der Falke war bereits damit beschäftigt, rings um Prinz Marek einen komplizierten Schutzschild zu wirken. Wie eine glänzende Mauer aus Backsteinen, die er nach und nach aufeinanderschichtete. Als sie schließlich bis über Mareks Kopf ragte, begann sie zu glühen und sein Körper schien sie in sich aufzunehmen. Wenn ich aus den Augenwinkeln zu Marek sah, konnte ich einen schwachen Schimmer an seiner Haut kleben sehen. Der Falke wandte den gleichen Spruch bei sich selbst an. Mir fiel aber natürlich auf, dass er ihn über keinen der Soldaten legte.

Ich kniete mich hin und entzündete mit meinen Tannennadeln und Zweigen ein stark qualmendes Feuer. Als der bittere, erstickende Rauch die ganze Lichtung ausfüllte, sah ich zum Drachen hoch. »Wirkt Ihr jetzt Euren Spruch?«, fragte ich. Der Zauber, den der Drache auf meine Schultern legte, fühlte sich an, als würde ich mir unmittelbar vor einem Kaminfeuer einen dicken Umhang überwerfen: Mich juckte es überall und ich fühlte mich unbehaglich. Außerdem machte ich mir zu viele Gedanken darüber, warum ich ihn brauchen würde. Ich sang meinen eigenen Schutzzauber, während der Drache den seinen sprach. Ich stellte mir dabei vor, dass ich mich am ganzen Körper gegen den tiefsten Winter zu schützen versuchte: nicht nur mit einem Umhang, sondern mit Fäustlingen, einem Wollschal und einer Mütze, deren Ohrenschützer heruntergeklappt waren, gestrickten Hosen über meinen Stiefeln und einem breiten Kopf- und Schultertuch. Alles war ordentlich ineinandergesteckt, sodass kein Spalt frei blieb, durch den die kalte Luft würde eindringen können. »Jeder von euch soll seinen Schal über Mund und Nase ziehen«, sagte ich, ohne den Blick von meinem rauchenden Feuer zu heben. Einen Moment lang vergaß ich, dass ich mit erwachsenen Männern, ja mit Soldaten sprach. Noch bemerkenswerter war jedoch, dass sie taten, was ich ihnen befahl. Ich sorgte dafür, dass sich der Qualm rings um mich herum verteilte und sich in der Wolle der Tücher und Schals festsetzte, die sie sich um ihre Köpfe geschlungen hatten. Auf diese Weise sorgte ich für ihren Schutz.

Die letzten Tannennadeln zerfielen zu Asche und das Feuer erlosch. Etwas unsicher stand ich auf, hustete vom Rauch und rieb mir die Augen. Als ich blinzelte und wieder klarere Sicht hatte, bekam ich einen Schreck: Der Falke beobachtete mich, hungrig und mit stechendem Blick, während er die Falten seines eigenen Umhangs über seinen Mund und seine Nase drapierte. Rasch drehte ich mich um und ging davon, um selbst einen Schluck Wasser zu trinken und mir den Rauch von den Händen und aus dem Gesicht zu waschen. Mir gefiel es nicht, wie er versuchte, mich mit seinen Blicken bis auf Mark und Bein zu durchdringen.

Kasia und ich teilten uns einen Laib Brot – das ein Leben lang vertraute Brot vom Bäcker in Dvernik, knusprig und graubraun und ein kleines bisschen säuerlich: der Geschmack eines jeden einzelnen Morgens, den ich zu Hause verbracht hatte. Die Soldaten verstauten ihre Flaschen, wischten sich die Brotkrumen von der Kleidung und stiegen wieder auf ihre Pferde. Die Sonne war über den Bäumen aufgegangen.

»In Ordnung, Falke«, sagte Prinz Marek, als wir alle zum Aufbruch bereit waren. Er zog einen seiner Panzerhandschuhe aus, sodass ein Ring zu sehen war, der oberhalb des ersten Gliedes seines kleinen Fingers saß: ein zartes rundes Goldband, mit kleinen blauen Juwelen besetzt. Es war der Ring einer Frau. »Zeig uns den Weg.«

»Haltet Euren Daumen über den Ring«, sagte der Falke und beugte sich auf seinem eigenen Pferd vor. Mit einer edelsteinbesetzten Nadel stach er Marek in die Daumenkuppe, bis ein dicker Blutstropfen hervorquoll, auf den goldenen Ring fiel und ihn rot verfärbte. Währenddessen murmelte der Falke einen Aufspürzauber.

Die blauen Steine nahmen einen dunklen Lilaton an. Violettes Licht sammelte sich rings um Mareks Hand, und auch als er seinen Handschuh wieder überstreifte, blieb das Licht deutlich erkennbar. Er reckte seine Faust vor sich in die Luft und bewegte sie hin und her. Als er sie in Richtung des Dunklen Waldes streckte, leuchtete das Licht heller. Er führte uns an und ein Pferd nach dem anderen trat über die Asche und wagte sich hinein in den Dunklen Wald.

Jetzt im Frühling war der Dunkle Wald ein ganz anderer Ort als im Winter. Über allem lag ein Gefühl von Schnelligkeit und Wachheit. Meine Haut prickelte, sobald sich die ersten Schatten der Äste auf uns gelegt hatten, und ich konnte überall um mich herum Augen spüren, die uns beobachteten. Die Hufe der Pferde klangen dumpf auf dem Boden, das Moos und das Unterholz schluckten die Geräusche. Die Tiere versuchten, den Ranken aus dem Weg zu gehen, die mit ihren spitzen, langen Dornen nach uns griffen. Schweigende dunkle Vögel schossen beinahe unsichtbar neben uns von Baum zu Baum, immer auf gleicher Höhe mit uns. Plötzlich war ich mir ganz sicher: Wenn ich im Frühling allein hierhergekommen wäre, hätte ich Kasia nicht erreicht, jedenfalls nicht ohne einen Kampf.

Heute aber ritten wir in einem Pulk von dreißig Mann und jeder von uns war gut gerüstet und bewaffnet. Die Soldaten trugen lange, schwere Klingen, Fackeln und Säcke mit Salz, ganz wie der Drache es befohlen hatte. Diejenigen, die vorneweg ritten, hackten das Gestrüpp weg, und wir anderen verbreiterten den Pfad, indem wir ihnen hinterherdrängten. Die übrigen Männer brannten rechts und links die Dornenbüsche nieder und streuten Salz auf die Erde, sodass wir später auf demselben Weg würden zurückkehren können, auf dem wir gekommen waren.

Ihr Gelächter aber war verstummt. Schweigend ritten wir weiter, nur das leise Klirren der Geschirre und die weichen Schritte der Hufe auf dem nackten Boden waren zu hören. Hin und wieder erklangen auch ein paar gemurmelte Worte, die die Männer miteinander wechselten. Die Pferde schnaubten nicht einmal mehr. Sie suchten die Bäume mit weit aufgerissenen, weiß geränderten Augen ab. Wir alle spürten, dass wir gejagt wurden.

Kasia ritt neben mir und sie hielt ihren Kopf tief über den Hals ihres Pferdes gebeugt. Ich schaffte es, die Hand auszustrecken und ihre Finger zu berühren. »Was ist los?«, fragte ich leise.

Sie wandte den Blick von dem vor uns liegenden Weg ab und deutete auf einen Baum in der Ferne: eine alte, verkohlte Eiche, die schon vor Jahren vom Blitz getroffen worden war. Moos hing von den toten Ästen, sodass der Baum wie eine greise, gebeugte Frau aussah, die ihren Rock zu einem mühevollen Knicks ausbreitete. »Ich erinnere mich an diesen Baum«, sagte sie, ließ ihre Hand wieder sinken und starrte geradewegs zwischen den Ohren ihres Pferdes hindurch vor sich hin, »und auch an diesen roten Felsen, an dem wir vorbeigekommen sind, und an den grauen Dornbusch – an all das. Es ist, als ob ich nicht fortgegangen wäre.« Sie flüsterte jetzt. »Es ist, als ob ich den Dunklen Wald gar nicht verlassen hätte. Ich weiß nicht mal, ob du überhaupt real bist, Nieshka. Was, wenn ich nur wieder einen Traum habe?«

Hilflos drückte ich ihre Hand. Ich wusste nicht, wie ich sie trösten sollte.

»Da ist irgendetwas in der Nähe!«, sagte sie. »Irgendetwas ist vor uns.«

Der Hauptmann hatte sie gehört und sah über die Schulter hinweg zu ihr. »Etwas Gefährliches?«

»Etwas Totes«, antwortete Kasia und schlug die Augen nieder. Nun schaute sie auf den Sattel ihres Pferdes und ihre Hände umklammerten fester und fast krampfhaft die Zügel.

Rings um uns herum wurde es nun heller und der Weg unter den Füßen der Pferde verbreiterte sich. Die Geräusche ihrer Hufeisen klangen jetzt hohl. Ich sah hinunter und entdeckte Kopfsteinpflaster, kaputt und halb von Moos überwuchert. Als ich wieder hochschaute, zuckte ich zusammen: Aus der Ferne starrte mich durch die Bäume hindurch ein geisterhaftes graues Gesicht an. Über einem breiten, quadratischen Mund öffnete sich ein riesiges, hohles Auge: eine ausgebrannte Scheune.

»Verlasst den Weg«, befahl der Drache mit schneidender Stimme. »Reitet drum herum; ob nach Norden oder nach Süden, spielt keine Rolle. Aber reitet nicht durch das Gebiet vor uns und haltet nicht an.«

»Was ist das für ein Ort?«, fragte Marek.

»Porosna«, antwortete der Drache. »Oder das, was davon übrig ist.«

Wir wendeten die Pferde und schlugen die nördliche Richtung ein. Vorsichtig suchten wir uns einen Weg durch Dornenbüsche und Ruinen von kleinen, armseligen Häusern, deren Balken verzogen und deren Dächer eingefallen waren. Ich versuchte, nicht zu Boden zu schauen. Er war dicht zugewachsen mit Moos und dünnem Gras, und hohe, junge Bäume reckten sich der Sonne entgegen. Weiter oben hatten sie sich bereits ausgebreitet und schirmten mit ihren sich wiegenden Ästen hier und da das Sonnenlicht ab. Doch ab und zu waren Umrisse zu erkennen, die nur halb unter dem Moos verschwunden waren; mal eine Knochenhand, die aus der Grassode herausragte, mal weiße Fingerspitzen, die durch den weichen grünen Teppich stachen, das Licht einfingen und kalt glänzten. Als ich dorthin sah, wo sich der Dorfplatz befunden haben musste, entdeckte ich, dass sich über den Häusern eine riesige, schimmernde silberne Baumkrone wölbte. Selbst aus der Ferne konnte ich das raschelnde Flüstern der Blätter eines Herzbaumes hören.

»Können wir nicht haltmachen und alles niederbrennen?«, flüsterte ich, so leise ich konnte, dem Drachen zu.

»Gewiss«, sagte er. »Wenn wir dafür das Feuerherz benutzen und uns sofort auf demselben Weg, auf dem wir gekommen sind, zurückziehen. Es wäre klug, genau das zu tun.«

Er bemühte sich nicht darum, seine Stimme zu dämpfen. Aber Prinz Marek schaute nicht zu uns zurück. Nur ein paar der Soldaten warfen uns scheele Blicke zu. Die Pferde reckten ihre Hälse und zitterten. Wir ritten rasch weiter und ließen den Tod hinter uns zurück.

Etwas später machten wir Rast, damit die Pferde sich ausruhen konnten. Sie alle waren erschöpft; gleichermaßen von der Furcht wie von der Anstrengung. Der Weg hatte um sumpfiges Gelände herumgeführt, wo ein frühlingshafter Bach versickerte und begann auszutrocknen, da der Zufluss durch die Schneeschmelze versiegt war. Nur noch ein kleines Rinnsal war übrig, das sich auf felsigem Untergrund zu einem klaren Teich sammelte.

»Ist es sicher, die Pferde hier trinken zu lassen?«, fragte Prinz Marek den Drachen. Der jedoch zuckte die Achseln. »Warum nicht?«, erwiderte er. »Es ist auch nicht schlimmer, als sie unter den Bäumen entlangzutreiben. Wenn das hier vorbei ist, werdet Ihr sie ohnehin allesamt töten müssen.«

Janos war bereits von seinem Pferd geglitten; er hatte ihm eine Hand auf die Nüstern gelegt und beruhigte das Tier. Nun schnellte sein Kopf herum. »Das sind ausgebildete Kriegspferde. Sie sind ihr Gewicht in Silber wert.«

»Und das Reinigungselixier wiegt ihr Gewicht in Gold auf«, sagte der Drache. »Wenn Ihr an ihnen hängt, hättet Ihr sie gar nicht erst in den Dunklen Wald führen sollen. Aber grämt Euch nicht allzu sehr. Die Chancen stehen gut, dass sich die Frage gar nicht stellen wird.«

Prinz Marek bedachte ihn mit einem harten Blick, stritt aber nicht mit ihm. Stattdessen nahm er Janos beiseite und redete beruhigend auf ihn ein.

Kasia war zum Rande der Lichtung gegangen, von wo aus eine Handvoll Wildspuren weiterführten. Dem Teich hatte sie den Rücken zugekehrt. Ich fragte mich, ob sie auch diesen Ort während ihrer langen Wanderungen in der Gefangenschaft des Dunklen Waldes gesehen hatte. Sie starrte in die düsteren Baumreihen. Der Drache trat an ihre Seite; er schaute sie an und sagte etwas. Ich konnte sehen, dass sie ihm den Kopf zudrehte.

»Ich frage mich, ob du weißt, was er dir schuldet«, sagte der Falke unerwartet hinter mir. Ich fuhr zusammen und wandte mich ihm zu. Mein Pferd trank durstig; ich griff nach den Zügeln, drängte mich ein bisschen näher an seine warme Flanke und antwortete nicht.

Der Falke hob eine seiner schmalen Augenbrauen, die schwarz und sauber in Form gehalten waren. »Das Königreich hat keinen unerschöpflichen Vorrat an Zauberern. Das Gesetz gibt vor, dass diejenigen vom Vasallentum befreit sind, die über die Gabe verfügen. Auch du hast jetzt ein Anrecht auf einen Platz bei Hofe und auf den Schutz durch den König selbst. Du hättest überhaupt nie in diesem Tal versteckt und schon gar nicht wie ein Dienstmädchen behandelt werden dürfen.« Er wedelte mit der Hand vor meiner Kleidung herum. Ich hatte mich so angezogen, als würde ich im Wald etwas sammeln gehen. Ich trug Stiefel mit hohen Schäften gegen Schlamm und Schmutz, lockere Arbeitshosen aus Sackleinen und ein braunes Kittelkleid darüber. Der Falke hingegen hatte noch immer seinen weißen Umhang um die Schultern gehängt. Allerdings war die Bosheit des Dunklen Waldes größer als jeder Zauberspruch, der in einem gewöhnlichen Wald dafür gesorgt hätte, dass er ordentlich und sauber blieb. An den Säumen hingen lose Fäden herunter.

Er verstand meinen zweifelnden Blick falsch: »Dein Vater ist ein Bauer, nehme ich an?«

»Ein Holzfäller«, berichtigte ich ihn.

Wieder winkte er ab und gab mir damit zu verstehen, dass das für ihn nicht den geringsten Unterschied machte. »Ich kann mir vorstellen, dass du nichts vom Hof weißt. Als die Gabe in mir heranzuwachsen begann, schlug der König meinen Vater zum Ritter, und als ich meine Ausbildung beendet hatte, machte er ihn zum Baron. Dir gegenüber wird er sich nicht weniger großzügig zeigen.« Er beugte sich zu mir, und mein Pferd schnaubte Blasen ins Wasser, als ich mich noch heftiger an seine Seite presste. »Was auch immer du gehört hast, in dieser Einöde, in der du aufgewachsen bist – Sarkan ist keineswegs der einzige berühmte Zauberer in Polnya. Ich kann dir versichern, dass du dich nicht an ihn gebunden fühlen musst, nur weil er … eine interessante Art und Weise gefunden hat, deine Gabe zu nutzen. Ich bin überzeugt davon, dass es viele andere Magier gibt, denen du dich aus freien Stücken anschließen kannst.« Er hielt seine ausgestreckte Hand in meine Richtung, murmelte ein Wort, und eine spiralförmige Flamme loderte in seiner Handfläche auf. »Vielleicht möchtest du es einmal ausprobieren?«

»Mit *Euch*?«, platzte ich wenig diplomatisch heraus. Seine Augen verengten sich an den Rändern ein wenig, was aber keinerlei Reue in mir hervorrief. »Nach allem, was Ihr Kasia angetan habt?«

Er gab sich den Anschein von verletzter Überraschung, als würde er sich einen zweiten Umhang überstreifen. »Ich habe ihr und dir einen Gefallen getan. Glaubst du denn wirklich, irgendjemand hätte sich auf Sarkans Wort verlassen, dass sie geheilt ist? Wenn man es freundlich ausdrückt, kann man deinen Zauberer als exzentrisch bezeichnen. Er vergräbt sich hier draußen und kommt nur zum Hof, wenn er einbestellt wird. Und dann erscheint er düster und bedrohlich wie ein Sturm und stößt Warnungen vor unabwendbaren Katastrophen aus, die merkwürdigerweise nie eintreten. Er hat keine Freunde am Hof, und die wenigen, die ihm sonst beistehen, sind genau die, die darauf bestanden haben, deine Freundin auf der Stelle umzubringen. Wenn Prinz Marek sich nicht eingemischt hätte, hätte der König an unserer Stelle einen Henker geschickt und Sarkan in die Hauptstadt zitiert, damit er sich für das Verbrechen verantwortet, sie so lange am Leben gelassen zu haben.«

In Wahrheit war er selbst gekommen, um sich als ebenjener Henker aufzuspielen. Aber offensichtlich hinderte ihn diese Tatsache nicht daran zu behaupten, er hätte mir einen Gefallen getan. Ich wusste nicht, was ich auf etwas so Haarsträubendes antworten sollte. Das Einzige, was ich hervorgebracht hätte, wäre ein unartikuliertes Zischen gewesen. Doch er bedrängte mich nicht weiter, sondern sagte nur in einem sanften Tonfall, der andeutete, für wie unvernünftig er mich hielt: »Denk ein bisschen über das nach, was ich gesagt habe. Ich verurteile dich nicht für deinen Zorn, aber lass nicht zu, dass er dich dazu bringt, vorschnell einen guten Ratschlag auszuschlagen.« Dann verbeugte er sich höflich vor mir. Anmutig und voller Würde zog er sich zurück, als sich Kasia zu mir gesellte, während die Soldaten gerade dabei waren, wieder auf ihre Pferde zu steigen.

Kasias Gesicht war nüchtern und sie rieb sich über ihre Arme. Der Drache war weggegangen, um sein Pferd zu holen. Ich warf ihr einen

Blick zu und fragte mich, was er zu ihr gesagt hatte. »Ist alles in Ordnung mit dir?«, erkundigte ich mich.

»Er hat mir gesagt, dass ich mich nicht davor fürchten soll, noch immer verderbt zu sein«, sagte sie. Ihre Lippen verzogen sich ein wenig zu einem angedeuteten Lächeln. »Er sagte, solange ich mich davor fürchte, trifft es vermutlich nicht zu.« Was sie dann hinzufügte, überraschte mich sehr: »Er hat mir gesagt, es tue ihm leid, dass ich mich vor ihm gefürchtet habe – davor, ausgewählt zu werden, meine ich. Er sagte, er würde von nun an niemanden mehr holen.«

Ich hatte ihn deswegen angeschrien, aber ich hatte niemals damit gerechnet, dass er mir zuhören würde. Staunend sah ich Kasia an. Mir blieb keine Zeit, mich noch weiter zu wundern: Janos war aufs Pferd gestiegen, ließ den Blick über seine Männer schweifen und fragte: »Wo ist Michal?«

Wir zählten die Köpfe und die Pferde und riefen laut Michals Namen in alle Richtungen. Es kam keine Antwort, und kein zerbrochener Zweig und kein zu Boden gefallenes Blatt zeigte an, wohin er verschwunden sein könnte. Noch vor einigen Augenblicken war er dabei gesehen worden, wie er seinem Pferd Wasser gab. Wenn er vom Dunklen Wald geholt worden war, war es völlig lautlos vonstattengegangen.

»Genug«, sagte der Drache schließlich. »Er ist fort.«

Janos warf dem Prinzen einen protestierenden Blick zu. Doch nach einem Moment des Schweigens gab er den Befehl: »Wir ziehen weiter. Reitet immer zu zweit nebeneinander und bleibt in Sichtweite.«

Janos' Gesicht war hart und unzufrieden, als er sich erneut seinen Schal fest über Mund und Nase wickelte, aber er nickte in Richtung seiner ersten beiden Soldaten. Kurz darauf setzten sie sich in Bewegung und zogen weiter den Pfad hinunter. Wir ritten tiefer in den Dunklen Wald hinein.

Unter den Ästen der Bäume war es schwer zu bestimmen, wie spät es war und wie lange wir schon geritten waren. Der Dunkle Wald war stiller als irgendein anderer Forst: Keine Insekten summten, nicht einmal das gelegentliche Knacken eines Zweiges unter den Pfoten eines Kaninchens war zu hören. Sogar unsere eigenen Pferde machten sehr wenig Lärm. Ihre Hufe landeten auf dem weichen Moos, auf Gras und Schösslingen, und nicht auf nacktem Erdboden. Der Weg verlor sich. Die Männer an der Spitze der Gruppe mussten die ganze Zeit über Buschwerk weghacken, damit wir überhaupt durchkamen.

Irgendwann wehte das schwache Geräusch von gurgelndem Wasser durch die Bäume zu uns. Plötzlich wurde der Weg wieder breiter. Wir stoppten. Ich stellte mich in meinen Steigbügeln auf und über die Schultern eines Soldaten vor mir konnte ich eine Öffnung in den Baumreihen sehen. Unser Tross war wieder am Ufer des Flusses Spindel angelangt.

Wir kamen einen knappen halben Meter über dem Fluss aus dem Wald heraus. Das Ufer fiel hier sanft ab. Bäume und Büsche ragten über die Wasseroberfläche hinaus; Weiden ließen ihre langen, biegsamen Äste in das Schilf hängen, das sich dicht an dicht am Wasserrand drängte zwischen dem hellen Gewirr von freigelegten Baumwurzeln im nassen Erdreich. Der Fluss Spindel war breit genug, dass Sonnenlicht durch die Baumkronen fiel, die sich ansonsten überlappten. Es glitzerte auf der Wasseroberfläche, ohne sie zu durchdringen, und wir schlossen daraus, dass sich der Tag bereits seinem Ende entgegenneigte. Für einen Moment blieben wir schweigend sitzen. Irgendetwas war falsch daran, dass wir hier auf den Fluss stießen und dass er unseren Weg kreuzte. Wir waren nach Osten geritten und hätten so seinem Ufer folgen müssen.

Als Prinz Marek seine Faust in Richtung der Spindel hielt, leuchtete das violette Licht hell auf und wollte uns auf die andere Seite locken. Aber das Wasser floss zu schnell, und wir konnten nicht wissen, wie tief es war. Janos warf einen kleinen Zweig hinein: Sofort wurde er flussabwärts mitgerissen und verschwand kurz darauf unter einer glitzernden Welle. »Wir suchen nach einer Furt«, entschied Prinz Marek.

Also wendeten wir und ritten hintereinander im Gänsemarsch am Ufer entlang. Die Soldaten schlugen die Böschung beiseite, damit die Pferde sicheren Tritt fanden. Nicht ein einziges Mal entdeckten wir irgendwelche Tierspuren, die zum Wasser führten, und die Spindel lief immer weiter, ohne irgendwo schmaler zu werden. Sie war hier ein anderer Fluss als im Tal; schnell und lautlos schoss das Wasser unter den Bäumen entlang. Über ihm lagen die Schatten des Dunklen Waldes, ebenso wie über uns. Ich wusste, dass der Fluss niemals auf der anderen Seite in Rosya herauskommen würde. Er verschwand im tiefsten Teil des Dunklen Waldes, wo er an irgendeinem düsteren Ort verschluckt wurde. Hier, wo sich die breite dunkle Fläche vor uns ausbreitete, schien das unvorstellbar.

Hinter mir seufzte einer der Männer tief auf – ein erleichtertes Geräusch, als würde er eine schwere Last absetzen. Es klang sehr laut in der Stille des Dunklen Waldes. Ich schaute mich um. Dem Mann war sein Schal vom Gesicht gerutscht. Es war der freundliche junge Soldat mit der gebrochenen Nase, der mein Pferd gehalten hatte. Er streckte seine Hand aus, in der er ein scharfes silbern glänzendes Messer gezückt hielt. Mit der anderen Hand griff er nach dem Kopf des Mannes, der vor ihm ritt, und fügte ihm mit einer raschen Bewegung von einer Seite zur anderen eine tiefe, rot klaffende Wunde an der Kehle zu.

Der andere Soldat starb, ohne einen Laut von sich zu geben. Sein Blut sprühte über den Hals seines Pferdes und auf die Blätter. Das Tier bäumte sich wild auf und wieherte entsetzt, und als der Mann aus dem Sattel und von seinem Rücken gerutscht war, floh es ins Unterholz und verschwand. Der junge Soldat mit dem Messer lächelte noch immer. Dann ließ er sich von seinem Pferd ins Wasser fallen.

Das alles war so unvermittelt und plötzlich geschehen, dass wir alle erstarrten. Vor mir stieß Prinz Marek einen Schrei aus und sprang von seinem eigenen Pferd. Er stürzte den Abhang hinunter, und die Erde spritzte von seinen Stiefeln auf, als er bis zum Ufer hinunterrutschte. Er streckte seinen Arm aus und versuchte, den jungen Soldaten zu fassen zu bekommen, aber dieser machte keine Anstalten, nach der rettenden Hand zu greifen. Auf dem Rücken liegend glitt er wie Treibholz am Prinzen vorbei. Die Enden seines Schals und seines Mantels zog er im Wasser hinter sich her. Seine Beine versanken bereits, weil sich seine Stiefel mit Wasser füllten. Schließlich begann sein ganzer Körper unterzugehen. Noch ein letztes Mal sahen wir sein bleiches, rundes Gesicht aufleuchten, das starr zur Sonne hochsah. Das Wasser schloss sich über seinem Kopf und über seiner gebrochenen Nase. Sein grüner Mantel bauschte sich noch einmal auf. Dann war er fort.

Prinz Marek hatte sich wieder aufgerichtet. Er blieb unten am Ufer stehen, stützte sich am Stamm eines schmalen, jungen Baumes in seiner Nähe ab und musste zusehen, wie sein Soldat unterging. Dann drehte er sich um und kletterte die Böschung wieder hinauf. Janos war von seinem eigenen Reittier gerutscht und hatte die Zügel von Mareks Pferd festgehalten; hilfsbereit streckte er ihm einen Arm entgegen. Ein weiterer Soldat hatte die Zügel des anderen Pferdes genommen, das nun herrenlos war. Es zitterte, seine Nüstern blähten sich, aber es blieb stehen. Alles wurde nach und nach wieder ruhig. Der Strom floss weiter, die Äste hingen reglos über ihm, die Sonne warf ihren Schein aufs Wasser. Wir hörten nicht einmal irgendein Geräusch von dem Pferd, das fortgelaufen war. Als wäre überhaupt nichts geschehen.

Der Drache trieb sein Pferd an der Reihe der Soldaten entlang bis nach vorne und sah zu Prinz Marek nach unten. »Die anderen Männer werden bei Anbruch der Nacht verschwinden«, sagte er unumwunden. »Und Ihr möglicherweise auch.«

Marek schaute zu ihm hoch. Der Ausdruck auf seinem Gesicht war zum ersten Mal unverstellt und unsicher, als hätte er soeben etwas mit angesehen, das sein Fassungsvermögen überstieg. Mir fiel auf, dass der Falke neben ihnen den Blick über die Reihe der Männer wandern ließ, ohne auch nur einmal zu blinzeln. Seine durchdringenden Augen versuchten, etwas Unsichtbares ausfindig zu machen. Marek schaute zu ihm, der Falke erwiderte den Blick und nickte einmal kaum merklich und bestätigend.

Der Prinz schwang sich in seinen Sattel und sagte zu den Soldaten vor ihm: »Schlagt eine Lichtung frei.« Sofort machten sie sich an die Arbeit und begannen damit, Büsche und Unterholz rings um uns herum wegzuhacken. Die anderen eilten zu ihrer Unterstützung herbei, brannten die Überreste nieder und verstreuten Salz, bis wir genügend Platz hatten, um uns zu versammeln. Die Pferde waren begierig darauf, ihre Köpfe zusammenzustecken und sich dicht aneinanderzudrängen.

»Also gut«, sagte Marek zu den Soldaten und sie fixierten ihn mit starren Blicken. »Ihr alle wisst, warum ihr hier seid. Jeder Einzelne von euch ist sorgfältig ausgewählt worden. Ihr seid Männer des Nordens und die besten Soldaten, die ich habe. Ihr seid mir bereits nach Rosya gefolgt und habt wie eine Wand neben mir gestanden, um den Angriffen ihrer Kavallerie standzuhalten. Es gibt keinen von euch ohne Narben aus den Schlachten. Jeden Einzelnen von euch habe ich vor dem Aufbruch gefragt, ob er mit mir an diesen Ort der Schatten reiten will, und jeder Einzelne von euch hat mit Ja geantwortet. Nun, ich werde euch nicht mein Wort darauf geben, dass ich euch heil und lebend wieder aus dem Dunklen Wald herausführen werde. Aber ich schwöre euch, dass ich jedem Mann, der mit mir zurückkehrt, alle Ehren zukommen lassen werde, die in meiner Macht stehen. Jeder von euch wird zum Ritter mit eigenen Ländereien geschlagen werden. Wir werden versuchen, den Fluss zu überqueren, und wir werden Seite an Seite weiterreiten – dem Tod oder vielleicht noch Schlimmerem entgegen, aber wie Männer und nicht wie verängstigte Wühlmäuse.«

Zu diesem Zeitpunkt mussten die Soldaten bereits erkannt haben, dass Marek selbst nicht wusste, was geschehen würde, und dass er innerlich gar nicht bereit gewesen war für die Schatten des Dunklen Waldes. Aber ich konnte sehen, wie seine Worte nun die Sorge aus ihren Gesichtern wischten. Sie leuchteten auf und die Männer holten tief Atem. Keiner von ihnen bat darum, umkehren zu dürfen. Marek nahm sein Jagdhorn vom Sattel. Es war ein längliches Instrument aus Blech, glänzend poliert und schneckenförmig gewunden. Er führte es an seinen Mund und blies mit aller Kraft hinein. Ein ohrenbetäubender Kriegslaut ertönte, der eigentlich mein Herz nicht hätte dazu bringen dürfen, schneller zu schlagen. Aber genau das tat er, so durchdringend war er. Die Pferde stampften und drehten ihre Ohren vor und zurück. Die Soldaten zückten ihre Schwerter und stimmten in den Ton mit ein. Marek wendete sein Pferd und führte uns in gestrecktem Galopp die Uferböschung hinunter in das kalte dunkle Wasser hinein. Alle Pferde folgten ihm.

Es traf mich wie ein Schock, als wir ins Wasser tauchten und meine Beine mit dem eisigen Nass in Berührung kamen. Vor der breiten Brust meines Pferdes bildeten sich kleine Schaumkronen. Wir blieben nicht stehen. Das Wasser stieg mir über die Knie und über die Oberschenkel. Meine Stute hielt ihren Kopf hochgereckt, und ihre Nüstern flatterten, während ihre Beine das Flussbett durchpflügten, vorwärtsdrängten und versuchten, irgendwo auf dem Grund sicheren Tritt zu finden.

Hinter mir stolperte eines der anderen Pferde und verlor den Halt. Sofort wurde es umgeworfen und mitgerissen, bis es mit dem Pferd eines anderen Soldaten zusammenprallte. Der Fluss trieb beide davon und verschluckte sie schließlich vollständig. Wir hielten nicht an: Es wäre gar nicht möglich gewesen. Verzweifelt zerbrach ich mir den Kopf nach einem angemessenen Zauberspruch, aber mir wollte einfach nichts einfallen. Das Wasser toste rings um mich herum und schon waren die Männer im Fluss verschwunden.

Prinz Marek stieß noch einmal in sein Horn: Er und sein Pferd erklommen das Ufer auf der anderen Seite des Flusses. Er trieb sein Reittier weiter, bis sie oben an den Baumreihen angekommen waren. Einer nach dem anderen kam auch der Rest von uns aus dem Wasser, tropfnass, und wir ritten weiter, ohne eine Rast eingelegt zu haben. Wir brachen Seite an Seite durch das Unterholz und folgten dem violetten Schimmer von Mareks Faust und dem Ruf seines Jagdhorns, während die Bäume nach uns schlugen. Auf dieser Seite des Flusses war der Boden weniger üppig bewachsen. Die Baumstämme waren dicker und standen in weiterem Abstand auseinander. Jetzt ritten wir nicht mehr hintereinander: Ich konnte sehen, wie einige der anderen Pferde sich neben mir in fliegender Hast ihren Weg durch die Bäume bahnten – sie versuchten, etwas hinter sich zu lassen, und rannten doch nur auf ihr Unheil zu. Längst hatte ich die Zügel losgelassen, hatte meine Finger in der Mähne meines Pferdes vergraben und klammerte mich dort fest, tief über den Hals gebeugt, um nicht von den peitschenden Ästen getroffen zu werden. Kasia sah ich neben mir und vor mir leuchtete der weiße Umhang des Falken.

Die Stute unter mir keuchte und zitterte, und ich wusste, dass sie nicht mehr lange durchhalten würde. Selbst ausgebildete Kriegspferde würden die Kräfte verlassen, wenn sie auf diese Weise angetrieben wurden, nachdem sie gerade erst durch eisige Fluten geschwommen waren. »*Nen elshayon*«, flüsterte ich ihr ins Ohr, »*nen elshayon*«, damit sie auf diese Weise etwas mehr Kraft und ein bisschen Wärme verspürte. Sie streckte daraufhin ihren edlen Kopf und warf ihn dankbar hin und her. Ich schloss meine Augen und versuchte, diesen Zauber auch auf alle anderen auszudehnen, indem ich »*Nen elshayine*« rief und meine Hand in Richtung Kasias Pferd schnellen ließ, als würde ich eine Angel auswerfen.

Ich spürte, dass meine imaginäre Rute ihr Ziel fand, und davon ermutigt, warf ich sie wieder und wieder aus. Die anderen Pferde drängten sich näher zusammen und liefen nun wieder leichtfüßiger. Der Drache sah über seine Schulter hinweg kurz zu mir. Wir ritten weiter, immer hinter dem tönenden Horn her, und da entdeckte ich schließlich etwas, das sich zwischen den Bäumen bewegte. Wanderer, viele Wanderer, und sie kamen rasch näher. Ihre langen Stockbeine bewegten sich alle im Einklang. Einer von ihnen streckte seinen langen Arm aus und griff sich einen der Soldaten vom Pferd. Dann aber fielen sie hinter uns zurück, als hätten sie meinen Beschleunigungszauber nicht erwartet. Wir Übrigen galoppierten zwischen dicht stehenden Tannen hindurch und kamen auf einer großen Lichtung heraus. Die Pferde mussten einen gewaltigen Satz machen, um über eine Reihe von Büschen zu gelangen. Vor uns erhob sich ein gigantischer Herzbaum.

Sein Stamm war im Durchmesser breiter als ein Pferd lang, und mit seiner Unzahl an ausgebreiteten Ästen ragte er über uns auf. Seine Zweige waren mit hellen silbrig grünen Blättern und kleinen goldenen Früchten überladen, die entsetzlich stanken. Unter der Rinde blickte uns ein menschliches Gesicht entgegen. Es war längst zugewachsen und so verwittert, dass es kaum mehr zu erahnen war. Dasselbe galt für den Körper, vor dem zwei Hände über der Brust gekreuzt waren wie bei einem Leichnam. Zwei große Wurzeln gabelten sich am Fuße des Baumes. In dem Spalt dazwischen lag ein Skelett, das beinahe vollständig vom Moos und von verrotteten Blättern verschluckt worden war. Eine kleinere Wurzel hatte sich durch eine offene Augenhöhle hindurchgebohrt und Gras war durch die Rippenbögen und die Überreste der verrosteten Rüstung gesprossen. Über dem Körper lag der verrottete Rest eines Schildes, auf dem der schwarze doppelköpfige Adler kaum noch zu erkennen war: das königliche Wappen von Rosya.

Wir zügelten unsere schnaubenden, keuchenden Pferde erst unmittelbar vor den Ästen. Hinter mir hörte ich ein kurzes, schnappendes Geräusch, als würde eine Ofentür zugeschlagen, und im selben Augenblick traf mich aus dem Nichts heraus ein schweres Gewicht, das mich aus dem Sattel warf. Ich schlug schmerzhaft auf dem nackten Erdboden auf. Die Luft wurde mir aus den Lungen gepresst, am Ellbogen zog ich mir schlimme Schrammen zu, und meine Beine strotzten schnell vor Blutergüssen.

Ich drehte mich um. Kasia saß auf mir. Sie war es gewesen, die mich von meinem Pferd gestoßen hatte. Entgeistert starrte ich an ihr vorbei. Mein Pferd baumelte ohne Kopf in der Luft über uns. Eine monströse Kreatur, eine Mantis, die wie eine übergroße Gottesanbeterin aussah, hielt es zwischen den Vorderbeinen in die Höhe. Die Mantis verschmolz optisch mit dem Herzbaum: schmale goldene Augen in derselben Form wie die Früchte und ein Körper in der silbrig grünen Farbe der Blätter. Sie hatte meiner Stute in einer einzigen Bewegung mit nur einem Biss den Kopf abgerissen. Hinter uns war ein anderer Soldat ohne seinen Kopf zu Boden gestürzt und ein dritter schrie gellend. Ihm fehlten die Beine und er ruderte mit den Armen im Griff einer anderen Mantis.

Ein Dutzend dieser Kreaturen kam nun zwischen den Bäumen hervor.

Kapitel 15

Die silberne Mantis ließ den Körper meines Pferdes auf den Boden fallen und spuckte dann den Kopf aus. Kasia rappelte sich auf und zog mich weg. Einen Moment lang waren wir alle starr vor Schreck, doch dann stieß Prinz Marek einen unartikulierten Schrei aus, schleuderte der Mantis sein Kriegshorn an den Kopf und zog sein Schwert.

»Mir nach! Die Zauberer nach hinten!«, brüllte er, bohrte seinem Pferd die Sporen in die Flanken, schob sich zwischen uns und die Kreatur und schwang seine Klinge in deren Richtung. Allerdings rutschte sie über den Panzer weg, trennte dabei aber einen langen Streifen ab, als würde eine Karotte geschält.

Die Kriegspferde bewiesen, dass sie wirklich und wahrhaftig ihr Gewicht in Silber wert waren: Sie gerieten nicht in Panik, wie es bei jedem gewöhnlichen Reittier der Fall gewesen wäre, sondern bäumten sich auf, schlugen mit ihren Vorderbeinen und wieherten schrill. Ihre Hufe hämmerten mit dumpfen Schlägen auf den Körper der Mantis. Die Soldaten bildeten einen losen Kreis um mich und Kasia. Der Drache und der Falke lenkten ihre Pferde an unsere Seite. Alle Soldaten nahmen die Zügel zwischen die Zähne; die Hälfte von ihnen hatte bereits die Waffen gezogen und bildete eine Wand aus zuckenden Schwertspitzen, um uns zu beschützen, während die anderen zuerst ihre Schilde in Position brachten.

Die anderen Gottesanbeterinnen kamen nun zwischen den Bäumen hervor und umringten uns. Im unruhigen Licht der schwankenden

Baumkronen waren sie noch immer schwer zu erkennen, aber nicht mehr unsichtbar. Sie bewegten sich nicht wie die langsamen und steifen Wanderer; sie rannten leichtfüßig auf ihren vier Beinen vorwärts, die spitzenbewehrten Fänge an ihren Vorderbeinen bebend und wie klaffende Kiefer auseinandergerissen. »*Suitah liekin, suitah lang!*«, schrie der Falke und beschwor damit das gleißend weiße Feuer herauf, das er schon im Turm hatte entstehen lassen. Er schleuderte es wie eine Peitsche nach vorne, sodass es sich um die Vorderbeine der am nächsten stehenden Mantis schlang, gerade als diese sich aufrichtete, um einen weiteren Mann zu packen. Der Falke riss an dem Lichtstrang wie jemand, der ein widerspenstiges Kalb vorwärtszieht. Auf diese Weise zerrte er die Mantis näher an sich heran. Ein knackendes Geräusch ertönte, und ein bitterer Gestank von brennendem Öl stieg auf, wo sich das Feuer in den Insektenpanzer fraß und in dünnen weißen Rauchwolken verdampfte. Die Mantis verlor das Gleichgewicht und schnappte mit ihren entsetzlichen Fängen in die Luft. Der Falke legte eine Lichtschlinge um ihren Nacken und einer der Soldaten hackte auf den Hals ein.

Ich hatte nicht viel Hoffnung. Zu Hause in unserem Tal schafften es unsere gewöhnlichen Äxte, Schwerter und Sensen kaum, der Haut eines Wanderers auch nur einen Kratzer zuzufügen. Dieses Schwert aber ging aus irgendeinem Grund tiefer. Partikel des Chitinpanzers stoben in die Luft, und der Mann auf der anderen Seite stach seine Schwertspitze genau in das Verbindungsstück, wo der Kopf der Mantis in ihren Hals überging. Er drückte mit seinem gesamten Gewicht gegen den Griff, um die Klinge einmal ganz hindurchzuschieben. Der Panzer der Mantis brach mit einem lauten Krachen auseinander, ihr Kopf sackte zur Seite, und die Fänge wurden schlaff. Ein dampfendes Sekret rann aus dem Körper über das Schwert und ganz kurz sah ich durch die schleimige Schicht hindurch goldene Buchstaben auf der Klinge aufblitzen und dann wieder mit dem Stahl verschmelzen.

Aber noch im Todeskampf machte der Körper der Mantis einen Satz nach vorne, schob sich durch den schützenden Ring der Soldaten und wäre um ein Haar mit dem Pferd des Falken zusammengeprallt. Eine andere Mantis drängte sich durch die Lücke in der Deckung und griff nach dem Magier. Aber dieser nahm die Zügel in eine Hand und brachte sein Pferd unter Kontrolle, das steigen wollte. Dann zog er seine Feuerpeitsche zurück und ließ sie in das Gesicht der zweiten Mantis krachen.

Ich lag neben Kasia auf dem Boden und konnte kaum etwas vom Kampf sehen. Prinz Marek und Janos riefen den Soldaten aufmunternde Worte zu, das konnte ich hören, ebenso wie das harsche, kratzende Geräusch von Metall, das auf Chitinpanzer aufschlug. Es herrschte ein riesiges Durcheinander, überall war ein Höllenlärm, und alles geschah so schnell, dass ich kaum atmen konnte. Ganz zu schweigen davon, dass ich keinen klaren Gedanken mehr fassen konnte. Ich warf dem Drachen einen hektischen Blick zu; er war gerade damit beschäftigt, sein verängstigtes Pferd unter Kontrolle zu bringen. Ich sah, wie er einen lautlosen Fluch ausstieß und mit einem verächtlichen Tritt seine Füße aus den Steigbügeln befreite. Seine Zügel warf er einem der Soldaten zu, einem Mann, dessen eigenes Pferd mit einer entsetzlichen, weit aufklaffenden Wunde in der Brust zusammengesackt war, und ließ sich neben uns zu Boden gleiten.

»Was soll ich tun?«, schrie ich ihm zu. Hilflos zermarterte ich mir das Gehirn auf der Suche nach einem passenden Zauberspruch. *»Murzhetor … ?«*

»Nein«, brüllte er über die Kakophonie rings um uns hinweg, packte mich am Arm und drehte mich so, dass ich den Herzbaum ansehen musste. »Wir sind wegen der Königin hier. Wenn wir uns dabei verausgaben, eine Schlacht zu schlagen, die wir nicht gewinnen können, war alles umsonst.«

Wir hatten versucht, uns vom Baum fernzuhalten, aber die Gottesanbeterinnen trieben uns Stück für Stück näher darauf zu, bis wir uns allesamt unter den Ästen befanden. Der Gestank der Früchte brannte in meiner Nase. Der Stamm hatte einen beängstigenden Umfang.

Noch niemals hatte ich einen so dicken Baum gesehen, nicht einmal im tiefsten Wald. Die schiere Größe hatte etwas Groteskes an sich. Er sah aus wie eine vom Blut aufgedunsene Zecke.

Dieses Mal würde eine Warnung allein nicht ausreichen, selbst wenn ich genügend Wut in mir bündeln konnte, um *Fulmia* zu zaubern. Der Dunkle Wald würde die Königin nicht ausliefern, nicht einmal, um einen so großen Herzbaum zu retten. Jetzt nicht mehr, wo er wusste, dass wir den Baum hinterher zerstören würden, um die Königin von seinem Übel zu befreien. Mir fiel nichts ein, womit wir diesem Baum Schaden zufügen könnten; seine glatte Rinde hatte einen harten Glanz, als wäre sie aus Metall. Der Drache starrte den Herzbaum mit zusammengekniffenen Augen an und murmelte vor sich hin, während seine Hände seltsame Bewegungen ausführten. Aber noch ehe die Flammen von seiner Hand auf die Borke übergesprungen waren, wusste ich instinktiv, dass das nichts nützen würde. Ebenso wenig glaubte ich, dass die verzauberten Schwerter der Soldaten dieses Holz würden durchdringen können.

Der Drache versuchte es trotzdem. Er schleuderte Brechungszauber, Öffnungszauber, Kältezauber, Blitzzauber – systematisch einen nach dem anderen, während der Kampf um uns herum weitertobte, ohne nachzulassen. Der Drache suchte nach einer Schwäche, einem Spalt in der Rüstung. Aber der Baum hielt allem stand und der Gestank der Früchte wurde nur noch stärker. Zwei weitere der Kreaturen waren inzwischen getötet worden, allerdings hatten auch vier unserer Soldaten ihr Leben verloren. Kasia unterdrückte einen Schrei, als irgendetwas angerollt kam und mit einem dumpfen Aufprall an meinem Fuß liegen blieb. Als ich nach unten schaute, sah ich, dass es Janos' Kopf war. Seine klaren blauen Augen hatten ihren durchdringenden Blick noch nicht verloren. Entsetzt machte ich einen Satz zurück, stolperte dabei und fiel auf die Knie. Mit einem Schlag wurde mir übel, und ich fühlte mich völlig hilflos, als ich mich ins Gras übergab. »Nicht *jetzt*«, schrie mich der Drache an, als hätte ich irgendeinen Einfluss auf meine körperliche Reaktion. Ich hatte noch nie zuvor einen Kampf gesehen, jedenfalls nicht ein solches Gemetzel. Die Soldaten wurden wie Vieh getötet. Auf Hände und Knie gestützt, schluchzte ich, und meine Tränen tropften auf den Boden. Dann streckte ich meine Hände aus, griff nach den breitesten Wurzeln in meiner Nähe und begann einen Zauber zu wirken: »*Kisara, kisara, vizh.*« Es klang wie Gesang.

Die Wurzeln zuckten. »*Kisara*«, wiederholte ich immer und immer wieder und Wassertropfen sammelten sich langsam auf der Oberfläche des Wurzelwerks. Sie quollen hervor und kullerten hinab, wo sie sich nach und nach zu winzigen Pfützen sammelten. Die Feuchtigkeit breitete sich kreisrund zwischen meinen Händen aus. Die dünnsten der verzweigten Wurzeln, die bis an die Oberfläche ragten, begannen zu schrumpeln. »*Tulejon vizh*«, flüsterte ich in lockendem Tonfall. »*Kisara.*« Die Wurzeln zuckten und krümmten sich auf dem Boden wie fette Regenwürmer, während das Wasser in schmalen Rinnsalen aus ihnen herausgepresst wurde. Inzwischen war es matschig geworden zwischen meinen Händen. Das schlammige Erdreich löste sich nun auch von den größeren Wurzeln und legte noch weitere frei.

Der Drache kniete sich neben mich. Er stimmte eine Beschwörung an, die in meinen Ohren vage vertraut klang wie etwas, was ich vor langer Zeit schon einmal gehört hatte. Irgendwann erinnerte ich mich, dass es in dem Frühling nach dem Jahr des Grünen Sommers gewesen sein musste, als er gekommen war, um dabei zu helfen, die Felder wieder fruchtbar zu machen. Damals hatte er Kanäle angelegt, die sich selbst bildeten. So hatte er uns das so dringend benötigte Nass aus der Spindel gebracht, das vom Fluss aus bis auf unsere verbrannten und öde daliegenden Felder sprudelte. Aber dieses Mal liefen die schmalen Gräben stattdessen vom Herzbaum weg, und während ich die Feuchtigkeit aus den Wurzeln heraussang, wurde das Wasser abgeleitet. Die Erde rings um den Baum herum glich nun Wüstenboden. Der getrocknete Schlamm sprang auf und zerfiel zu Staub und Sand.

Dann schließlich packte uns Kasia beide an den Armen und zog uns vom Boden hoch; stolpernd folgten wir ihr. Die Wanderer, die wir

Stunden zuvor zwischen den Bäumen ausgemacht hatten, drängten nun auf die Lichtung. Es war eine ganze Meute; als hätten sie unseretwegen auf der Lauer gelegen. Eine der silbernen Mantis hatte ein Bein eingebüßt, setzte ihren Angriff aber trotzdem fort. Sie schoss von einer Seite zur anderen und schlug mit ihren stachelbewehrten Vorderbeinen um sich, wo immer sich eine Schwachstelle zeigte.

Die Pferde, um die sich Janos gesorgt hatte, waren beinahe alle zur Strecke gebracht worden, oder sie waren nun doch geflohen. Prinz Marek kämpfte zu Fuß, Schulter an Schulter mit sechzehn anderen Männern in einer Reihe. Ihre Schilde überlappten sich und bildeten so eine Mauer; hinter ihnen ließ der Falke noch immer seine Feuerpeitsche nach vorne sausen, aber wir wurden immer enger zusammen- und näher an den Baumstamm gedrängt. Die Blätter des Herzbaums raschelten im Wind, lauter und immer lauter, ein beängstigendes Zischeln, und wir hatten den Fuß des Baumes schon beinahe erreicht. Ich holte tief Luft und hätte mich fast noch einmal übergeben, so süß und abscheulich stanken die Früchte.

Einer der Wanderer versuchte, sich an der Reihe der Soldaten vorbeizuschieben. Er reckte den Kopf zur Seite, um uns sehen zu können. Kasia schnappte sich ein Schwert vom Boden, das einem Soldaten aus der Hand gerutscht war, und schwang es wild im Halbkreis. Die Klinge traf den Wanderer in die Seite und durchtrennte ihn mit einem Krachen, als zersplittere ein Ast. Er sackte zu einem zuckenden Haufen zusammen.

Den Drachen neben mir brachte der üble Geruch der Früchte zum Husten. Wir beide stimmten wieder unseren Singsang an, noch verzweifelter als zuvor, und pressten auf diese Weise immer mehr Wasser aus den Wurzeln. Hier, so nahe am Baum, leisteten die dickeren Wurzeln zunächst Widerstand, aber unsere vereinigten Zaubersprüche entzogen ihnen und dem Erdreich ringsum schließlich doch alles Wasser. Der Boden rings um den Stamm begann zu zerbröseln. Die Äste zitterten: Auch am Stamm rannen nun dicke grünliche Tropfen herunter. Die Blätter begannen zu vertrocknen, lösten sich von den Zweigen und regneten auf uns nieder. Dann aber hörte ich einen furchtbaren Schrei: Die silberne Mantis hatte sich wieder einen der Männer aus der Reihe gegriffen und dieses Mal tötete sie ihn nicht sofort. Stattdessen biss sie ihm die Hand ab, die das Schwert gehalten hatte, und warf sie den Wanderern zu. Diese begannen damit, Früchte vom Baum zu pflücken und sie dem unglücklichen Soldaten in den Mund zu stopfen. Er versuchte, erstickt zu schreien, aber sie schoben ihm nur immer mehr zwischen die Lippen und pressten seine Kiefer zusammen, sodass der Saft in Strömen über sein Gesicht lief. Sein ganzer Körper bäumte sich auf und wehrte sich in ihrem Griff. Sie hielten ihn mit dem Kopf nach unten über den Boden. Die Mantis stach ihn mit der scharfen Spitze ihrer Klaue in die Kehle. Sein Blut sprudelte hervor und tränkte die ausgedörrten Wurzeln wie Regen.

Der Baum gab ein seufzendes, bebendes Geräusch von sich, als die dünnen roten Bäche über das Wurzelwerk flossen und in dem silberfarbenen Baumstamm versickerten. Ich keuchte auf vor Entsetzen und sah, wie das Leben aus dem Gesicht des Soldaten wich. Ein Messer bohrte sich ihm in die Brust und drang in sein Herz: Prinz Marek hatte es geschleudert.

Ein Großteil unserer Anstrengungen war bereits zunichtegemacht worden und die Wanderer umringten uns nun – abwartend und hungrig, wie es schien. Unsere Männer drängten sich schwer atmend zusammen. Der Drache fluchte leise; er wandte sich wieder dem Baum zu und probierte es mit einem anderen magischen Spruch. Schon früher hatte ich ihn dabei beobachtet, wie er diesen einsetzte, um Flaschen für seine Zaubertränke herzustellen. Nun wirkte er den Zauber, griff nach unten in den ausgetrockneten Sand rings um unsere Füße und begann damit, Seile und Stränge aus glühendem Glas hochzuziehen. Diese warf er in losen Haufen über die freigelegten Wurzeln und die herabgefallenen Blätter. Kleine Feuer begannen, um uns herum aufzulodern und uns in Rauch einzuhüllen.

Ich zitterte und war vom Schrecken und dem Blut überall wie

benommen. Kasia schob mich energisch hinter sich, das Schwert in ihrer Hand, und sie beschützte mich, obwohl ihr selber Tränen über das Gesicht strömten. »Pass auf!«, schrie sie, und als ich mich umdrehte, bemerkte ich, wie ein großer Ast unmittelbar über dem Kopf des Drachen abknickte. Schwer stürzte er auf seine Schultern und versetzte ihm einen solchen Stoß, dass er nach vorne fiel.

Unwillkürlich stützte er sich mit den Händen am Stamm ab, um das Gleichgewicht wiederzufinden. Dabei ließ er das gläserne Seil fallen. Dann versuchte er, sich sofort wieder zu lösen, aber der Baum hatte ihn bereits fest im Griff. Schon wuchs Rinde über seine Finger. »Nein!«, kreischte ich und packte ihn.

Es gelang ihm, einen Arm freizubekommen, aber auf Kosten des anderen: Die Silberborke schob sich bis zu seinem Ellbogen hoch; Wurzeln schnellten aus dem Boden und schlangen sich um die Beine des Drachen, um ihn noch näher heranzuziehen. Sie zerrten an seiner Kleidung. Es gelang dem Drachen, an einen der Beutel zu kommen, die er sich um die Taille gebunden hatte; er zerrte die Schnürung auf und schob mir etwas in die Hände. Es war eine Phiole, in der es gurgelte und aus der es in gefährlichem Rotviolett herausglomm. Es war Feuerherz, aber nicht sehr viel. Der Drache schüttelte mich am Arm. »Jetzt, du Närrin! Wenn der Baum mich geholt hat, seid ihr alle tot! Verbrenn ihn und dann *lauf!*«

Ich sah von der Flasche auf und starrte ihn an. Er wollte, dass ich den Baum niederbrannte, begriff ich. Er wollte, dass ich den Herzbaum den Flammen übergab – und ihn gleich mit dazu. »Glaubst du vielleicht, dass ich *so* weiterleben will?«, fragte er mich, und seine Stimme war gepresst, aber fest, als ob er sich schon in einem Zustand jenseits der Angst befände. Die Rinde hatte bereits eines seiner Beine verschlungen und war bis beinahe zur Schulter hochgeklettert.

Kasia stand nun neben mir; ihr Gesicht war sehr bleich und voller Panik, als sie sagte. »Nieshka, das ist schlimmer als der Tod. Es ist viel schlimmer.«

Ich umklammerte die Phiole, deren glühender Schein zwischen

meinen Fingern hervorglomm, dann legte ich dem Drachen die Hand auf die Schulter und sagte zu ihm: »*Ulozishtus*. Der Reinigungszauber. Sprecht ihn mit mir.«

Er starrte mich an. Dann nickte er einmal sehr kurz und knapp. »Gib ihr das Fläschchen«, stieß er zwischen zusammengebissenen Zähnen hervor. Ich reichte Kasia das Feuerherz, nahm die freie Hand des Drachen, und gemeinsam begannen wir den Spruch. Ich flüsterte: »*Ulozishtus, ulozishtus*«, wie einen gleichmäßigen Trommelschlag. Und schließlich stimmte er mit ein und sprach den gesamten langen Text. Aber ich ließ die Reinigungsmagie nicht fließen, sondern hielt sie zurück. In meinem Geist hatte ich einen Damm vor meiner Kraft errichtet und sorgte so dafür, dass unsere vereinigten Zaubersprüche die immer weiter anwachsende Macht in mir zu einem riesigen See anschwellen ließen.

Die Hitze, die sich bildete, füllte mich aus. Sie brannte lichterloh und war beinahe nicht zu ertragen. Ich konnte nicht mehr atmen, meine Lungenflügel pressten sich gegen meine Rippenbögen; mein Herz musste kämpfen, um weiterzuschlagen. Ich konnte nichts mehr sehen. Das Gefecht tobte irgendwo hinter mir weiter und war nicht mehr als entfernter Lärm: Schreie, das gespenstische Klappern der Wanderer, das dumpfe Klirren von Schwertern. Trotzdem entging mir nicht, dass das Kampfgeschehen immer näher und näher rückte. Ich spürte Kasias Rücken gegen meinen gepresst; sie machte sich zum allerletzten Schild, der uns noch schützte. Das Feuerherz in der Phiole, die Kasia weiterhin in den Händen hielt, summte frohgemut und hungrig und hoffte darauf, freigesetzt zu werden und uns alle zu verschlingen. Das war fast schon ein Trost.

Ich hielt die Magie aufrecht, solange ich konnte, bis dem Drachen die Stimme versagte. Dann erst öffnete ich wieder die Augen. Die Rinde war ihm den Hals hinaufgekrochen und hatte sich über seine Wange gelegt. Seinen Mund hatte sie bereits verschlossen und schlich sich nun heimtückisch um sein Auge herum. Einmal kurz drückte der Drache meine Hand, dann ließ ich meine gesamte Macht in ihn hinüberfließen und durch den halb ausgebildeten Kanal in den Baum hinein, der den Drachen absorbierte.

Er versteifte sich; seine Augen wurden groß und sein Blick leer. Seine Hand umklammere meine in schweigender Qual. Dann plötzlich platzte die Borke über seinem Mund ab wie die abgestreifte Haut einer monströsen Schlange und der Drache stieß einen markerschütternden Schrei aus. Ich schloss meine Finger um seine Hand und biss mir auf die Lippe, um gegen den unsäglichen Schmerz seiner gnadenlosen Umklammerung anzukommen, während er immer weiterschrie. Der Baum wurde schwarz und verkohlte rings um ihn herum. Die Blätter über uns fingen knisternd Feuer. Dann fielen sie zu Boden und hinterließen beißende Ascheflöckchen und den widerlichen Gestank der blubbernden, flüssig werdenden Früchte, die über die Äste rannen. Pflanzensaft schoss aus den kochend heißen Rissen in der Borke des Stammes.

Die Wurzeln brannten so rasch wie gut durchgetrocknetes Kaminholz – so viel Wasser hatten wir ihnen entzogen. Die Rinde löste sich und schälte sich in langen Streifen ab. Kasia packte den Drachen am Arm und zerrte seinen schlaffen Körper, der voller Blasen und Wunden war, vom Baum fort. Ich half ihr dabei, ihn durch den immer stärker werdenden Qualm wegzuziehen. Dann drehte sie sich um und tauchte wieder in die Rauchschwaden ein. Verschwommen sah ich, wie sie ein Stück von der hervorstehenden Borke packte und daran riss, sodass sich ein dicker Streifen vom Stamm löste. Mit ihrem Schwert hackte sie auf den Baum ein und zerrte daran, damit mehr von der Rinde locker würde. Ich legte den Drachen auf den Boden und stolperte an Kasias Seite, um ihr zu helfen. Der Baum war eigentlich zu heiß für jede Berührung, aber ich presste trotzdem meine Hand darauf und brauchte einen Moment, bis es aus mir herausplatzte: *»Ilmeyon!« Komm heraus, komm heraus,* als ob ich die Jaga wäre, die für ihr Abendbrot einen Hasen aus seinem Bau lockte.

Wieder schmetterte Kasia das Schwert gegen den Stamm und das

Holz brach krachend auseinander. Und da konnte ich ein Stückchen vom ausdruckslosen Gesicht einer Frau und ein blaues, starres Auge entdecken. Kasia schob ihre Hand in den aufgebrochenen Spalt und begann damit, an den Rändern anzureißen und so noch mehr Holz wegzubrechen, bis mit einem Mal die Königin nach vorne fiel. Ihr ganzer Körper sackte kraftlos aus einer Höhlung im Stamm heraus, die die Form einer Frauengestalt hatte. Fetzen von löchrig gewordener Kleidung lösten sich von ihrem Leib und fingen sofort Feuer. Der Sturz der Königin wurde jedoch aufgehalten: Da ihr Kopf nicht gänzlich freikam, blieb sie mitten in der Luft hängen. Gehalten wurde sie von einem Netz von goldenen Haaren, unvorstellbar lang und rings um sie herum mit dem Holz verwachsen. Kasia hieb ihr Schwert durch diese Wolke aus Haaren und nun endlich kippte uns die Königin in die Arme.

Sie war schwer und unbeweglich wie ein Holzklotz. Rauch und Feuer umfingen uns. Über uns stöhnten die Äste und schlugen um sich: Der Baum war zu einer einzigen Flammensäule geworden. Das Feuerherz in seinem Fläschchen rumorte so empört, dass ich meinte, mit meinen eigenen Ohren hören zu können, wie begierig es danach war herauszukommen und sich mit der Feuersbrunst zu vereinen.

Wir setzten uns schwankend und stolpernd in Bewegung. Kasia war diejenige, die uns praktisch hinter sich herzog – mich, Königin Hanna und den Drachen. Wir tauchten unter den Ästen weg hinaus auf die Lichtung. Der Falke und Prinz Marek waren die Einzigen von der Gruppe der Soldaten, die sich noch auf den Beinen hielten. Rücken an Rücken kämpften sie mit wutentbrannter Kraft. Mareks Schwert leuchtete in demselben weißen Feuer, wie es von den Händen des Falken ausging. Die letzten vier Wanderer waren nun ganz nah und sie wagten einen unerwarteten Vorstoß. Der Falke schlug sie mit einem Hieb seiner Feuerpeitsche zurück. Die Flammenschnur wirbelte in einem Halbkreis herum und Marek suchte sich einen von ihnen aus und machte durch den Feuersturm hindurch einen Satz auf ihn zu. Mit seiner gepanzerten Faust umschlang er den Hals des Wanderers und schob seine Stiefel um den Körper herum – je einen Fuß verhakte er rechts und links unter den Armen. Dann stach er sein Schwert kräftig in den Halsansatz des Wanderers und drehte sich einmal um sich selbst. Die Bewegung glich der Drehung, mit der man einen Zweig von einem lebendigen Ast löst, beinahe exakt. Der lange schmale Kopf des Wanderers knackte und zersplitterte.

Marek ließ den zuckenden Körper fallen und sprang dann zurück durch den verlöschenden Feuerring, ehe sich ihm die anderen Wanderer nähern konnten. Vier weitere tote Wanderer lagen auf die gleiche Weise ausgestreckt auf dem Boden. Offenbar hatte der Prinz eine Möglichkeit gefunden, sie zu töten.

Doch am Ende hätten ihn die Wanderer beinahe doch noch erwischt, denn er taumelte bereits vor Erschöpfung. Seinen Helm hatte er zur Seite geworfen. Er beugte seinen Kopf vor und wischte sich schwer atmend mit dem Ärmel seines Wappenrocks über das schweißnasse Gesicht. Auch der Falke neben ihm sackte zusammen. Obwohl seine Lippen keine Sekunde aufhörten, sich murmelnd zu bewegen, brannte das silberne Feuer rings um seine Hände nur noch schwach. Seinen weißen Mantel hatte er achtlos auf die Erde geworfen, und er war an den Stellen angesengt, wo brennende Blätter daraufgefallen waren. Die drei Wanderer wichen ein Stück zurück und machten sich zu einem weiteren Angriff bereit. Der Falke richtete sich mühsam wieder auf.

»Nieshka«, sagte Kasia und riss mich damit aus meinem Zustand, in dem ich nur noch stur vor mich hinstarrte. Ich machte ein paar unsichere Schritte vorwärts und öffnete den Mund. Aber es kam nur noch ein brüchiges, durch den Rauch heiser gewordenes Krächzen heraus. Mühsam holte ich wieder Atem und brachte schließlich ein Flüstern hervor: *»Fulmedesh«*, oder immerhin etwas, das diesem Wort ähnelte und meiner Magie Gestalt verleihen konnte, während ich mich dabei nach vorne fallen ließ und mich auf den Händen abstützte. Von mir ausgehend, sprang der Erdboden in einer langen Linie auf und öffnete sich auch unter den Wanderern. Sie stürzten wild um sich schlagend hinein, und der Falke schleuderte sein Feuer in den Spalt, der sich daraufhin wieder über seinen Opfern schloss.

Marek drehte sich um, und dann rannte er mit einem Mal in meine Richtung, gerade, als ich mich mühselig aufrappelte. Mit den Fersen voran schlitterte er auf mich zu und trat mir die Beine weg. Die silberne Mantis war mit ausgebreiteten Flügeln aus der Flammenwolke des Herzbaums gesprungen, in dem Versuch, ein letztes Mal Rache zu nehmen. Ich starrte in die goldenen, unmenschlichen Augen; die entsetzlichen Klauen waren zu einem tödlichen Hieb erhoben. Marek lag flach auf dem Boden unter dem Leib der Mantis. Er steckte sein Schwert in einen Spalt des Panzers und trat dann eines der drei am Boden gebliebenen Beine der Kreatur weg. Das brachte sie aus dem Gleichgewicht. Als sie fiel, spießte sie sich auf, denn in diesem Moment stach Marek das Schwert nach oben. Sie zuckte, schlug um sich und kippte nach vorne. Marek beförderte sie mit einem letzten Tritt von seinem Schwert herunter und in das tobende Feuer des Herzbaums hinein, wo sie schließlich aufhörte zu zappeln.

Dann drehte er sich um und zog mich hoch. Meine Beine zitterten, ja, mein ganzer Körper schlotterte, und ich konnte mich kaum aufrecht halten. Kriegsgeschichten und den Lieder über die Schlachten hatte ich schon immer skeptisch gegenübergestanden: Die gelegentlichen Schlägereien der Jungen zu Hause auf dem Dorfplatz hatten immer damit geendet, dass sich Schlamm und Blut sowie Rotz und Tränen vermengt hatten. Von Glanz und Gloria jedoch hatte jede Spur gefehlt, und es leuchtete mir nicht ein, was sich daran zum Positiven ändern sollte, sobald sich echte Schwerter und drohender Tod dazugesellten. Wie unermesslich furchtbar dadurch alles werden würde, hätte ich mir allerdings niemals vorstellen können.

Der Falke stolperte zu einem der Männer des Königs, der zusammengerollt auf dem Boden lag. Der Magier hatte eine Phiole mit irgendeinem Elixier an seinem Gürtel hängen, gab dem Mann nun einen Schluck daraus zu trinken und half ihm dabei, sich aufzurichten. Gemeinsam gingen sie zu einem dritten, der nur noch einen Arm hatte. Den Stumpf das anderen hatte er selbst am Feuer ausgebrannt. Nun lag der Soldat apathisch da und starrte zum Himmel empor. Zwei Männer waren noch übrig von dreißig.

Prinz Marek schien unbeeindruckt. Achtlos wischte er sich mit einem Arm über die Stirn und verteilte nur noch mehr Ruß auf seinem Gesicht. Sein Atem hatte sich beinahe wieder normalisiert: Seine Brust hob und senkte sich, aber weniger mühsam, nicht in den angestrengten, flachen Stößen, mit denen ich um Luft rang. Ohne ein Wort zu sagen, zog er mich hinter sich her von den Flammen weg unter das kühlere Dach der Bäume jenseits des Lichtungsrandes, und ich leistete keinen Widerstand. Ich hatte keine Ahnung, ob er mich überhaupt erkannte. Seine Augen waren glasig. Kasia war uns gefolgt; den Drachen hatte sie sich über die Schultern gelegt. Es war ein völlig absurdes Bild, wie sie offensichtlich ohne Anstrengung das Gewicht seines regungslosen Körpers stemmte.

Marek blinzelte einige Male, während der Falke die beiden verbliebenen Soldaten zu uns führte. Dann erst schien er endlich den lichterloh brennenden Baum und die verkohlten schwarzen Äste, die nach und nach zu Boden prasselten, wahrzunehmen. Der Griff an meinem Arm hinterließ schmerzhafte Spuren, und sein Panzerhandschuh grub sich nur noch tiefer in mein Fleisch, als ich versuchte, ihn zu lösen. Der Prinz wandte sich an mich, schüttelte mich, und seine Augen wurden vor Wut und Entsetzen riesig. »Was hast du getan«, herrschte er mich an, die Stimme kratzend vom Qualm, und dann wurde er mit einem Mal ganz still.

Vor uns stand unbeweglich die Königin und der Schein des brennenden Baumes tauchte sie in goldenes Licht. Sie sah aus wie eine Statue, die mit hängenden Armen dort wartete, wo Kasia sie abgestellt hatte. Ihr gestutztes Haar war so blond wie das von Marek und dünn und fein. Es umspielte ihren Kopf wie eine Wolke. Marek starrte sie an und sein Mund stand offen wie der Schnabel eines hungrigen Vogels. Er ließ mich los und streckte eine Hand nach der Königin aus.

»Ihr dürft sie nicht berühren!«, stoppte ihn der Falke mit scharfer Stimme, die ebenfalls heiser vom Rauch war. »Holt die Ketten.«

Marek reagierte nicht. Er konnte seine Blicke nicht von ihr lösen. Einen Moment lang glaubte ich, er würde nicht auf seinen Magier hören; dann aber drehte er sich um und stolperte davon, quer über das Schlachtfeld zum Kadaver seines Pferdes. Die Ketten, die der Falke damals Kasia angelegt hatte, während er sie untersuchte, waren in ein Tuch eingeschlagen und hinter dem Sattel befestigt. Marek riss sie herunter und brachte sie zu uns. Der Falke nahm ihm das Bündel mit dem Joch ab, berührte es jedoch nur durch den Stoff hindurch und bewegte sich so langsam und vorsichtig auf die Königin zu, als nähere er sich einem tollwütigen Hund.

Diese rührte sich nicht. Ihre Augen blinzelten nicht; es war, als könnte sie ihn gar nicht sehen. Trotzdem zögerte er, dann sprach er noch einmal den Schutzzauber für sich selbst und legte der Königin in einer raschen Bewegung das Joch über den Nacken, nur um dann ebenso rasch wieder zurückzuweichen. Sie bewegte sich auch jetzt noch nicht. Wieder streckte er die Hände aus, die er noch immer mit dem Stoff schützte. Dann befestigte er die beiden Handschellen an ihren Handgelenken und legte den Stoff über ihre Schultern. Hinter uns gab es ein lautes, schreckliches Krachen. Wie die Kaninchen sprangen wir alle zur Seite. Der Herzbaum brach in der Mitte des Stammes entzwei und eine der massiven Hälften bog sich zu Seite weg. Mit einem ohrenbetäubenden Donnern schmetterte sie zwischen den hundertjährigen Eichen am Rande der Lichtung zu Boden. Ein orangefarbener Funkenregen stob aus dem Herzen des Stammes empor. Die verbleibende Hälfte ging explosionsartig in Flammen auf. Die Äste schlugen noch einmal aus, wurden jedoch vom brüllenden Feuer verzehrt und waren plötzlich still.

Mit einer ruckartigen Bewegung kam nun Leben in den Körper der Königin. Die Kettenglieder klirrten und schabten übereinander, als sich Hanna innerhalb der Grenzen ihrer Fesseln bewegte. Es klang, als würde das Metall wimmern. Sie taumelte unsicheren Schrittes von uns weg, die Hände vor sich ausgestreckt. Der Stoff ihres Kleides war ihr von den Schultern gerutscht. Uns bemerkte sie nicht. Mit ihren viel zu langen, gebogenen Fingernägeln zerkratzte sie sich ihr eigenes Gesicht. Immer wieder grub sie sie in ihre Wangen und stieß dabei ein tiefes, unzusammenhängendes Stöhnen aus.

Marek sprang zu ihr und packte sie an den angeketteten Handgelenken. Sie jedoch schleuderte ihn mit unnatürlicher Körperkraft von sich fort. Dann hielt sie inne und fixierte ihn mit ihrem durchdringenden Blick. Er stolperte einige Schritte rückwärts, ehe er sein Gleichgewicht wiederfand und die Schultern straffte. Er war mit Blutflecken übersät, von Ruß und Schweiß überströmt, und er sah gleichermaßen wie ein Krieger und ein Prinz aus; das grüne Wappen auf seiner Brust, das die Krone über der Hydra zeigte, war noch immer deutlich zu erkennen. Die Königin betrachtete es, dann sah sie ihm ins Gesicht. Sie sprach kein Wort, aber sie konnte die Augen nicht von ihm abwenden.

Prinz Marek holte schnell und scharf Luft, dann sagte er: »Mutter.«

Kapitel 16

Die Königin gab ihm keine Antwort. Marek stand abwartend vor ihr, die Hände zu Fäusten geballt, und sah ihr unverwandt ins Gesicht. Aber sie reagierte nicht.

Auch wir schwiegen niedergeschlagen und atmeten noch immer den Qualm des Herzbaumes, der brennenden Leichname unserer Soldaten und der Kreaturen des Waldes ein. Endlich fasste sich der Falke ein Herz und trat mit schwerem Schritt nach vorne. Er hob seine Hände vor das Gesicht der Königin, zögerte einen Moment lang, doch sie zuckte nicht vor ihm zurück. Er legte ihr seine Hände auf die Wangen und drehte ihren Kopf zu sich. Dann schaute er in sie hinein: Seine Pupillen veränderten ihre Form und wurden größer und wieder kleiner; die Farbe seiner Iris wechselte von Grün zu Gelb zu Schwarz. An uns gewandt, sagte er heiser: »Da ist nichts. Ich kann keine Spuren des Übels in ihr feststellen.« Er ließ seine Hände wieder sinken.

Aber auch sonst war da nichts. Die Königin sah uns nicht an, oder besser gesagt: Wenn sie ihren Kopf in unsere Richtung drehte, war es nur noch schlimmer, denn ihre großen, starren Augen blickten nicht ernsthaft in unsere Gesichter. Marek stand ganz still, atmete angestrengt und stoßweise und konnte die Augen nicht von ihr nehmen.

»Mutter«, sagte er wieder. »Mutter. Ich bin es. Dein Sohn Marek. Ich bin gekommen, um dich nach Hause zu holen.«

Ihr Gesicht zeigte keinerlei Regung. Das namenlose Entsetzen, das anfangs noch daraufgelegen hatte, war verblasst. Sie war nun nur noch eine vor sich hinstierende leere Hülle.

»Sobald wir den Dunklen Wald verlassen haben …«, setzte ich an, aber meine Stimme blieb mir förmlich im Halse stecken. Mir war übel und seltsam zumute. Kam man denn jemals wieder aus dem Dunklen Wald heraus, wenn man zwanzig Jahre lang dort festgehalten worden war?

Marek jedoch griff den Anfang meines Satzes auf. »Wo lang?«, fragte er barsch und schob sein Schwert zurück in die Scheide.

Ich wischte mir mit dem Ärmel den Ruß aus dem Gesicht. Dann betrachtete ich meine aufgesprungenen Hände, die voller Blut und Brandblasen waren. *»Loytalal«*, flüsterte ich meinem Blut zu. »Bring mich nach Hause.«

Ich gab mir alle Mühe, uns aus dem Dunklen Wald herauszuführen. Ich hätte nicht gewusst, was wir tun sollten, wenn wir erneut auf einen Wanderer gestoßen wären, ganz zu schweigen von einer weiteren Mantis. So gut wie nichts erinnerte noch an die glanzvolle Truppe, die an diesem Morgen in den Dunklen Wald aufgebrochen war. Insgeheim stellte ich mir vor, wir seien eine Gruppe von Beerensammlern, die durch den Wald huschte, um noch vor Einbruch der Nacht das sichere Zuhause zu erreichen, und die dabei nicht einmal einen Vogel aufschrecken wollte. Ich suchte uns vorsichtig einen Weg zwischen den Bäumen hindurch. Es war gar nicht daran zu denken, eine Schneise für uns zu schlagen. Daher mussten wir auf den Pfaden der Wildtiere bleiben und Ausschau nach weniger dichtem Unterholz halten.

Eine halbe Stunde, ehe es finstere Nacht wurde, verließen wir den Dunklen Wald. Ich stolperte unter den Bäumen hervor, noch immer dem Glimmen meines eigenen Zauberspruchs folgend: Nach Hause, nach Hause, murmelte es immer wieder in meinem Kopf wie ein fortlaufender Singsang. Die schimmernde Spur vor uns lief Richtung Südwesten nach Dvernik. Meine Füße folgten ihr automatisch durch den verödeten Streifen verbrannter Erde und hinein in ein Gestrüpp aus hohen Gräsern und Pflanzen, das schließlich zu dicht wurde und mich zum Anhalten zwang. Als ich langsam meinen Kopf hob, konnte ich ganz am Ende der Wiese bewaldete Hügel erkennen, die sich in der Ferne wie eine Wand erhoben und von der untergehenden Sonne in schattiges Braun getaucht wurden.

Die nördlichen Berge. Wir waren nicht weit vom Gebirgspass nach Rosya herausgekommen. Das ergab in gewisser Weise auch Sinn, da die Königin und Prinz Vasily in Richtung Rosya geflohen waren, als sie unterwegs in den Dunklen Wald verschleppt worden waren. Aber es bedeutete auch, dass wir uns viele Meilen von Zatochek entfernt befanden.

Hinter mir trat Prinz Marek mit gesenktem Kopf aus dem Dunklen Wald. Seine Schultern hingen nach vorne, als würde er ein schweres Gewicht hinter sich herziehen. Die beiden zerlumpten Soldaten folgten ihm. Sie hatten ihre Kettenhemden ausgezogen und sie irgendwo auf dem Weg durch den Dunklen Wald fallen lassen, ebenso ihre Schwertgürtel. Der Prinz allein trug immer noch seine Rüstung und hielt das Schwert fest umklammert. Aber kaum hatte er die Wiese erreicht, brach er zusammen. Er ließ sich auf die Knie fallen und verharrte reglos in dieser Haltung. Die Soldaten gesellten sich zu ihm und sackten ebenfalls rechts und links von ihm zu Boden. Sie fielen flach nach vorne auf ihre Gesichter, als wären sie zuvor nur in Mareks Kielwasser mitgezogen worden.

Kasia legte den Drachen neben mir ab und trat ringsum das Gras flach, um ihm etwas mehr Platz zu verschaffen. Sein Körper war schlaff und reglos, seine Augen geschlossen. Seine gesamte rechte Seite war verbrannt und überall von Blasen übersät, die rot und tödlich glänzten; seine Kleidung war weggerissen oder von seinem Körper heruntergeschmort. Noch niemals hatte ich so schreckliche Verbrennungen gesehen.

Der Falke sank auf der anderen Seite von ihm auf die Knie. In der

Hand hielt er das eine Ende der Kette, die zum Joch auf den Schultern der Königin führte. Er gab der Eisenkette einen Ruck und auch die Königin machte halt. Bewegungslos und abseits blieb sie auf dem unbewachsenen, kahlen Streifen stehen, der den Dunklen Wald umgab. Ihr Gesicht zeigte die gleiche Reglosigkeit, die nichts Menschliches mehr in sich trug. So wie Kasia damals, nur noch schlimmer ausgeprägt, weil niemand aus ihren Augen herausschaute. Es war, als würde uns eine Marionette folgen. Als wir erneut an der Kette ruckten, setzte sie sich mit einem steifen, puppenhaften Gang wieder in Bewegung. Es sah aus, als wüsste sie nicht mehr so genau, wie sie ihre Arme und Beine bewegen sollte, oder als würden sie sich nicht mehr richtig beugen lassen.

Kasia sagte: »Wir sollten zusehen, dass wir weiter vom Dunklen Wald wegkommen.« Niemand von uns antwortete ihr oder rührte sich. Es kam mir vor, als spräche sie aus weiter Ferne zu uns. Vorsichtig packte sie mich an der Schulter und schüttelte mich. »Nieshka«, sagte sie. Ich antwortete nicht. Der Himmel nahm langsam die Färbung der Dämmerung an und die ersten Frühlingsmücken umschwirrten uns und surrten in meinem Ohr. Ich schaffte es nicht, die Hand zu heben, um eine fette Mücke zu verscheuchen, die sich mitten auf meinem Arm niedergelassen hatte.

Kasia richtete sich auf und schaute uns unschlüssig an. Ich glaube, sie wollte uns hier nicht allein zurücklassen angesichts der Verfassung, in der wir uns befanden. Aber es blieb kaum eine andere Wahl. Sie biss sich auf die Lippe, dann kniete sie sich vor mich hin und sah mir ins Gesicht. »Ich werde nach Kamik gehen«, sagte sie. »Das ist näher als Zatochek, glaube ich. Ich werde den ganzen Weg rennen. Halte aus, Nieshka. Ich komme zurück, sobald ich irgendjemanden gefunden habe.«

Ich starrte sie wortlos an. Sie zögerte, dann griff sie in die Tasche meines Rocks und zog das Buch der Jaga hervor, das sie mir in die Hände drückte. Ich schloss meine Finger darum, aber darüber hinaus bewegte ich mich nicht. Sie drehte sich um und machte den ersten

Schritt ins tiefe Gestrüpp hinein, durch das sie sich den Weg nach Westen, dem schwindenden Tageslicht folgend, freihacken und -pflügen musste.

Ich hockte im Gras wie eine Feldmaus und dachte an gar nichts. Die Geräusche von Kasia, die sich vorwärtsmühte, verebbten langsam. Ich fuhr mit den Fingerspitzen die Nahtstellen im Einband des Buches der Jaga nach, betastete die weichen Ränder der Kerben im Leder und starrte wie betäubt darauf. Der Drache lag neben mir und konnte sich nicht mehr bewegen. Seine Verbrennungen wurden immer schlimmer. Immer neue durchsichtige Blasen lösten sich von seiner Haut. Lang sam schlug ich das Buch auf und blätterte um. Gut gegen Verbrennungen, besser mit Spinnweben am Morgen und etwas Milch, hieß es kurz und bündig auf der Seite mit den einfacheren Heilzaubern.

Ich hatte weder morgendliche Spinnweben noch Milch, aber nach einigen zähen, langwierigen Überlegungen streckte ich meine Hand nach einem abgeknickten Grasstängel aus und presste ein paar milchig grüne Tropfen auf meinen Zeigefinger. Diese zerrieb ich zwischen Daumen und Zeigefinger und murmelte: *»Iruch, iruch.«* Meine Stimme wurde höher und tiefer, als würde ich ein Kind in den Schlaf singen. Dann tupfte ich mit der Fingerspitze ganz sanft auf die schlimmsten Blasen des Drachen. Die aufgeworfene Haut begann zu zucken und zu schrumpfen, anstatt weiter anzuschwellen, und das Feuerrot verblasste ein wenig.

Die Beschäftigung sorgte dafür, dass ich mich … nun, nicht wirklich besser, aber reiner fühlte, als würde ich eine Wunde mit Wasser ausspülen. Ich sang immer weiter und weiter. »Hör mit diesem *Lärm* auf«, zischte mich schließlich der Falke an, der den Kopf gehoben hatte.

Ich streckte den Arm aus und packte ihn am Handgelenk. »Groshnos Sprüche gegen Verbrennungen«, sagte ich auffordernd. Es war einer der Zaubersprüche, die mir der Drache hatte beibringen wollen, als er noch hartnäckig an der Überzeugung festhielt, dass aus mir eine Heilerin werden würde.

Der Falke schwieg einen Moment, dann begann er mit heiserer Stimme *»Oyideh viruch«*, den Anfang des Liedes zu rezitieren, und ich nahm meinen murmelnden Gesang ebenfalls wieder auf: *»Iruch, iruch.«* Ich lotete dabei den Spruch des Falken aus, der mir zerbrechlich wie ein Speichenrad vorkam, das aus Strohhalmen statt aus Holz gefertigt worden war. Trotzdem versuchte ich, meine Magie mit seiner zu verknüpfen. Plötzlich brach sein Singsang ab. Mir gelang es, die aufgebaute Magie lange genug aufrechtzuerhalten, um dem Falken einen Stoß zu geben und ihn so zum Weitermachen zu bringen.

Es war nicht einmal annähernd so, wie gemeinsam mit dem Drachen einen Spruch zu wirken. Dieses Mal war es, als wäre ich zusammen mit einem alten, widerspenstigen Maulesel in ein Zuggeschirr gespannt, den ich nicht besonders gut leiden konnte und der nur darauf wartete, seine Zähne wütend in mich zu graben. Ich versuchte, mich vom Falken fernzuhalten, während ich mit dem Spruch fortfuhr. Aber sobald er erst einmal den Faden aufgenommen hatte, begann der Zauber anzuschwellen. Die Verbrennungen des Drachen fingen rasch an zu verblassen und frischer Haut zu weichen, abgesehen von einer schrecklich glänzenden Narbe, die sich in der Mitte und seitlich über seinen Arm nach unten zog, wo die schlimmsten Blasen gewesen waren.

Die Stimme des Falken neben mir wurde stärker und mein Kopf fühlte sich ebenfalls wieder klarer an. Macht durchströmte uns, eine neu erweckte Flut, die an Kraft zunahm. Der Falke schüttelte seinen Kopf und blinzelte dabei. Er verdrehte seine Hand, packte mich am Handgelenk, griff nach mir und wollte mehr von meiner Magie für sich beanspruchen. Instinktiv riss ich mich los und wir verloren den Faden unseres Zauberspruches. Der Drache rollte sich jedoch bereits herum und stützte sich auf seine Hände, holte stoßweise Atem und würgte. Er hustete jede Menge schwarzen, nassen Ruß aus seinen Lungen. Als der Anfall abgeklungen war, setzte er sich erschöpft auf seine Fersen, wischte sich den Mund ab und blickte hoch. Die Königin stand noch immer auf dem kahlen Boden in der Nähe; eine helle Säule in der Dunkelheit.

Der Drache presste seine Handballen auf die Augen. »Von all den törichten Vorhaben, zu denen wir je aufgebrochen sind …«, schnarrte er so heiser, dass ich ihn kaum verstehen konnte, und ließ seine Hände wieder sinken. Dann griff er nach meinem Arm und ich half ihm beim Aufstehen. Es war, als wären wir ganz allein in dem Meer des kühlen Grases. »Wir müssen zurück nach Zatochek«, keuchte er. »Zu den Vorräten, die ich dort deponiert habe.«

Ich starrte ihn an, ohne eine Miene zu verziehen, alle Kraft verließ meinen Körper, als die Magie nach und nach abnahm. Der Falke war bereits in sich zusammengesunken. Die Soldaten begannen zu zittern und zu zucken. Sie schauten sich mit wilden Blicken um, als ob sie andere Dinge als wir sehen würden. Selbst Marek war in Apathie verfallen und war nun nur noch ein schweigender Felsbrocken zwischen uns. »Kasia holt Hilfe«, sagte ich schließlich zum Drachen.

Der Drache ließ den Blick zum Prinzen, zu den Soldaten, zur Königin, dann wieder zu mir und zurück zum Falken wandern. Auch wir beide waren nur noch Schatten unserer selbst. Er rieb sich übers Gesicht. »In Ordnung«, sagte er. »Hilf mir, sie gerade auf den Rücken zu legen. Der Mond ist schon beinahe aufgegangen.«

Es gelang uns, Prinz Marek und die Soldaten flach ins Gras zu legen. Alle drei starrten mit leerem Blick zum Himmel hoch. Als wir es endlich geschafft hatten, das Gras rings um sie herum platt zu trampeln, schien ihnen der Mond bereits hell in die Gesichter. Der Drache ließ mich zwischen sich und dem Falken Platz nehmen. Wir hatten keine Kraft mehr für eine vollständige Reinigung. Der Drache und der Falke sprachen nur einige Male hintereinander denselben Schutzzauber wie heute Morgen und ich summte meinen kleinen Reinigungszauber. *Puhas, puhas, kai puhas.* Es hatte den Anschein, als ob ein wenig Farbe auf die Wangen der drei zurückkehrte.

Keine Stunde später kam Kasia zurück; sie fuhr mit angespannter Miene einen Holzfällerkarren. »Es tut mir leid, dass es so lange gedauert hat«, sagte sie kurz angebunden. Ich fragte sie nicht, wie sie an den Wagen gekommen war. Mir war klar, was derjenige gedacht hatte, dem sie aus der Richtung des Dunklen Waldes entgegengekommen war und dem ihr Aussehen nicht entgangen sein konnte.

Wir versuchten, ihr zu helfen, aber sie musste den größten Teil der Arbeit allein bewältigen. Sie hob Prinz Marek und die beiden Soldaten auf den Karren, dann schob sie uns drei hinterher. Wir saßen so, dass unsere Beine hinten herunterbaumelten. Schließlich ging Kasia zur Königin und trat zwischen sie und die Bäume, um die Sichtachse zu unterbrechen. Die Königin sah Kasia nun mit demselben ausdruckslosen Blick an. »Ihr seid nicht mehr im Dunklen Wald«, sagte sie zur Königin. »Ihr seid frei. Wir sind frei.«

Auch sie erhielt keine Antwort.

Wir verbrachten eine Woche in Zatochek. Wir alle lagen auf Heuballen in der Scheune am Rande des Dorfes. Ich erinnerte mich nicht daran, was zwischen dem Moment geschehen war, in dem ich auf dem Karren eingeschlafen war, bis zu dem Augenblick, als ich drei Tage später im warmen, beruhigenden Duft des Heus wieder erwachte. Kasia saß an meinem Lager und wischte mir das Gesicht mit einem feuchten Tuch ab. Mein Mund war erfüllt von dem verhassten honigsüßen Geschmack des Reinigungselixiers des Drachen. Als ich mich später am Morgen kräftig genug fühlte, um schwankend aufzustehen, zwang mich der Drache ein weiteres Mal zur Reinigung. Dann brachte er mich dazu, das Gleiche auch für ihn zu tun.

»Die Königin?«, fragte ich, als wir beide hinterher völlig ausgelaugt draußen auf der Bank saßen.

Er streckte sein Kinn nach vorne und da entdeckte ich sie: Sie saß reglos auf einem Baumstumpf im Schatten einer Weide auf der anderen Seite der Lichtung. Noch immer trug sie das mit dem Zauber belegte Joch auf den Schultern, aber irgendjemand hatte ihr ein weißes Kleid angezogen. Nirgends war ein Fleck oder auch nur eine Verfärbung zu sehen; selbst der Saum war so sauber, als hätte sie sich nicht von der Stelle gerührt, seitdem man sie in das Kleid gesteckt hatte. Ihr schönes Gesicht war so leer wie eine unbeschriebene Buchseite.

»Nun«, sagte der Drache, »sie ist befreit. Aber war es das Leben von bald dreißig Männern wert?«

Er hatte die Worte zwischen seinen Zähnen hindurchgepresst. Ich schlang die Arme um meinen Körper; ich wollte nicht an diese albtraumhafte Schlacht denken, nicht an das Blutvergießen.

»Was ist mit den beiden Soldaten?«, flüsterte ich.

»Sie werden überleben«, antwortete der Drache. »Genau wie unser feiner Prinz. Er hatte mehr Glück, als er verdient hat. Der Griff des Dunklen Waldes war schwach.« Er rappelte sich auf. »Komm. Ich reinige sie in Etappen. Es wird Zeit für die nächste Runde.«

Zwei Tage später war Prinz Marek schon wieder ganz der Alte, und die Geschwindigkeit, mit der er sich erholte, sorgte bei mir für ein niedergeschlagenes Gefühl von bitterem Neid. Am Morgen erhob er sich von seinem Lager, und als es Zeit für das Abendessen wurde, verschlang er bereits ein ganzes gebratenes Huhn und sorgte so auch für seine körperliche Wiederherstellung. Die paar Bissen Brot, die ich hinunterwürgte, schmeckten für mich nach nichts. Wenn ich Marek dabei zusah, wie er an einem Ast Klimmzüge machte, fühlte ich mich nur noch wie ein Stück Stoff, das viel zu viele Male gewaschen und ausgewrungen worden war. Auch Tomasz und Oleg, die beiden Soldaten, waren jetzt wach. Inzwischen hatte ich immerhin ihre Namen in Erfahrung gebracht und schämte mich, dass ich nicht wusste, wie diejenigen hießen, die wir unterwegs verloren hatten.

Marek versuchte, die Königin dazu zu bewegen, etwas zu essen. Sie aber starrte nur auf den Teller, den er ihr entgegenstreckte, und wollte auch dann nicht kauen, als er ihr einen Streifen Fleisch in den Mund schob. Dann versuchte er es mit einer Schale Haferschleim: Seine Mutter verweigerte die Nahrung zwar nicht, aber sie kam ihm auch nicht entgegen. Löffel für Löffel musste er ihr die Grütze in den Mund schieben wie eine Mutter ihrem Säugling, der gerade damit beginnt, feste Nahrung zu sich zu nehmen. Er war mit grimmiger Miene bei der Sache, aber nach einer Stunde, in der er sie zu kaum einem halben

Dutzend Löffeln gebracht hatte, gab er es auf. Er schleuderte die Schale wutentbrannt gegen einen Felsen, sodass sie zerbarst und der Brei in alle Richtungen spritzte. Dann stürmte er davon. Die Königin zuckte nicht einmal mit der Wimper.

Ich stand im Eingang der Scheune, beobachtete die Szene voller Verachtung. Ich bereute es nicht, dass wir sie herausgeholt hatten – immerhin wurde sie jetzt nicht mehr vom Dunklen Wald gequält und bis auf die Knochen von ihm verschlungen. Doch dieses schreckliche Halbleben, das ihr noch geblieben war, schien mir schlimmer als der Tod. Sie war nicht krank oder im Delirium wie Kasia in den ersten Tagen nach ihrer Reinigung. Es hatte den Anschein, als wäre nicht mehr genug von ihr übrig, um zu fühlen oder nachzudenken.

Am nächsten Morgen trat Marek hinter mich und packte mich unvermutet am Arm, als ich gerade einen Eimer mit Brunnenwasser zur Scheune zurückschleppte. Erschrocken fuhr ich zusammen und verspritzte Wasser über uns beide, während ich versuchte, mich aus seinem Griff zu befreien. Er ignorierte das Wasser ebenso wie meine Anstrengungen und sagte mit scharfer Stimme: »Genug! Das sind Soldaten. Sie werden sich wieder erholen. Sie hätten sich schon längst wieder gefangen, wenn der Drache ihnen nicht ständig irgendwelche Tränke einflößen würde. Warum habt Ihr noch nichts für sie getan?«

»Was denkt Ihr denn, was man tun könnte?«, fragte der Drache, der in diesem Augenblick aus der Scheune trat.

Marek wirbelte zu ihm herum. »Sie muss geheilt werden! Ihr habt ihr noch keinerlei Zaubertränke gegeben. Wenn Ihr noch irgendetwas übrig habt …«

»Wenn es auch nur eine Spur des Übels in ihr geben würde, würden wir sie davon reinigen«, sagte der Drache. »Aber etwas, das nicht da ist, kann man auch nicht behandeln. Ihr solltet Euch glücklich schätzen, dass sie nicht mitsamt dem Herzbaum verbrannt ist; wenn man es denn Glück nennen will und nicht eine Schande.«

»Es ist eine Schande, dass *Ihr* nicht verbrannt seid, wenn das der einzige Rat ist, den Ihr mir geben könnt«, fauchte Marek. Die Augen des Drachen funkelten, und auf mich wirkte es, als hätte er ein Dutzend gepfefferte Antworten parat. Dennoch presste er die Lippen zusammen und verkniff sich jede Erwiderung. Marek mahlte mit den Zähnen, und da er mich noch immer fest umklammert hielt, konnte ich seine Anspannung unmittelbar spüren. Er bebte wie ein verängstigtes Pferd, obwohl er auf dieser furchtbaren Lichtung inmitten von Tod und Gefahr wie ein Fels in der Brandung gewesen war.

Der Drache sagte: »Es gibt keine Spuren des Übels in ihr. Was den Rest angeht, werden die Zeit und die Heilzauber ihr Übriges tun. Wir bringen sie zurück zum Turm, sobald wir damit fertig sind, Eure Männer zu reinigen, sodass sie gefahrlos wieder unter Menschen gehen können. Ich werde prüfen, was man sonst noch tun kann. Bis dahin solltet Ihr Euch zu ihr setzen und mit ihr über vertraute Dinge sprechen.«

»Mit ihr *sprechen*?«, wiederholte Marek. Er stieß meinen Arm von sich, sodass noch mehr Wasser über meine Füße spritzte. Dann stapfte er davon.

Der Drache nahm mir den Eimer aus der Hand und ich folgte ihm in die Scheune. »Können wir irgendetwas für sie tun?«, fragte ich.

»Was kann man denn mit einer sauber gewischten Schiefertafel anfangen?«, fragte er. »Gib der Königin etwas Zeit, dann schreibt sie vielleicht etwas Neues darauf. Aber wenn es darum geht, ihr altes Ich wiederzuholen …« Er schüttelte den Kopf.

Den restlichen Tag lang wich Marek nicht von der Seite der Königin. Ein paarmal konnte ich den harten Ausdruck auf seinem gesenkten Gesicht sehen, wenn ich die Scheune verließ. Aber immerhin schien er sich damit abgefunden zu haben, dass es keine spontane Wunderheilung geben würde. Am Abend stand er auf und ging nach Zatochek, um dort mit dem Dorfältesten zu sprechen. Am nächsten Tag, als Tomasz und Oleg endlich ohne Hilfe zum Brunnen und wieder zurück laufen konnten, legte er ihnen schwer die Hand auf die Schultern und sagte: »Wir werden morgen früh auf dem Marktplatz des Dorfes ein Feuer für die anderen entzünden.«

Es kamen Männer aus Zatochek und brachten uns Pferde. Sie begegneten uns mit großer Vorsicht und ich konnte es ihnen nicht verdenken. Der Drache hatte mitteilen lassen, dass wir aus dem Dunklen Wald zurückgekehrt waren, und er hatte verfügt, wie wir untergebracht werden sollten und auf welche Anzeichen des Übels es zu achten galt. Aber trotzdem wäre ich nicht überrascht gewesen, wenn sie nun mit Fackeln angerückt wären, um uns mitsamt der Scheune niederzubrennen. Wenn der Dunkle Wald jedoch tatsächlich von uns Besitz ergriffen hätte, dann hätten wir wohl längst schlimmere Dinge angerichtet, als eine Woche lang vollkommen erschöpft in einer Scheune herumzusitzen.

Marek selbst half Tomasz und Oleg in die Sättel, ehe er die Königin auf ihr eigenes Pferd hob, eine abgeklärte braune Stute, die schon gut zehn Jahre alt war. Hanna saß steif und hölzern im Sattel; ihr Sohn musste einen Fuß nach dem anderen in die Steigbügel schieben. Dann verharrte er einen Moment und sah zu ihr hoch: Die Zügel hingen schlaff in ihren mit Ketten gefesselten Händen, so, wie er sie zwischen ihre Finger gelegt hatte. »Mutter«, versuchte er es noch einmal. Sie reagierte nicht. Schließlich biss er die Zähne zusammen. Er nahm ein Seil und band es als Führungszügel an das Pferd der Königin, hakte es an seinem eigenen Sattel fest, stieg auf und ritt los.

Wir anderen folgten ihm auf unseren Reittieren bis zum Marktplatz, wo bereits ein großer Scheiterhaufen aus durchgetrocknetem Holz aufgeschichtet war. Alle Dorfbewohner standen in ihren Festtagskleidern auf der anderen Seite. Sie erwarteten uns mit Fackeln in den Händen. Ich kannte niemanden aus Zatochek sonderlich gut, aber manchmal kamen im Frühjahr an Markttagen Leute von hier zu uns ins Dorf. Einige Gesichter, die mich durch den schwachen grauen Rauch aus der Masse heraus anstarrten, kamen mir entfernt vertraut vor, wie Gespenster aus einem anderen Leben. Nun stand ich ihnen gegenüber, Seite an Seite mit einem Prinzen und zwei Zauberern.

Marek nahm selbst ein brennendes Scheit entgegen. Er stand neben dem Holzhaufen, reckte seine Fackel in die Luft und rief jeden einzelnen Mann aus, den wir verloren hatten, einen nach dem anderen und Janos als letzten. Dann winkte er Tomasz und Oleg zu sich. Gemeinsam traten die drei einen Schritt nach vorne und steckten die aufgeschichteten Holzstücke in Brand. Frischer Qualm stieg mir schmerzhaft in die Augen und in meine kaum verheilte Kehle. Die Hitze war fast nicht auszuhalten. Der Drache sah mit finsterer Miene zu, wie sich die Flammen ausbreiteten, dann wandte er sich ab. Ich wusste, dass er den Prinzen dafür verachtete, dass er nun die Männer ehrte, die er selber in den Tod geführt hatte. Aber in mir löste sich etwas, als ich endlich ihre Namen erfuhr.

Das Feuer brannte lange. Die Dorfbewohner brachten Essen und Bier und alles, was sie sonst noch hatten, und drängten uns zuzugreifen. Ich verzog mich mit Kasia in eine Ecke und trank viel zu viele Becher Bier in dem Versuch, mein Elend, den Rauch und den Geschmack des Reinigungselixiers aus meinem Mund zu spülen. Irgendwann lehnten wir uns aneinander und weinten leise. Ich musste mich an Kasia festhalten, denn sie traute sich nicht, mich richtig in die Arme zu schließen.

Das Bier sorgte dafür, dass mir leichter ums Herz wurde, aber auch, dass ich mich benebelter fühlte. Mein Kopf schmerzte und ich schniefte in meine Ärmel. Auf der anderen Seite des Marktplatzes unterhielt sich Prinz Marek mit dem Dorfältesten und einem jungen Fuhrmann mit großen Augen. Sie standen neben einem hübschen grünen Wagen, der offensichtlich frisch gestrichen war. Vier Pferde waren vorgespannt, in deren Mähnen und Schweife ungeschickt und eilig ebenfalls grüne Bänder eingeflochten worden waren. Die Königin saß bereits auf Strohhaufen auf dem Wagen, mit einem wollenen Umhang über den Schultern. Die goldenen Ketten des verzauberten Jochs fingen das Sonnenlicht ein und hoben sich schimmernd von ihrer Kleidung ab.

Ich blinzelte einige Male gegen die blendenden Sonnenstrahlen an, und als ich zu begreifen begann, was ich da sah, marschierte der Drache auch schon über den Platz und fragte: »Was habt Ihr vor?«

Ich erhob mich und gesellte mich zu ihnen.

Prinz Marek drehte sich gerade um, als ich die beiden erreichte. »Ich treffe Vorkehrungen, um die Königin nach Hause zu bringen«, antwortete er freundlich.

»Seid nicht albern. Sie braucht Heilzauber ...«

»Die sie in der Hauptstadt ebenso gut wie hier bekommen kann«, unterbrach ihn Prinz Marek. »Ich werde nicht zulassen, dass Ihr meine Mutter in Eurem Turm wegsperrt, bis es Euch gefällt, sie wieder hinauszulassen, Drache. Glaubt nicht, ich hätte vergessen, wie widerwillig Ihr uns begleitet habt.«

»Ihr hingegen scheint nur allzu bereit zu sein, eine Menge anderer Dinge zu vergessen«, fauchte der Drache. »Zum Beispiel Euren Schwur, den Dunklen Wald bis Rosya niederzubrennen, wenn wir erfolgreich waren.«

»Ich habe gar nichts vergessen«, sagte Marek. »Aber ich habe im Moment nicht die Männer zur Verfügung, die Euch helfen könnten. Welch bessere Gelegenheit könnte es geben, die Soldaten zu holen, die Ihr braucht, als zum Hof zurückzukehren und meinen Vater darum zu bitten?«

»Ihr werdet bei Hofe nichts anderes tun, als diese hohle Puppe herumzuzeigen und Euch als Helden feiern zu lassen«, sagte der Drache. »*Schickt* nach den Männern! Wir können doch jetzt nicht einfach verschwinden. Glaubt Ihr vielleicht, der Dunkle Wald wird keine Vergeltung üben für das, was wir getan haben, wenn wir nun davonreiten und das Tal schutzlos zurücklassen?«

Mareks Lächeln verschwand nicht von seinem Gesicht, aber es zitterte, und seine Hand öffnete und schloss sich um seinen Schwertgriff. Der Falke schob sich behutsam zwischen die beiden, legte Prinz Marek eine Hand auf den Arm und sagte: »Eure Hoheit, auch wenn Sarkans Tonfall empörend ist, hat er dennoch nicht unrecht.«

Einen Moment lang glaubte ich, er habe es vielleicht endlich begriffen: Vielleicht hatte der Falke die Bösartigkeit des Dunklen Waldes selbst gespürt und nun verstanden, welche Bedrohung von ihm ausging. Überrascht, aber hoffnungsfroh sah ich den Drachen an, doch sein Gesicht nahm einen harten Ausdruck an, noch ehe der Falke sich an ihn wandte und geziert den Kopf senkte. »Ich denke, Sarkan wird zustimmen, dass er, trotz all seiner Begabung, in den Heilkünsten noch von einer anderen Magierin übertroffen wird, nämlich von der Weide. Wenn überhaupt, wird sie es sein, die der Königin helfen kann. Und er hat geschworen, dass er es sich zur Pflicht macht, den Dunklen Wald an der Ausbreitung zu hindern. Er kann das Tal also nicht verlassen.«

»Nun gut«, entgegnete Prinz Marek sofort, auch wenn er noch immer mit zusammengebissenen Zähnen sprach: eine wohleinstudierte Antwort. Gemeinsam hatten sie diese Strategie ersonnen, dämmerte es mir, und Wut stieg in mir hoch.

Dann fügte der Falke hinzu: »Und du, Sarkan, musst einsehen, dass Prinz Marek nicht zulassen kann, dass du Königin Hanna und dein Bauernmädchen einfach hierbehältst.« Er machte einen Wink in Richtung Kasia, die neben mir stand. »Selbstverständlich müssen die beiden sofort in die Hauptstadt gebracht werden und sich dort wegen des Befalls durch das Übel einem Prozess stellen.«

»Was für ein kluger Schachzug«, sagte der Drache später zu mir, »und ein sehr effektiver noch dazu. Denn er hat recht: Ich darf das Tal ohne die ausdrückliche Erlaubnis des Königs nicht im Stich lassen, und streng genommen erfordert das Gesetz es tatsächlich, dass in einem Prozess über die beiden gerichtet wird.«

»Aber doch nicht jetzt und sofort«, sagte ich. Mein Blick schoss zu der Königin, die teilnahmslos und still auf dem Wagen saß. Die Dorfbewohner stapelten dessen ungeachtet viel zu viele Vorräte und Decken um sie herum auf; weitaus mehr, als nötig wären, selbst wenn wir vorhätten, dreimal ohne Rast in die Hauptstadt und wieder zurück zu reisen. »Was ist, wenn wir sie jetzt zurück zum Turm bringen würden – sie und Kasia? Der König würde doch sicherlich Verständnis dafür haben …«

Der Drache schnaubte. »Der König ist ein vernünftiger Mann. Er hätte nicht das Geringste dagegen einzuwenden gehabt, wenn ich die Königin klammheimlich allen Blicken entzogen hätte. Am besten noch ehe sie irgendjemand zu Gesicht bekommen oder auch nur aus gesicherter Quelle erfahren hätte, dass sie gerettet wurde. Aber jetzt?« Er machte eine ungeduldige Geste in Richtung der Dorfbewohner. Alle hatten sich in einem lockeren Ring um den Wagen versammelt, standen in sicherer Entfernung, starrten die Königin an und flüsterten sich gegenseitig ihre Versionen der Geschichte zu. »Nein. Er würde heftig protestieren, wenn ich mich offen und vor Zeugen dem Gesetz seines Reiches widersetzen würde.« Dann schaute er mich an und sagte: »Und ich kann auch gar nicht weg. Der König könnte es mir vielleicht erlauben, aber der Dunkle Wald würde es niemals zulassen.«

Ich hielt seinem Blick stand und fühlte mich wie ausgehöhlt. »Ich kann doch nicht einfach zusehen, wie sie Kasia mitnehmen«, sagte ich und es klang eher wie ein Flehen. Ich wusste, wohin ich gehörte und wo ich gebraucht wurde. Aber zuzulassen, dass sie Kasia für ihren Prozess in die Hauptstadt schleiften, wo das Gesetz vorsah, dass man sie zum Tode verurteilen müsste … Ich vertraute Prinz Marek nicht im Geringsten und war mir sicher, dass er immer nur das tun würde, was ihm zum Vorteil gereichte.

»Ich weiß«, sagte der Drache. »Warum auch nicht? Ohne Soldaten können wir keinen weiteren Schlag gegen den Dunklen Wald gewinnen, und wir bräuchten sogar eine große Anzahl von Männern. Du wirst sie vom König einfordern müssen. Ganz gleich, was Marek auch behauptet, er denkt nur an die Königin. Solya ist zwar nicht bösartig, aber er kann großen Schaden anrichten, weil er sich für ach so klug hält.«

»Solya?«, fragte ich schließlich. Der Name fühlte sich merkwürdig auf meiner Zunge an. Er bewegte sich wie der undeutliche Schatten eines kreisenden Vogels, und in dem Moment, in dem ich ihn aussprach, spürte ich, wie mich ein stechender Blick streifte.

»Es bedeutet *Falke* in der Sprache der Zaubersprüche«, erklärte der Drache. »Sie werden auch dir einen Namen zuteilen, bevor du es auf die Liste der bestätigten Zauberer geschafft hast. Lass nicht zu, dass sie das bis nach dem Prozess verschieben; ansonsten hast du nicht das Recht auszusagen. Und hör auf mich: Das, was du hier getan hast, bringt eine andere Art von Macht mit sich. Du musst verhindern, dass Solya alles Lob einheimst, und zögere nicht, diese Macht auch auszuspielen.«

Ich hatte keine Ahnung, wie ich irgendeinen der Hinweise, mit denen er mich überhäufte, in die Tat umsetzen sollte: Wie sollte *ich* wohl den König davon überzeugen, uns irgendwelche Soldaten zu überlassen? Marek jedoch rief bereits Tomasz und Oleg zu, sie sollten aufsitzen, und ich musste den Drachen nicht sagen hören, dass ich nun selbst herauszufinden hatte, was zu tun sei. Stattdessen also nickte ich und schluckte. Dann sagte ich: »Ich danke dir – Sarkan.«

Sein Name schmeckte nach Feuer und Flügeln, nach sich kräuselndem Rauch, nach Raffiniertheit und Stärke und dem schabenden Raunen von Drachenschuppen. Er musterte mich, dann sagte er steif: »Sieh zu, dass du nicht in einen Kochtopf fällst. Und so schwer du es auch finden magst: Versuch, auf ein respektables Äußeres zu achten.«

Kapitel 17

Es gelang mir nicht besonders gut, seine Ratschläge zu befolgen.

Wir ritten nun schon seit einer Woche und einem Tag in Richtung Hauptstadt, und den gesamten Weg über warf mein Pferd unruhig seinen Kopf nach vorne und wieder zurück: Schritt, Schritt, Schritt und dann ein plötzliches, nervöses Rucken mit dem Maul gegen die Trense. Jedes Mal wurden die Zügel und damit meine Arme nach vorne gerissen, bis mein Nacken und meine Schultern hart wie Stein waren. Ich geriet ständig ans Ende unseres kleinen Trosses, und die großen eisenbeschlagenen Wagenräder wirbelten eine ordentliche Staubwolke vor mir auf, die mich einhüllte. Das führte dazu, dass mein Pferd auch noch regelmäßige Pausen einlegte, um zu schnauben. Noch ehe wir Olshanka erreicht hatten, war ich von oben bis unten mit hellem Staub bedeckt, und durch den Schweiß verklumpte dieser unter meinen Fingernägeln zu dicken braunen Balken.

Der Drache hatte in den letzten Minuten, die wir noch zusammen verbracht hatten, einen Brief an den König geschrieben, den er mir mitgegeben hatte. Es waren nur wenige Zeilen auf billigem Papier, mit dünner Tinte gekritzelt, welche er sich von einem Dorfbewohner hatte geben lassen. Ich sei eine Hexe, hieß es, und der Drache bitte den König um Soldaten. Schließlich hatte er das Papier gefaltet, seinen Daumen mit einem Messer angeritzt und ein wenig Blut über die Ecke geschmiert. In diesen Fleck hinein hatte er in kräftigen schwarzen

Buchstaben, die an den Rändern ausliefen, seinen Namen geschrieben: Sarkan. Immer wenn ich die Nachricht aus der Tasche meines Rockes nahm und die Buchstaben mit den Fingern berührte, glaubte ich fast das Knistern von Rauch und das Schlagen von Flügeln zu hören. Das war tröstlich und entmutigend zugleich, denn die zurückgelegten Meilen eines jeden Tages brachten mich weiter fort von dem Ort, an dem ich sein sollte, um dabei zu helfen, den Dunklen Wald zurückzudrängen.

»Warum habt Ihr darauf bestanden, Kasia mitzunehmen?«, fragte ich Marek. Ich wollte einen letzten Versuch unternehmen, während wir in unserer ersten Nacht am Fuße der Berge unser Lager aufschlugen, ganz in der Nähe eines schmalen Bachs, der plätschernd in Richtung des Flusses Spindel lief. Im Süden konnte ich den Turm des Drachen sehen, der von den letzten Strahlen der untergehenden Sonne in Orange getaucht wurde. »Nehmt die Königin, wenn Ihr denn darauf bestehen wollt, und lasst uns andere wieder umkehren. Ihr habt den Dunklen Wald mit eigenen Augen gesehen und erlebt, wozu er fähig ist …«

»Mein Vater hat mich geschickt, damit ich mich um Sarkans verderbtes Dorfmädchen kümmere«, antwortete Marek. Er ließ sich Wasser über Kopf und Nacken rinnen. »Er erwartet sie oder ihren Kopf. Was von beidem wäre dir lieber?«

»Aber er wird Kasia verschonen, sobald er die Königin sieht«, sagte ich.

Marek schüttelte das Wasser ab und hob seinen Kopf. Die Königin saß noch immer teilnahmslos im Wagen und starrte dumpf vor sich hin, während um sie herum die Nacht hereinbrach. Kasia war an ihrer Seite. Sie waren beide verändert, beide seltsam und fremd. Sie saßen sehr aufrecht und waren selbst nach dem anstrengenden Reisetag kein bisschen erschöpft. Sie beide wirkten wie glatt poliertes Holz. Aber Kasia hatten ihren Kopf nach hinten gedreht; sie sah zurück nach Olshanka und dem Dorf, und ihr Mund und ihre Augen waren von Sorgen erfüllt, aber aufmerksam.

Marek und ich beobachteten die beiden, dann stand der Prinz auf. »Das Schicksal der Königin wird auch deiner Freundin beschieden sein«, antwortete er und ging davon. Ich war so niedergeschlagen, dass ich mit der flachen Hand aufs Wasser schlug. Dann schöpfte ich etwas davon, um mir das Gesicht zu waschen. Kleine Bäche, schwarz von Staub und Dreck, liefen über meine Finger.

»Wie schrecklich für dich«, sagte der Falke spöttisch, der plötzlich ohne jede Vorwarnung hinter mir aufgetaucht war. Er sorgte dafür, dass ich prustend hinter meinen Händen hervorkam. »Als Hexe und Heldin betitelt zu werden und vom Prinzen nach Kralia eskortiert zu werden. Was für ein Elend!«

Ich trocknete mir das Gesicht mit meinem Rock ab. »Warum wollt Ihr mich überhaupt dorthaben? Es gibt andere Zauberer am Hof. Sie werden selber feststellen, dass die Königin nicht vom Übel befallen ist.«

Solya schüttelte den Kopf, als würde er mich – das dumme Dorfmädchen, das nichts verstand – bemitleiden. »Glaubst du wirklich, dass die Dinge so einfach sind? Das Gesetz gilt ohne Einschränkung: Die Verderbten müssen in den Flammen sterben.«

»Aber der König wird sie begnadigen?«, sagte ich und hörte selber, dass es wie eine Frage klang.

Solyas Blick wanderte nachdenklich zur Königin hinüber, die nun kaum mehr zu erkennen war, ein Schatten inmitten von Schatten. Er antwortete nicht. Dann sah er mich wieder an. »Schlaf gut, Agnieszka«, sagte er. »Wir haben noch einen weiten Weg vor uns.« Und er gesellte sich zu Marek ans Feuer.

Nach diesem Gespräch schlief ich schlecht, sowohl in dieser Nacht als auch in allen folgenden Nächten. Gerüchte reisten uns voraus. Wenn wir durch Dörfer und Städte kamen, unterbrachen die Menschen ihre Arbeit und säumten die Straßen. Mit weit aufgerissenen Augen starrten sie uns an, näherten sich uns aber nicht und hielten ihre Kinder eng an sich gedrückt. Am letzten Tag erwartete uns eine Menschenmenge an einer Kreuzung vor der großen Stadt des Königs.

Zu diesem Zeitpunkt hatte ich bereits jedes Gefühl für Stunden und Tage verloren. Meine Arme schmerzten, mein Rücken schmerzte, meine Beine schmerzten. Am schlimmsten quälte mich mein Kopf. Ein Teil von mir war noch immer ans Dorf gefesselt und bis zum Zerreißen gespannt in dem Bestreben, mich selbst nicht zu verlieren – jetzt, wo ich so weit von allem entfernt war, was ich kannte. Sogar die Berge, meine Fixpunkte, waren verschwunden. Natürlich wusste ich, dass es Gegenden ohne Berge in unserem Land gab, aber ich hatte mir immer vorgestellt, dass ich sie trotzdem noch irgendwo in der Ferne würde sehen können. So wie den Mond. Doch jedes Mal, wenn ich hinter mich schaute, waren sie wieder ein Stückchen kleiner geworden, bis sie schließlich in die letzten hügeligen Ausläufer mündeten. Weite, üppig bewachsene Getreidefelder schienen sich endlos in alle Richtungen auszudehnen, flach und gleichförmig. Das Antlitz der gesamten Welt war fremd geworden. Hier gab es nicht einmal mehr Wälder.

Wir erklommen einen letzten Hügel, und als wir die Spitze erreicht hatten, breitete sich unter uns die ganze Hauptstadt Kralia aus. Häuser mit gelben Wänden und orangebraunen Dächern leuchteten wie Wildblumen überall an den Ufern des breiten, glänzenden Flusses Vandalus. In der Mitte thronte Zamek Orla, die mächtige rote Backsteinburg der Könige, die sich auf einem gewaltigen Felsvorsprung erhob. Sie war größer als jedes Gebäude, das ich mir in meinen kühnsten Träumen vorgestellt hatte. Der Turm des Drachen war kleiner als der kleinste Burgturm, und es schien ein Dutzend von ihnen zu geben, die gen Himmel ragten.

Der Falke schaute zu mir zurück. Ich denke, er wollte sehen, wie ich den Anblick aufnahm. Aber alles war so riesig und außergewöhnlich, dass ich nicht einmal große Augen bekam. Ich hatte das Gefühl, ein Bild in einem Buch zu betrachten, nicht etwas Wahrhaftiges, und ich war so müde, dass ich nicht mehr denken konnte, sondern nur noch meinen Körper spürte: das gleichmäßige, schmerzhafte Ziehen und Reißen in meinen Oberschenkeln, das Zittern in beiden Armen, von oben bis unten, und die dicke Schmutzschicht überall auf meiner Haut.

Eine Gruppe von Soldaten erwartete uns an der Kreuzung noch weit vor der Stadt, in Reihen um ein großes Podest aufgestellt, das sich in der Mitte erhob. Ein halbes Dutzend Priester und Mönche standen darauf und flankierten einen Mann in der erstaunlichsten Robe eines Geistlichen, die ich jemals gesehen hatte. Sie war von tiefem Purpurrot und reich mit Gold bestickt. Sein langes Gesicht trug einen ernsten Ausdruck und sein hoher Hut mit seinen zwei Spitzen ließ es noch länger wirken.

Marek näherte sich dem Hügelrand und schaute nach unten, was mir die Gelegenheit gab, mit meinem schwerfällig dahintrottenden Pferd zu ihm und dem Falken aufzuschließen. »Siehe da, mein Vater hat den alten Langweiler vorausgeschickt«, bemerkte Marek. »Er wird der Königin die Reliquien auflegen. Wird das irgendwelche Schwierigkeiten machen?«

»Das kann ich mir nicht vorstellen«, antwortete der Falke. »Unser lieber Erzbischof kann zweifellos ein bisschen ermüdend sein, aber seine Hartnäckigkeit kann uns im Moment nur nützen. Er würde niemals zulassen, dass irgendjemand eine echte gegen eine falsche Reliquie austauscht, und die wahre wird niemals etwas zeigen, was nicht da ist.«

Ungläubige Empörung über ihren Mangel an Taktgefühl erfüllte mich – den Erzbischof einen *Langweiler* zu nennen! – und so verpasste ich den Zeitpunkt, um nach einer Erklärung zu fragen. Warum sollte irgendjemand *wollen,* dass sich das Übel zeigte, wenn es gar nicht da war? Marek hatte seinem Pferd bereits die Sporen gegeben. Der Wagen der Königin ratterte hinter ihm den Hügel hinunter, und obwohl die Gesichter der Menge begierig gespannt und voll brennender Neugier waren, wichen die Zuschauer dem Gefährt aus wie eine Welle, die vom Ufer zurück ins Meer spült, und nahmen sich vor den Rädern in Acht. Ich sah, dass viele Menschen billige kleine Schutzzeichen gegen das Böse trugen und sich bekreuzigten, als wir an ihnen vorbeikamen.

Die Königin saß da, ohne nach rechts oder links zu schauen oder unruhig zu werden. Sie schaukelte nur im Takt der Wagenräder hin und her. Kasia war nahe an sie herangerückt und warf mir einen vielsagenden Blick über die Schulter zu, den ich mit weit aufgerissenen Augen erwiderte. Wir hatten in unserem ganzen Leben noch nie derartig viele Leute gesehen. Die Menschen drängten sich so dicht an mich heran, dass sie meine Beine berührten, obwohl sie sich vorsehen mussten, damit sie nicht von den großen eisenbeschlagenen Hufen meines Pferdes getreten wurden.

Als wir uns dem Podest näherten, öffneten die Soldaten ihre Reihen, ließen uns hindurch und umringten uns dann wieder; ihre Speere hielten sie auf uns gerichtet. Zu meinem großen Schrecken sah ich plötzlich, dass in der Mitte des Podestes ein riesiger Scheiterhaufen aufgeschichtet worden war, unter dem ich Strohballen und Reisig zum Anzünden entdeckte. Ich streckte die Hand aus und zog erschrocken am Ärmel des Falken.

»Hör auf, wie ein verängstigtes Kaninchen auszusehen, setz dich aufrecht hin und *lächle*«, zischte er mir zu. »Das Letzte, was wir jetzt tun sollten, ist, ihnen irgendeinen Grund zu der Annahme zu geben, dass irgendetwas nicht in Ordnung sein könnte.«

Marek benahm sich, als würde er die Stahlspitzen, die keinen halben Meter von seinem Kopf entfernt wippten, gar nicht bemerken. Er stieg ab, warf den Umhang, den er einige Städte zuvor gekauft hatte, mit Schwung zurück. Dann ging er zum Wagen der Königin und hob sie hinunter. Kasia musste ihm dabei von der anderen Seite aus helfen. Auf einen ungeduldigen Wink von ihm hin stieg sie danach ebenfalls aus.

Bislang hatte ich es nicht gewusst, aber das Murmeln einer so großen Menschenmenge klingt wie das gleichmäßige Plätschern eines Flusses. Es war ein Tuscheln, das anschwoll und verebbte, ohne dass einzelne Stimmen auszumachen gewesen wären. Mit einem Schlag jedoch senkte sich vollkommene Stille herab. Marek führte die Königin die Stufen zum Podest hinauf. Das goldene Joch lag noch immer über ihren Schultern. Dann zog der Prinz sie vor den Priester mit dem hohen Hut.

»Hochwürdiger Erzbischof«, sagte Marek, und seine donnernde

Stimme war klar zu vernehmen. »Unter allergrößter Gefahr haben meine Gefährten und ich die Königin von Polnya aus dem bösartigen Griff des Dunklen Waldes befreit. Euch übertrage ich nun die Aufgabe, sie aufs Genaueste zu untersuchen, um mithilfe eurer Reliquien und der Macht Eures hohen Amtes zu beweisen, dass sie keine Anzeichen des Übels aufweist, die sich ausbreiten und auf andere unschuldige Seelen übergreifen könnten.«

Natürlich war das genau der Grund, warum der Erzbischof hier war, aber ich hatte den Eindruck, dass es ihm überhaupt nicht gefiel, wie Marek es aussehen ließ, als wäre es seine eigene Idee gewesen. Sein Mund verzog sich in einer dünnen Linie nach unten. »Seid versichert, dass ich mein Bestes tun werde, Eure Hoheit«, erwiderte er reserviert, drehte sich um und gab einen Wink. Einer der Mönche trat an seine Seite, ein klein gewachsener, ängstlich aussehender Mann, in schlichtes braunes Leinen gekleidet, mit braunem Haar, das wie eine Kappe rings um seinen Kopf geschnitten war. Seine Augen waren riesig und blinzelten nervös hinter großen goldgeränderten Brillengläsern. In den Händen hielt er ein längliches Holzkästchen. Dieses öffnete er, der Erzbischof griff hinein und hob mit beiden Händen ein zartes, glänzendes Kettengeflecht aus Gold und Silber heraus, das beinahe wie ein Netz aussah. Die versammelten Menschen murmelten beifällig, und es klang wie Wind, der rauschend durch Frühlingsblätter fährt. Der Erzbischof streckte das Netz in die Höhe, betete lange und mit sonorer Stimme, dann drehte er sich um und warf der Königin den Schleier über den Kopf. Er kam sanft auf ihr zu liegen, die Ecken entrollten sich und fielen ihr schließlich bis auf die Füße hinab. Zu meiner Überraschung trat dann der Mönch vor, legte seine Hände auf das Geflecht und sprach: »*Yilastus kosmet, yilastus kosmet vestuo palta.*« Er begann immer wieder von vorne und sein Zauberspruch floss in das Netz hinein und erhellte es.

Das Licht erfüllte den gesamten Körper der Königin ringsherum, sodass sie selbst zu leuchten begann. Hell strahlend stand sie dort auf dem Podest, den Kopf hoch erhoben. Es war nicht wie das Licht der

Beschwörung. Jenes war ein kaltes, klares Gleißen gewesen, hart und schmerzhaft. Dieses hier fühlte sich an, als würde ich mitten im Winter zu später Stunde nach Hause zurückkehren und eine Kerze vorfinden, die durch das Fenster nach draußen scheint und mich ins Haus lockt. Es war ein Licht voller Liebe und Wärme. Ein Seufzen lief durch die Menge. Selbst die Priester traten für einen kurzen Moment einen Schritt zurück, nur um die leuchtende Königin auf sich wirken zu lassen.

Der Mönch ließ seine Hand auf dem Netz ruhen und ohne Unterlass floss seine Magie hinein. Ich drückte meinem Pferd so lange die Hacken in die Flanken, bis es sich unwillig in Bewegung setzte und näher an das des Falken heranrückte. Auf diese Weise konnte ich mich vorbeugen und ihm ins Ohr flüstern: »Wer ist das?«

»Meinst du unseren sanften Zauberer, die Eule?«, fragte er. »Das ist Vater Ballo. Der Erzbischof ist entzückt von ihm, wie du dir vorstellen kannst: Man findet nicht oft einen so bescheidenen und fügsamen Zauberer.« Er klang verächtlich, dabei sah der Zauberer in meinen Augen gar nicht so bescheiden aus. Er wirkte besorgt und wenig erfreut.

»Und dieses Netz?«, fragte ich.

»Du hast sicherlich schon vom Schleier der Heiligen Jadwiga gehört«, sagte der Falke so beiläufig, dass ich ihn mit offenem Mund anstarrte. Dies war die heiligste Reliquie in ganz Polnya. Ich hatte gehört, dass dieser Schleier nur hervorgeholt wurde, wenn man Könige krönte, um zu beweisen, dass sie nicht unter dem Einfluss des Bösen standen.

Die Menge drängte die Soldaten nun weiter an das Podest heran, und sogar die Männer des Königs selbst waren so fasziniert, dass sie die Spitzen ihrer Lanzen hoch in die Luft reckten und zuließen, dass sie weitergeschoben wurden. Die Priester untersuchten die Königin Zentimeter für Zentimeter. Sie beugten sich vor, um mit zusammengekniffenen Augen ihre Zehen zu betrachten, griffen nach beiden Armen, streckten sie, inspizierten ihre Finger und überprüften ihre Haare.

Aber wir alle konnten die Königin leuchten sehen, von reinem Licht erfüllt. Es gab nicht die Spur eines Schattens in ihr. Ein Priester nach dem anderen stand auf, wandte sich an den Erzbischof und schüttelte den Kopf. Dessen ernste Züge wurden weicher und das Wunder des Lichts leuchtete auf seinem Gesicht.

Als sie die Untersuchung beendet hatten, hob Vater Ballo vorsichtig den Schleier an und zog ihn wieder herunter. Die Priester brachten noch andere Reliquien und diese erkannte ich wieder: eine Platte der Rüstung des Heiligen Kasimirs, in der noch immer der Zahn des Drachen von Kralia steckte, den er erschlagen hatte; den Armknochen des Heiligen Firan in einem Kästchen aus Gold und Glas, das vom Feuer schwarz geworden war; den goldenen Kelch, den der Heilige Jacek aus der Kathedrale gerettet hatte. Marek legte die Hände der Königin auf die Heiligtümer, während der Erzbischof über ihr betete.

Sie wiederholten jede Prüfung auch bei Kasia, aber an ihr war die Menge nicht interessiert. Jeder verstummte, um der Königin zuzusehen, doch sie alle plapperten lautstark, während die Priester Kasia untersuchten. Sie benahmen sich zügelloser als jede Menschenmenge, die ich bislang gesehen hatte, obwohl sie sich in Gegenwart von so vielen heiligen Reliquien und dem Erzbischof höchstpersönlich befanden. »Vom Pöbel hier in Kralia war auch nichts anderes zu erwarten«, sagte Solya, dem der schockierte Ausdruck in meinem Gesicht nicht entgangen war. Es gab sogar Brötchenverkäufer, die zwischen den Massen herumspazierten und ihre Waren feilboten. Von meinem Pferd aus konnte ich auch ein paar geschäftstüchtige Männer entdecken, die etwas weiter die Straße hinunter einen Stand aufbauten, an dem sie Bier verkauften.

Der Menschenauflauf nahm langsam, aber sicher Züge eines Volksfestes an. Und schließlich füllten die Priester den goldenen Kelch des Heiligen Jacek mit Wein und Vater Ballo murmelte etwas darüber: Eine dünne Rauchsäule stieg aus dem Wein auf und verwehte. Die

Königin trank den Wein, als der Kelch an ihre Lippen geführt wurde, ohne in einem Anfall zu Boden zu stürzen. Ihr Gesichtsausdruck veränderte sich überhaupt nicht, aber das spielte keine Rolle. Irgendjemand in der Menge hob einen überschäumenden Krug Bier und schrie: »Der Herr sei gepriesen! Die Königin ist gerettet!« Und alle Leute ringsum vergaßen ihre Angst, begannen wie von Sinnen zu schreien und zu jubeln und drängten noch näher an uns heran. Es war so laut, dass ich kaum hören konnte, wie der Erzbischof zähneknirschend und widerwillig Marek die Erlaubnis erteilte, die Königin in die Stadt zu bringen.

Die Hochstimmung der Menschen war beinahe schlimmer als die Speere der Soldaten. Marek musste Schaulustige aus dem Weg stoßen, um den Wagen zum Podest zu bringen und die Königin und Kasia wieder eigenhändig hinaufzuheben. Er entschied sich gegen ein eigenes Pferd, sprang ebenfalls auf den Wagen und übernahm die Zügel. Mit geübter Hand ließ er die Peitsche des Kutschers knallen, um die Menschen auf der Straße vor den Köpfen der Pferde zu vertreiben und um uns Platz zu verschaffen. Solya und ich mussten unsere Reittiere unmittelbar hinter dem Wagen halten, um voranzukommen. Hinter uns schlossen sich die Reihen sofort wieder.

Die Leute begleiteten uns die ganzen verbliebenen fünf Meilen bis zur Stadt. Sie liefen neben uns her und folgten uns, und wenn irgendjemand das Tempo nicht mehr mithalten konnte, nahmen andere seinen Platz ein. An der Brücke über den Vandalus-Fluss begrüßten uns erwachsene Männer und Frauen, die ihr Tagwerk frühzeitig beendet hatten, um uns zu begleiten. Als wir die Außentore der Burg erreichten, kamen wir kaum mehr durch die wild jubelnde Menge, die uns von allen Seiten umringte – ein lebendiges Wesen mit zehntausend Stimmen, die alle jauchzend ihrer Freude Ausdruck verliehen. Die Neuigkeit hatte sich bereits verbreitet: Die Königin war gerettet worden und sie war nicht vom Übel befallen. Prinz Marek hatte endlich die Königin gerettet.

Wir alle lebten in einem Lied. So jedenfalls fühlte es sich an. Ich selbst konnte es spüren, obwohl der golden schimmernde Kopf der Königin im Rhythmus des schwankenden Wagens hin und her schaukelte und sie selbst keinerlei Anstalten machte, die Bewegungen aufzufangen. Ich spürte es, obwohl ich wusste, wie klein unser Sieg tatsächlich ausgefallen war und wie viele Männer dafür ihr Leben gelassen hatten. Neben meinem Pferd rannten Kinder her und wandten mir ihre lachenden Gesichter zu – ich vermutete, dass ich das keineswegs als Kompliment verstehen sollte, denn ich starrte vor Schmutz, mein Haar war zerzaust, und mein Rock zerrissen. Aber das alles kümmerte mich nicht. Ich schaute zu ihnen hinunter und stimmte in ihr Gelächter mit ein. Für kurze Momente konnte ich meine steifen Arme und meine tauben Beine vergessen.

Marek ritt an der Spitze unseres Zuges und ein beinahe entrückter Ausdruck lag auf seinem Gesicht. Ich schätzte, auch er hatte das Gefühl, sein Leben habe sich in ein Lied verwandelt. In diesem Augenblick dachte niemand an die Männer, die nicht zurückgekommen waren. Olegs Armstumpf war fest an seinen Körper gebunden, aber er winkte der Menge mit dem anderen Arm voller Kraft und Energie zu. Jedem hübschen Mädchen, das in Sicht kam, schenkte er eine Kusshand.

Auch als wir die Burgtore passiert hatten, lichtete sich die Menge nicht. Die Soldaten des Königs waren aus ihren Kasernen gekommen, die Adligen aus ihren Häusern, und sie streuten Blumen vor uns auf den Boden. Die Soldaten spendeten uns lautstarken Applaus, indem sie mit ihren Schwertern auf die Schilde trommelten.

Nur die Königin reagierte auf nichts davon. Man hatte sie von dem Joch und den Ketten befreit, aber sie saß unverändert da und glich einer geschnitzten Holzpuppe.

Durch den letzten Bogengang in den innersten Hof der Burg gelangten wir nur im Gänsemarsch. Die Burg war schwindelerregend groß, Bögen erhoben sich rings um mich herum in drei Reihen. Unzählige

Gesichter sahen von den Balkonen aus lächelnd zu uns hinunter. Ich starrte wie benommen zu ihnen hoch, betrachtete die reich bestickten Banner in ihren leuchtenden Farben, die überall im Wind wehten, und die Säulen und Türme, wohin das Auge reichte. Der König selbst stand am obersten Ende der Treppe auf einer Seite des Hofes. Er trug einen blauen Mantel, der am Hals mit einem großen Juwel verschlossen war, mit einem roten Stein, eingefasst von Gold und Perlen.

Gedämpfter Jubel drang von jenseits der Mauern zu uns herüber. Hier, im Innenhof, wurde die Menge still, als würde nun gleich ein Schauspiel beginnen. Prinz Marek hob die Königin vom Wagen und führte sie über den Platz und die Treppe hinauf. Die Höflinge wichen wie der Gezeitenstrom vor ihm zurück. Dann präsentierte Marek dem König dessen Ehefrau. Unwillkürlich hielt ich den Atem an.

»Eure Majestät«, sagte der Prinz. »Ich bringe Euch Eure Königin zurück.« Die Sonne stand gleißend am Himmel und er sah aus wie ein heiliger Krieger in seiner Rüstung, seinem grünen Umhang und seinem weißen Wappenrock. Die Königin an seiner Seite war eine große, steife Gestalt in schlichtem weißem Gewand; eine Wolke aus kurz geschnittenem goldenem Haar umrahmte ihr Gesicht und ihre veränderte Haut schimmerte.

Der König sah mit zusammengezogenen Augenbrauen zu den beiden hinunter. Er wirkte eher besorgt als froh gestimmt. Wir alle warteten schweigend ab. Schließlich holte er tief Luft, um etwas zu antworten, und in diesem Moment rührte sich die Königin. Langsam hob sie ihren Kopf, um ihm ins Gesicht blicken zu können. Er starrte sie an. Sie blinzelte einmal, dann seufzte sie leise und sank wie ein nasser Sack in sich zusammen. Prinz Marek musste sie an ihrem Arm, den er immer noch umklammert hielt, an sich ziehen und sie auffangen, sonst wäre sie die Stufen hinuntergestürzt.

Der König stieß die Luft aus, und seine Schultern strafften sich ein wenig, als wäre ein unsichtbares Band gerissen, das sie vorher zusammengebunden hatte. Seine kraftvolle Stimme schallte über den ganzen Hof. »Bringt sie in die Grauen Räume und schickt nach der Weide.«

Sofort strömten Dienstboten herbei, die die Königin aus Mareks Armen nahmen und hineinbrachten.

Und damit endete das Spektakel. Der Lärm im Innenhof der Burg schwoll wieder an, bis er sich dem Krach auf der anderen Seite der Burgmauern angepasst hatte. Jeder sprach mit jedem, quer über alle drei Etagen hinweg, rings um den Hof.

Das beschwingte Gefühl lief aus mir heraus, als ob ich eine Flasche wäre, deren Korken man gelöst hatte und die man kopfüber hält. Erst jetzt fiel mir wieder ein, dass ich nicht hier war, um Triumphe zu bejubeln. Kasia saß ganz allein und ihrem Schicksal ausgeliefert im weißen Gewand einer Gefangenen im Wagen. Sarkan war Hunderte von Meilen entfernt, wo er versuchte, ohne meine Hilfe den Dunklen Wald von Zatochek fernzuhalten; und ich hatte keine Ahnung, was ich im Hinblick auf das eine oder das andere tun sollte.

Einem plötzlichen Entschluss folgend, streifte ich schließlich die Steigbügel von meinen Füßen, hob ein Bein über den Rücken meines Pferdes und ließ mich wenig elegant auf den Boden gleiten. Meine Beine wackelten, als sie mit einem Mal mein Gewicht tragen sollten. Ein Stallbursche kam, um mir mein Pferd abzunehmen. Ich ließ es zu, dass er die Stute wegbrachte, wenn auch etwas zögerlich. Zwar war sie wirklich kein gutes Reittier, aber sie war wie ein vertrauter Fels in dieser fremden Umgebung. Prinz Marek und der Falke folgten dem König ins Innere der Burg. Tomasz und Oleg hatte ich im Gewühl aus den Augen verloren, denn andere Uniformierte hatten sich bereits um die beiden geschart.

Nun kletterte auch Kasia hinten aus dem Wagen. Eine kleine Gruppe von Wachen nahm sie in Empfang. Ich schob mich durch die Reihen der Dienstboten und Höflinge und drängelte mich zwischen Kasia und die Männer.

»Was habt Ihr mit ihr vor?«, fragte ich mit sorgenvoll schriller Stimme. In ihren Augen muss ich absurd ausgesehen haben in meinen staubigen, zerrissenen Bauernkleidern – wie ein Spatz, der auf eine

Meute lauernder Kater schimpft. Was sie nicht sehen konnten, war die Magie in meinem Bauch, die bereit war, brüllend aus mir hervorzubrechen.

Aber wie unbedeutend auch immer ich aussah, ich war ein Teil des Triumphzuges, war dabei gewesen, als die Königin gerettet wurde, und überhaupt neigten die Soldaten nicht zur Grausamkeit. Der Anführer der Wachen, ein Mann mit dem buschigsten Schnurrbart, den ich jemals gesehen hatte – die Enden waren mit Wachs zu zwei steifen Locken aufgezwirbelt – fragte mich keineswegs unfreundlich: »Bist du ihre Magd? Mach dir keine Sorgen um sie. Wir sollen sie zur Königin in den Grauen Turm bringen, damit die Weide auch sie ansehen kann. Alles geht seinen geregelten Gang und unterliegt streng dem Gesetz.«

Das war kein großer Trost, denn dem Gesetz nach sollten Kasia und die Königin sofort hingerichtet werden. Doch Kasia wisperte mir ins Ohr: »Es ist schon gut, Nieshka.« Das war es zwar nicht, aber wir konnten nichts tun. Die Wachen nahmen sie zwischen sich, vier Männer liefen ihr voraus, vier Männer hinterher, und sie führten sie aus dem Hof in die Burg hinein.

Einen Moment lang starrte ich ihr nach und fühlte mich leer, dann dämmerte mir, dass ich sie an diesem unübersichtlichen Ort niemals wiederfinden würde, wenn ich nicht mit eigenen Augen sah, wohin man sie brachte. Also sprang ich auf und bemühte mich, sie einzuholen. »Warte hier«, sagte eine Wache an der Tür zu mir, als ich versuchte, Kasia zu folgen; ich aber erwiderte: »*Param param.*« Ich summte es zur Melodie des Liedes von der winzigen Fliege, die keiner fangen kann, und er blinzelte kurz. Schon war ich an ihm vorbeigeschlüpft.

Ich klebte den Wachen an den Fersen wie ein loser Faden, und summte jedem, an dem ich vorbeikam, mein Lied zu. Es machte sie glauben, ich sei zu klein und zu unwichtig, um bemerkt zu werden. Das war auch gar nicht schwer, denn ich fühlte mich in der Tat denkbar winzig und bedeutungslos. Der Gang zog sich immer weiter. Überall gingen schwere eisenbeschlagene Holztüren ab. Dienstboten und Höflinge huschten hinein und wieder heraus. Oft genug konnte ich bei diesen Gelegenheiten einen kurzen Blick in die riesigen Räume werfen, die mit Wandteppichen behängt waren, voller reich geschnitzter Möbel standen und steinerne Kamine hatten, die höher reichten als meine Zimmertür im Turm. Funkelnde magische Lichter hingen von den Decken, und auf den Fluren gab es Bretter mit großen weißen Kerzen darauf, die brannten, ohne das Wachs zum Schmelzen zu bringen.

Endlich endete der Flur vor einer kleinen Eisentür, die wiederum bewacht wurde. Die Männer dort nickten Kasias Eskorte zu und ließen sie – und mich unbemerkt im Schlepptau – hindurch. Wir befanden uns nun im schmalen Schacht einer Wendeltreppe. Höher und immer höher stiegen wir, und meine müden Beine hatten alle Mühe, mich Stufe für Stufe erklimmen zu lassen, bis wir schließlich einen kleinen runden Absatz erreichten. Es war dämmrig und verraucht hier, es gab kein Fenster, und nur eine gewöhnliche Öllampe stand in einer grob herausgehauenen Nische in der Mauer. Sie erhellte das trübe Grau einer weiteren schweren Eisentür mit einem großen, runden Türklopfer darauf, der aussah wie eine hungrige Fratze, die den Ring, mit dem man ans Holz pochen konnte, im weit geöffneten Maul hielt. Eine seltsame Kälte ging vom Eisen aus, ein kühler Wind, der über meine Haut strich, obwohl ich hinter den großen Wachmännern in einer Ecke gegen die Wand gepresst stand.

Der Hauptmann klopfte und die Tür öffnete sich nach innen. »Wir bringen das andere Mädchen, meine Herrin«, sagte er.

»In Ordnung«, antwortete eine scharfe weibliche Stimme. Die Wachen traten zur Seite, um Kasia hindurchzulassen. Eine große schlanke Frau stand im Durchgang. Ihr blondes Haar war in Zöpfen um ihren Kopf gewunden, auf dessen Spitze ein goldener Putz prangte. Sie trug einen blauen Seidenumhang, der am Halsausschnitt und an der Taille reich mit Edelsteinen besetzt war. Eine Schleppe reichte hinter ihr bis auf den Fußboden. Ihre Ärmel jedoch waren praktisch gearbeitet und vom Ellbogen bis zum Handgelenk eng anliegend geschnürt. Auch sie machte einen Schritt und wedelte zweimal ungeduldig mit einer langen, schmalen Hand, um Kasia zu bedeuten, sie solle eintreten. Kurz konnte ich einen Blick in den großen Raum dahinter werfen, der mit Teppich ausgelegt war und gemütlich wirkte. Die Königin saß sehr aufrecht auf einem Stuhl mit gerader Rückenlehne. Stumpf schaute sie aus dem Fenster hinaus auf das Glitzern des Vandalus-Flusses.

»Und wer ist das?«, fragte die Dame, drehte sich um und fixierte mich. Nun wandten sich auch die Wachen um und nahmen mich mit einem Mal wahr. Ich erstarrte.

»Ich …«, stammelte der Hauptmann der Wachleute, dann stieg ihm eine leichte Röte in die Wangen und er warf den beiden Männern ganz hinten in der Reihe einen bitterbösen Blick zu, der ihnen Ärger verhieß, weil ich ihnen nicht aufgefallen war. »Das ist …«

»Ich bin Agnieszka«, sagte ich. »Ich bin zusammen mit Kasia und der Königin hierhergekommen.«

Die Frau starrte mich ungläubig an, und ich war mir jedes abgerissenen Fadens und jedes Schlammspritzers auf meinem Rock schmerzlich bewusst, selbst jener auf meinem Rücken. Es überraschte mich, dass ich überhaupt genügend Mut aufgebracht hatte, etwas zu antworten. Der Blick der Dame wanderte jetzt zum Hauptmann. »Wird auch sie verdächtigt, vom Übel befallen zu sein?«, erkundigte sie sich.

»Nein, meine Herrin, ich denke nicht«, antwortete der Mann.

»Warum bringt Ihr sie denn dann zu mir? Ich habe hier genug zu tun.«

Mit diesen Worten drehte sie sich wieder um und verschwand im Zimmer, ihre lange Schleppe folgte ihr mit einem Schwung, und schon fiel die Tür ins Schloss. Eine weitere eisige Welle überrollte mich und zog sich dann zurück zu der Fratze mit dem gierigen Maul, und sie wusch den Rest meines Verbergungszaubers von mir ab. Der Türklopfer absorbierte Magie, begriff ich. Das musste der Grund dafür sein, warum man die verderbten Gefangenen hierherbrachte.

»Wie bist du hereingekommen?«, fragte der Hauptmann der Wache misstrauisch und alle bauten sich bedrohlich im Kreis um mich herum auf.

Wie gerne ich mich wieder versteckt hätte! Aber das wartende hungrige Maul an der Tür vereitelte diesen Wunsch. »Ich bin eine Hexe«, sagte ich. Nun sahen sie noch misstrauischer aus. Ich zog den Brief hervor, der sich in meiner Rocktasche befand. Das Papier war mittlerweile mehr als nur ein bisschen schmutzig geworden, aber von den schwarzen Buchstaben auf dem Siegel stieg noch immer ein leichter Dunst auf. »Der Drache hat mir eine Nachricht an den König mitgegeben.«

Kapitel 18

Da gerade nichts anderes zur Verfügung stand, brachten sie mich nach unten und schoben mich in ein kleines ungenutztes Amtszimmer. Die Wachen wurden draußen vor der Tür postiert, während ihr Hauptmann mit meinem Brief in der Hand loszog, um herauszufinden, was nun mit mir geschehen solle. Meine Beine fühlten sich an, als würden sie jeden Augenblick unter mir nachgeben, aber es gab keine Sitzgelegenheiten außer ein paar Ehrfurcht einflößenden Stühlen, die an der Wand aufgereiht waren. Es waren zierliche, zerbrechlich aussehende Möbelstücke, weiß gestrichen, mit Goldornamenten und roten Samtkissen. Jeder einzelne dieser Stühle hätte in meinen Augen als Thron dienen können, wenn nicht gleich vier davon nebeneinandergestanden hätten.

Also entschied ich mich dafür, mich erst mal eine Weile an die Wand zu lehnen. Dann wechselte ich den Platz und setzte mich auf den Sims des Kamins. Doch da schon eine ganze Zeit lang kein Feuer mehr darin gebrannt hatte, war die Asche kalt und der Stein eisig. Also ging ich wieder zur Wand. Dann zurück zum Kamin. Endlich kam ich zu dem Schluss, dass niemand einen Stuhl in ein Zimmer stellen würde, wenn keiner darauf sitzen dürfte; folglich hockte ich mich bei einem von ihnen auf den äußersten Rand und hielt meinen Rock eng an mich gepresst.

Genau in dem Augenblick, als ich mich gesetzt hatte, wurde die Tür geöffnet, und eine Dienstbotin kam herein: eine Frau in einem schmucken schwarzen Kleid, ungefähr in Dankas Alter. Die Lippen ihres kleinen Mundes waren vorwurfsvoll und unzufrieden geschürzt. Schuldbewusst sprang ich auf. Vier lange, schimmernde Fäden lösten sich von dem roten Sitzkissen und blieben an mir hängen. Irgendwie mussten sie sich an meinem Rock verfangen haben. Außerdem hatte sich ein langer, spitzer weiß gestrichener Holzsplitter in meinen Ärmel geschoben und brach ab, als ich aufstand. Bei diesem Anblick presste die Frau den Mund noch fester zusammen, sagte aber nur sehr steif: »Hier entlang, bitte.«

Sie führte mich an den Wachen vorbei, die nicht allzu betrübt schienen, dass ich ihnen den Rücken kehrte. Wir betraten einen anderen Treppenschacht – ich hatte in dieser Burg inzwischen schon ein halbes Dutzend gesehen. Schließlich gelangten wir in den zweiten Stock und in eine winzige dunkle Kammer, die eher einer Zelle glich. Es gab ein schmales Fenster, das den Blick hinaus auf die Steinmauer der Kathedrale freigab. Ich entdeckte einen Wasserspeier in der Form eines weit aufgerissenen Mauls und einen hungrigen Gargoyle, der mich höhnisch angrinste.

Die Frau ließ mich allein zurück, ehe ich daran dachte, sie zu fragen, was jetzt als Nächstes geschehen würde.

Ich sank auf die Pritsche und musste eingeschlafen sein, denn mein nächster Gedanke war die Frage, warum ich mich ausgestreckt auf der Liege befand. Es war nicht meine eigene Entscheidung gewesen; ich konnte mich überhaupt nicht daran erinnern, mich hingelegt zu haben. Mühsam richtete ich mich auf. Ich fühlte mich angeschlagen und müde, war mir aber der Tatsache nur allzu bewusst, dass ich keine Zeit zu verlieren und nicht die geringste Ahnung hatte, was ich tun sollte. Ich wusste nicht, wie ich irgendjemanden dazu bringen sollte, mir Beachtung zu schenken. Außer vielleicht, indem ich mich mitten auf den Burghof stellen und beginnen würde, Feuerbälle zu zaubern und gegen die Wand zu schleudern. Ich bezweifelte allerdings, dass das die Bereitschaft des Königs fördern würde, mich in Kasias Angelegenheit anzuhören. Inzwischen ärgerte ich mich darüber, dass ich den Brief des

Drachen aus der Hand gegeben hatte, mein einziges Hilfsmittel und mein Talisman. Woher wusste ich, ob er den König überhaupt erreicht hatte? Ich beschloss, ihn mir wiederzuholen: Ich erinnerte mich an das Gesicht des Hauptmanns der Wache, jedenfalls an seinen Schnurrbart. Es konnte in ganz Kralia keinen zweiten Schnäuzer dieser Art geben. Ich stand auf, öffnete beherzt die Tür, um hinaus auf den Gang zu treten, und wäre beinahe in den Falken hineingerannt, der gerade die Hand auf den Knauf meiner Tür gelegt hatte. Geschickt wich er mir aus; dann schenkte er mir ein kleines, sanftes Lächeln, dem ich kein bisschen traute.

»Ich hoffe, du fühlst dich erfrischt«, sagte er und bot mir seinen Arm an.

Ich übersah ihn geflissentlich. »Was wollt Ihr?«

Der Falke nutzte seine verschmähte Hand zu einer ausladenden Geste, die mich aufforderte, ihn den Gang hinunter zu begleiten. »Dich in den Charovnikov bringen. Der König hat den Befehl erlassen, dich für die Aufnahme auf die Liste prüfen zu lassen.«

Ich war so erleichtert, dass ich ihm nicht recht glaubte. Misstrauisch musterte ich ihn von der Seite und vermutete halb, dass er mich auf den Arm nehmen wollte. Aber er blieb mit ausgestreckter Hand stehen, lächelte mich an und wartete. »Und zwar sofort«, fügte er hinzu. »Wenn du dich allerdings vorher noch umziehen willst …«

Ich hätte ihm am liebsten gesagt, wohin er sich seinen höhnischen kleinen Seitenhieb stecken konnte, aber stattdessen ließ ich den Blick an mir hinunterwandern: Ich war von oben bis unten mit Schlamm und Staub bedeckt, alles war zerknautscht und voller Falten. Ich trug einen Rock aus Grobzeug, der mir nur bis knapp über die Knie reichte, und ein ausgeblichenes braunes Unterkleid aus Baumwolle. Ich hatte diese alte Kleidung einem Mädchen in Zatochek abgebettelt. Ich sah darin nicht einmal wie eine der Dienstbotinnen hier aus, die weitaus besser angezogen waren als ich. Solya hatte in der Zwischenzeit seine schwarze Reitkleidung gegen eine lange Robe aus schwarzer Seide eingetauscht, über der er einen ebenso langen ärmellosen Umhang trug, reich bestickt in Grün und Silber. Sein langes weißes Haar fiel weich darüber. Auch wenn man ihn aus einer Meile Entfernung gesehen hätte, hätte man ihn sofort als Zauberer erkannt. Und wenn man *mich* nicht für eine Magierin hielte, würde man mich auch nicht aussagen lassen.

Versuch, respektabel auszusehen, hatte Sarkan gesagt.

Vanastalem verschaffte mir Kleidung, die zu meiner gedämpften Stimmung passte: ein steifes, ungemütliches Kleid aus tiefroter Seide mit schier endlosen Volants, von orangefarbenen Bändern wie Flammen eingefasst. Jetzt hätte ich sehr gut einen dargebotenen Arm gebrauchen können, um mich darauf abzustützen, während ich versuchte, in diesem Ungetüm von Rock, das meine Füße vollständig verbarg, die Stufen zu bewältigen. Allerdings ignorierte ich verbissen Solyas neuerliches Angebot, das diesmal am Beginn der Treppe etwas weniger aufdringlich erfolgte. Ich begann, vorsichtig hinabzusteigen, immer mit den Zehen in den eng sitzenden Schuhen die Kante der nächsten Stufe ertastend.

Der Falke verschränkte seine Hände hinter dem Rücken und kam mir nach. Wie beiläufig erwähnte er: »Die Prüfungen sind natürlich oft eine große Herausforderung. Ich gehe davon aus, dass dich Sarkan darauf vorbereitet hat?« Er warf mir einen mild forschenden Blick zu. Ich gab ihm keine Antwort, konnte aber nicht verhindern, dass ich unwillkürlich meine Unterlippe zwischen die Vorderzähne sog. »Nun«, fuhr er fort, »wenn du sie tatsächlich schwierig finden solltest, könnten wir den Prüfern eine … gemeinsame Demonstration geben. Ich bin mir sicher, dass sie das sehr vertrauenerweckend finden würden.«

Ich starrte ihn nur an, ohne ihm eine Antwort zu geben. Ich war mir vollkommen sicher, dass er das Lob für alles, was wir vorführen würden, für sich selbst in Anspruch zu nehmen gedachte. Er ritt nicht weiter auf seinem Vorschlag herum und lächelte weiter, als ob er meine kalten Blicke gar nicht bemerkt hätte – wie ein kreisender Vogel hoch in der Luft, der auf den richtigen Moment wartet, um sich auf seine Beute zu stürzen.

Er führte mich durch einen Durchgang, der von zwei großen, jungen Wachen flankiert wurde, die mich neugierig musterten, und dann in den Charovnikov hinein, in die Halle der Magier.

Unwillkürlich verlangsamten sich meine Schritte, als wir die Gewölbehalle betraten. Die Decke sah aus wie eine Öffnung ins Himmelsreich, bemalt mit Wolken vor dem blauen Himmelszelt, das von Engeln und Heiligen bevölkert war. Durch riesige Fenster flutete die Nachmittagssonne herein. Ich starrte wie benommen nach oben und wäre beinahe gegen einen Tisch gerannt. Wie eine Blinde fanden meine Hände an einer Kante Halt und ich tastete mich um die Ecke herum. Die Wände waren hinter Büchern versteckt und ein schmaler Balkon zog sich um alle vier Wände herum. In dieser zweiten Etage ragten die Bücherregale sogar noch höher hinauf. Überall von der Decke hingen an Schienen befestigte Leitern. Große Tische aus schwerer Eiche, die Arbeitsplatten aus Marmor, säumten eine Seite des Raumes.

»Dies dient nur dazu, das aufzuschieben, von dem wir alle wissen, dass es getan werden muss«, ertönte von irgendwoher eine Frauenstimme. Für eine weibliche Sprecherin klang sie tief, aber liebenswürdig und warm, wenn auch mit einem verärgerten Unterton. »Nein, komm mir nicht wieder mit den Reliquien, Ballo. Jeder Zauberspruch kann auch überwunden werden – ja, auch der auf dem Heiligen Schleier der Jadwiga. Und hör auf, mir entsetzte Blicke zuzuwerfen, nur weil ich das Offensichtliche ausspreche. Und überhaupt möchte ich wissen, was in Solya gefahren ist, dass er sich für so ein Unterfangen hergegeben hat.«

»Komm schon, Alosha. Der Erfolg rechtfertigt doch wohl jedes Risiko«, bemerkte der Falke mit sanfter Stimme, als wir um eine Ecke bogen und zwei Zauberer und eine Magierin vorfanden, die sich in einem Alkoven um einen runden Tisch herum versammelt hatten. Der Tisch stand unter einem breiten Fenster und wurde in den Schein der nachmittäglichen Sonne getaucht. Da ich gerade aus dem Dämmerlicht der Palastgänge kam, musste ich unwillkürlich blinzeln.

Die Frau, die der Falke Alosha genannt hatte, war sogar noch größer als ich, mit einer Haut schwarz wie Ebenholz und Schultern, so breit wie die meines Vaters. Ihr schwarzes Haar trug sie unmittelbar über der Kopfhaut geflochten. Sie hatte Männerkleidung an: rote Baumwollhosen, die sie in ihre hohen Lederstiefel gesteckt hatte, und einen Ledermantel darüber. Der Mantel und die Stiefel waren wunderschön, mit goldenen und silbernen Prägungen und mit verschlungenen Mustern verziert. Trotzdem sahen sie bequem und gut eingetragen aus. Angesichts meiner eigenen albernen Kleidung war ich neidisch auf den Mantel und die Stiefel.

»Erfolg«, sagte sie. »Nennst du das so, wenn man eine leere Hülle zurück an den Hof bringt? Gerade noch rechtzeitig, um sie auf dem Scheiterhaufen zu verbrennen?«

Ich ballte meine Hände zu Fäusten. Der Falke lächelte nur und erwiderte: »Vielleicht schieben wir diese Streitigkeiten einen Augenblick beiseite. Schließlich sind wir ja nicht hier, um über die Königin zu richten, nicht wahr?« An mich gewandt fuhr er fort: »Meine Liebe, erlaube mir, dir Alosha, die Klinge, vorzustellen.«

Sie sah mich misstrauisch und mit ernster Miene an. Die anderen beiden in der Runde waren Männer, einer davon ebenjener Vater Ballo, der die Königin untersucht hatte. Er hatte keine einzige Falte auf seinen Wangen, seine Haare waren noch immer von einem kräftigen Braun, doch er brachte es fertig, trotzdem irgendwie alt auszusehen. Seine Brillengläser rutschten in dem runden Gesicht über die runde Nase, als er hochschaute und mich zweifelnd musterte. »Ist das der Lehrling?«

Der andere Mann sah wie das komplette Gegenteil von Vater Ballo aus. Er war groß und schmal, trug eine prächtige weinrote Weste, die höchst exquisit golden bestickt war, und sein Gesicht wirkte zutiefst gelangweilt. Sein schmaler schwarzer Spitzbart war am unteren Ende sorgfältig nach oben gerollt. Er selber hatte es sich auf seinem Stuhl bequem gemacht und seine Füße in den Stiefeln auf den Tisch gelegt. Neben ihm auf der Tischplatte lag ein Haufen kurzer, gedrungener Goldbarren und ein kleines schwarzes Samtsäckchen, gut gefüllt mit winzigen, funkelnden roten Juwelen, die zum Teil herausgerollt waren.

Zwei der Barren hielt er in den Händen, und während er murmelte, floss Magie aus ihm heraus. Seine Lippen bewegten sich kaum sichtbar. Er verschmolz die Enden des Goldes miteinander. Die Barren wurden unter seinen Fingern immer dünner, bis sie schließlich nur noch ein schmaler Streifen waren. »Und dies ist Ragostok, der Prächtige«, sagte Solya.

Ragostok sagte nichts und hob nur kurz den Kopf, um mich von oben bis unten abschätzig zu begutachten. Er schien mich sofort ein für alle Mal als nichtig einzustufen und keinerlei Beachtung wert. Mir allerdings war sein Desinteresse lieber als der harte, misstrauische Zug um Aloshas Mund. »Wo genau hat Sarkan dich aufgegabelt?«, fragte sie.

Inzwischen hatte jeder verschiedene Versionen der Rettungsaktion gehört, wie es schien. Aber offensichtlich hatten es weder Prinz Marek noch der Falke für nötig gehalten, auch nur ein Wort über die Teile der Geschichte zu verlieren, die ihnen nicht in den Kram passten. Zudem gab es auch einige Dinge, von denen sie überhaupt nichts wussten. Ich rang mir eine gestotterte Erklärung ab, wie ich Sarkan kennengelernt hatte, und ich spürte unangenehm die funkelnden, hellwachen Blicke des Falken, die auf mir ruhten. Ich wollte so wenig wie möglich über Dvernik oder über meine Familie preisgeben, er hatte bereits Kasia als Druckmittel gegen mich in der Hand.

Ich erinnerte mich an Kasias geheime Furcht und entschied mich für die Andeutung, dass meine Familie sich aus freien Stücken entschieden hatte, mich dem Drachen anzubieten. Sorgfältig achtete ich darauf zu erwähnen, dass mein Vater ein Holzfäller war, denn ich ging davon aus, dass sie verächtlich darauf reagieren würden. Außerdem nannte ich keinen einzigen Namen. Stattdessen sprach ich von der Dorfältesten und einem der Kuhhirten und nicht von Danka und Jerzy. Ich ließ es klingen, als sei Kasia meine einzige Freundin, nicht etwa meine liebste, ehe ich schließlich stockend von ihrer Rettung berichtete.

»Und ich nehme an, du hast nett und höflich gefragt, und schon hat der Dunkle Wald sie dir zurückgeben, ja?«, fragte Ragostok, ohne von seiner Arbeit aufzusehen. Er presste die winzigen roten Edelsteine der Reihe nach mit dem Daumen in das Gold.

»Der Drache – Sarkan …« Bei der Nennung seines Namens spürte ich Donner und Blitz auf meiner Zunge und war dankbar dafür. »Er glaubte, der Dunkle Wald habe sie mir überlassen, weil ihm das die Chance bot, uns eine Falle zu stellen.«

»Also hatte er zu diesem Zeitpunkt noch nicht völlig den Verstand verloren«, brummte Alosha. »Warum hat er sie denn nicht sofort getötet? Er kennt das Gesetz ebenso gut wie jeder andere.«

»Er hat … Er hat mich versuchen lassen …«, stotterte ich, »… sie zu reinigen. Und es hat funktioniert …«

»Das bildest du dir jedenfalls ein«, entgegnete sie und schüttelte den Kopf. »Mitleid führt geradewegs zur Katastrophe. Nun, ich bin überrascht, so etwas über Sarkan zu hören. Aber schon bessere Männer als er haben über einem Mädchen, das halb so alt ist wie sie, den Kopf verloren.«

Ich wusste nicht, was ich sagen sollte. Ich wollte protestieren, wollte rufen *So ist das nicht, damit hat es überhaupt nichts zu tun,* aber mir blieben die Worte in der Kehle stecken. »Und meinst du vielleicht, dass sie auch mir den Kopf verdreht hat?«, fragte der Falke in amüsiertem Tonfall. »Und Prinz Marek gleich mit dazu?«

Alosha wandte ihm ihren Blick zu, in dem eine Spur von Verachtung lag. »Als Marek ein Junge von acht Jahren war, hat er einen Monat lang geweint und verlangt, dass sein Vater die Armee und jeden Zauberer in ganz Polnya in den Dunklen Wald führt, um seine Mutter zurückzuholen«, sagte sie. »Aber er ist jetzt kein Kind mehr. Er hätte es besser wissen müssen und du ebenso. Wie viele Männer hat euer kleiner Kreuzzug das Leben gekostet? Ihr habt dreißig berittene Veteranen mitgenommen, allesamt herausragende Soldaten, und jeder einzelne von ihnen hat eine von mir geschmiedete Waffe getragen …«

»Und wir haben unsere Königin zurückgebracht, falls dir das auch nur irgendetwas bedeutet«, unterbrach sie der Falke. Seine Stimme war plötzlich beißend geworden.

Ragostok stieß einen lauten, spitzen Seufzer aus, ohne von seinem goldenen Reif aufzuschauen. »Was für einen Unterschied macht das im Augenblick? Der König will, dass das Mädchen es versucht – also stellt es auf die Probe und lasst uns die Sache hinter uns bringen.« Er ging nicht davon aus, dass die ganze Sache viel Zeit in Anspruch nehmen würde. Das machte sein Tonfall mehr als deutlich.

Vater Ballo räusperte sich, griff nach einer Feder, tauchte sie in ein Tintenfass, beugte sich zu mir hinüber und musterte mich durch seine kleinen Brillengläser hindurch. »Du siehst ganz schön jung aus für die Prüfung. Sag mir, meine Liebe, wie lange hast du bei deinem Meister gelernt?«

»Seit der Ernte«, antwortete ich und hielt den ungläubigen Blicken der anderen stand.

Sarkan hatte mir gegenüber erwähnt, dass die Zauberer gewöhnlich sieben Jahre lang lernten, ehe sie darum baten, der Liste hinzugefügt zu werden. Und nachdem ich gute drei Stunden damit zugebracht hatte, die Hälfte der Zaubersprüche, die sie mir auftrugen, hoffnungslos in den Sand zu setzen und mich dabei völlig zu verausgaben, war selbst Vater Ballo bereit zu glauben, dass Sarkan blind vor Liebe zu mir war oder sich einen Scherz auf ihre Kosten erlaubt hatte, indem er mich zur Prüfung schickte.

Der Falke war mir keine große Hilfe. Er saß als Beobachter am Rande dabei, gab sich den Anschein milden Interesses, und als man ihn fragte, welche Art von Magie er mich bislang hatte wirken sehen, sagte er lediglich: »Ich denke nicht, dass ich das beurteilen kann – es ist immer schwierig, das Werk eines Lehrlings von dem seines Meisters zu trennen, und natürlich war Sarkan die ganze Zeit über dabei. Ich würde es vorziehen, wenn ihr euch alle euer eigenes Urteil bildet.« Und dann warf er mir unter seinen niedergeschlagenen Wimpern hervor einen Blick zu, der mich an den Vorschlag erinnern sollte, den er auf dem Flur gemacht hatte.

Ich knirschte mit den Zähnen und wandte mich ein weiteres Mal an

Ballo: Bei ihm schienen mir die Chancen am größten, auf ein irgendwie geartetes Verständnis zu stoßen, auch wenn er immer ärgerlicher wurde. »Mein Herr, ich habe Euch doch schon erklärt, dass ich bei dieser Art von Zaubersprüchen ungeschickt bin.«

»Es handelt sich hier nicht um Sprüche irgendeiner *Art*«, entgegnete er verdrießlich und mit spitzem Mund. »Wir haben dir alle denkbaren Aufgaben gestellt, von Heilmagie bis zu Inschriften, und wir haben jedes Element und jeden möglichen Schwerpunkt abgeprüft. Es gibt keine Kategorie, die über all diese Sprüche hinausgeht.«

»Aber das ist *Eure* Art von Magie. Nicht die … der Jaga«, sagte ich und brachte damit das einzige Beispiel, das sie mit Sicherheit verstehen würden.

Vater Ballo bedachte mich nun mit noch skeptischerem Blick. »Jaga? Was um alles in der Welt hat Sarkan dir bloß beigebracht? Die Jaga ist ein Volksmärchen.« Ich starrte ihn an. »Ihre angeblichen Triumphe sind von einer Handvoll anderer Zauberer geborgt, ausgeschmückt und im Laufe der Jahre so weit übertrieben worden, dass Jaga geradezu zum Mythos geworden ist.«

Hilflos und mit offenem Mund glotzte ich ihn an. Er war der Einzige, der die ganze Zeit über höflich zu mir gewesen war, und nun sagte er mir unverblümt ins Gesicht, dass es die Jaga gar nicht gegeben habe.

»Nun, das war nichts als Zeitverschwendung«, sagte Ragostok. Er hatte allerdings am wenigsten von allen das Recht, sich zu beklagen: Er hatte kein einziges Mal seine Arbeit unterbrochen. Mittlerweile war aus seinem juwelenbesetzen Schmuckstück ein breiter Haarreif geworden, in dessen Mitte eine ausgedehnte Fassung auf einen größeren Edelstein wartete. Das Band surrte leicht von eingeschlossener Magie. »Eine Handvoll unbedeutender Zaubersprüche zu wirken, spricht nicht dafür, dass die Anwärterin es jetzt – oder jemals sonst – wert ist, auf die Liste gesetzt zu werden. Alosha lag mit ihrer Vermutung über Sarkans Beweggründe von Anfang an richtig.« Er musterte mich von Kopf bis Fuß. »Auch wenn das nur schwer nachzuvollziehen ist. Aber nun ja, über Geschmack lässt sich nicht streiten.«

Ich war bis ins Mark erschüttert und wütend, aber noch mehr fürchtete ich mich. Soweit ich wusste, sollte der Prozess am nächsten Morgen beginnen. Ich holte tief Luft, was innerhalb des beengenden harten Korsetts aus Fischbein gar nicht so einfach war, schob meinen Stuhl zurück und stand auf. Dann stampfte ich mit dem rechten Fuß, der unter dem Rock verborgen war, auf den Boden und rief: *»Fulmia.«* Mein Hacken donnerte auf den Steinboden. Der Laut hallte in mir wider und löste sich in einer Welle von Magie. Rings um uns herum bebte die Burg wie ein schlafender Riese – ein Zittern, das die Edelsteine, die von den Lampen über unserem Kopf herabbaumelten, mit leisem Klirren aneinanderschlagen und die Bücher aus den Regalen poltern ließ.

Ragostok war aufgesprungen, sein Stuhl fiel hinter ihm zu Boden, und das Armband rutschte ihm klappernd aus den Händen auf den Tisch. Vater Ballo stierte verwirrt in alle Ecken des Raumes. Er blinzelte erschrocken, ehe er seinen Blick so verblüfft zu mir wandern ließ, als wäre er der Meinung, es müsse auf jeden Fall auch noch eine andere Erklärung geben. Ich stand keuchend da, die Hände rechts und links vom Körper zu Fäusten geballt, noch immer von Kopf bis Fuß vibrierend, und brüllte: »Ist das vielleicht Magie genug, um mich auf die Liste zu setzen? Oder wünscht Ihr eine weitere Kostprobe?«

Sie starrten mich an und jenseits ihres Schweigens hörte ich plötzlich draußen im Hof Schreie und hastige Schritte. Dann tauchten Wachen in der Tür auf, die Hände an den Schwertgriffen. Mir wurde klar, dass ich soeben die Burg des Königs zum Beben gebracht hatte, mitten in der Stadt des Königs, und dass ich gerade dabei war, die mächtigsten Zauberer des Landes anzukeifen.

Sie setzten mich am Ende doch noch auf die Liste. Der König hatte eine Erklärung für dieses Erdbeben verlangt, und man hatte ihm berichtet, dass ich die Schuld daran trüge. Danach konnten sie schlecht behaupten, ich sei in Wahrheit gar keine richtige Hexe. Aber sie waren nicht sehr glücklich über diesen Ausgang. Ragostok schien sich dadurch angegriffen zu fühlen und entwickelte eine tiefe Abneigung gegen mich, was ich jedoch nicht nachvollziehen konnte: Immerhin war er derjenige gewesen, der mich beleidigt hatte. Alosha beäugte mich sogar noch misstrauischer, als wäre sie der Ansicht, ich hätte meine Macht aus irgendeinem abwegigen Grund bislang verborgen gehalten. Vater Ballo missfiel es schlicht und ergreifend, dass ich einen Platz auf der Liste bekam, obwohl sich meine Magie außerhalb seines eigenen Erfahrungshorizontes befand. Er war nicht unfreundlich, aber er teilte Sarkans unersättliche Gier nach Erklärungen; jedoch ohne dessen Bereitschaft, sich anzupassen und dazuzulernen. Wenn Ballo etwas nicht in seinen Büchern finden konnte, bedeutete das für ihn, dass es auch nicht stimmen konnte. Fand er es in drei verschiedenen Büchern, war es die unverbrüchliche Wahrheit. Nur der Falke lächelte mich mit geheimer Belustigung an, die mich rasend machte. Auf dieses Grinsen hätte ich dankend verzichten können.

Ihnen allen musste ich am nächsten Morgen in der Bibliothek für die Zeremonie der Namensgebung gegenübertreten. Umringt von den vier Männern fühlte ich mich einsamer als in jenen ersten Tagen im Turm des Drachen, wo ich von meiner gesamten damaligen Welt abgeschnitten war. Nun zu spüren, dass keiner von ihnen mein Freund war oder mir irgendetwas Gutes wünschte, war schlimmer, als tatsächlich ganz allein zu sein. Wenn mich der Blitz getroffen hätte, wären sie erleichtert oder zumindest nicht sonderlich betrübt gewesen. Aber ich war entschlossen, mich nicht darum zu kümmern: Das Einzige, was wirklich zählte, war die Möglichkeit, etwas zu Kasias Verteidigung vorzutragen. Mittlerweile war mir klar, dass niemand sonst auch nur einen Gedanken an sie verschwendete: Sie war einfach allen egal.

Die Namensgebung ähnelte eher einem weiteren Test als einer Zeremonie. Sie setzten mich an einen der Arbeitstische und stellten einen Krug mit Wasser und drei Schalen mit verschiedenen Pulvern in Rot, Gelb und Blau vor mich hin. Dazu kamen noch eine Kerze und eine eiserne Glocke, die ringsherum mit goldenen Buchstaben beschriftet war. Vater Ballo belegte ein vor mir ausgebreitetes Pergament mit einem Namenszauber. Die Zauberformel bestand aus neun langen, verschlungenen Worten mit detaillierten Anweisungen bezüglich der Aussprache und Betonung jeder einzelnen Silbe.

Ich murmelte sie vor mich hin und versuchte dabei, die wichtigen Silben zu erspüren, aber sie hockten allesamt reglos auf meiner Zunge und wollten sich beim besten Willen nicht voneinander trennen.

»Nun?«, fragte Ragostok ungeduldig.

Ich kämpfte mich mühsam durch den Zungenbrecher, den diese Beschwörung für mich darstellte, und begann damit, Pulver in das Wasser zu schütten; eine Prise hier, eine Quäntchen dort. Die Magie des Spruches baute sich zögerlich und widerwillig auf. Das Wasser wurde schlammig braun, und ich verteilte versehentlich Spritzer aller drei verdünnten Pülverchen auf meinem Rock. Schließlich gab ich die ganze Sache auf. Ich entzündete das Pulver, spähte durch die Rauchwolke und tastete nach der Glocke.

Dann ließ ich meine Magie los und die Glocke in meiner Hand läutete: ein langer, tiefer Ton. Es kam mir seltsam vor, dass er von einem so kleinen Ding hervorgebracht wurde; vielmehr klang er wie von einer riesigen Kirchenglocke in einer Kathedrale, die jeden Tag zum Morgengebet durch die ganze Stadt schallte – ein Laut, der den ganzen Raum ausfüllte. Das Metall summte unter meinen Fingerspitzen, als ich die Glocke wieder abstellte und mich erwartungsvoll umsah. Aber der Name schrieb sich nicht von selbst auf das Pergament, erschien nicht in flammenden Buchstaben und tauchte auch sonst nirgends auf. Die Zauberer sahen alle ziemlich verärgert aus. Allerdings war dieses Mal nicht ich der Grund für ihre Verstimmung. Vater Ballo wandte sich ungehalten an Alosha: »Soll das vielleicht ein Scherz sein?«

Sie selber runzelte die Stirn, griff nach der Glocke, hob sie hoch und drehte sie um. Es gab keinen Klöppel darin. Sie alle starrten ins Innere der Glocke und ich starrte sie an. »Wie werde ich den Namen erfahren?«, fragte ich.

»Die Glocke hätte ihn verkünden sollen«, erklärte Alosha kurz angebunden. Sie stellte sie wieder zurück auf den Tisch, wobei ein leises Läuten erklang, das aber nicht mehr war als ein Echo des vorherigen tiefen Tons. Aloshas Blick blieb finster.

Danach wusste niemand, was man nun mit mir anfangen sollte. Alle standen eine Zeit lang schweigend herum, bis schließlich Vater Ballo brummelte, das ginge nicht mit rechten Dingen zu. Der Falke schien immer noch entschlossen zu sein, alles, was mit mir zu tun hatte, amüsant zu finden, und sagte unbekümmert: »Vielleicht sollte sich unsere neue Hexe selbst einen Namen aussuchen.«

Ragostok antwortete: »Ich denke, es wäre angemessener, wenn *wir* ihr einen Namen geben würden.«

Natürlich würde ich mich hüten zuzulassen, dass er bei meiner Namensgebung ein Wörtchen mitreden durfte. Denn in diesem Fall konnte ich dann sicher davon ausgehen, am Ende *Das Ferkel* oder *Der Wurm* zu heißen. Aber die ganze Sache fühlte sich für mich ohnehin falsch an. Bislang hatte ich das Spiel mitgespielt, aber mit einem Schlag war mir klar: Ich wollte meinen alten Namen genauso wenig für einen neuen hergeben, der Magieschwaden hinter sich herzog, wie ich in diesem überkandidelten Kleid stecken wollte, das mit seiner langen Schleppe den Staub auf den Fluren aufwischte. Ich holte tief Luft und sagte: »Es gibt an dem Namen, den ich bereits trage, nichts auszusetzen.«

Und so wurde ich bei Hofe als Agnieszka von Dvernik eingeführt.

Fast bereute ich meine Entscheidung während der offiziellen Vorstellung. Ragostok hatte – offenbar in dem Versuch, gemein zu mir zu sein –, behauptet, die Zeremonie wäre nur eine unbedeutende Angelegenheit und der König hätte nicht viel Zeit für solche Ereignisse, wenn sie nicht zur richtigen Jahreszeit stattfänden. Anscheinend wurden die neuen Zauberer gewöhnlich im Frühling und im Herbst auf die Liste gesetzt. Zur selben Zeit, wenn die neuen Ritter ihren Ritterschlag erhielten. Wenn Ragostok die Wahrheit gesagt hatte, konnte ich mich glücklich schätzen, als ich am Ende dieses großen Thronsaals stand, mit seinem langen roten Teppich, der sich wie die heraushängende Zunge eines riesigen Tieres in meine Richtung streckte. Zu beiden Seiten davon drängten sich dicht an dicht die Adligen in ihrer prachtvollen Kleidung. Sie alle starrten mich an und tuschelten hinter ihren voluminösen Ärmeln miteinander.

Ich fühlte mich überhaupt nicht wie ich selbst: In diesem Augenblick hätte ich sogar ganz gerne einen anderen Namen getragen, der mich getarnt hätte wie dieses Ungetüm von einem Kleid mit seinem ausladenden Rockteil. Ich biss die Zähne zusammen und setzte mich in Bewegung. Ich schritt den schier endlosen Gang hinunter, bis ich schließlich an dem Podest ankam und zu Füßen des Königs niederkniete. Er sah immer noch müde aus, genauso wie bei unserer Ankunft im Innenhof des Palastes. Der Reif aus dunklem Gold, den er über der Stirn trug, war sicher fürchterlich schwer, aber es war keine einfache Erschöpfung, die ich ihm ansah. Sein Gesicht unter dem braungrauen Bart war gefurcht wie das von Krystyna. Es waren die Falten eines Menschen, der nicht aufhören kann, sich Sorgen über den nächsten Tag zu machen.

Er umschloss meine Finger mit seinen Händen, und ich presste mit viel zu hoher Stimme den Treueschwur heraus, immer wieder über die einzelnen Wörter stolpernd. Er antwortete mir mit der Mühelosigkeit jahrelanger Übung, zog seine Hände zurück und bedeutete mir mit einem Nicken, dass ich mich entfernen dürfe. Ein Page auf einer Seite des Thrones versuchte, mich mit einem aufgeregten Wedeln der Hand zum Gehen zu bewegen. Doch mir war siedend heiß eingefallen, dass das meine erste und vermutlich einzige Gelegenheit war, den König etwas zu fragen.

»Eure Majestät, wenn Ihr gestattet«, begann ich und versuchte hartnäckig, die ungläubigen und empörten Blicke von jedem in der Nähe, der mich hatte hören können, zu ignorieren. »Ich weiß nicht, ob Ihr Sarkans Brief gelesen habt …«

Einer der großen starken Wachmänner, die unmittelbar neben dem Thron standen, packte mich sofort am Arm. Er verbeugte sich mit einem festgefrorenen Lächeln vor dem König und versuchte, mich wegzuziehen. Ich stellte mich breitbeinig hin, murmelte einen von Jagas Erdzaubern und ignorierte ihn. »Wir haben jetzt eine echte Chance, den Dunklen Wald zu zerstören«, fuhr ich fort. »Aber der Drache hat keine Soldaten und … Ja, ich werde gleich verschwinden!«, zischte ich den Wachmann an, der mich mittlerweile an beiden Armen festhielt und versuchte, mich vom Podest zu schieben. »Ich muss nur …«

»In Ordnung, Bartosh, hört auf, Euch abzumühen«, sagte der König. »Wir können einen Moment Zeit erübrigen für unsere neueste Hexe.« Nun sah er mich zum ersten Mal richtig an und er klang ein bisschen belustigt. »Ich habe den Brief in der Tat gelesen. Er hätte ein bisschen länger ausfallen dürfen, nicht nur, was dich betrifft.« Ich biss mir auf die Lippe. »Worum möchtest du deinen König bitten?«

Mein Mund zitterte bei dem Gedanken daran, worum ich ihn in Wahrheit anflehen wollte: *Lasst Kasia frei!*, hätte ich schreien wollen. Aber das durfte ich nicht. Ich wusste, dass ich das nicht durfte. Es wäre selbstsüchtig gewesen. Ich wollte das für mich und nur meines eigenen Herzens wegen, nicht aber für Polnya. Darum konnte ich den König nicht bitten, der nicht einmal seiner eigenen Königin den Prozess erspart hatte.

Ich schlug meine Augenlider nieder und fixierte die Spitzen seiner goldgeprägten Stiefel, die sich unter dem pelzbesetzten Saum seines Umhangs ein Stück nach oben bogen. »Um Männer, die gegen den Dunklen Wald kämpfen«, flüsterte ich. »So viele, wie Ihr entbehren könnt, Eure Majestät.«

»Ohne Probleme können wir keinen erübrigen«, sagte er. Als ich tief Luft holte, um etwas zu erwidern, hob er die Hand und fuhr fort: »Trotzdem werden wir sehen, was sich tun lässt. Edler Spytko, kümmert Euch um die Angelegenheit. Vielleicht kann man eine Abordnung mitschicken.« Ein Mann, der wartend neben dem Thron stand, deutete mit seiner Verbeugung an, dass er den Auftrag verstanden hatte.

Ich entfernte mich nun erleichtert vom Thron. Die Wachen beobachteten mich mit zusammengekniffenen Augen, als ich an ihnen vorbeikam, bis ich schließlich durch eine Tür hinter dem Podest verschwand. Man führte mich in ein kleineres Vorzimmer, in dem ein königlicher Sekretär saß. Der uralte Edelmann forderte mich mit dem Ausdruck tiefster Missbilligung auf dem Gesicht dazu auf, meinen Namen zu buchstabieren. Ich schätzte, er hatte etwas von der Szene draußen mitbekommen, für die ich gesorgt hatte.

Vor ihm lag ein riesiges aufgeschlagenes Buch, in das er meinen Namen oben auf eine frische Seite schrieb. Ich achtete genau darauf, dass er ihn richtig notierte, und scherte mich nicht um seine Ablehnung. Ich war viel zu erleichtert und dankbar, um mich darum zu kümmern. Der König schien mir sehr vernünftig zu sein. Bestimmt würde er Kasia beim Prozess begnadigen. Ich fragte mich, ob sie und ich vielleicht sogar mit den Soldaten würden mitreiten dürfen, um uns in Zatochek Sarkan anschließen zu können und die Schlacht gegen den Dunklen Wald zu beginnen.

»Wann wird der Prozess anfangen?«, fragte ich den Sekretär, als er meinen Namen aufgeschrieben hatte.

Er hob den Blick von dem Brief vor sich, dem er bereits wieder seine Aufmerksamkeit zugewandt hatte, und sah mich ungläubig an. »Das kann ich nicht sagen«, erklärte er, und schaute dann auffordernd zur Tür, die aus dem Raum hinausführte; ein unmissverständlicher Wink mit dem Zaunpfahl.

»Aber gibt es denn nicht … Er muss doch schon bald eröffnet werden?«, versuchte ich es noch einmal.

Der Sekretär hatte bereits wieder an seinem Brief weitergearbeitet. Dieses Mal hob er den Kopf noch langsamer, als könne er es überhaupt nicht fassen, dass ich immer noch da war. »Er fängt an«, sagte er mit höchst unmissverständlicher Klarheit, »wann immer es dem König beliebt.«

Kapitel 19

Drei Tage später war der Prozess noch immer nicht eröffnet worden und ich hasste jeden um mich herum.

Sarkan hatte mir gesagt, dass ich meine neu erlangte Macht ausspielen solle, aber ich hatte das Gefühl, dass das nur jemandem möglich wäre, der verstand, wie der Hof funktionierte. Tatsächlich hatte ich eine Art von Magie gespürt, als mein Name im Buch des Königs festgehalten worden war. Nach meinem Gespräch mit dem Sekretär aber war ich in mein winziges Zimmer zurückgekehrt, niedergeschlagen und unsicher, was ich als Nächstes tun sollte. Ich hatte mich auf mein Bett gesetzt, und noch ehe eine halbe Stunde verstrichen war, hatte es bereits fünfmal geklopft. Dienstmädchen waren an meiner Tür erschienen und hatten mir Karten überreicht, auf denen ich zum Abendessen und zu verschiedenen Feierlichkeiten eingeladen wurde. Beim ersten Mal glaubte ich noch an einen Irrtum. Aber selbst als ich zu dem Schluss gekommen war, dass sie nicht allesamt falsch ausgeliefert worden sein konnten, hatte ich keine Ahnung, wie ich darauf reagieren sollte oder was der Grund für ihr Eintreffen war.

»Wie ich sehe, wirst du bereits mit Beschlag belegt«, sagte Solya. Er verließ seinen Platz im Schatten und trat durch meine Tür, ehe ich sie hinter dem Mädchen schließen konnte, das mir eine weitere Einladungskarte gebracht hatte.

»Erwartet man das von uns?«, erkundigte ich mich misstrauisch. Ich fragte mich, ob das vielleicht zu den Pflichten der Zauberer des Königs gehörte. »Benötigen diese Leute magische Hilfe?«

»Oh, dazu wird es bestimmt irgendwann kommen«, antwortete er. »Aber im Augenblick buhlen sie nur um das Privileg, sich zusammen mit der jüngsten königlichen Hexe zu zeigen, die jemals benannt worden ist. Es sind bereits Dutzende Gerüchte bezüglich deiner Anerkennung im Umlauf.« Er nahm mir die Karten aus der Hand, blätterte sie durch und reichte sie mir wieder. »Die Gräfin Boguslava ist diejenige, die dir bei Weitem am nützlichsten werden kann. Der König hört auf den Grafen und ganz sicher wird er ihn wegen der Königin um Rat fragen. Ich werde dich zu ihrer Soiree bringen.«

»Nein, das werdet Ihr nicht«, sagte ich. »Meint Ihr, sie wollen nur, dass ich ihnen einen Besuch abstatte? Aber sie kennen mich doch gar nicht.«

»Was sie wissen, genügt ihnen«, erklärte er in geduldigem Tonfall. »Sie wissen, dass du eine Hexe bist. Meine Liebe, ich bin wirklich der Meinung, dass du gut damit beraten wärst, wenn ich bei deinem ersten öffentlichen Auftritt an deiner Seite wäre. Es kann manchmal schwierig sein, sich bei Hofe zurechtzufinden, wenn man nicht mit dem Leben hier vertraut ist. Du weißt, dass wir beide dasselbe wollen: Wir wollen, dass die Königin und Kasia freigesprochen werden.«

»Ihr würdet keinen Krümel Brot dafür geben, dass Kasia gerettet wird«, erwiderte ich, »und mir gefällt die Art nicht, wie Ihr dafür sorgt, dass Ihr bekommt, was Ihr wollt.«

Er ließ sich von mir nicht aus der Fassung bringen. Stattdessen verbeugte er sich und zog sich zurück in die Schatten einer Ecke meines Zimmers. »Ich hoffe, du wirst dich nach und nach eines Besseren besinnen.« Seine Stimme wehte aus der Dunkelheit zu mir herüber, während er selber verschwand. »Wenn du dich irgendwann hilflos fühlst, dann denk daran, dass ich dir ein Freund sein möchte.« Ich warf ihm die Einladungskarte der Gräfin Boguslava hinterher, doch sie segelte in der leeren Ecke einfach auf den Boden.

Ich traute dem Falken nicht über den Weg, aber unwillkürlich machte ich mir Sorgen, dass doch ein Fünkchen Wahrheit hinter dem stecken könnte, was er mir erzählt hatte. Mir wurde immer klarer, wie wenig ich doch vom Leben bei Hofe verstand. Wenn ich Solya glaubte, würde ich einer Frau, die mich nicht kannte, einen Gefallen erweisen, wenn ich mein Gesicht auf einem Fest zeigte, das sie ausrichtete. Sie würde ihrem Gatten davon berichten, und dieser … würde dem König empfehlen, er solle die Königin nicht hinrichten lassen? Und der König würde auf diesen Rat hören? Nichts davon ergab für mich irgendeinen Sinn, genauso wenig wie die Tatsache, dass mir vollkommen Fremde stapelweise Einladungen schickten, nur weil ein Mann meinen Namen in ein Buch geschrieben hatte. Und doch lagen die Karten hier vor mir, also war mir offenkundig irgendetwas entgangen.

Ich wünschte, ich könnte mit Sarkan sprechen. Einerseits wollte ich ihn nach seiner Meinung fragen, andererseits sehnte ich mich danach, mich bei ihm zu beklagen. Ich ging sogar so weit, das Buch der Jaga aufzuschlagen und auf der Suche nach einem Zauberspruch durchzublättern, mit dem ich Kontakt zum Drachen aufnehmen könnte. Ich fand jedoch nichts, was so aussah, als könnte es funktionieren. Am nächsten dran war ein Spruch, der sich *Kialmas* nannte. Neben ihm fand ich die Notiz *Wird im nächsten Dorf gehört.* Allerdings ging ich davon aus, dass man es hier bei Hofe nicht sonderlich schätzen würde, wenn ich so laut schrie, dass meine Stimme die Entfernung einer wochenlangen Reise quer durchs Land überbrückte. Ich bezweifelte zudem, dass die Berge den Lärm überhaupt durchlassen würden, selbst wenn ich die Ohren aller Bewohner von Kralia taub machen würde.

Am Ende suchte ich mir die Einladung zum Abendessen mit dem frühesten Beginn aus und machte mich auf den Weg. Ich hatte ohnehin Hunger. Das letzte bisschen Brot, das ich in meiner Rocktasche versteckt hatte, war inzwischen so ausgetrocknet, dass ich es nicht einmal mithilfe von Magie hinunterbekommen hätte. Abgesehen davon war es auch nicht mehr genug, um meinen Magen angenehm zu füllen. Irgendwo in dieser Burg musste es eine Küche geben, aber die Dienstboten beäugten mich misstrauisch, sobald ich in einem falschen Gang auftauchte. Wie sie geschaut hätten, wenn ich mich mit einem entsprechenden Spruch geradewegs in die Küche transportiert hätte, wollte ich mir gar nicht erst ausmalen. Allerdings brachte ich es auch nicht über mich, eine der Mägde anzusprechen, die allesamt noch Mädchen wie ich waren, oder sie darum zu bitten, mir etwas zu essen zu bringen. Das wäre, als würde ich mich wirklich für eine feine Dame halten und nicht für ein junges Ding, das sich verkleidet hatte und so tat, als wäre es von gehobenem Stand.

Ziellos stieg ich die Treppen hoch und wieder hinunter und lief über endlose Flure, bis ich endlich den Weg hinaus auf den Hof fand. Dort nahm ich all meinen Mut zusammen, ging zu den Wachen an der Tür, zeigte meine Einladung vor und fragte nach dem Weg. Der Mann warf mir denselben merkwürdigen Blick zu, mit dem mich auch die Dienstboten bedachten, schaute dann aber auf die Adresse und sagte: »Es ist das gelbe Gebäude, das dritte hinter dem Außentor. Lauft die Straße hinunter und Ihr werdet es sehen, sobald Ihr um die Kathedrale herumgegangen seid. Wollt Ihr vielleicht einen Stuhl? Meine Dame?« Die letzte Frage klang wie ein zögerlicher Nachsatz.

»Nein«, antwortete ich, verwirrt von dem Angebot, und machte mich auf den Weg.

Der Weg war nicht weit. Die Adligen lebten in Häusern, die innerhalb der äußeren Mauern der Festung errichtet worden waren. Jedenfalls wohnten die wohlhabenderen dort. Ich fand das gelbe Haus, und die Dienstboten gafften mich auch dort an, als ich die Treppe zum Eingang hinaufstieg. Aber sie öffneten mir die Türen. Auf der Türschwelle blieb ich stehen: Jetzt war es an mir, mich ungläubig umzusehen. Auf dem Weg über das Burggelände war ich an mehr als ein paar Männern vorbeigekommen, die jeweils zu zweit seltsame große Kästen schleppten. Ich hatte keine Ahnung, was sich darin befinden mochte. Nun wurde unmittelbar hinter mir ein solcher Kasten die Treppe zum Haus hinaufgetragen. Einer der Diener machte eine Seitentür am Kasten auf und ich entdeckte im Innern einen Stuhl. Eine junge Dame machte sich an den Ausstieg.

Der Diener bot ihr seine Hand, damit sie sicher auf die Treppe hinaustreten konnte, die zum Haus hinaufführte, aber dann ging er sofort wieder zurück auf seinen Platz. Die Frau blieb noch einen Moment lang auf der untersten Stufe stehen und starrte zu mir hoch. Ich fragte sie vorsichtig: »Braucht Ihr vielleicht Hilfe?« Ihre Körperhaltung wirkte keinesfalls so, als hätte sie ein schlimmes Bein, aber ich konnte ihre Füße unter dem Rockteil ihres Kleides natürlich nicht sehen. Ein anderer Grund, warum sie sich offenbar freiwillig in ein solch bizarres Ding wie diesen Kasten hatte einsperren lassen, wollte mir einfach nicht einfallen.

Sie aber schaute mich nur an, ohne zu antworten, und schon tauchten zwei weitere dieser Kästen hinter ihr auf und entluden noch mehr Gäste. Das war also die Art und Weise, wie man hier von Ort zu Ort kam. »Keiner von Euch läuft je *zu Fuß*?«, fragte ich verblüfft.

»Und wie verhindert *Ihr*, dass Ihr von oben bis unten mit Schlamm bespritzt werdet?«, antwortete sie schnippisch.

Wir blickten beide an mir herunter. Der untere Teil meines Kleides, das ich heute trug – im Umfang ausladender als ein Wagenrad und aus purpurnem Samt mit silbernem Spitzenbesatz –, war ringsum beinahe zehn Zentimeter hoch mit Schmutz überzogen.

»Gar nicht«, erwiderte ich mit düsterer Stimme.

So lernte ich Alicja von Lidzvar kennen. Wir betraten das Haus und wurden sofort von unserer Gastgeberin abgefangen, die noch in der Eingangshalle vor uns erschien und Alicja ohne spürbares Interesse begrüßte. Dann packte sie mich an den Armen und küsste mich überschwänglich auf beide Wangen. »Meine liebe Agnieszka«, sagte sie, »wie wunderbar, dass es Euch möglich war zu kommen. Und was für ein bezauberndes Kleid. Sicherlich werdet Ihr damit einen neuen Modestil begründen.«

Bestürzt blickte ich in ihr strahlendes Gesicht. Ihr Name war mir völlig entfallen. Aber das schien nichts zu machen. Noch während ich irgendetwas Höfliches, Dankbares murmelte, schob sie ihren parfümierten Arm unter meinen und zog mich ins Wohnzimmer, wo ihre Gäste bereits versammelt waren.

Sie führte mich herum und stellte mich jedem der Anwesenden vor, während ich im Stillen Solya inbrünstig verfluchte, weil er natürlich recht gehabt hatte. Alle waren glücklich, meine Bekanntschaft zu machen und jeder war außerordentlich höflich und zuvorkommend – anfangs jedenfalls. Sie baten mich nicht um magische Hilfe. Was sie in Wahrheit wollten, waren Neuigkeiten über die Rettung der Königin. Ihre guten Manieren verboten es ihnen, mich rundheraus danach zu fragen, aber sie alle begannen ihre Sätze in dieser Art: »Ich habe gehört, sie ist von einer Chimäre bewacht worden …« und ließen ihre Worte erwartungsvoll offen. Damit wollten sie mich auffordern, sie zu berichtigen.

Ich hätte ihnen alles Mögliche erzählen können. Ich hätte mich geschickt aus der Affäre ziehen oder eine beliebige Anzahl von Wundern behaupten können: Sie waren augenscheinlich entschlossen, von mir beeindruckt zu sein und mich in der Rolle der Heldin zu sehen. Aber ich schreckte zurück vor der Erinnerung an das entsetzliche Gemetzel rings um mich herum und an das viele Blut, das die Erde tränkte und sie zu Schlamm aufweichen ließ. So wich ich aus, stotterte vor mich hin oder erwiderte ein schlichtes »Nein«. So manches Mal gab ich auch gar keine Antwort. Auf diese Weise endete schließlich jeder Gesprächsversuch in peinlichem Schweigen. Irgendwann stellte mich die enttäuschte Dame des Hauses in einer Ecke in der Nähe eines Baumes ab – im Innern des Hauses wuchs tatsächlich ein Orangenbäumchen in einem Topf. Sie schickte sich an, bei ihren anderen Gästen die Wogen zu glätten.

Mir war vollkommen klar, dass ich jetzt das genaue Gegenteil bewirkt hatte, wenn ich hier irgendetwas Gutes für Kasia hätte erreichen können. Gerade fragte ich mich düster, ob ich meinen Stolz hinunterschlucken und mich doch noch auf die Suche nach Solya machen sollte, als sich Alicja neben mich stellte. »Ich hatte gar nicht begriffen, dass Ihr die neue Hexe seid«, sagte sie, legte ihre Hand auf meinen Oberarm und beugte sich verschwörerisch zu mir. »Natürlich braucht Ihr dann keine Sänfte. Verratet mir: Verwandelt Ihr Euch in eine riesige Fledermaus, wenn Ihr verreisen wollt? So wie die Baba Jaga …«

Ich war froh, über Jaga sprechen zu können, über irgendetwas anderes als den Dunklen Wald, und ich war noch erleichterter, jemand anderen als Solya zu finden, der bereit war, mir weiterzuhelfen. Bis wir das Abendessen beendet hatten, hatte ich zugestimmt, Alicja am nächsten Tag zu einem Frühstück, einer Kartenrunde und einem Abendessen zu begleiten.

Die folgenden zwei Tage verbrachte ich beinahe ausschließlich in ihrer Gesellschaft. Ich hielt uns nicht im eigentlichen Sinne für Freundinnen. Ich war auch gar nicht in der Stimmung, neue Freundschaften zu schließen. Jedes Mal, wenn ich zu einer weiteren Feierlichkeit von der Burg aus aufbrach oder zurückkehrte, musste ich an den Kasernen der königlichen Wache vorbeigehen. In der Mitte ihres Hofes sah ich den nackten Eisenblock, verrußt und schwarz, auf dem sie die Verderbten köpften, ehe sie ihre Leichen verbrannten. Aloshas Schmiede war ganz in der Nähe. Fast immer loderte dort ein Feuer, und ich sah ihre Silhouette, die mit einem Hammer aus Schatten orangefarbene Funkenregen hervorbrachte.

»Die einzige Gnade, die man den Verderbten erweisen kann, ist eine geschärfte Klinge«, hatte sie gesagt, als ich versucht hatte, sie davon zu überzeugen, Kasia wenigstens ein einziges Mal einen persönlichen Besuch abzustatten. Unwillkürlich fragte ich mich, ob nicht vielleicht die Axt des Scharfrichters in ebenjenen Augenblicken gewetzt wurde, in denen ich in einem überheizten Raum herumsaß, Kaviar auf Weißbrot aß, von dem man die Kruste abgeschnitten hatte, und mit Zucker gesüßten Tee trank, während ich mit Leuten plauderte, die ich überhaupt nicht kannte.

Aber ich war zu dem Schluss gekommen, dass Alicja ein gutes Herz besitzen musste, wenn sie sich eines unbeholfenen Bauernmädchens annahm. Sie war nur ein oder zwei Jahre älter als ich, doch schon mit einem reichen alten Baron verheiratet, der den Großteil seiner Tage beim Kartenspiel verbrachte. Sie schien jeden zu kennen. Ich war dankbar und entschlossen, dankbar zu bleiben, und halb schämte ich mich dafür, dass ich keine angenehmere Gesellschaft für sie war und die Regeln des Hofes nicht besser kannte. Ich wusste nicht, was ich antworten sollte, wenn Alicja mir beharrlich laute und übertriebene Komplimente für den üppigen Spitzenbesatz an meinem Kleid machte. Immer wieder brachte ich die Schritte der Hoftänze durcheinander, wenn Alicja irgendeinen armen glupschäugigen jungen Edelmann dazu gebracht hatte, mich aufzufordern – sehr zum Leidwesen seiner Zehen, was für amüsierte Blicke überall im Raum sorgte.

Erst am dritten Tag dämmerte mir, dass sie sich die ganze Zeit über mich lustig machte. Wir hatten verabredet, uns auf einem nachmittäglichen Konzert zu treffen, das im Hause einer Baronesse gegeben werden sollte. Da es auf allen Vergnügungen auch musikalische Untermalung gab, war mir nicht klar, was diese Veranstaltung zu etwas Besonderem machen sollte. Alicja hatte nur gelacht, als ich sie danach fragte. Ich marschierte nach dem Mittagessen pflichtschuldigst dorthin und versuchte, so gut es ging, meine lange silberfarbene und eisblaue Schleppe vor dem Matsch zu schützen und den dazugehörigen Kopfputz im Gleichgewicht zu halten – einen länglichen, gebogenen, schweren Reif, der auf meinem Kopf befestigt war. Die ganze Zeit über versuchte er nach vorne oder nach hinten zu rutschen und war nicht dazu zu bewegen, an Ort und Stelle zu bleiben, wie es sich gehörte. Als ich den Festsaal betrat, verfing sich der Stoff meines Kleides im Eingang, und als ich ins Stolpern geriet, verrutschte der Kopfschmuck endgültig und hing mir nun schief über den Ohren.

Alicja entdeckte mich, hastete in dramatischer Eile quer durch den Raum und umklammerte meine Hände. »Meine Liebste«, stieß sie atemlos hervor, »was für eine ganz außerordentlich *originelle* Weise, die Kopfbedeckung aufzusetzen. So habe ich das ja noch nie gesehen.«

Es platzte aus mir heraus: »Versucht Ihr … Versucht Ihr etwa, gemein zu sein?« Kaum war mir der Gedanke gekommen, fielen mir wieder all die merkwürdigen Dinge ein, die sie gesagt und getan hatte. Und als ich eins und eins zusammenzählte, ergab alles einen wahrlich widerwärtigen Sinn. Zuerst konnte ich es überhaupt nicht glauben; ich verstand nicht, was für eine Veranlassung sie haben sollte, mich so zu behandeln. Niemand zwang sie dazu, mit mir zu sprechen oder meine Gesellschaft zu suchen. Ich konnte mir einfach nicht vorstellen, warum sie sich solche Mühe gegeben haben sollte, nur um bösartig zu mir zu sein. Dann jedoch konnte es für mich keinen Zweifel mehr geben: Sie riss die Augen auf und machte eine überraschte Miene, die unmissverständlich klarmachte, dass die Antwort Ja lautete: Sie versuchte tatsächlich, gemein zu sein. »Aber Nieshka, wie kommt Ihr denn darauf?«, setzte sie in einem Ton an, als wäre ich noch dazu eine Idiotin.

Ich zog meine Hände mit einem Ruck aus ihrem Griff und starrte sie an. »Agnieszka, bitte«, berichtigte ich sie mit scharfer Stimme. »Und da Ihr meinen Stil so mögt: *Katboru.*« Daraufhin klappte ihr eigener Bogenschmuck auf ihrem Kopf nach hinten und riss dabei die neckischen Löckchen rechts und links von ihrem Gesicht mit, die offenkundig unecht waren. Alicja stieß einen leisen Schrei aus, legte beide Hände über die Ohren und die Haarteile und stürmte aus dem Raum.

Das war jedoch noch nicht das Schlimmste. Schlimmer war das Getuschel, das sich im Saal ausbreitete, von Männern, die ich mit ihr hatte tanzen sehen, und Frauen, die sie als innige Freundinnen bezeichnet hatte. Ich riss mir meinen Kopfschmuck herunter und hastete zu den Erfrischungen. Ich versuchte, mein Gesicht vor den anderen Gästen zu verstecken, indem ich mich über eine Schale mit Trauben beugte. Doch ein junger Mann in einem bestickten Mantel, an dem eine Frau sicher ein Jahr lang gearbeitet hatte, scharwenzelte an meine Seite und flüsterte mir in entzücktem Tonfall ins Ohr, dass sich Alicja mindestens ein Jahr lang nicht mehr bei Hofe blicken lassen könnte – als ob ich mich darüber freuen würde.

Ich schüttelte ihn ab und bog in einen Dienstbotengang ein, dann zog ich in meiner Verzweiflung das Buch der Jaga aus der Tasche. Ich suchte nach einem Spruch für ein *rasches Verschwinden,* der mich durch die Wand des Hauses gehen ließ, damit ich nicht wieder zurück in den Festsaal musste, um zur Vordertür zu gelangen. Ich hätte es nicht ertragen, weitere boshafte Gratulationen zu hören.

Keuchend, als wäre ich einem Gefängnis entronnen, gelangte ich durch die Mauer aus gelbem Backstein hinaus ins Freie. Ein kleiner Springbrunnen in Form eines Löwenkopfs gurgelte in der Mitte des Innenhofs, die Nachmittagssonne strahlte und brach sich auf dem Wasser im Becken. Eine in den Stein gemeißelte Vogelschar rings um den Brunnenrand sang ihr sanftes Lied. Mir war auf den ersten Blick klar, dass es sich hier um eine Arbeit von Ragostok handeln musste. Und dort saß Solya und ließ seine Finger durch das funkelnde, lichtbeschienene Wasser gleiten.

»Ich bin froh zu sehen, dass du dich selber retten konntest«, sagte er. »Auch wenn du dich sehenden Auges in die ganze Sache hineinmanövriert hast.« Er war gar nicht mit im Haus gewesen, aber ich war mir sicher, dass er jedes Detail von Alicjas und meiner Schmach kannte. Und trotz seines sorgenvollen Ausdrucks war ich mir sicher, dass es ihm ein diebisches Vergnügen bereitet hatte zu sehen, wie ich mich zur Närrin machte.

Die ganze Zeit über war ich dankbar gewesen, dass Alicja weder an meiner Magie, noch an meinen Geheimnissen Interesse gehabt hatte. Mir war überhaupt nicht in den Sinn gekommen, dass sie vielleicht auf etwas anderes aus sein könnte. Und selbst wenn ich etwas geahnt hätte, wäre ich ganz sicher nicht darauf gekommen, dass sie vielleicht nach einem Opfer für ihre Boshaftigkeiten Ausschau hielt. In Dvernik waren wir nie auf so dumme Weise grausam zueinander. Natürlich gab es manchmal Streit, und es gab Mitmenschen, die man weniger gut leiden konnte. Manchmal kam es sogar zu einer Schlägerei, wenn Leute wütend genug waren. Aber wenn die Erntezeit da war, kamen die Nachbarn und halfen einem beim Mähen und Dreschen, und wenn sich der Schatten des Dunklen Waldes über uns legte, dann hatten wir Besseres zu tun, als uns die Tage gegenseitig noch dunkler zu machen. Ganz sicher wäre niemand von uns je so dreist mit einer Hexe umgesprungen, ganz gleich, was auch geschehen mochte. »Ich hätte erwartet, selbst eine Adlige wäre dafür zu klug«, sagte ich.

Solya zuckte mit den Achseln. »Vielleicht glaubt sie nicht, dass du eine Hexe bist.«

Ich öffnete den Mund, um zu protestieren und ihm zu erklären, dass sie mich beim Zaubern gesehen hatte, aber vermutlich stimmte das nicht. Jedenfalls nicht so, wie sie es von Ragostok kannte, der mit einem Donnerschlag und unter einem silbernen Funkenregen in einen Raum platzte, während zwitschernde Vögel in alle Richtungen davonstoben. Ja, nicht einmal so, wie sie es bei Solya beobachtet haben dürfte, der in seiner eleganten Robe sanft aus den Schatten geglitten kam und später wieder mit ihnen verschmolz; er mit seinen hellen, scharfsichtigen Augen, die alles zu sehen schienen, was innerhalb der Burgmauern vor sich ging. Ich hingegen quälte mich in meinem eigenen Zimmer in Ballkleider und besuchte gottergeben irgendwelche Feierlichkeiten, eingezwängt in ein Korsett, das mir die Luft abschnürte. Ich hätte gar nicht genug Atem gehabt, um irgendwelche Tricks vorzuführen, nur um damit anzugeben.

»Aber was glaubt sie denn, wie ich es auf die Liste geschafft habe?«, wollte ich wissen.

»Ich schätze, sie denkt dasselbe wie alle anderen Zauberer am Anfang.«

»Was denn? Dass man mich mit aufgenommen hat, weil Sarkan in mich verliebt ist?«, fragte ich sarkastisch.

»Wahrscheinlich tippt sie eher auf Marek«, erwiderte Solya in vollem Ernst und ich starrte ihn entgeistert an. »Also wirklich, Agnieszka! Ich habe erwartet, dass du wenigstens das inzwischen begriffen hättest.«

»Ich will nichts dergleichen verstehen!«, fauchte ich. »Diese Leute da drin hatten ihr Vergnügen daran, dass sich Alicja über mich lustig gemacht hat. Und genauso sehr freuten sie sich, als ich sie zum Gespött machte.«

»Natürlich«, antwortete er. »Es hat ihnen Spaß gemacht zu sehen, dass du den Bauerntrampel nur gespielt hast, um der ersten Person, die bei deinem Köder anbeißt, eine ordentliche Lektion zu erteilen. Damit bist du zu einem Teil des Spiels geworden.«

»Ich habe ihr keine Falle gestellt!«, sagte ich. Ich wollte hinzufügen, dass sich niemand so etwas einfallen lassen könnte, jedenfalls niemand, der seinen Verstand beisammen hatte. Doch auf einmal beschlich mich das dumpfe Gefühl, dass einige dieser Leute durchaus dazu imstande wären.

»Nein, das habe ich auch nicht gedacht«, sagte Solya verständnisvoll. »Aber vielleicht solltest du die Menschen lieber glauben lassen, dass das dein Plan gewesen ist. Sie werden es ohnehin denken, ganz egal, was du dazu sagst.« Er erhob sich vom Brunnenrand. »Aber die Situation lässt sich noch retten. Ich glaube, du wirst feststellen, dass die Gäste beim Essen heute Abend sehr viel freundlicher zu dir sein werden. Warum lässt du nicht zu, dass ich dich begleite nach alledem?«

Statt ihm eine Antwort zu geben, drehte ich mich auf dem Absatz um, ging weg und ließ Solya und sein amüsiertes Lachen hinter mir. Meine lächerliche Schleppe zog ich über den Boden hinter mir her.

Ich entfernte mich wie eine Gewitterwolke aus diesem gepflegten Innenhof und landete in dem lautstarken Durcheinander, das auf der Wiese des äußeren Burghofes herrschte. Entlang der Straße, die von den Außentoren zu den inneren führte, waren Heuballen und Fässer aufgetürmt und warteten darauf, irgendwohin abtransportiert zu werden. Ich ließ mich auf einen der Stöße sinken, um nachzudenken. Ich hatte das Gefühl schrecklicher Gewissheit, dass Solya auch diesmal recht hatte. Und das bedeutete, dass jeder Höfling, der jetzt mit mir plaudern wollte, in Wahrheit sein Vergnügen an boshaften Spielen wie diesem hatte. Jeder mit einem Funken Anstand im Leibe würde nichts mehr mit mir zu tun haben wollen.

Da war jedoch niemand sonst, mit dem ich sprechen oder den ich gar um Rat fragen konnte. Die Bediensteten und die Soldaten wollten nichts von mir wissen, genauso wenig wie die Amtsträger aller Art, die zu irgendwelchen Verabredungen und Verpflichtungen unterwegs waren. Wenn sie an mir vorbeikamen, konnte ich die misstrauischen Blicke sehen, die sie in meine Richtung warfen. In ihren Augen war ich eine feine Dame in einem prachtvollen Ballkleid aus Satin und Spitze, die am Straßenrand auf einem Heuballen hockte, den Rocksaum voller Gras und Sand. Ich war wie ein zu Boden gefallenes Blatt in einem sauber geharkten Garten. Ich gehörte einfach nicht hierher.

Was aber viel schlimmer war: Ich hatte mich bislang als nutzlos für Kasia erwiesen, für Sarkan und für alle anderen daheim. Zwar war ich zur Aussage bereit, aber es gab noch immer keinen Prozess. Ich hatte um Soldaten gebeten, aber es waren keine ausgerückt. In den vergangenen drei Tagen war ich auf mehr Festivitäten gewesen als in meinem gesamten Leben zuvor. Doch damit hatte ich nichts anderes erreicht, als den Ruf eines albernen Mädchens zu ruinieren, das vermutlich noch nie in seinem Leben eine wahre Freundin gehabt hatte.

In einem Anfall von Niedergeschlagenheit und Zorn zauberte ich *Vanastalem*, aber ich verschliff die Silben. Zwischen einem vorbeifahrenden Wagen und dem nächsten wechselte ich zurück in die Kleidung einer Holzfällertochter: gutes, schlichtes Grobzeug mit einem Rock, der nicht zu lang war, sodass die anständigen Stiefel deutlich darunter hervorschauen konnten, und eine Schürze mit zwei großen Taschen darin. Sofort fiel mir das Atmen leichter, und ich stellte fest, dass ich mit einem Mal praktisch unsichtbar geworden war. Niemand schenkte mir mehr Beachtung. Niemand scherte sich darum, wer ich war oder was ich tat.

Natürlich hatte die Unsichtbarkeit auch ihre Tücken. Während ich am Straßenrand stand und genüsslich tief Luft holte, näherte sich eine ausladende Kutsche, die zu allen Seiten weit über die Räder hinausragte. Vier Lakaien hielten sich außen am Gefährt fest und rissen mich beinahe zu Boden, als sie an mir vorbeiratterten. Ich musste eilig aus dem

Weg springen und landete in einer Pfütze. Meine Stiefel sogen sich mit Wasser voll und Schlamm spritzte an meinem Rock hoch. Mir machte das aber nichts aus. Zum ersten Mal seit einer Woche fühlte ich mich wieder wie ich selber, nun, wo ich echte Erde unter den Füßen hatte und keinen polierten Marmor.

Ich folgte der Spur der Kutsche den Hügel hinauf. Meine Schritte waren groß, schwungvoll und frei unter meinem einfachen Rock. Ohne Schwierigkeiten schlüpfte ich in den inneren Hof. Die voluminöse Kutsche hatte angehalten und entlud einen Gesandten in einem weißen Mantel. Eine leuchtend rote, wichtig aussehende Schärpe verlief quer über seiner Brust. Auch der Kronprinz war dort, um ihn zu begrüßen, im Schlepptau eine Traube von Höflingen und eine Ehrengarde, die die Fahne von Polnya trug. Sie hatten auch eine gelb-rote Flagge mit dem Kopf eines Ochsen dabei, die ich noch nie zuvor gesehen hatte. Der Gast musste für das Bankett gekommen sein. Dorthin hätte ich an diesem Abend Alicja begleiten sollen. Alle Wachen beobachteten die Begrüßungszeremonie zumindest mit halbem Auge, und als ich ihnen zuflüsterte, ich sei es nicht wert, dass man von mir Notiz nähme, glitten ihre Blicke achtlos über mich hinweg. So war es ihnen ohnehin am liebsten.

Dreimal am Tag von meinem ungünstig gelegenen Zimmer aus zu irgendwelchen Feiern aufzubrechen und wieder zurückzukehren, hatte immerhin etwas Positives mit sich gebracht: Ich hatte gelernt, mich in der Burg zurechtzufinden. Es waren zwar Diener auf den Fluren unterwegs, aber sie waren mit Leinen und Silber beladen und hasteten hin und her, um alles rechtzeitig für das große Abendessen vorzubereiten. Niemand hatte Zeit, sich mit einer schlammbespritzten Scheuermagd abzugeben. Ich lief um sie herum und durchquerte auf diese Weise den langen dunklen Gang, der zum Grauen Turm führte. Die vier Wachen am Fuße des Turmes waren gelangweilt und gähnten angesichts der späten Stunde. »Du hast die Treppe zur Küche hinunter verpasst, Schätzchen«, rief mir einer von ihnen gutmütig zu. »Du musst auf die andere Seite der Halle.«

Diese Information speicherte ich für später ab und tat mein Bestes, die Männer auf die gleiche Weise anzustarren, wie es alle anderen die letzten drei Tage lang mit mir getan hatten, nämlich als wäre ich vollkommen überrascht über ihre Unwissenheit. »Wisst Ihr denn nicht, wer ich bin?«, fragte ich. »Ich bin Agnieszka, die Hexe. Ich bin hier, um Kasia zu sehen.« Und um einen Blick auf die Königin zu werfen, um es genauer zu sagen. Ich konnte mir nicht zusammenreimen, warum der Prozess so lange aufgeschoben wurde; es sei denn, der König versuchte, seiner Gemahlin mehr Zeit für ihre Genesung zu verschaffen.

Die Wachen tauschten unsichere Blicke aus. Ehe sie entscheiden konnten, was sie mit mir tun sollten, flüsterte ich: *»Alamak, Alamak«*, und marschierte geradewegs an ihnen vorbei durch die verschlossenen Türen.

Die Männer waren keine Adligen, und so ging ich davon aus, dass sie nicht scharf darauf waren, Streit mit einer Hexe anzufangen. Auf jeden Fall folgten sie mir nicht. Ich stieg die schmale Treppe immer weiter und weiter empor, bis ich schließlich auf dem Absatz ankam, an dem mich der Türklopfer in Gestalt einer hässlichen Fratze anglotzte. Als ich nach dem Ring griff, fühlte es sich an, als würde meine Hand ausgiebig von einem Löwen abgeschleckt, der herauszufinden versuchte, ob ich gut schmecken würde oder nicht. Ich hielt den Klopfer so zart wie möglich und pochte damit gegen die Tür.

Ich hatte mir eine ganze Reihe von Argumenten bereitgelegt, die ich der Weide präsentieren wollte und ich war getrieben von wilder Entschlossenheit. Ich war sogar bereit, mich an ihr vorbeizudrängen, wenn es sein musste, denn ich ging davon aus, dass sie eine viel zu feine Dame war, um sich zu einem Ringkampf mit mir herabzulassen. Aber sie kam überhaupt nicht zur Tür. Ich presste mein Ohr darauf und hörte gedämpft einen Schrei im Zimmer dahinter. Erschrocken richtete ich mich wieder auf und zwang mich zum Nachdenken: Wären die Wachen in der Lage, die Tür mit Gewalt zu öffnen, wenn ich nach ihnen riefe? Vermutlich nicht. Die Tür war aus Eisen, hatte eiserne Nieten und ich konnte nicht einmal ein Schlüsselloch entdecken.

Unentschlossen schaute ich die Fratze an der Tür an, die zurückstarrte. Hunger strömte von ihrem aufgerissenen Maul aus. Was wäre, wenn ich es füllte? Ich sprach einen einfachen Spruch, der nur ein wenig Licht heraufbeschwor. Sofort begann die Fratze, die Magie aufzusaugen, aber ich ließ immer mehr Kraft in meinen Zauber fließen, bis schließlich ein kleines Licht in meiner Hand aufschimmerte, das flackerte wie eine Kerzenflamme. Der Hunger des Türklopfers war ein enormer Sog, der beinahe alle Magie abzog, die ich aufbringen konnte. Dennoch schaffte ich es, einen schmalen silbernen Strom umzuleiten, der sich in mir zu einer winzigen Lache sammelte, die ich schließlich in einem Schwung hinauspressen konnte: »*Alamak.*« Und mit einem verzweifelten Sprung gelangte ich durch die Tür. Es kostete mich alle Kraft, die ich noch hatte. Auf der anderen Seite rollte ich mich bei der Landung ab und endete erschöpft und flach ausgestreckt auf dem Rücken.

Schritte hasteten in meine Richtung und schon war Kasia neben mir. »Nieshka, ist alles in Ordnung mit dir?«

Der Tumult kam aus dem angrenzenden Zimmer. Dort entdeckte ich Marek, der sich mit geballten Fäusten in der Mitte des Raumes aufgebaut hatte und die Weide anbrüllte. Diese stand ihm ihrerseits starr wie eine Salzsäule und weiß vor Zorn gegenüber. Keiner von ihnen ließ sich groß davon beeindrucken, dass ich soeben durch die Tür gekugelt war. Sie waren viel zu sehr mit ihrer Wut aufeinander beschäftigt.

»Seht sie Euch doch an!« Marek deutete mit ausgestrecktem Arm auf die Königin, die vollkommen teilnahmslos an demselben Fenster saß wie immer. Wenn sie etwas von dem Aufruhr um sie herum mitbekommen hatte, ließ sie es sich nicht einmal mit einem Zucken anmerken. »Drei Tage ohne ein einziges Wort von ihren Lippen. Und Ihr nennt Euch eine Heilerin? Wozu seid Ihr überhaupt nütze?«

»Offenkundig zu überhaupt nichts«, antwortete die Weide mit eisiger Stimme. »Ich habe alles getan, was zu tun ist, und zwar so gut es nur geht.« Nun endlich nahm sie doch noch Notiz von mir. Sie drehte sich um und sah an ihrer langen Nase entlang zu mir hinunter. »Ich habe gehört, *dies* ist die Wunderwirkerin des Königreichs. Vielleicht könnt Ihr sie lange genug in Eurem Bett entbehren, damit sie ihre Sache besser als ich macht. Bis dahin mäßigt Euch. Ich werde nicht hier herumstehen und mich anschreien lassen als Dank für all meine Bemühungen.«

Sie marschierte an mir vorbei, das Kleid zu einer Seite gerafft, sodass es meinen Rock nicht berührte, als fürchte sie, sich mit irgendetwas anzustecken. Der Riegel der Tür hob sich von alleine, als sie ihm mit der Hand einen Wink gab. So rauschte sie hinaus und die schwere Eisentür kratzte über den steinernen Fußboden wie eine niedersausende Axt und fiel schließlich hinter der Weide ins Schloss.

Marek drehte sich zu mir um und seine Wut war augenscheinlich noch kein bisschen verraucht. »Und du! Du solltest die wichtigste Zeugin sein und stattdessen wanderst du in der ganzen Burg herum und siehst aus wie eine Küchenschlampe. Glaubst du vielleicht, in diesem Aufzug wird auch nur irgendjemand ein einziges Wort aus deinem Mund glauben? Es sind schon drei Tage vergangen, seitdem ich dich auf die Liste gebracht habe …«

»*Ihr* habt mich darauf gebracht?«, fauchte ich ungläubig und rappelte mich mithilfe von Kasias ausgestrecktem Arm wieder auf.

»… und alles, was du bislang zuwege gebracht hast, ist, den gesamten Hof davon zu überzeugen, dass du ein nutzloser Hohlkopf bist. Und jetzt auch noch das? Wo steckt Solya? Er sollte dir doch zeigen, wie du hier am besten auftrittst.«

»Ich will nicht *auftreten*«, sagte ich. »Es interessiert mich nicht, was diese Leute von mir halten. Es spielt keine Rolle, was sie denken!«

»Natürlich spielt es eine Rolle!« Er packte mich am Arm und zerrte mich aus Kasias Griff. Ich stolperte ihm hinterher und versuchte dabei, genug Kraft für einen Zauberspruch zu sammeln, um ihn abzuschütteln.

Er aber zog mich bis zur Fensterbank und deutete nach unten in den Innenhof der Burg. Ich zögerte und folgte dann verwirrt seinem Finger. Nichts Alarmierendes schien dort vor sich zu gehen. Der Gesandte mit der roten Schärpe verschwand soeben mit Kronprinz Sigmund im Innern des Gebäudes.

»Dieser Mann dort bei meinem Bruder ist ein Gesandter aus Mondria«, sagte Marek mit tiefer, vor Wut zitternder Stimme. »Ihr Prinzgemahl starb letzten Winter; in sechs Monaten ist die Trauerzeit der Prinzessin vorüber. Verstehst du jetzt?«

»Nein«, antwortete ich verwirrt.

»Sie will Königin von Polnya werden!«, brüllte Marek unvermittelt.

»Aber die Königin ist doch nicht tot«, warf Kasia ein und da begriffen wir es beide.

Ich starrte Marek an und mir lief es eiskalt über den Rücken. »Aber der König …«, stammelte ich. »Er *liebte* …« Dann brach ich ab.

»Er schiebt den Prozess auf, um Zeit zu gewinnen, verstehst du?«, sagte Marek. »Wenn die Rettung nicht mehr so präsent ist, wird er die Adligen ablenken, sodass er seine Gemahlin still und heimlich hinrichten lassen kann. Und nun: Hilfst du mir, oder willst du weiter durch die Burg spazieren, bis es anfängt zu schneien? Sobald es nämlich zu kalt ist, als dass irgendjemand kommen und zuschauen würde, wird man meine Mutter verbrennen – zusammen mit deiner geliebten Freundin hier.«

Ich schlang meine Finger fest um Kasias steife Hand, als könnte ich sie auf diese Weise beschützen. Es erschien mir undenkbar, dass wir Königin Hanna befreit und sie aus dem Dunklen Wald herausgeholt hatten, nur damit der König ihr den Kopf abschlagen und jemand anderes heiraten konnte. Nur, um der Karte von Polnya ein Fürstentum hinzufügen zu können, ein weiteres Juwel in seiner Krone. »Aber er liebte sie«, versuchte ich es noch einmal, denn ich konnte nicht aufhören, gegen den bloßen Gedanken an eine solche Grausamkeit des Königs aufzubegehren. Doch das war, wie ich sehr wohl wusste, töricht. Und dennoch: Diese Geschichte der verlorenen, geliebten Königin ergab für mich mehr Sinn als die, die Marek mir gerade aufgetischt hatte.

»Und du glaubst, das bewegt ihn dazu, ihr zu verzeihen, dass sie ihm Hörner aufgesetzt hat?«, fragte Marek. »Seine bildschöne Ehefrau, die ihm weggelaufen ist, und zwar mit einem Burschen aus Rosya, der ihr draußen im Garten betörende Lieder vorgesungen hat. Das ist es, was man sich über sie erzählt hat, bis ich alt genug geworden war, um Männer, die so etwas behaupteten, töten zu lassen. Als ich ein Junge war, schärfte man mir ein, den Namen meiner Mutter meinem Vater gegenüber nicht einmal zu erwähnen.«

Sein Blick wanderte zu Königin Hanna auf ihrem Stuhl, die regungslos wie ein erwartungsvolles, unbeschriebenes Blatt Papier aussah. In Mareks Zügen sah ich den Jungen, der er einmal gewesen war und der sich als Kind in den verlassenen Gärten seiner Mutter versteckte, um der Menge übelwollender Höflinge zu entgehen, die sich allesamt das Maul über die Königin zerrissen und spöttisch tratschten. Die ihre Köpfe bedächtig schüttelten und eine leidensvolle Miene aufsetzten, während sie sich zuraunten, dass sie es schon immer gewusst hätten.

»Und Ihr glaubt, wir können sie und Kasia retten, wenn wir nach ihrer Pfeife tanzen?«, fragte ich.

Er riss sich vom Anblick der Königin los und schaute zu mir. Zum allerersten Mal überhaupt hatte ich das Gefühl, dass er mir zugehört hatte. Seine Brust hob und senkte sich dreimal. »Nein«, gab er schließlich zu. »Es sind alles Aasgeier und er ist der Löwe. Sie werden die Köpfe schütteln und betonen, dass es eine Schande ist, und dann werden sie sich auf die Knochen stürzen, die er ihnen vorwirft. Kannst du meinen Vater nicht zwingen, sie zu begnadigen?«, fragte er mich schließlich so beiläufig, als hätte er mich nicht gerade darum gebeten, den *König* mit einem Zauber zu belegen. Jemandem den eigenen Willen zu nehmen, erschien mir ebenso entsetzlich wie das, was der Dunkle Wald tat.

»Nein!«, sagte ich angewidert. Ich schaute zu Kasia. Sie stand dort, eine Hand auf der Rückenlehne des Stuhls, auf dem die Königin saß, und sah sehr aufrecht, golden und gefasst aus, als sie ihren Kopf in meine Richtung schüttelte. Sie würde so etwas nicht von mir verlangen. Sie würde mich nicht einmal darum bitten, mit ihr zu fliehen und unser Volk dem Dunklen Wald zu überlassen – selbst wenn das bedeutete, dass der König sie töten würde, damit er auch die Königin hinrichten lassen konnte. Ich schluckte schwer. »Nein«, sagte ich dann noch einmal. »Das werde ich nicht tun.«

»Und was *wirst* du dann tun?«, fragte Marek spöttisch und von altem Zorn gepackt, doch er stampfte aus dem Raum, ohne meine Antwort abzuwarten. Aber das war mir nur recht, denn ich hatte keine Ahnung, was ich hätte sagen sollen.

Kapitel 20

Die Wachen am Charovnikov erkannten mich trotz meiner Kleidung. Sie öffneten die schweren Türen für mich und ließen sie hinter mir wieder ins Schloss fallen. Ich presste mich mit dem Rücken dagegen, schaute zur Decke hoch, die vergoldet und voller Engel war. Dann ließ ich den Blick über die endlosen Bücherregale wandern, die sich ringsum an den Wänden hochzogen und auch die Alkoven zu beiden Seiten ausfüllten. Eine Handvoll anderer Leute saß hier und dort an den Tischen verstreut und arbeitete; junge Männer und Frauen in Roben, die Köpfe über Destillierkolben oder Bücher gebeugt. Sie beachteten mich überhaupt nicht und waren völlig in ihre eigenen Tätigkeiten vertieft.

Der Charovnikov erschien mir überhaupt nicht einladend. Er strahlte eine größere Kälte aus als die Bibliothek des Drachen und war unpersönlicher. Aber immerhin war er ein Ort, an dem ich mich zu bewegen verstand. Ich hatte immer noch keine Ahnung, wie ich Kasia retten konnte, aber ich war mir immerhin sicher, dass ich hier bessere Chancen hatte, einen Weg zu finden, als in irgendeinem Ballsaal.

Ich griff nach der erstbesten Leiter und zog sie quietschend bis unmittelbar vor das allererste Regal, dann raffte ich meinen Rock zusammen, kletterte bis ganz nach oben und begann, dort herumzuwühlen. Diese Art der Suche war mir vertraut. Schließlich war ich auch nie mit dem festen Vorsatz in den Wald aufgebrochen, dort etwas ganz Bestimmtes zu finden. Stets war ich losgezogen, um das zu holen, was es eben zu entdecken gab. Dann hatte ich mich von meiner Ausbeute inspirieren lassen. Wenn ich einen Haufen Pilze sammelte, dann gab es am nächsten Tag Pilzsuppe, und wenn ich auf flache Steine stieß, dann wurde die Straße, die zu unserem Haus führte, ausgebessert. Ich war mir sicher, dass es hier wenigstens ein paar Bücher geben musste, die wie das Buch der Jaga zu mir sprechen würden. Vielleicht ließe sich hier ja sogar ein weiteres Werk von ihr aufstöbern, das sich irgendwo zwischen all diesen Prachtbänden mit ihren Goldprägungen versteckt hielt.

Ich arbeitete, so schnell ich konnte. Ich nahm die staubigsten Bücher zur Hand, die, die am wenigsten benutzt aussahen. Ich fuhr mit den Fingern über alle Rücken und las dort die Titel, aber natürlich kam ich trotzdem nur langsam voran. Es war eine entmutigende Aufgabe. Nachdem ich mich von oben bis unten durch zwölf breite Bücherregale mit jeweils dreißig Böden hindurchgekämpft hatte, begann ich mich doch zu fragen, ob ich hier auf irgendetwas stoßen würde. Alle Bücher fühlten sich unter meinen Berührungen trocken und steif an und keines von ihnen lud mich zur genaueren Betrachtung ein.

Mittlerweile war es spät geworden. Die wenigen anderen Besucher waren bereits gegangen, die magischen Lichter so weit gedimmt, dass lediglich ein schwacher Schein wie von glimmender Glut die Bibliothek erhellte, als ob man allerorts schlafen gegangen wäre. Nur noch das Licht über meinem Regal leuchtete wie ein Glühwürmchen und mein Rücken und meine Fußknöchel schmerzten. Ich balancierte oben auf der Leiter, einen Fuß um den Leiterholm geschlungen, um auch an die am weitesten entfernt stehenden Bücher heranzukommen. Ich hatte erst knapp ein Viertel von einer Seite des Raumes abgesucht und war dabei so schnell wie möglich und ziemlich nachlässig vorgegangen. Nicht einmal ein Zehntel der Bücher hatte ich gründlich genug geprüft. Sarkan hätte eine wenig schmeichelhafte Bemerkung parat gehabt.

»Wonach suchst du?«

Beinahe wäre ich vor Schreck von der Leiter gekippt und auf Vater Ballos Kopf gelandet. Gerade noch rechtzeitig bekam ich eine Leiterstrebe zu fassen, um Halt zu finden, und verrenkte mir dabei schmerzhaft den Knöchel. Ein Teil eines Bücherschranks ragte halb in den Raum hinein und diente offenbar als Tür zu einem versteckten Gelass, aus dem Vater Ballo herausgekommen war. Er hatte vier dicke Bände im Arm, die er, wie ich annahm, wieder zurück an ihre Plätze im Regal stellen wollte. Von unten sah er misstrauisch zu mir hoch.

Ich kämpfte immer noch gegen die Überraschung an, und so antwortete ich, ohne nachzudenken: »Ich suche Sarkan.«

Ballo schaute mit leerem Blick auf die Regale, die ich abgesucht hatte, als vermutete er, ich würde ernsthaft glauben, den Drachen irgendwo zwischen die Seiten eines Buches gepresst zu finden. Aber als ich Vater Ballos Gedanken erahnte, stellte ich fest, dass ich tatsächlich genau danach suchte: Ich sehnte mich nach Sarkan. Ich wollte, dass er zwischen den Bücherstapeln saß, den Kopf hob und mich wegen des Durcheinanders tadelte, das ich angerichtet hatte. Ich wollte, dass er mir verriet, wie ich den König davon überzeugen konnte, Kasia freizulassen.

»Ich will mit ihm sprechen«, sagte ich. »Und ich will ihn sehen.« Ich wusste bereits, dass es in Jagas Buch keinen entsprechenden Zauberspruch gab. Sarkan selber hatte mir auch keinen beigebracht, der mir jetzt weiterhelfen würde. »Vater, welchen Spruch würdet Ihr benutzen, wenn Ihr mit jemandem sprechen wolltet, der am anderen Ende des Königreiches lebt?« Aber Ballo schüttelte sofort den Kopf.

»Nur in Märchen kann man sich über weite Entfernungen hinweg unterhalten, auch wenn Barden es immer eine sehr praktische Vorstellung finden«, erklärte er in belehrendem Tonfall. »In Venezia haben sie die Kunst entwickelt, einen Kommunikationszauber über ein zusammengehöriges Spiegelpaar zu legen, das aus demselben Quecksilberguss besteht. Einer der Spiegel bleibt im Besitz des Königs, das Gegenstück trägt der Anführer der Armee an der Spitze der Truppen bei sich. Aber selbst diese beiden können ausschließlich zueinander Kontakt aufnehmen. Der Großvater des Königs hat die Spiegel gekauft und dafür fünf Flaschen Feuerherz bezahlt«, fügte er hinzu, und ich stieß unwillkürlich einen kurzen Schrei aus, als ich den ungeheuren Preis hörte. Dafür hätte man auch ein ganzes Königreich kaufen können. »Magie mag die Sinne schärfen, die Sicht vergrößern oder das Gehör verbessern; sie kann die Stimme verstärken oder sie in einer Nuss verstecken, sodass sie erst später ertönt. Aber sie kann dein Gesicht nicht von jetzt auf gleich durch das ganze Königreich transportieren und auch die Stimme von anderen nicht zu dir bringen.«

Unzufrieden hörte ich ihm zu, doch mir war natürlich klar, dass das unglücklicherweise alles einen Sinn ergab. Warum sollte Sarkan ansonsten einen Boten aussenden oder Briefe schicken, wenn er auch ganz einfach einen Zauberspruch benutzen könnte? Es passte dazu, dass er seinen Bewegungszauber nur für Reisen innerhalb des Tales – seines eigenen Wirkungskreises – einsetzen konnte, dass er jedoch nicht auf magische Weise geradewegs in die Hauptstadt und wieder zurück springen konnte.

»Gibt es hier irgendwelche anderen Bücher mit Zaubersprüchen wie das der Jaga, die ich mir mal anschauen könnte?«, fragte ich, auch wenn mir klar war, dass Ballo damit nicht viel anfangen konnte.

»Mein Kind, diese Bibliothek ist das Herzstück des magischen Wissens und der Gelehrsamkeit von Polnya«, sagte er. »Die Bücher werden nicht nach Lust und Laune eines einzelnen Büchersammlers in die Regale gestellt und auch nicht durch List und Tücke findiger Händler. Sie sind nicht hier, weil sie kostbar oder mit Gold besetzt sind, um das Auge irgendeines Adligen zu erfreuen. Jedes Werk, das du hier siehst, wurde von mindestens zwei im Dienste des Königs stehenden Zauberern begutachtet. Ihr Wert wurde festgestellt und mindestens drei Sprüche daraus wurden als wirksam bestätigt. Sie müssen wahrhaft maßgeblich sein, um sich hier einen Platz zu verdienen. Ich selber habe beinahe mein ganzes tätiges Leben dafür aufgewendet, die Werke von niederem Rang, die Merkwürdigkeiten und das Ergötzliche früherer Jahre auszusortieren. Du wirst also ganz sicher nichts Derartiges hier finden.«

Ich starrte von meinem Platz oben auf der Leiter zu ihm hinunter: *sein ganzes Leben!* Ganz sicher war er dabei über alles gestolpert, was ich hätte nutzen können. Ich hielt mich an der Leiter fest und ließ mich bis nach unten rutschen, was mir einen verkniffenen, tadelnden Blick von Vater Ballo einbrachte. Ich schätze, er hätte auch jeden Menschen so angestiert, der auf einen Baum kletterte.

»Habt Ihr sie verbrannt?«, fragte ich mutlos.

Er zuckte zusammen, als hätte ich vorgeschlagen, ihn selbst gleich mit auf den Scheiterhaufen zu werfen. »Auch ohne magischen Nutzen kann ein Buch *wertvoll* sein«, sagte er entschieden. »Tatsächlich hätte ich die aussortierten Bände nur zu gerne in die Sammlung der Universität gebracht, damit sie eingehender untersucht werden können, aber Alosha bestand darauf, sie hier unter Verschluss aufzubewahren. Und ich kann nicht abstreiten, dass dies eine vernünftige Vorsichtsmaßnahme ist, da solche Bücher manchmal die schlimmsten Elemente der niederen Gesellschaft anziehen. Manchmal flammt die Gabe der Magie so weit auf, dass ein Straßenapotheker gefährlich wird, wenn er die falschen Bücher in die Hände bekommt. Trotzdem bin ich der Meinung, dass die Archivare der Universität, die allesamt eine exzellente Ausbildung genossen haben, mit klaren Vorgaben und strengen Anweisungen bezüglich der Verwahrung der Werke durchaus damit hätten betraut werden können, die einfacheren …«

»Wo befinden sie sich?«, unterbrach ich ihn.

Der winzige Raum, in den er mich führte, war mit alten, zerfledderten Büchern vollgestopft. Es gab nicht einmal eine Schießscharte, durch die ein wenig Luft hätte hereinwehen können. Stattdessen musste ich die Tür einen Spalt offen stehen lassen. Meine Stimmung hob sich sofort, als ich die unordentlichen Stapel durchschaute, ohne mir darüber Gedanken machen zu müssen, die Bücher in irgendeiner sinnvollen Reihenfolge wieder zurückzuräumen. Die meisten davon entpuppten sich jedoch als ebenso wertlos für mich wie die, die draußen in den Regalen standen. Ich schob eine große Anzahl von trockenen Lehrwerken über die Geschichte der Magie beiseite, ebenso wie andere Wälzer, in denen nichts als ausgeklügelte, letztlich aber einfache Alltagszauber zusammengestellt waren. Bei mindestens der Hälfte davon würde der Zauber doppelt so lange dauern, als wenn man die gewünschte Aktion einfach mit der Hand erledigte. Und vermutlich würde man mit Magie fünfmal so viel Chaos anrichten. Andere machten auf mich den Eindruck, durchaus vernünftige Sprüchebücher zu sein, doch augenscheinlich hatten sie den höheren Ansprüchen von Vater Ballo trotzdem nicht genügt.

Ich machte auch merkwürdigere Entdeckungen in den Stapeln. Ein sehr sonderbarer Band sah genau wie ein gewöhnliches Buch mit Zaubersprüchen aus, voller geheimnisvoller Wörter und Bilder, mit Diagrammen wie in vielen der Bücher des Drachen und mit Text, der für mich allerdings keinen Sinn ergab. Nachdem ich mir geschlagene zehn Minuten den Kopf darüber zerbrochen hatte, kam ich zu dem Schluss, dass es einfach nur Unsinn war. Ich war der Meinung, ein Verrückter habe es geschrieben und so getan, als sei er ein Zauberer. Vermutlich wäre er gerne einer gewesen. Es standen gar keine echten Zaubersprüche darin, sondern nur ausgedachte. Ich fand, dass das etwas entsetzlich Trauriges an sich hatte. Dieses Buch schob ich in eine dunkle Ecke. Dann endlich fiel mir ein kleines, dünnes, schwarz eingebundenes Buch in die Hände. Von außen ähnelte es dem Rezeptbuch meiner Mutter für Gerichte, die an Feiertagen serviert wurden. Es fühlte sich sofort warm und freundlich in meinem Griff an. Das Papier darin war billig, gelbstichig und grobkörnig, aber es war vollgestopft mit kleinen angenehmen Sprüchen, die in einer sauberen Handschrift festgehalten worden waren. Ich blätterte durch die Seiten und lächelte unwillkürlich, dann warf ich einen Blick auf die Innenseite des Einbands. In derselben ordentlichen Schrift stand dort: Maria Olshankina, 1267.

Als ich den Namen las, ließ ich mich auf einen Stuhl sinken, gleichzeitig verblüfft und doch nicht überrascht. Die Hexe hatte vor mehr als dreihundert Jahren in meinem Tal gelebt. Das war gar nicht lange gewesen, nachdem der Ort gegründet worden war. Im großen Eckstein in der Kirche von Olshanka, dem ältesten Gebäude im Tal, war das Jahr 1214 eingeritzt. Wo war eigentlich Jaga geboren worden?, fragte ich mich plötzlich. Sie stammte aus Rosya. Hatte sie im Tal jenseits des Dunklen Waldes gewohnt, ehe sich Polnya von der anderen Seite her ausbreitete?

Ich wusste, dass mir das Buch nicht weiterhelfen würde. Warm und gutmeinend lag es in meinen Händen. Es war jedoch wie die Sanftmütigkeit einer Freundin, die in wohltuendem Mitgefühl neben einem am Feuer saß, aber nichts gegen das ausrichten konnte, was falsch war. In den meisten größeren Städten gab es Volkshexen, die einige Krankheiten zu heilen vermochten und die Mittel gegen die Getreidefäule kannten. Ich ging davon aus, dass Maria eine von ihnen gewesen war. Einen Moment lang sah ich sie vor meinem geistigen Auge: eine dicke, lustige Frau mit einer roten Schürze, die vor ihrem Haus fegte, der Kinder und Hühner zwischen den Beinen herumwuselten und die kurz im Haus verschwand, um einen Hustensaft für einen jungen Vater mit einem kranken Baby aufzukochen. Als sie den Trank in seine Tasse goss, schimpfte sie ihn dafür aus, dass er ohne Hut in der Stadt herumlief. Sie hatte etwas Sanftmütiges an sich. Ihre Magie war ein stiller Teich, kein fließender Strom, der alle gewöhnlichen Aspekte ihres Lebens fortgewaschen hatte. Ich seufzte und steckte das Buch in meine Tasche. Ich wollte es nicht hier zurücklassen, achtlos beiseitegelegt und vergessen.

Ich fand noch zwei weitere Exemplare dieser Art zwischen den Unmengen von herumliegenden Büchern und blätterte sie durch. Sie enthielten ein paar nützliche Sprüche und hier und dort stolperte ich über einen guten Rat. Zwar war in den Deckeln nicht notiert, woher sie stammten, aber ich wusste aus irgendeinem Grund, dass sie ebenfalls aus meinem Tal kamen. Eines der beiden war von einem Bauern verfasst worden, der einen Spruch gefunden hatte, mit dem man Wolken herbeirufen konnte, sodass sie Regen brachten. Auf einer Seite hatte er ein Feld gezeichnet, über dem sich Wolken zusammenbrauten, und in der Ferne entdeckte ich die vertraute zerklüftete Linie der Grauen Berge.

Es gab eine Warnung ganz unten auf der Seite dieses Spruches: *Lass Vorsicht walten, wenn der Himmel bereits grau ist. Wenn du zu viele Wolken rufst, kommt auch ein Gewitter.* Ich berührte das kurze, einfache Wort mit den Fingerspitzen: *Kalmoz,* und ich wusste, dass ich damit Donner und Blitze vom Himmel rufen könnte. Zitternd legte ich das Buch zur Seite. Ich konnte mir vorstellen, wie gerne mir Solya bei *dieser* Art von Sprüchen helfen würde.

Doch in keinem der beiden Bücher fand ich, was ich brauchte. Ich hatte bereits rings um mich herum den Boden freigeräumt und setzte jetzt meine Suche fort. Noch während ich mich über ein Buch beugte, tastete meine Hand schon nach dem nächsten im Stapel. Ich sah nicht hin, und so passierte es, dass ich mit den Fingern an der hochgebogenen, hart gewordenen Lederecke eines Buches hängen blieb. Sofort riss ich meine Hand weg, setzte mich aufrecht hin und schüttelte sie mit ungutem Gefühl aus.

Einmal war ich mitten im Winter im Wald auf Beutezug gegangen. Ich war recht jung gewesen, noch nicht einmal zwölf Jahre alt. Damals fand ich einen seltsamen großen weißen Sack in der Nähe eines Baumstumpfes, wo er zwischen den Wurzeln unter zu Boden gefallenen nassen Blättern versteckt lag. Zuerst stupste ich ihn einige Male mit einem Stock an, dann rannte ich zurück zu der Stelle, wo mein Vater arbeitete. Ich holte ihn und zeigte ihm, auf was ich gestoßen war. Er fällte die ringsum stehenden Bäume, um eine Feuerschneise zu bekommen, dann verbrannten wir den Sack und den dazugehörigen Baum gleich mit dazu. Danach stocherten wir mit einem Ast in der Asche herum und fanden das zusammengekauerte Skelett eines missgestalteten Lebewesens. Es war keine der Kreaturen des Dunklen Waldes, die wir kannten. »Du hältst dich von jetzt ab von dieser Lichtung fern, Nieshka, hast du mich verstanden?«, hatte mein Vater zu mir gesagt.

»Jetzt ist alles wieder in Ordnung.« Ich erinnerte mich plötzlich daran, meinem Vater diese Antwort gegeben zu haben. Aus irgendeinem Grund hatte ich es damals gewusst.

»Trotzdem«, hatte er gesagt und wir hatten nie wieder ein Wort darüber verloren. Wir hatten nicht einmal meiner Mutter davon erzählt. Beide hatten wir nicht darüber nachdenken wollen, was es bedeutete, dass ich böse Magie aufspüren konnte, die sich in Bäumen verbarg.

Meine Erinnerungen waren jetzt mit einem Mal sehr lebendig: der schwache feuchte Geruch von modernden Blättern, mein Atem, der kalt und weiß in der Luft hing, ein Hauch von Frost an den Kanten der Blätter und auf den hervorstehenden Teilen der Baumborke, das tiefe, drückende Schweigen des Waldes. Ich war eigentlich aufgebrochen, um nach etwas anderem zu suchen, aber irgendein Gefühl des Unbehagens hatte mich an jenem Morgen auf die Lichtung getrieben. Ebenjenes Gefühl verspürte ich auch jetzt, in diesem Augenblick. Aber ich befand mich im Charovnikov, mitten im Herzen des Königspalastes. Wie konnte es möglich sein, dass der Wald hier war?

Ich wischte mir die Finger an meinem Rock ab, straffte die Schultern und zog das Buch aus dem Haufen. Der Deckel war von Hand reich bemalt und gestaltet worden. Aus dem Leder erhob sich eine Schlange mit zwei Köpfen und jede ihrer Schuppen war in einem schimmernden Blau gemalt. Die Augen waren rote Edelsteine. Das Tier war von einem Dickicht aus grünen Blättern umgeben, und über seinem Kopf prangte das Wort *Bestiare* in goldenen Buchstaben, an den Ästen der Bäume befestigt wie Früchte.

Mit Zeigefinger und Daumen blätterte ich die Seiten um, und ich fasste sie immer nur an der unteren Ecke an. Es war ein Bestiarium, aber ein merkwürdiges, das voller Monster und Chimären war. Nicht alle von ihnen waren wirklich real. Langsam schlug ich weitere Seiten um und warf immer nur einen kurzen Blick auf die Wörter und Bilder. Doch mich beschlich immer mehr ein seltsames, beängstigendes Gefühl, als ich begriff, dass sich die Monster echt *anfühlten,* während ich las. Ich glaubte an sie, und wenn ich nur lange genug an sie glaubte … Unvermittelt klappte ich das Buch mit einem Knall zu, ließ es auf den Boden fallen und machte einen Schritt davon weg. Der aufgeheizte, stickige Raum war nun noch unerträglicher geworden, und es lag eine Schwüle darin wie an den brütend heißen Tagen eines Hochsommers, an denen sich die feuchte Luft unter dem drückenden Gewicht eines unbeweglichen Blätterdaches staut, das keinen Windzug hindurchlassen will.

Wieder wischte ich mir die Finger am Rock ab und versuchte, das ölige Gefühl loszuwerden, das die Seiten auf meiner Hand hinterlassen hatten, während ich misstrauisch das Buch auf dem Boden beäugte. Ich hatte das Gefühl, wenn ich meine Augen auch nur einen kurzen Moment abwenden würde, würde es sich in etwas Verderbtes verwandeln und mir zischend und mit um sich schlagenden Krallen ins Gesicht springen. Instinktiv suchte ich nach einem Feuerzauber, um das Buch zu verbrennen, doch kaum dass ich meinen Mund geöffnet hatte, stoppte ich auch schon wieder. Gerade noch rechtzeitig fiel mir ein, wie dumm ein solches Vorgehen wäre. Ich stand mitten in einem Raum voller alter trockener Bücher, die Luft war so abgestanden, dass sie bei jedem Atemzug nach Staub schmeckte, und draußen vor der Tür erstreckte sich die riesige Bibliothek. Aber ich war auch überzeugt davon, dass es nicht sicher war, das Buch hier zurückzulassen. Nicht einmal für einen kurzen Moment. Doch ich konnte mir auch nicht vorstellen, es noch einmal anzurühren …

In diesem Moment wurde die Tür aufgestoßen. »Ich verstehe ja deine Vorsicht, Alosha«, murrte Ballo, »aber ich wüsste wirklich nicht, welcher Schaden entstehen sollte, wenn …«

»Stopp!«, schrie ich und er und Alosha blieben wie angewurzelt im schmalen Eingang stehen und starrten mich an. Ich nehme an, ich sah wunderlich aus, wie ich so dastand, als wäre ich eine Löwenbändigerin, die ein besonders bösartiges Tier im Zaum hält. Dabei lag nur ein einziges Buch still und friedlich vor mir auf dem Boden.

Ballo wirkte überrascht, dann senkte er den Blick zum Buch. »Was um alles in der Welt …«

Aber Alosha hatte sich bereits in Bewegung gesetzt: Sie schob Ballo sanft zur Seite und zog einen langen Dolch aus ihrem Gürtel. Dann hockte sie sich hin, streckte ihren Arm aus, so weit es ging, und stupste nur mit der Spitze ihrer Waffe das Buch an. Die Klinge erstrahlte längs der Schneide silbrig, aber dort, wo sie das Buch berührt hatte, zeigte sich in dem Licht eine grünliche Wolke. Alosha nahm den Dolch wieder weg und sah mich an. »Wie hast du das Buch gefunden?«

»Es lag einfach dort auf dem Haufen«, sagte ich. »Es hat versucht, nach mir zu greifen. Und es hat sich ... wie der Wald angefühlt.«

»Aber wie konnte es ...«, begann Ballo, doch Alosha war schon durch die Tür verschwunden. Einen Moment darauf kehrte sie zurück und hatte einen schweren Panzerhandschuh an. Damit nahm sie das Buch zwischen zwei Finger und bedeutete uns mit dem Kopf, ihr in den Hauptsaal der Bibliothek zu folgen. Dort, wo wir langliefen, gingen über unseren Köpfen die Lichter an. Alosha schob ein paar dicke Wälzer von einem der größeren Steintische und legte das Buch darauf ab. »Wie konnte dieses Stück ausgesuchter Verderbtheit deiner Aufmerksamkeit entgehen?«, fragte sie Ballo, der mit erschrockenem Blick über ihre Schulter spähte, die Stirn in Falten gelegt.

»Ich glaube nicht, dass ich überhaupt hineingesehen habe«, antwortete er schließlich in verteidigendem Tonfall. »Es gab dafür überhaupt keine Veranlassung: Ich konnte auf den ersten Blick sehen, dass es keine ernst zu nehmende Abhandlung über Magie ist, und ganz offensichtlich verdiente es keinen Platz in unserer Bibliothek. Ich erinnere mich aber tatsächlich daran, dass ich einen ziemlich hitzigen Wortwechsel mit dem armen Georg deswegen hatte. Er beharrte darauf, dass das Buch im Regal bleiben solle, obwohl es nicht das geringste Anzeichen dafür gab, dass es magische Kräfte hatte.«

»Georg?«, wiederholte Alosha ernst. »Geschah das, kurz bevor er verschwand?« Ballo überlegte einen Moment, dann nickte er.

»Wenn ich weitergelesen hätte«, fragte ich, »hätte es dann ... eines dieser *Dinger* hervorgebracht?«

»Vermutlich hätte es *dich* in ein solches Ding verwandelt«, entgegnete Alosha zu meinem Entsetzen. »Vor fünf Jahren verschwand ein Lehrling, und zwar am selben Tag, an dem eine Hydra aus der Kanalisation des Palastes gekrochen kam und die Burg angriff. Wir glaubten damals, sie hätte den Lehrling verschlungen. Wir sollten wohl lieber den Kopf des armen Georg von der Wand des Trophäenraums nehmen.«

»Aber wie ist das Buch denn überhaupt hierhergekommen?«, fragte ich. Ich sah darauf hinunter und betrachtete nachdenklich die hell- und dunkelgrün getupften Seiten und die Schlange mit den zwei Köpfen, die uns mit ihren roten Augen anfunkelte.

»Oh …«, begann Ballo zögernd, dann ging er ein Stück die Halle hinunter zu einem Regal voller dicker Bände. Jeder davon war halb so groß wie er selber. Er murmelte einen kleinen Entstaubungsspruch, als er die Buchrücken mit den Fingern entlangfuhr. Schließlich leuchtete einer von ihnen weiter hinten auf dem Regalbrett auf. Mit einem Knurren zog Ballo ebendieses Buch von seinem Brett und brachte es zum Tisch. In alter Gewohnheit stützte er es von unten, als er es auf der leuchtenden Seite aufschlug. Eine Zeile darauf stach hervor. »*Bestiare.* Reich bebildert. Ursprung unbekannt«, las er vor. »Ein Geschenk des Hofes von … Rosya.« Er sprach nicht mehr weiter. Stattdessen verharrte sein Zeigefinger unter einem Datum und Ballo starrte es an. »Es ist zwanzig Jahre her, dass wir ein halbes Dutzend Bücher zur selben Zeit geschenkt bekamen«, sagte er schließlich. »Prinz Vasily und seine Gesandten müssen es mitgebracht haben.«

Das bösartige Buch lag in der Mitte des Tisches. Wir standen schweigend im Kreis darum herum. Vor zwanzig Jahren war Prinz Vasily von Rosya zu Pferd nach Kralia gekommen, und drei Wochen später war er mitten in der Nacht mit Königin Hanna an seiner Seite wieder fortgeritten, auf der Flucht Richtung Rosya. Sie waren zu nah an den Rand des Dunklen Waldes gekommen, als sie versuchten, die Verfolger abzuschütteln. So hieß es jedenfalls. Aber vielleicht waren sie schon vorher ins Netz gegangen. Vielleicht war ein armer Schreiberling oder Buchbinder zu nah am Waldsaum entlangspaziert und hatte schließlich unter den Ästen liegende Blätter zu Papier geklopft, Tinte aus Galläpfeln und Wasser hergestellt und das Übel in jedes einzelne Wort fließen lassen, das er aufschrieb. Auf diese Weise hatte er eine Falle hergestellt, die ihren Weg in die Burg des Königs finden sollte.

»Können wir es hier verbrennen?«, fragte ich.

»Wie bitte?«, entfuhr es Ballo. Protestierend richtete er sich kerzengerade auf, als hätte jemand an einer Schnur gezogen. Vermutlich schreckte er instinktiv vor dem Gedanken zurück, überhaupt irgendein Buch zu verbrennen. Diese Einstellung mochte gut und schön sein, war in diesem besonderen Fall jedoch unangebracht.

»Ballo«, sagte Alosha, und ihrem Gesichtsausdruck nach zu urteilen teilte sie meine Meinung.

»Ich werde es mit einer Reinigung versuchen, damit wir das Buch sicher und ohne Gefahr untersuchen können«, sagte Ballo. »Wenn das nicht klappt, dann müssen wir natürlich härtere Maßnahmen in Betracht ziehen, um es loszuwerden.«

»Dieses Buch ist keines, das man behalten sollte, ganz gleich, ob es gereinigt wurde oder nicht«, antwortete Alosha entschieden. »Wir sollten es zur Schmiede bringen. Ich werde ein weißes Feuer entzünden, und dort werden wir es hineinlegen, bis es zu Asche verbrannt ist.«

»Wir können es so oder so auf keinen Fall sofort verbrennen«, sagte Ballo. »Es ist ein Beweisstück im Fall der Königin und der König muss davon in Kenntnis gesetzt werden.«

Erst in diesem Moment begriff ich, dass das Buch ein Beweis dafür war, dass das Übel sie befallen hatte. Wenn die Königin das Buch berührt hatte, wenn es sie in den Wald geführt hatte, dann war sie bereits mit dem Übel infiziert gewesen, noch ehe sie unter das Blätterdach gezogen wurde. Wenn das beim Prozess zur Sprache käme … Verzweifelt schaute ich Alosha und Ballo an. Sie waren nicht gekommen, um mir zu helfen. Sie waren gekommen, um mich davon abzuhalten, irgendetwas Nützliches zu finden. Mit einem Seufzen erwiderte Alosha meinen Blick: »Ich bin nicht deine Feindin, auch wenn du mich dafür halten magst.«

»Ihr *wollt,* dass sie hingerichtet werden«, sagte ich. »Die Königin und Kasia …«

»Was ich will«, unterbrach mich Alosha, »ist, dafür zu sorgen, dass das Königreich in Sicherheit ist. Du und Marek, ihr kümmert euch nur um eure eigenen Sorgen. Du bist zu jung, um so stark zu sein, wie du bist, das ist das ganze Problem. Du hast noch keine Menschen loslassen müssen. Wenn du erst selbst ein ganzes Jahrhundert hast vorbeiziehen sehen, dann wirst du klüger sein.«

Ich hatte schon angesetzt, um ihre Vorwürfe zurückzuweisen, aber ihr letzter Satz brachte mich zum Schweigen und ich sah sie erschrocken an. Vielleicht war es dumm von mir, aber bis zu diesem Augenblick war mir noch nie in den Sinn gekommen, dass *ich* nun ebenfalls wie Sarkan und wie sie leben würde. Hundert Jahre lang, zweihundert – in welchem Alter starben Zauberer überhaupt? Ich würde nicht altern. Ich würde einfach immer weitermachen, selber unverändert, während die anderen um mich herum verwelkten und starben, während ich wie ein Klettergewächs immer weiter hochrankte.

»Ich will nicht klüger sein!«, sagte ich laut und kämpfte damit gegen die Stille im Raum an. »Nicht, wenn *Klugheit* bedeutet, dass ich niemanden mehr lieben kann. Was sonst ist es denn wert, dass man daran festhält, außer Menschen?« Vielleicht gab es einen Weg, fragte ich mich hektisch, einen Teil dieser Lebenszeit an jemand anderen abzugeben: Vielleicht konnte ich etwas davon mit meiner Familie teilen, mit Kasia – falls sie es denn überhaupt annehmen würden. Wer würde schon etwas Derartiges haben wollen, wenn der Preis dafür war, dass man aus der *Welt* und aus dem *Rhythmus des Lebens* fiel?

»Mein liebes Kind, du wirkst sehr bedrückt«, sagte Ballo matt und bedeutete mir mit einer Geste, dass ich mich beruhigen solle. Ich starrte ihn und die kleinen Fältchen in seinen Augenwinkeln an – ihn, der all seine Tage mit staubigen Büchern verbrachte und sonst nichts liebte. Dann richtete ich meinen Blick auf Alosha, für die es keinen Unterschied zu machen schien, ob man Bücher oder Menschen verbrannte. Und dann wanderten meine Gedanken zu Sarkan in seinem Turm, der

Mädchen aus dem Tal riss. Ich musste an seine anfängliche Kälte denken, als ich zu ihm kam. Als könnte er sich überhaupt nicht mehr daran erinnern, wie ein einfacher Mensch fühlt und denkt.

»Auch ein Volk besteht aus Menschen«, sagte Alosha. »Und zwar aus mehr Menschen als nur den wenigen, die du selbst am liebsten hast. Der Dunkle Wald bedroht sie alle.«

»Ich habe mein ganzes Leben lang nur sieben Meilen vom Dunklen Wald entfernt gelebt«, sagte ich. »Mir muss man nicht erklären, was der Dunkle Wald ist. Wenn es mir nicht darum ginge, den Wald aufzuhalten, dann hätte ich mir Kasia längst geschnappt und wäre mit ihr fortgelaufen. Ich hätte sie nicht euch überlassen, damit ihr sie hin und her schiebt, wie es euch passt, ohne einen Gedanken an sie zu verschwenden!«

Ballo stieß einen leisen, überraschten Laut aus, aber Alosha musterte mich stirnrunzelnd. »Und doch sprichst du davon, die Verderbten am Leben zu lassen, als ob du es nicht besser wüsstest«, sagte sie. »Der Dunkle Wald ist nicht nur eine Enklave des Bösen, die lauernd darauf wartet, sich die Menschen zu holen, die dumm genug sind, den Wald zu betreten. Es ist auch nicht so, dass man jemanden nur wieder herausholen muss, damit die ganze Sache ausgestanden ist. Wir sind zudem nicht das erste Volk, das sich der Macht des Dunklen Waldes stellen muss.«

»Ihr meint die Menschen des Turmes?«, fragte ich langsam und dachte an den begrabenen König.

»Du hast das Grab gesehen, nicht wahr?«, fragte Alosha. »Und die Magie, die es hervorgebracht hat? Die Magie, die nun für uns verloren ist? Das hätte dir Warnung genug sein müssen und sollte dich jetzt vorsichtiger machen. Diese Menschen waren weder schwach noch unvorbereitet. Aber der Dunkle Wald hat ihren Turm eingerissen, Wölfe und Wanderer haben sie heimgesucht und die Bäume haben das gesamte Tal erstickt. Einer ihrer schwächeren Zauberer floh nach Norden und nahm ein paar Bücher und Geschichten mit, vielleicht waren es auch zwei Magier. Und der Rest von ihnen?« Sie machte eine bedeutungsschwere Geste in Richtung des Buches. »Sie wurden in Albträume verwandelt, in Unholde, die Jagd auf ihre eigene Spezies machen. Das ist alles, was der Dunkle Wald von diesen Menschen übrig gelassen hat. Es gibt an diesem Ort etwas Schlimmeres als Ungeheuer: etwas, das Ungeheuer erschafft.«

»Das weiß ich besser als Ihr!«, stieß ich hervor. Meine Hände juckten noch immer und das Buch lag dort in all seiner Bösartigkeit vor mir auf dem Tisch. Ich konnte nicht aufhören, an die schwere, monströse Präsenz zu denken, die aus Kasias und Jerzys Gesicht herausgeschaut hatte, und an das Gefühl, unter dem Blätterdach verfolgt zu werden.

»Tatsächlich?«, fragte Alosha. »Dann verrate mir: Wenn ich sagen würde, man solle alle, die in deinem Dorf leben, entwurzeln und irgendwo anders im Königreich ansiedeln? ... die Menschen retten und alles andere verloren geben? ... deine Heimat dem Dunklen Wald überlassen? ... Würdest du dann mitgehen?« Ich starrte sie an. »Und warum bist du überhaupt noch nicht weggegangen?«, fügte sie hinzu. »Warum lebst du weiterhin dort, in diesem Schatten? Es gibt Orte in Polnya, die nicht vom Bösen heimgesucht werden.«

Ich suchte nach einer Antwort, wusste aber nicht, wie ich es in Worte fassen sollte. Die Vorstellung war mir einfach fremd. Kasia hatte sich ausgemalt, wie es wäre, fortzuziehen, aber nur, weil sie glaubte, das würde ihre Zukunft sein. Bei mir war das nie der Fall gewesen. Ich liebte Dvernik, die tiefen, sanften Wälder rings um mein Elternhaus, das lange glitzernde Band der Spindel im Schein der Sonne. Ich liebte die Berge, die das Tal umfassten wie eine schützende Wand. Es ruhte ein tiefer Friede über unserem Dorf, in unserem Tal, und das lag nicht nur daran, dass der Drache die Zügel so locker ließ. Es war mein Zuhause.

»Du hast ein Zuhause, in dem in der Nacht etwas Missgestaltetes aus dem Wald kommt und eure Kinder stiehlt«, sagte Alosha. »Selbst bevor der Dunkle Wald wieder zu alter Kraft erstarkte, war dieses Tal von einem Übel befallen. Es gibt alte Geschichten aus den Gelben Marschen, die berichten, dass man Wanderer auf der anderen Seite der Gebirgspässe gesehen hat. Sie stammen aus der Zeit, ehe wir uns unseren Weg über die Berge gesucht und damit angefangen haben, die Bäume abzuholzen. Und trotzdem haben sich die Menschen dieses Tal ausgesucht, sind dortgeblieben und haben versucht, darin zu leben.«

»Glaubt Ihr etwa, dass wir alle vom Übel verderbt sind?«, fragte ich entsetzt. Vielleicht würde sie am liebsten das ganze Tal abbrennen mit uns allen darin, wenn man ihr nur freie Hand ließe.

»Nicht verderbt«, sagte sie. »*Angelockt.* Sag mir: Wohin fließt der Fluss?«

»Die Spindel?«

»Ja«, bekräftigte sie. »Flüsse fließen zum Meer, in Seen oder ins Marschland, aber nicht in Wälder hinein. Wohin ergießt sich dieser Fluss? Er wird jedes Jahr vom Schnee Tausender Berge gespeist. Das Wasser versickert ja nicht einfach im Boden. *Denk nach*«, drängte sie mich mit beißendem Unterton, »anstatt dich einfach weiterhin blind zu stellen und zu warten. Es gibt eine Macht tief in deinem Tal, etwas Seltsames, das jenseits der Magie Sterblicher liegt und das Menschen anzieht und Wurzeln in ihnen schlägt – und nicht nur in Menschen. Was auch immer es ist, das in diesem Dunklen Wald lebt und das sein Übel verbreitet, es ist dort hingekommen und trinkt von dieser Macht wie aus einem Kelch. Es tötete die Menschen im Turm und schlummerte dann tausend Jahre lang, weil niemand so dumm war, es aufzuscheuchen. Und nun kommen wir mit unseren Armeen und unseren Äxten und unserer Magie und glauben, dass wir *dieses Mal* gewinnen können.« Sie schüttelte den Kopf. »Schlimm genug, dass wir überhaupt dorthin gegangen sind«, sagte sie. »Noch schlimmer, dass wir immer weitermachten und Bäume fällten, bis wir den Dunklen Wald wieder geweckt hatten. Wer weiß jetzt schon, wie das alles enden wird? Ich war froh, als Sarkan dort hinzog, um ihn zurückzuhalten, aber jetzt benimmt er sich wie ein Narr.«

»Sarkan ist kein Narr«, fuhr ich sie an, »und ich genauso wenig.« Ich war zornig und noch mehr: Ich hatte Angst. Was Alosha gesagt hatte, klang in meinen Ohren nur allzu wahr. Die Sehnsucht nach meinem Zuhause war ein schmerzendes Hungergefühl wie ein klaffendes Loch in mir. Ich vermisste mein Heim jeden einzelnen Tag, seitdem wir das Tal verlassen und über die Berge gezogen waren. Wurzeln – ganz genau. Es waren Wurzeln in meinem Herzen, die sich genauso tief eingegraben hatten, wie das Übel je reichen mochte. Ich dachte an Maria Olshankina, an Jaga, meine Schwestern in der seltsamen Magie, die niemand sonst zu begreifen schien, und mit einem Schlag wusste ich, warum der Drache ein Mädchen aus dem Dorf holte. Ich wusste, warum er eines holte und es dann nach zehn Jahren wieder gehen ließ.

Wir stammten aus dem Tal. Wir waren im Tal geboren in Familien hinein, die viel zu tief mit ihrer Heimat verwachsen waren, als dass sie wegziehen würden, obwohl sie doch wussten, dass ihre Töchter geholt werden könnten. Wir waren im Tal groß geworden und tranken von ebenjener Macht, die auch den Dunklen Wald nährte. Ich erinnerte mich plötzlich an dieses seltsame Gemälde in meinem Zimmer, das den Verlauf des Flusses Spindel und all seine kleinen Nebenarme in Silber zeigte, und an den merkwürdigen Drang, der mich dazu gebracht hatte, es zuzuhängen. Wir waren ein Kanal. Der Drache benutzte uns, um an die Kraft des Tals zu kommen, und er behielt jedes Mädchen so lange in seinem Turm, bis seine Wurzeln verkümmert waren und der Kanal sich schloss. Und danach … spürte dieses Mädchen keine Bindung mehr ans Tal. Es konnte nun weggehen und tat genau das. Es floh vor dem Dunklen Wald, wie es jeder vernünftige Mensch tun würde.

Mehr als jemals zuvor wollte ich jetzt mit Sarkan sprechen und ihn anschreien. Ich wollte, dass er vor mir stand, damit ich ihn an seinen dürren Schultern packen und schütteln konnte. Stattdessen brüllte ich Alosha an. »Vielleicht hätten wir nicht eindringen sollen, aber dafür ist es jetzt zu spät. Der Dunkle Wald wird uns nicht gehen lassen, selbst wenn wir es übers Herz bringen würden. Er will uns nicht fortjagen, er will uns verschlingen. Er will alles verschlingen, damit niemand jemals wiederkehrt. Wir müssen ihn aufhalten und nicht davonlaufen.«

»Der Dunkle Wald wird nicht besiegt, nur weil wir es unbedingt wollen«, antwortete sie.

»Das ist kein Grund dafür, es nicht zu versuchen, wenn sich uns die Chance dazu bietet!«, sagte ich. »Wir haben bereits drei Herzbäume mithilfe der *Beschwörung* und des Reinigungszaubers vernichtet und wir können noch mehr zerstören. Wenn der König uns nur genügend Soldaten überließe, könnten Sarkan und ich damit anfangen, ihn niederzubrennen …«

»Wovon sprichst du denn nur, Kind?«, mischte sich Ballo verblüfft ein. »Meinst du vielleicht *Luthes Beschwörung*? In den letzten fünfzig Jahren hat niemand diesen Spruch gezaubert …«

»Also gut«, sagte Alosha und die Augen unter ihrer dunklen Stirn waren nachdenklich auf mich gerichtet. »Erzähl mir genau, wie ihr diese Bäume zerstört habt, und zwar von Anfang an. Wir hätten uns nicht darauf verlassen sollen, dass wir aus Solyas Mund alles Wichtige erfahren.«

Stockend erzählte ich ihnen vom ersten Mal, als wir die *Beschwörung* gezaubert hatten, vom weitreichenden Schein des gleißenden Lichts, das bis zu Kasia vorgedrungen war. Von dem Dunklen Wald, der nach ihr gegriffen und versucht hatte, sie zurückzuhalten. Von jenen letzten schrecklichen Augenblicken, als sich Kasias Finger einer nach dem anderen von meinem Hals lösten, und von dem Wissen, dass ich sie würde töten müssen, um sie zu retten. Ich berichtete auch von Jerzy und dem seltsamen inneren Wald, den die *Beschwörung* uns gezeigt hatte, in dem die beiden orientierungslos umhergeirrt waren.

Ballo sah während meiner Ausführungen angespannt aus und er schwankte zwischen Ablehnung und unwilligem Glauben. Ab und zu warf er mit schwacher Stimme ein: »Aber ich habe noch nie gehört …«, und »Noch nie hat jemand behauptet, dass die *Beschwörung* …«, doch er brach immer wieder ab, weil Alosha ihm mit ungeduldigen Gesten das Wort abschnitt.

»Nun«, sagte sie, als ich am Ende angekommen war. »Ich bin überzeugt, dass ihr beide, du und Sarkan, *irgendetwas* erreicht habt. Ihr seid keine vollkommenen Narren.« Noch immer hielt sie ihren Dolch in der Hand und sie klopfte mit der Klingenspitze auf den Rand der steinernen Tischplatte. *Tapp, tapp, tapp* – ein Geräusch wie von einer kleinen klingelnden Glocke. »Das bedeutet aber nicht, dass es sich gelohnt hat, die Königin zu retten. Was habt ihr denn erwartet, was nach zwanzig Jahren des Herumirrens an diesem Ort der Schatten noch von ihr übrig sein soll?«

»Gar nichts«, antwortete ich. »Jedenfalls hat Sarkan nichts erwartet. Aber ich musste …«

»Weil Marek gedroht hat, er würde ansonsten deine Freundin töten«, beendete Alosha meinen Satz. »Er soll verflucht sein.«

Ich hatte nicht das Gefühl, Marek irgendetwas schuldig zu sein, aber ich sagte ehrlich: »Wenn es meine Mutter gewesen wäre … Ich hätte auch nichts unversucht gelassen.«

»Dann hättest auch du dich wie ein Kind und nicht wie ein Prinz aufgeführt«, erwiderte Alosha. »Er und Solya.« Sie wandte sich an Ballo. »Wir hätten Bescheid wissen müssen, als sie anboten, sich um das Mädchen zu kümmern, das Sarkan aus dem Dunklen Wald geholt hatte.« Sie sah mich mit einem bitteren Lächeln an. »Ich war viel zu besorgt, dass der Dunkle Wald seine Klauen in Sarkan geschlagen haben könnte. Alles, was ich wollte, war, das Mädchen schnell zu töten und Sarkan hierherschleifen zu lassen, damit wir anderen ihn untersuchen können. Und ich bin mir immer noch nicht sicher, ob das nicht für alle Beteiligten das Beste gewesen wäre.«

»Kasia ist nicht vom Übel befallen«, sagte ich. »Und die Königin ebenso wenig.«

»Das bedeutet aber nicht, dass sie nicht noch dazu gebracht werden können, dem Dunklen Wald zu dienen.«

»Ihr könnt sie nicht umbringen, nur weil etwas Schlimmes geschehen könnte, an dem sie nicht einmal die Schuld tragen würden«, sagte ich.

Ballo pflichtete mir bei: »Da kann ich ihr nicht widersprechen, Alosha. Wenn die Reliquien bereits bewiesen haben, dass sie frei von jeglichen Spuren des Übels sind …«

»Natürlich können wir das tun, wenn es das Königreich davor schützt, vom Dunklen Wald eingenommen zu werden«, sagte Alosha gnadenlos und wischte unsere Argumente beiseite. »Aber das bedeutet nicht, dass ich das gerne tue.« An mich gerichtet fügte sie hinzu: »Und noch weniger bedeutet es, dass ich dich zu irgendeiner Dummheit provozieren will. Ich beginne zu begreifen, warum Sarkan dir so weit freie Hand gelassen hat.«

Wieder klopfte sie mit der Klinge auf den Tisch, ehe sie mit plötzlicher Entschlossenheit weitersprach. »Gidna«, sagte sie.

Blinzelnd sah ich sie an. Natürlich hatte ich schon einmal vage von Gidna gehört. Es war eine große Hafenstadt am Meer, weit im Norden, in der Walöl gewonnen und grüner Wollstoff hergestellt wurde. Die Ehefrau des Kronprinzen stammte von dort.

»Das ist weit genug vom Dunklen Wald entfernt und das Meer wirkt dem Übel entgegen«, erklärte Alosha. »Wenn der König die beiden dorthin schickt, könnte das eine Lösung sein. Der Graf dort hat eine Hexe, die Weiße Lerche. Wenn sie dort unter ihrer Aufsicht weggesperrt würden und zehn Jahre vergehen – oder wenn es uns gelingt, diesen ganzen verrotteten Wald niederzubrennen –, dann würde ich aufhören, mir solche Sorgen zu machen.«

Ballo hatte bereits angefangen zu nicken. *Aber – zehn Jahre!,* wollte ich rufen und den Vorschlag ablehnen. Das wäre, als ob mir Kasia noch einmal entrissen würde. Nur jemand, der ein Jahrhundert alt war, konnte so leichthin zehn Jahre wegwerfen. Aber ich zögerte. Alosha war ebenfalls keine Närrin, und ich hatte längst begriffen, dass ihre Sorge nicht von ungefähr kam. Mein Blick wanderte zu dem verderbten Bestiarium auf dem Tisch. Der Dunkle Wald hatte uns eine Falle nach der anderen gestellt, immer wieder aufs Neue. Er hatte eine Chimäre in den Gelben Marschen hervorgebracht und weiße Wölfe nach Dvernik geschickt, alles in dem Versuch, den Drachen zu holen. Er hatte Kasia gefangen genommen, nur um mich hineinzulocken. Und als ich einen Weg gefunden hatte, sie herauszuholen, hatte der Dunkle Wald trotzdem noch versucht, Kasia zu benutzen, um den Drachen und mich mit dem Übel anzustecken. Und als auch das nicht erfolgreich war, hatte er sie am Leben gelassen, um uns wieder in seine Fänge zu bekommen. Wir hatten uns auch aus dieser Falle befreit, aber was wäre, wenn es noch einen anderen Plan gäbe, wie der Dunkle Wald unseren Sieg doch noch in eine Niederlage verwandeln könnte?

Ich wusste nicht, was ich tun sollte. Wenn ich zustimmte, wenn ich mit Alosha mitginge – würde der König auf sie hören? Wenn ich an Sarkan schriebe und er mir seine Zustimmung gäbe? Ich biss mir auf die Unterlippe, während Alosha mich ansah, eine Augenbraue hochzog und auf meine Antwort wartete. Dann wurde sie abgelenkt: Die Türen zum Charovnikov schwangen auf und im Eingang stand der Falke. Sein schneeweißer Umhang fing das Licht ein – eine weiße Gestalt, die vom dunklen Türsturz umrahmt wurde. Seine Augen wurden schmal, als er sah, dass wir drei beieinanderstanden. Dann setzte er sein übliches Lächeln auf. »Ich sehe, dass ihr alle hier beschäftigt seid«, sagte er scheinbar unbekümmert. »Aber in der Zwischenzeit hat es weitere Entwicklungen gegeben. Vielleicht wollt ihr zum Prozess herunterkommen?«

Kapitel 21

Draußen vor dem Charovnikov füllte der Lärm einer Feier die menschenleeren Korridore. Die Musik war verstummt, aber in der Ferne war ein Stimmengewirr zu hören, das anschwoll und wieder abebbte. Dann wurde es stetig lauter, bis wir schließlich in Begleitung des Falken den Ballsaal erreichten. Die Diener öffneten eilig für uns die Türen zur Treppe, die nach unten zur riesigen Tanzfläche führte. Der Gesandte in seinem weißen Mantel saß auf einem Stuhl neben dem Thron des Königs auf einem hohen Podest, das es ihm ermöglichte, den ganzen Raum im Auge zu behalten. Prinz Sigmund und seine Frau hatten auf der anderen Seite des Königs Platz genommen. Dieser hatte seine zusammengeballten Fäuste auf die Armlehnen in Form von Löwenklauen gelegt, die seinen Thron zierten. Rote Zornesflecken zeichneten sein Gesicht.

In der Mitte der vor ihm liegenden Tanzfläche hatte Marek einen großen Kreis frei gemacht. Sechs Reihen von erschrockenen, aber eifrig beobachtenden Tänzern hatte er weggescheucht. Die Damen in ihren opulenten Kleidern sahen aus wie im Kreis verstreute Blumen. In der Mitte der Fläche stand die Königin mit ausdruckslosem Gesicht in dem weißen Kleid einer Gefangenen. Kasia hielt sie am Arm fest. Als diese sich umsah und mich entdeckte, konnte ich die Erleichterung in ihrem Gesicht sehen, aber ich schaffte es nicht, in ihre Nähe zu gelangen. Die Menschen standen zu dicht gedrängt auf den Treppen, die zum hohen Zwischengeschoss hinaufführten, um ja nichts zu verpassen.

Der königliche Sekretär stand beinahe geduckt vor Marek und sprach mit zitternder Stimme. Ein schweres Gesetzesbuch hielt er wie einen Schild vor sich. Ich konnte es ihm nicht verübeln, dass er ängstlich um Abstand bemüht war. Marek hatte sich keine zwei Schritte von ihm entfernt wie eine lebendig gewordene Sagengestalt aufgebaut: Er trug eine auf Glanz polierte eiserne Rüstung, hielt ein Schwert in der Hand, mit dem man einen Ochsen zur Strecke bringen könnte, und hatte seinen Helm unter den Arm geklemmt. Er stand wie ein Rächer vor dem Sekretär und er strahlte Gewaltbereitschaft aus.

»In Fällen … in Fällen von Zeichnung durch das Übel«, stammelte der Sekretär, »ist das Recht auf ein Gottesurteil nicht … ist ausdrücklich verboten durch das Gesetz von Boguslav, dem …« Er brach mit einem erstickten Laut ab. Marek hatte seine Waffe nur wenige Zentimeter an seinem Gesicht vorbeisausen lassen und stoppte die Bewegung nicht. Er setzte sie fort und drehte sich schwertschwingend im Kreis. Die atemlose Menge wich vor der Schwertspitze zurück.

»Die Königin von Polnya hat das Recht auf einen Fürsprecher!«, brüllte er. »Lasst einen Zauberer Eurer Wahl vortreten und der möge uns irgendeine Spur des Übels an ihr zeigen! Ihr da, Falke«, rief er, wirbelte herum und zeigte mit ausgestrecktem Finger die Treppe hoch. Alle Augen des Hofes waren mit einem Schlag auf uns gerichtet. »Belegt sie auf der Stelle mit einem Spruch! Lasst den Hof sehen, ob es auch nur den kleinsten Rest des Übels an ihr gibt …«

Der versammelte Hofstaat, Erzherzöge und Dienstmädchen gleichermaßen, stieß wie aus einer Kehle ein auf- und absteigendes Seufzen aus, das geradezu verzückt klang.

Ich denke, das war der Grund, warum der König der ganzen Sache nicht sofort ein Ende setzte. Die Menge auf der Treppe teilte sich, um uns durchzulassen, und der Falke setzte sich in Bewegung. Seine langen Ärmel wehten hinter ihm die Treppe hinunter. Als er auf der Tanzfläche angekommen war, machte er eine formvollendete Verbeugung vor dem König. Offensichtlich war er auf diesen Moment vorbereitet, denn er hatte eine große, augenscheinlich schwere, prall gefüllte Tasche dabei. Er krümmte einen Finger und holte damit vier der magischen Lampen von der Decke herab und stellte sie rings um die Königin herum auf. Dann öffnete er seine Tasche, schleuderte eine Wolke von blauem Sand über ihrem Kopf in die Luft und murmelte leise vor sich hin.

Ich konnte seinen Zauberspruch nicht verstehen, aber ein heißes weißes Licht ging knisternd und zischend von seinen Fingerspitzen aus, und die Strahlen fielen durch den zu Boden rieselnden Sand. Der Geruch von schmelzendem Glas breitete sich aus, dünne Rauchschwaden stiegen auf. Der Sand löste sich auf seinem Weg zum Boden vollständig auf und nahm in der Luft stattdessen die Gestalt einer blassblauen Glasglocke an. Für mich hatte es den Anschein, als würde ich die Königin und Kasia durch eine dicke Scheibe hindurch sehen, ringsum umgeben von Spiegeln. Das Licht der magischen Lampen leuchtete durch die Glocke und nahm auf dem Weg an Strahlkraft zu. Ich konnte durch die Haut hindurch die Knochen in Kasias Hand sehen, die sie der Königin auf die Schulter gelegt hatte, und auch undeutlich die Umrisse ihres Schädelknochens und ihrer Zähne.

Marek streckte den Arm aus und griff nach der Hand der Königin, um sie im Kreis herumzuführen und auf diese Weise zur Schau zu stellen. Die Adligen waren bei der Prüfung durch den Erzbischof nicht dabei gewesen und hatten dementsprechend auch den Schleier der Jadwiga nicht gesehen. So starrten sie nun wie gebannt auf die Königin in ihrem weißen Kleid. Ihre Blutgefäße waren wie ein zartes Gewebe schimmernder Linien unter ihrer Haut zu sehen und alles strahlte. Ihre Augen wirkten wie kleine Lampen und zwischen ihren geöffneten Lippen strömte ein glitzernder Nebel hervor. Kein Schatten war zu erkennen, kein dunkler Fleck. Die Höflinge begannen zu murmeln, noch ehe das Licht langsam abnahm.

Das Glas zersprang und fiel in einem klirrenden Regen zu Boden. Als es dort auftraf, wurde es wieder zu blauen Rauchschwaden. »Unterzieht sie weiteren Prüfungen«, donnerte Marek über den ansteigenden Lärm der Unterhaltungen hinweg und strahlte vor zufriedener

Selbstgerechtigkeit. »Ruft alle Zeugen auf: Die Weide soll vortreten, ebenso der Erzbischof…«

In diesem Moment hatte Marek die versammelte Menge im Raum offensichtlich fest im Griff. Selbst ich konnte mir vorstellen, wie das Ganze von nun an weitergehen würde: Tausende Kehlen würden den König des Mordes bezichtigen, falls er die Untersuchungen behindern würde – und die Königin wegschaffen ließe, nur um sie später umzubringen. Auch der König war sich darüber im Klaren. Er ließ den Blick über seine versammelten Höflinge schweifen, dann nickte er einmal kurz und scharf, ehe er sich auf seinem Thron zurücklehnte. Also war es Marek gelungen, seinen Vater zum gewünschten Handeln zu zwingen, ohne Zauberei anwenden zu müssen. Ob der König den Prozess nun hatte beginnen lassen wollen oder nicht – jetzt war er unwiderruflich eröffnet.

Ich hatte den König bislang dreimal gesehen und hätte ihn … nun, vielleicht nicht unbedingt als *gütig* beschrieben – dazu waren zu viele tiefe Furchen in sein Gesicht gegraben, und er sah immer aus, als runzele er die Stirn. Man konnte ihn schwerlich *sanft* oder *freundlich* nennen. Wenn ich ein einziges Wort hätte auswählen müssen, um ihn zu charakterisieren, dann wäre es *besorgt* gewesen. Nun jedoch würde ich mich für *zornig* entscheiden, *kalt wie ein Wintersturm.* Und am Ende würde er immer noch derjenige sein, der das Urteil sprach. Ich wollte hervortreten und den Prozess beenden. Ich wollte Marek sagen, er solle alles wieder rückgängig machen, aber dafür war es jetzt zu spät.

Die Weide hatte sich bereits aus der Menge gelöst, um auszusagen. Kerzengerade stand sie dort in ihrem silberfarbenen Kleid. »Ich habe keine Spuren des Übels feststellen können, aber ich würde nicht beschwören, dass keine da sind«, sagte sie kühl. Sie wandte sich unmittelbar an den König und sah über Mareks zusammengebissene Kiefer ebenso geflissentlich hinweg wie über das Kratzen seines Panzerhandschuhs an seinem Schwertgriff. »Die Königin ist nicht mehr sie selbst. Sie hat noch kein einziges Wort gesprochen, und sie zeigt keinerlei

Anzeichen, dass sie irgendjemanden erkennt. Ihr Fleisch ist vollkommen verändert. Nichts ist mehr übrig von den Sehnen und Knochen einer Sterblichen. Fleisch kann in Stein oder Metall verwandelt werden, ohne dass der menschliche Körper dabei das Übel in sich tragen muss. Doch diese Veränderung ist zweifelsfrei durch etwas hervorgerufen worden, das dem Übel anheimgefallen ist.«

»Aber man bedenke: Wenn das veränderte Fleisch der Königin *tatsächlich* Spuren des Übels in sich tragen würde«, unterbrach sie der Falke, »wäre dann nicht zu erwarten, dass es unter meinem Spruch zutage tritt?«

Die Weide wandte ihm nicht einmal den Kopf zu, sondern tat, als hätte sie ihn überhaupt nicht gehört. Ganz offensichtlich war er nicht an der Reihe gewesen, das Wort zu ergreifen. Sie senkte vor dem König den Kopf, und dieser nickte einmal und bedeutete ihr dann mit einem knappen Wink, dass sie gehen dürfe.

Der Erzbischof hielt sich genauso bedeckt. Er gab lediglich zu Protokoll, dass er die Königin mithilfe aller heiligen Reliquien aus der Kathedrale untersucht habe, aber nicht, dass sie frei von Spuren des Übels wäre. Ich vermutete, dass keiner der beiden später die Verantwortung für ein Fehlurteil übernehmen wollte. Noch ein paar andere Zeugen traten vor, um zugunsten der Königin auszusagen: Ärzte, die Marek herbeigerufen hatte, damit sie sich die Königin ansahen. Keiner von ihnen erwähnte Kasia auch nur mit einem einzigen Wort. Für sie existierte Kasia gar nicht, und doch hing von den Aussagen dieser Leute ab, ob meine Freundin leben oder sterben würde. Die Königin stand schweigend und reglos neben ihr. Das Leuchten war nun endgültig verschwunden. Nur noch ihr leeres, verständnisloses Gesicht war für den ganzen Hof sichtbar.

Ich sah zu Alosha, die neben mir stand, und zu Ballo auf ihrer anderen Seite. Mir war klar: Wenn sie an der Reihe wären, würden sie vortreten und dem König von dem bösartigen Bestiarium berichten, das im Charovnikov lag, eingeschlossen von einem dicken Ring aus Salz und von Eisen, mit allen Bannzaubern belegt, die sie hatten aufeinandertürmen können, und von Männern bewacht, die das Buch immerzu im Auge behielten. Alosha würde sagen, dass man nicht leichtsinnig sein dürfe. Sie würde den König davor warnen, ein zu großes Risiko für das Königreich einzugehen.

Und dann würde der König sich erheben, wenn er denn wollte, und verkünden, dass die Gesetze gegen das Übel unumstößlich wären. Er könnte eine bedauernde Miene aufsetzen und die Königin zum Tode verurteilen und Kasia gleich mit dazu. Wenn ich ihn so ansah, dann war ich überzeugt davon, dass er genau das im Sinn hatte. Er würde ihren Tod besiegeln.

Er hatte sich tief in seinen großen, reich mit Schnitzereien verzierten Thron sinken lassen, als wäre sein Körper so schwer, dass er eine Stütze dafür bräuchte. Seine rechte Hand hatte er über seinen ernsten Mund gelegt. Eine Entscheidung begann sich über ihm zusammenzubrauen wie ein zuerst leichter Schneefall, der dann aber schnell immer dichter und dichter wurde. Die restlichen Zeugen würden noch aufgerufen werden, aber er würde ihnen gar nicht mehr zuhören. Er war bereits entschlossen. In seinem gesetzten, grimmigen Gesicht sah ich Kasias Tod, und ich schaute mich verzweifelt um, um den Blick des Falken aufzufangen. Neben ihm stand Marek, die Faust um das Heft seines Schwertes geballt.

Solya sah mich an und machte eine kaum merkliche Geste mit den Händen, die mir so viel sagen sollte wie: *Ich habe getan, was ich konnte.* Dann beugte er sich zu Marek und flüsterte ihm etwas ins Ohr, und als der letzte Leibarzt entlassen worden war, rief der Prinz: »Agnieszka von Dvernik möge als Zeugin vortreten und berichten, wie die Königin befreit wurde.«

Das war es, was ich gewollt hatte. Dies war der Grund, warum ich hergekommen war und darum gekämpft hatte, einen Platz auf der Liste zugesprochen zu bekommen. Alle Augen waren auf mich gerichtet, selbst die des Königs unter seinen finster zusammengezogenen

Brauen. Doch ich hatte immer noch keine Ahnung, was ich sagen sollte. Als ob es den König oder irgendeinen der versammelten Höflinge interessieren würde, wenn ich behauptete, die Königin sei nicht vom Übel befallen. Und noch viel gleichgültiger würde es ihnen sein, was ich über Kasia zu sagen hätte.

Vielleicht würde Solya versuchen, mit mir gemeinsam die *Beschwörung* zu zaubern, wenn ich ihn darum bitten würde. Ich stellte mir uns beide vor und malte mir das weiße Licht aus, das dem gesamten Hof die Wahrheit zeigen würde. Aber die Königin hatte bereits der Prüfung durch den Schleier der Jadwiga standgehalten. Der Hof war dabei gewesen, als der Falke sie begutachtet hatte. Der König hatte sich überzeugen können, dass sie nicht vom Übel befallen war. Es ging hier aber gar nicht um Wahrheit. Der Hof war gar nicht an der Wahrheit interessiert und ebenso wenig war es der König. Jede Wahrheit, die ich ihnen zeigen konnte, würden sie genauso ignorieren, wie sie es schon zuvor getan hatten. An ihrer Haltung würde ich nichts ändern.

Aber ich konnte ihnen etwas völlig anderes geben. Ich konnte ihnen geben, was sie in Wirklichkeit begehrten, und ich war mir sicher, was das war: Sie wollten *wissen.* Sie wollten sehen, wie es gewesen war, und sich so fühlen, als wären sie selbst an der Rettung der Königin beteiligt gewesen. Auch sie wollten sich wie in den Geschichten und Liedern fühlen. Das war zwar alles andere als die Wahrheit, aber vielleicht konnte ich so die Versammelten dazu bringen, Kasias Leben zu verschonen.

Ich schloss meine Augen und erinnerte mich an den Illusionszauber: *Einfacher, als eine echte Armee auszuheben,* hatte Sarkan gesagt, und als ich begann, den Spruch zu murmeln, wusste ich, dass er recht gehabt hatte. Jetzt den ganzen monströsen Herzbaum wachsen zu lassen, war auch nicht schwieriger, als eine Blume entstehen zu lassen. Mit erschreckender Mühelosigkeit schob sich der Baum aus dem Marmorfußboden hervor. Kasia schnappte erschrocken nach Luft; eine andere Frau schrie auf; irgendwo im Saal hörte man, wie ein Stuhl klappernd zu Boden fiel. Ich blendete alle Geräusche aus. Dann sorgte ich dafür, dass die *Beschwörung* in einem Singsang von meiner Zunge rollte, während ich zusammen mit meiner Magie auch die Übelkeit erregende Furcht ausschüttete, die sich bis jetzt in meinem Magen zusammengeklumpt hatte. Der Herzbaum wuchs immer weiter; er breitete seine gewaltigen silberfarbenen Äste in der ganzen Halle aus; die Decke verschwand hinter der rauschenden silbernen Baumkrone und der unerträgliche Gestank der Früchte breitete sich überall aus. Wieder einmal drehte sich mir der Magen um. Dann kam Janos' Kopf quer über das Gras vor meinen Füßen entlanggerollt und wurde von den wuchernden Wurzeln gebremst.

Die Höflinge schrien auf und wichen rückwärts auf die schützenden Wände zu. Doch während sie das taten, verblassten diese, und auch die Mauern um uns herum verschwanden und machten dem Wald Platz. Jetzt hörte man das klirrende Aufeinanderprallen von Klingen. Marek drehte sich in erschrockener Alarmbereitschaft um und hob sein Schwert: Die silberne Mantis war dort und machte einen Satz auf ihn zu. Als ihre Fänge seine Schultern packen wollten, rutschten sie am Stahl seiner glänzenden Rüstung ab. Leichen lagen neben seinen Füßen im Gras und schauten blicklos gen Himmel.

Rauchwolken trieben an meinem Gesicht vorbei und plötzlich hörte ich das Knacken und Knistern von Feuer. Ich drehte mich zu dem Baumstamm um. Da war Sarkan, eingeschlossen von der silbernen Baumrinde, die versuchte, ihn gänzlich zu verschlingen, und er rief: *Jetzt, Agnieszka,* während das Feuerherz in der Flasche, die er in den Händen hielt, rot aufglühte. Instinktiv streckte ich meine Hand in seine Richtung aus und erinnerte mich an die Furcht und das Entsetzen. Für einen Moment, für einen klitzekleinen Augenblick, war der Drache gar keine Illusion mehr, jedenfalls *nicht nur* eine Illusion. Erschrocken legte er seine Stirn in Falten und starrte mich an; in seinen Augen konnte ich lesen *Was machst du denn da, du Dummkopf?*, und auf irgendeine Weise war er wirklich da. Dann loderte das Feuer der Reinigung zwischen uns auf und schon war er wieder fort. Er war wieder nichts als eine Illusion und er stand in Flammen.

Ich legte meine Hände auf den Baumstamm, als sich die Borke aufbog und platzte wie die Haut einer überreifen Tomate. Kasia war neben mir und sie war echt. Der Stamm splitterte unter ihren Hieben. Sie brach das Holz auf, und die Königin kippte heraus, ihre Arme nach unseren Händen ausgestreckt. Sie suchte Hilfe und ihr Gesicht war mit einem Mal lebendig und schreckerfüllt. Wir bekamen sie zu fassen und zogen sie heraus. Ich hörte den Falken einen Feuerspruch zaubern – und dann begriff ich, dass er *echtes* Feuer herbeirief. Wir waren gar nicht wirklich im Dunklen Wald; wir befanden uns im Palast des Königs.

Kaum dass ich mir das wieder ins Gedächtnis gerufen hatte, entglitt mir der Illusionszauber. Der Herzbaum verglühte. Die Flammen an seinen Wurzeln züngelten noch kurz am Stamm empor und verschluckten dann den Rest des Dunklen Waldes. Die Leichen verschwanden im Boden; noch waren ihre Gesichter zu erahnen, dann schloss sich der Marmorfußboden über ihnen. Ich sah ihnen hinterher und Tränen liefen mir übers Gesicht. Ich hatte nicht gewusst, dass ich mich gut genug an die Soldaten erinnerte, um so viele von ihnen heraufzubeschwören. Schließlich verblassten auch die letzten Schatten der Blätter und wir waren wieder im Palast, unmittelbar vor dem Thron, und der König stand schockiert auf seinem Podest.

Der Falke wirbelte keuchend herum und warf wilde Blicke um sich. Feuer leckte immer noch an seinen Händen und huschte über den Marmorboden. Auch Marek drehte sich mit einem Schwung um und suchte nach einem Feind, der gar nicht da war. An seinem Schwert klebte kein Blut mehr, seine Rüstung war wieder strahlend und makellos. Die Königin stand zitternd mit weit aufgerissenen Augen in der Mitte der Tanzfläche. Alle Höflinge waren bis an die Wände zurückgewichen und standen dicht an dicht – so weit von uns und der Saalmitte entfernt, wie es nur möglich war. Und ich sank auf die Knie, zitterte, schlang die Arme um meinen Leib und fühlte mich elendig. Ich hatte niemals wieder in den Dunklen Wald zurückgehen wollen.

Marek war der Erste, der sich wieder gesammelt hatte. Er machte einen Schritt auf den Thron zu und seine Brust hob und senkte sich noch immer schnell und krampfhaft. »Das ist es, woraus wir sie befreit haben!«, schrie er zu seinem Vater empor. »Das ist das Böse, das wir überwunden haben, um sie herauszuholen. Das ist der Preis, den wir bezahlt haben, um sie zu retten! Und das ist das Übel, dem Ihr dient, wenn Ihr … Ich werde es nicht zulassen! Ich werde …«

»Genug!«, donnerte der König. Er war leichenblass unter seinem Bart.

Mareks Gesicht war gerötet und strahlte vor Kampfbereitschaft. Noch immer umklammerte er sein Schwert. Er machte einen weiteren Schritt auf den Thron zu. Die Augen des Königs weiteten sich; Zorn trieb ihm nun ebenfalls das Rot in die Wangen und er gab seinen Wachen einen Wink. Sechs von ihnen standen neben dem Podest.

Und da schrie plötzlich Königin Hanna: »Nein!«

Marek fuhr zu ihr herum. Sie machte einen schwerfälligen, schleifenden Schritt nach vorne. Ihre Füße zog sie hinter sich her, als kostete es sie große Anstrengung, sie zu bewegen. Marek starrte sie an. Sie machte einen weiteren Schritt und packte ihn am Arm. »Nein!«, wiederholte sie. Gegen seinen Willen wollte sie seinen Arm herunterreißen. Er sperrte sich dagegen. Sie aber schaute zu ihm hoch, und plötzlich war sein Gesicht, das zu ihr nach unten gewandt war, das eines kleinen Jungen. »Du hast mich gerettet«, sagte sie. »Marechek. Du hast mich doch bereits gerettet.«

Jetzt ließ er seinen Arm bereitwillig sinken, und die Königin, die sich immer noch daran festhielt, drehte sich langsam zum König um. Auch er starrte vom Podest aus zu ihr hinunter. Ihr Gesicht war bleich und wunderschön eingerahmt von der Wolke ihres kurz geschnittenen Haares. »Ich wollte sterben«, sagte sie. »Ich wollte so gerne sterben.« Sie machte einen weiteren schlurfenden Schritt und kniete auf den breiten Stufen nieder, die zum Podest des Königs hinaufführten. Sie zog Marek neben sich auf die Knie. Er senkte den Kopf und starrte auf den Boden. Sie aber sah zu ihrem Gemahl hoch. »Vergib ihm«, sagte sie zum König. »Ich kenne das Gesetz und ich bin bereit zu sterben.« Ihre Hand hielt Marek zurück, der aufspringen wollte. »Ich bin die Königin von Polnya!«, fuhr sie laut fort. »Und ich bin bereit, für mein Königreich zu sterben. Aber nicht als Verräterin. Ich bin keine Verräterin, Kasimir«, sagte sie und streckte ihren anderen Arm flehentlich in Richtung König aus. »Ich wurde gezwungen. Ich wurde gezwungen.«

Ein Murmeln lief durch den Saal und wurde so schnell lauter wie ein anschwellender Fluss bei Starkregen. Ich hob meinen müden Kopf und sah mich ungläubig und verständnislos um. Als ich Aloshas Gesicht sah, bemerkte ich, dass sie ihre Stirn in Falten gelegt hatte. Die Stimme der Königin bebte, aber sie war laut genug, um den Lärm zu übertönen. »Lass mich wegen des Übels töten«, rief sie. »Aber Gott im Himmel ist mein Zeuge: Ich habe weder meinen Ehemann noch meine Kinder im Stich gelassen. Der Verräter Vasily hat mir draußen im Hof des Palastes aufgelauert und mich mithilfe seiner Soldaten weggebracht. Er hat mich in den Wald verschleppt und mich dort eigenhändig an den Herzbaum gefesselt.«

Kapitel 22

»Ich habe dich gewarnt«, sagte Alosha, ohne aufzusehen oder ihre gleichmäßig klirrenden Hammerschläge auszusetzen. Ich saß, die Arme um meine Knie geschlungen, schweigend in ihrer Schmiede, gerade außerhalb des rußgeschwärzten Kreises auf dem Boden, auf den die Funken niederregneten. Was sollte ich darauf schon antworten? Sie hatte mich tatsächlich gewarnt.

Niemanden interessierte es, dass Prinz Vasily selbst vom Übel befallen gewesen sein musste, um so etwas Verwerfliches zu tun. Niemand scherte sich darum, dass er im Dunklen Wald gestorben war – ein einsamer Leichnam, der die Wurzeln des Herzbaumes nährte. Niemanden kümmerte es, dass alles die Schuld des Bestiariums war. Prinz Vasily hatte die Königin entführt und sie dem Dunklen Wald ausgeliefert. Jeder war so zornig, als wäre es erst gestern geschehen, und anstatt gegen den Dunklen Wald zu Felde zu ziehen, wollten sie lieber in Rosya einmarschieren.

Ich hatte bereits versucht, mit Marek zu sprechen, aber das hatte sich als Zeitverschwendung erwiesen. Keine zwei Stunden, nachdem die Königin begnadigt worden war, befand sich Marek schon draußen auf dem Hof und begutachtete Pferde, um zu entscheiden, welche er mit an die Front nehmen würde. »Du wirst uns begleiten«, teilte er mir mit, als wäre das beschlossene Sache. Er hob nicht einmal den Blick von den wirbelnden Hufen eines großen braunen Wallachs, den er im Kreis galoppieren ließ; eine Hand hatte er an der Leine und die andere an der Peitsche. »Solya sagt, du könntest die Stärke seiner Sprüche mindestens verdoppeln oder sie sogar noch weiter steigern.«

»Nein!«, sagte ich. »Ich werde Euch nicht dabei helfen, Menschen in Rosya zu töten! Es ist der Dunkle Wald, den wir bekämpfen müssen, nicht die Bevölkerung Rosyas.«

»Und das werden wir tun«, sagte Marek leichthin. »Nachdem wir das östliche Ufer der Rydva eingenommen haben. Dann werden wir von Süden aus über ihre Seite des Jaral-Gebirges kommen und den Dunklen Wald in die Zange nehmen. In Ordnung, diesen hier nehme ich«, sagte er zu seinem Pferdeburschen und warf ihm die Longe zu. Mit einer geübten Handbewegung fing er die baumelnde Schnur der Peitsche ein und drehte sich zu mir um. »Hör mir zu, Nieshka ...« Ich starrte ihn sprachlos an. Wie konnte er es wagen, mich mit meinem Kosenamen anzusprechen? Er aber legte mir auch noch einen Arm um die Schultern und sprach ungerührt weiter: »Wenn wir die halbe Armee nach Süden in dein Tal bringen, dann werden sie selbst über die Rydva kommen, während wir ihnen den Rücken zukehren, und Kralia einnehmen. Vermutlich ist das auch der Hauptgrund gewesen, warum sie sich mit dem Dunklen Wald verbündet haben. Sie wollten, dass wir genau das tun. Der Dunkle Wald hat keine Armee. Er bleibt, wo er ist, bis wir mit Rosya fertig sind.«

»Niemand würde sich jemals mit dem Dunklen Wald verbünden!«, rief ich.

Er zuckte mit den Achseln. »Auch wenn sie es nicht getan haben sollten: Zumindest nutzen sie ihn vorsätzlich gegen uns«, erwiderte er. »Was für ein Trost soll es denn für meine Mutter sein, dass dieser Hund Vasily ebenfalls gestorben ist, nachdem er sie endlosen Höllenqualen ausgesetzt hat? Und selbst wenn er sich vorher tatsächlich mit dem Übel infiziert hätte, dann ändert das auch nichts an der Sache an sich, wie du wohl einsehen wirst. Rosya wird keine Skrupel haben, die Lücke in unseren Reihen zum eigenen Vorteil zu nutzen, wenn wir uns nach Süden bewegen. Wir können uns nicht mit ungeschützten Flanken gegen den Dunklen Wald stellen. Hör auf, so kurzsichtig zu sein.«

Es schüttelte mich, was gleichermaßen an seiner Hand auf meiner Schulter wie an seiner herablassenden Art lag.

»*Ich* bin nicht diejenige, die kurzsichtig ist«, ereiferte ich mich, als ich mit Kasia über den Burghof eilte, um Alosha draußen in ihrer Schmiede einen Besuch abzustatten.

Aber Alosha antwortete nur: »Ich habe dich gewarnt«, was hart, aber kein bisschen erregt klang. »Die Macht, die dem Dunklen Wald innewohnt, ist kein blindes, hasserfülltes wildes Tier. Sie kann denken und planen und sie verfolgt eigene Ziele. Sie kann in die Herzen der Menschen blicken, wodurch es ganz leicht wird, sie zu vergiften.« Alosha nahm das Schwert, an dem sie arbeitete, aus der Esse und steckte es in kaltes Wasser. Dampf stieg in großen Schwaden auf wie der Atem eines monströsen Ungeheuers. »Wenn es das Übel nicht gäbe, dann wärst du bereits selbst darauf gekommen, dass etwas anderes am Werk ist.«

Kasia saß neben mir und hob nun den Kopf. »Ist … ist etwas anderes in *mir* am Werk?«, fragte sie unglücklich.

Alosha zögerte und warf ihr einen Blick zu. Ich merkte, wie ich unwillkürlich den Atem anhielt und schwieg, doch Alosha zuckte nur die Schultern. »Ist denn alles nicht schon so schlimm genug? Du bist zwar befreit worden, die Königin ist befreit worden, aber jetzt sind Polnya und Rosya drauf und dran, sich gegenseitig in Schutt und Asche zu legen. Wir können die Männer, die nun an die Front geschickt werden, nicht entbehren«, fügte sie hinzu. »Wenn es anders wäre, wären sie längst dorthin beordert worden. Der König schwächt sein eigenes Reich, und Rosya muss dasselbe tun, um mit uns gleichzuziehen. In diesem Jahr werden wir alle eine schlechte Ernte haben, ob wir nun gewinnen oder verlieren.«

»Und das ist genau das, was der Dunkle Wald will«, setzte Kasia den Gedanken fort.

»Das ist *eines* der Dinge, die der Dunkle Wald anstrebt«, erklärte Alosha. »Ich habe keinen Zweifel daran, dass er sich Agnieszka und Sarkan nur zu gerne einverleibt hätte, wenn er die Chance bekommen hätte, und dann hätte er über Nacht den Rest des Tales überwuchert. Aber ein Baum ist keine Frau, in der immer nur eine Leibesfrucht heranwachsen kann. Er verstreut so viele Samen wie möglich und hofft, dass einige von ihnen aufgehen werden. Dieses Buch war einer davon. Die Königin ein anderer. Man hätte sie sofort fortschicken müssen und dich gleich mit dazu.« Sie wandte sich wieder ihrem Schmiedefeuer zu. »Aber das lässt sich jetzt nicht mehr ändern.«

»Vielleicht sollten wir einfach geradewegs nach Hause zurückkehren«, sagte ich zu Kasia und versuchte, die Sehnsucht, die mich bei diesem Gedanken wie eine Welle überrollte, ebenso zu ignorieren wie den unwillkürlichen Drang, sofort aufzubrechen. Zu gerne wollte ich es selber glauben, als ich sagte: »Hier gibt es nichts mehr für uns zu tun. Wir werden heimkehren. Dort können wir dabei helfen, den Dunklen Wald niederzubrennen. Wir können dafür mindestens hundert Männer aus dem Tal zusammenbringen …«

»Hundert Männer«, schnaubte Alosha zynisch in ihr Schmiedefeuer. »Du und Sarkan und hundert Männer – ich habe keinen Zweifel daran, dass ihr einigen Schaden anrichten könnt. Aber ihr werdet für jeden Zentimeter Boden, den ihr erringt, bitter bezahlen. Und in der Zwischenzeit sorgt der Dunkle Wald dafür, dass sich zwanzigtausend Mann an den Ufern der Rydva gegenseitig abschlachten.«

»Das wird der Dunkle Wald doch ohnehin erreichen«, sagte ich. »Kannst *du* denn nicht etwas unternehmen?«

»Ich bin gerade dabei«, sagte Alosha und hielt das Schwert zurück ins Feuer. Es war bereits das vierte Mal, während wir hier bei ihr saßen, und ich hatte plötzlich das Gefühl, dass das keinen Sinn ergab. Ich hatte noch nie gesehen, wie Schwerter hergestellt werden, aber ich hatte oft genug unseren Schmied daheim bei der Arbeit beobachtet: Als Kinder hatten wir alle gerne dabei zugesehen, wie er Sensen hämmerte, und uns vorgestellt, er würde in Wahrheit Schwerter schmieden. Oft genug hatten wir Stöcke zur Hand genommen und in der verrauchten Schmiede so getan, als würden wir in einer Schlacht kämpfen. Also wusste ich, dass man eine Klinge nicht immer wieder aufs Neue bearbeiten musste. Alosha aber nahm das Schwert wieder heraus und legte es zurück auf den Amboss. Und da begriff ich, dass sie mit ihren Schlägen Zaubersprüche in den Stahl trieb. Ihre Lippen bewegten sich ein wenig, während sie arbeitete. Es war eine seltsame Form der Magie, denn sie war nicht in sich abgeschlossen. Alosha fing einen umhertreibenden Spruch auf, und sie ließ ihn wieder los, ehe sie das Schwert erneut ins kalte Wasser steckte.

Die dunkle Waffe kam tropfend wieder zum Vorschein, und das Wasser perlte auf der Klinge ab, die etwas seltsam Hungriges ausströmte. Als ich meinen Blick hineinvertiefte, sah ich einen langen Sturz in einen tiefen, trockenen Spalt in der Erde, wo am Ende scharfe Felskanten warteten. Es war nicht wie bei den anderen verzauberten Schwertern, die Mareks Soldaten getragen hatten. Diese Waffe gierte danach, Leben auszulöschen.

»Ich habe ein ganzes Jahrhundert lang an dieser Klinge gearbeitet«, sagte Alosha und hob sie in die Höhe. Ich sah Alosha an und war froh, dass ich meine Augen vom Schwert lösen konnte. »Als die Krähe gestorben war und Sarkan den Turm bezog, habe ich damit angefangen. Inzwischen ist weniger Eisen in ihr als Zauberkraft. Das Schwert erinnert sich nur noch an die Gestalt, die es einst hatte, und es wird nur einen einzigen Schlag überstehen. Aber mehr werden wir nicht brauchen.«

Sie steckte es wieder in die Esse, und wir sahen ihm bei seinem Bad in den Flammen zu, zwischen denen es wie eine lange Schattenzunge lag. »Die Macht im Dunklen Wald –«, sagte Kasia langsam und schaute unverwandt ins Feuer, »ist sie etwas, das man töten kann?«

»Dieses Schwert kann alles töten, wenn wir es dazu bringen, den Kopf aus der Deckung herauszustrecken«, sagte Alosha, und ich glaubte ihr. »Und dafür«, ergänzte sie, »werden wir mehr als hundert Männer brauchen.«

»Wir könnten die Königin bitten«, sagte Kasia plötzlich. Ich schaute sie verwundert an. »Ich weiß, dass es Adlige gibt, die ihr persönlich die Treue geschworen haben. Ein Dutzend von ihnen kam und wollte ihr gegenüber den Treueeid erneuern, während wir gemeinsam gefangen gehalten wurden, aber die Weide hat niemanden zu ihr gelassen. Die Königin muss über Soldaten verfügen, die sie *uns* überlassen könnte, anstatt sie nach Rosya zu schicken.«

Immerhin dürfte ihr ganz bestimmt daran gelegen sein, den Dunklen Wald zu besiegen. Selbst wenn Marek nicht auf mich hören wollte, genauso wenig wie der König oder sonst irgendjemand bei Hofe, dann würde sie es vielleicht tun.

Und so zogen Kasia und ich los und warteten vor dem großen Ratssaal. Die Königin war wieder dort, jetzt als Mitglied des Kriegsrats. Die Wachen hätten mich hineingelassen; inzwischen wussten sie, wer ich war. Sie beobachteten mich aus den Augenwinkeln, gleichermaßen nervös wie neugierig, als ob jeden Moment neues Zauberwerk aus mir herausplatzen könnte wie aus ansteckenden, schwärenden Beulen. Aber ich wollte nicht hineingehen. Ich wollte nicht zwischen die Fronten von Magnaten und Generälen geraten, die darüber stritten, wie man am besten Zehntausende Männer ermorden und Ruhm ernten könnte, während das Getreide auf den Feldern verfaulte. Ich würde mich nicht aus freien Stücken als weitere Waffe in ihre Hände begeben.

Also warteten Kasia und ich stattdessen draußen an die Wand gelehnt, als die Ratsmitglieder endlich herausströmten – ein steter Fluss von Adligen und Soldaten. Ich hatte erwartet, dass die Königin ihnen folgen würde und Diener dabeihätte, die ihr beim Gehen behilflich wären. Aber so war es nicht. Sie verließ den Saal inmitten der Menge. Sie trug einen Haarreif; das Schmuckstück, an dem Ragostok gearbeitet hatte. Das Gold fing das Licht ein und die Rubine blitzten auf ihrem goldschimmernden Haar. Sie trug auch rote Seide und die Höflinge umflatterten sie wie Spatzen einen Rotkardinal. Es war der König, der als Nachzügler folgte und sich auf dem Weg leise mit Vater Ballo und zweien seiner Berater unterhielt.

Kasia warf mir einen Blick zu. Wir würden uns durch die Menge drängeln müssen, um zur Königin zu gelangen, was dreist, aber machbar wäre. Kasia würde uns den Weg schon freiräumen. Aber die Königin sah so verändert aus. Die Steifheit schien nachzulassen und sie schien auch ihre Schweigsamkeit vollständig abgelegt zu haben. Sie nickte den Herren ringsum zu und lächelte. Sie war wieder eine von ihnen, eine Schauspielerin auf einer Bühne, nicht weniger elegant und würdevoll als der Rest von ihnen. Ich rührte mich nicht. Sie sah einen Moment zur Seite, und zwar beinahe in unsere Richtung. Ich versuchte nicht, ihren Blick aufzufangen. Stattdessen packte ich Kasia am Arm und drängte sie weiter nach hinten. Irgendetwas hatte mich im Griff wie der Instinkt, der eine Maus in ihrem Loch bleiben lässt, wenn sie das Schlagen von Eulenflügeln über sich hört.

Die Wachen warfen mir einen letzten Blick zu und folgten dann der Menschentraube; die Flure waren wieder leer. Ich zitterte. »Nieshka«, sagte Kasia. »Was ist denn los?«

»Ich habe einen Fehler gemacht«, sagte ich. Ich wusste nicht genau, was es war, aber irgendetwas hatte ich falsch gemacht. Ich spürte, wie sich die schreckliche Gewissheit in mir senkte wie eine Münze, die in einen tiefen Brunnen fällt. »Ich habe einen Fehler gemacht.«

Kasia folgte mir durch die Gänge und die schmalen Treppen hinauf. Am Ende rannten wir beinahe zurück in mein kleines Zimmer. Sie beobachtete mich besorgt, wie ich die Tür hinter uns schloss und mich mit dem Rücken dagegenlehnte wie ein kleines Kind, das sich versteckt.

»War es die Königin?«

Ich sah sie an, wie sie mitten im Raum stand. Der Schein des Feuers flackerte golden über ihre Haut und ihre Haare, und einen entsetzlichen Moment lang war sie eine Fremde, die Kasias Gesicht trug. Für einen Augenblick hatte ich der Dunkelheit Raum gegeben. Abrupt wandte ich mich von meiner Freundin ab und ging zum Tisch. Ich hatte einige Tannenzweige mit in mein Zimmer genommen, um sie immer griffbereit zu haben. Nun nahm ich eine Handvoll Nadeln, verbrannte sie im Kamin und atmete den Rauch ein. Der scharfe, bittere Geschmack legte sich auf meine Zunge und ich flüsterte meinen Reinigungsspruch.

Das Gefühl der Fremdheit ließ nach. Kasia saß auf meinem Bett und beobachtete mich unglücklich. Bedrückt schaute ich sie an: Sie hatte das Misstrauen in meinen Augen gesehen.

»Ich fürchte mich manchmal vor mir selber« sagte sie. »Nieshka, ich sollte … vielleicht sollten die Königin und ich beide …« Ihre Stimme schwankte.

»Nein!«, sagte ich. »Nein.« Aber ich wusste nicht, was ich tun sollte. Ich setzte mich schwer atmend und verängstigt neben den Kamin, dann drehte ich mich mit einem Ruck zum Feuer, formte die Hände zu einer Schale und wirkte meinen alten Illusionszauber, den ich zum Üben verwendet hatte. Eine kleine und ausgesprochen dornige Rose erschien und die Ranken eines Rosenbusches schoben sich träge an den Seiten über den Schutzschirm vor dem Feuer. Langsam sang ich weiter und verlieh der Blüte ihren Duft. Ich ließ einige summende Bienen entstehen und Blätter, die sich an den Spitzen aufrollten, sodass Marienkäfer darin Schutz fanden. Und dann ließ ich Sarkan auf der anderen Seite der Blume erscheinen. Ich stellte mir seine Hände unter den meinen vor: seine langen, dünnen, vorsichtigen Finger, die Schwielen an den Stellen, wo er die Schreibfeder hielt, die Wärme, die von seiner Haut ausging. Und so nahm er neben mir am Kamin Gestalt an und wir saßen gleichzeitig in seiner Bibliothek.

Ich sang meinen kurzen Illusionszauber vorwärts und rückwärts und gab einen gleichmäßigen silbernen Magiestrom hinzu. Doch es war nicht so wie bei dem Herzbaum am vorherigen Tag. Ich sah in das Gesicht des Drachen, sah seine gerunzelte Stirn und seine dunklen, tadelnd auf mich gerichteten Augen. Aber es war nicht wirklich er. Mir wurde klar, dass ich jetzt nicht nur eine Illusion von ihm brauchte, nicht nur sein Abbild oder die Vorstellung seines Geruchs oder eines Geräusches. Das war nicht der Grund dafür gewesen, dass der Herzbaum dort unten im Thronsaal *lebendig* gewesen war. Er war aus meinem Herzen entsprungen, aus meiner Angst, meiner Erinnerung und dem rumorenden Schrecken in meinem Bauch.

Ich barg die Rose in meinen hohlen Händen. Dann sah ich Sarkan auf der anderen Seite der Blütenblätter und spürte wieder, wie er seine Hände um meine legte. Ich fühlte die Stellen, an denen seine Fingerspitzen zart über meine Haut gestreichelt und wo sich unsere Handflächen berührt hatten. Ich ließ zu, dass ich mich an die erschreckende Hitze seines Mundes erinnerte, an das Knistern von Seide und Spitze zwischen unseren Körpern. An seinen Leib auf meinem. Und ich ließ auch meine Wut über alles zu, was ich herausgefunden hatte, über seine Geheimnisse und alles, was er verborgen hatte. Dann ließ ich die Rose los und griff nach den Aufschlägen seines Mantels, um ihn zu schütteln, ihn anzuschreien, ihn zu küssen …

Und da endlich blinzelte er und sah mich an. Irgendwo hinter ihm flackerte ein Feuer. Auf einer Wange war ein Rußfleck und Ascheflocken hingen in seinem Haar. Seine Augen waren gerötet. Das Feuer im Kamin krachte und es klang wie das weit entfernte Knacken von Feuer in Baumwipfeln. »Nun?«, fragte der Drache heiser und verärgert und es war eindeutig er selbst. »Das können wir nicht lange aufrechterhalten, was immer es ist, was du da tust. Ich kann meine Aufmerksamkeit nicht aufteilen.«

Meine Hände verkrampften sich auf dem Stoff. Ich fühlte, dass sich eine Naht löste, und Glutfunken, die auf meinen Händen brannten, Asche in meinen Nasenlöchern, Asche in meinem Mund. »Was passiert bei dir?«

»Der Dunkle Wald versucht, sich Zatochek zu holen«, sagte er. »Wir haben ihn jeden Tag weiter zurückgebrannt, aber jetzt haben wir schon eine Meile an Boden verloren. Vladimir hat alle Männer aus den Gelben Marschen hergebracht, die er entbehren konnte, doch das ist nicht genug. Wird der König Soldaten schicken?«

»Nein«, antwortete ich. »Er … hat einen weiteren Krieg mit Rosya begonnen. Die Königin hat behauptet, Vasily von Rosya habe sie dem Dunklen Wald ausgeliefert.«

»Die Königin hat gesprochen?«, fragte er scharf, und ich spürte wieder, wie nagende Angst meine Kehle zuzuschnüren drohte.

»Der Falke hat seinen Seherzauber auf sie angewendet«, sagte ich und versuchte damit den Drachen und mich selber zu überzeugen. »Sie haben sie mit dem Schleier der Jadwiga auf die Probe gestellt. Es war nichts bei ihr zu entdecken. Keine Spur. Niemand von ihnen konnte irgendeinen Schatten sehen ...«

»Das Übel ist nicht die einzige Waffe, über die der Dunkle Wald verfügt«, sagte Sarkan. »Gewöhnliche Qualen können einen Menschen ebenso zerstören. Vielleicht hat er sie aus freien Stücken gehen lassen, nachdem er sie gebrochen und zu seiner Dienerin gemacht hat, ohne dass ein magisches Auge das Übel in ihr aufspüren könnte. Oder vielleicht hat der Dunkle Wald etwas in ihr oder in ihrer Nähe gepflanzt. Eine Frucht, ein Samenkorn ...«

Er brach ab und drehte sich um, denn er konnte etwas sehen, das mir verborgen war. Rasch befahl er mir: »Lass los!«, und trennte seine Magie von meiner. Ich fiel rückwärts gegen den Kamin und dann auf den Boden, wobei ich mir schmerzhafte Schrammen zuzog. Der Rosenbusch verbrannte im Kamin zu Asche. Er verschwand und der Drache mit ihm.

Kasia sprang auf und wollte mir hochhelfen, aber ich rappelte mich bereits selber wieder auf. *Eine Frucht, ein Samenkorn.* Seine Worte hatten mir Angst gemacht. »Das Bestiarium«, sagte ich. »Ballo wollte versuchen, es zu reinigen ...« Mir war noch immer schwindlig, aber ich stürmte aus dem Zimmer. Ein innerer Drang in mir war übermächtig geworden. Ballo hatte dem König von dem Buch berichten wollen. Kasia rannte neben mir und stützte mich bei meinen ersten unsicheren Schritten.

Wir hörten die Schreie schon, als wir die schmale Dienstbotentreppe hinunterstürzten. Zu spät, zu spät, riefen mir meine Füße bei jedem Schritt zu. Ich konnte nicht genau sagen, woher die Schreie kamen. Es klang, als seien sie weit entfernt, hallten aber unheimlich auf den Fluren der Burg wider. Ich rannte in Richtung Charovnikov, vorbei an zwei Mägden, die wie erstarrt an die Wand gedrückt dastanden und das frisch gefaltete Leinen zerknitterten, das sie auf den Armen trugen. Kasia und ich hasteten auch den nächsten Treppenabsatz hinunter bis zum Erdgeschoss, wo wir gerade noch einen enormen weißen Feuerstoß mitbekamen, der scharf geschnittene Schatten an die Wand malte.

Als das blendende Licht langsam schwächer wurde, sah ich mit einem Mal Solya quer durch den Eingang zum Treppenschacht fliegen. Er prallte mit einem Geräusch gegen die Wand, als würde ein nasser Sack dagegenknallen. Mit einem Satz nahmen wir die letzten Stufen und waren bei ihm; er lehnte reglos an der gegenüberliegenden Mauer. Seine Augen standen offen, aber er blickte benommen, Blut lief ihm aus Nase und Mund, und blutige Striemen verliefen quer über seine Brust.

Die Kreatur, die da aus dem Flur zum Charovnikov gekrochen kam, füllte beinahe den ganzen Raum vom Fußboden bis zur Decke aus. Es war weniger ein Biest als vielmehr eine schreckliche Zusammensetzung von Einzelteilen. Es hatte den Kopf eines monströsen Hundes, ein einziges immens großes Auge in der Mitte der Stirn und ein Maul voller scharfer, gezackter Beißwerkzeuge, die eher wie Messer als wie Zähne aussahen. Sechs Beine mit mächtigen Muskeln und Klauen wie Löwenfüße hingen an dem aufgedunsenen Leib, alle mit Schuppen besetzt wie bei einer Schlange. Das Wesen brüllte und rannte so blitzschnell auf uns zu, dass ich kaum Zeit zum Nachdenken hatte. Kasia packte mich und zog mich wieder die Treppe hoch. Unser Verfolger beugte sich vor und schob seinen Kopf durch den Durchgang zum Treppenschacht, schnappte, biss und heulte, während grüner Schaum aus seinem Maul troff. Ich schrie: »*Polzhyt!*« und trat nach dem Kopf des Ungetüms, das daraufhin aufkreischte und sich in den Gang zurückziehen wollte. Doch in diesem Augenblick peitschte ihm ein Feuerstoß, den ich von meiner oberen Stufe aus abgefeuert hatte, quer über die Schnauze. Mit einem satten Aufprall landeten außerdem zwei schwere Bolzen mitten auf der fleischigen Flanke und das Biest drehte und wand sich und schnaubte. Hinter ihm entdeckten wir Marek, der nun achtlos seine Armbrust beiseitewarf. Neben ihm stand ein verschreckter junger Stallbursche mit weit aufgerissenen Augen, der für den Prinzen einen Speer aus der Wandhalterung gezogen hatte. Diesen hielt er nun umklammert und starrte ungläubig auf die Kreatur vor ihm. Vor Schreck vergaß er beinahe, die Waffe loszulassen, als Marek sie ihm aus den Händen reißen wollte. »Los, hol die Wachen!«, brüllte Marek den Jungen an, der zusammenfuhr und dann davonraste. Marek stieß mit dem Speer nach dem Kopf des Monsters.

Die Türen zum Raum hinter ihm standen offen. Große Blutlachen überzogen die weißen und schwarzen Bodenfliesen, dazwischen lagen drei offensichtlich getötete Männer – Adlige, deren Kleidung zerfetzt worden war. Das kreideweiße, vor Angst wie erstarrte Gesicht eines alten Mannes schaute unter einem Tisch mitten im Zimmer hervor: der Palastsekretär. Zwei tote Palastwachen lagen etwas weiter hinten, als ob sich das Untier von irgendwo tiefer in der Burg einen Weg hierher gesucht und dann die Türen aufgestoßen hatte, um zu den Männern im Raum dahinter zu gelangen.

Vielleicht hatte es das Biest auch auf einen bestimmten Mann abgesehen. Es knurrte zwar die Speerspitze an, die in seine Richtung stocherte, drehte sich dann aber von Marek weg, schwang seinen schweren Kopf herum, fletschte die Zähne und nahm allem Anschein nach Solya ins Visier. Dieser starrte zur Decke hoch. Seine Augen waren trübe, und seine Finger kratzten über die Fliesen, als würde er versuchen, noch irgendeinen Halt in dieser Welt zu finden.

Ehe die Kreatur zum Sprung ansetzen konnte, war Kasia schon mit einem gewaltigen Satz ans Ende der Treppe gelangt, wo sie ins Straucheln geriet und gegen die Wand prallte. Sie fing sich aber sofort wieder, griff sich ebenfalls einen Speer aus der Wandhalterung und rammte ihn dem Monster mitten ins Gesicht. Das hundeähnliche Untier schnappte nach dem Speer und jaulte auf: Marek hatte seinen Speer in die Flanke des Biestes versenkt. Die Schritte schwerer Stiefel waren zu hören, Rufe kamen näher, und schon waren die herbeigerufenen

Wachen da. In diesem Moment ertönte auch das Warngeläut der Glocken der Kathedrale. Der Stallbursche hatte Alarm geschlagen.

Ich bekam alles mit, was geschah, und konnte hinterher genau sagen, in welcher Reihenfolge es passiert war, aber in dem Augenblick selbst war ich wie betäubt und fühlte nichts. Da gab es nur den heißen, stinkenden Atem des Monsters, der den Treppenschacht hinaufwehte, überall Blut und mein rasendes Herz. Ich wusste, dass ich irgendetwas tun musste. Das Wesen heulte und drehte sich wieder zu Kasia und Solya um, während ich immer noch unschlüssig oben auf den Stufen stand. Die Glocken läuteten ohne Unterlass. Ich hörte sie über meinem Kopf, wo ein hohes Fenster den Blick aus dem Treppenschacht freigab und ein schmales Stückchen Himmel zu sehen war. Der typische schimmernde perlgraue Dunst eines bewölkten Sommertags hing in der Luft.

Ich streckte meine Hände aus und rief: »*Kalmoz!*« Die Wolken draußen ballten sich zu einem dunklen Knoten zusammen, der wie ein Schwamm aussah. Ein Wolkenbruch ging los, der das niederstürzende Wasser durch die Fensteröffnung zu mir hineintrieb. Dann schoss ein Blitz durch den Spalt und sprang in meine Hände wie eine funkelnde zischende Schlange. Ich griff blindlings zu und war mit einem Mal von weißem Licht und einem hohen vibrierenden Ton umgeben. Ich konnte nicht mehr atmen und schleuderte mit letzter Kraft den Blitz die Treppe hinunter der Kreatur entgegen. Ein Donnerschlag explodierte neben mir, ich flog rückwärts und landete schmerzhaft ausgestreckt auf dem Treppenabsatz. Rauch umfing mich, bitterer Geschmack lag mir auf der Zunge und ein beißender Geruch stieg mir kribbelnd in die Nase.

Ich blieb flach auf dem Rücken liegen, am ganzen Leib zitternd, und Tränen strömten mir aus den Augen. Meine Hände brannten und schmerzten, Rauch stieg von ihnen auf wie Morgennebel. Ich konnte nichts mehr hören. Als mein Blick wieder klar wurde, sah ich zwei Mägde, die sich erschrocken über mich beugten und deren Lippen sich bewegten, ohne dass ich etwas verstehen konnte. Sie ließen ihre Hände für sich sprechen, die mich vorsichtig und sanft berührten, um mir aufzuhelfen. Mühsam kam ich wieder auf die Beine. Am Fuß der Treppe standen Marek und drei Wachen neben dem Kopf des Monstrums und piekten es misstrauisch an. Aber die Kreatur lag qualmend und reglos da. Rings um ihren Körper war die Wand scherenschnittartig schwarz verfärbt. »Stecht ihm einen Speer durchs Auge, nur um sicherzugehen«, befahl Marek, und eine der Wachen stieß seine Klinge tief in das eine kreisrunde Auge, das sich bereits milchig verfärbt hatte. Der Körper zuckte nicht mehr.

Ich humpelte die Treppe hinunter, eine Hand an der Wand abgestützt, und sank schaudernd auf die Stufen unmittelbar über dem Kopf des Biestes. Kasia half Solya beim Aufstehen. Er fuhr sich mit dem Handrücken übers Gesicht, wischte sich die blutigen Schlieren vom Mund ab und starrte schwer atmend auf den Kadaver zu seinen Füßen.

»Was zur Hölle ist das für ein Ding?«, fragte Marek. Nun, wo es tot war, sah es sogar noch unnatürlicher aus: Gliedmaße, die nicht zueinander passten, gingen in seltsamen Winkeln vom Körper ab, als ob eine verrückt gewordene Schneiderin Teile verschiedener Puppen wahllos zusammengenäht hätte.

Ich betrachtete es von oben, sah mir das hundeähnlich geformte Maul genauer an, die ausgestreckten, merkwürdigen Beine und den dicken Schlangenleib. Eine Erinnerung an ein Bild stieg in mir hoch, das ich gestern aus den Augenwinkeln gesehen hatte, als ich versuchte, nicht weiterzulesen. »Ein Tsoglav«, sagte ich. Ich stand wieder auf, allerdings zu schnell, sodass ich mich sofort haltsuchend abstützen musste. »Es ist ein Tsoglav.«

»Ein was?«, fragte Solya und sah zu mir hoch. »Was ist denn ein …«

»Es stammt aus dem Bestiarium«, sagte ich. »Wir müssen Vater Ballo finden …«

Ich brach ab und ließ den Blick zurück zu der Kreatur wandern, zu dem einen trüben Auge, und plötzlich wusste ich, dass wir ihn nicht finden würden. »Wir müssen das Buch suchen«, flüsterte ich stattdessen.

Ich schwankte und mir war übel. Halb kroch ich über den toten Körper, halb rutschte und stolperte ich darüber hinweg, um wieder auf den Flur zu gelangen. Marek griff nach meinem Arm und half mir, aufrecht zu stehen. Gemeinsam mit den Wachen, die die Speere angriffsbereit erhoben hatten, machten wir uns auf den Weg zum Charovnikov. Die großen Holztüren hingen schief im Eingang, zerborsten und blutbeschmiert. Marek lehnte mich gegen die Wand wie eine wackelige Leiter, dann gab er mit einer ruckartigen Kopfbewegung einem der Wachmänner einen Wink. Gemeinsam packten sie einen der schweren geborstenen Türflügel und hoben ihn beiseite.

Die Bibliothek war verwüstet: Kaputte Lampen und umgestürzte und zerschmetterte Tische lagen überall herum. Nur ein paar wenige gedimmte Lichter brannten noch. Leere Bücherregale lagen über den auf dem Boden verstreuten aufgeschlitzten Büchern, die in den Regalen gestanden hatten. Der mächtige Steintisch in der Mitte des Raumes war in beide Richtungen der Länge nach zertrümmert worden und zusammengebrochen. Das geöffnete Bestiarium lag genau in der Mitte ganz oben auf den Überresten des Tisches. Eine letzte Lampe beleuchtete die unversehrten Seiten. Drei Leichen lagen auf dem Boden, ebenfalls erschlagen und halb in den Schatten. Marek neben mir wurde vollkommen still. Sein Schritt stockte.

Doch dann sprang er los und schrie: »Holt die Weide! Holt …«, und er ließ sich auf die Knie sinken und rutschte bis zu dem am weitesten entfernten toten Körper. Seine Worte erstarben, als er den Leichnam umgedreht hatte, und das Licht auf das Gesicht des Mannes fiel: auf das Gesicht seines Vaters.

Der König war tot.

Kapitel 23

Alles war voller schreiender und rufender Menschen – Wachen, Dienstboten, Geistliche und Ärzte. Sie standen dicht gedrängt und versuchten, möglichst nah an den König heranzukommen. Marek hatte drei Soldaten abgestellt, die ihn bewachen sollten, und war dann verschwunden. Ich war an den Rand des Raumes gedrängt worden wie Treibgut auf den Wellen. Erschöpft rutschte ich an ein Bücherregal gelehnt zu Boden und sofort fielen mir die Augen zu. Kasia drängelte sich durch die Massen, um zu mir zu gelangen. »Nieshka, was soll ich tun?«, fragte sie und half mir dabei, mich auf einen Hocker zu setzen.

Ich antwortete: »Hol Alosha«, denn instinktiv sehnte ich mich nach jemandem, der wusste, wie es weitergehen sollte.

Es war eine glückliche Eingebung gewesen. Einer von Ballos Assistenten hatte überlebt: Er war geflohen und durch den großen steinernen Rauchabzug der Bibliothek hochgeklettert, um zu entkommen. Eine Wache bemerkte die Spuren im Kamin und sah, dass die Asche überall auf dem Boden verstreut war. Man fand den Mann ganz oben im Schornstein, zitternd und verängstigt, holte ihn heraus und gab ihm etwas zu trinken. Mit einem Mal stand er auf und es platzte aus ihm heraus: »Sie war es! Sie war diejenige, die es gefunden hat!«

Mir war schwindlig und übel, und ich zitterte immer noch vom Gewitter. Alle schrien auf mich ein. Ich versuchte, ihnen vom Buch zu erzählen und ihnen begreiflich zu machen, dass es sich die ganze Zeit über in der Bibliothek versteckt hatte. Aber die Menge verlangte nach einem Schuldigen und nicht unbedingt nach jemandem, von dem man Erklärungen bekam. Der Duft von Tannennadeln stieg mir in die Nase. Zwei Wachen packten mich an den Armen, und ich glaubte schon, sie würden mich hinab in irgendein Verlies schleifen oder mir Schlimmeres antun. Jemand schrie: »Sie ist eine Hexe! Wenn wir zulassen, dass sie ihre Kräfte zurückgewinnt …«

Alosha bereitete dem ganzen Spuk ein Ende. Sie betrat den Raum und klatschte dreimal in die Hände. Jeder Schlag donnerte, als würde eine ganze Einheit von Soldaten im Einklang auf den Boden stampfen. Alle wurden plötzlich lange genug still, um ihr zuzuhören. »Sie soll sich wieder hinsetzen. Und ihr hört auf, euch wie Dummköpfe zu benehmen«, rief sie. »Nehmt stattdessen Jakub fest. Er war mittendrin im Geschehen. Ist denn keiner von euch weitsichtig genug zu befürchten, dass er sich ebenfalls mit dem Übel angesteckt haben könnte?«

Sie war hoch angesehen: Alle kannten sie, vor allem die Wachen, die sofort eine stramme und aufrechte Haltung einnahmen, als wäre sie ihr General. Sie ließen mich los, griffen sich stattdessen den unglücklichen, protestierenden Jakub und schleiften ihn zu Alosha, während er weiterzeterte: »Aber *sie* war es! Vater Ballo sagte, *sie* habe das Buch gefunden …«

»Still«, herrschte Alosha ihn an und zog ihren Dolch hervor. »Haltet sein Handgelenk fest«, trug sie den Wachen auf, die daraufhin den Arm des Gehilfen mit der Handfläche nach oben auf den Tisch drückten. Alosha murmelte einen Spruch und fügte Jakub einen kleinen Schnitt in der Armbeuge zu. Dann hielt sie die Klinge neben die blutende Verletzung. Der Mann zuckte und zappelte im Griff der Wachen. Plötzlich kamen dünne schwarze Rauchwolken zusammen mit seinem Blut heraus und hefteten sich an die glänzende Schneide des Dolches. Alosha drehte die Klinge langsam um sich selbst und wickelte die Schwaden wie einen Faden auf eine Spule auf, bis kein Rauch mehr nachkam. Daraufhin hielt sie den Dolch hoch und besah ihn sich mit zusammengekniffenen Augen, ehe sie »*Hulvad elolveta*« sagte und dreimal darüberblies. Die Klinge glomm nach jedem Atemzug stärker und stärker auf und glühte heißer. Der Rauch löste sich auf und verbreitete dabei schwefeligen Gestank.

Der Raum hatte sich beträchtlich geleert, als sie endlich fertig war. Die wenigen Schaulustigen, die noch dageblieben waren, hatten sich zurückgezogen und gegen die Wand gedrückt, mit Ausnahme der blassen, unglücklichen Wachsoldaten, die den Lehrling noch immer festhielten. »In Ordnung, verbindet ihn. Und hör auf herumzublöken, Jakub. Ich war dabei, als sie das Buch gefunden hat, du Idiot. Das Buch hat jahrelang in unserer Bibliothek gelegen wie ein verfaulender Apfel. Ballo wollte es reinigen. Was ist geschehen?«

Darauf hatte Jakub keine Antwort. Er war weggeschickt worden, um die benötigten Ingredienzen zu holen. Der König war noch nicht da gewesen, als er den Raum verlassen hatte. Als Jakub mit Salz und Kräutern zurückkehrte, standen der König und seine Wachen mit leeren Gesichtern beim Podium. Ballo las laut aus dem Buch vor, während er sich bereits verwandelte: Klauenbewehrte Beine kamen unter seiner Robe zum Vorschein. Zwei weitere sprossen seitlich aus seinen Lenden und platzten durch den Stoff. Sein Gesicht wurde immer länger wie eine Schnauze, und unablässig las er weiter, auch wenn die Worte kaum mehr verständlich aus seiner Kehle aufstiegen, bis sie irgendwann darin stecken blieben.

Jakubs Stimme war beim Reden immer lauter und schriller geworden, dann brach er ab und verstummte. Seine Hände zitterten.

Alosha schenkte ihm etwas Nalevka in ein Glas und reichte es ihm. »Das Buch ist stärker, als wir angenommen haben«, sagte sie. »Wir müssen es sofort verbrennen.«

Ich wollte aufstehen, aber Alosha sah mich an und schüttelte den Kopf. »Du hast dich bereits verausgabt. Setzt dich an den Kamin und sieh mir zu. Versuch nicht, irgendetwas zu unternehmen, es sei denn, du bemerkst, dass es von mir Besitz ergreift.«

Das Buch lag immer noch friedlich auf dem Fußboden zwischen den eingestürzten Überresten des Steintisches, von der Lampe angestrahlt und unschuldig. Alosha ließ sich von den Wachen ein Paar Panzerhandschuhe bringen, hob das Buch mit deren Hilfe auf, brachte es zum Kamin und rief Feuer herbei: »*Polzhyt, polzhyt mollin, polzhyt talo*«, und immer so weiter. Es war ein langer Spruch und die graue kalte Asche in der Feuerstelle flammte schließlich auf wie das lodernde Feuer in Aloshas Esse. Es leckte am Papier und wollte die Seiten verzehren, aber das Buch schlug sich im Flammenbad selber auf. Die einzelnen Seiten flatterten raschelnd wie Fahnen im starken Wind. Bilder von Ungeheuern versuchten, Blicke auf sich zu ziehen, von hinten durch den Schein der Flammen hell erleuchtet.

»Zurück!«, befahl Alosha den Wachen mit scharfer Stimme. Einige der Männer wollten gerade einen Schritt herantreten, ihre Augen hatten einen gebannten, entrückten Ausdruck angenommen. Alosha hielt die flache Seite ihres Dolches so, dass die Schneide den Feuerschein einfing und zurückwarf; er fiel auf die Gesichter der näher herandrängenden Soldaten, die daraufhin blinzelten und erschrocken, bleich und verängstigt wieder zurückwichen.

Alosha behielt sie wachsam im Auge, bis sie weit genug entfernt stehen blieben, dann drehte sie sich zurück und setzte ihren Feuerspruch immer weiter fort. Mit gespreizten Armen umfing sie die Flammen. Aber das Buch zischte und spuckte unaufhörlich im Kamin wie nasses grünes Holz und wollte einfach nicht in Brand geraten. Der frische Geruch von Frühlingsblättern stahl sich in den Raum. Ich konnte sehen, wie die Adern an Aloshas Hals hervortraten und sich ihr Gesicht sich vor Anstrengung verzerrte. Die Augen hielt sie starr auf den Kaminsims gerichtet, aber immer häufiger wanderten ihre Blicke unwillkürlich zurück zu den vom Feuer beschienenen Buchseiten. Jedes Mal drückte sie ihren Daumen gegen die Schneide des Dolches und ließ ihr Blut zu Boden tropfen, dann sah sie rasch wieder hoch.

Ihre Stimme wurde langsam heiser. Ein paar orangefarbene Funken landeten auf dem Teppich und brannten kleine Löcher hinein. Ich saß müde auf meinem Hocker, sah zu und stimmte irgendwann leise das alte Lied über den Funken in der Feuerstelle an, der seine langen Geschichten erzählt: *Einst lebte eine goldblonde Prinzessin, die liebte einen schlichten Burschen; der König gab zu ihrer Hochzeit ein rauschendes Fest, und hier endet die Geschichte! Einst lebte die alte Baba Jaga, deren Haus aus Butter gemacht war, und in diesem Haus geschahen viele Wunder. Zisch! Jetzt ist der Funke erloschen. Verschwunden, und er hat die Geschichte mit sich genommen.* Ich sang es einmal leise ganz durch und flüsterte: »*Kikra, kikra.*« Dann begann ich wieder von vorne. Nun rieselten die Funken wie ein Schauer über den Buchseiten nieder, und jeder einzelne von ihnen brannte ein winziges Loch hinein, ehe er verlosch. Aus dem einzelnen Schauer wurde ein heißer Funkenregen, und als aus den glühenden Punkten kleine Flammen wurden, stiegen auch die ersten dünnen Rauchwolken auf.

Alosha wurde langsamer und brach schließlich ab. Endlich hatte das Buch doch noch Feuer gefangen. Die Seiten bogen sich an den Rändern auf wie kleine Tiere, die sich zum Sterben zusammenrollen, und der Pflanzensaft, der in die Flammen spritzte, verbreitete überall im Raum den Geruch von verbranntem Zucker. Kasia packte mich sanft am Arm, und wir zogen uns vom Feuer zurück, das langsam und träge das Buch verzehrte wie jemand, der sich zwingen muss, hartes, ungenießbares Brot zu essen.

»Und wie ist das Bestiarium in deine Hände gelangt?«, bellte mich einer der Geistlichen an, dem ein Dutzend und mehr Priester zur Seite standen. »Warum war der König dort?« Das Ratszimmer war voller Adliger, die mich und Alosha anschrien. Manchmal keiften sie sich auch gegenseitig an. Sie alle hatten Angst und verlangten nach Antworten, die ihnen niemand geben konnte. Die Hälfte von ihnen verdächtigte mich, ich hätte dem König eine Falle gestellt, und sie sprachen davon, mich in den Kerker zu werfen. Andere kamen ohne jeglichen Beweis zu dem Schluss, dass der zitternde Jakub ein Handlanger Rosyas war; er habe den König in die Bibliothek gelockt und

Vater Ballo dazu gebracht, in dem Buch zu lesen. Jakub begann zu weinen und zu protestieren, ich hingegen hatte nicht die Kraft, mich gegen die Vorwürfe zu verteidigen. Stattdessen öffnete sich mein Mund ganz von alleine zu einem ausgiebigen Gähnen, was die Anwesenden nur noch zorniger machte.

Ich wollte nicht respektlos sein, aber ich konnte gar nichts dagegen tun. Irgendwie bekam ich einfach nicht genug Luft. Ich konnte nicht denken. Meine Hände kribbelten und brannten noch immer vom Blitz, und der Rauch des brennenden Papiers war mir in der Nase geblieben. Nichts davon erschien mir real. Der König war tot. Vater Ballo war tot. Ich hatte sie noch vor kaum einer Stunde aus dem Saal kommen sehen, in dem die Kriegskonferenz abgehalten worden war, und da waren sie noch völlig unversehrt und gesund gewesen. Ich erinnerte mich nur zu lebhaft an den Moment: an die besorgten Falten auf Vater Ballos Stirn und an die blauen Stiefel des Königs.

In der Bibliothek hatte Alosha einen Reinigungszauber über dem Leichnam des Königs gesprochen, dann hatten ihn die Priester für die Totenwache in die Kathedrale gebracht, nachdem sie ihn eilig in ein Tuch gewickelt hatten. Seine Stiefel hatten am Ende des Bündels hervorgeblitzt.

Die Magnaten hörten nicht auf, mich anzuschreien. Die ganze Sache wurde auch dadurch nicht besser, dass ich das Gefühl hatte, tatsächlich verantwortlich zu sein. Ich hatte gewusst, dass etwas nicht in Ordnung war. Wenn ich doch nur schneller gewesen wäre; wenn ich das Buch doch nur selbst verbrannt hätte, unmittelbar nachdem ich es gefunden hatte. Ich verbarg mein Gesicht hinter meinen brennenden Händen.

Aber dann stellte sich Marek neben mich und brüllte seinerseits die Adligen an. Der blutige Speer, den er in den Händen hielt, verlieh ihm zusätzliche Autorität. Er knallte ihn vor den Versammelten auf den Ratstisch. »Sie hat das Ungeheuer erschlagen, als es dabei war, Solya zu töten und noch ein Dutzend anderer Männer«, rief er. »Wir haben keine Zeit für diesen Irrsinn. Wir werden in drei Tagen in Richtung Rydva marschieren!«

»Niemand marschiert irgendwohin ohne den Befehl des Königs!«, wagte einer der Geistlichen zu erwidern. Er konnte von Glück sagen, dass er auf der anderen Seite des Tisches stand und sich deshalb außerhalb der Reichweite von Prinz Marek befand. Trotzdem wich er zurück, als sich Marek über den Tisch beugte, die gepanzerte Hand zur Faust geballt, bebend vor selbstgerechtem Zorn.

»Er hat nicht unrecht«, mischte sich Alosha mit scharfer Stimme ein und legte eine Hand vor Marek auf den Tisch, um ihn dazu zu bringen, sich aufzurichten und sie anzuschauen. »Das ist nicht der richtige Zeitpunkt, um einen Krieg anzuzetteln.«

Die Hälfte der Magnaten am Tisch fauchte und keifte sich gegenseitig an, gab Rosya die Schuld, gab mir die Schuld, ja gab sogar dem armen Vater Ballo. Der Thron stand verwaist am Kopf der Tafel. Rechts davon saß Kronprinz Sigmund. Seine Hände waren so ineinander verkrampft, dass sie wie eine einzige Faust aussahen. Er starrte darauf, während um ihn herum der Tumult weiterging. Die Königin saß links. Sie trug noch immer den goldenen Reif von Ragostok zu ihrem glatten, glänzenden schwarzen Satinkleid. Ich bemerkte eher zufällig, dass sie einen Brief las. Ein Bote stand dicht neben ihr mit einer leeren Depeschentasche, in der er die Nachricht transportiert hatte, und blickte unsicher umher. Ich glaube, er war gerade erst in den Saal gekommen.

Dann stand die Königin auf. »Meine Herren.« Alle Köpfe drehten sich ihr zu. Sie hob den Brief hoch: ein kurzes, gefaltetes Stück Papier. Das rote Siegel hatte sie bereits aufgebrochen. »Eine Armee aus Rosya ist auf dem Weg zur Rydva gesichtet worden. Morgen früh werden die Soldaten dort sein.«

Niemand sagte etwas.

»Wir müssen unsere Trauer und unseren Zorn beiseiteschieben«, fuhr sie fort. Ich starrte zu ihr hoch: Sie war das Urbild einer Königin, stolz, trotzig und mit hochgerecktem Kinn. Ihre Stimme war klar und deutlich in der steinernen Halle zu hören. »In dieser Stunde darf Polnya keine Schwäche zeigen.« Sie wandte sich an den Kronprinzen, der ihr genau wie ich das Gesicht zugedreht hatte, erschrocken und unverstellt wie das eines Kindes. Sein Mund öffnete und schloss sich, um Worte hervorzubringen, die aber nicht kommen wollten.

»Sigmund, sie haben nur vier Einheiten geschickt. Wenn du die Truppen zusammenziehst, die sich bereits vor der Stadt gesammelt haben, und sofort losreitest, wirst du ihnen zahlenmäßig überlegen sein.«

»Ich sollte derjenige sein, der …«, begann Marek und stand auf, um Einspruch zu erheben, aber Königin Hanna machte eine abwehrende Geste, und er verstummte.

»Prinz Marek wird hierbleiben und mithilfe der königlichen Wache die Stadt sichern und die zusätzlichen Männer in Empfang nehmen, die eintreffen werden«, bestimmte sie und wandte sich wieder an die Versammlung. »Er wird dabei vom Rat und von mir selbst unterstützt, hoffe ich. Sicherlich kann man im Augenblick nicht mehr tun, oder?«

Der Kronprinz erhob sich. »Wir werden dem Vorschlag der Königin folgen«, sagte er. Mareks Wangen färbten sich dunkelrot vor Frustration, aber dann atmete er aus und sagte missmutig: »Nun gut!«

So schnell war also alles beschlossene Sache. Die Geistlichen begannen sofort, geschäftig in alle Richtungen auszuschwärmen, froh darüber, dass die Ordnung wiederhergestellt war. Es gab keine Gelegenheit für Widerspruch, keinen Moment, einen anderen Weg vorzuschlagen, keine Chance, etwas aufzuhalten.

Ich stand auf. »Nein«, sagte ich, »haltet ein«, aber niemand hörte mir zu. Ich brachte den letzten Rest Magie in mir auf, um meine Stimme lauter zu machen, damit sich die Wegeilenden noch einmal umdrehten. »*Wartet!*«, versuchte ich zu rufen, doch dann wurde es um mich herum schwarz.

Ich erwachte in meinem Zimmer und setzte mich mit einem Ruck gerade auf. Auf meinen Armen hatte ich eine Gänsehaut und meine

Kehle brannte. Kasia saß am Ende meines Bettes, und die Weide, die sich offenbar über mich gebeugt hatte, richtete sich jetzt mit einem Ausdruck tiefer Missbilligung auf dem Gesicht auf. Sie hatte eine Flasche mit einem Zaubertrank in der Hand. Ich konnte mich nicht daran erinnern, wie ich hierhergekommen war. Verwirrt schaute ich aus dem Fenster; die Sonne war weitergezogen.

»Du bist im Ratszimmer zusammengebrochen«, erklärte Kasia. »Ich konnte dich nicht mehr wach bekommen.«

»Du hast dich verausgabt«, sagte die Weide. »Nein, probier nicht aufzustehen. Du solltest lieber bleiben, wo du bist, und mindestens eine Woche lang keinen Versuch unternehmen, deine Magie einzusetzen. Es ist ein Kelch, der wieder aufgefüllt werden muss, kein endloser Strom.«

»Aber die Königin«, platzte ich heraus, »der Dunkle Wald ...«

»Wenn du möchtest, dann schlag meinen Rat in den Wind, verbrauche den letzten Tropfen deiner Magie und geh daran zugrunde. Ich werde dich nicht davon abhalten«, sagte die Weide herablassend. Ich wusste nicht, wie es Kasia gelungen war, sie dazu zu bringen, mir einen Besuch abzustatten. Aber dem kalten Blick nach zu urteilen, den die beiden austauschten, als die Weide an Kasia vorbei zur Tür und aus dem Zimmer rauschte, konnte es nicht sehr freundlich zugegangen sein.

Ich rieb mir die Augen mit den Fingerknöcheln und lehnte mich wieder in die Kissen zurück. Der Zaubertrank, den die Weide mir eingeflößt hatte, rumorte in meinem Bauch und wärmte mich kräftig von innen heraus, als hätte ich viel zu viel scharfen Pfeffer gegessen.

»Alosha hat mir gesagt, ich solle die Weide holen, damit sie einen Blick auf dich wirft«, sagte Kasia und beugte sich besorgt über mich. »Sie sagte, sie würde den Kronprinzen davon abhalten loszuziehen.«

Ich sammelte all meine verbliebene Kraft, griff nach Kasias Händen und hievte mich mühsam aus dem Bett. Meine Bauchmuskeln schmerzten und waren geschwächt. Aber ich konnte jetzt nicht liegen bleiben, ganz gleich, ob ich nun meine Magie einsetzen konnte oder nicht.

Eine bedrückende Last lag über der Burg – ein entsetzlicher Druck. Irgendwie war der Dunkle Wald immer noch hier. Er war noch lange nicht mit uns fertig. »Wir müssen Alosha finden.«

Die Wachen vor den Räumen des Kronprinzen waren in höchster Alarmbereitschaft. Sie waren drauf und dran, uns den Zutritt zu verweigern, aber ich rief: »Alosha!« Als sie den Kopf zur Tür hinausstreckte und mit den Wachmännern sprach, ließen sie uns doch noch mitten hinein in das Durcheinander der Vorbereitungen für den Aufbruch. Der Kronprinz war noch nicht in voller Rüstung, aber er trug bereits Beinschienen und sein Kettenhemd. Eine Hand lag auf der Schulter seines Sohnes. Seine Ehefrau, Prinzessin Malgorzhata, stand neben ihm und hatte ein kleines Mädchen auf dem Arm. Der Junge hatte ein Schwert in der Hand – ein echtes Schwert mit einer Schneide, das jedoch klein genug war, dass er es halten konnte. Er war sicher noch keine sieben Jahre alt. Ich hätte einiges darauf verwettet, dass ein so junges Kind gerade mal einen einzigen Tag brauchen würde, um sich selbst oder irgendjemand anderem einen Finger abzutrennen, doch der Knabe hantierte so souverän mit seiner Waffe wie die übrigen Soldaten. Dann reichte er sie seinem Vater auf den ausgestreckten Handflächen und schaute ängstlich zu ihm hoch. »Ich werde auch keinen Ärger machen«, sagte er.

»Du musst hierblieben und auf Marisha aufpassen«, antwortete der Prinz und strich dem Jungen über den Kopf. Dann sah er die Prinzessin an; sein Gesicht war gefasst. Er küsste seine Gemahlin nicht auf die Lippen, sondern auf den Handrücken. »Ich werde, so schnell es geht, zurückkommen.«

»Ich habe überlegt, ob ich die Kinder nicht gleich nach dem Begräbnis nach Gidna bringen sollte«, sagte die Prinzessin. Ich erinnerte mich vage, dass das der Name der Stadt war, aus der sie stammte – eine Hafenstadt, die durch ihre Hochzeit für Polnya zugänglich geworden war. »Die Meeresluft wird ihnen guttun und meine Eltern haben Marisha seit ihrer Taufe nicht mehr zu Gesicht bekommen.« Ihre

Wortwahl klang, als wäre ihr der Gedanke eben erst gekommen, aber die Art und Weise, wie sie sprach, wirkte, als habe sie ihren Text einstudiert.

»Ich will aber nicht nach Gidna!«, jammerte der Junge. »Papa …«

»Genug, Stashek«, sagte der Prinz. »Was immer du für das Beste hältst«, fügte er dann an die Prinzessin gewandt hinzu. Schließlich drehte er sich zu Alosha um: »Könnt Ihr einen Segen über meinem Schwert sprechen?«

»Das würde ich lieber nicht tun«, antwortete sie düster. »Warum gebt Ihr Euch für diese Sache her? Nach allem, was wir gestern besprochen haben …«

»Gestern war mein Vater noch am Leben«, entgegnete Prinz Sigmund. »Und heute ist er tot. Was glaubt Ihr, was geschieht, wenn die Magnaten den Nachfolger bestimmen, nachdem ich zugelassen habe, dass Marek loszieht und diese Armee aus Rosya für uns besiegt?«

»Dann schickt einen General«, sagte Alosha, aber sie stritt nicht ernstlich mit dem Prinzen. Ich hatte das sichere Gefühl, dass sie das nur sagte, um währenddessen über eine andere Lösung nachzugrübeln. Eine, die sie selbst für möglich hielt. »Was ist mit Baron Golshkin …?«

»Das geht nicht«, antwortete der Prinz. »Wenn ich nicht an der Spitze dieser Armee reite, dann wird Marek es tun. Glaubt Ihr, es gibt einen General, der sich jetzt in diesem Augenblick dem Helden von Polnya in den Weg stellen würde? Im ganzen Land stimmt man Heldenlieder über ihn an.«

»Nur ein Narr würde Marek an Eurer Stelle auf den Thron setzen«, sagte Alosha.

»Männer sind Narren«, entgegnete Sigmund. »Verwehrt mir den Segen nicht und gebt auf meine Kinder acht.«

Wir sahen ihm nach, als er aufbrach. Die beiden kleinen Kinder knieten auf einem Hocker und konnten gerade so über das Fensterbrett schauen. Dahinter stand ihre Mutter, die Hände auf ihren Köpfen, golden und dunkel. Als Sigmund losritt, bestand sein Gefolge aus einer kleinen Einheit Wachen, die ihn eskortieren. Der rote Adler auf weißem Grund bauschte sich hinter ihm im Wind. Alosha sah ihm schweigend von einem zweiten Fenster aus hinterher, bis der Tross den Hof verlassen hatte. Dann drehte sie sich zu mir um und sagte düster: »Es gibt immer einen Preis, den man bezahlen muss.«

»Ja«, antwortete ich leise und erschöpft. Und ich war mir sicher, dass wir unsere Schuld noch lange nicht beglichen hatten.

Kapitel 24

Ich konnte nun nichts anderes mehr tun als schlafen. Alosha hatte bestimmt, dass ich mich sofort hinlegen sollte, dort mitten im Zimmer, trotz der zweifelnden Blicke der Prinzessin. Und so schlief ich auf dem weichen Wollteppich vor dem Kamin ein. Dieser hatte ein seltsames Muster. Tanzende Regentropfen oder vielleicht Tränen von beachtlicher Größe waren dort eingewoben. Der Steinfußboden darunter war hart, aber ich war zu müde, als dass es etwas ausgemacht hätte.

Ich schlief den ganzen Abend und die Nacht hindurch und wachte am nächsten Morgen sehr früh auf. Zwar war ich immer noch müde, aber mein Kopf fühlte sich weniger benebelt an. Meine Handflächen, die der Blitz versengt hatte, waren wieder kühl. Die Magie tief in meinem Innersten strömte träge und plätschernd dahin, als würde sie über Kiesel fließen. Kasia schlief auf dem Teppich am Fuße des Bettes. Durch die Bettvorhänge konnte ich die Prinzessin sehen, die ihre beiden Kinder eng an sich gedrückt hatte. Zwei Wachen dösten rechts und links neben der Tür.

Alosha saß auf einem Sessel am Feuer, das hungrige Schwert auf dem Schoß, und sie schärfte es mit ihrem Finger. Ich konnte das Flüstern ihrer Magie hören, als sie mit der Daumenkuppe knapp unter dem Rand der Klinge entlangfuhr. Auf ihrer dunklen Haut zeichnete sich eine dünne Linie hervorquellenden Blutes ab, obwohl sie den Stahl gar nicht richtig berührt hatte. Es stieg als schwacher roter Nebel auf und versank in der Klinge. Ihren Sessel hatte Alosha so gedreht, dass sie die

Türen und die Fenster gut im Blick behalten konnte. Sie schien die ganze Nacht über Wache gehalten zu haben.

»Was befürchtest du?«, fragte ich sie leise.

»Alles«, sagte sie. »Alles, was nur denkbar ist. Wir haben das Übel im Palast, der König ist tot, Ballo ist tot, der Kronprinz fortgelockt auf ein Schlachtfeld, auf dem alles Mögliche passieren kann. Es ist spät genug, um endlich Vorsicht walten zu lassen. Ich kann auch ein paar Nächte ohne Schlaf auskommen. Geht es dir besser?« Ich nickte. »Gut. Dann hör mir zu: Wir müssen das Übel im Palast ausmerzen, und zwar schnell. Ich glaube nicht, dass wir der Sache wirklich ein Ende bereitet haben, als wir das Buch zerstörten.«

Ich setzte mich aufrecht hin und schlang die Arme um meine Knie. »Sarkan glaubt, es könne doch an der Königin liegen. Er meint, sie sei vielleicht so gequält worden, dass sie nun eine Komplizin des Dunklen Waldes ist, ohne tatsächlich mit dem Übel infiziert zu sein.« Ich fragte mich, ob er recht hatte. Vielleicht hatte die Königin ja eine kleine goldene Frucht vom Boden des Dunklen Waldes aufgelesen und in die Burg geschmuggelt. Und vielleicht war nun in einer verborgenen Ecke des Palastgartens ein silberner Schössling durch den Boden gebrochen und verbreitete das Übel. Es war für mich schwer vorstellbar, dass die Königin alles, was sie einmal gewesen war, so weit eingebüßt hatte. Ich weigerte mich zu glauben, dass sie den Dunklen Wald mitgebracht hatte und sich jetzt gegen ihre eigene Familie und ihr Königreich wendete.

Aber Alosha sagte: »Vielleicht musste sie gar keine großen Qualen erleiden, um bei der Ermordung ihres Mannes mitzuhelfen, der sie zwanzig Jahre lang in den Fängen des Dunklen Waldes alleingelassen hatte. Genau wie ihr älterer Sohn«, fügte sie hinzu, als ich widersprechen wollte. »Ich habe bemerkt, dass Marek derjenige ist, den sie von der Front ferngehalten hat. Man kann mit Sicherheit sagen, dass sie im Zentrum des Aufruhrs steht. Kannst du diese *Beschwörung* auf sie anwenden?«

Ich schwieg und erinnerte mich an den Thronsaal, wo ich bereits selbst in Erwägung gezogen hatte, die *Beschwörung* bei der Königin einzusetzen. Stattdessen hatte ich mich dafür entschieden, dem Hof eine Illusion zu zeigen, eine Theaterdarbietung, um Kasias Begnadigung zu erreichen. Vielleicht war genau das ein Fehler gewesen.

»Ich glaube nicht, dass ich das alleine schaffe«, erklärte ich. Ich hatte das Gefühl, dass die *Beschwörung* gar nicht dafür gedacht war, alleine gezaubert zu werden, als würde die Wahrheit keinerlei Bedeutung haben, wenn nicht jemand dabei wäre, mit dem man sie teilen konnte. Man konnte bis ans Ende aller Tage die Wahrheit in die Welt hinausrufen, aber es blieb sinnlos, wenn niemand kam, um sie zu hören.

Alosha schüttelte den Kopf. »Ich kann dir nicht helfen. Ich werde die Prinzessin und die königlichen Kinder nicht unbewacht lassen, ehe sie nicht sicher in Gidna angekommen sind.«

Zögernd sagte ich: »Vielleicht könnte Solya mir helfen.« Das Letzte, was ich wollte, war, mit ihm zusammen einen Spruch zu zaubern und ihm einen neuen Anlass zu geben, nach meiner Magie zu greifen. Doch es war möglich, dass seine Sehergabe den Spruch noch stärker machen würde.

»Solya.« Missbilligung schwang mit, als Alosha seinen Namen aussprach. »Nun, er hat sich wie ein Narr benommen, aber er ist nicht dumm. Du kannst es mit ihm versuchen. Wenn nicht, geh zu Ragostok. Er ist nicht so stark wie Solya, aber er könnte es schaffen.«

»Würde er mir denn helfen?«, fragte ich wenig überzeugt und erinnerte mich an den Reif, den die Königin in ihren Haaren trug. Ragostok schien mich nicht sonderlich gut leiden zu können.

»Wenn ich sage, er soll es tun, wird er es auch machen«, sagte Alosha. »Er ist mein Ur-Ur-Enkel. Wenn er sich weigert, dann sag ihm, er soll zu mir kommen und mit mir sprechen. Ja, ich weiß, dass er ein Esel ist«, fügte sie hinzu, denn sie hatte meinen ungläubigen Blick falsch verstanden und seufzte. »Der einzige meiner Nachkommen, der die Gabe der Magie hat, zumindest in Polnya.« Sie schüttelte den Kopf. »Sie ist auch bei den Kindern meiner Lieblingsenkelin und bei deren Enkeln zutage getreten, aber das Mädchen hat einen Mann aus Venezia geheiratet und ist mit ihm nach Süden gezogen. Es würde mehr als einen Monat dauern, nach ihr zu schicken.«

»Hast du denn eine große Familie?«, fragte ich schüchtern.

»Oh, ich habe siebenundsechzig Ur-Ur-Enkel, glaube ich«, sagte sie nach kurzer Überlegung. »Vielleicht sind es inzwischen auch schon mehr; sie entgleiten mir nach und nach. Einige schreiben mir pflichtschuldig jeden Mittwinter. Die meisten aber erinnern sich gar nicht mehr daran, dass sie von mir abstammen – wenn sie es denn je gewusst haben. Ihre Haut ist heller geworden und sieht nur noch so aus, als hätte man ein bisschen Tee in Milch geschüttet. Immerhin reicht das aus, damit sie nicht so leicht einen Sonnenbrand bekommt. Mein Ehemann ist seit hundertvierzig Jahren tot.« Sie sagte das so leichthin, als würde es mittlerweile keine Rolle mehr für sie spielen. Wahrscheinlich war es auch so.

»Und das ist alles?«, fragte ich. Beinahe war ich verzweifelt. Ur-Ur-Enkel, die Hälfte davon vergessen und der Rest war ihr so fern wie Ragostok, über den sie seufzen konnte, ohne aber mehr als eine leichte Verärgerung zu spüren. Das alles schien mir nicht genug, um in der Welt verwurzelt zu sein.

»Ich habe sonst keine Verwandten, muss ich vorausschicken. Meine Mutter war eine Sklavin aus Namib, aber sie ist bei meiner Geburt gestorben. Mehr weiß ich nicht von ihr. Ein Baron im Süden kaufte sie einem Händler in Mondria ab, um sie seiner Frau zu schenken. Sie waren gut zu mir, auch schon bevor meine Gabe zum Vorschein kam, aber es war die Freundlichkeit eines Herrn, nicht die eines Verwandten.« Sie zuckte mit den Schultern. »Hin und wieder hatte ich Liebhaber, meist Soldaten. Aber wenn man erst einmal alt genug ist, dann sind sie wie Blumen: Man weiß, dass die Blüte verwelken wird, auch wenn man sie ins Wasser stellt.«

Ich konnte nicht mehr an mich halten: »Aber warum … bist du denn überhaupt hier? Warum kümmerst du dich um Polnya oder … oder sonst irgendetwas?«

»Ich bin noch nicht tot«, sagte Alosha scharf. »Und ich habe es immer zu schätzen gewusst, wenn jemand seine Arbeit gut macht. Polnya hatte eine Reihe guter Könige. Sie haben ihrem Volk gedient, Bibliotheken und Straßen gebaut und Universitäten gegründet. Außerdem beherrschten sie die Kriegsführung gut genug, um ihre Feinde davon abzuhalten, sie zu überrennen und alles zu zerstören, was sie aufgebaut hatten. Sie waren gute Werkzeuge. Sicher wäre ich gegangen, wenn sie schlecht gewesen wären. Und ganz sicher würde ich keine Schwerter in die Hände von Männern legen, die diesem verdammten Hitzkopf Marek in Dutzende von Kriegen folgen, nur um Ruhm zu ernten. Aber Sigmund – er ist ein vernünftiger Mann und gut zu seiner Frau. Ich bin froh, dabei zu helfen, sein Land zu verteidigen.«

Sie las in meinem Gesicht, wie elend ich mich fühlte, und mit rauer Freundlichkeit fügte sie hinzu: »Du wirst noch lernen, es weniger schwer zu nehmen, Kind. Oder du wirst lernen, andere Dinge zu lieben. Wie der arme Ballo«, sagte sie mit einer Spur von wehmütigem Bedauern, das nicht stark genug war, um als Trauer bezeichnet zu werden. »Er hat vierzig Jahre lang in einem Kloster gelebt und Manuskripte illustriert, ehe irgendjemandem auffiel, dass er nicht alterte. Ich glaube, er war selber immer ein bisschen erstaunt darüber, dass er ein Zauberer sein sollte.«

Sie nahm ihre Arbeit wieder auf und schärfte weiter die Klinge, während ich das Zimmer verließ; ich war aufgebracht und fühlte mich noch unglücklicher als vor meiner Frage. Ich dachte an meine Brüder, die älter wurden und an meinen kleinen Neffen Danushek, der mir mit seinem ernsten Kindergesicht einen Ball brachte. Dieses Gesicht würde das eines alten Mannes werden, müde, faltig und von der Zeit gezeichnet. Jeder, den ich kannte, würde begraben werden, und nur die Kinder ihrer Kinder würden noch bleiben, um von mir geliebt zu werden.

Aber besser sie als überhaupt niemand sonst. Und alles wäre besser, wenn diese Kinder gefahrlos im Wald spielen könnten. Wenn ich genug Kraft hätte, könnte ich ein Schild für sie sein: für meine Familie, für Kasia, für diese beiden kleinen Kinder, die hier in ihrem Bett lagen, und für all die anderen, die im Schatten des Dunklen Waldes schliefen.

Ich versuchte, mir einzureden und daran zu glauben, dass das genug wäre, aber als ich ganz alleine draußen auf dem dunklen Flur stand, blieb ein kaltes und bitteres Gefühl zurück. Ein paar der jüngeren Dienstmädchen begannen ihr Tagewerk und schlichen leise in die Zimmer der Adligen, um die Feuer zu schüren – genau wie am Tag zuvor; obwohl heute der König tot war. Das Leben ging weiter.

Als ich seine Tür öffnete, rief Solya: »Du musst dich nicht um das Feuer kümmern, Lizbeta. Sei ein gutes Mädchen und bring einfach nur etwas heißen Tee und Frühstück.« Das Feuer in seinem großen steinernen Kamin war bereits entzündet und umzüngelte ein paar frische Holzscheite.

Im Gegensatz zu mir hatte man Solya nicht in eine winzige Zelle gesteckt, den Blicken eines Gargoyles ausgesetzt. Stattdessen standen ihm gleich zwei Zimmer zur Verfügung, jedes davon dreimal so groß wie das, mit dem ich vorliebnehmen musste. Dicke, weiche Teppichläufer in strahlendem Weiß bedeckten den Steinboden seiner Räumlichkeiten, und ich war mir sicher, dass er sie mithilfe von Magie sauber hielt. Ein großes Himmelbett mit zerwühlten Decken war durch zwei offen stehende Türen im zweiten Raum zu erkennen. Auf dem breiten Holzpaneel am Fuß des Bettes flog ein geschnitzter Adler, dessen Auge aus einem einzigen großen, glatt polierten goldenen Stein mit einer geschlitzten Pupille bestand und mich anstarrte.

In der Mitte des Zimmers stand ein runder Tisch, an dem Marek neben Solya saß. Er hatte sich mit sauertöpfischer Miene auf seinem Stuhl zurückgelehnt, die Füße in Stiefeln hochgelegt, und er trug einen pelzverbrämten Morgenmantel über seiner Hose. Ein silbernes Gestell auf dem Tisch bildete die Fassung für einen ovalen, armlangen Spiegel. Ich brauchte einen Moment, bis ich begriff, dass ich nicht in einem seltsamen Winkel in den Spiegel blickte und die Bettvorhänge sah. Es war überhaupt kein Spiegelbild zu sehen. Wie durch ein Fenster, das es gar nicht geben konnte, sah man durch den Spiegel in ein Zelt. Der schwankende Pfahl in der Mitte stützte die Seitenwände, und im vorderen Teil war eine schmale dreieckige Öffnung zu sehen, die den Blick auf ein grünes Feld freigab.

Mit einer Hand am Rahmen starrte Solya wie gebannt in den Spiegel. In seinen Augen waren nur noch die riesigen Pupillen wie schwarze Brunnen zu sehen, die alles in sich aufsogen. Marek musterte sein Gesicht. Keiner der beiden bemerkte mich, bis ich neben ihnen auftauchte, und selbst dann konnte Marek seinen Blick kaum lösen.

»Wo hast du gesteckt?«, fragte er, und fuhr fort, ohne auf eine Antwort zu warten: »Hör auf damit, einfach so zu verschwinden, oder ich muss dir ein Glöckchen umbinden. Rosya muss mindestens einen Spion, wenn nicht gleich ein halbes Dutzend, in die Burg geschmuggelt haben. Nur so können sie erfahren haben, dass wir in Richtung Rydva marschieren wollen. Ich will dich von jetzt ab immer an meiner Seite haben.«

»Ich habe geschlafen«, antwortete ich mürrisch, ehe mir wieder einfiel, dass er erst tags zuvor seinen Vater verloren hatte. Sogleich bereute ich meinen Tonfall ein bisschen. Aber er sah nicht so aus, als wäre er in tiefer Trauer. Ich schätze, König und Prinz zu sein, hatte das Verhältnis der beiden Männer verändert und dafür gesorgt, dass sie sich immer weniger wie Vater und Sohn fühlten. Außerdem hatte Marek seinem Vater nie verziehen, dass er die Königin dem Dunklen Wald überlassen hatte. Trotzdem hätte ich erwartet, ihn mit rot geränderten Augen vorzufinden. Wenn schon nicht aus Liebe zu seinem Vater, dann doch wenigstens, weil er durcheinander war.

»Na sicher, was könnte man auch sonst tun, außer zu schlafen«, antwortete er mit schneidender Stimme und wandte seine Aufmerksamkeit wieder dem Spiegel zu. »Wo zur Hölle sind denn bloß alle?«

»Inzwischen müssen sie auf dem Feld sein«, antwortete Solya abwesend, ohne seinen Blick zu lösen.

»Wo *ich* ebenfalls sein sollte, wenn Sigmund nicht so ein speichelleckender Staatsmann wäre«, schnaubte Marek.

»Ihr meint, wenn Sigmund ein vollkommener Idiot wäre, was er nicht ist«, sagte Solya. »Er konnte Euch jetzt auf keinen Fall einen

Triumph überlassen, es sei denn, er wollte Euch die Krone gleich auf einem Silbertablett überreichen. Ich versichere Euch, er weiß, dass wir bereits fünfzig Stimmen der Magnaten haben.«

»Aber was hat er davon? Wenn er die Adligen nicht auf seiner Seite halten kann, dann verdient er die Krone nicht«, erwiderte Marek hitzig und verschränkte die Arme vor der Brust. »Wenn ich doch nur *dort* wäre …«

Sehnsüchtig schaute er in den Spiegel, der sich momentan als wenig hilfreich erwies, während ich die beiden Männer mit stetig wachsender Entrüstung beobachtete. Dann war es also nicht nur eine unbegründete Sorge Sigmunds, dass die Magnaten Marek den Thron zusprechen könnten. Marek versuchte tatsächlich, die Krone an sich zu reißen. Plötzlich verstand ich, warum mich die Prinzessin so misstrauisch im Auge behalten hatte – soweit sie wusste, war ich Mareks Verbündete. Aber ich schluckte die ersten zehn Bemerkungen hinunter, die mir auf der Zunge lagen, und sagte stattdessen kurz und bündig an Solya gerichtet: »Ich brauche Eure Hilfe.«

Das brachte mir endlich einen Blick aus seinen tiefschwarzen Augen unter hochgezogenen Brauen ein. »Und ich bin froh, dir helfen zu können, meine Liebe, und sehr erfreut, das aus deinem Munde zu hören.«

»Ich will, dass Ihr einen Spruch mit mir zaubert«, sagte ich. »Wir müssen die Königin der *Beschwörung* aussetzen.«

Er zögerte und sah nun weit weniger erfreut aus. Marek drehte sich um und bedachte mich mit einem harten Blick. »Was bildest du dir denn nun wieder ein?«

»Etwas stimmt nicht«, antwortete ich. »Ihr könnt nicht so tun, als hättet Ihr das nicht bemerkt. Seitdem wir zurückgekehrt sind, ist eine Katastrophe nach der anderen eingetreten. Der König, Vater Ballo, der Krieg mit Rosya – das alles hat der Dunkle Wald eingefädelt. Die *Beschwörung* wird uns zeigen …«

»Was?«, fuhr mich Marek an und sprang auf. »Was meinst du, werden wir sehen?«

Drohend ragte er über mir auf, doch ich wich nicht zurück, sondern straffte die Schultern.

»Die Wahrheit«, sagte ich. »Es sind noch keine drei Tage vergangen, seit wir die Königin aus dem Turm gelassen haben, und nun ist der König tot, es gibt Monster im Palast und Polnya befindet sich im Krieg. Irgendetwas ist uns entgangen.« Ich wandte mich an Solya. »Werdet Ihr mir helfen?«

Solyas Blicke wanderten zwischen Marek und mir hin und her. Offenkundig versuchte er abzuwägen, welche Antwort günstiger für ihn wäre. Schließlich sagte er mit besänftigender Stimme: »Die Königin ist begnadigt worden, Agnieszka. Wir können nicht einfach losgehen und sie ohne guten Grund mit einem Zauber belegen, nur weil wir uns Sorgen machen.«

»Aber Ihr müsst doch sehen, dass irgendetwas nicht stimmt«, sagte ich aufgebracht.

»Etwas *war* nicht in Ordnung«, erwiderte Solya herablassend und selbstzufrieden. Nur zu gerne hätte ich ihn geschüttelt. Ich bereute es, dass ich ihn mir nicht zum Freund gemacht hatte, doch dazu war es nun zu spät. Jetzt brauchte ich es nicht mehr zu versuchen. Er wusste inzwischen nur allzu genau, dass ich normalerweise niemals meine Magie mit ihm teilen würde und nur dazu bereit war, weil es einem höheren Ziel diente. »Doch das vom Übel befallene Buch, das du gefunden hast, ist mittlerweile zerstört. Es gibt keinen Grund, irgendwelche dunklen Machenschaften zu vermuten, wenn wir die Wurzel des Übels doch schon gefunden haben.«

»Polnya braucht keine weiteren Gerüchte«, ergänzte Marek nun etwas ruhiger. Seine Schultern hatten sich entspannt, während er Solya lauschte. Er hatte dessen allzu angenehme, wenn auch scheinheilige Erklärung geschluckt. Schon ließ er sich wieder auf seinen Stuhl sinken und legte seine Füße zurück auf die Tischplatte. »Das betrifft insbesondere Gerüchte über meine Mutter oder dich. Die Magnaten sind allesamt für das Begräbnis herbeordert worden, und sobald sie vollzählig versammelt sind, werde ich unsere Verlobung bekanntgeben.«

»Wie bitte?«, fragte ich. Seine Stimme hatte geklungen, als habe er mir eine Neuigkeit mitgeteilt, die mich nur am Rande betraf und deshalb von recht geringem Interesse für mich war.

»Du hast es verdient. Immerhin hast du dieses Monster erschlagen. Außerdem liebt das Volk so etwas. Mach keine große Sache daraus«, fügte er hinzu, ohne mich eines Blickes zu würdigen. »Polnya ist in Gefahr und ich brauche dich an meiner Seite.«

Ich stand stumm da, zu empört, um irgendetwas zu erwidern. Aber die beiden Männer beachteten mich ohnehin nicht weiter. Im Spiegel war zu sehen, dass sich jemand duckte, um das Zelt zu betreten. Ein alter Mann in einer Uniform mit zahllosen Orden auf der Brust ließ sich schwer atmend auf einen Stuhl auf der gegenüberliegenden Seite des Zeltes sinken. Er war so betagt, dass die Haut seines Gesichts an allen Seiten hinunterhing. Seine Wangen waren ebenso schlaff wie sein Schnurrbart und seine mächtigen Tränensäcke. Seine Mundwinkel waren nach unten gezogen und der Schweiß strömte ihm in dicken Bahnen über das staubbedeckte Gesicht.

»Savienha!«, sagte Marek und beugte sich vor. In seinen Zügen sah ich eine beinahe fieberhafte Spannung. »Was ist geschehen? Hatten die Soldaten aus Rosya Zeit, ihre Stellungen zu sichern?«

»Nein«, antwortete der alte General und wischte sich müde mit dem Handrücken über die Stirn. »Sie haben ihre Stellungen an den Furten nicht befestigt, sondern stattdessen einen Hinterhalt auf der Langen Brücke vorbereitet.«

»Wie dumm von ihnen«, sagte Marek hitzig. »Ohne Befestigungsanlagen können sie die Furten nicht länger als ein paar Tage halten. Eine weitere Einheit mit zweitausend Mann ist heute Nacht hier eingetroffen. Wenn ich sofort mit ihnen losreite …«

»Wir haben sie bei Einbruch der Dämmerung überrannt«, sagte Savienha. »Sie sind alle tot: sechstausend Mann.«

Marek schwieg, offenkundig überrascht von der Nachricht. Das hatte er nicht erwartet. Er tauschte einen Blick mit Solya und runzelte die Stirn ein wenig, als würde ihm gar nicht gefallen, was er da hörte. »Wie viele habt Ihr verloren?«, fragte er.

»Viertausend Mann und viel zu viele Pferde. Wir haben sie überrannt«, wiederholte Savienha, seine Stimme brach, und er sackte auf seinem Stuhl zusammen. Nicht alle nassen Spuren auf seinem Gesicht stammten vom Schweiß. »Marek, vergebt mir. Marek – Euer Bruder ist tot. Er wurde im ersten Hinterhalt getötet, als er sich einen Überblick über den Fluss verschaffen wollte.«

Ich wich vom Tisch zurück, als könnte ich den Worten damit entkommen. Der kleine Junge, der sein Schwert umklammert hielt, *Ich werde auch keinen Ärger machen,* sein rundes Gesicht nach oben gewandt – die Erinnerung an ihn durchfuhr mich wie ein Messerstich.

Marek war still geworden. Mehr als alles andere schien er durcheinander zu sein. Solya setzte das Gespräch mit dem General noch ein wenig länger fort. Ich konnte es kaum ertragen zu hören, wie sie miteinander redeten. Endlich streckte Solya die Hand aus und zog ein schweres Tuch über den Spiegel. Dann drehte er sich zu Marek um.

Die Verwirrung legte sich langsam. »Bei Gott«, sagte Marek nach einem kurzen Moment, »lieber würde ich auf den Thron verzichten, als ihn auf diese Weise zu bekommen.« Solya senkte nur den Kopf und beobachtete ihn mit einem seltsamen Funkeln in den Augen. »Aber jetzt habe ich keine Wahl mehr.«

»Nein«, bekräftigte Solya mit sanfter Stimme. »Es ist also nur gut, dass die Magnaten auf dem Weg hierher sind. Wir werden die Abstimmung über die Bestätigung der Nachfolge sofort durchführen.«

Ich schmeckte Salz in meinem Mund. Ich hatte angefangen zu weinen, ohne es zu bemerken, und zog mich noch weiter zurück. Meine Hand lag auf dem Türknauf. Die Erhöhungen und Vertiefungen des geschnitzten Falkenkopfes drückten in meine Handfläche. Ich drehte mich um und schlüpfte zur Tür hinaus, dann schloss ich sie leise hinter mir. Zitternd stand ich auf dem Gang. Alosha hatte recht gehabt. Eine Falle nach der anderen, schon vor langer Zeit unter einem Teppich aus dicken Blättern begraben, schnappte schließlich zu. Winzige Keimlinge schoben knospende Zweige aus dem Erdreich.

Eine Falle nach der anderen.

Mit einem Mal stürmte ich los. Mit klappernden Stiefelsohlen rannte ich an den erschrockenen Dienstboten vorbei. Die Morgensonne fiel strahlend durch alle Fenster herein. Als ich um die Ecke zu den Zimmern des Kronprinzen bog, keuchte ich. Die Tür war verschlossen, aber unbewacht. Dünne graue Schwaden waberten unter der Tür hinaus auf den Gang. Der Knauf unter meiner Hand war heiß, als ich die Tür aufriss.

Die Bettvorhänge brannten lichterloh, der Teppich schwelte; die getöteten Wachen lagen zusammengesunken auf dem Boden. Zehn Männer umzingelten Alosha schweigend. Sie hatte entsetzliche Brandwunden: Die Hälfte ihrer Rüstung war auf ihrer Haut geschmolzen und trotzdem setzte sie ihren Kampf fort. Hinter ihr lag die tote Prinzessin, die die Tür zum Schrank mit ihrem eigenen Körper schützte. Neben ihrem Leichnam entdeckte ich Kasia, der die Kleidung in Fetzen vom Körper hing, auf ihrer Haut jedoch waren keine Verletzungsspuren zu sehen. Sie hielt ein an der Spitze abgebrochenes Schwert in der Hand und schwang es wild in Richtung zweier Männer, die versuchten, an ihr vorbeizukommen.

Alosha hielt die anderen Eindringlinge mit zwei langen Messern, die gefährlich durch die Luft surrten und Feuerschweife hinter sich herzogen, in Schach. Die Klingen hatten die Angreifer von oben bis unten aufgeschlitzt, der Boden war blutverschmiert, aber sie fielen einfach nicht um. Die Männer trugen die Uniformen aus Rosya, doch ihre Augen waren grün und verloren. Im Raum roch es nach einem frischen Birkenzweig, der in der Mitte durchgebrochen worden war.

Ich wollte schreien und weinen. Ich wollte mit der Hand über die Welt wischen und alles ungeschehen machen. »*Hulvad*«, rief ich und schob meine Hände nach vorne. Gleichzeitig presste ich dabei auch meine Magie aus mir heraus. »*Hulvad*«, wiederholte ich noch einmal und erinnerte mich daran, wie Alosha diese dünne Wolke des Übels aus Ballos Lehrling herausgesogen hatte. Und schon lösten sich Schwaden aus schwarzem Rauch aus den Männern. Der Qualm stieg aus jedem Schnitt und jeder Messerwunde auf. Durch das geöffnete Fenster zogen die Dunstwolken hinaus ans Sonnenlicht. Und dann waren nur noch Männer übrig, die zu schlimm verletzt waren, als dass sie hätten überleben können. Einer nach dem anderen stürzte zu Boden.

Nun, wo ihre Angreifer von ihr abgelassen hatten, drehte sich Alosha um und schleuderte ihre Messer in Richtung der Männer, die versuchten, Kasia zu töten. Die Klingen bohrten sich tief in ihre Rücken, und auch hier quoll der bösartige Rauch rings um die Waffen hervor, die in den Körpern steckten. Die Männer fielen zu Boden, erst der eine, dann der andere.

Eine seltsame Stille lag über dem Raum, als alle tot waren. Die Angeln des Schranks quietschten und ich fuhr bei dem Geräusch erschrocken zusammen. Die Tür wurde mit einem knarrenden Ruck aufgestoßen und Kasia wirbelte herum: Stashek war im Schrank und versuchte nun herauszugucken; sein Gesicht war verängstigt und er hielt immer noch sein kleines Schwert ganz fest in der Hand. »Seht nicht hin«, sagte Kasia zu ihm und zu seiner Schwester. Sie zog einen langen tiefroten Seidenmantel aus dem Schrank. Diesen legte sie den Kindern sanft über die Köpfe und nahm sie beide auf die Arme. »Seht nicht hin«, flüsterte sie noch einmal und drückte sie eng an sich.

»Mama«, flüsterte das kleine Mädchen.

»Sei still«, tadelte sie der Junge, aber seine Stimme zitterte. Ich schlug mir beide Hände über den Mund, um zu verhindern, dass mir ein Schluchzen entfuhr.

Alosha holte mühsam immer wieder tief Luft. Schäumendes Blut schwappte ihr über die Lippen. Sie sank an das Bett gelehnt zu Boden. Ich stolperte zu ihr und streckte den Arm nach ihr aus, aber sie winkte mich weg. Stattdessen machte sie mit der Hand eine Geste, als würde sie eine Schublade herausziehen, und wisperte: »*Hatol.*« Dann nahm sie das todbringende Schwert mitten aus der Luft und streckte es mir mit dem Heft voran entgegen. »Was auch immer da im Dunklen Wald ist«, flüsterte sie heiser, denn die Flammen hatten ihr die Stimme genommen, »finde und töte es, ehe es zu spät ist.«

Ich nahm die Waffe entgegen und hielt sie ungeschickt fest. Kaum, dass Alosha die Klinge in meine Hände gelegt hatte, rutschte sie der Länge nach auf den Boden. Ich kniete mich neben sie. »Wir müssen die Weide holen«, sagte ich.

Sie schüttelte in einer angedeuteten Bewegung den Kopf. »Geh. Bring die Kinder von hier fort«, krächzte sie. »Die Burg ist kein sicherer Ort. *Geh.*« Sie ließ den Kopf sinken und schloss ihre Augen. Ihre Brust hob und senkte sich nur noch in flachen Atemzügen.

Zitternd stand ich auf. Ich wusste, dass sie recht hatte. Ich konnte es spüren. Der König, der Kronprinz und jetzt die Prinzessin. Der Dunkle Wald wollte sie alle töten, Aloshas gute Könige, und auch die Zauberer Polnyas wollte er abschlachten. Ich schaute zu den toten Soldaten in ihren Uniformen aus Rosya. Auch dieses Mal würde Marek Rosya verantwortlich machen, genauso, wie er es dem Plan nach tun sollte. Er würde sich die Krone aufsetzen und nach Osten marschieren. Wenn er dann bei dem Versuch, möglichst viele Männer aus Rosya zu töten, dafür gesorgt hatte, dass unsere ganze Armee vernichtet wurde, würde der Dunkle Wald auch Marek holen. Das Land würde zerrissen zurückbleiben, die Thronfolge wäre ungeklärt.

Da war sie wieder, diese kalte, hasserfüllte Präsenz, die mich beobachtete – genau wie damals unter den Ästen des Dunklen Waldes. Das vorübergehende Schweigen im Raum diente nur dazu, uns zu Atem kommen zu lassen. Steinerne Mauern und Sonnenlicht hatten nichts zu bedeuten, die Augen des Dunklen Waldes waren auf uns gerichtet. Der Dunkle Wald war hier.

Kapitel 25

Wir hüllten uns in zerrissene Mäntel, die wir den toten Wachen ausgezogen hatten, und rannten los. Mit den viel zu langen Säumen zogen wir Blutspuren hinter uns über den Boden. Ich hatte Aloshas Schwert zurück an seinen seltsamen Warteplatz geschoben: *Hatol* öffnete eine Art Geheimfach in der Welt für mich, in der ich die Waffe verstauen konnte. Kasia trug das kleine Mädchen auf dem Arm, ich hielt Stashek an der Hand. Wir eilten die Treppe hinunter. An einem Absatz passierten wir zwei Männer, die uns erstaunt und mit gerunzelter Stirn hinterhersahen. Rasch nahmen wir noch eine Biegung und erreichten einen schmalen Gang, der zur Küche führte. Dienstboten eilten in beide Richtungen an uns vorbei. Stashek versuchte, sich von mir loszureißen. »Ich will zu meinem Vater«, schniefte er mit bebender Stimme. »Ich will zu Onkel Marek! Wo gehen wir denn hin?«

Ich wusste es nicht. Wir befanden uns einfach nur auf der Flucht, denn mir war lediglich klar, dass wir sofort von hier verschwinden mussten. Der Dunkle Wald hatte überall um uns herum seine Saat verstreut; sie hatten still und verborgen im Brachland gelegen, aber nun reiften sie heran. Wenn das Übel in der Burg des Königs Wurzeln geschlagen hatte, war man hier nirgends mehr sicher. Die Prinzessin hatte vorgehabt, die Kinder zu ihren Eltern nach Gidna an der nördlichen See zu bringen. *Das Meer wirkt dem Übel entgegen,* hatte Alosha gesagt. Aber auch in Gidna wuchsen Bäume und der Dunkle Wald würde die Kinder bis an die Küste verfolgen.

»In den Turm«, antwortete ich. Ich hatte gar nicht vorgehabt, das zu sagen. Die Worte platzten aus mir heraus wie Stasheks Jammern. Ich sehnte mich nach der Stille in Sarkans Bibliothek, nach dem schwachen Geruch von Gewürzen und Schwefel in seinem Laboratorium, nach den schmalen Fluren, dem sauberen Bettzeug und der Leere. Der Turm hob sich groß und einsam von den Bergen ab. Dort hatte der Dunkle Wald nicht Fuß fassen können. »Wir brechen zum Turm des Drachen auf.«

Einige der Dienstboten verlangsamten ihren Gang und beobachteten uns misstrauisch. Schritte folgten uns auf der Treppe, ein Mann rief mit befehlsgewohnter Stimme: »Heda, ihr dort!«

»Halt dich an mir fest«, sagte ich zu Kasia. Ich stützte meine Hände gegen die Burgmauer und flüsterte uns hindurch, geradewegs hinaus in den Küchengarten. Ein zu Tode erschrockener Gärtner, der am Rande seiner Beete gekniet hatte, sprang auf. Ich rannte zwischen Bohnenspalieren entlang, Stashek mit seinen weit aufgerissenen Augen an der Hand. Der Junge spürte unsere Angst. Kasia rannte hinter uns her. Wir erreichten die Außenmauern und ich brachte uns mit demselben Spruch wie eben durch die schweren Steine hindurch. Die Burgglocken begannen hinter uns Alarm zu läuten, während wir den steilen Abhang zum Fluss Vandalus auf allen vieren hinunterkrabbelten. Immer wieder rutschten wir aus und wirbelten Staub und Erdklumpen auf, die auf uns niederregneten.

Der Fluss floss schnell und war rings um die Burg sehr tief. Er passierte die Stadt, ließ sie hinter sich und strömte weiter Richtung Osten. Ein Raubvogel schrie hoch über uns – ein Falke, der in weiten Kreisen den Palast umflog. War das Solya, der zu uns hinabschaute? Am Ufer riss ich eine Handvoll Riedgras heraus, ohne irgendwelche Zaubersprüche zu sprechen. Sie waren wie aus meinen Gedanken gelöscht. Stattdessen zog ich einen Faden aus meinem Mantel und band die Rohre an beiden Seiten aneinander. Dann warf ich das Bündel ans Ufer, sodass es halb im Wasser zu liegen kam, und ließ meine Magie darüber hinwegrollen. So wurde daraus ein langes, leichtes Boot, in das wir einstiegen. Sofort erfasste uns der Fluss, zog uns vom Ufer weg, riss uns mit der Strömung fort und trug uns auch über die Steine zu beiden Uferseiten hinweg. Hinter uns ertönten Rufe, Wachen tauchten auf den Außenmauern der Burg hoch über uns auf.

»Runter!«, schrie Kasia, und gab den Kindern einen Stoß, damit sie sich flach auf den Boden legten und sie sie mit ihrem Körper schützen konnte. Die Wachen feuerten Pfeile auf uns ab. Einer durchschnitt Kasias Mantel und traf sie am Rücken. Ein anderer schlug unmittelbar neben mir in die seitliche Bootswand ein und blieb dort vibrierend stecken. Ich riss die Federn vom Schaft und warf sie über uns in die Luft. Sie erinnerten sich wieder daran, was sie einst gewesen waren, und verwandelten sich in einen Vogelschwarm. Die Vögel zwitscherten und wirbelten herum, sodass sie uns einige Augenblick lang vor den Blicken der Soldaten in der Burg verbargen. Ich hielt mich an den Rändern des Bootes fest und rief Jagas Beschleunigungszauber.

Sofort schossen wir voran. Mit einem plötzlichen Ruck verschwammen die Burg und die Stadt hinter uns und verwandelten sich in Spielzeug. Eine Sekunde später waren sie hinter einer Flussbiegung verschwunden. Im nächsten Moment prallten wir gegen eine Sandbank am menschenleeren Ufer. Mein Schilfrohrboot zerfiel unter uns und wir alle rutschten ins Wasser.

Ich wäre beinahe untergegangen. Das Gewicht meiner Kleidung zog mich tief ins schlammige Wasser und blendete das Licht über mir aus. Neben mir bauschte sich Kasias Rock. Ich schlug verzweifelt um mich, um wieder an die Wasseroberfläche zu kommen, tastete blind herum und fand schließlich kleine Finger, die meinen Griff fest erwiderten: Stashek legte meine Hand auf eine Baumwurzel. Ich zog mich hustend und prustend aus dem Wasser und schaffte es, in der Strömung aufzustehen. »Nieshka«, rief Kasia. Sie hielt Marisha in den Armen.

Wir schleppten uns die weiche, schlammige Böschung hoch. Bei jedem Schritt versanken Kasias Füße tief im Boden und hinterließen schmatzende Löcher, die sich hinter ihr langsam mit Wasser füllten. Ich ließ mich ins schmutzige Gras sinken. Die Magie in mir, die sich unkontrolliert in alle Richtungen ergießen wollte, brachte mich zum Zittern. Wir hatten uns zu schnell bewegt. Mein Herz raste, denn es war noch immer dort unter dem Pfeilregen, noch immer auf der verzweifelten Flucht und nicht an einem ruhigen, verlassenen Ufer, wo Wasserläufer über die kräuseligen Wellen im Fluss hüpften und mein Kleid von Schlamm überzogen war. Ich war so lange in der Burg gewesen, immerzu umgeben von Menschen und Steinmauern, dass mir das Flussufer beinahe unwirklich vorkam.

Stashek ließ sich neben mir ins dichte Gras fallen. Sein kleines, ernstes Gesicht sah völlig durcheinander aus, und Marisha kroch zu ihm hinüber und kuschelte sich an ihn. Er legte seinen Arm um sie. Kasia ließ sich auf der anderen Seite neben den beiden zu Boden sinken. Ich hätte mich nur allzu gerne hier an Ort und Stelle ausgestreckt und einen Tag oder eine ganze Woche lang geschlafen. Aber Marek wusste, auf welchem Weg wir geflohen waren. Solya würde magische Augen den Fluss hinunterschicken, um nach uns Ausschau zu halten. Wir hatten keine Zeit, uns auszuruhen.

Aus der durchweichten Erde am Ufer knetete ich ein unförmiges Paar Ochsen und hauchte ihnen ein wenig Leben ein. Dann baute ich aus Zweigen einen Karren. Kasia sagte: »Nieshka«, als wir noch keine Stunde auf der Straße unterwegs waren, und warf einen besorgten Blick über ihre Schulter. Rasch lenkte ich den Wagen in ein Wäldchen, das etwas weiter vom Weg entfernt lag. Hinter uns wirbelte eine Staubwolke die Straße auf. Ich hielt die Zügel fest und die Ochsen standen mit gleichmütigem Gehorsam da. Wir anderen hielten den Atem an. Die Wolke wurde ungewöhnlich schnell größer und kam näher und näher. Dann schoss eine kleine Truppe von Reitern in roten Mänteln und mit Armbrüsten und gezogenen Schwertern an uns vorbei. Magische Funken stoben rings um die wirbelnden Hufe der Pferde auf, die mit Eisen beschlagen waren und auf der harten Straße wie Glocken klangen. Dafür waren bestimmt die Hände von Alosha verantwortlich gewesen, die mittlerweile sicher in die Dienste des Dunklen Waldes gezwungen worden war. Ich wartete, bis sich die Wolke vor uns wieder gelegt hatte, ehe ich unseren Karren zurück auf die Straße lenkte.

Als wir die erste Stadt erreichten, fanden wir bereits Zettel aufgehängt. Sie waren sehr schlampig und offenbar in großer Eile hergestellt worden: ein langes Pergament mit den Gesichtern von Kasia und mir, angepinnt an einen Baum unmittelbar neben der Kirche. Ich hatte keine Vorstellung davon, wie es sein würde, gejagt zu werden. Normalerweise wäre ich froh gewesen, die Stadt zu erreichen, und hätte angehalten und etwas zu essen gekauft; unsere Mägen schmerzten bereits vor Hunger. Stattdessen aber mussten wir nun unsere Schultertücher über die Köpfe ziehen und weiterfahren, ohne mit einer Menschenseele zu sprechen. Meine Hände zitterten an den Zügeln, bis wir die Stadt endlich durchquert hatten, aber das Glück war auf unserer Seite. Es war Markttag, und die Stadt war groß und so nah an der Hauptstadt gelegen, dass genügend Fremde unterwegs waren, sodass wir niemandem auffielen und auch niemand von uns verlangte, unsere Gesichter zu zeigen. Kaum dass wir an den letzten Gebäuden vorbei waren, riss ich an den Zügeln und trieb die Ochsen zu größerer Eile an, bis wir die Stadt endlich ganz hinter uns gelassen hatten.

Noch zwei weitere Male mussten wir die Straße verlassen, weil Reitergruppen an uns vorbeigaloppierten. Am Abend schließlich stoppten wir erneut, als uns ein weiterer Bote des Königs in rotem Mantel aus der anderen Richtung entgegenkam und in fliegender Hast zurück nach Kralia sprengte. Die Funken, die von den Hufen seines Pferdes aufstoben, leuchteten im abendlichen Zwielicht. Der Bote bemerkte uns nicht. Er war viel zu sehr mit seinem hohen Tempo beschäftigt;

wir waren nichts als Schatten hinter einer Hecke. Während wir uns versteckten, fiel mir plötzlich etwas Dunkles, Rechteckiges hinter uns auf. Es war die Türöffnung eines verlassenen Bauernhauses, halb im Schatten eines Wäldchens verborgen. Kasia übernahm die Zügel der Ochsen. Ich durchkämmte den verwilderten Garten und fand eine Handvoll später Erdbeeren, einige alte Rüben, Zwiebeln und ein paar Bohnen. Das meiste Essen überließen wir den Kindern, und sie schliefen hinten im Wagen ein, als wir wieder zurück auf die Straße bogen. Wenigstens mussten unsere magischen Ochsen weder etwas fressen noch rasten, da sie aus Lehm gemacht waren. Sie würden einfach die ganze Nacht lang weitertrotten. Kasia kletterte zu mir auf den Kutschbock.

Mit einem Mal waren die Sterne zum Vorschein gekommen und der Himmel wirkte weit und dunkel und losgelöst von allen Lebenden. Die Luft war kalt, windstill und zu leise; der Wagen quietschte nicht und von den Ochsen war weder Atmen noch Schnauben zu hören. »Du hast nicht versucht, den Vater der Kinder zu benachrichtigen, oder?«, flüsterte Kasia.

Ich sah stur nach vorne, die dunkle Straße hinunter. »Er ist ebenfalls tot«, sagte ich schließlich. »Die Soldaten von Rosya haben ihn in einen Hinterhalt gelockt.«

Kasia nahm vorsichtig meine Hand, und wir hielten uns aneinander fest, während der Wagen vorwärtszuckelte. Nach einer kleinen Weile sagte sie: »Die Prinzessin ist neben mir gestorben. Sie hat die Kinder in den Schrank geschoben und sich dann davor aufgebaut. Die Angreifer haben immer wieder auf sie eingestochen, aber sie versuchte einfach trotzdem, vor den Schranktüren stehen zu bleiben.« Ihre Stimme klang erschüttert. »Nieshka, kannst du ein Schwert für mich machen?«

Ich wollte das nicht. Natürlich wäre es nur vernünftig, ihr eines zu geben, für den Fall, dass wir gefangen genommen würden. Ich fürchtete nicht um sie: Kasia würde im Kampf nichts geschehen, denn die Klingen der Gegner würden auf ihrer Haut stumpf werden und die Pfeile von ihr abprallen, ohne ihr Leid zuzufügen. Aber mit einem Schwert in der Hand würde sie entsetzlich und gefährlich werden. Sie würde keinen Schild und keine Rüstung brauchen und sie müsste auch keinerlei Vorsicht walten lassen. Sie könnte durch ein Feld voller Soldaten marschieren und sie in gleichmäßigem Rhythmus niederstrecken, als würde sie Getreide mähen. Ich dachte an Aloshas Schwert, an dieses seltsame, hungrige, tödliche Ding. Es war zwar in seiner magischen Scheide verstaut, aber ich konnte trotzdem spüren, wie sein Gewicht auf meinem Rücken lastete. Kasia wäre unerbittlich wie dieses Schwert, doch anders als jene Klinge würde sie nicht nur ein einziges Mal zum Einsatz kommen. Ich wollte nicht, dass sie solche Dinge tun musste. Ich wollte nicht, dass sie ein Schwert brauchte.

Aber dass ich das gerne wollte, half mir nicht weiter. Also nahm ich das Messer von meinem Gürtel, und Kasia reichte mir ihres. Ich zog die Schnallen von unseren Gürteln und unseren Schuhen und die Schließen von unseren Mänteln. Dann schnitt ich im Vorbeifahren einen festen Zweig von einem Baum und legte alles zusammen in meinen wie eine Schürze gerafften Rock. Ich überließ es Kasia, den Wagen zu lenken, und flüsterte den zusammengesammelten Dingen zu, sie sollten gerade sein und scharf und stark; ich summte ihnen das Lied von den sieben Rittern vor und die Gegenstände auf meinem Schoß lauschten. Sie wuchsen zusammen zu einer langen, gebogenen Klinge mit nur einer scharfen Seite, eher wie ein Küchenmesser denn wie ein Schwert, und mit kleinen, glänzenden Stahlstreben, um den hölzernen Griff zu halten. Kasia nahm es entgegen, balancierte es in ihren Händen aus, nickte einmal und verstaute es unter dem Sitz.

Wir waren nun schon seit drei Tagen unterwegs. Die Berge am Horizont schienen plötzlich immer größer zu werden und ragten tröstlich in der Ferne auf. Die Ochsen kamen mit guter Geschwindigkeit voran, aber regelmäßig mussten wir uns hinter Hecken, kleinen Hügeln und verlassenen Häusern verstecken, wenn Reiter vorbeikamen. Am Anfang war ich einfach nur froh, wenn es uns wieder einmal gelungen war, uns vor ihnen zu verbergen. Ich war viel zu sehr mit meiner Angst und der darauf folgenden Erleichterung beschäftigt, um mir weitere Gedanken zu machen. Aber als wir wieder einmal über eine Hecke spähten und einer Gruppe von Reitern hinterhersahen, die die Straße hinunter verschwanden, sagte Kasia plötzlich: »Es kommen immer mehr.« Ein kalter, harter Knoten wuchs in meinem Magen, als ich begriff, dass schon viel zu viele Männer ausgesandt worden waren, nur um überall zu verkünden, dass man nach uns Ausschau halten solle. Sie mussten einen noch tiefer greifenden Auftrag haben.

Falls Marek angeordnet hatte, dass die Gebirgspässe geschlossen werden sollten … Falls er die Männer angewiesen hatte, den Turm zu belagern … Falls sie hinter Sarkan her wären … Falls sie ihn überraschend angreifen würden, während er den Dunklen Wald hinter Zatochek zurückkämpfte …

Uns blieb nichts anderes übrig, als immer weiterzufahren, aber die Berge boten mir nun keinen Trost mehr. Wir wussten nicht, was uns erwarten würde, sobald wir auf der anderen Seite angelangt wären. An diesem Tag fuhr Kasia die ganze Zeit hinten im Wagen bei den Kindern mit, die Hand am Schwert, das sie unter ihrem Mantel verborgen hatte. Der Weg vor uns begann, langsam anzusteigen, denn wir hatten die ersten Gebirgsausläufer erreicht. Die Sonne wanderte immer höher und ihr warmes goldenes Licht schien Kasia ins Gesicht. Sie sah entrückt, gefasst und so fremd aus, als wäre sie gar kein menschliches Wesen.

Wir erreichten den Gipfel des Hügels und sahen die letzte Kreuzung in den Gelben Marschen vor uns, an deren Seite sich ein kleiner Brunnen und ein Wassertrog befanden. Die Straße war menschenleer, aber der Boden war in beide Richtungen von Füßen und Hufen festgetreten. Ich konnte nicht sagen, ob das vom gewöhnlichen Verkehr stammte oder nicht. Kasia zog uns ein paar Eimer Wasser aus dem Brunnen hoch, damit wir etwas trinken und uns die staubigen Gesichter waschen konnten. Dann mischte ich frischen Schlamm an, um die schadhaften

Stellen an den Ochsen auszubessern; nach einem Tagesmarsch bröckelten sie immer hier und da. Stashek schaffte schweigend händeweise matschbeschmiertes Gras heran.

Wir hatten den Kindern so schonend wie möglich beigebracht, was mit ihrem Vater geschehen war. Marisha schien das nicht richtig zu verstehen, aber sie begriff genug, um sich zu fürchten. Bereits ein paarmal hatte sie nach ihrer Mutter gefragt. Mittlerweile klammerte sie sich die meiste Zeit über an Kasias Rock wie ein noch viel jüngeres Kind und blieb ständig in Sichtweite. Stashek hatte nur zu gut verstanden. Er hatte die Nachricht schweigend aufgenommen und mich hinterher gefragt: »Hat Marek versucht, uns zu töten? Ich bin kein Kind mehr«, hatte er hinzugefügt und mir prüfend ins Gesicht gesehen, als erwarte er eine entsprechende Antwort, obwohl er mir gerade eine derartige Frage gestellt hatte.

»Nein«, presste ich hervor und meine Kehle fühlte sich zusammengeschnürt an. »Er lässt nur zu, dass der Dunkle Wald ihn antreibt.«

Ich war mir nicht sicher, ob Stashek mir glaubte. Seitdem war er sehr still. Mit Marisha, die sich auch oft an ihn klammerte, war er geduldig, und er half uns bei jeder Gelegenheit. Aber er sprach dabei kaum ein Wort.

»Agnieszka«, sagte er nun, während ich damit beschäftigt war, das Hinterbein des zweiten Ochsen auszubessern. Ich war gerade im Begriff aufzustehen und mir den Schmutz von den Händen zu waschen. Ich drehte mich um und folgte seinem Blick. Wir konnten die Straße hinter uns meilenweit überblicken. Im Westen lag eine dicke, dunstige Staubwolke über der Straße, die sich zusehends zu nähern schien. Kasia nahm Marisha auf den Arm. Ich legte eine Hand über meine Augen und blinzelte durch die gleißende Sonne.

Es war eine Truppe marschierender Soldaten. Es mussten Tausende sein. Eine Wand aus hohen Speeren blitzte in der vordersten Reihe zwischen den Reitern und einem großen weiß-roten Banner auf. Ich sah ein mächtiges braunes Pferd an der Spitze mit einer Gestalt in einer silbernen Rüstung auf dem Rücken, und daneben ein graues Pferd mit einem Reiter, der in einen weißen Umhang gehüllt war.

Die Welt veränderte sich, wurde mir immer enger und fing an, mich zu erdrücken. Solyas Gesicht stach aus den Reihen hervor: Er sah mich geradewegs an. Ich riss meinen Kopf so ruckartig weg, dass ich zu Boden fiel.

»Nieshka?«, fragte Kasia.

»Schnell«, keuchte ich, stand eilig auf und schob Stashek nach hinten auf den Wagen. »Er hat mich gesehen.«

Wir fuhren in die Berge, und ich versuchte abzuschätzen, wie weit die Armee noch hinter uns war. Ich hätte die Ochsen mit der Peitsche angetrieben, wenn das irgendetwas genützt hätte, aber sie bewegten sich schon, so schnell sie konnten. Die Straße war voller kleiner, schnell wegrutschender Steine, und die Beine der Ochsen begannen rasch, Risse zu bekommen und bröckelig zu werden. Es gab hier keinen Schlamm mehr, mit dem ich die kaputten Stellen hätte ausbessern können, selbst wenn ich es gewagt hätte anzuhalten. Ich traute mich nicht, den Beschleunigungszauber zu sprechen, denn ich konnte nicht sehen, was uns hinter der nächsten Biegung erwartete. Was, wenn dort Männer postiert waren und ich uns geradewegs in ihre Arme treiben würde? Oder schlimmer noch, wenn wir über eine Felskante hinausrasen und in eine Schlucht stürzen würden?

Der linke Ochse strauchelte mit einem Mal. Seine Beine brachen unter ihm zusammen und er prallte als großer Lehmbrocken gegen die Felsen. Der zweite zog uns noch ein Stückchen weiter, doch dann, zwischen einem Schritt und dem nächsten, fiel auch er auseinander. Der Wagen geriet aus der Balance und kippte nach vorne. Wir alle landeten in einem Haufen Zweige und trockenem Gras auf dem Boden.

Inzwischen befanden wir uns schon tief im Gebirge. Die Bäume waren zerzaust und gedrungen und rechts und links vom gewundenen Pfad ragten hohe Gipfel auf. Unsere Sicht nach hinten reichte nicht weit genug, um uns zu verraten, wie nah die Armee schon herangerückt war. Normalerweise brauchte man für den Marsch über den Gebirgspass einen Tag. Kasia nahm Marisha auf den Arm, Stashek rappelte sich auf und kam an meine Seite; fügsam lief er neben mir her, ohne sich zu beklagen, während wir mit wunden Sohlen so schnell wie möglich weiterhasteten. Die scharfe, dünne Luft stach schmerzhaft in unseren Kehlen.

Als wir bei einem zerklüfteten Felsvorsprung ankamen, über den ein schmaler Sommerbach – eigentlich mehr ein Rinnsal – hinwegtröpfelte, legten wir eine kurze Rast ein, um wieder zu Atem zu kommen. Wir fingen das Wasser mit den Händen auf und tranken einige Schlucke. Im selben Moment, als ich mich aufgerappelt hatte, ertönte unmittelbar neben meinem Kopf ein heiserer Schrei, der mich bis ins Mark erschütterte. Eine schwarze Krähe mit glänzenden Federn starrte mich vom Ast eines verkrüppelten Baumes an, der zwischen den Felsen Wurzeln geschlagen hatte. Noch einmal krächzte sie laut.

Als wir unsere Flucht fortsetzten, blieb der Vogel mit uns auf gleicher Höhe und hüpfte von Ast zu Ast und von Fels zu Fels. Ich warf einen Kieselstein nach ihm und versuchte, ihn so zu vertreiben, aber er machte nur einen kleinen Satz zur Seite und krächzte erneut. Es klang wie ein heiserer Triumphschrei. Etwas später gesellten sich zwei weitere Krähen zu unserem ersten Begleiter. Der Weg schlängelte sich über einen Bergrücken. Grünes Gras zog sich an den steilen Abhängen zu beiden Seiten hinunter.

Wir rannten weiter. Schließlich ging es steil abwärts; einer der Berge erhob sich nun auf der linken Seite und auf der rechten klaffte eine schwindelerregende Schlucht. Vielleicht hatten wir den Gipfel bereits passiert. Ich konnte nicht lange genug anhalten, um richtig darüber nachzudenken. Stashek schleifte ich beinahe an seinem Arm hinter mir her. Irgendwo hinter uns hörte ich ein Pferd schrill wiehern, als wäre es auf dem engen Pass zu schnell gelaufen und ausgerutscht. Die

Krähen stiegen in die Luft, zogen Kreise und drehten dann ab; anscheinend, um sich die Angelegenheit genauer anzusehen. Nur der eine hartnäckige, gefiederte Begleiter vom Anfang blieb bei uns, hopste neben uns her und hielt seine glänzenden Augen auf uns geheftet.

Die Luft war so dünn, dass wir nach Atem rangen, während wir weiterrannten. Die Sonne begann schon unterzugehen.

»Halt!«, schrie jemand weit hinter uns. Ein Pfeil segelte nach unten und prallte klappernd gegen den Felsen über unseren Köpfen. Kasia blieb stehen, und als ich zu ihr aufgeschlossen hatte, drückte sie mir Marisha in die Arme und nahm den Platz am Ende unserer Gruppe ein. Stashek warf mir einen ängstlichen Blick über die Schulter hinweg zu. »Lauf weiter«, sagte ich schnell. »Lauf immer weiter, bis du den Turm siehst!« Stashek setzte sich wieder in Bewegung und verschwand zusammen mit dem Pfad um einen aufragenden Felsen herum. Ich drückte Marisha an mich, sie schlang mir ihre Arme fest um den Hals und ihre Beine um die Hüften und klammerte sich fest. Ich eilte ihrem Bruder hinterher. Die Pferde unser Verfolger waren nun so nah, dass ich bereits kleine Steinchen unter ihren Hufen knirschen hörte.

»Ich kann den Turm schon sehen!«, rief Stashek weiter vorne.

»Halt dich schön fest!«, flüsterte ich Marisha zu und rannte, so schnell ich konnte. Ihr kleiner Körper hüpfte vor meinem Bauch auf und ab. Das Mädchen presste seine Wange gegen meine Schulter und sagte kein einziges Wort. Stashek drehte sich erschrocken um, als ich japsend um die Kurve bog: Er stand auf einem Felsvorsprung, der aus dem Berg herausragte, beinahe breit genug, um eine Wiese zu sein. Meine Beine waren müde. Ich sank auf den Boden, und meine Knie hielten gerade noch so lange durch, dass ich Marisha absetzen konnte und sie nicht unter mir begrub. Wir waren auf den Südhängen herausgekommen. Unter uns schlängelte sich der Weg weiter den Berg hinunter bis nach Olshanka.

Und auf der anderen Seite der Stadt vor den westlichen Bergen stand der Turm des Drachen gleißend weiß in der Sonne, aber noch immer klein und weit entfernt. Er war von Soldaten umringt, einer kleinen Armee von Männern in gelben Wappenröcken. Verzweifelt starrte ich dorthin. Waren sie auch schon eingedrungen? Die großen Turmtüren waren noch verschlossen. Kein Rauch drang durch die Fenster nach draußen. Ich wollte nicht glauben, dass der Turm in feindliche Hände gefallen war. Ich wollte Sarkans Namen rufen, und ich wollte mich in die Tiefe stürzen, um schneller dort zu sein. Schwerfällig stand ich wieder auf.

Kasia war auf dem schmalen Pfad hinter uns stehen geblieben. Sie zog das Schwert, das ich ihr gemacht hatte, als die ersten Pferde um die Ecke bogen. Marek führte den Trupp an. Die Sporen an seinen Stiefeln waren nass vom Blut seines Pferdes, er hatte sein Schwert gezückt und bleckte die Zähne zu einem wölfischen Schnauben. Sein Brauner galoppierte zum Angriff, aber Kasia bewegte sich nicht. Ihre Haare flatterten offen im Wind. Meine Freundin baute sich breitbeinig vor ihm auf und hielt das Schwert gerade vor sich ausgestreckt, sodass Marek den Kopf seines Pferdes beiseitelenken musste, wenn er nicht geradewegs in die Klinge hineinreiten wollte.

Er bremste ab, ließ aber sein eigenes Schwert auf Kasia niedersausen, während er sein Pferd auf dem schmalen Weg wendete. Kasia parierte den Schlag und lenkte ihn mit reiner, brutaler Kraft ab, wobei sie Marek die Klinge aus der Hand hebelte. Diese prallte am Rande des Weges auf, rutschte über die Kante und verschwand begleitet von einem Regen aus Steinchen und Erde in der Schlucht.

»Eine Pike«, brüllte Marek und ein Soldat warf ihm eine neue Waffe zu. Er fing sie mühelos auf, während er sein Pferd erneut antrieb. Die Pike ließ er in einem langen, tief angesetzten Halbkreis herumschnellen und er hätte Kasia beinahe an der Taille getroffen. Sie musste einen Satz zurück machen. Wenn er sie vom Weg stieß, würde es keine Rolle mehr spielen, dass sie stärker war als er. Sie versuchte, das Ende der Pike zu fassen zu bekommen, aber Marek zog die Waffe zu schnell wieder zurück. Dann trieb er sein Pferd unerwartet vorwärts und brachte es dazu, sich aufzubäumen. In einem tänzelnden Schritt wie eine Krähe näherte es sich Kasia und schlug mit den eisenbehauenen

Hufen nach ihrem Kopf. Auf diese Weise trieb er sie zurück. Sobald er die Stelle erreichen würde, an der sich der Pfad verbreiterte, würden er und die anderen Soldaten Kasia einkreisen. Dann hätten sie keine Schwierigkeiten mehr, an ihr vorbeizukommen und uns, die Kinder und mich, zu erreichen.

Ich versuchte verzweifelt, mich an den Sprungzauber des Drachen zu erinnern. *Valisu* und *zokinezh* – doch noch während ich mich bemühte, die Worte zusammenzubringen, wusste ich, dass es nicht funktionieren würde. Wir waren noch nicht im Tal; dieser Fluchtweg stand uns also noch nicht offen.

Mir war schwindlig von der dünnen Luft und der Verzweiflung. Stashek hatte Marisha hochgehoben und drückte sie an sich. Ich schloss die Augen und sprach den Illusionszauber. Ich rief Sarkans Bibliothek herbei, und Bücherregale sprossen aus dem nackten Felsen rings um uns herum. Bücherrücken mit goldenen Buchstaben darauf waren zu sehen, Ledergeruch verbreitete sich. Da waren auch der Vogel mit dem Uhrwerk in seinem Käfig und das Fenster, das den Blick über das ganze grüne Tal bis zum gewundenen Fluss freigab. Ich sah sogar uns selbst in dieser Illusion: winzige, ameisengroße Gestalten, die sich auf dem Berghang bewegten. Ich entdeckte rund zwanzig Männer, die sich auf dem schmalen Weg hinter Marek aufgereiht hatten. Sobald es ihm gelänge, Kasia auf die freiere Fläche hinauszudrängen, würden sie uns angreifen.

Ich wusste, dass der Drache nicht da war. Er hielt sich im Osten in Zatochek auf, wo eine dünne Rauchsäule von den Rändern des Dunklen Waldes aufstieg. Trotzdem ließ ich auch ihn in der Bibliothek erscheinen und setzte ihn an den Tisch. Die harten Konturen seines Gesichtes wurden von den Kerzen ausgeleuchtet, die niemals schmolzen. Er bedachte mich mit seinem üblichen verärgerten, erstaunten Blick: *Was machst du denn da?*

»Hilf mir!«, rief ich ihm zu und gab Stashek einen Schubs. Der Drache streckte automatisch seine Hände aus und gemeinsam purzelten die Kinder in seine Arme. Stashek schrie auf, und ich sah, wie er mit weit aufgerissenen Augen zum Drachen hinaufstarrte. Sarkan blickte ungläubig zu ihm hinunter.

Ich wirbelte herum, halb in der Bücherei, halb auf dem Berghang. »Kasia!«, schrie ich.

»Geh!«, brüllte sie mir zu. Einer der Soldaten hinter Marek hatte freie Sicht auf mich und die Bibliothek hinter mir; er griff nach seinem Bogen, legte einen Pfeil ein und zielte.

Kasia duckte sich unter Mareks Pike hindurch, rannte auf sein Pferd zu, legte beide Hände vorne auf die Brust des Tieres und schob es mit ihrem Körpergewicht zurück. Das Pferd wieherte schrill und bäumte sich auf, dann hoppelte es auf den Hinterbeinen zurück und schlug mit den Hufen nach ihr. Marek trat nach Kasia, drückte mit dem Stiefel ihr Kinn weg, brachte den Schaft seiner Pike zwischen sie beide und verhakte ihn hinter Kasias Knöchel. Er hatte jetzt beide Hände an der Pike, die Zügel hatte er fallen gelassen, aber aus irgendeinem Grund machte das Pferd trotzdem, was er wollte. Das Tier wendete, er selbst drehte gleichzeitig seinen Körper, benutze die Pike wie einen Hebel und brachte Kasia auf diese Weise zu Fall. Die Hinterbeine des Pferdes keilten nach ihr aus und beförderten sie bis an den Rand des Weges, dann versetzte ihr Marek einen schnellen, mächtigen Stoß. Sie stürzte über die Klippe; ihr blieb nicht einmal Zeit zum Schreien. Nur ein überraschtes »Oh« war zu hören, dann war sie verschwunden und mit ihr einige Grasbüschel, nach denen sie noch Halt suchend gegriffen hatte.

»Kasia!«, schrie ich gellend. Marek drehte sich zu mir um. Sein Bogenschütze feuerte einen Pfeil ab und die Sehne surrte.

Hände griffen nach meinen Schultern und packten mich mit vertrauter, aber unerwarteter Kraft und zogen mich nach hinten. Die Wände der Bibliothek schoben sich vorwärts und schlossen sich um mich herum, ehe der Pfeil seinen Weg gefunden hatte. Das Pfeifen des Windes war nicht mehr zu hören, die kalte, schneidende Luft nicht mehr an meiner Wange zu spüren. Ich wirbelte herum und starrte Sarkan an, der unmittelbar hinter mir stand. Er war es gewesen, der mich weggerissen hatte.

Seine Hände lagen immer noch auf meinen Schultern, ich lehnte an seiner Brust. Ich war aufgewühlt und hatte tausend Fragen, aber er ließ seine Hände sinken und machte einen Schritt zurück. Nun bemerkte ich, dass wir nicht allein waren. Eine Karte des Tals lag ausgerollt auf dem Tisch und ein riesiger, breitschultriger Mann stand daneben. Er hatte einen Bart, der länger als sein ganzer Kopf war, und trug ein Kettenhemd unter seinem gelben Wappenrock. Ungläubig starrte er uns an. Die vier gerüsteten Männer hinter ihm griffen nach ihren Schwertern.

»Kasia!«, jammerte Marisha auf Stasheks Armen und strampelte. »Ich will zu Kasia.«

Ich wollte auch zu Kasia und zitterte immer noch bei der Erinnerung an den Anblick ihres Körpers, der über die Felskante rollte. Wie tief konnte sie fallen, ohne sich zu verletzen? Ich rannte zum Fenster. Wir waren weit weg, aber ich konnte die dünne Staubwolke noch sehen, die sich dort, wo Kasia abgestürzt war, wie eine Linie den Abhang hinunterzog. Sie selber sah ich auch. Sie war ein winziger Haufen aus goldenem Haar und einem braunen Umhang, ungefähr dreißig Meter weiter unten, wo der Weg in Kehren abwärtsführte. Ich versuchte, mich wieder zu sammeln und auf meine Magie zu besinnen. Meine Beine zitterten vor Erschöpfung.

»Nein!«, sagte Sarkan und trat an meine Seite. »Stopp. Ich weiß nicht, wie du das gemacht hast, und ich schätze, es wird mir nicht gefallen, wenn ich es erfahre, aber du bist in der letzten Stunde allzu verschwenderisch mit deiner Magie umgegangen.« Er schob seine Hand aus dem Fenster, richtete den ausgestreckten Zeigefinger auf das winzige Bündel, das Kasias Körper war, und verengte die Augen zu Schlitzen. »*Tualidetal!*«, sagte er und ballte seine Hand zu einer Faust, die er rasch zurückriss. Dann deutete er mit dem Finger auf eine freie Stelle auf dem Fußboden. Kasia fiel aus der Luft und landete dort, wo der Drache hinzeigte. Braune Erde rieselte ihr hinterher. Sie rollte sich ab und stand schnell auf, nur ein wenig wacklig auf den Beinen. An ihren Armen waren einige blutige Schrammen zu sehen, aber sie hielt noch immer ihr Schwert fest. Sie warf einen raschen Blick auf die bewaffneten Männer auf der anderen Seite des Tisches, packte Stashek an der Schulter, schob ihn hinter sich und hielt ihr Schwert vor sich wie eine Schranke. »Schsch, Marishu«, sagte sie und streichelte ihr kurz über die Wange, um sie zu beruhigen. Das kleine Mädchen versuchte, auf ihren Arm zu kommen.

Der große Mann hatte sich das alles eine Zeit lang schweigend angesehen. Jetzt aber sagte er unvermittelt: »Guter Gott im Himmel, Sarkan, das ist der junge Prinz.«

»Ja, das vermute ich auch«, antwortete Sarkan. Er klang resigniert. Ich starrte ihn an, noch immer nur halb überzeugt davon, dass er wirklich da war. Er war dünner als beim letzten Mal, als ich ihn gesehen hatte, und sah beinahe ebenso abgerissen und in Mitleidenschaft gezogen aus wie ich. Ruß überzog seine Wange und seinen Nacken in Streifen und hatte sich wie ein feiner grauer Film auf seine Haut gelegt. Dort, wo sein Hemd am Hals aufklaffte, war eine Linie zu sehen, die die saubere Haut von der schmutzigen trennte. Er trug einen derben, langen Ledermantel, der offen von seinen Schultern hing. Die Ärmelaufschläge und der untere Saum waren schwarz angesengt. Der Rest war von oben bis unten mit Brandflecken übersät. Er sah aus, als wäre er gerade eben von seiner Mission zurückgekehrt, den Dunklen Wald niederzubrennen. Ich fragte mich verwirrt, ob ich ihn vielleicht auf irgendeine Weise mit meinem Spruch hierhergebracht hatte.

Stashek lugte an Kasia vorbei und fragte: »Baron Vladimir?« Schützend hob er Marisha auf seinen Armen noch etwas höher und drehte sich zu Sarkan um. »Seid Ihr der Drache?«, wollte er wissen und seine hohe, junge Stimme zitterte ein wenig. Er klang unsicher. Vermutlich sah Sarkan in diesem Aufzug nicht so aus, wie er sich einen großen Zauberer vorgestellt hatte. »Agnieszka hat uns hierhergebracht, damit wir in Sicherheit sind«, fügte er mit noch größeren Zweifeln im Tonfall hinzu.

»Natürlich hat sie das«, sagte Sarkan. Er sah aus dem Fenster. Marek und seine Männer ritten bereits den gewundenen Bergpfad abwärts und sie waren nicht allein. Eine ganze Armee kam in langer Reihe aus den Bergen herab. Ihre Füße wirbelten Staub auf, der von der untergehenden Sonne golden angeleuchtet wurde und wie eine Nebelwolke Richtung Olshanka wehte.

Der Drache drehte sich zu mir zurück. »Nun«, sagte er in bissigem Ton, »auf jeden Fall hast du eine Menge Männer mitgebracht.«

Kapitel 26

»Er muss alle Soldaten im Süden von Polnya zusammengetrommelt haben«, sagte der Baron der Gelben Marschen, als er Mareks Armee betrachtete. Er war ein großer Mann mit einem Bauch, dick und rund wie ein Fass. Seine Rüstung trug er so mühelos, als wäre sie aus Stoff, und er hätte gut in unser Wirtshaus im Dorf gepasst.

Gerade hatte er die Aufforderung erhalten, sich zum Begräbnis des Königs in der Stadt einzufinden, als Mareks Bote eintraf. Dieser war durch Magie schneller vorangekommen und teilte ihm nun mit, dass auch der Kronprinz tot war. Dementsprechend überbrachte er ihm seine neuen Befehle: Er sollte über die Berge ziehen, Sarkan als Verderbten und Verräter festsetzen und danach mir und den Kindern eine Falle stellen. Der Baron hatte genickt, seinen Soldaten befohlen, sich zu sammeln, und abgewartet, bis der Bote wieder fortgeritten war. Dann hatte er seine Männer über den Gebirgspass geführt und war schnurstracks zu Sarkan geeilt, um ihm zu berichten, dass in der Hauptstadt das Übel um sich gegriffen hatte.

Gemeinsam waren sie zum Turm zurückgekehrt. Bei den Soldaten, die ich rings um den Turm hatte lagern sehen, handelte es sich um seine Männer. Im Augenblick waren sie damit beschäftigt, eilig Befestigungsanlagen zu errichten, um den Turm verteidigen zu können. »Aber viel länger als einen Tag können wir nicht durchhalten, nicht gegen das da«, sagte der Baron und deutete mit dem Daumen aus dem Fenster auf die Armee, die sich den Hang hinunterwälzte. »Ich hoffe,

Ihr habt noch ein Ass im Ärmel. Meiner Frau habe ich gesagt, sie solle Marek schreiben, dass ich den Verstand verloren habe und vom Übel befallen sei. Ich hoffe, dass man ihr und den Kindern nicht den Kopf abschlägt. Ich selbst würde meinen allerdings auch sehr gerne behalten.«

»Könnten Mareks Männer die Türen durchbrechen?«, fragte ich.

»Wenn sie es lange genug probieren, schon«, antwortete Sarkan. »Und Gleiches gilt für die Mauern.« Er zeigte auf zwei hölzerne Wagen, die langsam den Hang hinabrollten und zwei lange Eisenrohre für die Kanonen geladen hatten. »Ein Zauberspruch schützt nicht ewig vor Geschützfeuer.«

Er kehrte dem Fenster den Rücken zu. »Du weißt, dass wir bereits verloren haben«, sagte er ohne Umschweife zu mir. »Jeder Mann, den wir töten, jeder Zauberspruch und jeder Trank, den wir verschwenden – das alles dient dem Dunklen Wald. Wir könnten die Kinder zur Familie ihrer Mutter bringen und eine frische Verteidigungslinie im Norden rings um Gidna errichten ...«

Er sagte mir nichts, was ich nicht schon vorher gewusst hatte. Nichts, worüber ich mir nicht schon im Klaren gewesen war, als ich nach Hause geeilt war wie ein Vogel, der in sein brennendes Nest zurückkehrt. »Nein«, begann ich.

»Hör mir zu«, unterbrach er mich. »Ich weiß, dass dein Herz an diesem Tal hängt. Ich weiß, dass du es nicht aufgeben kannst ...«

»Weil ich an diesen Ort gebunden bin?«, fragte ich mit scharfer Stimme. »Ich und all die anderen Mädchen, die du vor mir ausgewählt hast?« Ich war mit einer Armee auf den Fersen in seine Bibliothek geplatzt, wir waren von einem halben Dutzend Leuten umgeben, und es hatte keine Zeit für ein Gespräch gegeben; ich hatte ihm noch nicht verziehen. Ich wollte allein mit ihm sein und ihn schütteln, bis die Antworten aus ihm heraussprudelten, und ihn dann noch ein bisschen weiterschütteln. Aber er schwieg, und ich zwang mich dazu, den aufflammenden Zorn beiseitezuschieben. Ich wusste, dass jetzt nicht der richtige Zeitpunkt dafür war.

»Das ist aber nicht der Grund«, sagte ich stattdessen. »Der Dunkle Wald konnte in die Burg von Kralia eindringen, die sieben Tagesreisen von hier entfernt liegt. Glaubst du wirklich, es gibt irgendeinen sicheren Ort, den der Dunkle Wald nicht erreichen kann, wo wir die Kinder hinbringen können? Hier haben wir wenigstens die Chance auf einen Sieg. Aber wenn wir weglaufen und zulassen, dass der Dunkle Wald das ganze Tal einnimmt, dann werden wir niemals irgendwo eine Armee ausheben können, die sich den ganzen Weg bis zu seinem Herzen freikämpft.«

»Unglücklicherweise«, gab Sarkan bissig zu bedenken, »hält die einzige Armee, die wir im Moment haben, auf uns zu und nicht auf den Dunklen Wald.«

»Dann müssen wir Marek dazu bringen, in die andere Richtung zu marschieren«, erwiderte ich.

Kasia und ich brachten die Kinder in den Keller hinunter, den sichersten Ort im Turm, und bereiteten ein Lager aus Stroh und überzähligen Decken aus den Regalen vor. Den Vorräten in der Küche hatte die Zeit, die vergangen war, nichts angehabt. Nachdem wir einen ganzen Tag lang gerannt waren, waren wir allesamt so ausgehungert, dass nicht einmal unsere Sorgen unseren Appetit zügeln konnte. Ich holte ein Kaninchen aus dem kalten Vorratsraum weiter hinten und steckte es zusammen mit einigen Karotten, getrocknetem Buchweizen und Wasser in einen Topf, dann sprach ich *Lirintalem* darüber, um alles in etwas Genießbares zu verwandeln. Wir schlangen das Essen gleich aus dem Topf hinunter, ohne uns die Mühe zu machen, es auf Schalen zu verteilen. Danach fielen die Kinder praktisch sofort eng aneinandergeschmiegt in einen erschöpften Schlaf. »Ich werde bei ihnen bleiben«, sagte Kasia und setzte sich neben sie auf den Rand des Strohlagers. Das Schwert wartete griffbereit aus der Scheide gezogen neben ihr, während sie der schlafenden Marisha eine Hand auf den Kopf legte. In einer großen Schüssel mischte ich einen einfachen Teig aus Mehl, Wasser und Salz an und trug ihn nach oben in die Bibliothek.

Draußen hatten die Soldaten Mareks Zelt aufgebaut, einen weißen Pavillon mit zwei großen magischen Laternen, die rechts und links vor dem Eingang im Boden steckten. Ihr bläuliches Licht verlieh dem weißen Stoff einen unwirklichen Schimmer, als sei der ganze Pavillon geradewegs vom Himmel zur Erde geschwebt. Vermutlich, so dachte ich bei mir, war genau das die Wirkung, die Marek erzielen wollte. Oben auf der Spitze flatterte das Banner des Königs im Wind: der gekrönte rote Adler mit seinem geöffneten Schnabel und den gespreizten Klauen. Die Sonne war bereits im Begriff unterzugehen. Die langen Schatten der westlichen Berge krochen langsam über das Tal.

Ein Herold kam heraus und postierte sich zwischen den Laternen. Er sah hochoffiziell und blendend aus in seiner weißen Uniform mit einer schweren goldenen Amtskette um den Hals. Auch diese war sicher ein Werk von Ragostok, denn sie ließ seine Stimme dem Turm entgegenschallen wie mächtige Trompetenstöße. Der Herold zählte all unsere Verbrechen auf: Befall durch das Übel, Hochverrat, die Ermordung des Königs, die Ermordung von Prinzessin Malgorzhata, die Ermordung von Vater Ballo, Verschwörung mit der Verräterin Alosha, Entführung von Prinz Kasimir Stanislav Algirdon und Prinzessin Regelinda Maria Algirdon – es dauerte einen Moment, bis ich begriff, dass von Stashek und Marisha die Rede war –, Verbrüderung mit den Feinden von Polnya, und so weiter und so weiter. Ich war froh zu hören, dass sie Alosha als Verräterin bezeichneten: Vielleicht bedeutete das, dass sie noch am Leben war.

Die Liste endete mit der Forderung, die Kinder auszuhändigen und uns sofort zu ergeben. Danach machte der Herold kurz Pause, um zu Atem zu kommen und einen Schluck Wasser zu trinken, nur um die ganze haarsträubende Litanei anschließend noch einmal von vorne herunterzubeten. Die Männer des Barons strichen beunruhigt um den Fuß des Turmes herum, wo sie kampierten, und warfen misstrauische Blicke zu unseren Fenstern hoch.

»Ja, Marek kann außerordentlich überzeugend sein«, bemerkte Sarkan, als er das Zimmer betrat. Schwache Ölschlieren schimmerten an seiner Kehle, auf seinem Handrücken und quer über seiner Stirn: Er hatte Schlaf- und Vergesslichkeitstränke in seinem Laboratorium gebraut. »Was hast du denn vor? Ich bezweifle, dass Marek einen vergifteten Brotlaib essen wird, falls das dein Plan ist«, wandte er sich an mich.

Ich breitete meinen Teig auf der glatten Marmorplatte des langen Tisches aus. Vage hatte ich den Gedanken an die Ochsen im Kopf und wie ich sie zusammengebastelt hatte. Sicher – sie waren unterwegs auseinandergefallen, aber ich hatte sie ja auch nur aus Lehm hergestellt. »Hast du hier zufällig Sand?«, fragte ich Sarkan. »Und vielleicht auch ein paar kleine Eisenstücke?«

Ich knetete die Eisenspäne und den Sand in meinen Teig, während der Herold draußen weiter seine Kunde ausposaunte. Sarkan setzte sich mir gegenüber an den Tisch und schrieb mit kratzender Feder einen langen Zauberspruch für Illusionen auf, den er aus verschiedenen Quellen in seinen Büchern heraussuchte. In einem Stundenglas, das zwischen uns stand, lief Sand durch die schmale Öffnung und zeigte uns an, wie viel Zeit verging, während die Tränke des Drachen vor sich hin köchelten. Einige unglücklich dreinblickende Soldaten des Barons waren dabei, während er arbeitete; sie standen in einer Ecke des Raumes und traten unruhig von einem Fuß auf den anderen. Schließlich legte der Drache seine Feder weg, exakt in dem Augenblick, als die letzten Sandkörner durch das Loch rieselten; er hatte die Zeit genau eingehalten. »In Ordnung, begleitet mich« sagte er zu den Soldaten und nahm sie mit in sein Laboratorium, wo er ihnen die Flaschen mit den Tränken gab, um sie nach unten zu tragen.

Ich summte währenddessen die Lieder, die meine Mutter immer beim Backen gesungen hatte, und knetete in gleichbleibendem Rhythmus den Teig. Ich dachte an Alosha, die ihre Klinge immer weiterschmiedete und jedes Mal ein bisschen mehr Magie einfließen ließ.

Als mein Teig weich und geschmeidig war, trennte ich ein Stück ab, rollte es zwischen den Handflächen zu einem Turm und stellte ihn in die Mitte der Tischplatte. Aus einer weiteren Portion Teig formte ich die Bergwand hinter uns.

Sarkan betrat den Raum und musterte stirnrunzelnd meine Arbeit. »Ein faszinierendes Modell«, sagte er sarkastisch »Ich bin mir sicher, dass die Kinder es sehr unterhaltsam finden werden.«

»Komm und hilf mir«, sagte ich ungerührt. Aus dem weichen Teig knetete ich eine Mauer rings um den Turm und begann damit, einen Erdzauber darüberzusprechen: *Fulmedesh, Fulmishta,* vor und zurück in gleichbleibendem Takt. Dann zog ich in einiger Entfernung zur ersten eine zweite Mauer hoch, dann eine dritte. Unablässig murmelte ich dabei leise den Zauberspruch. Ein ächzender Laut wie von sturmgepeitschten Bäumen drang durch das Fenster zu uns herein und der Boden unter unseren Füßen zitterte schwach: Erde und Steine erwachten.

Sarkan sah noch etwas länger mit gerunzelter Stirn zu. Ich spürte seine Blicke in meinem Nacken. Die Erinnerung an das letzte Mal, als wir gemeinsam gezaubert hatten, stieg in mir auf: Damals waren überall zwischen uns wilde Rosen und Dornen gesprossen. Ich sehnte mich danach, dass er mir half, und gleichzeitig wollte ich lieber darauf verzichten. Ich zog es vor, noch eine kleine Weile wütend auf ihn zu sein. Und doch wollte ich diese Verbindung zwischen uns noch mehr. Ich wollte ihn berühren, wollte den scharfen Biss seiner Magie in meinen Händen spüren. Ich hielt den Kopf gesenkt und arbeitete weiter. Der Drache drehte sich um und ging zu einem seiner Schränke, dann kam er mit einer kleinen Schublade voller Steinsplitter in verschiedenen Größen zurück, die aussahen, als bestunden sie aus demselben grauen Granit wie der Turm. Der Drache begann damit, die Stückchen herauszunehmen und sie mit seinen langen Fingern in die Mauern zu drücken, die ich gebaut hatte. Er murmelte dabei einen Reparaturzauber, mit dem man Risse und Sprünge im Gestein beheben konnte. Seine Magie lief durch den Teig, und wo sie die meine streifte, war sie lebendig und strahlend hell. Er fügte dem Spruch die Steine hinzu und legte das Fundament, das mich und meinen Zauber höher hob. Es war, als würde er Stufen für mich schaffen, damit ich die Mauern immer höher in die Luft bauen konnte.

Ich bezog seine Magie in meine Arbeit mit ein und ließ meine

Hände über die Wälle gleiten, während mein Spruch noch immer unter der Melodie seines Zaubers waberte. Ich warf ihm einen raschen Blick zu. Er starrte auf den Teig und versuchte, undurchdringlich auszusehen. Gleichzeitig errötete er von dem durchdringenden Licht, das er in seinen außergewöhnlichen Zauber einfließen ließ: Er war gleichzeitig entzückt und verärgert und versuchte, sich beides nicht anmerken zu lassen.

Draußen war die Sonne untergegangen. Ein schwaches blauviolettes Glühen flackerte über der Oberfläche des Teigs, als würde er flambiert. Ich konnte ihn im schwachen Dämmerlicht des Raumes gerade noch erkennen. Dann loderte der Teig auf wie trockener Zunder. Es gab einen Stoß, eine wahre Sturzflut der Magie, doch dieses Mal war Sarkan auf den Dammbruch vorbereitet. Gerade, als der Spruch seine Wirkung entfaltete, zog sich der Drache abrupt von mir zurück. Instinktiv wollte ich ihn zunächst festhalten, doch dann löste auch ich mich. Wir sanken jeder in die eigene Haut zurück, anstatt uns gegenseitig mit Magie zu übergießen.

Ein knirschendes Geräusch wie von brechendem Wintereis wehte durch das Fenster herein und Rufe wurden laut. Ich hastete mit glühendem Gesicht an Sarkan vorbei, um nachzuschauen, was los war. Die magischen Laternen vor dem Eingang zu Mareks Zelt schaukelten langsam auf und ab, als wären sie Lichter an Booten, die auf einer Welle tanzten. Der Boden zitterte und kräuselte sich wie Wasser.

Die Männer des Barons wichen eilig bis an die Turmmauern zurück. Ihre kümmerlichen Zäune, kaum mehr als ein paar aufgetürmte Stöcke, die sie zusammengesammelt hatten, fielen auseinander. Im Licht der magischen Laternen sah ich, wie Marek geduckt aus dem Eingang seines Zeltes kam; seine Haare und seine Rüstung glänzten. Er hielt eine goldene Kette – die Kette, die schon der Herold getragen hatte – fest in der Faust. Hastig schob sich hinter ihm eine ganze Traube von Männern und Dienstboten aus dem Zelt. Sie alle waren auf der Flucht, der ganze Pavillon stand kurz davor, einzustürzen. »Löscht die Fackeln und die Feuer!«, donnerte Marek mit unnatürlich lauter Stimme. Die Erde stöhnte und bebte überall mit klagenden Lauten.

Zusammen mit den anderen kam auch Solya aus dem Pavillon. Er zog eine der magischen Laternen aus dem Boden und hob sie in die Luft; ein scharfes Wort aus seinem Mund, und sie schien noch heller. Der Boden zwischen dem Turm und dem Lager hatte sich aufgewölbt und gekrümmt wie ein träges, murrendes Tier, das sich langsam auf die Beine müht. Rings um den Turm erhoben sich Erde und Gestein zu drei hohe Mauern aus frisch herausgebrochenem Gestein voller weißer Adern und scharfkantigen Ecken. Marek hatte seinen Männern den Befehl geben müssen, schnell die Kanonen zurückzuziehen, denn die sich aufbäumenden Mauern zogen ihnen den Grund unter den Füßen weg. Dann beruhigte sich der Boden mit einem lang gezogenen Seufzen wieder. Ein paar letzte Schauder liefen vom Turm aus wie kleine Wellen, dann versiegten auch sie. Erde und Steinchen rieselten von den Mauern herab. Mareks ins Licht gedrehtes Gesicht war verblüfft und aufgebracht. Einen Moment lang sah er mich wutschnaubend an; ich erwiderte den zornigen Blick, aber Sarkan zog mich vom Fenster weg.

»Du wirst Marek nicht dazu bringen, dir zuzuhören, wenn du ihn zur Weißglut treibst«, sagte er, als ich zu ihm herumwirbelte, und in meinem Ärger vergaß ich meine Zurückhaltung.

Wir standen sehr nahe beieinander. Der Drache bemerkte es im selben Moment wie ich. Er ließ mich unvermittelt los und machte einen Schritt zurück. Dann schaute er zur Seite und wischte sich mit der Hand den herunterlaufenden Schweiß von der Schläfe. »Wir sollten lieber Vladimir informieren, dass er sich keine Sorgen machen muss und dass wir nicht vorhaben, ihn und seine Soldaten zum Mittelpunkt der Erde zu schicken«, sagte er.

»Ihr hättet uns ruhig vorwarnen können«, schimpfte der Baron, als wir nach draußen kamen. »Aber ich werde mich nicht allzu sehr beklagen.

Mit diesen Mauern können wir ihm das Leben wirklich schwer machen. Er wird mehr bezahlen müssen, als er sich leisten kann. Aber nun ist es wichtig, dass wir uns selbst zwischen den Mauern hin und her bewegen können. Die Steine zerschneiden unsere Seile. Wir brauchen einen Durchgang.«

Er wollte, dass wir zwei Tunnel an gegenüberliegenden Seiten der Mauern erschufen, um Marek dazu zu bringen, entlang der gesamten Länge zu kämpfen. Sarkan und ich begannen mit dem nördlichen Ende. Die Soldaten waren bereits im Fackelschein damit beschäftigt, mit den Spitzen nach oben gerichtete Piken entlang der Mauer aufzustellen; darüber hängten sie ihre Umhänge, um kleine Zelte zu errichten, unter denen sie schlafen konnten. Einige der Männer saßen um ein Lagerfeuer herum und warfen getrocknetes Fleisch in kochendes Wasser; anschließend gaben sie Buchweizen hinzu und kochten die Brühe auf. Als sie uns kommen sahen, räumten sie schnell und ängstlich das Feld, ohne dass wir auch nur ein Wort hätten verlieren müssen. Sarkan schien das nicht zu bemerken, aber ich kam nicht gegen das Gefühl an, dass ich dieses Verhalten bedauerlich, seltsam und falsch fand.

Einer der Soldaten war ein junger Bursche in meinem Alter, der fleißig und geschickt mit einem Stein eine Pikenspitze nach der anderen schärfte: Sechs Schläge brauchte er für jede einzelne, und schon war er fertig – so rasch, dass die beiden Männer, die die Waffen wieder an die Mauer lehnten, immer genug Nachschub hatten. Vermutlich hatte sich der Junge sein Handwerk, das er derart gut beherrschte, selbst beigebracht. Er sah weder missmutig noch unglücklich aus. Höchstwahrscheinlich hatte er sich bewusst für ein Leben als Soldat entschieden. Unter Umständen hatte er eine Lebensgeschichte, die folgendermaßen aussah: Vielleicht gab es da zu Hause eine arme verwitwete Mutter mit drei jüngeren Schwestern, die etwas zu essen brauchten, und ein Mädchen aus derselben Straße, das ihm jeden Morgen über den Zaun hinweg zulächelte, wenn er die Herde seines Vaters auf die Weide trieb. Also hatte er seiner Mutter das Rekrutierungsgeld gegeben, das er bei seinem Eintritt in die Armee erhalten hatte, und war losgezogen, um sein Glück zu machen. Er arbeitete hart, denn er wollte schon bald Unteroffizier werden und dann Offizier. Eines Tages wollte er dann in seiner schmucken Uniform nach Hause zurückkehren, seiner Mutter Silberstücke in die Hand drücken und das lächelnde Mädchen bitten, ihn zu heiraten.

Es könnte aber genauso gut sein, dass er ein Bein verlieren und enttäuscht und verbittert nach Hause kommen würde, nur um festzustellen, dass seine Angebetete einen anderen geheiratet hatte, der ein Feld bestellen konnte. Vielleicht würde er der Trunksucht verfallen, um zu vergessen, dass er Männer getötet hatte, nur um selbst reich zu werden. Auch das war eine mögliche Geschichte. Sie alle hatten ihre Geschichten. Sie hatten Mütter und Väter, Schwestern oder Geliebte. Es war nicht so, dass sie allein auf der Welt waren und niemandem außer sich selbst etwas bedeuteten. Es erschien mir grundsätzlich falsch, sie wie Münzen in einer Geldbörse zu behandeln. Ich wollte zu dem Jungen gehen, ihn nach seinem Namen fragen und seine tatsächliche Geschichte erfahren. Aber das wäre heuchlerisch gewesen und hätte lediglich dazu gedient, meine eigenen Gefühle zu besänftigen. Ich spürte, dass die Soldaten nur allzu gut verstanden, dass wir Berechnungen mit ihnen anstellten – *diese Anzahl könnten wir gefahrlos opfern, jene Anzahl wäre zu hoch,* als würde der Einzelne gar nichts zählen.

Sarkan schnaubte: »Was würde es ihnen denn nützen, wenn du jetzt anfängst herumzustreifen und sie mit Fragen zu löchern? Dann wüsstest du, dieser da kommt aus Debna, und sein Vater ist Schneider, und jener hat drei Kinder zu Hause. Ihnen ist mehr mit den drei Mauern gedient, die du erschaffen hast, um Mareks Soldaten davon abzuhalten, sie morgen früh abzuschlachten.«

»Ihnen wäre noch besser gedient, wenn Marek es gar nicht erst versuchen würde«, sagte ich ungeduldig, weil er sich weigerte, mich zu verstehen. Der einzige Weg, wie wir Marek zum Einlenken bringen konnten, bestand darin, den Durchbruch durch die Mauern für ihn mit zu großen Opfern zu verbinden, sodass er den Preis nicht würde bezahlen wollen. Aber auch das machte mich wütend, auf ihn, den Baron, Sarkan und auch auf mich selbst. »Hast *du* noch lebende Verwandtschaft?«, fragte ich ihn unvermittelt.

»Das kann ich nicht sagen«, antwortete er. »Ich war ein dreijähriges Kind, das bettelte, als ich in Varsha Feuer legte, weil ich mich in einer Winternacht auf der Straße wärmen wollte. Sie haben sich nicht die Mühe gemacht, nach meiner Familie zu suchen, ehe sie mich in die Hauptstadt schafften.« Er sprach so gleichgültig, als ob es ihm nichts ausmachte, dass er völlig aus seiner Welt gerissen worden war. »Schau mich nicht so mitleidig an«, fügte er hinzu. »Das ist anderthalb Jahrhunderte her und seither haben fünf Könige ihr Leben ausgehaucht – sechs«, berichtigte er sich. »Komm und hilf mir, einen Spalt zu finden, den wir öffnen können.«

Es war mittlerweile vollkommen dunkel, und es gab keine Möglichkeit, einen Riss in der Mauer zu entdecken, außer man ertastete ihn. Ich legte also meine Hände auf die Mauer, hätte sie aber beinahe sofort wieder zurückgerissen. Der Stein murmelte seltsam unter meinen Fingern; es klang wie ein Chor aus tiefen Stimmen. Ich sah genauer hin. Wir hatten mehr als nur Felsen und nackte Erde aufgeworfen. Da waren zerborstene Stücke von behauenen Steinblöcken, die aus der Erde ragten: Das Skelett des alten, verlorenen Turms. An einigen Stellen waren schwache und beinahe schon verwitterte Worte eingemeißelt, und auch wenn ich sie nicht sehen konnte, so konnte ich sie doch unter meinen Fingerkuppen spüren. Ich nahm beide Hände fort und rieb sie aneinander. Meine Finger fühlten sich staubig und trocken an.

»Sie sind schon lange fort«, sagte Sarkan, aber die Echos waren noch da. Der Dunkle Wald hatte diesen letzten Turm zum Einsturz gebracht; der Dunkle Wald hatte all diese Menschen verstreut und überwuchert. Vielleicht war es bei ihnen auf dieselbe Weise geschehen, vielleicht hatte der Dunkle Wald auch sie umgewandelt und zu seinen Waffen gemacht. Vielleicht hatte er auch sie gegeneinandergerichtet, bis sie alle tot waren und seine Wurzeln leise über ihre Leichen hinwegkriechen konnten. Erneut presste ich meine Hände auf den Stein. Sarkan hatte einen schmalen Spalt in der Mauer gefunden, gerade breit genug, dass wir unsere Fingerspitzen hineinschieben konnten. Das taten wir von jeweils einer Seite aus und begannen zu ziehen, als würden wir einen Vorhang öffnen. »*Fulmedesh*«, sagte ich, während Sarkan einen Öffnungszauber wirkte. Der Spalt verbreiterte sich mit einem Geräusch wie Teller, die auf einem Steinfußboden zerspringen. Eine Kaskade von kleinen Steinchen krümelte heraus.

Die Soldaten schaufelten die losen Steine mit ihren Helmen und ihren Händen in Panzerhandschuhen heraus, während wir die Öffnung noch weiter aufzogen. Als wir fertig waren, war der Tunnel gerade breit genug, dass ein Mann in Rüstung hindurchpasste, wenn er sich bückte. Im Innern des Tunnels schimmerten hier und da silberblaue Buchstaben in der Dunkelheit. Ich hastete so schnell wie möglich durch dieses Mauseloch und versuchte, die Schrift nicht zu beachten. Die Soldaten arbeiteten im Graben hinter uns, während wir den langen Bogen der Mauer bis zum südlichen Ende abschritten, um dort eine zweite Öffnung zu schaffen.

Als wir mit dem zweiten Tunnel fertig waren, hatten Mareks Männer damit begonnen, sich an der äußeren Mauer zu schaffen zu machen: Sie warfen brennende, in Lampenöl getauchte Stofffetzen über den Wall und kleine Eisenstücke mit Spitzen, die in alle Richtungen abstanden. Doch das machte die Soldaten des Barons beinahe froh. Sie hörten auf, mich und Sarkan zu beobachten, als wären wir giftige Schlangen, sondern bellten stattdessen Befehle und bereiteten sich auf eine Belagerung vor; eine Arbeit, mit der sie offensichtlich gut vertraut waren.

Wir hatten zwischen ihnen nichts verloren und waren ihnen nur im Weg. Ich versuchte dann doch nicht, mit einem von ihnen ins Gespräch zu kommen. Stattdessen folgte ich dem Drachen schweigend in den Turm zurück.

Er schloss die hohen Türen hinter uns, und der dumpfe Aufprall des Riegels, der in die Eisenhalterungen fiel, wurde vom Marmor zurückgeworfen. Der Eingangsbereich und die große Halle waren unverändert mit den wenig einladenden Holzbänken an den Wänden und den Hängelampen an der Decke. Alles war so starr und förmlich wie am ersten Tag, als ich hier mit meinem Essenstablett herumgewandert war und mich so verängstigt und allein gefühlt hatte. Selbst der Baron zog es vor, bei diesem warmen Wetter draußen bei seinen Männern zu schlafen. Ich konnte ihre Stimmen im Freien durch die Schießscharten hören, aber nur gedämpft, als kämen sie von sehr weit weg. Einige der Soldaten stimmten gemeinsam ein Lied an, das vermutlich ziemlich zotig war, aber immerhin einen heiteren Rhythmus hatte. Die einzelnen Worte konnte ich nicht verstehen.

»Jetzt haben wir endlich ein bisschen Ruhe«, sagte Sarkan und drehte sich von der Tür weg mir zu. Mit einer Hand strich er sich über die Stirn und wischte so eine saubere Linie in die feine Schicht aus grauem Steinstaub, der sich in seinen Poren festgesetzt hatte. Seine Hände waren mit grünem Pulver und Ölspuren verschmiert, die im Lampenschein glänzten. Als er sie sich ansah, verzog sich sein Gesicht voller Abscheu, besonders als er feststellte, dass sich die Ärmelschnürungen seines Arbeitshemdes gelöst hatten.

Einen Moment lang war es, als wären wir wieder allein im Turm und als gäbe es hier nur uns beide und keine Armee in Wartestellung, keine Königskinder, die sich im Keller versteckten, keinen Schatten des Dunklen Waldes, der bis über unsere Türschwelle fiel. Ich vergaß, dass ich versuchte, wütend auf den Drachen zu sein. Ich wollte mich in seine Arme sinken lassen, mein Gesicht an seine Brust drücken und den Geruch von Rauch und Asche und Schweiß einatmen. Ich wollte meine Augen schließen und genießen, wie er seine Arme um mich schloss. Ich wollte Spuren meiner Hände in dem Staub auf seiner Haut hinterlassen. »Sarkan …«, begann ich.

»Wahrscheinlich werden sie beim ersten Morgengrauen angreifen«, sagte er zu schnell und schnitt mir so das Wort ab, ehe ich hatte weitersprechen konnte. Sein Gesicht war ebenso verschlossen wie die Türen. Er trat ein paar Schritte von mir weg und deutete auf die Treppe. »Das Beste, was du im Moment tun kannst, ist, dafür zu sorgen, dass du ein wenig Schlaf bekommst.«

Kapitel 27

Das war ein wirklich vernünftiger Rat. Ein ungutes Gefühl drückte in meinem Magen wie ein unverdaulicher Brocken. So stieg ich in den Keller hinunter, um mich leise zu Kasia und den Kindern zu legen und vor mich hin zu brüten. Ihre leisen, gleichmäßigen Atemzüge in meinem Rücken hätten beruhigend und tröstend sein sollen, aber mir kam es so vor, als verhöhnten sie mich: *Sie schlafen und du nicht!* Auch dem Kellerboden gelang es nicht, meine fieberheiße Haut abzukühlen.

Mein Körper konnte den schier endlosen Tag nicht loslassen: Am heutigen Morgen war ich auf der anderen Seite der Berge aufgewacht und noch immer fühlte ich den Widerhall der näher kommenden Hufschläge auf dem Gestein hinter mir. Das mühsame, panikerfüllte Ringen um Luft, das meine Rippen schmerzen ließ, während ich mit Marisha in den Armen immer weiterrannte, war noch so nah. Ich hatte Blutergüsse an den Außenseiten meiner Oberschenkel, wo ihre Hacken gegen mein Bein geschlagen hatten. Eigentlich hätte ich vollkommen erschöpft sein müssen, aber die Magie in meinem Bauch war immer noch lebendig und brodelte weiter. Es war zu viel davon übrig, und sie konnte nirgends hin, als wäre ich eine überreife Tomate, die ihre Haut sprengen wollte, um sich Erleichterung zu verschaffen. Und draußen vor unseren Türen stand eine Armee.

Ich konnte mir nicht vorstellen, dass Solya den Abend damit zugebracht hatte, Verteidigungssprüche und Schlafzauber vorzubereiten. Viel eher würde er unsere Gräben mit weißem Feuer überziehen und

Marek verraten, wohin er die Kanonen ausrichten sollte, damit sie möglichst viele unserer Männer töteten. Er war ein Kriegszauberer und hatte schon in Dutzenden Schlachten gekämpft. Außerdem hatte Marek die gesamte Armee Polnyas hinter sich: sechstausend Mann gegenüber unseren sechshundert. Wenn wir sie nicht aufhalten konnten, wenn Marek durch die Mauern brechen würde, die wir errichtet hatten, und die Türen zerschmettern würde, wenn er alle töten und die Kinder mitnehmen würde …

Ich strampelte die Decke weg und stand auf. Kasia öffnete die Augen nur kurz, sah mich und ließ die Lider wieder zufallen. Ich schlich mich weg, um mich bibbernd neben die kalte Asche im Kamin zu kauern. Meine Gedanken drehten sich unaufhörlich im Kreis; ich grübelte darüber nach, wie schnell wir verlieren könnten und dass der Dunkle Wald dann wie eine grüne, entsetzliche, alles verschlingende Woge über das Tal hinwegrollen würde. Obwohl ich dagegen ankämpfte, sah ich vor meinem geistigen Auge einen Herzbaum auf dem Marktplatz von Dvernik hochschießen und sich unheilvoll ausbreiten. Ich musste an jenen schrecklichen Baum in Porosna unmittelbar hinter der Grenze des Dunklen Waldes denken. Und ich sah, wie sich jeder, den ich liebte, in seinen gierigen Wurzeln verfing.

Ich wollte meiner eigenen Einbildungskraft entfliehen und so stand ich auf und stieg die Treppe hoch. In der großen Halle waren die schießschartigen Fenster dunkel. Nicht einmal ein Liedfetzen wurde von draußen hereingeweht. Alle Soldaten schliefen. Ich stieg weiter hoch, am Laboratorium und der Bibliothek vorbei. Grüne, violette und blaue Lichter flackerten noch hinter den Türen, aber die Räume waren leer. Niemand war dort, der mich anschreien würde, niemand, der mir widersprechen und mir sagen würde, dass ich ein Dummkopf sei. Einen weiteren Treppenabsatz später blieb ich kurz vor dem fransigen Ende des langen Teppichs stehen. Durch den Spalt unter der Tür ganz am Ende des Flures fiel ein schwacher Lichtschein hindurch. Ich war noch nie so nah zu Sarkans eigenem Schlafzimmer vorgedrungen. Einst war es für mich das Zimmer einer Schreckensgestalt gewesen.

Der Teppich war dick und dunkel. Mit gelbgoldenen Fäden war ein Muster eingewebt, das aus einer einzigen Linie bestand: Es begann mit einer engen Windung, die wie der eingedrehte Schwanz einer Eidechse aussah. Die goldene Linie wurde dicker, wo sie sich entrollte, und lief dann weiter über die gesamte Breite des Läufers nach rechts und nach links, als wäre sie ein Pfad, der in die Schatten am Ende des Ganges führte. Meine Füße versanken tief in der weichen Teppichwolle. Ich folgte der goldenen Linie, die sich unter mir verbreiterte und ein Muster annahm, das wie schwach glänzende Schuppen aussah. Unbeirrt ging ich an den beiden einander gegenüberliegenden Gästezimmern vorbei und dann weiter den Flur hinunter, der sich um mich herum verdunkelte.

Ich musste gegen eine Art Druck ankämpfen, der mir vorkam wie ein Wind, welcher mir ins Gesicht blies. Das Muster des Teppichs nahm nun klarere Formen an. Ich lief über eine große elfenbeinfarbene Klaue, über breite mattgoldene Flügel mit Adern aus dunklem Braun.

Der Wind wurde kälter. Die Wände verschwanden; sie verblassten im Dunkeln. Der Teppich wurde breiter, bis er den gesamten Korridor ausfüllte, so weit ich blicken konnte und noch darüber hinaus. Er fühlte sich nicht wie aus Wolle an. Ich stand auf warmen, einander überlappenden Schuppen, weich wie Leder, die sich unter meinen Füßen hoben und senkten. Das Geräusch von Atem wurde von der Höhlenwand außerhalb meiner Sichtweite zurückgeworfen. Mein Herz wollte vor instinktiver Angst zu rasen beginnen. Meine Füße wollten sich auf den Hacken umdrehen und davonlaufen.

Stattdessen schloss ich meine Augen. Ich kannte den Turm mittlerweile und wusste, wie lang der Gang in Wirklichkeit sein sollte. Drei weitere Schritte machte ich über den schuppigen Rücken hinweg, dann drehte ich mich um und streckte meine Hand nach der Tür aus, von der ich wusste, dass sie da war. Meine Finger erstasteten einen

Türknauf und das Metall fühlte sich warm unter meiner Berührung an. Jetzt schlug ich die Augen wieder auf und war zurück auf dem Flur, unmittelbar vor der Tür. Ein paar Schritte weiter endeten der Gang und der Teppich. Das goldene Muster wand sich in die entgegengesetzte Richtung und ein schimmerndes grünes Auge auf der sichtbaren Seite eines Kopfes starrte mich an; da zeichneten sich auch zwei Reihen von Silberzähnen ab, die nur auf jemanden warteten, der nicht wusste, wohin.

Ich öffnete die Tür. Sie schwang lautlos auf. Der Raum dahinter war nicht sonderlich groß. Das Bett war klein und schmal mit einem Baldachin darüber und Vorhängen aus rotem Samt; ein einziger wunderschön geschnitzter Stuhl stand mutterseelenallein davor; ein Buch lag auf dem kleinen Tisch daneben, auf dem ich einen halb geleerten Weinkelch bemerkte. Das Feuer war bis auf die glühenden Kohlen zusammengesunken und die Lampen waren gelöscht. Ich ging zum Bett und zog den Vorhang beiseite. Sarkan lag ausgestreckt dort und schlief. Er hatte noch immer seine Reithose und sein locker geschnürtes Hemd an. Nur seinen Mantel hatte er abgelegt. Ich stand reglos da mit dem Vorhang in der Hand. Als Sarkan blinzelnd erwachte, schaute er mich einen Moment lang arglos an, zu verblüfft, um verärgert zu sein, als hätte er es sich nicht träumen lassen, dass irgendjemand tatsächlich bei ihm hereinplatzen könnte. Er sah derartig überrascht aus, dass ich ihn nicht einmal mehr anschreien wollte.

»Wie bist du …«, begann er und stützte sich auf seine Ellbogen. Nun machte sich bei ihm offenbar doch langsam Wut breit. Ich aber drängte ihn zurück auf die Kissen und küsste ihn.

Er stieß einen überraschten Laut direkt an meinen Lippen aus, packte mich an den Armen und wollte mich wegschieben. »Hör zu, du schamloses Ding«, sagte er, »ich bin mehr als ein Jahrhundert älter als du …«

»Oh, sei still«, sagte ich ungeduldig. Bei all den Ausflüchten, die er hätte suchen können, hatte er sich ausgerechnet dafür entschieden! Ich kletterte auf das hohe Bettgestell, legte mich vorsichtig auf den ausgestreckten Körper des Drachen, und wir versanken gemeinsam in seinem dicken Federbett. Ich schaute ihm prüfend ins Gesicht: »Möchtest du denn tatsächlich, dass ich gehe?«

Seine Hände schlossen sich fester um meine Arme und er wich meinem Blick aus. Einen Moment lang schwieg er. Schließlich antwortete er mit heiserer Stimme: »Nein.«

Stattdessen zog er mich enger an sich heran. Sein Mund schmeckte süß und war fiebrig heiß und wunderbar. Ich musste über nichts mehr nachdenken, er ließ mich alles vergessen. Der Herzbaum ging mit einem knisternden Rauschen in Flammen auf und war verschwunden. Da war nur noch die Hitze, die von den Händen des Drachen ausging. Er streichelte die kalte Haut an meinen nackten Armen, was mir erneut einen Schauer über den Rücken jagte. Dann schlang er einen Arm um mich und hielt mich fest. Seine freie Hand ließ er über meine Taille wandern und schob mein locker fallendes Hemd hoch. Ich schlüpfte mit dem Kopf durch den Ausschnitt und streifte dann auch die Ärmel ab. Mein Haar fiel mir über die Schultern, und der Drache stöhnte auf, vergrub sein Gesicht in dem struppigen Wirrwarr und küsste durch die Strähnen hindurch meine Kehle, meine Schultern, meine Brüste.

Ich klammerte mich atemlos, glücklich und voll unbeschwerter, unschuldiger Angst an ihn. Ich hätte nicht damit gerechnet. Seine Zunge leckte über meine Brustwarzen. Seine Lippen umschlossen sie und sogen sie ein. Ich zuckte kurz zusammen und vergrub meine Finger in seinen Haaren, was vermutlich wehtat. Er löste sich von mir und die plötzliche Kälte traf wie ein Schlag auf meine Haut. »Agnieszka«, sagte er leise und tief. Ein verzweifelter Unterton schwang in seiner Stimme mit, als wollte er mich anschreien, konnte es aber nicht.

Er rollte uns beide herum und drückte mich in die Kissen unter ihm. Mit den Fäusten krallte ich mich in seinem Hemd fest und zerrte heftig daran. Er setzte sich auf und zog es sich über den Kopf. Ich warf meinen Kopf in den Nacken und starrte zum Baldachin über dem Bett hinauf, während er die üppigen Rockschichten meines Kleides raffte.

Ich war von einer sehnsüchtigen Gier erfasst und begehrte seine Hände. So sehr ich mich auch anstrengte, nicht an diesen erschreckenden, vollkommenen Moment zu denken, als er mich vor so langer Zeit mit dem Daumen zwischen den Beinen gestreichelt hatte – oh, ich konnte ihn nicht vergessen! Der Drache strich mit den Fingerknöcheln über meine Haut, und wieder durchzuckte mich ein warmes Gefühl. Inzwischen bebte ich am ganzen Körper und schloss instinktiv die Oberschenkel um seine Hand. Ich wollte ihm sagen, er solle sich beeilen …, er solle langsamer machen …, er solle beides gleichzeitig tun.

Der Vorhang war wieder zugefallen. Der Drache beugte sich über mich. Seine Augen waren nur ein Glänzen in der Dunkelheit des abgeschlossenen Raumes seines Himmelbettes. Ich sah eine ungezügelte Inbrunst in ihnen, mit der er mein Gesicht betrachtete. Noch immer konnte er seinen Daumen an mir reiben, nur ganz sachte. Er streichelte mich einmal kurz; tief aus meiner Kehle stieg ein Laut auf, ein Seufzen oder Stöhnen, und Sarkan beugte sich zu meinen Lippen und küsste mich, als wollte er diesen wohligen Klang mit seinem Mund auffangen und verschlingen.

Noch einmal bewegte er seinen Daumen, und ich öffnete meine zusammengepressten Schenkel, die er packte, spreizte und sich um die Taille legte, während er mich hungrig betrachtete. »Ja«, drängte ich und versuchte, mich gemeinsam mit ihm zu bewegen. Er aber streichelte mich nur weiter. *»Sarkan.«*

»Es ist doch sicher nicht zu viel verlangt, wenn ich dich um ein klitzekleines bisschen Geduld bitte«, sagte er, und seine schwarzen Augen glänzten. Ich funkelte ihn halb aufgebracht an, doch schon setzte er seine zärtlichen Liebkosungen fort und schob seine Finger in mich hinein. Er zog eine Linie zwischen meinen Oberschenkeln und endete oben in einer kreisenden Bewegung. Auf diese Weise stellte er mir eine Frage, und lange Zeit war ich mir der Antwort nicht sicher, dann aber mit einem Mal schon. Ich bäumte mich plötzlich auf und presste mich erschöpft und feucht gegen seine Hände.

Anschließend sank ich zitternd in die Kissen. Ich schob meine

Hände in meine zerzauste Mähne und drückte sie keuchend auf meine feuchte Stirn. »Oh«, sagte ich. »Oh.«

»Na, sieh mal an«, erwiderte der Drache ausgesprochen selbstzufrieden, und ich richtete mich auf und schubste ihn zur anderen Seite des Bettes hin auf den Rücken.

Dann griff ich nach dem Bund seiner Kniehose – er hatte immer noch seine Hose an! – und rief »*Hulvad*«. Mit einem Ruck löste sie sich in Luft auf und ich entledigte mich meines Rockes. Der Drache lag nun nackt unter mir, lang und dürr und mit plötzlich schmal gewordenen Augen. Seine Hände ruhten auf meinen Hüften, und das Lächeln auf seinem Gesicht war mit einem Mal wie weggewischt, als ich mich über ihn beugte.

»Sarkan«, sagte ich und bewahrte den Rauch und den Donner seines Namens wie eine Trophäe in meinem Mund. Dann ließ ich mich auf ihn sinken. Er hielt die Augen zusammengekniffen und sah beinahe so aus, als täte ich ihm weh. Mein ganzer Körper fühlte sich wunderbar schwer an. Freude durchströmte mich in immer weiter werdenden Kreisen wie ein süßer Schmerz. Er holte tief und stoßweise Luft. Seine Daumen bohrten sich fest in meine Hüften.

Ich klammerte mich an seinen Schultern fest und drängte mich näher. »Sarkan«, hauchte ich noch einmal. Ich ließ seinen Namen über meine Zunge rollen, erforschte all die dunklen Ecken, die in diesem Klang verborgen waren, und der Drache stöhnte hilflos auf und stieß tief in mich hinein. Dann schlang ich meine Beine um seine Taille und hielt mich fest. Er legte einen Arm um mich herum und drehte mich, sodass ich wieder in den Kissen versank.

Ich lag zusammengerollt, an seine Seite geschmiegt, damit wir beide in dem kleinen Bett Platz fanden. Langsam kam ich wieder zu Atem. Seine Hand war in meinem Haar vergraben, er blickte zum Baldachin hoch; ein seltsam verwirrter Ausdruck lag auf seinem Gesicht, als würde er sich nicht mehr richtig erinnern, wie all das hatte geschehen können. Meine Arme und Beine waren schwer und schläfrig, als wäre eine Seilwinde nötig, um sie je wieder vom Fleck zu bewegen. Ich ruhte mich an seiner Seite aus. Dann irgendwann fragte ich ihn: »Warum kommst du ins Tal und holst uns Mädchen?«

Gedankenverloren fuhr er mit seinen Fingern durch meine Haare und versuchte, sie zu entwirren. Er stockte einen Moment lang, dann seufzte er an meiner Wange. »Ihr seid an das Tal gebunden, ihr alle. Ihr seid dort geboren worden und aufgewachsen«, sagte er. »Es besteht eine Verbindung zwischen euch, und diese Bindung ist wie ein Kanal, den ich benutze, um etwas von der Stärke des Dunklen Waldes abzuschöpfen.«

Er hob eine Hand und zog sie flach ausgestreckt durch die Luft über unseren Köpfen. Ein feines silbernes Flechtwerk erschien dort, wo er mit der Hand entlanggefahren war: eine skelettartige Version des Gemäldes in meinem Zimmer – eine Karte der Magielinien, die durch das Tal liefen. Sie folgten dem langen, breiten Lauf der Spindel und all ihren kleinen Nebenarmen, die aus den Gebirgen zuflossen. Funkelnde Sterne standen für Olshanka und jedes unserer Dörfer.

Aus irgendeinem Grund überraschten mich die Linien nicht besonders. Es fühlte sich wie etwas an, von dem ich immer gewusst hatte, dass es unter der Oberfläche da war. Das Aufplatschen des Wassereimers tief im Brunnen auf dem Dorfplatz von Dvernik, das Murmeln der Spindel, die im Sommer munter dahinschoss: Das alles war voller Magie, voller Macht, die darauf wartete, angezapft zu werden. Deshalb hatte Sarkan Bewässerungsgräben gezogen, um mehr von dem Wasser abzuzweigen, ehe es dem Dunklen Wald anheimfiel.

»Aber warum brauchst du denn dann eine von uns?«, fragte ich noch immer verwirrt. »Du könntest doch einfach …« Ich machte eine Geste, als würde ich etwas mit den Händen auffangen.

»Nicht, ohne selbst an das Tal gebunden zu sein«, sagte er, als wäre es die einzig logische Erklärung. Ich blieb weiterhin gegen ihn gelehnt, wurde aber ganz still. Verwirrung breitete sich in mir aus. »Du musst dir keine Sorgen machen«, fügte er ungerührt hinzu, denn er hatte mich gänzlich missverstanden. »Wenn wir es schaffen, den heutigen

Tag zu überleben, dann werden wir eine Möglichkeit finden, dich vom Tal zu lösen.«

Er zog seine Handfläche über die silbernen Linien und wischte sie auf diese Weise fort. Wir sprachen nicht weiter; ich wusste nicht, was ich sagen sollte. Nach einer Weile wurde sein Atem an meiner Wange gleichmäßiger. Die geschlossenen schweren Samtvorhänge des Himmelbettes hüllten uns in tiefe Dunkelheit, als lägen wir im Innern seines abgeschirmten Herzens. Ich spürte den festen Griff der Angst nicht mehr, sondern hatte stattdessen ein schmerzliches Gefühl. Ein paar Tränen stiegen mir in die Augen, heiß und brennend, als ob sie versuchten, einen Splitter herauszuspülen. Es waren aber zu wenige, sodass sie keinen Erfolg hatten. Beinahe wünschte ich mir, ich wäre nicht nach oben gekommen.

Ich hatte mir noch gar keine Gedanken über das gemacht, was *danach* sein würde, wenn wir den Dunklen Wald aufgehalten und überlebt hätten. Es wäre mir absurd vorgekommen, darüber nachzugrübeln, was nach etwas geschehen könnte, das derartig unmöglich erschien. Jetzt aber merkte ich, dass ich es zwar nicht richtig bis zu Ende durchdacht hatte, mir aber durchaus meinen Platz hier im Turm ausgemalt hatte: wie ich oben mein kleines Zimmer bewohnte, fröhlich mein Unwesen im Laboratorium und in der Bibliothek trieb und Sarkan auf die Nerven ging wie ein unordentlicher Geist, der überall seine Bücher herumliegen lässt, seine großen Türen aufstößt und der ihn außerdem dazu bringt, zum Frühlingsfest zu kommen und lange genug für ein oder zwei Tänze zu bleiben.

Ohne dass es ausgesprochen worden wäre, wusste ich bereits, dass es im Haus meiner Mutter keinen Platz mehr für mich geben würde. Aber ich wusste ebenfalls, dass ich meine Tage nicht damit zubringen wollte, in einer Hütte auf Hühnerbeinen durch die Welt zu streifen, wie man es sich in den Geschichten über die Jaga erzählte. Genauso wenig wollte ich in der Burg des Königs leben. Kasia hatte frei sein wollen und hatte davon geträumt, dass ihr die ganze weite Welt offenstünde. Ich hatte das nie getan.

Aber es war mir auch nicht möglich, hier an Sarkans Seite zu bleiben. Er hatte sich selbst in diesem Turm eingesperrt. Er hatte ein Mädchen nach dem anderen aus unserem Dorf geholt und unsere Verbindung genutzt, um selber keine knüpfen zu müssen. Und es gab einen Grund dafür, warum er niemals hinunter ins Tal kam. Ich musste es nicht aus seinem Munde hören, dass er nicht nach Olshanka kommen und mit uns im Kreis tanzen konnte, ohne selbst Wurzeln auszubilden, und das wollte er nicht. Ein Jahrhundert und länger hatte er sich hinter diesen Steinmauern voller alter Magie versteckt. Vielleicht würde er mich hineinlassen, aber er würde die Türen hinter mir wieder schließen. Immerhin hatte er das ja auch schon vorher getan. Und ich hatte mir ein Seil aus Seidenkleidern gemacht und Magie hineingewoben, um hinauszugelangen. Den Drachen allerdings würde ich nicht dazu bringen können, gegen seinen Willen aus dem Fenster zu klettern.

Ich richtete mich auf und rückte ein Stück von ihm ab. Meine Haare entglitten seinen Händen. Ich schob die erdrückenden Vorhänge zur Seite und schlüpfte aus dem Bett, griff mir eine Überdecke und schlang sie um mich herum. Dann ging ich zum Fenster, stieß die Läden auf und streckte meinen Kopf und meine Schultern hinaus in die Nachtluft, denn ich wollte die kalte Brise auf meiner Haut spüren. Die Luft rings um den Turm war windstill. Sie war sogar vollkommen unbewegt.

Ich hielt den Atem an und stützte meine Hände auf das steinerne Fenstersims. Es war tiefschwarze Nacht. Die meisten Lagerfeuer waren erloschen oder man hatte sie für die Nacht herunterbrennen lassen. Unten konnte ich nicht das Geringste erkennen. Ich lauschte auf die alten Stimmen im Gestein der Mauern, die wir gebaut hatten, und hörte sie verstört flüstern.

Schnell hastete ich zurück zum Bett und rüttelte Sarkan wach. »Irgendetwas stimmt nicht«, sagte ich.

Wir schlüpften in unsere Kleidung, *Vanastalem* hüllte mich von den Fußknöcheln aufwärts in einen sauberen Rock und schnürte mir ein neues Mieder um die Taille. Der Drache hielt eine Seifenblase in den gewölbten Händen, eine kleinere Version seiner Wächter, und er gab ihr eine Nachricht mit: »Vlad, weckt rasch Eure Männer auf. Sie planen irgendetwas im Schutze der Dunkelheit.« Dann blies er die Seifenblase zum Fenster hinaus und wir rannten los. Als wir die Bibliothek erreichten, waren bereits überall in den Gräben unten Fackeln und Laternen angezündet worden.

In Mareks Lager aber waren beinahe keine Lichter zu sehen außer denen in den Händen der wenigen Wachen. Eine weitere Laterne leuchtete im Innern des Pavillons.

»Ja«, sagte Sarkan. »Er heckt irgendetwas aus.« Dann drehte er sich zum Tisch und breitete ein halbes Dutzend Bücher mit Schutzmagiesprüchen aus.

Ich aber blieb am Fenster stehen und starrte stirnrunzelnd nach unten. Ich konnte fühlen, wie Magie zusammengezogen wurde, die Solyas Handschrift trug. Doch da war noch etwas anderes, etwas, das sich langsam und in der Tiefe bewegte. Noch immer konnte ich nichts sehen, außer den wenigen Wachen auf ihren Runden.

Im Innern von Mareks Pavillon beobachtete ich eine Gestalt, die zwischen der einen Laterne und der Zeltwand vorbeiging, sodass sie einen Schatten auf die glatte Fläche warf, und da sah ich ein Gesicht im Profil. Es war der Kopf einer Frau mit hochgesteckten Haaren, auf denen ganz oben die scharfkantigen Umrisse eines Haarreifs zu erkennen waren. Ich schreckte vom Fenster zurück und sog scharf die Luft ein, als ob auch ich von ihr gesehen worden wäre. Sarkan warf mir einen überraschten Blick zu.

»Sie ist hier«, sagte ich tonlos. »Die Königin ist hier.«

Es blieb nicht viel Zeit, darüber nachzudenken, was das bedeuten könnte. Mareks Kanonen donnerten los, ihr orangefarbenes Mündungsfeuer erhellte die Nacht. Es war ein entsetzlicher Lärm; große Erdbrocken stoben in alle Richtungen davon, als die ersten Kanonenkugeln in die äußerste Mauer einschlugen. Ich hörte Solya einen lauten

Schrei ausstoßen und dann flammten überall in Mareks Lager Lichter auf. Die Männer pressten Kohlen in Haufen aus Stroh und Zunder, die sie in einer Linie ausgelegt hatten.

Eine Flammenwand stieg auf und forderte meinen Steinwall heraus. Solya stand dahinter. Sein weißer Umhang war von orangefarbenen und rot glühenden Lichtern übersät, die von seinen weit ausgestreckten Armen ausgingen. Sein Gesicht war vor Anstrengung verzerrt, als hebe er etwas Schweres an. Ich konnte seine genauen Worte über das Tosen des Feuers hinweg nicht hören, aber er sprach ganz sicher einen Zauber.

»Versuch, irgendetwas gegen dieses Feuer zu unternehmen«, forderte Sarkan mich auf, nachdem er einen raschen Blick nach unten geworfen hatte. Schnell drehte er sich zu seinem Tisch um und zog eine der Dutzend Spruchrollen hervor, die er gestern vorbereitet hatte und mit der sich Kanonenfeuer unterbinden ließ.

»Aber was …«, setzte ich an, doch er hatte bereits zu lesen begonnen. Die langen, ineinander verschlungenen Silben flossen wie Musik aus seinem Mund, und ich hatte den Zeitpunkt verpasst, noch irgendwelche Fragen zu stellen. Draußen beugte Solya die Knie und drückte die Arme in die Luft, als wolle er einen großen Ball schleudern. Die gesamte Flammenwand hob sich in die Luft und krümmte sich über die Mauer und in den Graben, wo die Männer des Barons kauerten.

Ihre Schreie und Rufe stiegen gemeinsam mit den prasselnden Flammen in die Luft. Einen Augenblick lang war ich wie erstarrt. Der Himmel über uns war breit und so klar, dass überall am Firmament die Sterne zu erkennen waren. Nirgends war auch nur eine einzige Wolke zu sehen, die ich zum Abregnen hätte bewegen können. Verzweifelt rannte ich zum Wasserkrug in der Ecke. Wenn ich eine Wolke zu einem Sturm anwachsen lassen konnte, so überlegte ich, dann könnte ich doch vielleicht auch aus einem Wassertropfen eine Wolke machen.

Ich goss etwas Wasser in meine hohle Hand und flüsterte den Regenzauber darüber. Ich flüsterte den Tropfen zu, sie könnten zu einem Sturm werden oder zu einem Wolkenbruch, und endlich begann die kleine Lache auf meiner Handfläche wie Quecksilber zu schimmern.

Ich schüttete das Wasser von meiner hohlen Hand aus dem Fenster und es wurde tatsächlich zu Regen. Draußen donnerte es und das Wasser schoss in einem einzigen Guss geradewegs in unseren Graben und löschte das Feuer.

Die ganze Zeit über waren die Kanonen nicht verstummt. Sarkan hatte sich inzwischen neben mich ans Fenster gestellt und hielt einen Schutzschild gegen die Angreifer aufrecht, doch jeder Aufprall traf ihn selbst wie ein Hieb. Das orangefarbene Feuer erleuchtete sein Gesicht von unten her und blitzte auf seinen zusammengebissenen Zähnen, wann immer ein Treffer ihn aufstöhnen ließ. Zwischen den Kanonensalven hätte ich zu gerne mit ihm gesprochen und ihn gefragt, ob wir unsere Sache gut machten. Ich konnte einfach nicht sagen, ob es siegverheißend für uns stand oder ob der Vorteil auf der Seite unserer Belagerer lag.

Das Feuer im Graben brannte noch immer. Ich hörte nicht auf, Platzregen zu zaubern, aber es war harte Arbeit, eine Handvoll Wasser in einen hilfreichen Guss zu verwandeln. Mit der Zeit wurde es immer anstrengender. Die Luft um mich herum wurde trocken und heiß, und meine Haut und meine Haare wurden rau und brüchig wie im Winter, als würde ich jedes bisschen Feuchtigkeit rings um mich herum in meinen Zauber legen. Die Sturzbäche löschten immer nur jeweils einen kleinen Teil des Feuers. Die Männer des Barons taten ihr Bestes, um zu helfen, und schlugen mit ihren Mänteln, die sie in dem abfließenden Wasser getränkt hatten, auf die Flammen ein.

Dann donnerten die beiden Kanonen gleichzeitig. Doch dieses Mal glühten die fliegenden Eisenkugeln in blauem und grünem Feuer, das sie wie Kometenschweife hinter sich herzogen. Sarkan wurde nach hinten geschleudert und prallte hart gegen den Tisch. Die Kante bohrte sich in seine Seite. Er stolperte, hustete, und sein Spruch war unterbrochen. Die beiden Kanonenschläge durchbrachen seinen Schild und versanken langsam in der Mauer, fast wie ein Messer, das man in eine unreife Frucht bohrt. Rings um sie herum schien das Gestein beinahe wegzuschmelzen und die Ränder glühten rot. Die Kugeln verschwanden in der Mauer, und dann, mit ersticktem Ächzen, explodierten sie. Eine große Wolke von Erdklumpen stieg hoch, und Gesteinssplitter wurden mit solcher Kraft durch die Luft geschleudert, dass ich sie gegen die Wände des Turms prallen hörte. Eine Lücke klaffte nun unmittelbar in der Mitte der Mauer.

Marek stieß seinen Speer in die Luft und brüllte: »Angriff!«

Ich konnte nicht begreifen, warum ihm irgendjemand gehorchte und sich durch diese scharfkantige Öffnung schob, wo das Feuer trotz meines Zaubers immer noch zischte und züngelte. Die Männer schrien, als sie verbrannten. Und dennoch: Die Männer gehorchten ihm. Wie eine unaufhaltsame Flut drangen die Soldaten in das brennende Chaos des Grabens ein, die Speere in Taillenhöhe ausgestreckt.

Sarkan zog sich am Tisch hoch und kam wieder zu mir zum Fenster. Unterwegs wischte er sich achtlos das Blut von der Nase und den Lippen. »Er hat sich dafür entschieden, verschwenderisch vorzugehen«, sagte er grimmig. »Jede dieser Kanonenkugeln war zehn Jahre lang in der Schmiede. Polnya verfügt über weniger als zehn davon.«

»Ich brauche mehr Wasser!«, sagte ich, griff nach Sarkans Hand und zog ihn mit hinein in meinen Zauber. Ich konnte fühlen, dass er protestieren wollte. Er hatte keinen Spruch parat, der zu meinem passte. Leise und ärgerlich murmelte er vor sich hin, dann half er mir mit einem ganz einfachen Zauberspruch, der zu denjenigen gehörte, die er mir anfangs hatte beibringen wollen. Er diente dazu, ein Glas mit Wasser aus dem Brunnen zu füllen. Damals hatte er einfach die Nase voll davon gehabt, dass ich das Wasser, das ich ihm bringen sollte, immer auf seinem Tisch verschüttete oder dass von vornherein nur noch einige Tropfen im Glas waren, wenn ich bei ihm ankam. Als er nun den Spruch sprach, stieg das Wasser in gleichmäßigem Tempo bis ganz zum Rand meines Kruges hoch. Dann sang ich meinen Regenzauber über dem Gefäß und über dem Brunnen mit seinem kalten schlafenden Wasser in der Tiefe, bevor ich den ganzen Krug aus dem Fenster schleuderte.

Einen Moment lang konnte ich nichts sehen. Ein Windstoß pustete mir den sprühenden Regen ins Gesicht und in die Augen. Es war, als würde mir beißend kalter Winterregen ins Gesicht peitschen. Mit beiden Händen wischte ich mir über die Wangen. Unten im Graben hatte der Sturzbach die Flammen fast vollständig gelöscht. Nur ein paar wenige flackernde Glutherde waren noch übrig. Auf beiden Seiten wurden die Männer in Rüstungen von den Füßen gehoben und fielen ins plötzlich knöcheltiefe Wasser. Die Lücke in der Mauer war voller Schlamm, und nun, wo das Feuer aus war, stießen die Männer des Barons in die Bresche, die Piken mit ihren scharfen Spitzen kampfbereit erhoben, und drängten die näher rückenden Männer zurück. Erleichtert sackte ich über dem Sims zusammen. Wir hatten Solyas Feuer gestoppt und wir hatten Mareks Eindringen vereitelt. Er hatte bereits so viel Magie aufgewendet, sicherlich viel mehr, als er sich leisten konnte, und trotzdem hatten wir ihn aufgehalten. Bestimmt würde er es sich jetzt überlegen, ob er nochmals …

»Mach dich bereit«, sagte Sarkan.

Solya wirkte seinen nächsten Spruch. Er streckte seine angewinkelten Hände in die Luft. Seine Fingerspitzen waren nach vorne gerichtet, seine Augen blickten starr an ihnen entlang. Silberne Linien wie Saiten eines Instruments lösten sich von jedem Finger und gabelten sich dann in drei Äste. Sie beschrieben einen Bogen über die Mauer hinweg. Jede von ihnen traf ein anderes Ziel – das Auge eines Mannes, einen Spalt in seiner Rüstung unmittelbar an der Kehle, den Ellbogen seines Schwertarms, eine Stelle direkt über seinem Herzen.

Die Linien selbst schienen nichts zu bewirken, soweit ich das sah. Sie hingen einfach in der Luft und waren im Dunkeln kaum zu bemerken. Dann surrten Dutzende Bögen gleichzeitig. Marek hatte drei Reihen von Bogenschützen hinter seinen Fußtruppen aufgestellt. Die Pfeile hefteten sich nun an die Silberlinien und fanden so allesamt ihr tödliches Ziel.

Ich streckte meine rechte Hand aus, was eine nutzlose Geste des Aufbegehrens war. Die Pfeile flogen weiter. Dreißig Mann fielen gleichzeitig, niedergemäht auf einen Streich, und sie alle waren Verteidiger an der Bresche gewesen. Mareks Soldaten drängten jetzt in den Spalt und in den Graben. Der Rest der Armee sammelte sich hinter ihnen. Sie begannen mit dem Versuch, die Soldaten des Barons zurückzudrängen.

Jeder Zentimeter war hart umkämpft. Die Männer des Barons hatten ein wahres Dickicht aus Speeren und Schwertern aufgeschichtet, deren Spitzen von ihnen weg nach außen zeigten. Mareks Männer konnten ihre Gegner nicht erreichen, ohne sich selbst in die Klingen zu werfen. Solya aber schickte eine neue Salve von Pfeilen los, die über die Mauer auf die Verteidiger einprasselte. Sarkan hatte sich abgewandt: Er wühlte sich durch seine Unterlagen und suchte fieberhaft nach einem Spruch, um diesem neuen Zauber zu begegnen. Aber er würde nicht mehr rechtzeitig fertig werden.

Ich streckte noch einmal meine Hand aus, und dieses Mal versuchte ich es mit dem Spruch, den der Drache benutzt hatte, um Kasia vom Berghang zu retten. »*Tual, tual, tual*«, rief ich den Saiten zu, griff nach ihnen und verhakte meine Finger darin. Dann beugte ich mich aus dem Fenster und schleuderte sie nach unten auf die Spitze der Mauer. Die Pfeile folgten ihnen, prallten auf Gestein auf und fielen klappernd auf einem Haufen zusammen.

Einen Moment lang glaubte ich, dass das silberne Licht nur noch etwas in meinen Händen verharrte und seinen Schein auf mein Gesicht warf. Aber da schrie Sarkan eine Warnung. Ein Dutzend neuer Silberfäden kam durch das Fenster herein und zielte auf mich, meine Kehle, meine Brust, meine Augen. Mir blieb nur ein kurzer Moment, um alle Enden gleichzeitig wie ein Bündel zu packen und sie blindlings von mir zu schleudern. Schon kamen die Pfeile hinterhergeschnurrt und schlugen dort ein, wo die Enden der Fäden gelandet waren: ins Bücherregal, in den Boden und in den Stuhl; sie bohrten sich tief hinein und die gefiederten Enden zitterten.

Ich starrte darauf, zuerst zu verwirrt, um mich wirklich zu fürchten.

So richtig begriff ich gar nicht, dass ich beinahe von einem Dutzend Pfeile durchbohrt worden wäre. Draußen donnerten die Kanonen. Ich hatte mich fast schon an den Lärm gewöhnt. Automatisch zuckte ich zusammen, ohne hinzuschauen, und war sogar halb fasziniert davon, wie nah die Pfeile kamen. Sarkan warf plötzlich den Tisch um, sodass Papiere durch die Luft flogen, und als die Platte heftig auf dem Boden aufprallte, wackelten die Stühle. Der Drache zog mich dahinter. Der hohe, pfeifende Ton einer Kanonenkugel kam näher und näher.

Wir hatten genügend Zeit, um uns auszumalen, was geschehen würde, und doch nicht genug, um irgendetwas dagegen zu tun. Ich kroch unter Sarkans Arm, starrte auf die Unterseite der Tischplatte und sah zu, wie Lichtflecken durch die schweren Holzbalken fielen. Dann brach eine Kanonenkugel durch die Mauer unterhalb des Fensters. Das Glas der geöffneten Fensterflügel zerbarst und prasselte klirrend auf den Boden. Die Kugel selbst rollte weiter, bis sie mit einem gewaltigen Rums von der Steinmauer aufgehalten wurde und dort explodierte. Gespenstischer grauer Rauch wallte heraus.

Sarkan presste mir seine Hand vor Mund und Nase und ich hielt den Atem an. Sofort erkannte ich den Versteinerungszauber. Während der graue Nebel langsam auf uns zuwaberte, machte Sarkan eine Greifbewegung in Richtung Decke, und eine seiner Wächterkugeln driftete herunter und landete in seiner Hand. Er durchbrach die Hülle, und mit einer anderen wortlosen, gebieterischen Bewegung winkte er den grauen Rauch in die Kugel, bis er vollständig eingeschlossen war und im Innern wie eine Wolke herumwirbelte.

Ich hatte das Gefühl, meine Lunge würde platzen, bevor er fertig war. Der Wind heulte durch das klaffende Loch in der Mauer, Bücher flogen durch die Gegend und zerrissene Seiten flatterten lautstark. Wir schoben den Tisch vor die Wandöffnung, damit wir nicht am Ende noch aus dem Turm fielen. Sarkan hob mithilfe eines Stofffetzens ein Stückchen der glühend heißen Kanonenkugel auf und hielt es neben den Wächter, als würde er einen Jagdhund Witterung aufnehmen lassen. *»Menya kaizha, stonnan olit«*, rief er der Kugel zu und schickte sie mit einem Stoß hinaus in den Nachthimmel. Sie schwebte davon und ihr Grau verblasste, war schon bald nur noch ein Nebelstreif.

Das Ganze konnte nicht mehr als ein paar Minuten gedauert haben – jedenfalls nicht länger, als ich meinen Atem anhalten konnte –, aber weitere Teile von Mareks Armee hatten sich in den Graben geschoben und die Männer des Barons in Richtung des ersten Tunnels zurückgedrängt. Solya hatte die nächste Salve Pfeile abgeschossen und weiteren Platz für sie geschaffen. Vor allem aber waren Marek und seine Ritter dazu übergegangen, unmittelbar hinter seinen Männern entlangzureiten und seine Truppen nach vorne zu treiben. Ich sah, wie er Pferdepeitschen und Speere gegen seine eigenen Leute einsetzte, nur um sie durch den Spalt zu jagen.

Die Unglücklichen in den vorderen Reihen wurden auf entsetzliche Weise in die Waffenspitzen der Verteidiger getrieben. Andere Soldaten machten von hinten Druck, und Stückchen für Stückchen zwangen sie die Soldaten des Barons, Boden verloren zu geben – wie ein Korken, der langsam aus der Flasche gedrückt wird. Der Graben war bereits von Leichenbergen übersät. Mareks Soldaten kletterten auf die leblosen Leiber und schossen von oben Pfeile auf die Männer des Barons, als würde es ihnen nichts ausmachen, dass sie auf den Körpern ihrer eigenen toten Kameraden standen.

Vom zweiten Graben aus begannen Vladimirs Männer, Sarkans mit Zaubertränken gefüllte Kugeln über die Mauer zu schleudern. Wenn sie auftrafen, zerplatzten sie und setzten blaue Wolken frei, die sich zwischen den Soldaten verteilten. Die Kämpfenden, die der Nebel einschloss, sanken auf die Knie oder brachen übereinander zusammen. Ihre Gesichter sahen benommen aus und die Männer versanken an Ort und Stelle in Schlaf. Doch weitere Soldaten drängten hinterher, kletterten über sie hinweg und zertrampelten sie, als wären sie Ameisen.

Mich überfiel namenloses Entsetzen, als ich ihnen dabei zusah, und es erschien mir vollkommen irreal.

»Wir haben die Situation falsch eingeschätzt«, sagte Sarkan.

»Wie kann er das nur tun?«, fragte ich mit bebender Stimme. Es schien, als wäre Marek so fest entschlossen, siegreich aus dieser Schlacht hervorzugehen, dass es ihn nicht mehr kümmerte, welche Verluste er an den Mauern wegzustecken hatte. Er hätte jeden Preis bezahlt, alles, was nur vorstellbar war, und seine Soldaten würden ihm in den Tod folgen. »Er muss vom Übel befallen sein …« Ich konnte mir nicht vorstellen, dass irgendetwas anderes ihn dazu treiben könnte, die Leben seiner Männer auf diese Weise zu verschwenden.

»Nein«, antwortete Sarkan. »Marek kämpft nicht, um den Turm einzunehmen. Er kämpft, um den Thron für sich zu beanspruchen. Wenn er hier gegen uns verliert, dann lassen wir ihn in den Augen der Magnaten schwach aussehen. Er steht buchstäblich mit dem Rücken zur Wand.«

Gegen meinen Willen kam mir diese Erklärung plausibel vor: Marek würde tatsächlich alles aufbieten, was er hatte. Kein Preis wäre für ihn zu hoch. All die Männer und die Magie, die er bereits geopfert hatte, würden die Sache noch verschlimmern, wie bei einem Mann, der sich immer tiefer in den Bankrott trieb in dem Versuch, doch noch irgendwie sein längst verlorenes Geld zurückzubekommen. Wir würden ihn nicht aufhalten können. Wir würden bis zum letzten Mann gegen ihn kämpfen müssen – und er hatte noch Tausende Soldaten, die er in die Schlacht schicken konnte.

Noch einmal donnerte die Kanone, als wolle sie meine entsetzliche Erkenntnis untermalen. Dann verstummte sie mit einem Mal. Sarkans schwebender Wächter war über dem heißen Eisen niedergegangen. Die zwölf Männer der Geschützmannschaft waren zu Statuen erstarrt. Ein Mann stand vor der linken Rohrmündung und hatte sie gerade mit dem Ladestock befüllen wollen. Andere Männer umfassten noch die Halteseile, mit der sie den rechten Lauf wieder in Position ziehen wollten; wieder andere schleppten Kanonenkugeln oder hielten Säcke in den Händen: Ein Mahnmal für eine Schlacht, die noch gar nicht beendet war.

Marek ordnete sofort an, dass weitere Männer nachrücken und die versteinerten Soldaten von den Geschützen entfernen sollten. Unverzüglich machten sie sich an die Arbeit und zerrten und schoben ihre bewegungsunfähigen Kameraden zur Seite. Sie warfen sie achtlos auf den Boden. Ich zuckte zusammen, als ich sah, wie ein Soldat den Statuen die Finger abbrach, um die Seile zu lösen. Ich wollte hinunterschreien, dass die Männer zwar versteinert, aber noch immer am Leben seien. Allerdings glaubte ich nicht, dass das Marek in irgendeiner Weise beeindruckt hätte.

Die Statuen waren schwer, und die Nachrückenden kamen nur langsam mit ihrer Arbeit voran, sodass wir einen kurzen Moment Ruhe vor dem Kanonenfeuer hatten. Ich riss mich zusammen und drehte mich zu Sarkan um. »Wenn wir anbieten würden, uns zu ergeben, würde er uns anhören?«

»Gewiss«, antwortete Sarkan. »Er würde uns beide auf der Stelle zum Tode verurteilen. Du könntest den beiden Kindern auch gleich selbst die Kehlen durchschneiden, ehe du sie ihm auslieferst. Aber sicherlich würde er uns mit Freuden anhören.« Jetzt war er an der Reihe, den Zielspruch für den Pfeilbeschuss abzuwehren: Er zeigte auf die schimmernden Fäden und wirkte einen Ablenkungszauber. Eine weitere Beschusssalve auf ihrer Silberbahn schlug daraufhin in der Außenmauer ein. Sarkan schüttelte sein Handgelenk und schaute nach unten. »Bis zum Morgen«, sagte er schließlich. »Selbst wenn Marek bereit ist, seine gesamte Armee zu opfern, können die Männer doch nicht endlos ohne eine Ruhepause weiterkämpfen und ohne etwas zu essen und zu trinken. Wenn wir ihnen bis zum Morgen standhalten können, muss Marek sie eine Zeit lang zurückziehen. Vielleicht ist er dann zu Friedensgesprächen bereit. *Falls* wir bis zum Morgen durchhalten.«

Doch der Morgen war noch in weiter Ferne.

Das Schlachtgetümmel legte sich für eine kleine Weile. Die Männer des Barons hatten sich inzwischen vollständig in den zweiten Graben zurückgezogen und füllten den Durchgang mit Leichen auf, sodass

Mareks Männer nicht hindurchkommen konnten. Marek ritt auf seinem Pferd draußen vor den Mauern auf und ab, brütend und wütend und ungeduldig, während er zusah, wie seine Männer darum kämpften, die Kanonen wieder feuerbereit zu machen. Ganz in seiner Nähe hatte Solya inzwischen einen tödlichen Rhythmus gefunden, mit dem er seine Pfeile im Verbund in den zweiten Graben abschoss.

Der Spruch, mit dem er sie losschickte, kostete ihn weniger Mühe, als wir damit hatten, ihn abzulenken. Die Pfeilspitzen stammten von Alosha. Sie wollten sich ins Fleisch bohren und Solya wies ihnen lediglich den Weg. Wir hingegen mussten versuchen, sie von ihrem Ziel abzulenken, sodass wir nicht nur gegen seinen Spruch anwirken mussten, sondern auch gegen den von Alosha. Wir kämpften gegen die Kraft ihrer Willensstärke, gegen ihre Hammerschläge, die Magie und Entschlossenheit in das Eisen getrieben hatten, und sogar gegen die natürliche Fluglinie der Pfeile. Sie stetig abzulenken, war eine kräftezehrende Angelegenheit. In der Zwischenzeit warf Solya mit einer beinahe beiläufigen Armbewegung die nächsten silbernen Richtungsweiser in die Luft wie ein Mann, der Saatgut ausstreut. Sarkan und ich mussten uns damit abwechseln, die Salve abzufangen, und jedes Mal war es eine neuerliche Anstrengung für uns. Wir hatten weder die Zeit noch die Kraft für einen anderen Zauber.

Wir beide fanden einen Takt für unsere Tätigkeit: Ich lenkte eine Pfeilsalve ab, als würde ich an einem Fischernetz ziehen, dann machte ich eine kurze Pause und trank einen Schluck Wasser, während Sarkan an der Reihe war. Anschließend lief ich wieder zum Fenster. Doch hin und wieder unterbrach Solya den Rhythmus. Er entschied sich für den denkbar schlechtesten Abstand zwischen den Salven, jedenfalls für uns: Sie folgten rasch genug aufeinander, sodass keine Zeit blieb, sich hinzusetzen, ohne gleich wieder aufspringen zu müssen. Ab und zu ließ er sich aber auch länger Zeit oder schoss die Pfeile zur Abwechslung nicht auf die Männer, sondern auf Sarkan und mich, oder er feuerte zweimal unmittelbar hintereinander.

»Sein Vorrat an Pfeilen ist anscheinend doch nicht unerschöpflich«, sagte ich und lehnte mich müde gegen die Wand. Mittlerweile tat mir alles weh. Es waren Jungen bei den Bogenschützen, die die abgeschossenen Pfeile wieder einsammelten, sie aus den Leichen oder aus den Mauern zogen, wo sie eingeschlagen waren. Sie brachten sie wieder zurück, damit sie erneut auf den Weg geschickt werden konnten.

»Nein«, bekräftigte Sarkan geistesabwesend. Auch er war so erschöpft davon, ständig Magie einzusetzen, dass er sich mehr und mehr in sich zurückzog. »Aber er sorgt dafür, dass die einzelnen Salven nicht zu groß sind. Auf diese Weise kann er bestimmt bis morgen in der Frühe durchhalten.«

Nachdem Sarkan das nächste Mal an der Reihe gewesen war, verließ er kurz den Raum und kehrte mit einem sorgfältig verschlossenen Glasbehälter mit in Sirup eingelegten Kirschen aus dem Laboratorium zurück. Auf einem Tisch in einer hinteren Ecke der Bibliothek bewahrte er einen großen silbernen Samowar auf, in dem der Nachschub an frischem Tee niemals versiegte. Er war vor der Zerstörung durch die Kanonenkugel verschont geblieben, allerdings war der dazugehörige zarte Glasbecher umgefallen und kaputtgegangen. Deshalb goss Sarkan den Tee stattdessen in zwei Messbecher und schob mir das Glas mit den Kirschen hinüber.

Es waren Sauerkirschen von einem satten Weinrot aus den Obstplantagen vor Viosna auf halbem Wege durch das Tal, eingelegt in Zucker und Alkohol. Ich gab zwei Löffel davon in meinen Tee und leckte dann den Löffel ab. Für mich schmeckten diese Kirschen nach Zuhause und die langsame Magie des Dorfes ruhte in ihnen. Sarkan fischte sich nur drei einzelne Kirschen heraus, vorsichtig und maßvoll, und er streifte dabei den Löffel über dem Rand des Behältnisses ab, als befürchte er, sonst zu viel herauszuholen. Ich sah weg und trank meinen Tee. Die heiße Tasse hielt ich dankbar in beiden Händen. Es war eine warme Nacht, aber ich war dennoch völlig durchgefroren.

»Leg dich hin und schlaf ein bisschen«, sagte Sarkan. »Vermutlich wird Marek den letzten Vorstoß kurz vor dem Morgengrauen versuchen.« Inzwischen hatten die Kanonen den Beschuss wiederaufgenommen, ohne allerdings viel Schaden anzurichten: Ich schätzte, dass der Versteinerungszauber alle Männer getroffen hatte, die sie richtig bedienen konnten. Etliche Schüsse waren zu kurz ausgefallen und zwischen Mareks eigenen Leuten gelandet, oder sie waren zu weit gewesen und hatten den Turm komplett verfehlt. Die Mauern hielten. Die Männer des Barons hatten den zweiten Graben mit Piken und Speergriffen präpariert, über die sie ihre Decken und Zelte ausgebreitet hatten, um sich auf diese Weise vor dem Pfeilregen zu schützen.

Auch nach dem Tee fühlte ich mich noch benommen, müde und abgestumpft wie ein Messer, das zum Schnitzen benutzt worden war. Ich faltete den Teppichvorleger zu einem Feldbett zusammen, und es fühlte sich so gut an, sich hinzulegen, aber der Schlaf wollte sich nicht einstellen. Die silbernen Peillichter für die Pfeile erleuchteten in unregelmäßigen Abständen den oberen Rand des Fensterrahmens. Das Murmeln von Sarkans Stimme, wenn er sie ablenkte, schien von weit weg zu kommen. Sein Gesicht war halb im Schatten verborgen, sein Profil zeichnete sich scharf vor der Wand ab. Der Turmfußboden unter meiner Wange und meinem Ohr bebte leicht vom Kampfgeschehen wie vom weit entfernten schweren Schritt eines näher kommenden Riesen.

Ich schloss meine Augen und versuchte, an nichts zu denken und mich nur auf meinen Atem zu konzentrieren.

Vielleicht war ich tatsächlich einen kurzen Moment lang eingedöst, doch dann fuhr ich mit einem Ruck aus einem Traum auf, in dem ich ins Nichts gestürzt war. Sarkan sah durch das zerborstene Fenster nach draußen. Der Pfeilbeschuss hatte aufgehört. Ich rappelte mich auf und gesellte mich zum Drachen.

Ritter und Bedienstete scharten sich um Mareks Pavillon wie ein aufgescheuchter Bienenschwarm. Die Königin war aus dem Zelt getreten. Sie trug eine Rüstung: Ein Kettenhemd war über ihrem einfachen weißen Kleid zu sehen und in einer Hand hielt sie ein Schwert. Marek ritt an ihre Seite, beugte sich hinunter und sprach mit ihr. Sie sah ihn an und ihr Gesicht war unverstellt und hart wie Stahl. »Sie werden die Kinder dem Dunklen Wald übergeben, so wie Vasily es mit mir getan hat!«, schrie sie ihn an, und ihre Stimme war laut und schrill genug, dass wir sie oben im Turm deutlich verstehen konnten. »Vorher aber müssen sie mich in Stücke hacken!«

Marek zögerte, dann saß er von seinem Pferd ab und rief nach seinem Schild, während er sein Schwert aus der Scheide zog. Auch die restlichen Ritter um ihn herum stiegen ab; Solya war an seiner Seite. Hilflos sah ich Sarkan an. Fast hatte ich das Gefühl, dass Marek es verdiente zu sterben, nachdem er so viele seiner Männer in den Tod getrieben hatte. Wenn er aber tatsächlich der Überzeugung war, dass wir den Kindern etwas derartig Schreckliches antun wollten … »Wie kann er das nur glauben?«, fragte ich.

Sarkan, der zu seinen Bücherregalen hinübergegangen war, antwortete: »Es ist eine Lüge, die ihm zupasskommt.« Mit beiden Armen nahm er einen Band vom Brett, ein gewaltiges Buch, das beinahe einen Meter hoch war. Ich wollte ihm dabei helfen, riss meine Hände aber instinktiv wieder weg. Das Werk war in geschwärztes Leder eingebunden, das sich fürchterlich anfühlte; es war auf merkwürdige Weise klebrig, und ich hatte das Gefühl, meine Finger nicht mehr richtig sauber zu bekommen.

»Ja, ich weiß«, sagte Sarkan und wuchtete es auf seinen Lesesessel. »Es ist ein nekromantischer Text, und zwar ein wahrhaft bösartiger. Aber ich verschleiße lieber dieselben Männer zweimal, als noch weitere zu opfern.«

Der Zaubertext war in einer uralten Schrift verfasst. Ich versuchte, Sarkan beim Lesen zu unterstützen, aber es gelang mir nicht. Schon vor den ersten paar Worten schreckte ich zurück. Die Wurzel dieses Spruches war der Tod, es ging vom Anfang bis zum Ende um den Tod.

Ich konnte es nicht einmal aushalten, die Seiten zu betrachten. Sarkan beobachtete mit gerunzelter Stirn und aufkeimender Verärgerung, wie ich mit mir kämpfte. »Bist du so zimperlich?«, fragte er. »Nein, bist du nicht. Was zur Hölle ist los? Aber gut, dann geh, und versuch, sie draußen aufzuhalten.«

Ich sprang auf, froh darüber, von dem Buch wegzukommen, und hastete ans Fenster. Ich griff nach kleinen Steinen und sonstigem Schutt, der auf dem Boden verstreut lag, und bemühte mich, den Regenspruch darüber zu wirken, wie es mir auch bei dem Wasserkrug gelungen war. Schauer aus Steinchen und Splittern regneten auf Mareks Soldaten hinab. Sie mussten sich schützen und versuchten, ihre Köpfe mit den Händen abzuschirmen, aber die Königin ließ sich nicht stoppen. Sie marschierte durch die Lücke in der Mauer und kletterte über die Leichenberge. Der Saum ihres Kleides war rasch blutgetränkt.

Marek und seine Ritter schoben sich vor sie, die Schilde über den Köpfen erhoben. Ich warf nun schwere Steine auf sie, größere Splitter, die schließlich sogar zu kleinen Brocken wurden, aber auch wenn einige der Männer taumelten und auf die Knie sanken, blieben die meisten im Schutz ihrer Schilde unversehrt. Sie erreichten den Durchgang und begannen damit, die toten Soldaten aus dem Weg zu ziehen. Die Männer des Barons stachen mit ihren Speeren nach ihnen, aber Mareks Männer fingen die Hiebe und Stöße mit ihren Schilden und ihren Rüstungen ab. Bei einigen sah es aber auch anders aus: Ein halbes Dutzend von ihnen fiel. Körper in glänzender Vollrüstung sanken schlaff und tot zu Boden. Aber die anderen drängten weiter, kämpften sich den Weg frei und ließen die Königin hindurch.

Ich konnte den Kampf im Innern des Tunnels nicht sehen, aber er war rasch vorbei. Blut strömte heraus, das im Schein der Fackeln schwarz glänzte, und dann kam die Königin auf der anderen Seite wieder zum Vorschein. Sie packte einen Mann mit ihrer freien Hand am Schopf und trennte ihm mit einem einzigen sauberen Schnitt den Kopf ab. Die Verteidiger begannen, angsterfüllt vor ihr zurückzuweichen. Marek und seine Ritter umringten die Königin und teilten tödliche Hiebe aus. Seine Fußsoldaten strömten hinter ihnen in den Graben. Solyas Magie ergoss sich in weißen knisternden Strömen.

Die Männer des Barons verloren schnell an Boden. Sie stolperten über ihre eigenen Füße, während sie versuchten, der Königin zu entkommen. Ich war mir sicher, dass Kasia mit ihrer Waffe dieselbe Art von Entsetzen hervorrufen würde. Die Königin hob immer wieder ihr Schwert und stieß damit zu oder ließ es mit brutaler Zielstrebigkeit niedersausen. Keine der gegnerischen Klingen konnte ihr etwas anhaben. Marek schrie Befehle. Die Männer des Barons innerhalb des letzten Rings waren nun doch irgendwie auf die Mauer hinaufgeklettert und versuchten, die Königin von oben herab zu beschießen. Aber die Pfeile konnten ihre Haut nicht durchdringen.

Ich drehte mich um und zog einen schwarz gefiederten Pfeil aus einem Bücherregal. Es war einer der Pfeile, die Solya auf mich abgeschossen hatte, und ganz sicher hatte Alosha ihn hergestellt. Ich ging mit ihm zum Fenster, wo ich einen Augenblick lang zögerte. Meine Hände zitterten. Aber mir wollte einfach nichts einfallen, was ich sonst noch hätte tun können. Keiner konnte die Königin stoppen. Aber Marek würde niemals auf uns hören, wenn ich nun seine Mutter tötete – niemals. Genauso gut könnte ich ihn jetzt gleich ebenfalls zur Strecke bringen. Falls es mir denn überhaupt gelänge, die Königin zu töten. Allein der Gedanke fühlte sich merkwürdig und falsch an. Sie war so klein und so weit dort unten, dass sie weniger wie ein Mensch als eine Puppe aussah, deren Arme sich unablässig hoben und senkten.

»Warte!«, sagte Sarkan. Ich trat einen Schritt zurück, im Stillen froh über diesen kurzen Aufschub. Ich musste mir die Ohren zuhalten, während er mit zitternder Stimme den langen Text seines Zauberspruches rezitierte. Ein Windstoß fuhr durchs Fenster und strich über meine Haut wie eine klamme, ölige Hand, die nach Eisen und Verwesung stank. Die Bö nahm nicht ab, sondern blies unaufhaltsam und grausig weiter. Unten in den Gräben rührten sich die Leichenberge und begannen damit, sich langsam wieder zu erheben. Ihre Schwerter ließen sie auf dem Boden liegen. Sie brauchten keine Waffen. Sie versuchten nicht, die Soldaten zu verletzen, sondern streckten einfach ihre leeren Hände aus und griffen sich zwei oder drei von ihnen. Es gab in den Gräben bereits mehr tote als lebendige Männer und alle Toten gehorchten dem Zauberspruch des Drachen. Mareks Soldaten schlugen wie rasend auf sie ein, aber die Toten bluteten nicht. Ihre Gesichter waren schlaff, ohne Ausdruck und teilnahmslos.

Einige von ihnen schlurften durch den Graben auf die Ritter zu, um auch sie zu packen. Sie versuchten, die Arme und Beine der Königin ebenfalls zu fassen zu bekommen. Sie aber schüttelte die Angreifer ab, und die Ritter in ihren Rüstungen hackten mit ihren Breitschwertern auf sie ein. Der Zauberspruch jagte den Männern des Barons genauso Angst ein wie den Anhängern Mareks: Sie wichen ebenso vor den Toten zurück wie vor der gnadenlosen Königin. Diese setzten ihnen weiter nach. Die Toten hielten den Rest der Armee auf, und die Männer des Barons schlachteten die Ritter rings um sie herum ab, aber die Königin ließ sich nicht aufhalten.

An ihrem Gewand war kein Weiß mehr zu erkennen. Es war vom Saum bis zum Knie rot, und auch ihr Kettenhemd glänzte rot vor Blut, genau wie ihre Arme und Hände. Ihr Gesicht war fleckig. Ich sah mir den Pfeil, den ich noch immer in der Hand hielt, genauer an und berührte Aloshas Magie. Ich spürte den Drang des Pfeiles, endlich wieder fliegen zu dürfen und die Wärme des menschlichen Fleisches zu suchen. Im Pfeilkopf war eine Scharte: Ich glättete sie mit meinen Fingern und drückte den Stahl flach an, so wie ich es bei Alosha gesehen hatte, wenn sie an ihrem Schwert arbeitete. Dann ließ ich noch etwas mehr Magie hineinfließen und spürte, wie der Pfeil schwer in meiner Hand wurde; er war voller Tod. »In den Oberschenkel«, trug ich ihm auf, denn vor Mord schreckte ich zurück. Sicherlich würde das ausreichen, um die Königin aufzuhalten. Ich deutete mit dem Finger auf sie, dann schleuderte ich den Pfeil los.

Er senkte sich und flog gerade und freudig surrend. Wie erhofft, traf er das Bein der Königin am Oberschenkel und glitt durch das Kettenhemd. Dort blieb er allerdings stecken, obwohl er das Rüstungsgeflecht erst halb durchschnitten hatte. Es war kein Blut zu sehen. Die Königin zog den Pfeil wieder heraus, schleuderte ihn verächtlich beiseite und warf einen kurzen Blick zum Fenster hoch. Ich wich strauchelnd zurück. Sie setzte ihren mörderischen Weg fort.

Mein Gesicht brannte, als ob sie mir einen Schlag versetzt hätte, und über meinem Nasenrücken spürte ich einen scharfen, dumpfen Schmerz. »Der Dunkle Wald«, sagte ich laut.

»Wie bitte?«, fragte Sarkan.

»Der Dunkle Wald«, wiederholte ich. »Er ist in ihr.« Jeder Spruch, den wir über der Königin gezaubert hatten, jede Reinigung durch die heiligen Reliquien und sogar der Prozess: Nichts davon war von Belang gewesen. Mit einem Mal war ich mir sicher, es war der Dunkle Wald, der nach mir suchte. Der Wald hatte einen Weg gefunden, sich zu verbergen.

Ich drehte mich zu Sarkan um. »Die *Beschwörung*«, sagte ich. »Sarkan, wir müssen es ihnen zeigen – Marek und Solya und all ihren Männern. Wenn sie sehen, dass die Königin vom Dunklen Wald besessen ist …«

»Und du denkst, Marek würde es glauben?«, fragte Sarkan. Er schaute jedoch aus dem Fenster und nach einem kurzen Moment sagte er: »In Ordnung. Wir müssen die Mauern ohnehin verloren geben. Wir werden die Überlebenden in den Turm holen und müssen hoffen, dass die Türen lange genug standhalten, sodass wir den Spruch wirken können.«

Kapitel 28

Wir stürmten nach unten in die große Halle und stießen die Türen auf. Die Männer des Barons drängten herein: Es waren nur noch erschreckend wenige von ihnen übrig – vielleicht hundert Mann. Sie schoben sich in die Halle und dann die Treppe hinunter in den Keller. Allesamt waren sie verdreckt und erschöpft und die Gesichter von den unzähligen Schrecken gezeichnet, denen sie gegenübergestanden hatten. Sie waren froh, dass sie in den Turm kommen konnten, aber sie fürchteten sich vor Sarkan und mir. Selbst der Baron sah uns argwöhnisch an, als er sich in der Halle vor Sarkan stellte. Seine Soldaten bildeten zu beiden Seiten von uns einen Halbkreis. »Die toten Männer – das war nicht das Werk von Mareks Zauberer.«

»Nein. Wenn ihr stattdessen lieber Eure wenigen Überlebenden auch noch verloren hättet, müsst Ihr es mir nur sagen, dann werde ich beim nächsten Mal Rücksicht auf Eure zarten Gefühle nehmen.« Sarkan war angespannt, und auch ich fühlte mich vollkommen ausgezehrt. Ich fragte mich, wie lange es noch bis zum nächsten Morgen war. Doch ich wollte diese Überlegung nicht laut aussprechen. »Die Männer sollen so viel Ruhe haben wie möglich. Teilt alle Vorräte, die Ihr finden könnt, unter euch auf.«

Bald schon bahnte sich Kasia ihren Weg durch die Soldatenmenge die Treppe hinauf. Der Baron hatte die Männer, die verwundet und am schlimmsten erschöpft waren, nach unten geschickt. Nur seine besten Leute hatte er an seiner Seite behalten. »Sie haben die Wein- und die

Biervorräte geplündert«, flüsterte Kasia mir zu. »Ich glaube nicht, dass die Kinder da unten noch lange in Sicherheit sind. Nieshka, was geht denn hier vor sich?«

Sarkan war auf das Podest in seiner Bibliothek gestiegen und hatte die *Beschwörung* auf der Armlehne seines Sessels ausgebreitet. Verhalten fluchte er. »Das ist das Letzte, was wir jetzt brauchen können. Geh nach unten und verwandle alles in Apfelsaft«, bat er mich. Ich rannte mit Kasia in den Keller. Die Soldaten tranken aus gewölbten Handflächen und Helmen, manche hatten einfach Löcher in die Fässer gebohrt und hielten ihre Köpfe darunter, andere leerten Flaschen, die sie gefunden hatten; einige der Männer waren bereits miteinander in Streit geraten. Es schien leichter für sie, sich wegen der Schnapsvorräte anzubrüllen als wegen der entsetzlichen Dinge, die sie zuvor zu sehen bekommen hatten: die toten Kameraden und das Abschlachten draußen vor dem Turm.

Kasia ging vor und sorgte dafür, dass ich durch die Meute hindurchkam. Sobald die Männer mich entdeckten, traten sie rasch zur Seite. Ich ging zum größten Fass und legte meine Hände darauf. *»Lirintalem«*, sagte ich und ließ müde etwas Magie hineinschießen, dann sackte ich zusammen, als alles aus mir herausgeflossen war und durch die Flaschen und Fässer strömte. Die Soldaten hörten nicht auf, zu schieben und zu drängeln, um etwas Alkohol zu ergattern. Es würde eine Weile dauern, bis sie bemerkten, dass sie davon nicht betrunken wurden.

Kasia legte mir vorsichtig eine Hand auf die Schulter, und ich drehte mich um und umarmte sie einen Moment lang, froh und dankbar für ihre Stärke. »Ich muss wieder nach oben«, sagte ich. »Sorg du dafür, dass die Kinder in Sicherheit sind.«

»Soll ich nicht doch mitkommen und bei dir bleiben?«, fragte sie leise.

»Nein, pass nur auf die Kinder auf«, sagte ich. »Wenn es sein muss, dann …« Ich packte sie am Arm und zog sie zur hinteren Wand des Kellers. Stashek und Marisha waren wach, saßen aufgerichtet auf dem behelfsmäßigen Bett und beobachteten die Soldaten misstrauisch. Marisha rieb sich die Augen. Ich presste meine Hände auf die Mauer und fand die Ränder des Durchgangs. Dann legte ich Kasias Hand auf den Spalt, zeigte ihr, wo er entlanggelaufen war, und zog dann mit Magie ein dünnes Stück Gestein heraus, das man als Klinke nutzen konnte. »Drück die Tür auf und bring die Kinder in den Raum dahinter, dann schließ die Tür wieder«, sagte ich. Schließlich griff ich mit der Hand in die Luft, sagte *»Hatol«* und nahm Aloshas Schwert aus dem Versteck wieder an mich. Ich streckte es Kasia hin und sagte: »Bewahr auch das gut auf.«

Sie nickte und schwang sich das Schwert über die Schulter. Ich küsste sie ein letztes Mal auf die Stirn, dann rannte ich wieder nach oben.

Alle Männer des Barons befanden sich nun im Innern des Turms. Die Mauern schützten uns immerhin noch ein bisschen: Mareks Männer konnten die Kanonen nicht unmittelbar auf die Türen richten. Ein paar der Männer des Barons waren auf die Fensterbretter unter den Schießscharten geklettert und feuerten auf die Soldaten draußen. Schwere, polternde Schläge gegen die Tür waren zu hören und einmal blitzte ein Magiestoß auf. Rufe und anderer Lärm ertönten. »Sie legen ein Feuer vor der Tür«, rief einer der Männer vom Fenster aus, gerade als ich zurück in die große Halle kam.

»Sollen sie doch«, antwortete Sarkan, ohne den Blick zu heben. Ich gesellte mich zu ihm auf das Podest. Er hatte dem großen, thronähnlichen Sessel mithilfe von Magie eine neue Gestalt verliehen. Nun stand dort eine schlichte Bank mit zwei Sitzen. Die Armstütze in der Mitte war flach und breit wie eine sehr schmale Schreibtischplatte. Der schwere Band der *Beschwörung* lag wartend darauf und sah gleichzeitig vertraut und merkwürdig fremd aus. Ich ließ mich langsam auf die Bank sinken und fuhr mit den Fingern über den Buchdeckel: Da waren wieder die verschlungenen goldenen Buchstaben und das schwache Summen, das unter ihnen lag wie das Gebrumm von weit entfernten Honigbienen. Ich war so müde, dass sich selbst meine Fingerkuppen taub anfühlten.

Wir schlugen die erste Seite auf und begannen zu lesen. Sarkans Stimme war klar und fest, er strebte unbeirrt vorwärts. Langsam lichtete sich der Nebel in meinem Kopf. Ich umrahmte seinen Vortrag, indem ich summte, sang und murmelte. Die Soldaten um uns herum wurden stiller; sie ließen sich in den Fluren auf den Boden sinken oder lehnten sich gegen die Wände. Sie lauschten, so wie man in einem Wirtshaus einem guten Sänger lauschen würde, der spät in der Nacht ein trauriges Lied anstimmt. Ein verwirrter Ausdruck schlich sich dann und wann auf ihre Gesichter, wenn sie versuchten, der Geschichte zu folgen oder sie im Gedächtnis zu behalten, während sie gleichzeitig mit dem Spruch weitergetragen wurden.

Auch mich riss der Zauber mit, und ich war froh, mich selbst darin zu verlieren. Die Schrecknisse des Tages verschwanden zwar nicht, aber die *Beschwörung* ließ sie nur zu einem Teil der Geschichte werden, und zwar nicht zum wichtigsten. Die Macht des magischen Wirkens baute sich auf und wurde strahlend und rein. Ich spürte, wie der Spruch größer und größer wurde, bis er aufragte wie ein zweiter Turm. Wir würden die Türen öffnen, wenn wir so weit waren, und das unerbittliche Licht auf den Platz vor den Toren ergießen.

Draußen vor den Fenstern wurde der Himmel schon heller: Die Sonne ging langsam auf. Die Türen quietschten. Irgendetwas drang unter und über ihnen hindurch und auch durch den kaum vorhandenen Spalt zwischen den beiden Flügeln zwängte sich etwas. Die Männer, die am nächsten standen, riefen eine Warnung. Dünne, sich windende Schatten krochen so schnell wie Schlangen durch jeden noch so winzigen Riss. Es waren die tastenden Ranken von Efeu und Wurzeln, die Holz und Gestein gleichermaßen zum Bröckeln brachten, während sie sich ihren Weg ins Innere suchten. Sie breiteten sich über dem Holz aus wie Frost, der eine Scheibe zu überziehen beginnt, klammernd und raumgreifend. Ein vertrauter, allzu süßer Geruch ging von ihnen aus.

Es war der Dunkle Wald. Vollkommen offen, als wüsste er längst, was wir vorhatten. Als wäre ihm klar, dass wir seine Tarnung auffliegen lassen wollten. Die Soldaten der Gelben Marschen packte neuerliche Angst und sie hackten die Schlingen mit ihren Schwertern und Messern weg. Sie wussten genug über den Dunklen Wald, um ihn ebenfalls zu erkennen. Doch immer mehr Ranken kamen herein und schoben sich durch Spalte und Löcher, die die ersten Winden für sie geöffnet hatten. Von draußen krachte erneut Mareks Rammbock gegen die Tür und die Flügel bebten von oben bis unten. Die Efeusprossen schlangen sich um die eisernen Angeln und den Riegel und rissen daran. Rost verteilte sich so schnell in einem orangeroten Umkreis wie vergossenes Blut: Was ein ganzes Jahrhundert lang gehalten hatte, zerfiel nun in wenigen Augenblicken. Die Ranken schoben sich zwischen die Halterungen und rüttelten wie wild daran, sodass sie lautstark klapperten.

Sarkan und ich durften uns nicht unterbrechen lassen. Wir lasen weiter, und die Hast, mit der unsere Augen über die Seiten huschten, ließ unsere Zungen stolpern. Wir blätterten um, so schnell wir konnten, aber die *Beschwörung* verlangte nach ihrer eigenen Geschwindigkeit. Die Geschichte ließ sich nicht antreiben. Das Machtgebäude, das wir bislang errichtet hatten, geriet unter unserem Tempo ins Wanken, als wären wir Märchenerzähler, die Gefahr liefen, den Faden unserer eigenen Geschichte zu verlieren. Die *Beschwörung* war eine Fessel für uns.

Mit einem lauten, splitternden Krachen brach eine große Ecke unten aus dem rechten Türflügel heraus: Noch mehr Schlingpflanzenarme schoben sich herein, dickere diesmal, die sich nicht um sich selbst wanden, sondern immer länger wurden. Einige von ihnen griffen nach den Gliedmaßen der Soldaten und rissen ihnen die Schwerter aus den Händen, ehe sie sie von den Beinen stießen. Andere fanden den schweren Riegel und wickelten sich darum, sodass sie ihn langsam und knirschend Zentimeter für Zentimeter zur Seite schieben konnten, bis er ganz aus der ersten Halterung gerutscht war. Der Rammbock draußen donnerte ein weiteres Mal gegen die Türen und jetzt sprangen sie weit auf und fegten dabei die im Weg stehenden Männer beiseite.

Marek saß draußen noch immer auf seinem Pferd. Er stand in den Steigbügeln und blies in sein Kriegshorn. In seinem Gesicht spiegelten sich Blutdurst und Zorn. Er war so kampfbegierig, dass er sich nicht einmal die Zeit nahm herauszufinden, warum die Türen so plötzlich nachgegeben hatten. Die Schlingpflanzen waren in der Erde rings um die Eingangstreppe herum verwurzelt. Dicke dunkle Nester von hölzernem Wurzelwerk versteckten sich in den Ecken und in den Spalten der zerborstenen Stufen, kaum zu erkennen in dem frühen Morgenlicht. Marek setzte mit seinem Pferd über das Grün hinweg, ohne es auch nur eines Blickes zu würdigen. Er sprengte die Treppe hinauf und platzte durch die zerstörte Tür. All seine noch verbliebenen Ritter drängten ihm nach. Ihre Schwerter hoben und senkten sich und sorgten für blutigen Regen. Die Soldaten des Barons erwiderten die Attacke mit ihren Speeren. Pferde wieherten schrill und stürzten zu Boden. In ihrem Todeskampf traten sie mit den Beinen um sich, genau wie die Männer, die rings um sie herum starben.

Tränen tropften von meinem Gesicht auf die Seiten des Buches, aber ich durfte nicht aufhören zu lesen. Dann traf mich etwas; und es war ein harter Schlag, der alle Luft aus meinen Lungen presste. Der Spruch rutschte mir von der Zunge. Zuerst herrschte in meinen Ohren vollkommene Stille, dann umfasste ein hohles Heulen mich und Sarkan, das alle anderen Geräusche um uns herum erstickte, ohne uns jedoch zu berühren. Es war, als befänden wir uns mitten im winzigen Auge eines Gewitterorkans in der Mitte eines weiten Feldes, wo wir zwar ringsum den grauen wutentbrannten Regen niedergehen sahen und selbst noch im Trocknen saßen, doch wir wussten, dass jeden Moment …

Risse begannen, sich von uns weglaufend zu öffnen; sie verliefen durch das Buch, durch den Stuhl, das Podest, den Fußboden und durch die Wände. Es waren keine Risse im Holz und im Gestein, es waren Risse in der Welt. In ihrem Innern war nichts als eine flache dunkle Abwesenheit allen Seins. Das wunderschöne goldene Buch der *Beschwörung* klappte sich von allein zu und versank wie ein Stein in tiefem Wasser. Sarkan hatte mich am Arm gepackt und von der Bank hochgezogen. Dann führte er mich vom Podest hinunter. Auch die Bank stürzte ein, dann das ganze Podest, alles brach zusammen und verschwand in der Leere.

Sarkan setzte den Spruch fort oder besser gesagt, er hielt ihn aufrecht, indem er die letzte Zeile immer wieder wiederholte. Ich versuchte einzustimmen und summte mit, doch mir blieb ständig die Luft weg. Ich fühlte mich so sonderbar. Meine Schulter pochte, aber sooft ich sie mir auch anschaute, mit ihr schien alles in Ordnung zu sein. Dann ließ ich langsam meinen Blick nach unten wandern. Da war ein Pfeilschaft, der aus mir herausragte, knapp unterhalb meiner Brust. Verwirrt starrte ich darauf. Ich spürte überhaupt nichts.

Die hohen, wunderschönen Buntglasfenster, die bislang noch heil geblieben waren, zersprangen mit schwachem, in meinen Ohren gedämpft klingendem Klirren, sobald die Risse sie erreichten. Überall regneten bunte Glasscherben zu Boden. Die Risse breiteten sich aus. Soldaten fielen mit gellenden Schreien hinein und verstummten, kaum dass sie außer Sicht waren. Sie wurden vom Schweigen geschluckt. Auch ganze Teile der Steinwände und des Bodens verschwanden. Die Mauern des Turms stöhnten.

Sarkan hielt krampfhaft an den Überresten des Spruches fest, doch es gelang ihm nur mühsam, wie einem Mann, der versuchte, ein durchgegangenes Pferd unter Kontrolle zu bekommen. Ich bemühte mich, ihm meine Magie zuzuschieben, um ihn bei seinem hoffnungslosen Unterfangen zu unterstützen. Er trug inzwischen beinahe mein gesamtes Gewicht. Seine Arme umfingen mich wie Eisenstäbe. Meine Beine stolperten und ich zog sie kraftlos hinter mir her. Nun begann meine Brust doch wehzutun. Es war ein scharfer, schockierender

Schmerz, als ob mein Körper endlich aufgewacht wäre und bemerkt hätte, dass irgendetwas entsetzlich falsch war. Ich konnte nicht atmen, ohne den Drang zu verspüren, laut zu schreien, aber dazu bekam ich nicht genügend Luft.

Einige Soldaten kämpften noch immer an verschiedenen Orten im Turm, andere versuchten, aus dem Turm zu fliehen und die in sich zusammenfallende Welt hinter sich zu lassen. Ich sah, wie Marek sich strampelnd von seinem toten Pferd befreite und über einen Spalt hinwegsprang, der unmittelbar auf ihn zulief.

In der Türöffnung zwischen den zerborstenen Flügeln erschien jetzt die Königin. Das helle Morgenlicht leuchtete hinter ihr, und für einen Moment glaubte ich, dass dort nicht eine Frau stand, sondern ein Baum – ein Baum mit silberner Borke, der vom Boden bis zur Decke reichte. Sarkan zog mich hinter sich her zur Treppe. Beinahe trug er mich nach unten. Der Turm schwankte und Steine rollten hinter uns die Stufen hinunter. Sarkan sang bei jedem Schritt die letzte Zeile des Spruches, um zu verhindern, dass sich der Rest der Magie ungezügelt entlud. Ich konnte ihm nicht mehr helfen.

Als ich meine Augen wieder aufschlug, kniete Kasia neben mir, und sie sah sehr besorgt aus. Die Luft war voller Staub, aber das Beben der Mauern hatte endlich aufgehört. Ich lehnte an der Wand des Kellers; wir waren tief unter der Oberfläche. Wie ich den Rest der Treppe hinuntergekommen war, wusste ich nicht mehr. Ganz in der Nähe hörte ich den Baron seinen verbliebenen Soldaten Anweisungen zurufen: Sie kippten Weinregale um, rollten Fässer herbei und stapelten sie mitsamt allen Eisentöpfen, die sie finden konnten, zu einer Barrikade unten am Fuße der Treppe auf, die sie mit Schutt, Stein und Geröll zu befestigen versuchten. Ich konnte auf den Biegungen der Wendeltreppe Sonnenlicht von oben einfallen sehen. Sarkan war an meiner Seite und hörte nicht auf, die letzte Zeile zu wiederholen. Seine Stimme wurde immer heiserer.

Er hatte mich neben einen verschlossenen Metallschrank gesetzt. Um die Griffe herum waren Schmauchspuren zu sehen. Er gab Kasia einen Wink in Richtung des Verschlusses. Sie machte sich daran zu schaffen und sofort stoben Flammen heraus, die ihre Hände umzüngelten. Sie aber biss die Zähne zusammen und brach das Schloss auf. Auf einem Brett stand eine ganze Reihe von kleinen Behältern mit schwach glühenden Flüssigkeiten darin. Sarkan nahm eine heraus und deutete auf mich. Kasia starrte erst ihn an und ließ dann den Blick hinunter zum Pfeil wandern. »Ich soll ihn herausziehen?«, fragte sie. Er aber machte eine drückende Handbewegung. Kasia schluckte und nickte. Dann kniete sie sich neben mich und sagte: »Nieshka, halt durch.«

Sie nahm den Pfeil zwischen die Hände und brach den Federschaft ab, der noch immer aus meiner Brust ragte. Der Pfeilkopf in mir zitterte. Mein Mund öffnete und schloss sich in stummen Höllenqualen. Ich konnte nicht mehr atmen. Eilig riss Kasia die schlimmsten Splitter ab und machte das Holz so glatt wie möglich, anschließend drehte sie mich auf die Seite und lehnte mich gegen die Wand. Dann schob sie mit einem gewaltigen Stoß den Pfeil vollständig durch meinen Körper hindurch. Als der Pfeilkopf hinten aus meinem Rücken austrat, packte sie ihn und zog den Rest des Holzes heraus.

Ich stöhnte. Heißes Blut rann mir über den Rücken und den Bauch. Sarkan hatte das Glas geöffnet und schüttete nun die Flüssigkeit darin in seine gewölbte Handfläche, verrieb sie auf meiner Haut und ließ sie in die klaffende Wunde rinnen. Es brannte schrecklich. Ich versuchte kraftlos, ihn mit einer Hand wegzustoßen, aber er ignorierte mich und schob mein Kleid beiseite, um noch mehr Flüssigkeit aufzutragen. Schließlich goss er sie mir auch in die Rückenwunde, nachdem Kasia mich nach vorne gebeugt hatte, damit er an die Austrittsstelle herankam. Und nun schrie ich doch – plötzlich konnte ich schreien. Kasia gab mir ein Stück Stoff, auf das ich beißen konnte, und das tat ich auch.

Der Schmerz wurde immer schlimmer statt besser. Ich rückte von

Kasia und Sarkan weg und versuchte, mich in die Wand und das kalte harte Gestein hineinzupressen, als könnte ich mich auf diese Weise selbst zu einem Teil davon machen und gefühllos werden. Ich grub meine Fingernägel in den Mörtel und wimmerte. Kasias Hand lag schwer auf meiner Schulter. Und dann war mit einem Mal das Gröbste überstanden. Das Blut quoll nun langsamer hervor, bis der Fluss schließlich versiegte. Ich war wieder in der Lage, etwas zu sehen und zu hören: das Kampfgeschehen auf der Treppe, das dumpfe Klirren von Klingen, die aufeinander einhieben oder die Wände trafen, kratzendes Metall und hin und wieder einen klingelnden Ton. Blut tropfte durch die Barrikaden.

Neben mir hatte sich Sarkan gegen die Wand sinken lassen. Seine Lippen bewegten sich immer noch, aber es kam beinahe kein Ton mehr hervor. Seine Augen hatte er vor Erschöpfung zusammengepresst. Die *Beschwörung* war wie eine Sandburg, bei der die Wellen schon eine Seite weggewaschen hatten, sodass der Rest drauf und dran war hinterherzurutschen. Im Augenblick hielt Sarkan den Spruch mit reiner Willenskraft aufrecht. Ich fragte mich, was geschehen würde, wenn alles zusammenbräche. Würde das Nichts dann den gesamten Turm verschlingen und uns alle mit ihm? Würde nichts als ein leeres Loch in der Welt zurückbleiben, das sich irgendwann schließen würde? Würde das Gebirge einstürzen, um die Lücke im Erdboden zu schließen, als ob keiner von uns je existiert hätte?

Sarkan öffnete die Augen und sah mich an. Er machte eine Geste in Richtung Kasia und der Kinder, die eng aneinandergeschmiegt hinter ihr saßen und ängstlich über den Rand eines Fasses hinweglugten. Und noch eine Handbewegung machte Sarkan: *Geh.* Er wollte, dass ich die anderen nahm, mit ihnen floh und uns irgendwo versteckte. Ich zögerte. Er sah mich mit wütendem Blick an und wedelte mit einer Hand, als würde er den Boden wischen wollen. Das Buch war verschwunden: Die *Beschwörung* war fort. Wir würden den Spruch nicht beenden können, und wenn seine Kraft erst völlig aufgebraucht wäre …

Ich holte Luft, verschränkte meine Finger mit seinen und nahm den Spruch wieder auf. Sarkan sträubte sich zunächst dagegen. Zuerst sang ich leise und stoßweise und tastete mich voran. Wir hatten jetzt keinen Wegweiser mehr und ich erinnerte mich nicht genau an die Worte. Aber wir hatten dies auch schon vorher getan. Ich hatte noch im Gedächtnis, wohin wir wollten und was wir zu errichten versuchten. Ich schichtete noch mehr Sand auf den Wall und hob einen Graben aus, der die heranrollenden Wellen brechen sollte. Ich machte ihn lang und breit und ich hörte nicht auf zu summen. Teile von Geschichten und Liederfetzen reihte ich aneinander. Dann häufte ich in meinem Geist wieder Sand auf. Sarkan war zurückhaltend und verblüfft. Ich konnte spüren, dass er keine Ahnung hatte, wie er mir helfen sollte. Ich sang weiter für ihn mit, drückte ihm meine Melodiepassagen wie kleine nasse Kieselsteine die Handflächen. Langsam gab er sie mir zurück, indem er schwerfällig, aber präzise und gleichmäßig mitsang. Dabei schichtete er rings um die Basis der nassen Sandmauer Stein für Stein auf und ließ unseren Turm weiterwachsen.

Der Spruch begann nun wieder stärker und massiver zu werden. Wir hatten das Rutschen und Abgleiten aufgehalten. Ich machte weiter, wagte hierhin und dorthin einen Vorstoß, fand einen Weg und zeigte ihn Sarkan. Ich war diejenige, die weiteren Sand aufschaufelte, und ich überließ es ihm, die Wände zu ebnen und alles zu glätten. Gemeinsam steckten wir einen Zweig mit flatternden Blättern ganz oben in den Turm wie eine Flagge. Mein Atem ging immer noch flach. Ich konnte einen merkwürdig pochenden Knoten in meiner Brust spüren und einen tiefen, beißenden Schmerz, wo die Heillösung noch arbeitete. Aber die Magie durchströmte mich ungehindert und sie war leuchtend, schnell und überschäumend.

Männer brüllten. Die letzten Soldaten des Barons kletterten von der anderen Seite aus über die Barrikade. Die meisten hatten kein Schwert mehr dabei und suchten ihr Heil in der Flucht. Ein Licht fiel durch den Treppenschacht und verfolgte die vorauseilenden Schreie. Die Soldaten streckten ihre Hände in die Höhe und versuchten, den fliehenden Männern über die Hindernisse hinwegzuhelfen. Sehr viele waren es nicht mehr. Der Strom versiegte rasch, und die Soldaten warfen die letzten herumliegenden Holzstücke, die sie finden konnten, und große Eisenkessel oben auf den Haufen, um den Durchgang, so gut es ging, zu versperren. Dahinter war die donnernde Stimme von Marek zu hören und für einen Moment konnte ich einen kurzen Blick auf die goldenen Haare der Königin werfen. Die Soldaten des Barons stachen mit ihren Speeren nach ihr, doch die Spitzen glitten an ihrer Haut ab. Die Barrikade begann auseinanderzufallen.

Noch immer konnten wir den Spruch nicht loslassen. Kasia erhob sich und stieß die Tür zur Grabkammer auf. »Nach unten, schnell!«, sagte sie zu den Kindern. Diese krabbelten in den Treppenschacht. Nun packte Kasia mich am Arm und half mir hoch, Sarkan schaffte es mühsam, selbst aufzustehen. Auch uns beide schob sie in Richtung Gruft und hob ihr Schwert vom Boden auf, dann griff sie sich ein versiegeltes Glas aus dem Schrank. »Hier entlang!«, brüllte sie den Männern zu. Sie drängten uns hinterher.

Die *Beschwörung* begleitete uns. Ich folgte den Biegungen der Wendeltreppe, Sarkan unmittelbar hinter mir und die Magie zwischen uns. Oben war ein schabender Laut zu hören, dann wurde das Treppenhaus dunkler. Einer der Soldaten hatte die Tür zugeschoben. Die Linie der alten Buchstaben auf beiden Seiten des Schachtes schimmerte im gedämpften Licht und murmelte leise. Ich merkte, wie ich unseren Spruch ein wenig veränderte, sodass er sich sanft an die alte Magie anpasste. Langsam, kaum merklich, veränderte sich mein Gefühl unserem inneren Turm gegenüber: Er wurde breiter und ausladender, Terrassen und Fenster bildeten sich aus; eine goldene Kuppel auf der Spitze, Mauern aus cremeweißem Gestein mit silberner Innschrift wie die Wände des Treppenschachts. Sarkan verlangsamte seinen Gesang. Auch er sah, was ich sah: den alten, vor langer Zeit verlorenen Turm. Überall um uns herum wurde es nach und nach heller.

Wir erreichten den runden Raum am Fuß der Treppe. Die Luft war stickig und würde nicht für uns alle reichen. Doch dann griff sich Kasia einen der alten eisernen Kerzenleuchter und schlug mit dem Ständer ein Loch in die Mauer der Gruft. Steine lösten sich und kalte Luft strömte herein. Rasch schob Kasia die Kinder beiseite und sagte ihnen, sie sollten sich hinter dem Sarg des alten Königs verstecken.

Weit über uns konnte man hören, wie Steine zerschmettert wurden. Die Königin führte Marek und seine Männer hinter uns her. Ein paar Dutzend Soldaten drängten in den Raum und lehnten sich mit angstvollen Gesichtern an die Mauern. Sie trugen gelbe Wappenröcke oder das, was noch davon übrig geblieben war. Sie mussten auf unserer Seite stehen, aber ich erkannte kein einziges Gesicht wieder. Den Baron entdeckte ich ebenfalls nicht. Wieder klirrten Schwerter in der Ferne. Die Soldaten der Gelben Marschen, die noch immer auf der Treppe feststeckten, kämpften. Das Licht der *Beschwörung* nahm nun stetig zu.

Marek erstach den letzten Mann im Treppenschacht und beförderte den Leichnam mit einem Fußtritt auf den Boden. Beinahe ungeduldig stürzten unsere Soldaten nach vorne, um sich Marek entgegenzustellen – wenigstens war er ein greifbarer Gegner, den man besiegen konnte. Marek wehrte einen Hieb mit seinem Schild ab, duckte sich darunter weg und rammte sein Schwert in den Körper eines Mannes. Dann wirbelte er herum und trennte dem Mann auf der anderen Seite den Kopf ab. Den nächsten Angreifer schlug er am Ende eines geschwungenen Halbkreises, den er mit seiner Waffe beschrieb, mit seinem Schwertknauf nieder, dem nächsten stach er die Spitze ins Auge. Kasia war mit einem Schritt an meiner Seite, stieß ein Protestgeheul aus und hob ihr Schwert. Doch alle Männer waren bereits tot, noch ehe sie den Schrei beendet hatte.

Wir aber beendeten die Beschwörung. Ich sang die letzten drei Worte, und Sarkan sang sie mir nach, dann wiederholten wir sie noch einmal gemeinsam. Gleißendes Licht erfüllte den Raum. Es schien beinahe, als würde es aus dem Inneren der Marmorwände hervorkommen.

Marek stieß in die Lücke, die er sich geschaffen hatte und die Königin kam ihm hinterher.

Ihr Schwert hatte sie für einen kurzen Moment sinken lassen. Blut tropfte herab. Ihr Gesicht war ruhig und still und von beinahe heiterer Gelassenheit. Das Licht fiel auf sie und schien durch sie hindurch, ungebrochen und unaufhaltsam. Kein verderbter Schatten zeigte sich. Marek war ebenfalls klar und durchlässig, genau wie Solya dahinter. Das Licht, das über die Königin hinweghuschte, erfasste die beiden Männer an den Rändern, und es gab keinen Schatten. Da waren nur eine harte, glitzernde Form der Selbstsucht und Stolz wie die spitzenbewehrten Mauern einer Zitadelle. Bei der Königin gab es nicht einmal das. Ich starrte sie schwer atmend und ungläubig an. Sie war frei von allen Spuren des Übels.

Es war überhaupt nichts in ihr. Das Licht der *Beschwörung* fiel geradewegs durch sie hindurch. Sie war von innen heraus ausgehöhlt, ihr Körper nichts als eine Haut aus Rinde um die Leere herum. Es war nichts mehr von ihr übrig, was das Übel hätte befallen können. Zu spät begriff ich: Wir waren in den Dunklen Wald gezogen, um Königin Hanna zu retten, also hatte der Wald uns aufspüren lassen, wonach wir suchten. Aber was wir gefunden hatten, war immer nur ein hohler Überrest gewesen, ein Stück des Inneren eines Herzbaumes. Eine Puppe, leer und abwartend, bis wir sie lange genug auf die Probe gestellt und uns selbst davon überzeugt hatten, dass nichts an ihr falsch war. Und danach konnte der Wald nach Belieben die Drähte ziehen.

Das Licht floss über sie hinweg, und endlich erkannte ich den Dunklen Wald, als hätte ich einen zweiten Blick auf einen Wolkenumriss geworfen und plötzlich einen Baum anstelle eines Frauengesichts gesehen. Der Dunkle Wald war dort – er war das Einzige, was da war. Die goldenen Strähnen von Hannas Haar waren die blassen Adern der Blätter und ihre Gliedmaßen waren Zweige. Ihre Zehen waren lange Wurzeln, die sich über den Boden schoben, Wurzeln, die sich tief in den Grund gruben.

Sie sah zur Wand hinter uns, zum Durchbruch in die Gruft mit der blauen Flamme, und zum ersten Mal veränderte sich ihr Gesicht. Es war wie bei einer schlanken Weide, die sich im Sturm dreht, wenn die zornigen Windböen in ihrem Wipfel wüten. Diese belebte Macht des Dunklen Waldes – was auch immer das war – war schon früher einmal hier gewesen.

Königin Hannas milchig weißes Gesicht verschwand unter dem Licht der *Beschwörung* wie Farbe, die vom steten Regen weggewaschen wird. Darunter kam eine andere Königin zum Vorschein, überall braun und grün und golden, die Haut gemasert wie Erlenholz und die Haare von so dunklem Grün, dass es beinahe schwarz aussah, durchzogen von Rot und Gold und herbstlichem Braun. Irgendjemand hatte die goldenen Strähnen auf ihrem Haar herausgepickt und sie zu einem Kranz geflochten, der sich weich um ihren Kopf legte. Weiße Bänder zierten ihn. Hanna trug ein weißes Kleid, das unpassend an ihr wirkte, als hätte sie es angezogen, obwohl es keinerlei Bedeutung für sie hatte.

Ich sah, wie der Leichnam des hier bestatteten Königs zwischen ihr und uns Gestalt annahm. Er wurde von sechs Männern auf einem weißen Leinentuch getragen. Sein Gesicht war still und reglos, ein blasser beiger Film überzog die Augen. Sie trugen ihn zum Grabmal und ließen ihn sanft und vorsichtig in den großen steinernen Sarg gleiten, dann falteten sie das Leinen über seinem Körper zusammen.

Im Licht der *Beschwörung* folgte diese andere Königin den Männern in die Grabkammer und beugte sich über den Sarg. Es lag keine Trauer auf ihrem Gesicht, nur eine verstörte Verwirrung, als ob sie das alles nicht begreifen könne. Sie berührte das Gesicht des Königs und strich mit seltsam langen Fingern, knotig wie Zweige, über seine Lider. Er regte sich nicht. Sie erschrak, riss ihre Hand weg und ließ die Männer ihrer Arbeit nachgehen. Sie legten den Deckel auf den Sarg und die blaue Flamme brach nach oben hindurch. Die Königin sah zu, noch immer verwirrt.

Einer der geisterhaften Männer, die den Leichnam getragen hatten, sprach mit der Königin, und sagte ihr – das vermute ich zumindest –, dass sie so lange bleiben könne, wie sie wolle. Dann verbeugte er sich, bückte sich, verschwand durch die Öffnung und ließ die Königin allein zurück. Da war irgendetwas in seinem Gesicht, als er sich von ihr abwandte, das die *Beschwörung* auch nach dieser langen Zeit noch bloßzulegen vermochte: etwas Kaltes und Entschlossenes.

Die Waldkönigin sah es nicht. Sie stand mit ausgebreiteten Händen am steinernen Sarg, so verständnislos, wie Marisha es gewesen war, als ihre Mutter ums Leben kam. Sie begriff den Tod nicht. Stattdessen starrte sie in die tanzende blaue Flamme. Dann drehte sie sich in dem Raum mit den nackten Steinwänden um ihre eigene Achse und sah sich mit schmerzverzerrtem, angewidertem Blick um. Schließlich stoppte sie und schaute noch einmal genauer hin. Steine wurden in die kleine Öffnung in der Wand geschoben. Man mauerte sie im Innern der Gruft ein.

Einen Moment lang beobachtete sie das Vorgehen, ohne zu begreifen, dann hastete sie zu dem kleiner werdenden Loch und kniete sich vor die verbliebene Öffnung. Die Männer arbeiteten schnell. Ein Großteil des Durchbruchs war bereits mit Steinblöcken verschlossen. Der Mann mit dem kalten Gesicht sprach Zauberworte, während die anderen weitermachten. Blausilbernes Licht ging knackend und zischend von seinen Händen aus, legte sich über die Steine und verband sie miteinander. Die Königin schob abwehrend ihre Hand durch den Spalt. Er reagierte nicht darauf und sah ihr nicht ins Gesicht. Keiner der Männer schaute sie an. Sie verschlossen die Mauer mit dem letzten Backstein, mit dem sie auch die Hand der Waldkönigin zurück in den Raum geschoben hatten.

Die Königin stand auf. Erschrocken, wütend und vollkommen verwirrt war sie alleine in der Gruft zurückgeblieben, aber noch fürchtete sie sich nicht. Sie hob eine Hand und hatte anscheinend vor, irgendetwas zu tun. Hinter ihr aber flackerte die blaue Flamme auf dem Steinsarg. Die Buchstaben rings herum fingen das Licht auf, leuchteten und vervollständigten den langen Satz, der im Treppenschacht begann. Die

Königin fuhr herum, und ich konnte gemeinsam mit ihr lesen, was da stand: Für immer bleiben, für immer ruhen, sich niemals mehr bewegen, niemals fortgehen. Dies war nicht nur ein Spruch für die letzte Ruhestätte des Königs. Das hier war gar keine Gruft. Es war ein Gefängnis. Ein Gefängnis für sie. Sie drehte sich wieder um und hämmerte gegen die Mauer, vergeblich stemmte sie sich dagegen und versuchte ohne Erfolg, ihre Finger in die Ritzen zu schieben. Nun stieg entsetzliche Angst in ihr auf. Die Steine umschlossen sie kalt und still. Die Männer hatten diesen Raum aus dem Fuß des Berges herausgehauen. Sie konnte nicht entkommen. Sie konnte nicht …

Mit einem Mal schob die Waldkönigin im Hier und Jetzt die Erinnerungen beiseite. Das Licht der Beschwörung flackerte und floss wie Wasser über die Steine des Grabmals. Sarkan taumelte zurück. Ich selber wäre beinahe rücklings gegen die Wand geprallt. Wir waren jetzt wieder in dem runden Raum, aber die Angst der Königin schlug mir von innen gegen den Brustkorb wie ein Vogel, der sich vor Aufregung die Flügel an einer Mauer kaputt stößt. Weggeschlossen von der Sonne, vom Wasser, von der Luft. Und noch immer konnte sie nicht sterben. Sie war nie gestorben.

Sie stand zwischen uns, halb verborgen hinter dem Gesicht von Königin Hanna, und sie war auch nicht mehr die Königin aus dieser Vision. Sie hatte sich irgendwie ihren Weg nach draußen erkämpft. Sie war in die Freiheit gelangt und dann hatte sie … die Männer getötet? Sie hatte sie getötet, und nicht nur sie, sondern auch deren geliebte Angehörige und ihre Kinder … ihr ganzes Volk. Sie hatte alle verschlungen und war ebenso bösartig und verdorben geworden wie die Männer, die ich eben gesehen hatte.

Sie hatte den Dunklen Wald erschaffen.

Sie zischte leise, aber es klang nicht wie bei einer Schlange, sondern wie das Rascheln von Blättern und das Kratzen von Ästen, die sich im Wind aneinanderrieben. Und als sie einen Schritt vorwärts machte, rauschten die Weinranken hinter ihr die Treppe hinunter. Sie packten alle übrig gebliebenen Männer an den Fußknöcheln und Handgelenken und Kehlen und zerrten sie ihr aus dem Weg, die Wände hoch und bis zur Decke.

Sarkan und ich waren immer noch damit beschäftigt, wieder auf die Beine zu kommen. Kasia schob sich wie ein Schild vor uns, hackte die Ranken ab, die es auf uns abgesehen hatten, und hielt uns so die meisten vom Leibe. Es gab jedoch auch welche, die sich an ihr vorbeischlängelten und sich in die Grabkammer hineinschoben. Diese griffen nach den Kindern und zerrten sie nach vorne. Marisha schrie, während Stashek auf die Triebe einschlug, ohne etwas ausrichten zu können, bis sie sich schließlich um seinen Arm wickelten. Kasia machte einen Schritt von uns weg auf die Kinder zu. Ich konnte die Qual in ihrem Gesicht lesen, die es ihr bereitete, dass sie uns nicht alle gleichzeitig beschützen konnte.

Und dann machte Marek einen Satz nach vorne. Er zerteilte die Ranken. Sein eigenes Schwert glomm an den Rändern. Er schob sich zwischen die Königin und die Kinder. Mit seinem Schildarm stieß er die beiden zurück in die Sicherheit der Grabkammer. Nun stand er vor der Königin. Sie zögerte vor ihm und er rief flehentlich: »Mutter!«. Dann ließ er sein Schwert fallen und packte sie an den Handgelenken. Er sah hinunter in ihr Gesicht, das sie langsam zu ihm hochdrehte. »Mutter«, wiederholte er. »Kämpft gegen sie an. Ich bin es, Marek. Marechek. Kommt zu mir zurück.«

Ich stützte mich Halt suchend an der Wand ab. Marek glühte vor Entschlossenheit und Sehnsucht. Seine Rüstung war voller Blut und Rauch. Quer über sein Gesicht zog sich ein einziger leuchtend roter Streifen. Für einen Augenblick sah er wie ein Kind aus oder vielleicht wie ein Heiliger, rein in seinem Wollen und Streben. Und die Königin schaute ihn an, legte ihre Hand auf seine Brust und … tötete ihn. Ihre Finger wurden zu Dornen und Zweigen und Ranken. Sie stieß sie durch seine Rüstung hindurch und schloss ihre Hand um sein Herz wie eine Faust.

Wenn noch irgendetwas von Königin Hanna übrig war, nur ein klitzekleiner Rest ihres freien Willens, dann verwendete sie ihn vielleicht für diesen letzten Akt der Gnade. Marek starb, ohne zu wissen, dass er versagt hatte. Der Ausdruck auf seinem Gesicht blieb gleich. Sein kaum veränderter Körper rutschte ungehindert zu Boden. Da war nur das klaffende Loch in seiner Brustplatte, wo ihre Hand eingedrungen war. Er landete auf dem Rücken ausgestreckt auf dem Fußboden, seine Rüstung schlug klappernd auf den Steinfliesen auf. Seine Augen waren noch immer klar und voller Gewissheit: Er war sich sicher gewesen, dass sie ihn hören würde; sicher, dass er am Ende siegen würde. Er sah aus wie ein König.

Seine Unbeirrbarkeit berührte uns alle. Einen Moment lang waren wir wie in Schockstarre. Solya holte einmal kurz Luft, als schnüre ihm etwas den Atem ab. Schließlich sprang Kasia nach vorne und schwang ihr Schwert. Die Königin parierte es mit ihrer eigenen Klinge. Sie standen beide ineinander verkeilt, pressten sich mit aller Kraft gegen die andere, einige Funken stoben auf, wenn sie ihre Schwerter bewegten. Dann beugte sich die Königin vor und zwang Kasia langsam auf die Knie.

Sarkan wirkte seine Magie. Ein Zauberspruch von Hitze und Flammen rollte von seiner Zunge und sengendes gelbrotes Feuer schoss rings um die Beine der Königin aus dem Boden. Dort, wo die Flammen an Kasias Haut leckten, schwärzten sie sie. Sie verzehrten beide Schwerter. Kasia musste sich zur Seite fallen lassen und abrollen. Das silberne Kettenhemd der Königin schmolz, lief in glänzenden Bächen an ihr herunter, sammelte sich auf dem Fußboden und überzog sich mit einer schwarzen Kruste. Ihr Kleid bauschte sich auf, als die heißen, qualmenden Flammen es in Brand setzten. Doch das Feuer konnte ihrem Körper nichts anhaben; die weißen Gliedmaßen der Königin blieben unversehrt. Auch Solya hieb nun seine weiße Feuerpeitsche in ihre Richtung, und die Flammen wurden zu einem knisternden Blau, wo sich sein Feuer und das des Drachen trafen. Dieses blaue Mischfeuer züngelte über ihren Körper und versuchte, irgendeine Schwachstelle aufzuspüren und einen Weg ins Innere zu finden.

Ich umklammerte Sarkans Hand und ließ meine Magie und Stärke in ihn fließen, damit er die Königin immer weiter mit Feuer geißeln konnte. Seine Flammen ließen die Ranken verkohlen. Die Soldaten, die nicht von den Schlingen erdrosselt worden waren, krochen und taumelten davon, die Stufen hinauf, und versuchten zu fliehen. Andere Sprüche kamen mir nach und nach in den Sinn, aber ich musste sie nicht ausprobieren, um zu wissen, dass sie nicht funktionieren würden. Feuer würde die Königin nicht verzehren; Klingen würden sie nicht versehren, ganz gleich, wie lange wir damit auf sie einhauen würden. Ich fragte mich mit Schrecken, ob es nicht vielleicht besser gewesen wäre, wenn wir die *Beschwörung* abgebrochen hätten – mit allen schrecklichen Konsequenzen. Vielleicht hätte das große Nichts dann auch die Königin verschlungen. Aber ich bezweifelte es. Nicht einmal das hätte die Sache beenden können. Es gab zu viel von ihr. Sie hätte jedes Loch, das wir in der Welt aufreißen würden, ausfüllen können, und es wäre trotzdem noch etwas von ihr übrig geblieben. Sie war der Dunkle Wald, der Dunkle Wald war sie. Ihre Wurzeln reichten zu tief.

Wann immer Sarkan Luft holen konnte, ging sein Atem jetzt schleppend und mühsam. Solya sank erschöpft auf die Stufen; sein weißes Feuer erlosch. Ich gab Sarkan mehr von meiner Stärke ab, doch schon bald würde auch er aufgeben müssen. Die Königin drehte sich zu uns. Sie lächelte nicht. Da war kein Triumph in ihrem Gesicht, nur unendlicher Zorn und Siegesgewissheit.

Hinter ihr erhob sich Kasia. Sie zog nun Aloshas Schwert von ihrer Schulter und schwang es.

Die Schwertklinge glitt in die Kehle der Königin und blieb dort auf halbem Wege stecken. Ein hohler, röhrender Lärm setzte ein. Meine Gehörgänge knackten und der ganze Raum verdunkelte sich. Das Gesicht der Königin wurde leblos. Das Schwert begann zu trinken und zu trinken und zu trinken; es war von einem unstillbaren Durst besessen und wollte immer mehr. Das Kreischen wurde jetzt schriller.

Es fühlte sich wie ein Krieg zwischen zwei endlosen Dingen an, zwischen einem Spalt, der keinen Boden hatte, und einem fließenden Fluss. Wir alle standen wie angewurzelt da, sahen zu und hofften. Der Gesichtsausdruck der Königin veränderte sich nicht. Dort, wo das Schwert in ihrem Hals steckte, versuchte ein schwarzer, glänzender Film, ihr Fleisch zu überziehen. Er ging von ihrer Wunde aus wie eine Tintenwolke in einem Glas klaren Wassers. Langsam hob die Königin eine Hand und betastete ihre Verletzung mit den Fingern. Da breitete sich dasselbe Schimmern auf ihren Fingerspitzen aus. Die Königin hielt sie sich vor die Augen und betrachtete sie.

Und dann wanderte ihr Blick plötzlich zurück zu uns und in ihm lag eine tiefe Verachtung. Sie schien den Kopf zu schütteln, als wolle sie uns sagen, wie töricht wir gewesen waren.

Plötzlich aber sackte sie auf die Knie, ihr Kopf, ihr Körper und die Arme fielen schlaff herunter wie bei einer Marionette, deren Puppenspieler die Fäden losgelassen hatte. Und mit einem Mal setzten sich Sarkans Flammen im Körper von Königin Hanna fest. Ihr kurzes goldenes Haar verschwand in einer Rauchwolke, ihre Haut wurde schwarz und riss auf. Helle Strahlen zeigten sich unter der versengten Haut. Einen Moment lang glaubten wir, es hätte vielleicht funktioniert und das Schwert hätte die Unsterblichkeit der Waldkönigin gebannt.

Dann jedoch stieg heller weißer Rauch in dicken Schwaden aus den Hautrissen auf und trieb an uns vorbei – fliehend, so wie die Waldkönigin schon zuvor aus ihrem Gefängnis entkommen war. Aloshas Schwert versuchte weiterhin, sie aufzusaugen und die Rauchschwaden einzufangen, aber sie verflogen viel zu schnell und entkamen sogar dem unstillbaren Hunger des Schwertes. Solya bedeckte seinen Kopf, als sie über ihn dahinschossen und die Treppe hinauf entflohen. Andere Schwaden schoben sich durch den Luftkanal hinaus, wieder andere strömten in die Grabkammer, von wo aus sie steil in die Luft stiegen und durch ein winziges Löchlein in der Decke entwichen, das ich nicht einmal entdeckt hätte. Kasia hatte sich über die Kinder geworfen, Sarkan und ich hielten uns in den Armen und hatten uns gegen die Wand gedrückt, unsere Münder bedeckt. Die Essenz der Waldkönigin strich mit dem widerlichen, öligen Hauch des Übels über unsere Haut und hinterließ den warmen Gestank von fauligen Blättern und Schimmel.

Und dann war alles vorbei. Sie war fort.

Nun, da der Körper von Königin Hanna nicht mehr bewohnt war, zerfiel er auf der Stelle wie ein ausgebranntes Holzscheit, das zu Asche wird. Aloshas Schwert klapperte zu Boden. Wir waren allein. Unsere rasselnden Atemzüge waren das einzige Geräusch. Alle Soldaten, die noch am Leben waren, hatten ihr Heil in der Flucht gesucht; die toten hatten die Ranken und das Feuer aufgezehrt. Nichts als etwas geisterhafter Rauch an den weißen Marmorwänden erinnerte nun noch an sie. Kasia setzte sich langsam auf und die Kinder drängten sich an sie. Ich sank auf die Knie, zitternd vor Entsetzen und Verzweiflung. Mareks geöffnete Hand lag neben mir. Sein blickloses Gesicht starrte von der Mitte des Fußbodens aus nach oben, umgeben von verkohlten Steinen und geschmolzenem Stahl.

Die dunkle Klinge löste sich auf und einen Moment später war nichts mehr übrig außer dem leeren Heft. Aloshas Schwert hatte seinen Dienst getan. Doch die Waldkönigin hatte überlebt.

Kapitel 29

Wir trugen die Kinder aus dem Turm hinaus in die Morgensonne, die sich strahlend und unbegreiflich über das stumme Meer von sechstausend toten Soldaten ergoss. Die ersten Fliegen schwirrten bereits in dicken Wolken über den Leichnamen und die Aasvögel waren in Schwärmen gekommen. Als wir hinaustraten, stoben sie in einem Schwung vom Boden auf und hockten sich auf die Mauern, um darauf zu warten, dass wir wieder von der Bildfläche verschwanden.

Im Keller waren wir am Baron vorbeigekommen, der in einer Blutlache neben der Feuerstelle an der Wand lehnte, die Augen leer und blicklos. Kasia hatte eine ungeöffnete Flasche in der Hand eines Soldaten entdeckt, der tot neben dem Baron zusammengesunken war. Darin befand sich ein Schlaftrunk. Sie zog den Stopfen heraus und gab den beiden Kindern noch unten im Keller einen Schluck davon, ehe wir sie nach draußen brachten. Sie hatten schon mehr als genug gesehen.

Nun hing Stashek schlaff über ihrer Schulter, und Sarkan trug Marisha auf den Armen, die sich zusammengekauert hatte. Ich stolperte hinter ihnen her und fühlte mich zu hohl und leer, um mich wegen meiner Verletzung zu sorgen, und zu ausgezehrt für Tränen. Mein Atem ging noch immer flach und schmerzte in meiner Brust. Solya lief neben mir und hielt mir ab und zu seine Hand hin, um mir über einen besonders hohen Leichenberg hinwegzuhelfen. Wir hatten ihn nicht als Gefangenen genommen, er war uns einfach nach draußen gefolgt. Jetzt lief er uns mit dem verwirrten Ausdruck eines Mannes hinterher, der sich noch gegen die Erkenntnis sträubte, dass das alles kein böser Traum gewesen war. Unten im Keller hatte er Sarkan die Überreste seines Umhangs gegeben, damit er die kleine Prinzessin darin einwickeln konnte.

Der Turm stand noch, allerdings mehr schlecht als recht. Der Boden der großen Halle war ein Labyrinth aus zerbrochenen Fliesen, toten Wurzeln und verdorrten Efeuranken, die kreuz und quer herumlagen und versengt waren wie der Körper der Königin unten im Keller. Mehrere Steinsäulen waren völlig zusammengebrochen. In der Decke der Bibliothek war ein Loch, und ein Stuhl war halb hindurchgesackt, dann aber hängen geblieben. Sarkan schaute hoch, als wir über Steinblöcke und Geröll kletterten und den Turm verließen.

Die Mauern, die wir ursprünglich errichtet hatten, um Marek am Eindringen zu hindern, mussten wir nun der Länge nach ablaufen. Die Stimmen der alten Steine flüsterten mir auf unserem Weg durch die Wallöffnungen etwas zu. Wir sahen niemanden, der am Leben geblieben war, bis wir in das aufgegebene Lager hinaustraten. Dort immerhin gab es ein paar Soldaten, die die Vorräte durchwühlten. Einige von ihnen stürzten wie aufgescheucht aus dem Pavillon und rannten vor uns weg, silberne Kelche in den Händen. Ich hätte mit Freuden ein Dutzend Silberbecher dafür gegeben, eine andere sterbliche Stimme zu hören, nur um mich zu vergewissern, dass nicht jedermann tot war. Aber alle flohen vor uns oder versteckten sich hinter den Zelten und Provianthaufen, von wo aus sie uns ängstlich beobachteten. Wir standen auf dem Feld, und nichts war zu hören, bis ich schließlich das Schweigen brach: »Die Geschützmannschaft an der Kanone.« Plötzlich waren mir die Männer wieder eingefallen.

Sie waren immer noch dort, eine steinerne Gesellschaft, die einfach beiseitegeschoben worden war. Ihre leeren grauen Augen waren auf den Turm geheftet. Die meisten von ihnen schienen nicht allzu schlimm beschädigt zu sein. Schweigend standen wir um sie herum. Keiner von uns hatte zunächst genügend Kraft, den Spruch aufzuheben. Endlich streckte ich die Hand in Sarkans Richtung aus. Er verlagerte Marishas Gewicht auf seinen anderen Arm und ließ zu, dass ich seine Hand ergriff.

Wir schafften es, ausreichend Magie zu bündeln, um den Spruch rückgängig zu machen. Die Soldaten zuckten und wanden sich, als sie sich aus der Versteinerung befreiten. Sie zitterten, als plötzlich Zeit und Atem zurückkehrten. Einige von ihnen hatten Finger eingebüßt oder wiesen neue tiefe Wunden auf, wo ihre Körper angestoßen worden waren. Es handelte sich bei ihnen um ausgebildete Männer, die eine Kanone bedienen konnten, welche ebenso entsetzlich donnerte wie jeder Zauberspruch. Trotzdem wichen sie mit weit aufgerissenen Augen vor uns zurück, doch dann entdeckten sie Solya – ihn zumindest kannten sie. »Befehle, Herr?«, fragte einer von ihnen unsicher.

Er starrte sie einen Moment lang verständnislos an, dann wanderte sein mindestens ebenso verunsicherter Blick zu uns.

Gemeinsam liefen wir bis nach Olshanka; die Straße war vom gestrigen Truppenaufmarsch noch immer aufgewühlt. Gestern. Ich versuchte, nicht darüber nachzudenken. Gestern waren sechstausend Mann diese Straße entlangmarschiert. Heute waren sie alle fort. Sie lagen tot in den Gräben, tot in der Halle, in den Kellern und auf der langen Wendeltreppe. Ich sah ihre Gesichter im Staub, während wir weiterwanderten. Irgendjemand in Olshanka entdeckte uns, und Borys kam uns mit dem Wagen entgegen, um uns den restlichen Weg zu fahren. Wir saßen hinten und schwankten bei jeder Bewegung des Karrens wie Getreidesäcke. Das Quietschen der Räder wurde zu jedem Lied, das ich jemals über Kriege und Schlachten gehört hatte, der Hufschlag der Pferde zum treibenden Rhythmus. All diese Geschichten mussten auf dieselbe Art und Weise geendet haben: mit jemandem, der müde und erschöpft von einem Feld voller Toter zurückkehrt. Aber diesen Teil vom Lied sang nie jemand.

Borys' Frau Natalya brachte mich zum Schlafen in Martas alte Kammer, ein kleines lichtdurchflutetes Schlafzimmer, mit einer abgewetzten Stoffpuppe auf dem Regal und einer verschlissenen Steppdecke. Marta war inzwischen in ihr eigenes Haus gezogen, aber ihr Zimmer sah noch immer nach ihr aus: ein warmer, einladender Ort, der bereit war, mich aufzunehmen. Natalyas Hand auf meiner Stirn war wie die meiner Mutter, wenn sie mir sagte, ich solle schlafen, einfach nur schlafen – es würden keine Ungeheuer kommen. Ich schloss meine Augen und tat, als würde ich ihr glauben.

Ich erwachte erst wieder spät am nächsten Tag, einem lauen Sommerabend mit dem sanften Blau der hereinbrechenden Dämmerung. Im Haus herrschte ein vertrautes, behagliches Treiben; irgendjemand bereitete das Abendessen zu, andere kehrten von der Arbeit nach Hause zurück. Ich saß noch lange am Fenster, ohne mich zu bewegen. Sie waren viel reicher als meine Familie, es gab ein eigenes Obergeschoss nur für die Schlafzimmer. Marisha rannte im großen Garten herum und spielte mit einem Hund und mit vier anderen Kindern, von denen die meisten älter als sie waren. Sie trug ein frisches Baumwollkleid voller Grasflecken, und ihre Haare begannen schon wieder, aus den winzigen Zöpfen zu rutschen. Stashek saß neben der Tür und sah den anderen beim Spielen zu, obwohl einer der Jungen in seinem Alter war. Selbst in seiner schlichteren Kleidung sah Stashek kein bisschen wie ein gewöhnliches Kind aus. Er hielt seine Schultern sehr gerade und hatte einen feierlichen Ausdruck auf dem Gesicht, als würde er in einer Kirchenbank knien.

»Wir müssen sie nach Kralia zurückbringen«, sagte Solya. Nachdem er Zeit gehabt hatte, sich auszuruhen, war seine unverschämte Selbstsicherheit zurückgekehrt. Er suchte unsere Gesellschaft und setzte sich zu uns, als wäre er die ganze Zeit über auf unserer Seite gewesen.

Es war jetzt dunkel, die Kinder waren zu Bett gebracht worden. Wir saßen im Garten, hielten Gläser mit kaltem Pflaumenschnaps in den

Händen, und ich hatte das Gefühl, nur so zu tun, als sei ich erwachsen. Zu sehr erinnerte mich das alles daran, wie meine Eltern Besucher empfingen und sie aufforderten, doch draußen auf den Stühlen oder den Bänken Platz zu nehmen, die unmittelbar am Waldrand standen. Die Alten unterhielten sich über die Ernte und Familienbelange, während wir Kinder fröhlich herumtollten, Beeren und Kastanien suchten oder einfach Fangen spielten.

Ich erinnerte mich an den Tag, als mein ältester Bruder seine Braut Malgosia heiratete und die beiden plötzlich aufhörten, mit uns zu toben, und sich stattdessen zu unseren Eltern setzten. Es kam mir wie eine sehr feierliche, ernste Form der Alchemie vor, und ich hatte das Gefühl, dass sie ihre Wirkung nicht so unbemerkt bei mir hätte entfalten dürfen. Es kam mir so unwirklich vor, überhaupt hier zu sitzen, ganz zu schweigen davon, dass ich über die Thronfolge und Mord und Totschlag sprach, und zwar ganz ernsthaft, denn es waren wirkliche Dinge und nicht nur herausgerissene Passagen aus Liedern.

Noch seltsamer kam es mir vor zu lauschen, wie sie alle miteinander stritten. »Prinz Stashek muss auf der Stelle gekrönt und die Regentschaft wiederhergestellt werden«, sagte Solya. »Zumindest der Erzherzog von Gidna und der Erzherzog von Varsha …«

»Diese Kinder werden nirgendwo anders hingehen als zu ihren Großeltern«, unterbrach ihn Kasia, »und wenn ich sie auf den Rücken nehmen und den ganzen Weg über selber tragen muss.«

»Mein liebes Mädchen, du verstehst nicht …«, sagte Solya.

»Ich bin nicht Ihr liebes Mädchen«, schnitt ihm Kasia mit einem so scharfen Unterton in der Stimme das Wort ab, dass Solya auf der Stelle schwieg. »Mir ist es egal, ob Stashek jetzt König werden soll oder nicht. Sein Vater hat mich gebeten, ihn und Marisha zur Familie ihrer Mutter zu schaffen. Und so wird es geschehen.«

»Auf jeden Fall ist die Hauptstadt zu nah«, winkte Sarkan ungeduldig ab. »Ich verstehe sehr wohl, dass der Erzherzog von Varsha den König nicht in den Händen Gidnas sehen will«, fügte er gereizt hinzu, als Solya Luft holte, um zu widersprechen, »aber das kümmert mich nicht.

Kralia war vorher nicht sicher und es wird auch jetzt kein sicherer Ort sein.«

»Aber es wird nirgends sicher sein«, unterbrach ich sie verblüfft. »Jedenfalls nicht lange.« Mir kam es so vor, als würden sie sich die ganze Zeit darüber streiten, ob ein Haus auf dieser oder jener Seite des Flusses gebaut werden solle, ohne zu berücksichtigen, dass die Markierungen der letzten Springflut an einem Baum ganz in der Nähe so hoch angebracht waren, dass beide Haustüren überflutet würden.

Kurz darauf sagte Sarkan: »Gidna liegt am Meer. Die Burgen im Norden liegen günstig, um eine große Verteidigungsmacht zu beherbergen …«

»Der Dunkle Wald wird trotzdem kommen«, sagte ich. Ich wusste es. Ich hatte in das Gesicht der Waldkönigin geblickt und ihren unbändigen Hass auf meiner Haut gespürt. All die Jahre hatte Sarkan den Dunklen Wald zurückgehalten wie ein Deich, der eine Flut eindämmt. Er hatte seine Macht in tausend Flüssen und Brunnen abgelenkt und über das ganze Tal verteilt. Doch es war ein Schutzwall, der nicht ewig halten konnte. Heute, nächste Woche, nächstes Jahr – irgendwann würde sich der Dunkle Wald eine Bahn brechen. Er würde all diese Ströme zurückbeanspruchen und tobend an den Berghängen hochfluten. Angereichert mit dieser neu gewonnenen Stärke würde er schließlich über die Gebirgspässe schwappen.

Außerdem gab es gar keine Streitmacht, um sich ihm entgegenzustellen. Die Armee von Polnya war zerschlagen, die Armee von Rosya geschwächt – und der Dunkle Wald konnte es durchaus verkraften, die eine oder andere Schlacht oder auch ein Dutzend davon zu verlieren. Er würde sich festsetzen und seine Samen verstreuen, und selbst wenn er über irgendeinen Pass zurückgedrängt würde, spielte das am Ende keine Rolle. Er würde kommen. *Sie*, die Waldkönigin, würde kommen. Vielleicht würden wir den Dunklen Wald so lange aufhalten können, bis Stashek und Marisha herangewachsen, alt geworden oder sogar schon gestorben waren. Aber was war mit den Enkeln von Borys und Natalya, die jetzt mit ihnen im Garten spielten? Oder deren Kindern, die in dem immer länger werdenden Schatten des Dunklen Waldes groß werden mussten?

»Wir können ihn nicht aufhalten, wenn Polnya hinter uns brennt«, sagte Sarkan. »Die Männer aus Rosya werden auf der Suche nach Rache über die Rydva kommen, sobald sie erfahren, dass Marek tot ist …«

»Wir können den Dunklen Wald überhaupt nicht aufhalten!«, sagte ich. »Das ist es doch, was sie versucht haben – und das ist es auch, was *du* versucht hast. Wir müssen ihn ein für alle Mal vernichten. Wir müssen *sie* vernichten.«

Er starrte mich an und sagte sarkastisch: »Ja, eine fantastische Idee! Aber wenn Aloshas Schwert sie nicht töten konnte, dann kann es auch kein anderes. Was also schlägst du vor?«

Ich schaute ihn an und sah die Angst, die als fester Knoten in meinem Magen saß, in seinen Augen gespiegelt. Sein Gesicht schien zu versteinern. Sein finsterer Ausdruck verschwand, er ließ sich auf seinen Stuhl zurücksinken, ohne mich dabei aus dem Blick zu lassen. Solya beobachtete uns beide verwirrt und Kasia musterte mich mit zunehmender Besorgnis. Doch es gab keine andere Möglichkeit.

»Ich weiß nicht«, antwortete ich Sarkan mit zittriger Stimme. »Aber irgendetwas werde ich tun. Begleitest du mich in den Dunklen Wald?«

Kasia stand unentschlossen und unglücklich neben mir an der Kreuzung vor Olshanka. Der Himmel hatte immer noch die rosa-graue Färbung des frühen Morgens. »Nieshka, wenn du glaubst, ich könnte dir helfen«, sagte sie leise und zärtlich, aber ich schüttelte den Kopf. Dann küsste ich sie auf die Stirn. Sie legte vorsichtig ihre Arme um mich und verstärkte ihren Griff nach und nach, bis ich meine Augen schloss und mich an sie lehnen konnte. Für einen Wimpernschlag waren wir wieder in unsere Kinder- und Mädchenzeit zurückversetzt, in der wir zwar unter einem nicht weit entfernten Schatten aufwuchsen, aber dennoch glücklich waren.

Dann fielen die ersten Sonnenstrahlen auf die Straße und streiften uns. Wir ließen uns los und traten einen Schritt zurück: Kasia sah golden und ernst aus und beinahe zu schön für ein irdisches Wesen und in mir ruhte die Magie. Einen letzten Augenblick lang nahm ich Kasias Gesicht in meine Hände. Wir lehnten uns Stirn an Stirn, dann drehte sie sich um.

Stashek und Marisha warteten im Wagen und hielten besorgt nach Kasia Ausschau. Neben ihnen saß Solya, einer der Soldaten hielt die Zügel. Noch ein paar weitere Männer waren in die Stadt zurückgekommen – jene, die vor dem Ende aus dem Kampfgetümmel und dem Turm geflohen waren. Es war eine Mischung aus Kämpfern aus den Gelben Marschen und Mareks Männern. Sie alle kamen als Eskorte mit. Sie waren keine Feinde mehr, ja, sie waren von Anfang an keine Feinde gewesen. Selbst Mareks Männer hatten geglaubt, sie würden die Königskinder retten. Die Waldkönigin hatte sie auf gegenüberliegenden Seiten aufgebaut wie die Figuren eines Schachbretts. Danach konnte sie sich an den Rand zurückziehen und zuschauen, wie sie sich nach und nach gegenseitig aus dem Weg räumten.

Der Karren war voll beladen mit Vorräten aus der ganzen Stadt, mit Gütern, die später im Jahr als Tributzahlungen an Sarkan ausgeliefert worden wären. Er hatte Borys Gold für seine Pferde und den Wagen gegeben. »Damit könnt Ihr selbst fliehen«, hatte er gesagt und ihm die Börse in die Hände gedrückt. »Und nehmt Eure Familie mit. Es sollte genug für einen Neuanfang sein.«

Borys sah Natalya an. Sie schüttelte knapp den Kopf, dann drehte er sich zurück und sagte: »Wir bleiben.«

Sarkan murmelte vor sich hin, als er sich abwandte, denn alles, was in seinen Augen eine Dummheit war, machte ihn ungeduldig. Ich aber suchte Borys' Blick. Das tiefe Murmeln des Tales unter meinen Füßen war ein Gesang, der die Heimat pries. Ich war aus gutem Grund barfuß nach draußen gekommen, sodass ich meine Zehen in das weiche Gras und die Erde graben und diese Stärke in mir aufsteigen lassen konnte. Ich verstand, warum Borys nicht fortging und warum auch meine Mutter und mein Vater bleiben würden, selbst wenn ich nach

Dvernik reiten und sie bitten würde, das Tal zu verlassen. »Danke«, sagte ich zu Borys.

Mit einem Quietschen setzte sich der Wagen in Bewegung. Die Soldaten marschierten hinterher. Kasia saß hinten, die Arme um die Kinder gelegt, und sie sah zu mir zurück, bis die Hufe und Füße der Gruppe eine so dichte Staubwolke aufgewirbelt hatten, dass ich ihre Gesichter nicht mehr erkennen konnte. Ich drehte mich zu Sarkan um. Er musterte mich mit hartem, grimmigem Gesicht. »Und nun?«, fragte er.

Wir liefen die Straße hinunter, die von Borys' großem Haus wegführte, auf das stampfende hölzerne Wasserrad der Getreidemühle zu, das vom Fluss gleichmäßig angetrieben wurde. Unter unseren Füßen wurde der Weg zunehmend steiniger, dann verschwand er unter dem klaren, von kleinen Schaumkronen bedeckten Wasser. Ein paar Boote lagen am Ufer vertäut. Wir banden das kleinste davon los und schoben es in den Fluss. Ich raffte meinen Rock, Sarkan warf seine Stiefel in den Kahn, und auch wenn wir uns nicht sonderlich geschickt anstellten, schafften wir es doch hineinzuklettern, ohne unsere Kleider vollständig zu durchnässen. Sarkan griff nach den Rudern.

Er setzte sich mit dem Rücken zum Dunklen Wald und sagte: »Du musst mir beim Tempo helfen.« Und ich sang mit leiser Stimme den Beschleunigungszauber der Jaga, während er ruderte und die Ufer rechts und links von uns verschwammen.

Die Spindel plätscherte schnurgerade und klar unter der höher steigenden heißen Sonne dahin, die auf dem Wasser glitzerte. Wir kamen rasch voran – eine halbe Meile mit jedem Ruderschlag. Einmal sah ich Frauen, die an den Ufern von Poniets ihre Wäsche wuschen. Sie richteten sich zwischen ihren Bergen von weißem Leinen auf, um uns hinterherzusehen, wie wir schnell wie der Wind vorbeischossen. Und als wir Viosna passierten, befanden wir uns einen kurzen Moment lang unter den Ästen von Kirschbäumen. Die ersten kleinen Früchte reiften gerade heran; auf dem Wasser trieben die abgefallenen Blütenblätter. Von Dvernik bekam ich nichts zu sehen, obwohl ich wusste, wann wir daran vorbeikamen. Ich erinnerte mich an eine Biegung des Flussufers, eine halbe Meile östlich des Dorfes, und ich schaute zurück, um den glänzenden Kupferhahn auf der Spitze des Kirchturms nicht zu verpassen. Wir hatten Rückenwind.

Leise sang ich immer weiter, bis die dunkle Wand der Bäume vor uns in Sicht kam. Sarkan verstaute die Ruder unten im Boot. Er drehte sich um und suchte mit den Augen den Boden vor den Bäumen ab. Sein Gesicht war ernst. Ich brauchte einen Moment, um zu begreifen, dass da keine Linie von verbranntem Erdboden mehr zu erkennen war – nur noch dichtes grünes Gras.

»Wir hatten den Wald an der gesamten Grenze eine Meile zurückgebrannt«, sagte er. Er schaute nach Süden in Richtung Berge, als versuchte er abzuschätzen, welche Entfernung der Dunkle Wald bereits zurückgelegt hatte. Ich hatte nicht das Gefühl, dass das im Augenblick von Belang war. Jedes Stückchen war zwar zu viel, aber nicht so viel, wie es hätte sein können. Wir würden einen Weg finden, den Dunklen Wald aufzuhalten, oder wir würden auf ganzer Linie scheitern.

Die Strömung der Spindel trieb uns weiter. Vor uns den Flusslauf entlang reckten dünne dunkle Bäume ihre langen Äste wie Arme in die Höhe, deren Zweige wie ineinander verschlungene Finger aussahen. Auf beiden Seiten ragte eine solche Wand auf. Sarkan drehte sich wieder zu mir um und wir fassten uns an den Händen. Er murmelte einen Ablenkungsspruch, einen Unsichtbarkeitszauber, und ich griff ihn auf. Ich wisperte unserem Boot zu, es sei nur ein unbemanntes Schiffchen aus Stroh mit splissigen und kaputten Seilen, das sachte über das Wasser und die Steine hüpfte. Wir versuchten, etwas zu sein, das man nicht bemerken und dem man keinerlei Aufmerksamkeit schenken musste. Die Sonne stand jetzt hoch am Himmel und warf ihre gebündelten Strahlen zwischen den Schatten der Bäume hindurch aufs Wasser. Ich benutzte eines der Ruder hinten zum Steuern und hielt uns in der Mitte der glitzernden Spur.

Die Uferböschungen waren nun dichter bewachsen und wilder. Überall gab es Brombeersträucher mit roten Beeren und Dornen wie Drachenzähne, leuchtend weiß und tödlich scharf. Die Bäume waren üppig belaubt, missgestaltet und riesig. Sie ragten weit über den Fluss, und sie ließen dünne Zweige in die Luft wuchern wie Klauen, die immer mehr vom Himmel für sich beanspruchten. Sie sahen so aus, wie sich zähnefletschendes Knurren anhört. Der sichere Weg wurde schmaler und beengter. Das Wasser unter uns floss so leise, als ob es sich selber zu verstecken suchte. Wir machten uns in der Mitte des Bootes ganz klein und duckten uns.

Ein Schmetterling verriet uns schließlich; ein winziges Flatterding in Schwarz und Gelb, das sich auf seinem Weg über den Dunklen Wald verirrt hatte. Er ließ sich erschöpft auf den Bug unseres Bootes sinken und ein Vogel schoss wie ein schwarzes Wurfmesser aus den Bäumen hervor und schnappte ihn sich. Der Vogel hockte nun auf dem Bootsrand, die Flügel des Schmetterlings hingen ihm aus dem Schnabel. Damit klapperte er dreimal rasch hintereinander und starrte uns aus Augen an, die wie kleine schwarze Perlen aussahen. Sarkan versuchte, ihn einzufangen, aber er flatterte hoch und war sofort zwischen den Bäumen verschwunden. Ein kalter Wind frischte nun auf und wehte über den Fluss in unsere Rücken.

Ein Stöhnen ertönte vom Uferhang. Einer der alten, gewaltigen Bäume beugte sich tiefer, seine Wurzeln lösten sich aus dem Erdboden, und er stürzte mit einem kreischenden Geräusch unmittelbar hinter unserem Boot ins Wasser. Der Fluss bäumte sich unter uns auf. Mein Ruder wurde mir aus der Hand gerissen. Wir klammerten uns an den Seitenwänden des Kahns fest, während wir herumgeschleudert und dann mit dem Heck voran weitergerissen wurden. Das Boot legte sich schräg. Wasser schwappte über die Ränder herein; es war eiskalt an meinen nackten Füßen. Wir drehten uns immer weiter und wurden hin und her geworfen. Während wir kreiselten, sah ich einen Wanderer vom Ufer aus auf den umgestürzten Baum klettern und uns anblicken.

Sarkan schrie: »*Rendkan selkhoz!*«, und unser Boot richtete sich wieder aus. Ich deutete mit einer Hand auf den Wanderer, aber ich wusste, dass es bereits zu spät war. »*Polzhyt!*«, rief ich und plötzlich brannte ein orange leuchtendes Feuer auf seinem Rücken. Aber der Wanderer konnte sich trotzdem umdrehen und auf seinen vier Beinen in den Wald hinein verschwinden. Er zog Rauch und ein orangefarbenes Flammenmeer hinter sich her.

Wir waren entdeckt worden.

Der Blick des Dunklen Waldes traf uns mit der Gewalt eines Hammerschlags. Ich fiel davon getroffen auf den Boden des Bootes. Meine Kleidung sog sich sofort mit eisigem Wasser voll, was wie ein Schock auf meine Haut wirkte. Die Bäume griffen nach uns, streckten ihre dornigen Zweige über das Wasser, Blätter regneten auf uns herab und sammelten sich im Kielwasser unseres Bootes. Als wir um eine Biegung kamen, erwarteten uns ein halbes Dutzend Wanderer, und an ihrer Spitze stand eine tiefgrüne Mantis. Sie alle wateten in die Mitte des Flusses wie eine lebendig gewordene Staumauer.

Die Strömung hatte nun zugenommen, sodass es den Anschein hatte, als versuche die Spindel, uns an ihnen vorbeizutragen. Aber es waren einfach zu viele Gegner und immer mehr davon stiegen in den Fluss. Sarkan stand im Boot auf, holte tief Atem für einen Spruch und machte sich bereit, sie mit Feuer und Blitzen zu überziehen. Auch ich rappelte mich auf, packte ihn aber am Arm und zog ihn mit mir über den hinteren Rand des Bootes ins Wasser. Seine überraschte Empörung darüber konnte ich durch meinen Griff hindurch spüren. Wir versanken in der Strömung, tauchten dann wieder auf wie treibende Blätter, die sich an einem Zweig festhalten, hellgrün und braun, und wir wurden wie Laub herumgewirbelt. Es war eine Illusion und gleichzeitig auch nicht; ich hielt sie mit der ganzen Kraft meines Herzens aufrecht und wollte nichts mehr sein als ein Blatt, ein winziges braunes Blatt. Der Fluss packte uns mithilfe einer Stromschnelle und trug uns eifrig davon, als hätte er nur auf diese Chance gewartet.

Die Wanderer hoben unser Boot in die Luft, die Mantis riss es mit ihren klauenbewehrten Fängen in Stücke und schob ihren Kopf hinein, als würde sie versuchen, uns darin zu entdecken. Dann kam sie wieder zum Vorschein und ihre glänzenden Facettenaugen sahen sich in alle Richtungen um. Doch zu diesem Zeitpunkt waren wir bereits an ihren Beinen und denen der Wanderer vorbeigeschossen. Der Fluss hatte uns in einer Verwirbelung kurz untergetaucht und uns in eine schlammige grüne Stille geschickt, wohin der Blick des Dunklen Waldes nicht reichte. Weiter flussabwärts spuckte er uns wieder aus, mitten hinein in ein sonnenbeschienenes Viereck voller Blätter. Hinter uns durchpflügten die Wanderer und die Mantis das Wasser und schlugen mit all ihren Gliedmaßen auf die Wasseroberfläche. Wir ließen uns schweigend davontragen; das Wasser führte uns.

Als Blatt und Zweig trieben wir lange Zeit durch die Dunkelheit. Der Flusslauf um uns herum wurde schmaler und die Bäume waren von gespenstisch hohem, vollem Wuchs. Ihre Äste über uns waren zu einem Baldachin verwoben, der so dicht geschlossen war, dass kein Sonnenstrahl hindurchdrang, sondern nur ein schwacher, gefilterter Lichtschein. Da kein Sonnenstrahl je den Boden erreichte, war das Unterholz weitgehend abgestorben. Farne mit dünnen, klingenartigen Blättern und Pilze mit roten Köpfen drängten sich an den Uferböschungen zwischen abgestorbenem grauem Ried. Verschlungene Nester von hellen, freiliegenden Wurzeln in schwarzem Schlick wurden vom Fluss getränkt. Zwischen den dunklen Stämmen war kein Platz mehr. Wanderer und Gottesanbeterinnen kamen ans Ufer, um nach uns zu suchen, genau wie andere Kreaturen des Waldes. Eine davon war ein großer, schnüffelnder Eber in der Größe eines Ponys mit viel zu gewaltigen bepelzten Schultern, Augen wie rot glühende Kohlen und scharfen Zähnen, die aus seinem Unterkiefer herausragten. Er kam näher an uns heran als alle anderen, wühlte mit der Schnauze den Schlamm am Uferrand auf und schob auf diese Weise knapp neben der Stelle, an der wir gerade vorsichtig vorbeigeglitten waren, toten Blättermulch hoch.

Wir sind Blatt und Zweig, sang ich lautlos, Blatt und Zweig, sonst nichts, und als wir weitertrieben, sahen wir, wie der Eber den Kopf schüttelte, enttäuscht schnaubte und wieder zwischen den Bäumen verschwand.

Das war das letzte Untier, das wir zu sehen bekamen. Der maßlose Zorn des Dunklen Waldes legte sich, als wir für ihn unsichtbar wurden. Er suchte nach uns, aber er wusste nicht mehr, wo er Ausschau halten sollte. Der Druck ließ sogar noch mehr nach, als wir weitergetragen wurden. Die Rufe und die flüsternden Geräusche der Vögel und Insekten erstarben. Nur die Spindel strömte weiter und gurgelte nun lauter vor sich hin. Sie weitete sich wieder ein wenig und sprang schneller über ein seichtes Bett voller glatt polierter Steine. Plötzlich bewegte sich Sarkan, atmete wieder aus menschlichen Lungen und riss auch mich, die ich mit Armen und Beinen um mich schlug, an die Wasseroberfläche. Keine dreihundert Meter vor uns stürzte der Fluss tosend über eine Klippe, und wir waren keine echten Blätter, auch wenn ich mir solche Mühe gegeben hatte, das zu vergessen.

Der Fluss versuchte, uns weiterzuziehen, und lockte uns. Die Steine unter uns waren so rutschig wie angetautes Eis. Sie kratzten über meine Fußknöchel, meine Ellbogen und meine Knie, und dreimal verloren wir den Halt. Nur wenige Meter vor dem Rand des Wasserfalls schafften wir es, uns nass und zitternd ans Ufer zu retten. Die Bäume um uns herum waren dunkel und still. Sie beachteten uns nicht. Vom Fuße ihres Stammes aus sahen sie wie lange schlanke Türme aus, die schon vor Urzeiten entstanden waren; so groß waren sie. Für sie waren wir nicht mehr als Eichhörnchen, die zwischen ihren Wurzeln herumsprangen. Eine gewaltige Nebelwolke stieg vom Grunde des Wasserfalls auf und schnitt die Ränder der Klippe und alles darunter von der Sicht ab. Sarkan schaute mich an. *Und was nun?*

Langsam und vorsichtig tastete ich mich in den Nebel hinein. Die Erde atmete eine üppige Feuchtigkeit aus und der Flussnebel klebte an meiner Haut. Sarkan legte mir eine Hand auf die Schulter. Ich suchte festen Halt für meine Hände und Füße. Zusammen fanden Sarkan und ich einen Weg die zerklüftete, steil abfallende Klippe hinunter, bis meine Füße völlig unvermittelt unter mir wegrutschten und ich hart auf dem Hinterteil landete. Sarkan fiel ebenfalls zu Boden und wir schlitterten gemeinsam die restliche Böschung hinab. Nur mühsam schafften wir es, uns sitzend zu halten und nicht Hals über Kopf hinunterzustürzen. Am Ende schleuderte uns der Hang mit aller Kraft gegen das untere Ende eines Baumstammes, der sich bedenklich über das schäumende Becken des Wasserfalls bog. Seine Wurzeln umklammerten einen massiven Felsen, was ihn davon abhielt, gänzlich umzustürzen.

Benommen und atemlos blieben wir auf dem Rücken liegen und schauten nach oben. Der graue Felsbrocken schien uns misstrauisch anzustarren wie ein alter Mann mit dicker Nase und buschigen Augenbrauen aus Wurzelwerk. Obwohl ich voller blauer Flecke und überall zerschrammt war, verspürte ich eine unglaubliche, instinktive Erleichterung, als wäre ich für einen kurzen Moment lang in einem sicheren Hafen geborgen. Der Zorn des Dunklen Waldes erreichte mich hier nicht mehr. Der Nebel rollte in dichten Schwaden über das Wasser und wallte hin und her. Durch ihn hindurch sah ich zu, wie die Blätter sanft auftauchten und wieder verschwanden, hellgelb an silbernen Zweigen. Ich war so froh darüber, dass ich mich ausruhen durfte, dass es beinahe schon wehtat. Doch dann murmelte Sarkan einen halben Fluch, rappelte sich auf und packte mich am Arm. Ich wollte protestieren, aber er zog mich hoch und fort ins knöcheltiefe Wasser hinein. Dort blieb er stehen, gerade außerhalb der Reichweite der Zweige, und ich schaute zurück durch den Nebel. Wir hatten unter einem uralten, knorrigen Herzbaum gelegen, der am Ufer wuchs.

Wir flohen vor ihm, dem schmalen Lauf des Flussbettes folgend. Die Spindel war hier kaum mehr als ein Bach, gerade eben breit genug, sodass wir nebeneinander weiterrennen und das Wasser aufspritzen lassen konnten. Am Grund der Spindel lag grauer und bernsteinfarbener Sand. Der Nebel lichtete sich, der restliche Dunstschleier hob sich, und ein letzter Windstoß verschaffte uns wieder komplett freie Sicht. Wir blieben wie erstarrt stehen, denn wir fanden uns nun auf einer breiten Lichtung wieder, auf der Herzbäume dicht an dicht im Kreis standen, und wir waren mittendrin.

Kapitel 30

Wir standen dort, hielten uns ganz fest an den Händen und wagten kaum zu atmen, als könnten wir die Bäume daran hindern, uns zu bemerken, wenn wir uns nur nicht bewegten. Die Spindel lief weiter, immer fort von uns durch die Bäume hindurch, die ganze Zeit über sanft murmelnd. Das Wasser war so klar, dass ich die schwarzen und silbergrauen Sandkörner auf dem Grund erkennen konnte, zwischen die sich glatt polierte Bernsteintropfen und Quarzstückchen gemischt hatten. Und auch die Sonne schien wieder.

Die Herzbäume waren keine monströsen, schweigenden Säulen wie die Bäume über dem Hügel. Sie waren ausladend, aber nicht größer als eine Eiche. Sie spreizten ihre verschlungenen Äste und überall waren leuchtend weiße Frühlingsblüten zu sehen. Ein Teppich aus getrockneten goldenen Blättern, die noch aus dem letzten Herbst stammten, überzog den Boden. Darunter stieg ein schwacher, schnell verwehender Geruch nach Wein auf, der von alten heruntergefallenen Früchten herrührte und nicht unangenehm war. Meine Schultern versuchten immer wieder, sich zu entspannen.

Eigentlich sollten unendlich viele Vögel in den Ästen und Zweigen sitzen und zwitschern, und überall sollten kleine Tiere herumwuseln und Nahrung suchen. Stattdessen lag eine seltsame, tiefe Unbeweglichkeit über diesem Ort. Der Fluss plätscherte zwar leise, aber ansonsten bewegte sich hier nichts. Es gab nichts, was am Leben war. Selbst die Herzbäume schienen sich nicht zu rühren. Eine Bö ließ die Äste ein bisschen rauschen, aber die Blätter murmelten nur einen

Moment lang schläfrig vor sich hin und verstummten sofort wieder. Das Wasser lief mir über die Füße und die Sonne schien durch das Blätterdach.

Endlich traute ich mich und machte einen Schritt. Nichts sprang mich aus den Bäumen heraus an, kein Vogel kreischte warnend auf. Ich machte noch einen Schritt und noch einen. Das Wasser war warm, und die Sonne, die durch die Bäume hindurch Tupfen darauf hinterließ, war stark genug, um die Leinenkleidung auf meinem Rücken zu trocknen. Wir liefen durch die gedämpfte Stille. Die Spindel führte uns einen sanft geschwungenen Pfad entlang zwischen den Bäumen hindurch, bis sie schließlich zu einem kleinen Teich mit unbewegter Wasseroberfläche wurde.

Auf der gegenüberliegenden Seite stand ein letzter Herzbaum. Er war breit und überragte alle anderen. Davor erhob sich ein grüner Hügel, der mit zu Boden gefallenen weißen Blüten bedeckt war. Darauf lag der Körper der Waldkönigin. Ich erkannte das weiße Trauergewand, das sie im Turm getragen hatte. Sie hatte es noch immer an – oder besser gesagt, sie trug das, was noch davon übrig war. Das lange, schlichte Unterteil war kaputt und an den Seiten aufgerissen. Die Ärmel waren am schlimmsten in Mitleidenschaft gezogen worden. Alte Blutflecken hatten die Ärmelmanschetten braun verfärbt, die rings um das Handgelenk herum mit Perlen besetzt waren. Das grünschwarze Haar der Waldkönigin hing zu beiden Seiten den Hügel hinunter und hatte sich in den Wurzeln des Baumes verfangen. Diese Wurzeln waren über den Hügel gewandert und hatten ihre langen braunen Spitzen sanft und vorsichtig wie Finger über ihren Körper geschoben. Sie hatten sich um die Fußknöchel und die Oberschenkel geschlungen und um ihre Schultern und ihre Kehle. Selbst das Haar schienen sie zu durchkämmen. Die Augen der Waldkönigin waren geschlossen, als würde sie träumen.

Wenn wir doch nur Aloshas Schwert noch hätten, dann hätten wir sie vielleicht damit durchbohren können. Wir hätten es ihr ins Herz treiben und sie so am Boden festnageln können. Vielleicht hätte sie das getötet, hier, an der Quelle ihrer Macht, in ihrer eigenen Gestalt. Aber das Schwert war Vergangenheit.

Stattdessen holte Sarkan die letzte Flasche Feuerherz heraus. Die hungrige rotgoldene Flüssigkeit darin sprang begierig gegen die gläsernen Wände ihres Gefängnisses. Ich betrachtete das Glas und sagte nichts. Wir waren hierhergekommen, um allem ein Ende zu bereiten. Wir waren gekommen, um den Dunklen Wald niederzubrennen; und vor uns lag sein Herz. *Sie* war das Herz des Waldes. Aber als ich mir vorstellte, wie wir das Feuerherz über ihren Körper schütteten und dann zusahen, wie ihre Gliedmaße zu zucken begannen …

Sarkan schaute mir fest in die Augen. »Geh zurück zum Wasserfall«, sagte er, denn er wollte mir eine Möglichkeit anbieten, mir den Anblick zu ersparen. Ich schüttelte jedoch den Kopf. Es war nicht so, dass ich davor zurückschreckte, sie zu töten. Die Waldkönigin verdiente Tod und Verderben, sie selbst hatte beides gesät, gehegt und gepflegt und im Übermaß geerntet. Und sie wollte immer noch mehr. Kasias lautloser Schrei unter der Rinde des Herzbaumes; Mareks leuchtendes Gesicht, als seine eigene Mutter ihn tötete; das Entsetzen meiner Mutter, als ihre kleine Tochter eine Schürze voll Brombeeren heimbrachte, weil der Dunkle Wald nicht einmal Kinder verschonte; die ausgehöhlten, menschenleeren Mauern von Porosna mit dem Herzbaum, der den Dorfplatz überschattete; Vater Ballo, dessen Körper sie in ein abscheuliches, mörderisches Biest verwandelt hatte; Marisha, die neben ihrer erstochenen Mutter stand und mit hoher Kinderstimme »Mama« sagte …

Ich hasste sie. Ich wollte sie brennen sehen – auf dieselbe Weise, wie so viele der Verderbten hatten brennen müssen, weil sie sie für sich beansprucht hatte. Aber die Sehnsucht nach Grausamkeit schien wie eine weitere falsche Antwort in einer endlosen Reihe. Die Menschen im Turm hatten die Waldkönigin eingekerkert und sie hatte sie daraufhin alle zur Strecke gebracht. Sie hatte den Dunklen Wald wachsen lassen, um uns zu verschlingen. Nun würden wir sie dem Feuerherz überlassen und das glänzende, klare Wasser vor ihr mit ihrer Asche füllen. Nichts davon schien richtig. Aber ich wusste nicht, was wir sonst tun sollten.

Sarkan und ich wateten durch den Teich. Das Wasser war nur kniehoch. Die kleinen, runden Steine unter unseren Füßen waren glatt. Aus der Nähe sah die Waldkönigin noch merkwürdiger aus: überhaupt nicht lebendig. Ihre Lippen waren leicht geöffnet, aber ihre Brust schien sich nicht zu heben und zu senken. Sie hätte auch geschnitzt sein können. Ihre Haut hatte das Muster von Holz, das der Länge nach gesplittert und wieder zusammengefügt worden war und nun von hellen und dunklen Wellen durchzogen wurde. Sarkan öffnete das Fläschchen, schob es der Waldkönigin zwischen die Lippen, und mit einer einzigen raschen Kippbewegung goss er das Feuerherz in ihren Mund. Die letzten Tropfen versprühte er über ihren Körper.

Sie riss die Augen auf. Ihr Kleid fing Feuer, genau wie die Wurzeln des Herzbaums und ihre Haare. Die Flammen umloderten sie wie eine Wolke; erst da zog mich Sarkan weg. Die Königin schrie gellend auf und es war ein heiseres, wutentbranntes Brüllen. Rauch und Flammen schossen ihr aus dem Mund und an einigen Stellen waren Feuerstöße wie orangefarbene Sternschnuppen unter ihrer Haut zu sehen. Die Waldkönigin trommelte mit den Armen auf den Hügel unterhalb der Wurzeln, aber das Gras verbrannte rasch. Dichter Qualm hüllte sie jetzt vollständig ein. Ich sah ihre Lungen, ihr Herz und ihre Leber wie Schatten in einem brennenden Haus. Die langen Baumwurzeln wurden vom Feuer verzehrt und bogen sich weg und sie selbst fuhr ruckartig auf dem Hügel hoch und wandte sich uns zu. Sie sah aus wie ein brennendes Holzscheit, das lange genug im Feuer gelegen hatte. Ihre Haut wurde zu schwarzer Kohle, brach auf und gab den Blick frei auf die orangefarbenen Flammen unter der hellen Asche, die von ihrer Haut aufstob. Ihre brennenden Haare umringten ihren Kopf wie ein Feuerkranz. Wieder schrie sie und da war ein rotes Feuerglühen in ihrer Kehle, ihre Zunge war ein schwarzes Kohlestück. Das Feuer wollte nicht versiegen. An allen möglichen Stellen platzten Flammen heraus, aber immer wieder schloss sich neue Haut wie frische Rinde darüber, und auch wenn die endlose Hitze die nachgewachsene zartere Haut wegschmorte, heilte sie erneut. Die Königin wankte vorwärts in Richtung Teich. Schreckerfüllt erinnerte ich mich an die Vision während der *Beschwörung* und daran, wie verstört die Königin gewesen war, wie namenlos ihr Entsetzen, als sie begriff, dass sie im Stein gefangen war. Es war nicht einfach so, dass sie unsterblich war, solange sie nicht niedergestreckt wurde. Sie wusste einfach nicht, was Sterben war.

Sarkan fischte eine Handvoll Sand und Kies vom Grund des Teiches und schleuderte sie in Richtung Königin, während er einen Wachstumszauber rief, woraufhin die Wurfgeschosse im Flug anschwollen, bis sie die Größe von kleinen Felsbrocken angenommen hatten. Sie trafen den Leib der Königin, und ein Funkenregen stob auf, als hätte man ein Feuer mit dem Schürhaken angefacht. Aber nicht einmal das brachte sie dazu, als Aschehaufen zusammenzusinken. Sie brannte weiter, ohne verzehrt zu werden. Und sie setzte ihren Weg fort. Im Teich ließ sie sich auf Hände und Knie fallen und Wasserdampf stieg zischend in Wolken um sie herum auf.

Der schmale Bach schoss mit einem Mal schneller über die Steine dahin, als wüsste er, dass der Teich einen stärkeren Zufluss benötigte. Selbst unter dem klaren, funkelnden Wasser glühte die Königin. Das Feuerherz brannte weiter in ihr und ließ sich nicht eindämmen. Mit beiden Händen schöpfte die Waldkönigin Wasser und führte es zum Mund, doch ein Großteil verdampfte auf ihrer verkohlten Haut. Dann griff sie sich einen der Brocken, die Sarkan auf sie geworfen hatte, und mit einer seltsamen magischen Drehbewegung löffelte sie eine Vertiefung in die Mitte des Gesteins, um auf diese Weise eine Trinkschale zu bekommen.

»Gemeinsam mit mir«, schrie mir Sarkan zu. »Halt das Feuer in ihr am Brennen.« Ich erschrak, denn ich hatte wie hypnotisiert dabei zugesehen, wie sie gleichzeitig lebte und verbrannte. Schnell griff ich nach Sarkans Hand. *»Polzhyt mollin, polzhyt talo«*, rezitierte er, und ich sang dazu von den tanzenden Flammen in der Feuerstelle und davon, wie es war, sanft in ein Feuer zu pusten. Die lodernden Wurzeln hinter der Waldkönigin glommen neu auf und auch die Flammen in ihrem Innern erglühten mit frischer Kraft. Sie hob den Kopf von ihrem Trinkgefäß und stieß einen markerschütternden Wutschrei aus. Ihre Augen waren schwarze, hohle Abgründe, in denen das Feuer prasselte.

Schlingpflanzen schoben sich aus dem Flussbett heraus und wickelten sich wie Fesseln um unsere Beine. Da ich barfuß war, konnte ich meine Füße aus dieser Umklammerung herausziehen, aber die Sprossen fanden Halt an der Schnürung von Sarkans Stiefeln, und er fiel ins Wasser. Sofort umfingen andere Pflanzentriebe seine Arme und streckten sich nach seiner Kehle aus. Ich stürzte mich mit den Händen voran auf sie, bekam sie zu fassen und rief: »*Araka.*« Ein wütendes grünes Blitzen lief über alle Schlingpflanzen und brachte sie dazu, sich ruckartig zurückzuziehen. Meine Finger schmerzten. Sarkan wirkte ebenfalls einen raschen Zauber und befreite sich von seinen Pflanzenfesseln, indem er seine umwickelten Stiefel einfach im Wasser zurückließ. Gemeinsam stiegen wir am Teichrand wieder an Land.

Überall um uns herum waren die Herzbäume erwacht. Sie bebten und schaukelten in vereintem Unbehagen und ein raschelndes Wispern war überall zu hören. Die Waldkönigin hatte sich von uns abgewandt. Sie benutzte ihre Schale noch immer zum Trinken, aber auch dazu, Wasser auf die brennenden Wurzeln der hoch aufragenden Herzbäume zu schütten in dem Versuch, das Feuer zu löschen. Und tatsächlich löschte das Wasser der Spindel nach und nach die Flammen in ihrem Innern. Ihre Füße im Teich waren schwarz verkohlt, doch sie brannten nicht mehr.

»Der Baum«, sagte Sarkan heiser und erhob sich am Ufer. Brennende rote Kratzer zogen sich rings um seinen Hals wie eine Kette aus Dornenranken. »Sie versucht, ihn zu schützen.«

Auch ich stand am Teichrand und schaute hoch. Es war später Nachmittag und die Luft war schwer und feucht. »*Kalmoz*«, rief ich in den Himmel, woraufhin sich die Wolken zu sammeln und aufzutürmen begannen. »*Kalmoz.*« Nieselregen setzte ein; Tropfen fielen auf die Wasseroberfläche des Teiches. Mit scharfer Stimme sagte Sarkan: »Wir versuchen doch nicht, das Feuer zu *löschen,* sondern …«

»*Kalmoz!*«, rief ich, streckte die Arme in die Höhe und holte einen Blitz vom Himmel.

Dieses Mal wusste ich, was geschehen würde, aber das bedeutete noch lange nicht, dass ich auch darauf vorbereitet war: Es war ausgeschlossen, sich darauf gefasst zu machen. Wieder trennte mich der Blitz von der Welt, und da war dieser schreckliche Augenblick, in dem alles um mich herum von blinder weißer Stille erfüllt war. Dann löste sich der Blitz mit einem Donnerschlag von mir und krachte in den mächtigen Herzbaum; ein gewaltiger Schlag direkt in die Mitte.

Die Wucht stieß mich zurück und ich drehte mich um die eigene Achse. Benommen fiel ich halb in das Flussbett. Meine Wange wurde auf die Kieselsteine und das Gras gedrückt, und Äste, mit goldenen Blättern beladen, wogten über mir. Ich war ganz benommen. Alles drehte sich und ich konnte keinen klaren Gedanken mehr fassen. Die Welt war gespenstisch still, aber obwohl ich alles nur gedämpft hören konnte, drang ein immer lauter werdender Schrei voller Wut, Hass und Entsetzen an meine Ohren. Mit zitternden Armen schaffte ich es, mich aufzurichten und den Kopf zu heben. Der Herzbaum brannte, das gesamte Laub stand in Flammen, der Stamm wurde schon schwarz. Der Blitz war in einen der großen Äste weiter unten am Stamm eingeschlagen und beinahe ein Viertel des Baumes brach seitlich weg.

Die Waldkönigin schrie. Wie von einem Instinkt getrieben, stemmte sie ihre Hände gegen den Baum und versuchte, den abgespaltenen Teil wieder zurückzuschieben, aber sie brannte selber noch immer; dort, wo sie die Rinde berührte, sprangen die Flammen frisch über. Also zog sie ihre Hände wieder weg. Efeuranken schossen aus dem Boden und kletterten am Stamm des Herzbaums empor, umschlangen ihn und versuchten, die beiden Teile zusammenzuhalten. Sie drehte sich um und kam mit wutverzerrtem Gesicht durch den Teich auf mich zu. Zitternd versuchte ich, auf Händen und Füßen rückwärtszukrabbeln, denn ich wusste, dass mein Plan nicht aufgegangen war. Im Gegensatz zum Herzbaum war die Königin selbst nicht tödlich verwundet. Der Herzbaum war kein Kanal zu ihrem Leben.

Der Blitz hatte Sarkan zwischen die Bäume geschleudert. Nun kam er zurückgewankt. Seine Kleidung war versengt und schwarz vom Rauch. Er deutete auf den Bach: »*Kerdul foringan*«, sagte er und seine Stimme summte wie ein Hornissenschwarm. In meinen Ohren klang sie gedämpft. Die Oberfläche des Baches bebte. »*Tual, kerdul*«, fuhr Sarkan fort und das Ufer begann wegzubrechen. Der Bach machte eine langsame, verunsicherte Biegung und strömte nun in sein neues Bett, das ihn fort vom Teich und dem brennenden Baum führte. Das Wasser, das noch im Teich verblieben war, spritzte in heißen Dampfstrahlen hoch.

Die Waldkönigin wandte sich mit einem Ruck zum Teich, streckte die Hände aus, und weitere Pflanzen schossen aus dem Wasser. Die Spitzen der Ranken nahm sie in die Fäuste und zog daran, dann schleuderte sie sie auf Sarkan. Die Ranken wuchsen und wurden dicker, während sie durch die Luft peitschten und sich um seine Arme und Beine schlossen. Immer weiter schwollen sie an und warfen Sarkan zu Boden. Ich versuchte aufzustehen. Meine Hände taten weh und ich hatte Rauch in der Nase. Aber die Waldkönigin kam viel zu schnell auf mich zu; ein lebendig gewordenes Kohlestück, immer noch umfangen von dicken Rauchschwaden und Wasserdampfwolken. Sie packte mich und ich schrie, denn ich konnte mein eigenes Fleisch zischen hören. Wo die Königin meine Arme umfasste, wurde es schwarz.

Dann hob sich mich vom Boden hoch. Meine Schmerzen waren so groß, dass ich nichts mehr sehen und nicht mehr denken konnte. Mein Kleid schwelte, die Ärmel brannten und fielen unterhalb des Griffs ihrer glühenden Finger ab. Die Luft rings um die Waldkönigin war aufgeheizt wie in einem Ofen und flimmerte. Ich wandte den Kopf zur Seite und versuchte zu atmen. Sie aber zerrte mich hinter sich her durch den Teich, die geschwärzte Ruine ihres Hügels hinauf bis zu dem zerborstenen Herzbaum.

Da ahnte ich, was sie mit mir vorhatte, und trotz meiner Schmerzen und Qualen schrie ich und kämpfte gegen sie an. Aber ihr Griff war unerbittlich. Ich trat sie mit bloßen Füßen und verbrannte mich dabei. Blind versuchte ich, meine Magie heraufzubeschwören, und brüllte einen halben Spruch, aber die Königin schüttelte mich so heftig, dass meine klappernden Zähnen ihn noch in meinem Mund zunichtemachten. Es war, als würde ich mitten in der Glut liegen, überall umgeben von Feuer. Ich versuchte, die Königin zu fassen zu bekommen und mich an sie heranzuziehen, denn ich hätte den Flammentod vorgezogen. Was das Übel aus mir machen würde, wollte ich nicht wissen, auch nicht, was sie mit meinen Kräften tun würde, sobald sie in diesen riesigen Herzbaum in der Mitte des Dunklen Waldes geflossen wären.

Aber die Königin versteifte ihre Arme. Sie schob mich durch das verkohlte Holz und die Asche in den Spalt, den mein Blitz in das Herz des Baumes geschlagen hatte. Die Ranken, die ihn umschlangen, zogen sich noch fester zusammen. Und dann schloss sich der Herzbaum um mich herum wie ein Sargdeckel.

Kapitel 31

Kühler Pflanzensaft rann über mich hinweg, grün und klebrig. Er durchfeuchtete meine Haare und meine Haut. Voller Panik drückte ich mich gegen das Holz und presste einen Stärkezauber zwischen meinen Zähnen hindurch, woraufhin sich der Baum knarrend wieder öffnete. Wie im Wahn versuchte ich, mit den Fingernägeln die Ränder der Borkenspalten zu fassen zu kriegen, und es gelang mir, meinen nackten Fuß ganz unten in die Öffnung zu schieben. Anschließend kletterte ich mühsam auf die Lichtung hinaus, wobei ich mir spitze Holzsplitter in die Finger und Zehen trieb. Blind vor Angst krabbelte ich auf allen vieren davon, richtete mich schließlich auf, rannte weiter und hechtete nach vorne, um möglichst weit vom Baum wegzukommen. Schließlich fiel ich um mich schlagend ins kalte Wasser. Als ich wieder auftauchte und mich umsah, stellte ich fest, dass alles ganz anders aussah.

Es gab keine Spur von einem Feuer oder einem Kampf. Weder Sarkan noch die Waldkönigin konnte ich irgendwo entdecken. Sogar der riesige Herzbaum war verschwunden, genau wie die meisten der anderen Bäume. Die Lichtung war halb leer. Ich stand allein am Ufer des leise plätschernden Teichs und meine Umgebung hätte auch eine andere Welt sein können. Es war nicht mehr Nachmittag, sondern ein strahlender Morgen. Vögel hüpften durch die Äste und zwitscherten, Frösche quakten am Rande des sich kräuselnden Wassers.

Ich hatte sofort begriffen, dass ich in der Falle saß, aber dieser Ort fühlte sich überhaupt nicht wie der Dunkle Wald an. Dies war nicht der schreckliche, verderbte Schattenort, an dem ich Kasia hatte herumirren sehen und wo Jerzy sich zusammengesunken an einen Baum gelehnt hatte. In ihrer unnatürlichen Stille fühlte es sich nicht einmal wie die echte Lichtung an. Der Teich schwappte in sanften Wellen gegen meine Fußknöchel. Ich drehte mich um und rannte Wasser spritzend durch das Bachbett den Weg durch die Spindel zurück. Sarkan konnte die *Beschwörung* nicht allein zaubern, um mir einen Fluchtweg zu zeigen, aber entlang der Spindel waren wir in den Wald hineingelangt – vielleicht würde sie sich auch als Ausweg für mich erweisen.

Aber sogar die Spindel war hier anders. Der Bach wurde allmählich breiter und vertiefte sich, doch da wartete keine Nebelwolke auf mich, und ich hörte auch keinen tosenden Wasserfall. Irgendwann blieb ich an einer Biegung stehen, die mir entfernt bekannt vorkam, und starrte auf einen Schössling am Ufer: ein zarter Herzbaum, vielleicht zehn Jahre alt, der oberhalb des riesigen Felsbrockens wuchs, welcher wie ein grauer, alter Mann aussah und den wir am Fuße der Klippe entdeckt hatten. Es war der Herzbaum, unter dem wir gelandet waren, als wir Hals über Kopf den Hang hinuntergeschlittert waren. Er war halb im Nebel des Wasserfalls verborgen gewesen.

Hier aber gab es keinen Wasserfall und keine Klippe. Der eigentlich uralte Baum war klein und jung. Ein anderer Herzbaum stand ihm gegenüber am anderen Ufer der Spindel. Hinter diesen Bäumen, die wie Wächter wirkten, wurde der Fluss nach und nach noch breiter und verschwand tief und dunkel in der Ferne. Entlang des Wasserlaufs sah ich keine weiteren Herzbäume, nur noch gewöhnliche Eichen und hohe Tannen.

Dann bemerkte ich plötzlich, dass ich nicht allein war. Eine Frau stand auf der anderen Flussseite unter dem älteren Herzbaum.

Einen kurzen Moment lang glaubte ich, es wäre die Waldkönigin. Sie sah ihr so ähnlich, dass die beiden hätten verwandt sein können. Auch sie sah nach Erle und Baumrinde aus und hatte dasselbe zerzauste Haar, aber ihr Gesicht war länger und ihre Augen grün. Wo die

Waldkönigin golden und rotbraun aussah, war sie von schlichteren Braun- und Silbergrautönen. Sie sah ebenso wie ich den Fluss hinunter, und noch ehe ich etwas sagen konnte, wehte ein fernes Knarren über das Wasser zu uns.

Ein Boot kam in Sicht, das gemächlich vorankam. Es war ein langes Holzboot, reich mit Schnitzereien versehen und wunderschön. Darin stand die Waldkönigin.

Sie schien mich nicht zu bemerken. Lächelnd stand sie an der Seite eines Mannes vorne am Bug, ihre Haare waren mit Blumen geschmückt. Es dauerte eine Weile, bis ich das Gesicht ihres Begleiters erkannte. Ich hatte es erst einmal gesehen und da war er bereits tot gewesen: Es war der König aus dem Turm. Er wirkte jünger und schien größer und sein Gesicht war noch ganz glatt. Aber die Waldkönigin sah genauso aus wie an dem Tag in der Grabkammer, als man sie eingemauert hatte. Hinter den beiden entdeckte ich einen jungen Mann, der mit angespannter Miene dasaß, beinahe noch ein Knabe, doch ich konnte mir genau vorstellen, wie er als Erwachsener aussehen würde. Es war der Mann mit dem harten Gesicht, den ich ebenfalls im Turm gesehen hatte. Weitere Menschen aus dem Turm saßen bei ihnen im Boot und ruderten. Männer in silbernen Rüstungen, die die Bäume ringsum mit wachsamen Blicken absuchten, während sie die Ruder durchs Wasser zogen.

Dahinter folgten Dutzende Boote, aber diese waren von einfacherer Machart und sahen eher nach überdimensionalen Blättern aus als nach echten Kähnen. Darin drängten sich Leute, wie ich sie noch nie gesehen hatte. Sie alle hatten etwas von Bäumen an sich, genau wie die Waldkönigin selbst: dunkle Walnuss und leuchtende Kirsche, helle Esche und freundliche Birke. Ein paar Kinder waren bei ihnen, aber niemand Altes.

Das geschnitzte Boot legte mit einem sanften Aufprall am Ufer an und der König half der Waldkönigin beim Aussteigen. Lächelnd und mit ausgestreckten Händen lief sie zu der Waldfrau. »Linaya«, sagte sie, ein Wort, von dem ich aus irgendeinem Grund wusste, dass es magisch war, aber zugleich auch nicht. Dass es ein Name war, aber zugleich auch nicht – ein Wort, das *Schwester* und *Freundin* und *Reisegefährtin* meinte. Es verbreitete sich seltsam hallend unter den Bäumen und die Blätter schienen es flüsternd zu erwidern. Die sanften Wellen des Baches griffen es auf, als wäre es in alles eingeschrieben, was mich umgab.

Die Waldkönigin schien das nicht zu bemerken. Sie küsste ihre Schwester auf beide Wangen. Dann nahm sie die Hand des Königs und führte ihn durch die Herzbäume hindurch auf den Hain zu. Die Männer aus dem Turm vertäuten ihr Boot und folgten den beiden.

Linaya stand abwartend am Ufer und beobachtete, wie sich auch die nachfolgenden Boote allmählich leerten. Sobald die Insassen aus einem Boot ausgestiegen waren, berührte Linaya den Bug. Das Schiff schrumpfte und wurde zu einem Blatt, das auf dem Wasser schwamm. Der Fluss trug es dann in eine kleine Ausbuchtung am Ufer, als wollte er für Ordnung sorgen. Bald schon waren alle Leute aus den Booten auf dem Weg zur Lichtung. Da drehte sich Linaya zu mir um und sagte mit tiefer, vibrierender Stimme, als würde jemand auf einen ausgehöhlten Holzklotz schlagen: »Komm mit.«

Ich starrte sie an. Sie aber drehte sich einfach um und ging durchs Wasser davon. Einen Augenblick später folgte ich ihr. Ich fürchtete mich zwar, aber instinktiv hatte ich keine Angst vor *ihr*. Anders als ihre wirbelten meine Füße beim Gehen das Wasser auf. Wo das Nass mit ihrer Haut in Berührung kam, wurde es einfach aufgesogen.

Die Zeit um uns herum schien in einem seltsamen Rhythmus zu vergehen. Als wir das Wäldchen erreichten, war die Hochzeit schon vorbei. Die Waldkönigin und ihr Gemahl standen mit verschränkten Händen auf dem grünen Hügel und eine Kette aus geflochtenen Blüten war um ihre Arme geschlungen. Das Waldvolk hatte sich um sie geschart und sich in einem lockeren Kreis zwischen den Bäumen aufgereiht, während es schweigend zusah. Eine große Ruhe lag über ihnen, eine tiefe, nicht menschliche Stille. Die paar Männer aus dem

Turm, die anwesend waren, behielten sie misstrauisch und wachsam im Auge. Wenn sich das rauschende Gemurmel der Herzbäume erhob, zuckten sie zusammen. Der junge Mann mit den harten Gesichtszügen stand an der Seite des Brautpaars und betrachtete mit einem Hauch von Abscheu die seltsamen, langen, knotigen Finger der Waldkönigin, die die Hände des Königs umfassten.

Linaya ging hinüber und gesellte sich zu ihnen. Ihre Augen waren feucht und glitzerten wie grüne Blätter nach einem Regenguss. Die Waldkönigin wandte sich ihr lächelnd zu und streckte ihr die Hände hin. »Nicht weinen«, sagte sie und ihre Stimme klang hell und jubilierend wie ein plätschernder Bach. »Ich werde nicht weit fortgehen. Der Turm steht am Ende des Tales.«

Ihre Schwester antwortete ihr nicht. Sie küsste sie stattdessen auf die Wange und ließ ihre Hände los.

Gemeinsam gingen der König und die Waldkönigin davon, begleitet von den Männern aus dem Turm. Das Waldvolk verschwand leise zwischen den Bäumen. Linaya seufzte kurz und es klang wie das Ächzen der Äste im Wind. Nun standen nur noch wir Seite an Seite auf dem Hügel. Sie drehte sich zu mir um.

»Unser Volk war hier lange Zeit allein«, sagte sie, und ich fragte mich, was *eine lange Zeit* wohl für einen Baum bedeuten mochte: Tausend Jahre? Zweitausend? Zehntausend? Wohl zahllose Generationen lang, während die Wurzeln bei jeder neuen noch tiefer reichten. »Wir begannen zu vergessen, wie es ist, als Volk zu leben. Nach und nach schwanden wir dahin. Als der Zaubererkönig mit seinem Gefolge kam, hat meine Schwester ihn ins Tal gelassen. Sie glaubte, er könne uns lehren, uns wieder zu erinnern. Sie glaubte, wir könnten uns erneuern und im Gegenzug auch den Menschen etwas beibringen; wir könnten uns gegenseitig neues Leben schenken. Aber sie fürchteten sich. Sie wollten leben, sie wollten stärker werden, aber sie wollten sich nicht ändern. Sie lernten die falschen Dinge.«

Jahre huschten an uns vorbei, während sie sprach, verschwommen wie im Regen; grau und weich türmten sie sich übereinander. Und dann war wieder Sommer, ein anderer Sommer, viel, viel später, und die Waldmenschen kamen zurück. Viele von ihnen bewegten sich langsam und irgendwie müde. Einige waren verletzt. Sie hielten sich ihre geschwärzten Arme, und ein Mann humpelte auf einem Bein, das aussah wie der Rest eines Holzscheits, welches stümperhaft abgehackt worden war. Zwei andere stützten ihn. Am Ende des Stumpfes sah es aus, als würde das Bein nachwachsen. Ein paar Eltern hatten Kinder dabei und eine Frau trug ein Baby auf den Armen. In der Ferne, ganz im Westen, stieg eine dünne schwarze Rauchsäule in den Himmel.

Als die Waldmenschen kamen, ernteten sie die Früchte der Herzbäume und machten Trinkgefäße aus herabgefallenen Rindenstücken und Blättern, so wie Kasia und ich es zu Kinderzeiten gemacht hatten, als wir im Wald Teegesellschaft gespielt hatten. Sie schöpften das klare Wasser aus dem Teich und verteilten sich im Wäldchen; zu zweit, manchmal auch zu dritt, wanderten sie herum. Ich stand da und beobachtete sie, und meine Augen waren voller Tränen, ohne dass ich den Grund dafür kannte. Manche der Waldmenschen blieben auf freien Flächen stehen und ließen die Sonne auf sich scheinen. Sie aßen die Früchte und tranken das Wasser. Die Mutter kaute ein Stück Obst und steckte es dem Säugling in den Mund, danach gab sie ihm einen Schluck aus ihrem Becher zu trinken.

Und dann veränderten sie sich. Ihre Füße wuchsen, die Zehen wurden länger und verschwanden in der Erde. Die Körper streckten sich und sie reckten ihre Arme der Sonne entgegen. Ihre Kleidung fiel von ihnen ab und wurde zu Blättern und getrocknetem Gras. Die Kinder veränderten sich am schnellsten: Sie schossen plötzlich zu großen, hübschen Stämmen heran, entwickelten breite Äste mit Zweigen und weißen Blüten. Überall sprossen silberne Blätter, als ob alles Leben, das in ihnen gewesen war, mit einem einzigen gewaltigen Stoßseufzer herausgepresst würde.

Linaya verließ den Hügel und mischte sich unter die Baummenschen. Einige von ihnen – die Verwundeten und die Alten – hatten Mühe; sie blieben in der Hälfte der Verwandlung stecken. Das Baby hatte sich vollständig umgewandelt und war zu einem wunderschönen, strahlenden Baum geworden, von unzähligen Blüten übersät. Aber die Mutter hockte zusammengekauert und zitternd neben dem Stamm, die Hände darauf abgestützt. Das Wasser in ihrem Trinkgefäß hatte sie verschüttet, und ihr Gesicht war qualvoll verzogen. Linaya berührte sie sanft an der Schulter. Sie half der Mutter dabei, aufzustehen und ein Stückchen vom Baum des Babys wegzustolpern. Sie tätschelte ihr den Kopf, gab ihr Früchte zu essen und Wasser aus ihrem eigenen Becher zu trinken. Sie sang für sie mit ihrer seltsamen tiefen Stimme. Die Mutter stand mit gesenktem Kopf da, Tränen liefen ihr über die Wangen, und dann hob sie unvermittelt ihr Gesicht zur Sonne, wuchs und war plötzlich verschwunden.

Linaya half den Letzten ihrer Art, die die Verwandlung nicht hatten vollziehen können, ließ auch sie aus ihrer Schale trinken und schob ihnen etwas Fruchtfleisch in die Münder. Sie streichelte ihre Rinde und sang für sie die magischen Worte, bis sie vollständig in den neuen Zustand hinübergeglitten waren. Einige von ihnen wurden kleine, hutzelige Bäume, die Ältesten wurden zu gedrungenen Gewächsen. Die Lichtung war voller Herzbäume. Linaya war die Letzte, die noch übrig war.

Irgendwann kam sie zurück zum Teich.

»Warum?«, fragte ich sie hilflos. Ich musste es wissen, hatte aber beinahe das Gefühl, dass ich die Antwort nicht hören wollte. Ich wollte nicht wissen, was sie dazu gebracht hatte.

Sie deutete in die Ferne, den Fluss hinunter. »Sie kommen«, sagte sie mit ihrer tiefen Stimme. »Sieh nur«, und ich blickte den Strom entlang. Nicht mehr der Himmel spiegelte sich auf der Wasseroberfläche, sondern ich sah Männer in geschnitzten Booten kommen. Sie trugen Laternen in den Händen, brennende Fackeln und gewaltige Äxte. Ein Banner wehte am Bug des ersten Bootes, dort stand auch der junge Mann von der Hochzeitsfeier, älter jetzt und in sein hartes, unbarmherziges Gesicht hineingewachsen. Er war derjenige, der die Waldkönigin eingemauert hatte. Jetzt trug er selber eine Krone auf dem Kopf.

»Sie kommen«, sagte Linaya noch einmal. »Sie verrieten meine Schwester und sperrten sie dort ein, wo sie nicht wachsen konnte. Und nun sind sie hinter uns her.«

»Könnt ihr denn nicht gegen sie ankämpfen?«, fragte ich. Ich konnte spüren, dass tief in ihnen Magie ruhte; sie war kein Fluss, sondern ein Brunnen, der immer tiefer und tiefer reichte.

»Könnt ihr denn nicht wenigstens davonlaufen?«

»Nein«, sagte sie.

Ich zögerte. In ihren grünen und bodenlosen Augen sah ich die Tiefen des Waldes. Je länger ich sie anschaute, umso weniger erschien sie mir wie eine Frau. Der Teil von ihr, den ich sehen konnte, war nur die eine Hälfte: der Stamm mit der Krone, die weit gespreizten Äste, die Blätter, Blüten und die Früchte. Darunter war ein verzweigtes Netz von Wurzeln, die sich in die Länge streckten und tief im Boden des Tals verankert waren. Auch ich hatte Wurzeln, aber nicht solche. Mich konnte man vorsichtig ausgraben und durch Rütteln vom Erdboden befreien, um mich in die Burg des Königs zu verpflanzen oder in einen Marmorturm – vielleicht würde ich unglücklich sein, aber ich könnte überleben. Doch bei ihr gab es keine Möglichkeit, sie zu entwurzeln.

»Sie haben die falschen Dinge gelernt«, sagte Linaya noch einmal. »Wenn wir aber bleiben und wenn wir kämpfen, dann werden wir uns an die falschen Dinge erinnern. Und dann werden wir …« Sie brach ab. »Wir haben uns entschlossen, dass wir uns lieber nicht erinnern wollen«, fuhr sie schließlich fort.

Sie beugte sich vor und füllte noch einmal ihre Schale. »Warte«, sagte ich. Ich packte sie am Arm, ehe sie trinken konnte – und mich verlassen. »Kannst du mir helfen?«

»Ich kann dir helfen, dich zu verwandeln«, sagte sie. »Du kannst mit mir wachsen und deinen Frieden haben.«

»Das kann ich nicht«, sagte ich.

»Wenn du nicht mitkommst, wirst du hier alleine sein«, sagte sie.

»Deine Traurigkeit und deine Angst werden meine Wurzeln vergiften.«

Ich stand schweigend und bedrückt da. Langsam begann ich zu begreifen: Daher stammte also das Übel des Dunklen Waldes. Das Waldvolk hatte sich freiwillig verwandelt. Es lebte noch immer, es träumte lange Träume, aber es war näher am Leben der Bäume als am Leben der Menschen. Diese Wesen waren nicht wach und lebendig und nur eingeschlossen, keine Menschen, die hinter der Rinde gefangen waren und nicht aufhören konnten, sich nach einem Ausbruch daraus zu sehnen.

Aber wenn ich mich nicht ebenfalls verwandelte, wenn ich menschlich bliebe, allein und traurig, dann würde mein Elend ihren Herzbaum krank machen – genau wie die monströsen Herzbäume, die außerhalb des Wäldchens wuchsen –, obwohl meine Kräfte ihren Herzbaum am Leben erhalten würden.

»Kannst du mich denn nicht gehen lassen?«, fragte ich verzweifelt. »Sie hat mich in *deinen* Baum gesteckt …«

Ihr Gesicht verzog sich bedauernd. Da begriff ich, dass dies die einzige Art und Weise war, wie sie mir helfen konnte. Sie war längst Vergangenheit. Das, was von ihr in diesem Baum noch am Leben war, war tief und seltsam und bedächtig. Der Baum hatte diese Erinnerungen gefunden, diese Momente, sodass sie mir einen Ausweg zeigen konnte – *ihren* Ausweg –, aber das war alles, was sie tun konnte. Das war der einzige Weg, den sie für sich selbst und für ihr gesamtes Volk gefunden hatte.

Ich schluckte, trat einen Schritt zurück und nahm meine Hand von ihrem Arm. Sie sah mich noch einen Moment länger an, dann trank sie. Sie stand dort am Rande des Teiches und begann, Wurzeln zu schlagen. Diese rollten sich aus, und silberne Äste streckten sich, wuchsen, schoben sich höher und immer höher, so hoch wie der bodenlose See in ihrem Innern. Sie erhob sich und wuchs und wuchs; Blüten leuchteten wie weiße Schnüre; ihr Stamm bekam unter der aschgrausilbrigen Rinde Furchen.

Wieder war ich allein in dem Wäldchen. Aber nun verstummten die

Stimmen der Vögel. Durch die Bäume hindurch sah ich einige wenige Rehe, die ängstlich davonrannten. Noch kurz blitzte die weiße Zeichnung an ihren Hinterteilen auf, dann waren sie verschwunden. Blätter regneten von den Bäumen herab, vertrocknet und braun, und unter meinen Füßen knirschten sie, da sich der Frost schon in die Ränder gefressen hatte. Die Sonne war bereits im Begriff unterzugehen. Ich schlang meine Arme um den Körper, denn mir war kalt, und ich fürchtete mich. Mein Atem ging stoßweise und kam in weißen Wölkchen aus meinem Mund. Meine nackten Füße schreckten vor dem gefrorenen Boden zurück. Der Wald schloss sich um mich herum. Und es gab keinen Ausweg.

Aber dann erschien ein Licht hinter mir, hart und gleißend und vertraut: Es war das Licht der *Beschwörung*. Von plötzlicher Hoffnung erfüllt, drehte ich mich um und sah nun in ein Wäldchen, in dem dichter Schnee lag. Die Zeit hatte ihren Fluss wiederaufgenommen. Die stummen Bäume waren nackt und kahl. Das Licht der Beschwörung fiel wie ein einzelner Mondstrahl hindurch. Der Teich sah aus wie geschmolzenes Silber und irgendjemand stieg aus ihm heraus.

Es war die Waldkönigin. Sie schleppte sich ans Ufer und weiter, und sie hinterließ einen schwarzen Pfad nackter Erde im Schnee. Kurz darauf brach sie zusammen; sie trug noch immer ihr weißes Trauerkleid. Zusammengerollt lag sie auf der Seite und versuchte, zu Atem zu kommen, dann öffnete sie ihre Augen. Langsam richtete sie sich auf, stützte sich auf ihre zitternden Arme und sah sich im Hain um. Sie musterte all die neuen Herzbäume, die dort standen, und ein Ausdruck des Grauens legte sich auf ihr Gesicht. Mühsam erhob sie sich. Ihr Kleid war voller Schlamm und an ihrer Haut festgefroren. Sie stand auf dem Hügel und schaute in das kleine Gehölz, dann drehte sie sich langsam um und blickte höher und immer höher auf den riesigen Herzbaum, der über ihr aufragte.

Die Waldkönigin machte einige zögernde Schritte weiter den Hügel hinauf durch den Schnee und legte die Hände auf den breiten silbernen Stamm. Einen Augenblick lang blieb sie zitternd stehen. Dann beugte sie sich vor und schmiegte ihre Wange an die Rinde. Sie weinte nicht. Ihre Augen blieben geöffnet, leer und blicklos.

Ich wusste nicht, wie es Sarkan gelungen war, die *Beschwörung* allein zu zaubern, oder was es war, das ich hier sah. Aber ich blieb angespannt und abwartend stehen in der Hoffnung auf eine Vision, die mir einen Ausgang zeigen würde. Um uns herum hatte es zu schneien begonnen. Die eisigen Kristalle glitzerten im klaren Licht. Sie legten sich nicht auf meine Haut, sondern wehten langsam über die Spuren, die die Waldkönigin hinterlassen hatte, und überzogen den Boden wieder gleichmäßig mit Schnee. Die Waldkönigin bewegte sich nicht.

Die Krone des Herzbaums raschelte sanft und ein tief hängender Ast neigte sich behutsam zu ihr hinunter. Eine Blüte knospte an einem Zweig, obwohl es doch Winter war. Sie öffnete sich zu ganzer Pracht, dann fielen die Blütenblätter ab. Eine kleine grüne Frucht reifte heran und nahm eine goldene Färbung an. Sie hing vom Ast zur Königin hinunter wie eine freundliche Einladung.

Und die Waldkönigin griff zu. Sie stand dort und barg die Frucht in beiden Händen. Die Stille des Hains wurde von einem harten, vertrauten Geräusch durchschnitten, das den Fluss hinunter zu uns wehte: Eine Axt drang in Holz ein.

Die Waldkönigin zauderte, die Frucht beinahe schon an ihren Lippen. Wir beide standen wie betäubt da und lauschten. Wieder ertönte der Lärm des Abholzens. Die Frucht fiel zu Boden und verschwand im Schnee, als die Königin die Hände sinken ließ, ihren zerfetzten Rock bis über die Fußknöchel hob, sich in Bewegung setzte und den Hügel hinauf- und dann weiter in den Teich hineinrannte.

Ich stürzte ihr nach. Mein Herz pochte im Einklang mit den gleichmäßigen Axthieben. Wir folgten ihnen und sie führten uns zum Ende des Hains. Der Schössling war inzwischen zu einem kräftigen, großen Baum herangewachsen, dessen Äste weit ausgebreitet waren. Eines der mit Schnitzereien verzierten Boote war am Ufer angebunden und zwei

Männer fällten den anderen Herzbaum. Sie arbeiteten fröhlich zusammen und wechselten sich damit ab, ihre schweren Äxte tief und immer tiefer in das Holz zu treiben. Silbergraue Splitter stoben durch die Luft.

Die Waldkönigin stieß einen entsetzten Schrei aus, der durch die Bäume getragen wurde. Die Holzfäller hielten erschrocken inne, umklammerten ihre Äxte und sahen sich um. Dann hatte die Königin sie erreicht. Ihre Hände mit den langen Fingern packten sie bei der Kehle und schleuderten sie von sich in den Fluss, wo sie hustend und spuckend um sich schlugen. Die Waldkönigin fiel neben dem Baum, der sich schon zur Seite neigte, auf die Knie. Sie presste alle ihre Finger über den Schnitt, aus dem Pflanzensaft herausquoll, als könnte sie ihn auf diese Weise wieder verschließen. Aber der Baum war schon zu schwer verwundet, als dass sie ihn noch hätte retten können. Er war bereits so weit gekippt, dass er weit über das Wasser ragte. In einer Stunde oder einem Tag würde er endgültig umfallen.

Die Waldkönigin stand auf. Sie bebte noch immer, aber nicht vor Kälte, sondern vor Zorn, und der Boden erzitterte mit ihr. Vor ihren Füßen öffnete sich plötzlich ein Spalt, der in beide Richtungen am Rand des Wäldchens entlanglief. Sie selbst machte einen Schritt über den breiter werdenden Riss und ich folgte ihr gerade noch rechtzeitig. Das Boot stürzte in den aufklaffenden Abgrund und verschwand, als der Fluss als donnernder Wasserfall über die Kante schoss und auch das kleine Waldstück die neue Klippe hinab in die Nebelwolke sank. Einer der Holzfäller verlor im Wasser den Halt, kreischte und wurde in die Tiefe gezogen. Der andere stieß ebenfalls einen Schrei aus und versuchte, die Hand seines Kameraden zu packen, doch es war zu spät.

Der Schössling rutschte mit dem Rest des Wäldchens hinunter, der gespaltene Baum blieb stehen. Der zweite Holzfäller kletterte die Uferböschung hoch und klammerte sich am schwankenden Boden fest. Als die Waldkönigin auf ihn zukam, schlug er mit seiner Axt nach ihr. Die Schneide prallte gegen ihr Fleisch und glitt klirrend ab, dann fiel sie ihm aus der Hand. Die Königin schenkte dem Werkzeug keinerlei Beachtung. Der Ausdruck auf ihrem Gesicht war leer und abwesend. Sie packte den Holzfäller und zerrte ihn zu dem versehrten Herzbaum. Der Mann strampelte vergeblich in ihren Händen, als sie ihn gnadenlos gegen den Stamm presste und Ranken aus dem Boden schossen, um ihn an Ort und Stelle zu halten.

Sein Körper sträubte sich. Die nackte Angst stand ihm ins Gesicht geschrieben. Die Waldkönigin trat einen Schritt zurück. Seine Füße und Knöchel waren in den Spalt gezogen worden, wo die Äxte den Baum gekerbt hatten, und sie veränderten sich bereits und wuchsen auf dem Stamm fest. Die Stiefel platzten auf und fielen zu Boden, denn seine Zehen verlängerten sich und wurden zu neuen Wurzeln. Seine Arme, die gerade noch verzweifelt gerudert hatten, wurden jetzt steif und zu Ästen, die Finger verschmolzen miteinander. Seine schreckensweit aufgerissenen Augen verschwanden unter der silbernen Borkenhaut, die sich darüberschob. Ich rannte zu ihm, von Mitleid und Grauen zugleich erfüllt. Meine Hände bekamen die Rinde nicht zu fassen und meine Magie versagte mir an diesem Ort den Dienst. Doch ich konnte es nicht ertragen, einfach nur hier zu stehen und zuzusehen.

Schließlich schaffte es der Mann, sich ein Stück vorzulehnen, und er flüsterte mit Sarkans Stimme: »Agnieszka.« Dann war er fort. Sein Gesicht verschwand in einer großen dunklen Höhlung, die sich im Stamm auftat.

Ich griff nach den Rändern und zog mich hinein, hinter ihm her in die Finsternis. Die Baumwurzeln umschlossen mich hier eng und fest. Der feuchte, warme Duft von frisch aufgewühlter Erde stieg mir in die Nase und auch ein schwacher Geruch von Feuer und Rauch. Ich wollte mich wieder zurückschieben, hier wollte ich nicht bleiben. Aber ich wusste, dass es falsch wäre, umzukehren. Ich war hier, im Innern des Baumes. Ich schob und strampelte und erzwang mir meinen Weg nach vorne, entgegen jedem Instinkt und trotz meiner Angst. Ich überwand mich und streckte die Hände aus, sodass ich das verbrannte, angekokelte Holz, das mich umgab, ertastete. Splitter stachen mir in die

Haut, klebriger Pflanzensaft sammelte sich in meinen Augen und meiner Nase, und ich bekam keine Luft mehr.

Meine Nasenlöcher waren voller Holz, verrottetem Laub und Flammen. »*Alamak*«, flüsterte ich heiser – das war der Spruch, mit dem ich durch Wände gehen konnte –, und dann bahnte ich mir meinen Weg durch die Rinde und das verbrannte Holz zurück hinaus zu den qualmenden Überresten des Herzstücks des Dunklen Waldes.

Ich kam auf dem Hügel heraus. Mein Kleid hatte sich mit Pflanzensaft vollgesogen, hinter mir stand der zerstörte Baum. Das Licht der Beschwörung lag immer noch über dem Wasser, und die letzten seichten Überreste des Teichs schimmerten darunter, als habe sich der Vollmond gerade über den Horizont geschoben – so gleißend, dass es wehtat, wenn man ihn direkt ansah. Sarkan kniete auf der gegenüberliegenden Seite des Teiches. Sein Mund war nass, seine Hände tropften. Sein ganzer restlicher Körper war von Ruß und Erde und Rauch geschwärzt. Die Hände hatte er zu Schalen geformt und damit Wasser geschöpft. Er hatte aus der Spindel getrunken, Wasser und Macht gleichermaßen, um genügend Kraft zu sammeln, damit er die *Beschwörung* auch allein zaubern konnte.

Nun aber stand die Waldkönigin über ihm und hatte ihre langen Finger um seine Kehle geschlossen, um ihn zu ersticken. Silberne Rinde schob sich bereits vom Ufer aus über seine Knie und seine Beine, während er noch versuchte, ihren schraubstockartigen Griff von seinem Hals zu lösen. Und tatsächlich ließ sie ihn los und wirbelte mit einem protestierenden Schrei herum, als sie meine Flucht bemerkte. Aber es war zu spät. Mit einem lang gezogenen Stöhnen löste sich der abgespaltene Ast des Herzbaumes über mir vom Stamm und fiel endlich mit einem Donnern zu Boden. Eine hohle, klaffende Wunde blieb zurück.

Ich stieg vom Hügel hinunter und ging ihr, die sie wutentbrannt auf mich zukam, entgegen. »Agnieszka«, schrie Sarkan heiser und streckte einen Arm aus. Er versuchte, sich freizukämpfen, war aber schon halb im Erdboden verwurzelt. Als die Waldkönigin mich erreicht hatte, wurde sie langsamer und blieb schließlich stehen. Das Licht der *Beschwörung* erhellte sie von hinten und zeigte, wie weit das Übel in ihr bereits vorangeschritten war. Die bittere schwarze Wolke der langen Verzweiflung erfüllte sie. Aber es fiel auch auf mich und durch mich hindurch, und ich wusste, dass sie in meinem Gesicht jemand anderen sah, der sie anblickte.

In ihr konnte ich sehen, welchen Weg sie danach eingeschlagen hatte; wie sie alle gejagt und erlegt hatte, die Menschen im Turm, Zauberer, Bauern und Holzfäller gleichermaßen. Wie sie einen verderbten Herzbaum nach dem anderen in den Wurzeln ihres eigenen Elends gepflanzt hatte und diesem Elend beständig neue Nahrung gegeben hatte. In mein Entsetzen mischte sich Linayas Mitleid, das ich langsam aus meinem tiefsten Inneren aufsteigen spürte: Mitleid und Sorge und Bedauern. Auch die Waldkönigin sah es, und das brachte sie dazu, zitternd vor mir stehen zu bleiben.

»Ich habe sie aufgehalten«, sagte sie. Ihre Stimme war wie das Kratzen eines Zweiges auf einer Fensterscheibe in der Nacht, wenn man sich einbildete, draußen vor dem Haus sei etwas Dunkles, das Einlass begehrte. »Ich musste sie aufhalten.«

Sie sprach nicht mit mir. Ihre Augen sahen tief durch mich hindurch in das Gesicht ihrer Schwester. »Sie brannten die Bäume nieder«, sagte sie, und ihre Stimme erflehte Verständnis von jemandem, der schon lange fort war. »Sie haben sie abgeholzt. Und sie werden sie immer weiter fällen. Sie kommen und gehen wie die Jahreszeiten, wie der Winter, der keinen Gedanken an den Frühling verschwendet.«

Ihre Schwester hatte keine Stimme mehr, mit der sie ihr hätte antworten können, aber der Pflanzensaft des Herzbaums klebte auf meiner Haut, und seine Wurzeln unter meinen Füßen reichten tief. »Wir sollten gehen«, sagte ich sanft und antwortete damit für uns beide. »Es ist nicht unsere Bestimmung, für immer zu bleiben.«

Und da sah mich die Waldkönigin wirklich an, anstatt nur durch mich hindurchzuschauen. »Ich konnte nicht gehen«, sagte sie, und ich wusste, dass sie es versucht hatte. Sie hatte den Turmherrn und seine Soldaten getötet; sie hatte alle Felder mit neuen Bäumen bepflanzt, und sie war mit blutigen Händen hierhergekommen, um endlich bei ihrem Volk Ruhe zu finden. Aber sie hatte es nicht geschafft, Wurzeln zu schlagen. Sie hatte sich an die falschen Dinge erinnert und zu viel vergessen. Sie erinnerte sich daran, wie man tötete und wie man hasste, aber sie hatte vergessen, wie man wuchs. Alles, was sie am Ende hatte tun können, war, sich neben ihre Schwester zu legen: nicht wirklich träumend, nicht wirklich tot.

Ich streckte die Hände aus, und von dem tief hängenden Ast des gespaltenen Baums pflückte ich die eine wartende, golden glänzende Frucht und streckte sie ihr entgegen. »Ich werde dir helfen«, sagte ich. »Wenn du sie retten willst, dann kannst du es tun.«

Sie sah zu dem zerstörten, sterbenden Baum. Schlammige Tränen quollen aus ihren Augen: dicke braune Ströme, die ihr über die Wangen rannen und in denen sich Erde, Asche und Wasser mischten. Langsam hob sie die Hände, um die Frucht von mir entgegenzunehmen; ihre langen, knotigen, zweigartigen Finger schlossen sich vorsichtig und sanft. Sie streiften meine Hände, und wir schauten einander an. Während rings um uns herum Rauch in der Luft hing, hätte ich für einen Moment lang die Tochter sein können, auf die sie gehofft hatte. Das Kind zwischen den Menschen des Turms und ihrem eigenen Volk. Und sie hätte meine Lehrerin und meine Führerin sein können, die mir den Weg wies wie das Buch der Jaga. Wir hätten niemals Feindinnen werden müssen.

Ich beugte mich vor und schöpfte mit einem an den Rändern aufgerollten Blatt ein wenig Wasser für sie; die letzten Reste des klaren Wassers aus dem Teich. Gemeinsam stiegen wir auf den Hügel. Sie hob die Frucht zum Mund und biss hinein. Saft rann ihr in hellgoldenen Rinnsalen übers Kinn. Sie schloss die Augen und blieb dort stehen. Ich legte eine Hand auf ihre Brust und spürte Hass und Qualen wie luftabschnürenden Efeu tief in ihr verknäult. Meine andere Hand legte ich auf ihre Baumschwester und suchte in ihr nach dem tiefen

Quell der Ruhe und des Friedens. Die Tatsache, dass sie vom Blitz getroffen worden war, hatte sie nicht verändert. Ihre Stille würde überdauern, auch wenn der ganze Baum umgestürzt wäre und auch dann noch, wenn die Jahre ihn zerfallen lassen und dem Erdboden zurückgeben würden.

Die Waldkönigin lehnte sich gegen die offene Wunde des Baumes und schlang ihre Arme um den geschwärzten Stamm. Ich gab ihr die letzten Tropfen aus dem Teich zu trinken, träufelte sie ihr in den Mund, und dann berührte ich ihre Haut und sagte ganz leise und schlicht: »*Vanalem.*«

Und sie veränderte sich. Die letzten Reste ihres weißen Kleides wurden weggeweht, und die verkohlte Oberfläche ihrer Rindenhaut platzte in riesigen schwarzen Brocken ab. Frische, junge Borke schob sich vom Boden aus nach oben und umfing sie wie ein breiter silberner Rock, der auf dem zerstörten Stamm des alten Baumes zu liegen kam und mit ihm verschmolz. Ein letztes Mal öffnete sie die Augen und sah mich mit plötzlicher Erleichterung an. Und dann war sie verschwunden. Sie wuchs, und ihre Füße wurden zu neuen Wurzeln, die sich über die alten schoben.

Ich wich zurück, und als sich ihre Wurzeln tief in die Erde gegraben hatten, drehte ich mich um und rannte durch den Schlamm des leeren Teichs zu Sarkan. Die Rinde hatte aufgehört, an ihm hochzuklettern. Gemeinsam lockerten wir den Rest und kratzten ihn von seiner Haut, bis er seine Beine wieder bewegen konnte. Ich half ihm dabei, sich vom Baumstumpf zu lösen, dann ließen wir uns an der Böschung des Flusses auf den Boden sinken und lehnten uns aneinander.

Ich war zu erschöpft, um an irgendetwas zu denken. Sarkan sah beinahe mit Abscheu auf seine eigenen Hände. Plötzlich beugte er sich über das Flussbett und vergrub sie in der weichen, feuchten Erde. Ich beobachtete ihn eine Weile verständnislos, bis ich begriff, dass er versuchte, den Fluss wieder zum Fließen zu bewegen. Also rappelte ich mich auf, tat es ihm gleich und versuchte, ihm auf diese Weise zu helfen. Kaum dass ich angefangen hatte, konnte ich es spüren, dasselbe Gefühl, das er niemals hatte haben wollen: die Gewissheit, dass ich das Richtige tat. Der Fluss wollte in diese Richtung laufen, wollte sich in den Teich ergießen. Nur ein paar Hände voll Erde mussten bewegt werden und schon sprudelte das Wasser über unsere Finger und füllte das Bachbett aus. Der Teich begann wieder vollzulaufen. Müde setzten wir uns auf. Sarkan neben mir versuchte, seine Hände von der Erde und dem Wasser zu befreien, indem er sie an einer Ecke seines in Fetzen hängenden Hemdes abwischte, am Gras und an seiner Hose. Allerdings verteilte er den Schlamm nur immer neu. Schwarze Halbkreise waren tief unter seinen Fingernägeln verkrustet. Irgendwann stieß er einen erschöpften Laut aus und ließ seine Hände auf den Schoß sinken. Er war zu müde, um Magie einzusetzen.

Ich lehnte mich an ihn und empfand seine Verärgerung als seltsam tröstlich. Einen Moment später legte er mir brummelnd den Arm um die Schultern. Eine tiefe Stille senkte sich bereits wieder über das Wäldchen, als ob das Feuer und der Zorn, den wir mitgebracht hatten, nur eine kurze Störung des Friedens an diesem Ort gewesen wären. Die Asche war in den schlammigen Grund des Teiches gesunken, der sie verschluckt hatte. Die Bäume warfen ihre versengten Blätter über dem Wasser ab und Moos schob sich über die nackten Stellen des aufgerissenen Bodens. Neue Grashalme lugten aus der Erde und entrollten sich. Am Ende des Teiches verflocht sich der neue Herzbaum mit dem alten; er stützte ihn und versiegelte die kantige Narbe. Gemeinsam brachten sie kleine weiße Blüten wie Sterne hervor.

Kapitel 32

Ich schlief in dem Hain ein, mein Kopf war leer, und ich fühlte mich ausgelaugt. Ich bekam weder mit, wie Sarkan mich hochhob, noch wie er mich auf den Armen zum Turm zurückbrachte. Nur kurz schreckte ich auf, um mich bei ihm darüber zu beklagen, dass sich mir bei seinem Sprungzauber der Magen umgedreht hatte, dann versank ich wieder in Schlaf.

Als ich endgültig erwachte, lag ich in meinem schmalen Bett unter einer Decke eingekuschelt in meinem kleinen Zimmer. Ich strampelte die Laken weg und stand auf, ohne mir über meine Kleidung Gedanken zu machen. Quer über das Gemälde des Tals verlief ein Riss, wo ein scharfkantiger Felsbrocken die Leinwand aufgerissen hatte: Sie hing in Fetzen herunter, alle Magie war daraus verschwunden. Ich ging auf den Flur hinaus und suchte mir meinen Weg über Geröll, eingestürztes Mauerwerk und Kanonenkugeln, die auf dem Boden herumlagen, und rieb mir die brennenden Augen. Als ich die Treppe hinabstieg, begegnete ich Sarkan, der seine Sachen zusammenpackte, bereit zum Aufbruch.

»Irgendjemand muss die Hauptstadt vom Übel des Dunklen Waldes befreien, ehe es sich weiter ausbreiten kann«, sagte er. »Alosha wird lange brauchen, um sich zu erholen, und der Hof wird am Ende des Sommers in den Süden zurückkehren müssen.«

Er trug Reitkleidung und Stiefel aus rot gefärbtem Leder, mit silbernen Sporen ausgestattet. Ich selbst war immer noch schmutzstarrend von Ruß und Matsch und abgerissen genug, um ein Geist zu sein, allerdings ein wenig zu dreckig.

Er schaute mir kaum ins Gesicht, sondern stopfte Flaschen und Phiolen in ein ausgepolstertes Kästchen. Ein Sack voller Bücher wartete außerdem bereits zwischen uns auf dem Tisch des Laboratoriums. Der Boden unter unseren Füßen war schräg, und hier und dort klafften Löcher in den Wänden, wo Kanonenkugeln eingeschlagen hatten oder das Mauerwerk durchbrochen war. Der sommerwarme Wind blies munter durch die Öffnungen und verteilte Papiere und Pulver überall auf dem Fußboden, sodass schwache blaue und rote Streifen auf dem Stein zurückblieben.

»Ich habe den Turm vorerst abgestützt«, sagte er, während er eine verkorkte und gut versiegelte Flasche mit violettem Rauch zu den anderen legte. »Ich werde das Feuerherz mitnehmen. Du könntest mit der Reparatur der …«

»Ich werde nicht hierbleiben«, schnitt ich ihm das Wort ab. »Ich werde in den Dunklen Wald zurückkehren.«

»Sei nicht albern«, sagte er. »Glaubst du vielleicht, der Tod einer Hexe lässt all ihren Zauber zu Staub zerfallen? Oder meinst du, dass ein Sinneswandel alles auf einmal wiedergutmachen kann? Der Dunkle Wald ist noch immer voller Ungeheuer und verbreitet sein Übel, und so wird es auch in Zukunft noch lange bleiben.«

Er hatte nicht unrecht, und die Waldkönigin war ja auch noch gar nicht tot, sie träumte nur. Aber ihm ging es nicht um das Übel oder das Königreich. Sein Turm war zerstört, er hatte das Wasser der Spindel getrunken und er hatte meine Hand gehalten. Und nun wollte er so schnell wie möglich davonrennen und sich neue Steinmauern suchen, hinter denen er sich verstecken konnte. Dieses Mal würde er selbst sich zehn Jahre lang einschließen, bis seine eigenen Wurzeln verkümmert waren und er sie nicht mehr vermisste.

»Die Schrecken werden nicht weniger werden, wenn ich hier auf einem Haufen Steine herumsitze«, sagte ich. Ich drehte mich um und ließ ihn mit seinen Flaschen und Büchern allein.

Über meinem Kopf schien der Dunkle Wald in Flammen zu stehen.

Die Blätter waren leuchtend rot und golden und orange, doch auch ein paar verirrte weiße Frühlingsblumen hatten ihre Köpfe durch den Waldboden geschoben. Eine letzte Welle der Sommerhitze war diese Woche genau zur Erntezeit herangerollt. Auf den Feldern arbeiteten die Drescher unter der glühenden Sonne, aber hier im gedämpften Licht unter dem Dach der Baumkronen am Ufer der gurgelnden Spindel war es deutlich kühler. Ich lief barfuß über die knirschenden Blätter, die bereits zu Boden gefallen waren, und trug einen Korb mit goldenen Früchten. An einer Flussbiegung blieb ich stehen. Ein Wanderer hockte am Wasser und senkte seinen Stockkopf, um zu trinken.

Als er mich sah, verharrte er misstrauisch in der Bewegung, nahm aber nicht Reißaus. Ich hielt ihm eine Frucht aus meinem Korb hin. Der Wanderer kam Stück für Stück auf seinen steifen Beinen näher gekrochen und blieb unmittelbar außerhalb der Reichweite meiner Arme stehen. Ich bewegte mich nicht. Endlich streckte er zwei Vorderbeine aus, nahm mir die Frucht aus den Händen und begann, sie zu verspeisen. Er drehte sie hin und her und knabberte daran, bis er sie bis auf das Gehäuse abgenagt hatte. Danach schaute er mich an und machte zaghaft einige Schritte in Richtung Wald. Ich nickte.

Der Wanderer führte mich zwischen den Baumreihen hindurch tief in den Wald hinein. Ganz am Ende schob er einen dichten Vorhang aus Schlingpflanzen von einer Stelle weg, die wie die kahle Oberfläche des Steinhangs aussah. Er zeigte mir einen schmalen Spalt im Felsen, aus dem ein schwerer, süßlicher Gestank von Fäulnis hervorströmte. Wir kletterten durch einen engen Gang in einen geschützten schmalen Talkessel. Auf der einen Seite stand ein alter, gedrungener Herzbaum, ganz grau vom Befall durch das Übel, dessen Stamm unnatürliche Beulen ausgebildet hatte. Die Äste hingen über das Gras des Tals und waren so voll beladen mit Früchten, dass die Spitzen des Obstes den Boden berührten.

Ängstlich trat der Wanderer zur Seite. Wie die anderen seiner Art hatte er gelernt, dass ich die kranken Herzbäume reinigte, wenn es noch möglich war, und ein paar der Wanderer waren dazu übergegangen, mir dabei zu helfen. Nun, da sie vor dem Zorn der Waldkönigin befreit worden waren, schien es mir, als hätten sie den Instinkt eines Gärtners entwickelt. Vielleicht war es aber auch einfach so, dass die reinen Früchte besser schmeckten.

Noch immer beherbergte der Dunkle Wald albtraumhafte Dinge, die ihrerseits viel zu viel Zorn hegten. Meistens mieden sie mich, aber hin und wieder stolperte ich über den aufgerissenen und ausgeweideten Körper eines Hasen oder eines Eichhörnchens, die, soweit ich das beurteilen konnte, aus reiner Grausamkeit getötet worden waren. Und manchmal kam ein Wanderer, der mir geholfen hatte, humpelnd und verletzt zurück, weil ihm eine Mantis mit ihren Fängen eine Gliedmaße abgetrennt hatte, oder sein Leib war von irgendwelchen Klauen schwer lädiert worden. Einmal stürzte ich in einem schummrigen Teil des Dunklen Waldes in eine Fallgrube, die geschickt mit Blättern und Moos getarnt worden war, sodass sie mit dem Waldboden verschmolz. Sie war mit zerbrochenen Stöcken und einer scheußlichen, zäh klebrigen Flüssigkeit angefüllt, die sich auf meiner Haut festsetzte und brannte, bis ich zum Hain kam und sie im Teich abwusch. An meinem Bein behielt ich eine nur langsam heilende Wunde zurück, wo einer der Stöcke meine Haut aufgerissen hatte. Vielleicht war es nur eine gewöhnliche Tierfalle gewesen, mit der jemand Beute hatte machen wollen, aber das glaubte ich nicht. Ich war mir sicher, dass sie mir gegolten hatte.

Natürlich ließ ich mich davon nicht von meiner Arbeit abhalten. Jetzt duckte ich mich unter den Ästen hindurch und ging mit meinem Krug zum Stamm des Herzbaumes. Langsam goss ich etwas Wasser aus der Spindel über seine Wurzeln, aber kaum dass ich angefangen hatte, da wusste ich schon, dass es für dieses Exemplar nicht viel Hoffnung gab. Zu viele Seelen waren im Innern gefangen, die den Baum in alle Richtungen verdreht hatten, und sie steckten schon zu lange darin fest. Es war nicht genug von ihnen übrig, um sie zu befreien, und es würde praktisch unmöglich sein, sie alle zu beruhigen und so weit zu besänftigen, dass jede Einzelne von ihnen in einen träumenden Zustand hinübergleiten konnte.

Lange Zeit verharrte ich dort mit den Händen auf der Rinde und versuchte, sie zu erreichen, aber selbst diejenigen, zu denen ich einen Zugang fand, waren schon seit so langer Zeit verloren, dass sie sogar ihre Namen vergessen hatten. Sie irrten nicht herum, sondern lagen erschöpft und mit leeren Augen an schummrigen, schattigen Orten. Ihre Gesichter hatten schon fast alle Konturen eingebüßt. Schließlich musste ich aufgeben und trat einen Schritt zurück, zitternd und ausgekühlt, obwohl die Strahlen der sengenden Sonne ihren Weg durch das Blätterdach fanden. Das Elend hatte sich auf meine Haut gelegt und versuchte, in mein Innerstes zu gelangen. Rasch duckte ich mich unter den schweren Ästen des Baums hindurch, trat aus ihren Schatten und setzte mich auf ein sonnenbeschienenes Fleckchen am anderen Ende der Senke. Ich nahm einen Schluck aus meinem Krug und lehnte mich mit der Stirn an die feuchte Außenseite des Gefäßes.

Zwei weitere Wanderer waren durch den schmalen Gang geschlichen und hatten sich zu dem anderen gesellt. Sie saßen in einer Reihe nebeneinander, ihre langen Köpfe sehnsüchtig in Richtung meines Korbes gebeugt. Ich gab jedem von ihnen eine unverderbte Frucht, und als ich mich schließlich an die Arbeit machte, halfen sie mir. Gemeinsam schichteten wir trockenes Zündholz rings um den Stamm auf und gruben die Erde um, und zwar in einem Kreis, der über die Reichweite der Äste des Herzbaums hinausging.

Als wir fertig waren, stand ich auf und drückte meinen schmerzenden Rücken durch. Dann rieb ich mir meine Hände mit Erde ab. Ich ging zurück zum Herzbaum und presste meine Handflächen auf den Stamm, doch dieses Mal versuchte ich nicht, mit den eingesperrten Seelen in Kontakt zu kommen. »*Kisara*«, sagte ich und zog auf diese Weise das Wasser aus dem Baum. Ich arbeitete sanft und vorsichtig. Das Wasser sammelte sich in fetten Tropfen auf der Rinde und lief dann langsam in schmalen Rinnsalen hinunter und versickerte im Boden. Die Sonne über unseren Köpfen wanderte weiter und schien nun kräftiger durch die Blätter, die sich zusammenrollten und verdorrten. Als ich fertig war, war die Sonne nicht mehr zu sehen. Auf meiner Stirn klebte der Schweiß und meine Hände waren mit Pflanzensaft bedeckt. Der Boden unter meinen Füßen war weich und feucht und der Baum war knochenbleich geworden. Die Zweige machten ein Geräusch wie klappernde Stöcke im Wind. Alle Früchte waren am Ast verschrumpelt und verdorrt.

Ich sorgte für ein wenig Abstand, dann entzündete ich den Baum mit einem Zauberwort. Schwer ließ ich mich auf den Boden sinken, wischte meine Hände, so gut es ging, am Gras ab und zog meine Knie an die Brust. Auch die Wanderer knickten bedächtig ihre Beine ein und nahmen um mich herum Platz. Der Baum schlug nicht mit den Ästen um sich und kreischte auch nicht, er schien schon halb vergangen zu sein. Er fing rasch Feuer und verbrannte ohne viel Rauch. Ascheflocken segelten auf den feuchten Boden und schmolzen dort wie die ersten Schneeflocken im Jahr. Manchmal landeten sie auch auf meinen nackten Armen, aber sie waren nicht groß genug, um mich zu verbrennen; sie waren nichts als winzige Fünkchen. Ich zuckte nicht und blieb auf meinem Platz. Wir waren die einzigen Trauernden, die dem Baum und seinen Träumern geblieben waren.

Irgendwann, während das Feuer loderte, schlief ich ein, denn ich war von meinem Zauberwerk müde und erschöpft. Als ich am nächsten Morgen aufwachte, war der Baum ausgebrannt und nur noch ein schwarzer Stumpf, der sich ganz leicht zu Asche zerbröseln ließ. Diese Asche verteilten die Wanderer mit ihren vielfingrigen Händen gleichmäßig auf der Lichtung. Nur in der Mitte ließen sie einen kleinen Hügel stehen, wo der alte Baum gewesen war. Dort vergrub ich eine Frucht aus meinem Korb. Ich hatte auch eine Phiole mit einem Wachstumstrank dabei, den ich aus dem Flusswasser und den Samen der Herzbäume gebraut hatte. Einige Tropfen davon versprengte ich nun über dem kleinen Hügel und sang der Frucht einen Spruch der Ermutigung vor, bis ein silberner Schössling hervorschaute und bis zu der Höhe anwuchs, die er eigentlich erst nach drei Jahren erreicht hätte. Der neue Baum hatte keinen eigenen Traum, doch statt der gequälten Albträume setzte er nun den ruhigen Traum des Baumes aus dem Hain fort, von dem die Frucht stammte. Die Wanderer würden seine Früchte essen können, sobald ihre Zeit gekommen war.

Ich überließ es ihnen, sich um den Baum zu kümmern. Geschäftig errichteten sie einen Schutz aus hohen Zweigen, um die zarten, frischen Blatttriebe vor der beißenden Sonne zu schützen. Ich schob mich wieder durch den Felsenspalt zurück in den Dunklen Wald. Überall am Boden sah ich reife Nüsse und Brombeerranken, aber ich sammelte nichts, während ich weiterlief. Es würde noch lange dauern, bis es wirklich ungefährlich wäre, außerhalb des Hains irgendetwas aus dem Dunklen Wald zu essen. Es gab noch zu viel Trauer unter den Ästen, zu viele gequälte Herzbäume, die sich noch immer im Waldboden festklammerten.

Ich hatte eine Handvoll Menschen aus einem Herzbaum in Zatochek befreit und ein weiteres halbes Dutzend auf der Seite von Rosya gerettet. Aber das waren Menschen gewesen, die erst vor ganz kurzer Zeit geraubt worden waren. Die Herzbäume holten alles: Fleisch und Knochen und nicht nur Träume. Mareks Hoffnung war immer eine falsche gewesen, wie ich feststellen musste. Jeder, der länger als eine Woche oder höchstens zwei im Innern des Baumes gefangen gewesen war, war viel zu sehr ein Teil des Baumes geworden, um wieder daraus befreit zu werden.

Einige von ihnen hatte ich zur Ruhe bringen und ihnen dabei helfen können, in einen langen, tiefen Traum zu fallen. Einige wenige hatten selbst ihren Weg in den Traumzustand gefunden, kaum dass die Waldkönigin hinübergeglitten und ihr furchtbarer, aufrührerischer Zorn verschwunden war. Aber das bedeutete, dass noch Hunderte von Herzbäumen herumstanden, viele davon an finsteren und verborgenen Plätzen im Dunklen Wald. Ihnen das Wasser zu entziehen und sie dem Feuer zu übergeben, war der sanfteste Weg, den ich gefunden hatte, um sie zu befreien. Es fühlte sich trotzdem jedes Mal so an, als würde ich jemanden töten, obwohl ich wusste, dass es besser war, als sie so eingesperrt in dieser Zwischenwelt zu belassen. Aber die tiefe Trauer über das, was ich getan hatte, verfolgte mich hinterher weiter.

An diesem Morgen weckte mich überraschendes Glockenbimmeln aus meinem müden Dämmerschlaf, und als ich einen Busch zur Seite schob, starrte mich eine gelbe Kuh an, die gedankenverloren Gras kaute. Ich befand mich in der Nähe der Grenze zu Rosya, wie mir klar wurde. »Du solltest besser heimgehen«, sagte ich zu der Kuh. »Ich weiß, dass es heiß ist, aber hier im Wald ist die Gefahr zu groß, dass du etwas Falsches frisst.«

Aus der Ferne war eine helle Stimme zu hören, die nach dem Tier rief, und nach kurzer Zeit kam ein Mädchen durch die Büsche und blieb stehen, als es mich entdeckte. Die Kleine war vielleicht neun Jahre alt.

»Rennt sie oft in den Wald?«, fragte ich und hatte ein bisschen Mühe mit der Sprache Rosyas.

»Unsere Wiese ist zu klein«, antwortete das Mädchen und sah mit klaren blauen Augen zu mir auf. »Aber ich finde sie immer wieder.«

Ich sah zu ihr hinunter und wusste, dass das stimmte. Ich sah einen Silberstreifen in ihr leuchten. Ihre Magie floss nahe an der Oberfläche. »Lass sie nicht zu tief in den Wald«, sagte ich. »Und wenn du älter bist, dann komm und besuche mich. Ich lebe auf der anderen Seite des Waldes.«

»Bist du die Baba Jaga?«, fragte sie mich neugierig.

»Nein«, sagte ich. »Aber man könnte sagen, dass sie eine Freundin von mir ist.«

Inzwischen war ich wach genug, um festzustellen, wo genau ich mich befand. Ich drehte mich sofort in Richtung Westen um. Aus Rosya waren Soldaten ausgesandt worden, um an den Grenzen des Dunklen Waldes auf ihrer Seite zu patrouillieren, und ich wollte sie nicht beunruhigen. Sie hatten noch immer ihre Probleme damit, dass ich hin und wieder auf ihrer Seite auftauchte, selbst nachdem ich einige ihrer verlorenen Dorfbewohner zurückgebracht hatte. Ich konnte es ihnen nicht verübeln. All die Lieder, die in Polnya über mich verbreitet wurden, waren auf verschiedene, aber stets erschreckende Weise falsch. Ich ging davon aus, dass die Troubadoure die empörendsten Lieder gar nicht erst bis auf meine Seite des Tals brachten. Vor einigen Wochen, so hatte ich gehört, wurde ein Mann aus einem Wirtshaus in Olshanka vertrieben, weil er versucht hatte, ein Lied zum Besten zu geben, in dem ich mich in einen Wolf verwandelt und den König verschlungen hatte.

Aber dennoch ging ich jetzt beschwingter. Die Begegnung mit dem kleinen Mädchen und seiner Kuh hatte etwas von dem Gewicht genommen, das auf meinen Schultern gelastet hatte. Ich sang Jagas Wanderlied und eilte davon in Richtung Zuhause. Da ich hungrig war, aß ich eine Frucht aus meinem Korb, während ich weiterlief. Ich konnte den Wald darin schmecken, die fließende Magie aus der Spindel, welche in den Wurzeln und Zweigen und Früchten eingeschlossen war. Das Sonnenlicht war in der Frucht gespeichert und hatte dafür gesorgt, dass sie süß und saftig auf meiner Zunge lag. Es lag auch eine Einladung darin, die ich möglicherweise eines Tages annehmen würde; eines Tages, wenn ich müde wäre und bereit dazu, selbst einen langen Traum zu träumen. Für den Augenblick aber war es nur eine Tür, die auf einem Hügel in der Ferne für mich geöffnet war, eine Freundin, die mir von Weitem zuwinkte, und in mir das tiefe Gefühl des Friedens erweckte, der über dem Hain lag.

Kasia hatte mir aus Gidna geschrieben. Die Kinder entwickelten sich so gut, wie man es sich nur hatte erhoffen können. Stashek war noch immer sehr still, aber er hatte immerhin mit den Magnaten gesprochen, als sie zur Abstimmung zusammengekommen waren. Er hatte seine Sache so gut gemacht, dass sie sich davon überzeugen ließen, ihn zum

König zu krönen und seinen Großvater als Regenten einzusetzen. Er hatte auch eingewilligt, sich mit der Tochter des Erzherzogs von Varsha zu verloben, einem Mädchen von neun Jahren, das ihn offensichtlich vor allem damit tief beeindruckt hatte, dass sie beachtlich weit durch den Garten spucken konnte. Ich war ein wenig skeptisch, ob das als Grundlage für eine Eheschließung ausreichen würde, aber ich schätze, es war auch nicht schlimmer, als sie zu heiraten, weil ihr Vater ansonsten eine Rebellion anzetteln könnte.

Es hatte ein Turnier zu Ehren von Stasheks Krönung gegeben, und sehr zum Verdruss seiner Großmutter hatte er Kasia gebeten, seine Kämpferin zu sein. Seine Entscheidung hatte sich als Segen herausgestellt, denn auch aus Rosya war eine Abordnung von Rittern geschickt worden. Und nachdem Kasia sie allesamt besiegt hatte, wurden sie vorsichtiger, was einen Einmarsch betraf, um für die Schlacht an der Rydva Rache zu nehmen. Genug Kämpfer waren der Turmbelagerung entkommen, um die Geschichten von der unbesiegbaren goldenen Kriegerkönigin zu verbreiten, die alles niedermetzelte und nicht aufzuhalten war. Die Menschen hatten diese Geschichten mit Kasias Schicksal vermischt. Und so hatte Rosya zähneknirschend Stasheks Wunsch eines neuen Waffenstillstands akzeptiert. Unser Sommer endete mit einem zerbrechlichen Frieden, der beiden Seiten die Zeit verschaffte, ihre Wunden zu lecken.

Stashek hatte Kasias Triumph auch dazu benutzt, sie zur Anführerin seiner Wache zu ernennen. Nun lernte sie, richtig mit dem Schwert umzugehen, sodass sie nicht versehentlich andere Ritter damit traf und sie umwarf, wenn sie miteinander exerzierten. Zwei Herren und ein Erzherzog hatten sie bereits gebeten, sie zu heiraten – abgesehen von Solya, der ebenfalls um ihre Hand angehalten hatte, wie sie mir empört schrieb.

Kannst du dir das vorstellen? Ich sagte ihm, dass ich ihn für verrückt hielte, und er erwiderte, dass er weiterhin hoffen würde. Als ich

Alosha davon erzählte, lachte sie zehn Minuten lang ohne Pause, nur von gelegentlichem Husten unterbrochen. Sie sagte, er hätte mich gefragt, obwohl er wusste, dass ich Nein sagen würde, aber er wollte bei Hofe demonstrieren, dass seine Loyalität von nun an Stashek galt. Ich erwiderte, dass ich natürlich nicht herumlaufen und damit angeben würde, wer mich alles vergeblich um meine Hand gebeten habe, und sie sagte, ich solle nur abwarten, er würde es schon selbst verbreiten. Und tatsächlich: Innerhalb der folgenden Woche sprachen mich ein Dutzend Leute darauf an. Fast hätte ich mich auf den Weg gemacht, um ihm zu sagen, dass ich seinen Antrag annehmen wolle, nur um zu sehen, wie er sich winden würde. Aber ich hatte zu viel Angst, dass er die Sache dann aus irgendeinem Grund zu Ende bringen und einen Weg ersinnen würde, mich darauf festzunageln.
Alosha geht es jetzt jeden Tag besser und auch die Kinder entwickeln sich prächtig. Jeden Morgen gehen sie gemeinsam im Meer schwimmen. Ich komme mit und sitze am Ufer, denn ich möchte nicht mehr schwimmen. Das Salzwasser fühlt sich entsetzlich falsch auf meiner Haut an, selbst wenn ich nur meine Füße hineinstecke.
Bitte schick mir doch noch einen Krug mit Flusswasser! Ich bin hier ständig ein wenig durstig und auch den Kindern tut es so gut. Sie haben niemals Albträume von dem, was im Turm geschehen ist, wenn ich sie vor dem Schlafengehen einen Schluck trinken lasse.
Diesen Winter werde ich zu Besuch kommen, wenn du meinst, dass es für die Kinder ungefährlich ist. Ich hätte gedacht, sie würden niemals zurückkehren wollen, aber Marisha hat gefragt, ob sie kommen und wieder in Natalyas Haus spielen dürfe.
Ich vermisse dich.

Ich machte einen letzten magischen Sprung zur Spindel und zu der Lichtung, auf der mein eigenes kleines Baumhaus stand, das ich dem Stamm einer alten, verschlafenen Eiche unmittelbar über dem Boden abgeschwatzt hatte. Auf der einen Seite meines Eingangs bildeten die Eichenwurzeln eine große Höhle, die ich mit Gras ausgelegt hatte. Ich versuchte, dort immer Früchte von den Bäumen des Hains bereitzuhalten, an denen sich die Wanderer bedienen konnten. Der Vorrat war geschrumpft, seitdem ich aufgebrochen war, und jemand hatte meine Holzkiste auf der anderen Seite meiner Tür aufgefüllt.

Ich legte den Rest meiner gesammelten Früchte zu den übrigen in der Höhle und ging für einen Augenblick hinein. Das Haus musste nicht geputzt werden: Der Boden bestand aus weichem Moos, und die Grasdecke legte sich von selbst und ohne mein Zutun wieder über das Bett, nachdem ich morgens aufgestanden war. Um mein eigenes Äußeres hingegen hätte ich mich mehr als dringend kümmern müssen. Aber ich hatte an diesem Morgen zu viel Zeit damit verschwendet, trübsinnig und müde herumzuwandern. Die Sonne hatte den Zenit schon überschritten und ich wollte mich nicht verspäten. Also nahm ich meine Antwort an Kasia und den mit einem Korken verschlossenen Krug mit Spindelwasser und legte sie in meinen Korb, um später Danka zu bitten, beides für mich loszuschicken.

Dann ging ich hinaus ans Flussufer und machte drei weitere große magische Schritte nach Westen, um endlich den Dunklen Wald hinter mir zu lassen. An der Brücke von Zatochek überquerte ich die Spindel im Schatten des jungen Herzbaums, der dort wuchs.

Die Waldkönigin hatte einen letzten, wütenden Vorstoß gewagt, gerade als Sarkan und ich den Fluss hinuntergeglitten waren, um sie zu suchen. Die Bäume hatten Zatochek halb überwuchert, ehe wir sie aufhalten konnten. Die Menschen, die aus dem Dorf flohen, waren mir entgegengekommen, als ich den Turm verließ. Ich war den ganzen restlichen Weg gerannt und hatte ein paar wenige, verzweifelte Verteidiger vorgefunden, die dabei waren, den frisch gepflanzten Herzbaum zu fällen.

Sie waren dortgeblieben, um ihren Familien Zeit zur Flucht zu verschaffen, aber sie hatten es in dem Glauben getan, trotzdem überwältigt und mit dem Übel infiziert zu werden. Trotz des Mutes, den sie bewiesen hatten, waren ihre Augen von Angst und Entsetzen erfüllt gewesen. Ich glaube nicht, dass sie auf mich gehört hätten, wenn ich nicht in loser, zerrissener Kleidung aufgetaucht wäre; das Haar in verfilzten Nestern und von Ruß geschwärzt; und wenn ich nicht mit nackten Füßen auf der Straße unterwegs gewesen wäre: Was hätte ich anderes als eine Hexe sein können?

Selbst so waren sie sich nicht ganz sicher, ob sie mir glauben sollten, als ich ihnen berichtete, dass der Dunkle Wald endgültig, ein für alle Mal, besiegt sei. Niemand von uns hätte sich vorstellen können, dass das jemals geschehen würde. Aber sie hatten gesehen, wie sich die Gottesanbeterinnen und die Wanderer plötzlich fluchtartig in den Dunklen Wald zurückzogen. Zu diesem Zeitpunkt hatten sie sich alle bereits verausgabt. Am Ende traten sie beiseite und ließen mich meine Arbeit machen. Der Baum war noch nicht einmal einen Tag alt. Die Wanderer hatten den Dorfältesten und seine drei Söhne daran angebunden, um ihn wachsen zu lassen. Ich schaffte es, die Brüder herauszuholen, aber ihr Vater verweigerte sich. Ein Schmerz wie von glühenden Kohlen wütete schon seit einem Jahr in seinem Bauch.

»Ich kann Euch helfen«, hatte ich ihm angeboten, aber der alte Mann hatte den Kopf geschüttelt. Seine Augen hatten bereits einen halb träumerischen Ausdruck angenommen, er lächelte. Die harten Knoten seiner Knochen und seines Körpers, die hinter der Rinde gefangen waren, schmolzen plötzlich unter meinen Händen dahin. Der verkrüppelte Herzbaum seufzte und richtete sich auf. Er stieß all seine vergifteten Blüten gleichzeitig ab; neue Knospen bildeten sich anschließend an den Zweigen.

Einen Moment lang standen wir alle unter den silbernen Ästen und sogen den schwachen lieblichen Duft ein, der nicht mit der überwältigenden verrottenden Süße der verderbten Blüten zu vergleichen war. Da bemerkten die Verteidiger plötzlich, was sie taten, traten nervös von einem Fuß auf den anderen und zogen sich zurück. Ebenso wie Sarkan und ich in dem Wäldchen hatten sie zu viel Angst davor zu akzeptieren, dass der Herzbaum friedlich war. Keiner von uns konnte sich vorstellen, dass etwas aus dem Dunklen Wald kam, das nicht böse und voller Hass war. Die Söhne des Dorfältesten sahen mich hilflos an. »Könnt Ihr ihn denn nicht herausholen?«, fragte mich der älteste Sohn.

Ich musste ihnen sagen, dass es nichts mehr gab, woraus ich ihn hätte befreien können. Der Baum war nun er selbst. Ich war zu müde, um die Sache besonders gut zu erklären, aber es war ohnehin nichts, was die Menschen leicht begreifen würden; nicht einmal jene aus dem Tal. Die Söhne standen in verblüfftem Schweigen, unschlüssig, ob sie nun trauern sollten oder nicht. »Er hat Mutter vermisst«, sagte der älteste Sohn schließlich und die anderen nickten.

Keiner der Dorfbewohner hatte ein gutes Gefühl dabei, dass ein Herzbaum an ihrer Brücke wuchs und gedieh, aber sie vertrauten mir so weit, dass sie ihn dort stehen ließen. Er war seitdem gut gewachsen. Seine Wurzeln wickelten sich bereits eifrig um die Bretter der Brücke und versprachen, sie bald ganz für sich zu beanspruchen. Der Baum war voller Früchte und Vögel und Eichhörnchen. Noch waren nicht viele Leute bereit, das Obst eines Herzbaumes zu essen, aber die Tiere vertrauten ihren Nasen. Auch ich ließ mich von meiner leiten, pflückte ein Dutzend Früchte für meinen Korb und lief weiter. Mit einem gesungenen Zauber bewältigte ich die lange, staubige Straße nach Dvernik.

Der kleine Anton war mit der Herde seiner Familie draußen und lag faul auf dem Rücken im Gras. Er sprang auf, als ich auf seinem Feld erschien, und war ein bisschen nervös, aber die meisten hatten sich inzwischen daran gewöhnt, dass ich hin und wieder irgendwo auftauchte.

Vielleicht war ich zunächst etwas gehemmt gewesen, als ich mich zum ersten Mal auf den Heimweg gemacht hatte, nach allem, was geschehen war. Aber nach jenem entsetzlichen Tag war ich so müde gewesen, müde und einsam und zornig und traurig zugleich. Die Trauer der Waldkönigin und meine eigene waren nicht mehr voneinander zu trennen. Nachdem ich endlich Zatochek gereinigt hatte, dachte ich beinahe überhaupt nicht darüber nach, sondern ließ zu, dass meine müden Füße eine Kehrtwende machten und mich nach Hause trugen. Meine Mutter sah mich nur kurz an, als ich auf der Schwelle stand. Sie sagte nichts, sondern steckte mich ins Bett. Sie saß neben mir, strich mir übers Haar und sang für mich, bis ich einschlief.

Am nächsten Tag ging ich zum Dorfanger, um mit Danka zu sprechen und ihr zu erzählen, was geschehen war. Die anderen, denen ich begegnete, waren merkwürdig argwöhnisch und auf der Hut. Ich wollte auch bei Wensa vorbeischauen und bei Jerzy und Krystyna. Aber ich war noch immer müde und nicht in der Stimmung, mir Gedanken über den Umgang mit den anderen zu machen. Also tat ich so, als würde ich ihre Vorsicht gar nicht bemerken, und als ich nach einer Weile immer noch nichts in Brand gesetzt und mich auch nicht in eine Bestie verwandelt hatte, normalisierte sich alles. Ich lernte bei dieser Gelegenheit, den Menschen Zeit zu geben, sich an mich zu gewöhnen. Inzwischen achtete ich auch darauf, mich regelmäßig in allen Dörfern zu zeigen – an jedem Sonntag in einem anderen.

Sarkan war nicht wieder zurückgekommen. Ich wusste nicht, ob er jemals wiederkehren würde.

Ich hatte aus vierter oder fünfter Hand gehört, dass er sich noch immer in der Hauptstadt aufhielt und versuchte, dort alles wieder ins Lot zu bringen. Aber er hatte mir nicht geschrieben. Nun, wir hatten noch nie einen Herrn gebraucht, der irgendwelche Streitigkeiten für uns beendete; das konnten auch unsere Dorfältesten erledigen. Außerdem stellte der Dunkle Wald nicht mehr dieselbe Gefahr wie früher dar. Aber es gab Dinge, für die ein Dorf einen Zauberer brauchte, wenn einer zu bekommen war. Also ging ich in jedes Dorf und legte einen Spruch auf das jeweilige Signalfeuer. Wann immer sie es nun entzündeten, entflammte eine dazugehörige Kerze in meinem Haus, die mir verriet, wo ich gebraucht wurde.

Aber heute war ich nicht dort, um zu arbeiten. Ich winkte Anton zu und marschierte in das Dorf. Die Erntetafeln mit ihren weißen Tischdecken, die auf der grünen Wiese standen, waren reich bestückt. In der Mitte gab es eine freie Fläche für die Tänzer. Meine Mutter war mit den beiden ältesten Töchtern von Wensa dort und füllte Schalen mit eingelegten Pilzen. Ich rannte zu ihr und küsste sie, und sie legte mir ihre Hände auf die Wangen und strich mir das zerzauste Haar aus der Stirn, während sie über das ganze Gesicht strahlte. »Sieh dich nur an«, sagte sie und klaubte einen langen silbernen Zweig und ein paar vertrocknete braune Blätter aus meinem Haar. »Und du hättest ruhig Stiefel anziehen können. Eigentlich sollte ich dir sagen, dass du dich waschen und dann still in eine Ecke setzen solltest.« Meine nackten Beine waren bis zu den Knien mit einer dicken Staub- und Schmutzschicht überzogen, aber meine Mutter lachte fröhlich bei ihren Worten. Mein Vater kam mit einer Wagenladung Holz für das abendliche Freudenfeuer vorgefahren.

»Ich kümmere mich noch vor dem Essen darum«, sagte ich und stibitzte mir einen Pilz. Dann ging ich zu Wensa und setzte mich zu ihr in das Vorderzimmer ihres Hauses. Ihr ging es schon besser, aber sie verbrachte noch immer einen Großteil ihrer Zeit in einem Stuhl sitzend am Fenster. Hin und wieder beschäftigte sie sich mit einer einfachen Näharbeit. Kasia hatte auch an sie geschrieben, aber der Brief war steif und gedrechselt. Ich las ihn Wensa vor und glättete ihn an einigen Stellen ein wenig, an denen es mir möglich schien. Wensa lauschte mir schweigend. Ich denke, insgeheim hatte sie Schuldgefühle, die zu Kasias uneingestandenen Vorbehalten passten: eine Mutter, die sich einem unnötigen Schicksal ergeben hatte. Es würde lange dauern, bis diese Wunde heilen würde, wenn sie sich denn überhaupt jemals schließen könnte. Wensa ließ sich von mir überreden, mit zum Dorfanger zu kommen, und ich sah, wie sie sich zu ihren anderen Töchtern an den Tisch setzte.

Dieses Jahr gab es keinen Pavillon. Es war nur unser eigenes kleines Dorffest. Die große Feier fand in Olshanka statt, wie es schon früher in jedem Jahr üblich gewesen war, in dem keine Auswahl anstand. So also würde es von nun an immer ablaufen. Wir alle schwitzten beim Essen in der Sonne, was ungewöhnlich war, immerhin war Erntezeit. Alle warteten sehnsüchtig auf den Sonnenuntergang. Mir jedoch war das alles gleichgültig: Ich aß eine große Schale sauren Zurek mit Eierscheiben und einen ganzen Teller gehackten Kohl mit Würstchen, und dann vier Blini mit Sauerkirschenfüllung. Schließlich saßen wir in der Sonne und stöhnten, wie gut das Festmahl gewesen wäre und dass wir alle viel zu viel gegessen hätten. Die kleineren Kinder rannten derweil herum und spielten, bis sie sich nach und nach alle unter die Bäume zurückzogen und einschliefen. Ludek holte seine Suka hervor, legte sie sich über die Knie und begann zu spielen; ganz leise am Anfang. Als immer mehr der Kinder zur Ruhe gekommen waren, kamen noch weitere Instrumente zum Vorschein und stimmten mit ein. Die Menschen klatschten und sangen, als die Stimmung auf sie übersprang. Wir stachen Bierfässer an und ließen einen kalten Wodkakrug aus Dankas Keller herumgehen.

Ich tanzte mit Kasias Brüdern und mit meinen, und danach noch mit einer Handvoll anderer Burschen, die ich kaum kannte. Vermutlich hatten sie beieinandergestanden und sich gegenseitig angestachelt, mich zum Tanzen aufzufordern, aber das kümmerte mich nicht. Sie alle waren etwas nervös, als befürchteten sie, ich könnte vielleicht ihre Köpfe in Brand setzen. Aber es war die gleiche Art von Angst, wie ich sie früher verspürt hatte, wenn ich in der Dämmerung in den Garten der alten Hanka geschlichen war, um heimlich ihre größten und besten süßen Äpfel vom Baum zu pflücken und sie danach genussvoll aufzuessen. Wir waren alle fröhlich und teilten unsere Freude miteinander, und ich erkannte das Lied des Flusses wieder, der unter unseren Füßen durch den Boden floss: das Lied, zu dem wir eigentlich tanzten.

Irgendwann sank ich atemlos vor dem Stuhl meiner Mutter zusammen. Mein Haar hing mir wieder lose auf die Schultern, und sie seufzte und legte es sich auf den Schoß, um es von Neuem zu flechten. Mein Korb stand neben ihren Füßen, und ich nahm eine weitere Herzbaumfrucht heraus, golden und strotzend vor süßem Saft. Ich leckte mir die Finger ab und starrte gedankenverloren in das Freudenfeuer, als Danka mit einem Mal von der langen Bank aufstand, die über Eck an unsere angrenzte. Sie stellte ihren Becher ab und sagte laut genug, sodass es jeder hören konnte: »Mein Herr.«

Sarkan stand in der Öffnung des Kreises. Eine Hand ruhte auf dem Tisch unmittelbar neben ihm. Der Schein des Feuers ließ seine silbernen Ringe und die üppige silberne Bestickung an den Rändern seines blauen Mantels funkeln: ein Drache, dessen Kopf an seinem Kragen begann und sich seitlich und entlang des unteren Saumes über seinen Mantel zog, bis er schließlich auf der anderen Seite wieder am Kragen aufhörte. Der Spitzenbesatz seines Hemdes ragte aus den Ärmeln heraus, und seine Stiefel waren so glänzend poliert, dass sich das Feuer in ihnen spiegelte. Er sah prächtiger aus als der König in seinem Ballsaal und völlig unpassend.

Alle starrten ihn an, auch ich. Sein Mund wurde schmal und nahm einen Ausdruck an, den ich einst als Verärgerung gedeutet hätte, von dem ich aber nun wusste, dass er nichts als Unbehagen ausdrückte. Ich stand auf und ging zu ihm, wobei ich auf dem Weg meinen Daumen sauber leckte. Er warf einen raschen Blick auf den Korb hinter mir, der nicht zugedeckt war, und sah, was ich aß. Mit finsterer Miene sagte er: »Das ist erschreckend.«

»Sie sind wunderbar!«, entgegnete ich. »Und sie sind alle herangereift.«

»Damit sie dich umso besser in einen Baum verwandeln können«, sagte er.

»Ich will noch kein Baum sein«, antwortete ich. Freude durchströmte mich wie ein strahlender, frohlockender Bach. Er war zurückgekommen. »Seit wann bis du da?«

»Seit heute Nachmittag«, entgegnete er steif. »Ich bin natürlich hier, um die Steuerabgaben in Empfang zu nehmen.«

»Natürlich«, sagte ich. Ich war mir sogar sicher, dass er zuerst nach

Olshanka gegangen war und dort die Tributzahlungen entgegengenommen hatte – nur um sich noch ein bisschen länger vorzumachen, dass dies der eigentliche Grund für sein Kommen wäre. Aber ich brachte es nicht über mich, ebenfalls so zu tun; nicht einmal lange genug, damit er sich an die Situation gewöhnen konnte. Meine Mundwinkel zogen sich bereits nach oben, ohne dass ich etwas dagegen tun konnte. Er wurde rot und wandte den Blick ab. Doch damit gewann er nicht viel, denn alle anderen beobachteten uns mit unbändigem Interesse, und sie waren zu trunken von Bier und Tanz, als dass sie noch höflich hätten sein können. Und so sah er mich wieder an und runzelte angesichts meines Strahlens die Stirn.

»Komm und lerne meine Mutter kennen«, sagte ich und griff nach seiner Hand.

Danksagung

Ich weiß, dass der Name meiner Heldin einigen Lesern Schwierigkeiten bereiten könnte: Man spricht ihn Ag-NIESCH-kah aus. Er stammt aus einem Märchen, das mir meine Mutter immer wieder erzählt hat, ich als noch ein Kind war. Es heißt Agnieszka Skrawek Neiba (Agnieszka, »Himmelsstück«), und zwar in der Version der wunderbaren Natalia Gałczyńska. Die Heldin und ihre herumwandernde gelbe Kuh haben auch hier einen kurzen Auftritt und die Wurzeln des Dunklen Waldes sind in dem wilden überwucherten Las jener Geschichte zu finden.

Dieses Buch schuldet Francesca Coppa und Sally McGrath großen Dank, die sich als Probeleserinnen zur Verfügung gestellt haben und mich während des gesamten Schreibprozesses beinahe täglich aufgemuntert haben. Mein Dank gebührt auch Seah Levy, Gina Paterson und Lynn Loschin, die das Buch in einem frühen Stadium gelesen und mir Ratschläge gegeben haben.

Danke auch an meine wunderbare Herausgeberin Anne Groell und meine Agentin Cynthia Manson, die mir bei diesem Buch von Beginn an Mut gemacht und es mit offenen Armen aufgenommen haben. Außerdem danke ich auch allen bei Del Rey für ihre Hilfe und ihren Enthusiasmus.

Vor allem aber geht so großer Dank und so viel Liebe an meinen Ehemann, Charles Ardai, der mein Leben und meine Arbeit besser und wahrhaftiger macht. Nicht jede Autorin hat das Glück, einen Schriftstellerkollegen und brillanten Herausgeber im Haus zu haben, der alles als Erster liest. Ich bin so dankbar dafür!

Von meiner Mutter und für meine Tochter: von der Wurzel zur Blüte. Evidence, wenn du alt genug bist, dieses Buch zu lesen, dann hoffe ich, dass es für dich eine Verbindung zurück zu deiner Babica und den Geschichten knüpfen kann, die sie mir geschenkt hat. Ich liebe dich sehr!